엘리너
올리펀트는
완전
괜찮아

ELEANOR OLIPHANT IS COMPLETELY FINE
by Gail Honeyman

이 도서의 국립중앙도서관 출판예정도서목록(CIP)은
서지정보유통지원시스템 홈페이지(http://seoji.nl.go.kr)와
국가자료종합목록 구축시스템(http://kolis-net.nl.go.kr)에서 이용하실 수 있습니다.
(CIP제어번호: CIP2019030175)

Eleanor Oliphant

엘리너 올리펀트는 완전 괜찮아

is completely fine

게일 허니먼
장편소설

Gail Honeyman

정연희
옮김

문학동네

일러두기

1. 주석은 모두 옮긴이주다.
2. 본문 중 고딕체나 볼드체는 원서에서 이탤릭체나 대문자로 강조한 부분이다.

나의 가족에게

……외로움은 그 경험을 종결시키고자 하는 강렬한 욕망이 특징이다. 그 욕망은 단순히 의지를 보인다고 해서, 혹은 외출을 더 자주 한다고 해서 이루어지는 것이 아니라, 친밀한 관계를 발전시킴으로써만 이루어진다. 말하기는 쉬워도 실행하기는 어려운데, 특히 상실이나 추방 혹은 편견의 상태에서 비롯한 외로움을 지닌 이들, 사람들과 어울려 지내는 것을 갈망하면서도 사람들을 두려워하거나 불신할 이유가 있는 이들에게 그렇다.

……사람은 외로워질수록 사회의 흐름을 타는 데 서툴러진다. 외로움은 곰팡이나 털처럼 주위에서 자라나고, 아무리 접촉을 원해도 접촉을 막는 콘돔 같다. 외로움은 그 자체로 증대되고 확장되고 지속된다. 한번 그것의 영향을 받기 시작하면 떨쳐내기란 결코 쉽지 않다.

올리비아 랭, 『외로운 도시』

Eleanor Oliphant is completely fine

차례

good days

좋은 날들

1

사람들이 내게 어떤 일을 하는지—택시 운전사, 치위생사—물으면 나는 회사에 다닌다고 말한다. 어떤 회사인지, 혹은 거기서 어떤 일을 하는지 물어본 사람은 거의 구 년 동안 아무도 없었다. 내가 그들이 생각하는 회사원의 모습과 완벽하게 일치해서 그런지, 아니면 회사에 다닌다는 말을 들으면 그들의 머릿속 빈칸이 자동으로—여자는 복사를 하고 남자는 컴퓨터 자판을 두드리는 것으로—채워져서 그런지 잘 모르겠다. 불평하는 게 아니다. 그들에게 혼이 빠져나갈 듯 복잡한 외상매출채권에 대해 설명하지 않아도 된다는 사실이 기쁠 뿐이다. 내가 여기서 처음 일하기 시작했을 때 누가 그 질문을 해오면 나는 매번 그래픽디자인 회사에서 일한다고 대답했고, 그러면 사람들은 내가 창의적인 유형일 거라고 짐작했다. 내가 하는 일은 사무를 보는 것이지 뾰족한 펜이나 복잡한 소프트웨어를 쓰는 게 아니라고 설명해주면 사람들 얼굴이 멍해지는데, 나는 그게 좀 지긋지긋하다.

나는 지금 서른 살이 거의 다 되었고, 스물한 살 때부터 여기서 일했다. 사장인 밥이 사업을 시작하고 얼마 되지 않아 나를 고용했다. 나를 안타깝게 여겨서였을 것이다. 나는 고전학을 전공했고, 이렇다 할 직장 경력이 없었으며, 면접을 보러 갔을 때 눈은 멍들고 이는 몇 개 빠지고 팔은 부러진 상태였다. 어쩌면 그 당시 밥은 나라는 사람은 변변찮은 보수를 받는 사무직 이상은 결코 꿈꾸지 않을 것이고 이 직장에 계속 만족하고 다닐 것임을, 그러니 그로서는 나를 대체할 사람을 모집할 수고를 할 필요가 결코 없을 것임을 감지했을 것이다. 어쩌면 내가 신혼여행을 가려고 휴가를 쓰거나 출산휴가를 요구할 일도 결코 없으리라는 사실 역시 알아차렸을 것이다. 나로서는 모를 일이다.

이 회사의 체계는 확실히 두 방면으로 나뉜다. 창의적인 사람들이 영화배우라면, 나머지 우리는 그저 예술가를 지원하는 사람들이다. 우리를 쳐다보기만 해도 어느 쪽으로 분류되는지 알 것이다. 공정하게 말해서 그 부분은 보수와 상관이 있다. 사무직 직원의 보수는 박봉이어서 최신 유행의 헤어 커트나 꺼벙해 보이는 안경을 감당할 만큼이 못 된다. 디자이너들은 독창적인 아이디어를 가진 자유로운 사고의 소유자로 보이고 싶어 안달하면서도, 옷과 음악과 이런저런 기기들에서 모두가 철저히 단일한 것을 고수한다. 나는 그래픽디자인에는 아무런 흥미가 없다. 나는 회계팀 직원이다. 나는 어떤 것에도 송장을 발행할 수 있다. 정말이다. 무기, 로힙놀,*

코코넛에도.

나는 월요일부터 금요일까지 여덟시 삼십분에 출근한다. 한 시간 동안 점심을 먹는다. 예전에는 샌드위치를 싸오곤 했지만 집에서 가져온 음식은 먹어치우기도 전에 번번이 상해서 이제는 시내 중심가에서 사 먹는다. 금요일에는 늘 마크스앤드스펜서에 간다. 그러면 한 주를 멋지게 마무리할 수 있다. 나는 샌드위치를 들고 직원 휴게실에 앉아 신문을 맨 앞에서 맨 끝까지 다 읽고, 그런 다음 크로스워드 퍼즐을 한다. 신문은 〈데일리 텔레그래프〉를 보는데, 그 신문을 특별히 좋아해서가 아니라 거기 실린 크로스워드 퍼즐이 가장 어렵기 때문이다. 나는 누구와도 대화하지 않는다. 밀딜**을 사고 신문을 읽고 크로스워드 퍼즐 두 개를 다 풀 때쯤이면 점심시간이 거의 다 끝나 있다. 그러면 책상으로 돌아가 다섯시 반까지 근무한다. 버스를 타면 집까지 삼십 분이 걸린다.

나는 〈디 아처스〉***를 들으면서 저녁을 만들어 먹는다. 메뉴는 보통 페스토 파스타와 샐러드다—팬 하나 접시 하나. 내가 어렸을 때 접한 요리는 모순투성이여서, 그 시기에 나는 잠수부가 딴 가리비를 먹기도 하고 봉지에 담아 팔고 끓는 물에 넣기만 하면 되는 대구를 먹기도 했다. 식탁의 정치적이고 사회학적인 측면을 곰곰이 생각해본 뒤 나는 내가 음식에 아무런 관심이 없다는 사실을 깨달았다. 내가 선호하는 것은 값이 싸고 구입 후 준비 과정이 빠르

---

* 수면제.

** 영국 슈퍼마켓에서 샌드위치, 과자, 음료를 묶어 식사 대용으로 파는 것.

*** 1951년 1월 1일에 첫 방송을 탄 BBC 라디오드라마로, 전 세계적으로 가장 오래된 프로그램 중 하나다.

고 간단하면서 인간의 생명을 유지시키는 필수영양소를 공급해주는 동물의 사료 같은 음식이다.

씻은 뒤에는 책을 읽거나, 〈텔레그래프〉에서 그날 추천한 프로그램이 있으면 이따금 텔레비전을 본다. 대체로는 (음, 늘) 수요일 저녁에 십오 분 정도 엄마와 이야기를 나눈다. 열시쯤 침대에 올라가 반시간 동안 책을 읽다가 불을 끈다. 보통은 잠드는 데 문제가 없다.

금요일에는 퇴근 후 곧장 버스를 타지 않고, 회사에서 나와 모퉁이를 돌면 있는 테스코 메트로에 가서 마르게리타 피자와 키안티 와인 한 병, 그리고 글렌스 보드카 두 병을 큰 병으로 산다. 집에 돌아와 피자를 먹고 와인을 마신다. 그뒤에는 보드카를 조금 마신다. 금요일에는 많은 양이 필요하지 않고 크게 꿀꺽 몇 모금 정도면 된다. 대체로 새벽 세시쯤 소파에서 눈이 떠지고, 굴러떨어지듯 내려와 침대로 간다. 주말 동안 남은 보드카를 마시지만 이틀에 걸쳐 마시기 때문에 취한 것도 아니고 취하지 않은 것도 아닌 상태로 지낸다. 월요일에 완전히 깰 때까지 시간이 많이 걸린다.

내 전화기는 자주 울리지 않는다. 전화벨이 울리면 나는 화들짝 놀란다. 대부분 지급보증보험을 잘못 들지 않았는지 묻는 전화다. 나는 그들에게 당신이 어디 사는지 알아요, 하고 속삭이고는 아주아주 조심스럽게 전화를 끊는다. 올해에는 서비스 기사들을 제외하면 내 아파트에 들어온 사람이 없었다. 미터기 검침 때문이 아니면 다른 누구에게 내 집 문턱을 넘어오라고 먼저 청한 적도 없었다. 당신은 그러는 게 불가능하다고 생각할 것이다, 그렇지 않은가? 하지만 사실이다. 나는 존재하고 있다, 그렇지 않은가? 하지만 내가 여기 없는 것처럼, 나 자신이 내 상상이 만들어낸 허구의 인물인 것처럼 느껴질 때가 종종 있다. 어떤 날에는 내가 지구와 아주 약하게 연결되어 있는 것 같고, 이 행성에 나를 묶어놓은 실이 설탕으로 만든 가는 거미줄처럼 느껴진다. 거센 바람 한 번이면 나는 완전히 떨어져나갈 것이고, 민들레 솜털의 씨앗 하나처럼 이 땅에서 붕 띄워져 멀리 날아갈 것이다.

월요일에서 금요일까지는 그 실이 약간 팽팽해진다. 사람들이 외상 한도액에 대해 상의하려고 사무실로 전화를 걸고, 계약서와 견적서에 관련된 이메일을 내게 보낸다. 내가 나타나지 않으면 사무실을 같이 쓰는 다른 직원들—제이니, 로레타, 버나뎃, 빌리—이 알아차릴 것이다. 며칠 지나면(며칠이나 걸릴지 종종 궁금하다) 내가 아프다고—정말로 나답지 않은 일이다—전화하지 않은 것을 걱정할 것이고, 인사팀 파일에서 우리집 주소를 찾아낼 것이다. 결국엔 경찰에 전화를 할 것이다, 그러지 않겠는가? 경찰이 앞문을 부수고 들어올까? 나를 발견한 뒤 냄새 때문에 손으로 얼굴을 가리고 구역질을 할까? 그러면 사무실에 화젯거리가 생길 것이다. 그들은 나를 미워하지만 내가 정말로 죽기를 바라지는 않는다. 어쨌거나 그럴 것 같지는 않다.

어제는 병원에 갔다. 그게 십억 년 전 일 같다. 이번에는 젊은 의사가 봐줬는데, 피부색이 창백한 빨간 머리 남자였고, 나는 그게 좋았다. 젊을수록 더 최근에 수련을 받았을 테고, 그건 그냥 좋은 것이다. 늙은 윌슨 선생님이 봐줬을 때는 싫었다. 예순 살쯤 된 여자인데, 신약이나 최근의 의학적 혁신에 대해 많은 것을 알 것 같진 않다. 컴퓨터도 거의 쓰지 않는다.

그 남자 의사는 모니터로 나와 관련된 기록을 읽고 점점 과격하게 엔터키를 두드려 화면을 아래로 이동시키면서, 사람들이 말은 하지만 상대의 얼굴을 쳐다보지는 않는 바로 그 행위를 하고 있었다.

"이번에는 어디가 어떤가요, 올리펀트 씨?"

"허리가 아파요, 선생님." 내가 말했다. "아파 죽겠어요." 의사는 여전히 나를 보지 않았다.

"증상이 생긴 지 얼마나 됐나요?" 그가 말했다.

"두어 주요." 내가 말했다.

의사가 고개를 끄덕였다.

"원인을 알 것 같아요." 내가 말했다. "하지만 선생님의 의견을 듣고 싶어요."

의사가 화면 읽기를 멈추고 마침내 건너편의 나를 쳐다보았다.

"허리 통증의 원인이 뭐라고 생각하나요, 올리펀트 씨?"

"가슴 때문인 것 같아요, 선생님." 내가 말했다.

"가슴?"

"네." 내가 말했다. "저기, 무게를 달아봤는데 3킬로그램 좀 넘게 나가요. 합한 무게가요. 각각이 아니라!" 그리고 웃었다. 의사는 웃지 않고 나를 물끄러미 바라보았다. "달고 다니기엔 무겁죠, 안 그래요?" 내가 물었다. "그러니까, 제가 선생님 가슴팍에 살덩이 3킬로그램을 추가로 묶고 그 상태로 온종일 돌아다니라고 하면 마찬가지로 허리가 아플 거예요, 안 그렇겠어요?"

의사가 나를 물끄러미 바라보더니 목을 큼큼 풀었다.

"어떻게…… 어떻게 그걸……?"

"주방 저울로요." 내가 고개를 끄덕이며 말했다. "그냥 그 위에…… 한쪽을 올려놨어요. 양쪽 다 잰 건 아니고, 무게가 대략 같을 거라고 예상했어요. 그게 전적으로 과학적이지 않은 건 알지만……"

"진통제를 좀더 처방해드릴게요, 올리펀트 씨." 의사가 자판을 두드리며 내게 말했다.

"이번에는 센 걸로 부탁드려요." 내가 단호하게 말했다. "그리고 양도 충분하게요." 이전에는 병원에서 아스피린을 소량만 주는 꼼수를 썼다. 나는 비축해둔 것에 보탤 아주 강력한 약이 필요했다.

"습진 약도 다시 처방해주실 수 있나요? 스트레스를 받거나 흥분하면 악화되는 것 같아요."

의사는 이 공손한 요청에 흔쾌히 답하지 않고 그저 고개만 끄덕였다. 프린터에서 처방전이 출력되어 나오는 동안 우리 중 누구도 말하지 않았다. 의사가 내게 처방전을 내밀고는 다시 화면을 응시하면서 자판을 두드리기 시작했다. 어색한 침묵이 흘렀다. 이 의사의 사회적 기술은 한심할 정도로 부적절했고, 특히 사람을 대하는 직업이라는 점을 생각하면 더욱 그랬다.

"그럼 안녕히 계세요, 선생님." 내가 말했다. "시간 내주셔서 정말 감사해요." 의사는 내 말을 들은 것 같지도 않았다. 누가 봐도, 여전히, 자기 기록에만 몰두해 있었다. 그것이 젊은 의사들에게서 보이는 유일한 단점이다. 환자를 대하는 태도가 완전히 꽝이다.

그것은 어제 아침, 다른 삶에서의 일이었다. 그 이후, 오늘 출근길에 버스는 수월하게 달리고 있었다. 비가 내렸고, 사람들은 외투 속에 몸을 웅크린 채 우울한 표정을 하고 있었다. 아침의 시큼한 입김이 유리창을 뿌옇게 만들었다. 삶은 유리에 맺힌 빗방울을 통해 나를 향해 반짝거렸고, 젖은 옷과 축축한 발이 풍기는 퀴퀴한 냄새 위로 향기롭게 일렁였다.

나는 내 인생을 혼자 꾸려나가는 것에 늘 큰 자부심을 가지고 있다. 나는 유일한 생존자다. 나는 엘리너 올리펀트다. 나는 어느 누구도 필요 없다. 내 인생에 큰 구멍은 없고 나라는 특별한 퍼즐에 빠진 조각도 없다. 나는 혼자로 충분한 독립체다. 어쨌거나 스스로에게 늘 그렇게 말한다. 하지만 지난밤에 나는 평생의 사랑을 찾았다. 무대로 걸어나오는 그를 봤을 때 그냥 알았다. 그는 아주 세련된 모자를 쓰고 있었지만 그것 때문에 매료된 것은 아니었다. 나는 그렇게 얕은 사람이 아니다. 그는 스리피스 슈트를 입고 있었다. 조끼의 맨 아래 단추는 풀어놓고 있었다. 진정한 신사는 맨 아래 단추는 잠그지 않지, 엄마가 늘 말했다. 그런 표시를 눈여겨봐야 해, 그게 바로 그 남자가 지적이고 기품 있고 적절한 계급과 사회적 지위를 지녔다는 걸 나타내거든. 그의 잘생긴 얼굴, 그의 목소리…… 여기, 마침내, '남편감'으로 어느 정도 확실해 보이는 남자가 나타났다.

엄마가 몹시 흥분할 것이다.

2

사무실에서는 금요일의 즐거운 기분이 손에 잡힐 듯 느껴졌다. 모두가 어쩐지 주말은 굉장할 것이며 다음주가 되면 업무도 더 나아지고 다르게 느껴질 거라는 거짓말로 하나가 되어 있었다. 교훈이라고는 얻을 줄 모르는 사람들이다. 하지만 나로 말하면 상황이 달라져 있었다. 숙면을 취하지 못했음에도 나는 기분이 좋고, 더 좋고, 최고로 좋았다. '그 사람'을 만나게 되면 그냥 안다고, 사람들은 말한다. 그 모든 말이 사실이었다. 운명이 지난 목요일 밤에 그를 내 길에 던져준 것도, 그래서 이제 시간과 가능성으로 가득한 주말이 내 앞에 매혹적으로 펼쳐져 있는 것도 사실이었다.

오늘 우리 회사 디자이너 한 명이 퇴사한다. 우리는 평소 해온 대로 값싼 와인과 비싼 맥주를 사다놓고 시리얼 그릇에 감자칩을 수북이 담아 그 사람을 챙겨줄 것이다. 혹시 일찍 시작하면 나는 얼굴만 내밀고 퇴근시간에 맞춰 빠져나올 수 있다. 가게들이 문을 닫기 전에만 가면 된다. 사무실 문을 밀어 열자, 재킷처럼 걸치는 조끼를 입었는데도 에어컨의 찬 공기에 몸이 부르르 떨렸다. 빌리가 신나게 떠들어대고 있었다. 빌리는 나를 등지고 서 있었고, 나머지 사람들은 너무 열중해서 듣느라 내가 들어온 것도 알아차리지 못했다.

"그 여자 좀 이상해요." 빌리가 말했다.

"뭐, 이상한 건 다 알잖아요." 제이니가 말했다. "그건 전혀 의심의 여지가 없죠. 문제는, 그 여자가 이번엔 또 뭘 했는가잖아요?"

빌리가 킁 콧소리를 냈다. "그 여자가 그 바보 같은 콘서트 표에 당첨돼서 나보고 같이 가자고 한 거 알아요?"

제이니가 빙긋 웃었다. "밥이 매년 추첨해서 나눠주는 고객사의 형편없는 공짜 표 말이죠. 일등은 공짜 표 두 장. 이등은 공짜 표 네 장……"

빌리가 한숨을 쉬었다. "맞아요. 목요일 밤을 밖에서 보내다니, 완전 난감한 일이죠. 펍에서 하는 자선 공연인데, 우리 회사 가장 큰 고객사의 마케팅팀이 무대에 서는데다 그 친구들과 가족들이 전부 와서 이런저런 어설픈 장기자랑을 하는 거라면? 게다가 그녀와 함께라면 더욱 난감하겠죠?"

모두 웃음을 터뜨렸다. 나는 그의 평가를 부인할 수 없었다. 그 공연에 개츠비다운 화려함과 호사스러움은 없었다.

"전반부에 어떤 밴드가 연주를 했는데, 조니 뭐시기하고 더 필그림 파이어니어스였나, 그 팀은 그렇게 나쁘지 않았어요." 그가 말했다. "자작곡을 주로 불렀고 커버 곡도 좀 하고 고전이 된 옛날 곡들도 몇 곡 하고요."

"나 그 남자 알아요. 조니 로몬드!" 버나뎃이 말했다. "우리 오빠랑 같은 학년이었어요. 엄마 아빠가 테네리페섬에 놀러가셨을 때 우리집에서 밤에 파티를 열었는데 그때 왔어요. 그 남자하고, 우리 오빠 반 친구였던 다른 6학년생들하고요. 내 기억엔 그날 밤에 결국 욕실 세면대가 막혀버려서……"

나는 그가 어렸을 때 했던 분별없는 행동에 대해 듣고 싶지 않아 고개를 돌려버렸다.

"아무튼," 빌리가 말했다. 그는 자기가 말할 때 누가 끼어드는 걸 싫어했다. "그 여자는 그 밴드가 완전 싫었나봐요. 얼어붙은 듯이 자리에 앉아서 움직이지도 않고 박수도 안 치고 아무것도 안 하던데요. 연주가 끝나자마자 집에 가야겠다고 하더라고요. 중간 휴식시간까지도 못 버티고 말이죠. 그래서 남은 시간 동안 나 혼자 앉아 있어야 했어요. 말 그대로 외톨이 빌리였다니까요."

"딱하게 됐네요, 빌리. 공연 끝나고 같이 술 한잔하러 가거나 춤추러 가고 싶었을 텐데 말예요." 로레타가 그를 쿡 찌르며 말했다.

"웃기지도 않는 소리 마요, 로레타. 그러긴요, 총알같이 쌩 가버렸어요. 아마 그 밴드가 무대를 끝내기도 전에 코코아 한 잔하고 〈테이크 어 브레이크〉를 들고 이불 속으로 쏙 들어가버렸을걸요."

"오," 제이니가 말했다. "어쨌거나 〈테이크 어 브레이크〉를 읽을 사람 같진 않던데요. 그보단 훨씬 이상하고 훨씬 엉뚱한 걸 볼 것 같은데. 〈앵글링 타임스〉? 〈왓 캐러밴〉?"

"〈호스앤드하운드〉.*" 빌리가 단호하게 말했다. "그것도 구독해

---

* 〈테이크 어 브레이크〉는 여성 주간지, 〈앵글링 타임스〉는 낚시 잡지, 〈왓 캐러밴〉은 캠핑 잡지, 〈호스앤드하운드〉는 승마 주간지.

서요." 모두 키득키득 웃었다.

그 말에는 사실 나도 웃었다.

지난밤 그런 일이 일어나리라고는 기대하지 않았었다. 전혀. 그 때문에 그 일은 내게 더 강렬하게 다가왔다. 나는 계획을 제대로 세우고 미리 준비하고 정리하는 것을 좋아하는 사람이다. 그런데 그 일은 난데없이 일어났다. 누가 얼굴을 후려친 느낌, 복부에 주먹이 날아온 느낌, 불에 덴 듯한 느낌이었다.

내가 빌리에게 콘서트에 같이 가자고 한 주된 이유는 그가 우리 사무실에서 가장 나이가 어렸기 때문이다. 그러니 음악을 좋아할 거라고 생각했다. 다른 직원들이 내가 점심을 먹으러 나갔다고 생각하고 그걸로 빌리를 놀렸는데, 내가 그걸 듣고 말았다. 나는 그 콘서트에 대해 아무것도 몰랐고, 그 어떤 밴드에 대해서도 들어본 적이 없었다. 내가 거기 간 건 의무감에서였다. 내가 자선 공연 표에 당첨됐으니 사무실 사람들이 공연에 대해 물어보리란 걸 알고 있었다.

그때 나는 신맛이 나는 화이트와인을 마시고 있었는데, 그 펍에서 플라스틱 잔에 따라주었기 때문에 와인은 미지근하고 맛이 변해 있었다. 우리를 얼마나 야만인이라고 생각했으면! 빌리가 같이 오자고 해줘서 고맙다며 한잔 사겠다고 고집을 부려서 마시게 된 것이었다. 그것이 데이트였는지에 대해서는 물어볼 필요도 없다. 그 생각 자체가 터무니없었다.

조명이 어두워졌다. 빌리는 초대 공연은 보고 싶지 않다고 했지만 나는 뜻을 굽히지 않았다. 새로운 스타가 탄생하는 것을 목격하는 사람이 당신이 될지도 모르지 않는가. 누가 무대로 올라와 무대를 불태울지 아무도 모르지 않는가. 그리고 그가 그걸 해냈다. 나는 그를 바라보았다. 그는 빛이자 불이었다. 활활 타올랐다. 그가 무엇을 만지건 그것은 변화를 일으킬 것이다. 나는 앉은 자리에서 몸을 앞으로 숙이고 의자 끄트머리로 옮겨 앉았다. 마침내. 내가 그를 발견한 것이다.

이제 운명이 내 미래를 펼쳐놓았으니 나는 그저 그 남자에 대해 더 알아내기만 하면 된다. 그 가수에 대해, 그 답에 대해. 공포의 월말 회계를 처리하기 전에 나는 컴퓨터 가격이 얼마나 하는지 알아보려고 몇몇 웹사이트—아고스, 존 루이스—를 빠르게 훑어보았다. 주말에 사무실로 가서 컴퓨터를 쓸 수도 있겠지만 누가 근처에서 얼쩡거리다가 뭘 하는 중이냐고 물어볼 위험이 컸다. 그렇게 한다고 내가 규칙을 깨는 것도 아니고 그게 누가 참견할 일도 아니지만, 주말까지 나와서 근무했는데도 처리되기를 기다리는 그 많은 송장이 조금도 줄지 않고 그대로인 것에 대해 밥에게 해명하고 싶지는 않았다. 게다가 집에서라면 동시에 다른 것도 할 수 있을 것이다. 우리가 처음으로 함께할 저녁 메뉴를 시험삼아 만들어볼 수도 있다. 예전에 엄마가 남자들은 소시지롤에 환장한다고 말한 적이 있었다. 남자의 심장에 이르는 길은 집에서 만든 소시지롤, 즉 겹겹이 얇게 벗겨지는 따뜻한 페이스트리와 품질 좋은 고기라고 엄마는 말했다. 나는 여러 해 동안 파스타 말고는 요리를 해본 적이 없었다. 소시지롤은 한 번도 만들어본 적이 없었다. 하지만 그렇게 어려울 것 같지는 않았다. 그건 그저 페이스트리와 기계로 복구시킨 고기일 뿐인 것이다.

나는 컴퓨터 전원을 켜고 암호를 넣었다. 화면 전체가 꼼짝을 하지 않았다. 컴퓨터를 껐다가 다시 켰는데, 이번에는 암호를 넣으라는 말조차 나오지 않았다. 짜증나게. 나는 오피스 매니저인 로레타를 찾아갔다. 로레타는 자신의 행정 능력이 대단한 줄 아는데다, 여가시간에는 끔찍이 못생긴 장신구를 만들어 멍청이들에게 판다. 나는 그녀에게 내 컴퓨터가 지금 먹통인데 IT팀의 대니와 연락이 되지 않는다고 말했다.

"대니는 그만뒀어요, 엘리너." 로레타가 화면에서 고개도 들지 않고 말했다. "지금은 새로 누가 왔어요. 레이먼드 기번스였나? 지난달에 왔을걸요?" 그녀는 내가 그 사실을 당연히 알고 있었어야 한다는 듯 말했다. 여전히 고개를 들지 않은 채로 그녀는 그의 이름 전체, 그리고 내선번호를 포스트잇에 써서 내게 건넸다.

"정말 감사해요. 평소와 다름없이 굉장히 큰 도움이 됐어요, 로레타." 내가 말했다. 물론 그녀는 그 말을 들은 것 같지도 않았다.

그 번호로 전화를 걸자 음성 메시지가 나왔다. "안녕하세요, 레이먼드입니다. 하지만 저는 여기 없습니다. 슈뢰딩거의 고양이처럼 말이죠. 삐 소리가 울리면 메시지를 남겨주세요. 그럼 안녕."

나는 역겨움에 고개를 저으며 천천히 그리고 분명하게 메시지를 남겼다.

"안녕하세요, 기번스 씨. 저는 미스 올리펀트이고, 회계팀 직원입니다. 제 컴퓨터가 작동하지 않는데, 오늘 중으로 오셔서 고쳐주시면 정말 감사하겠습니다. 더 자세한 내용이 필요하시면 내선 535번으로 전화해주시면 됩니다. 진심으로 감사합니다."

나는 내 분명하고 간결한 메시지가 그에게 본보기가 되기를 바랐다. 책상을 정리하면서 십 분을 기다렸는데도 그는 내 전화에 회신하지 않았다. 두 시간 동안 종이 서류를 정리했는데도 기번스 씨로부터는 아무 소식이 없었다. 그래서 나는 아주 이른 점심시간을 갖기로 했다. 언제가 될지 모르는 그 뮤지션과의 만남을 위해 나 자신의 몇 부분을 개선하여 신체적으로 준비를 해둬야겠다는 생각이 떠올랐기 때문이었다. 안에서부터 밖으로 바꿔나갈까, 밖에서부터 안으로 고쳐나갈까? 나는 머릿속으로 외모와 관련해 손볼 필요가 있는 모든 부분의 목록을 만들었다. 머리칼과 몸의 털, 손톱과 발톱, 눈썹, 셀룰라이트, 치아, 흉터…… 그 모든 것을 업데이트하고 개선하고 향상시켜야 했다. 나는 결국 밖에서부터 시작해 안으로 들어가기로 결심했다. 어쨌거나 자연에서도 종종 그런 식으로 일이 돌아간다. 허물을 벗고 재탄생한다. 동물, 새, 곤충을 보면 그런 유용한 통찰을 얻을 수 있다. 올바른 행동 방식이 뭔지에 대해 확신이 없을 때 나는 '페럿이라면 어떻게 할까?' 혹은 '도롱뇽은 이런 상황에서 어떻게 반응할까?' 생각해본다. 예외 없이 올바른 답을 발견한다.

나는 날마다 출근길에 줄리스 뷰티바스켓 앞을 지나간다. 거기 운좋게 취소된 예약이 하나 있다고 했다. 소요 시간은 대략 이십 분. 케일라라는 시술사가 나를 담당할 테고 비용은 45파운드라고 했다. 45파운드씩이나! 그럼에도, 나는 케일라가 나를 아래층 어느 방으로 데려갈 때 그 남자가 그만큼의 가치가 있다고 나 자신에게 상기시켰다. 케일라도 다른 근무자들처럼 흰색 복장을 하고 있었는데, 수술복 같은 옷에 하얀 클로그 신발을 신었다. 의료인 같아 보이는 이 가짜 복장이 나는 마음에 들었다. 우리는 답답한 느낌을 주는 작은 방으로 들어갔다. 침대, 의자, 협탁이 간신히 들어갈 만한 크기였다.

"자, 그럼," 케일라가 말했다. "지금 하시고 싶은 게 거기를 후딱……" 그녀는 잠시 말을 멈추더니 내 하반신을 내려다보았다. "……음, 바지하고 속옷을 벗으시고 침대 위로 후딱 올라가세요. 허리부터 아래로 그냥 벗고 계셔도 되고, 원하시면 이걸 후딱 입으셔도 되고요." 그녀는 작은 꾸러미를 침대에 내려놓았다. "수건으로 몸을 덮으세요. 저는 잠시 나갔다가 후딱 돌아올게요. 괜찮으시죠?"

나는 고개를 끄덕였다. 후딱 할 일이 그렇게 많은지는 전혀 예상하지 못했었다.

케일라가 나간 뒤 문이 닫혔다. 나는 신발을 벗었고, 이어 바지도 벗었다. 양말은 신고 있어야 하나? 모든 점을 감안하니 벗어야 할 것 같았다. 나는 팬티를 벗은 뒤 어디에 둬야 할지 고민했다. 바지처럼 의자에 다 보이게 걸쳐놓는 건 아닌 것 같아서 잘 개어 내 쇼퍼* 안에 넣었다. 노출된 기분을 느끼면서, 나는 케일라가 침대 위에 놓고 간 작은 꾸러미를 집어들고 풀어보았다. 내용물을 흔들어 펴서 들어올렸다. 검은색의 아주 작은 팬티 한 장이었는데, 마크스앤드스펜서의 명명법에 의하면 '탕가'라고 알고 있는 스타일로, 티백과 같은 재질의 종이 같은 섬유로 만든 것이었다. 나는 구

---

* 바퀴와 손잡이가 달린 이동식 장바구니.

멍에 발을 집어넣고 팬티를 끌어올렸다. 팬티가 너무 작아서 살이 앞쪽, 옆쪽, 뒤쪽 다 불거져나왔다.

침대가 아주 높았는데, 그 아래 플라스틱 계단이 있어서 그걸 이용해 올라갔다. 그리고 그 위에 누웠다. 수건들이 쭉 깔려 있었고, 진찰대에서 보던 것과 같은 재질의 바스락거리는 파란색 종이를 그 위에 덮어놓았다. 또 한 장의 검은 수건이 내 발치에 개어져 있기에 그것을 허리까지 끌어올려 덮었다. 수건 색깔이 검다는 게 신경쓰였다. 어떤 더러운 얼룩을 감추려고 그런 색깔을 골랐대? 나는 천장을 바라보며 조명등의 개수를 헤아린 뒤 이쪽저쪽을 살폈다. 조명이 어둑한데도 하야스름한 벽에 훼손된 자국이 보였다. 케일라가 문을 똑똑 두드린 뒤 산들바람처럼 경쾌하게 안으로 들어왔다.

"자, 그럼," 그녀가 말했다. "오늘은 어떤 걸로 할까요?"

"말한 대로 비키니 왁싱 부탁해요."

그녀가 웃었다. "네, 죄송한데, 어떤 왁싱으로 할지 여쭤본 거예요."

나는 생각을 해보았다. "보통 하는…… 캔들로 할까요?" 내가 말했다.

"어떤 모양으로요?" 그녀가 간결하게 말했고, 곧 내 표정을 알아차렸다. "자," 그녀가 인내심 있게 손가락을 하나씩 펴가며 말했다. "프렌치가 있고요, 브라질리언, 그리고 할리우드가 있어요."

나는 곰곰이 생각했다. 그리고 마음속으로 그 단어들을, 내가 크로스워드 애너그램*을 풀 때 글자들이 단어의 윤곽을 잡아가기를

* 철자의 순서를 바꿔 다른 단어를 만드는 것을 말한다. 예컨대 elbow의 철자 순서를 바꿔 below를 만드는 식이다.

기다리면서 사용하는 것과 같은 기술을 써서 다시, 또다시 따져보았다. 프렌치, 브라질리언, 할리우드…… 프렌치, 브라질리언, 할리우드……

"할리우드로요." 내가 마침내 말했다. "할리가 하니 엘리너도 해야죠."*

케일라는 내 말장난을 무시하고 수건을 들어올렸다. "오……" 그녀가 말했다. "그럼 이제……" 그녀가 테이블로 가서 서랍을 열고 뭔가를 꺼냈다. "클리퍼에 보호장치를 쓰면 2파운드 추가돼요." 그녀가 일회용 장갑을 끼면서 단호하게 말했다.

클리퍼가 윙윙 소리를 냈고 나는 천장을 바라보았다. 전혀 아프지 않았다! 다 끝내자 그녀는 깎여나온 털을 크고 굵은 브러시로 쓸어 바닥에 떨어뜨렸다. 내 안에서 패닉이 일어나려고 하는 것이 느껴졌다. 이 방에 들어왔을 때 바닥은 보지 않았다. 다른 손님들 것도 이런 식으로 했으면 어쩌지? 그 사람들의 음모가 이제 내 물방울무늬 양말 바닥에 들러붙어 있으면? 그 생각을 하니 속이 약간 메슥거리기 시작했다.

"이렇게 하니 더 좋은데요." 케일라가 말했다. "이제 가능한 한 빨리 끝낼게요. 왁싱하고 난 뒤 적어도 열두 시간은 그 부위에 향 있는 로션은 바르지 마세요, 아셨죠?" 그녀가 협탁에서 데워지고 있는 왁스를 저었다.

"아, 걱정 마세요. 난 연고 같은 걸 즐겨 바르는 사람이 아니에

---

* Hollywood를 Holly wood로 쪼개고 wood를 발음이 같은 would로 바꾸어 'Holly would~'라는 의미로 말장난을 한 것.

요, 케일라." 내가 말했다. 그녀가 눈을 휘둥그레 뜨고 나를 쳐다보았다. 나는 미용업계 종사자는 대인관계 기술이 더 잘 발달되어 있을 거라고 생각했었다. 하지만 그녀는 거의 내 직장 동료들만큼이나 미숙했다.

케일라가 종이 팬티를 한쪽으로 밀고 내게 피부를 팽팽히 당기라고 했다. 그러고는 나무 주걱을 가지고 내 음부에 따뜻한 왁스를 띠 모양으로 바른 다음 그 위에 길쭉한 천을 대고 눌렀다. 그녀가 천 끝을 잡아 빠르고 과장된 동작으로 쫙 떼어내자, 깔끔하고 눈이 확 떠지는 아픔이 뒤따랐다.

"모리투리 테 살루탄트."* 내가 조그맣게 읊조렸다. 눈물이 나서 눈이 따끔거렸다. 그 표현은 이런 상황에서 내가 쓰는 것인데, 그렇게 말하고 나면 늘 기분이 끝도 없이 좋아진다. 내가 몸을 일으키려 하자 케일라가 다시 나를 부드럽게 눕혔다.

"어머, 할 게 아직 많이 남았어요." 그녀가 말했고, 목소리는 아주 명랑했다.

고통은 쉽다. 내게 고통은 익숙한 것이다. 나는 내 머릿속의 작고 하얀 방으로 들어갔다. 구름 색깔 방. 깨끗한 솜과 아기 토끼 냄새가 나는 곳. 방안의 공기는 아주 옅은 슈거아몬드 핑크색이고, 더없이 아름다운 음악이 흘러나온다. 오늘은 카펜터스가 부르는 〈Top of the World〉였다. 아름다운 목소리…… 그녀의 목소리는 더없이 행복하게 들리고 사랑으로 가득하다. 사랑스럽고 운좋은 캐런 카펜터.

---

* '곧 죽을 자들이 당신께 경배드립니다'라는 뜻의 라틴어.

케일라는 바르고 떼어내기를 반복했다. 그녀가 내게 무릎을 양옆으로 벌리고 양쪽 발꿈치를 붙이라고 했다. 개구리 다리처럼요, 내가 말했지만, 그녀는 자기 일에 열중해서 내 말을 못 들은 것 같았다. 그녀가 바로 아래쪽부터 털을 떼어냈다. 나는 그런 것이 가능하리라곤 생각조차 해보지 못했었다. 다 끝낸 뒤 그녀는 다시 보통 때처럼 누우라고 하고 종이 팬티를 벗겼다. 그리고 남아 있는 털에 뜨거운 왁스를 바르고 의기양양하게 그 전부를 떼어냈다.

"다 됐어요." 케일라가 장갑을 벗고 손등으로 이마를 닦으며 말했다. "이러니까 훨씬 좋아 보이네요!"

그녀가 손거울을 건넸고 나는 내 모습을 볼 수 있었다. "털이 하나도 없네요!" 내가 겁에 질려 말했다.

"그렇죠, 할리우드니까요." 그녀가 말했다. "그걸로 해달라고 말씀하셨잖아요."

내 주먹이 불끈 쥐어졌고, 믿기지가 않아 머리를 가로저었다. 내가 여기 온 것은 이제부터 평범한 여자로 살기 위해서였는데, 그렇게 되기는커녕 케일라가 나를 어린아이로 보이게 만들어놓은 것이다.

"케일라," 내가 말했다. 지금 나 자신이 처한 상황을 믿을 수 없었다. "내가 관심 있는 남자는 평범한 성인 남자예요. 평범한 성인 여자와 성관계를 맺고 싶어할 거라고요. 그가 소아성애자라는 걸 암시하려는 건가요? 어떻게 감히!"

케일라가 겁에 질린 표정으로 나를 빤히 쳐다보았다. 이런 일이라면 나는 겪을 만큼 겪었다.

"자, 이제 나는 옷을 입겠어요." 내가 얼굴을 벽 쪽으로 돌리며 말했다.

케일라가 나갔고, 나는 침대에서 내려왔다. 바지를 입으면서, 거기 털은 우리가 처음으로 친밀한 만남을 갖기 전에 틀림없이 다시 자랄 거라는 생각으로 나 자신을 위로했다. 나는 나가면서 케일라에게 팁을 주지 않았다.

사무실로 돌아왔을 때 내 컴퓨터는 여전히 작동하지 않았다. 나는 조심조심 자리에 앉아 IT팀의 레이먼드에게 다시 전화를 걸었지만, 대번에 그의 엉뚱한 메시지가 흘러나왔다. 위층으로 올라가 그를 직접 찾아보기로 했다. 자동응답 메시지로 보건대 그는 전화벨이 울려도 무시하면서 아무것도 하지 않고 가만히 앉아 있을 인간 같았다. 의자를 뒤로 밀며 일어서려는데 한 남자가 내 책상으로 다가왔다. 키는 나보다 더 클 것 같지 않았고, 녹색 운동화에 몸에 잘 맞지 않는 데님 바지와 개가 개집 위에 드러누운 모습이 만화로 그려진 티셔츠를 입고 있었다. 불룩 나온 배 때문에 티셔츠가 당겨져 팽팽했다. 옅은 모래색 머리칼은 짧게 깎았는데, 숱이 줄고 머리가 벗어진다는 사실을 숨기려고 그런 것 같았다. 금색 수염이 까칠하게 군데군데 자라 있었다. 눈에 보이는 피부는 얼굴과 몸 전부 분홍색이었다. 내 마음속에 단어 하나가 떠올랐다. 돼지.

"음, 올리펀트?" 그가 말했다.

"네, 엘리너 올리펀트. 제가 그 사람인데요." 내가 말했다.

그가 넘어질 듯한 걸음걸이로 내 책상을 향해 다가왔다. "IT팀 레이먼드예요." 그가 말했다. 나는 악수를 하려고 손을 내밀었고,

그는 약간 주저하다가 마침내 내 손을 잡았다. 현대의 매너가 사라지고 있다는 또하나의 한탄스러운 증거. 나는 자리를 비켜 그가 내 책상 앞에 앉게 해주었다.

"문제가 뭐 같아요?" 그가 내 컴퓨터 화면을 바라보며 물었다. 내가 말해주었다. "오키도키." 그가 요란하게 자판을 두들기며 말했다. 나는 〈텔레그래프〉를 집어들고 휴게실에 가 있겠다고 말했다. 그가 컴퓨터를 고치는 동안 내가 옆에 서 있는 것은 별로 의미가 없었다.

오늘 크로스워드 퍼즐의 문제를 낸 사람은 '엘가'였는데, 그가 주는 단서는 늘 품위가 있고 공정했다. 내가 펜으로 이를 톡톡 치면서 12번 세로 문제를 고민하는데 레이먼드가 휴게실로 성큼 들어오며 내 생각의 흐름을 끊었다. 그가 내 어깨 너머를 쳐다보았다.

"크로스워드 퍼즐, 맞죠?" 그가 말했다. "나는 그걸 하는 이유를 도대체 모르겠더라고요. 나한테는 언제라도 재미있는 컴퓨터게임만 있으면 되죠. 〈콜 오브 듀티〉……"

나는 그가 나불거리는 얼빠진 말을 무시했다. "고쳤어요?" 내가 물었다.

"넵," 그가 말했고, 기분이 좋은 것 같았다. "아주 고약한 바이러스에 감염됐던데요. 하드드라이브를 깨끗이 청소하고 파이어월을 다시 깔았어요. 이상적으로 하려면 일주일에 한 번씩 시스템 전체를 스캔해야 해요." 그는 내가 알아듣지 못했다는 것을 내 표정으로 눈치챈 것이 틀림없었다. "가요, 보여줄게요." 우리는 복도를 걸어갔다. 그의 흉측한 운동화가 바닥에 닿을 때마다 찍찍 소리가 났다. 그가 기침을 했다.

"그러니까…… 음, 여기서 오래 일했어요, 엘리너?" 그가 말했다.

"네." 내가 걷는 속도를 높이며 대답했다.

그는 나를 간신히 따라잡았고, 약간 숨이 찬 듯했다.

"그렇군요." 그가 말했다. 그리고 목을 큼큼 풀었다. "나는 몇 주 전부터 여기서 일하기 시작했어요. 전에는 샌더슨스에 있었고요. 시내에 있는 거요. 거기 알아요?"

"아니요." 내가 말했다.

우리는 내 책상 앞에 이르렀고, 나는 의자에 앉았다. 그가 너무 가까이에서 맴돌았다. 그에게서 음식냄새, 그리고 희미하게 담배 냄새가 났다. 불쾌했다. 그가 내게 어떻게 하면 되는지 말해주었고, 나는 그가 알려준 대로 하면서 그 과정을 잘 기억해두었다. 다 끝났을 때쯤 기술적 문제에 대한 그날 치 내 흥미는 한계에 다다라 있었다.

"도와줘서 고마워요, 레이먼드." 내가 날 선 목소리로 말했다. 레이먼드가 경례를 붙인 뒤 몸을 일으켜세웠다. 그보다 덜 군인 같아 보이는 사람을 상상하기도 힘들 것이다.

"별거 아닌걸요, 엘리너. 또 봅시다!"

나는 이번달 연체된 거래 목록이 정리된 스프레드시트를 열며 그럴 일은 없어, 하고 생각했다. 그는 발바닥의 불룩한 부분을 세게 튕겨 이상하게 통통 튀는 걸음걸이로 성큼성큼 멀어졌다. 내가 보기에, 매력 없는 남자들이 많이들 그런 식으로 걷는 것 같다. 단언컨대 운동화는 도움이 되지 않는다.

요전날 밤, 그 가수는 아름다운 가죽 브로그*를 신고 있었다. 그는 키가 크고 우아하고 기품이 흘렀다. 그 가수와 레이먼드가 같은 종족이라고는 믿기 어려웠다. 의자에서 살짝 옮겨 앉는데 불편한 느낌이 들었다. 아랫도리가 욱신거리며 아팠고 가렵기 시작했다. 팬티를 다시 입었어야 했나보다.

송별회는 네시 반쯤 시작했고, 나는 밥의 공식 송별사가 끝났을 때 모두에게 내가 있다는 것을 알리려고 과하게 박수를 치고 큰 소리로 "맞아요, 맞아요, 브라보!" 하고 외쳤다. 나는 네시 오십구분에 사무실에서 나왔고, 방금 거기 털을 없앤 탓에 시작된 피부 마찰이 허락하는 한 빠르게 쇼핑몰로 걸어갔다. 다섯시 십오분에 도착했다. 다행이다. 그 일의 중요성을 고려하면서 나는 손안에 든 새, 라는 말을 떠올리고 있었다. 그래서 처음 보이는 큰 백화점으로 곧장 들어와 엘리베이터를 타고 전자제품 매장으로 올라갔다.

회색 셔츠를 입고 반짝거리는 타이를 맨 젊은 남자가 커다란 텔레비전 화면이 줄지어 진열된 곳을 응시하고 있었다. 나는 그에게 다가가 컴퓨터를 구입하고 싶다고 말했다. 그는 겁먹은 듯 보였다.

"데스크톱 노트북 태블릿 어떤 걸로요." 그가 단조로운 어투로 말했다. 나는 그가 무슨 이야기를 하는지 전혀 알 수 없었다.

"전에 컴퓨터를 사본 적이 없어요, 리엄." 나는 그의 명찰을 보며 말했다. "테크놀로지에는 문외한인 소비자예요."

그가 갇혀 있는 커다란 목젖을 자유롭게 해주려는 것처럼 셔츠 칼라를 잡아당겼다. 그의 얼굴은 가젤이나 임팔라와 닮았다. 크고

---

* 무늬가 새겨진 가죽구두.

둥근 눈이 얼굴 양옆에 붙은, 재미없게 생긴 베이지색 동물. 결국는 표범에게 잡아먹히는 동물.

시작이 불안했다.

"어떤 용도로 쓰실 건가요?" 그가 시선을 마주치지 않고 물었다.

"그건 당신이 상관할 바가 전혀 아닌데요." 나는 그 말이 몹시 거슬려 그렇게 말했다.

그가 울 것 같은 표정을 짓는 걸 보고 나는 미안해졌다. 그는 그저 어릴 뿐이다. 나는 신체 접촉을 싫어하지만 그의 팔에 손을 갖다댔다.

"이번 주말에 기필코 인터넷을 써야 해서 조바심이 좀 났나봐요." 내가 설명했다. 그의 불안한 표정은 걷히지 않고 그대로였다.

"리엄," 내가 천천히 말했다. "나는 그저 인터넷을 기반으로 집에서 편안하게 조사를 하려고 컴퓨터 장비를 구입하려는 거예요. 컴퓨터로 전자 메시지를 시간 맞춰 보내는 것도 할 수 있을 테고요. 그게 다예요. 적당한 제품의 재고가 있나요?"

청년이 천장을 응시하며 곰곰이 생각에 잠겼다. "인터넷을 무선으로 쓸 수 있는 노트북이면 된다는 거죠?" 그가 말했다. 맙소사, 왜 나한테 묻는 거지? 내가 고개를 끄덕이고 그에게 직불카드를 건넸다.

내가 쓴 돈의 액수에 살짝 현기증을 느끼며 집에 돌아오니, 먹을 게 아무것도 없었다. 금요일은 물론 마르게리타 피자를 먹는 날이지만 내 일상이 처음으로 궤도를 약간 벗어났다. 나는 마른행주를 보관하는 서랍에 전단지를 넣어둔 것이 생각났다. 전에 우리집 우편함에 끼워져 있던 것이었다. 나는 쉽게 전단지를 찾아내 반듯하게 폈다. 아래쪽에 할인 쿠폰이 있었지만 유효기간이 만료된 것이었다. 가격이 인상됐을지도 모르지만 전화번호는 그대로일 거라고 생각했다. 피자는 여전히 팔 것 같았다. 하지만 이 옛날 가격조차 터무니없이 비싸서 나는 정말로 크게 웃음을 터뜨렸다. 테스코 메트로에서 파는 피자는 그 가격의 반의반밖에 하지 않았다.

그래도 한번 먹어보기로 했다. 그랬다, 사치스럽고 낭비겠지만, 그러지 않을 이유는 또 뭔가? 인생이란 새로운 것을 시도하고 경계를 탐험하는 것이라는 걸 다시금 떠올렸다. 전화를 받은 남자는 십오 분 안에 피자가 배달될 거라고 말했다. 나는 머리를 빗고 슬리퍼를 벗고 출근할 때 신는 신발을 다시 신었다. 이 사람들이 후추는 어떻게 뿌려줄지 궁금했다. 올 때 후추 가는 기구를 가져올까? 분명 문간에 선 채로 후추를 갈아 피자에 뿌려주지는 않을 것이다. 배달원이 차를 마시고 싶어할지 몰라서 찻물을 올렸다. 전화로 가격을 말해줘서 나는 돈을 꺼내 봉투에 넣은 뒤 앞면에 피자 프론토라고 썼다. 주소는 굳이 쓰지 않았다. 일반적으로 팁을 주는지 궁금했고, 물어볼 사람이 있으면 좋겠다고 생각했다. 엄마는 아마 이런 조언은 해주지 못할 것이다. 엄마는 자기가 뭘 먹을지도 결정하지 못하는 사람이니까.

피자를 시켜 먹는 계획에 결함이 있다면, 와인이었다. 전화 받은 남자가 와인은 배달하지 않는다고 말했고, 솔직히 내가 그걸 물어봤다는 걸 아주 재미있게 생각하는 것 같았다. 이상하다. 피자에 와인만한 게 또 어디 있다고? 피자와 함께 마실 것을 제시간에 손에 넣을 방법이 뭐가 있을지 알 수 없었다. 정말로 마실 것이 필요했다. 피자가 오기를 기다리는 동안 이에 대해 고민해보았다.

결국 피자를 시켜 먹은 경험은 매우 실망스러웠다. 그 남자는 큰 박스를 내 손에 건네주더니 봉투를 받아갔고, 무례하게도 내 앞에서 봉투를 찢어 열었다. 남자가 동전을 세면서 작게 제기랄, 하고 중얼거리는 소리가 들렸다. 나는 작은 도자기 접시에 50펜스짜리 동전을 모으고 있었는데, 지금이 그것을 다 써버릴 완벽한 기회 같았다. 그를 위해 동전을 하나 더 넣어두었지만, 그에게서 고맙다는 말은 듣지 못했다. 무례하긴.

피자는 아주 기름졌고, 반죽은 늘어지고 맛이 없었다. 나는 다시는 피자를 시켜 먹지 않겠다고, 특히 그 뮤지션과 있을 때는 단연코 그러지 않겠다고 그 자리에서 결심했다. 우리가 피자를 먹어야 하고 테스코 메트로가 너무 멀다면 두 가지 중 하나가 가능하다. 한 가지는 블랙캡*을 타고 시내로 가서 세련된 이탈리아 레스토랑에서 식사를 하는 것이다. 또 한 가지는 그가 이것저것 재료를 모아서 우리 둘이 먹을 피자를 만드는 것이다. 그가 그 길고 호리호리한 손가락으로 반죽을 잡아당기고 치댄 뒤 원하는 모양이 될 때까지 손으로 두들길 것이다. 요리용 레인지 앞에 서서, 토마토에 신선한 허브를 뿌려 그것이 졸아 걸쭉한 소스가 될 때까지 보글보글 끓일 것이고 거기 올리브오일을 조금 부어 반지르르하고 매끄러운 느낌을 낼 것이다.

그는 그의 날씬한 골반에 편안하게 밀착되는 오래되고 아주 편한 청바지를 입고 있을 것이다. 듣기 좋은 목소리로 혼자 조용히 노래를 부르고 맨발로 바닥을 톡톡 치며 소스를 저을 것이다. 피자

* 영국의 전통적인 검은 택시를 말한다.

반죽이 완성되면 그 위에 아티초크와 회향 깎은 조각들을 얹고 오븐에 넣은 뒤 나를 찾아내서, 내 손을 잡고 부엌으로 갈 것이다. 식탁은 이미 꾸며놓은 뒤일 텐데, 한복판에 치자나무 꽃을 띄운 접시가 있고, 색유리 잔에는 티라이트 불꽃이 일렁일 것이다. 그는 뽁 하는 길고 만족스러운 소리와 함께 천천히 바롤로 와인의 코르크 마개를 뽑을 테고, 병을 식탁에 놓은 뒤 내가 앉을 의자를 빼줄 것이다. 내가 앉기 전에 그는 나를 끌어안고 키스할 것이다. 그가 두 손으로 내 허리를 감싸안고 바짝 끌어당기면, 나는 그의 맥박을 느끼고 그의 달콤하고 알싸한 체취와 따뜻하고 설탕 같은 숨결을 맡을 것이다.

형편없는 피자를 먹어치운 뒤 박스를 쓰레기통에 들어갈 만큼 작게 쭈그러뜨리려고 그 위에서 쿵쿵 뛰는데 브랜디가 있다는 사실이 떠올랐다. 엄마가 충격을 받았을 때는 브랜디가 좋다고 늘 말했기 때문에 만약의 경우를 대비해 몇 년 전에 사둔 것이었다. 욕실 수납장에 다른 비상용품과 함께 넣어두었다. 가보니 거기 브랜디가 있었다. 둘둘 감긴 붕대와 손목 지지대 뒤에, 레미마르탱 반병짜리가 가득, 뚜껑도 따지 않은 채로. 뚜껑을 돌려 열고 한 모금 마셨다. 보드카만큼 좋진 않았지만 나쁘지 않았다.

이전에 새 컴퓨터를 설치해본 적이 없어서 노트북 때문에 걱정을 많이 했는데, 해보니 아주 쉬웠다. 무선 인터넷도 복잡하지 않았다. 나는 브랜디와 노트북을 식탁으로 가져가 구글 검색창에 그의 이름을 넣고 엔터키를 눌렀다. 그리고 손으로 눈을 가렸다가 몇 초 뒤 손가락 사이로 쳐다보았다. 수백 개의 결과가 나왔다! 이 일이 아주 쉬워질 것 같아서 나는 페이지를 조금씩 나눠서 보기로 했다. 어쨌거나 내게 주말 전체가 주어졌으니 서두를 이유가 없었다.

첫 링크는 나를 그의 웹페이지로 데려갔고, 거기에는 그와 그의 밴드 사진들이 도배가 되어 있었다. 나는 코가 거의 화면에 닿을 정도로 바짝 다가갔다. 내가 그를 상상으로 만들어낸 것도 아니었고, 그의 아름다움을 과대평가한 것도 아니었다. 다음 링크가 데려간 곳은 그의 트위터였다. 나는 나 자신에게 그의 최신 메시지 세 개를 읽는 기쁨을 허락했는데, 두 개는 풍자적이고 위트가 넘쳤고, 세번째는 아주 매력적이었다. 거기엔 그가 전문가 입장에서 다른 뮤지션에 대해 감탄하는 내용이 담겨 있었다. 이 남자 참으로 마음이 넓구나.

다음으로 그의 인스타그램. 그는 거의 오십 장의 사진을 올려놓았다. 아무거나 하나를 클릭했는데, 근접 촬영한 얼굴 사진이었다. 자연스럽고 편안해 보였다. 그는 완벽하게 곧고 고전적인 비율을 갖춘 고대 로마인의 코를 가지고 있었다. 귀 또한 완벽해서 딱 적당한 크기였고 소용돌이 모양의 피부와 연골도 흠 없는 대칭을 이루었다. 눈은 옅은 갈색이었다. 장미가 빨갛고 하늘이 파란 것처럼, 그런 식으로 옅은 갈색이었다. 옅은 갈색이란 어떤 의미인지 그 정의를 내리는 눈이었다.

그 페이지에 사진이 줄줄이 올려져 있었지만, 내 뇌가 손가락을 강제로 움직여 버튼을 누르고 검색엔진으로 돌아가게 만들었다. 나는 구글이 찾아준 나머지 사이트들도 훑어보았다. 유튜브에 공연 동영상이 있었다. 기사와 리뷰도 있었다. 그것은 검색 결과의 첫 페이지에 불과했다. 그에 관해 찾을 수 있는 정보는 빼놓지 않고 읽어서, 그에 대해 제대로 알아낼 것이다. 어쨌거나 나는 검색과 문제 해결을 아주 잘하는 것 같았다. 자랑하려는 게 아니다. 그저 사실을 말하는 것이다. 그가 결국 내 평생의 사랑이 된다면, 그에 대해 더 많이 알아내는 것은 마땅히 해야 할 일, 지각 있는 접근 방법이었다. 나는 브랜디와, 회사에서 빌려온 새 공책과 촉이 뾰족한 펜을 들고 행동 계획에 착수할 준비를 하고 소파로 갔다. 브랜디는 따뜻하면서도 진정시켜주는 효과가 있어서 나는 계속 홀짝거렸다.

내가 눈을 떴을 때는 새벽 세시가 막 지나 있었고, 펜과 공책이 바닥에 나뒹굴고 있었다. 브랜디가 목안을 타고 내려갈 때 생각이 슬슬 곁길로 빠져 몽상에 빠져든 것이 천천히 떠올랐다. 내 손등은 검은 잉크로 문신을 한 것 같았다. 거기에 그의 이름을 쓰고 또 쓰고 그 하나하나에 일일이 사랑의 하트를 감싸놓았는데, 그 바람에 깨끗한 채로 남아 있는 피부는 1인치도 되지 않았다. 병에 브랜디 한 모금이 남아 있었다. 나는 쭉 들이켠 뒤 침대로 갔다.

3

왜 그 남자지? 왜 지금이지? 월요일 아침 정류장에서 버스를 기다리며 나는 그 이유를 알아내려고 해보았다. 쉽지 않았다. 어쨌거나 운명의 작용을 누가 이해할 수 있겠는가? 나보다 훨씬 더 커다란 정신을 소유한 이들도 결론에 이르려고 시도했지만 실패했다. 그가 나타났다. 신들이 보내준 선물인 잘생기고 우아하고 재능 있는 그가. 나는 나 혼자로 괜찮았다. 완전 괜찮았다. 하지만 나는 엄마를 계속 행복하고 평온하게 해주어야 했다. 그래야 엄마가 나를 평화롭게 놔둘 테니까. 남자친구라면—남편이라면?—요령껏 해낼 것이다. 내가 누군가를 필요로 한 게 아니었다. 앞서 말했듯 나는 완전 괜찮았다.

주말 동안 입수 가능한 사진 증거를 한참 바라본 뒤 나는 그의 눈에 특히 최면적인 데가 있다는 결론에 도달했다. 내 눈도 색조는 비슷했지만, 아름답다고 말하기에는 턱없었고, 구릿빛의 아른거리는 깊이도 느껴지지 않았다. 그 모든 사진을 보면서 나는 누군가가 떠올랐다. 그것은 얼음 안에 갇히거나 연기로 뿌예진 얼굴처럼, 뚜렷하지 않은 절반의 기억이었다. 꼭 내 것과 같은 눈, 작은 얼굴에 크고 여려 보이고 눈물이 가득한 눈.

말도 안 돼, 엘리너. 잠시나마 그런 감상에 빠져 허우적거린 나 자신이 실망스러웠다. 어쨌거나 이 세상의 많은 사람들이 나처럼 옅은 갈색 눈을 가지고 있다. 그것은 과학적인 사실이었다. 사회에서 일상적인 교류를 하는 동안 일부 사람들과 시선을 마주치는 것은 통계학적으로 불가피한 일이다.

하지만 다른 뭔가가 내 마음을 괴롭히고 있었다. 모든 연구는 사람들이 대략 자기만큼 매력적인 파트너를 선택하는 경향이 있음을 보여준다. 끼리끼리 만난다. 그것이 일반적이다.

내가 착각에 빠진 것은 전혀 아니었다. 외모의 관점에서 그는 십 점이고 나는…… 나는 내가 몇 점인지 모르겠다. 확실히 십 점은 아니다. 물론 그가 피상적인 것 이상을 볼 수 있기를, 좀더 깊이 볼 수 있기를 바라지만, 그렇다 해도 그의 직업이 직업인 만큼, 그의 파트너의 외모가 적어도 남 앞에 보여줄 만한 수준은 돼야 한다는 걸 나는 알고 있었다. 뮤직 비즈니스, 쇼 비즈니스, 모두 이미지와 관련된 것이다. 그러니 그는 얼간이들 눈에 부적절해 보이는 외모를 가진 여자와 함께 있는 모습을 보여줄 수는 없을 것이다. 나는 그 사실을 잘 알고 있었다. 그 역할에 걸맞은 모습을 갖추려면 최선을 다해야 했다.

그가 온라인에 새 사진들을 올렸다. 얼굴 사진 두 장이었는데, 오른쪽과 왼쪽의 옆얼굴을 각각 근접 촬영한 것이었다. 양옆에서 보이는 모습이 완벽했고, 양쪽이 똑같았다. 객관적으로 봐도 그야말로 그는 못생긴 쪽이 없었다. 물론 아름다움의 정의를 내리는 한 가지 특징은 대칭이고, 그것 또한 모든 연구가 의견의 일치를 보이는 점이다. 어떤 유전자 풀이 그렇게 잘생긴 후손을 만들어냈는지 궁금했다. 그에게도 남자 형제나 여자 형제가 있을까, 있겠지? 우리가 함께하게 되면 나는 그들도 만날 수 있을 것이다. 나는 대체로 부모에 대해 많이 알지 못하고, 형제자매에 대해서는 특히 잘 모르는데, 내가 양육된 방식이…… 통념을 벗어났기 때문이었다.

나는 아름다운 사람들에 대해 안타까움을 느낀다. 아름다움은, 그것을 소유한 순간부터 이미 조금씩 사라져가는 이슬 같은 것이다. 그렇게 살면 힘들 것이다. 늘 자신에게 그 이상이 있음을 증명해야 한다는 것. 사람들이 겉모습 이면을 봐주길 바라는 것, 황홀한 몸과 반짝이는 눈과 숱 많고 윤기 흐르는 머리칼 때문이 아니라, 당신이기 때문에 사랑받고 싶어한다는 것.

대부분의 직업에서 나이가 든다는 것은 직장에서 더 좋은 대우를 받는 것, 연륜과 경험 덕분에 존경을 받는 것을 의미한다. 하지만 당신이 외모가 중요한 직업을 갖고 있다면, 실상은 그 반대가 된다. 얼마나 우울한 일인가. 다른 사람들의 불친절한 태도를 겪어야 한다는 것 또한 틀림없이 힘들 것이다. 가혹하고 덜 매력적인 그 모든 사람들이 당신의 아름다움을 질투하고 그것에 분개한다. 믿을 수 없을 만큼 공정하지 않은 태도다. 어쨌거나 아름다운 사람들은 그렇게 태어나게 해달라고 요구한 것이 아니다. 누군가가 매력적이라는 이유로 그 사람을 좋아하지 않는 것은 누군가가 기형이어서 그 사람을 좋아하지 않는 것만큼이나 불공정하다.

사람들이 내 얼굴, 내 오른쪽 뺨에 관자놀이부터 턱까지 도도록하게 곡선을 그리며 내려오는 하얀 흉터를 보고 반응을 보여도 나는 아무렇지 않다. 나는 쳐다봄의 대상, 수군거림의 대상이다. 사람들이 나를 돌아본다. 이유는 완전히 다르지만 그 역시 사람들이 돌아보는 대상이기에, 그가 그런 것을 이해할 거라고 생각하면 나는 안심이 된다.

나는 오늘 다른 읽을거리 때문에 〈텔레그래프〉는 건너뛰었다. 여성 잡지들을 좀 사느라 터무니없이 많은 돈을 썼다. 죄다 조잡하고 야한 잡지, 두껍고 번쩍거리는 잡지들로, 하나같이 다양한 기적과 단순하지만 삶을 향상시키는 변화를 약속하고 있었다. 이전에는 살 생각조차 해본 적 없는 것들이었다. 물론 병원 대기실이나 다른 시설을 이용하러 갔을 때 몇 권 훑어보기는 했었다. 실망스럽게도 그 잡지들 어디에도 알쏭달쏭한 크로스워드 퍼즐은 없었다. 정확하게는 한 권에 '탤런트 이름 찾기'가 실려 있었는데, 일곱 살짜리 아이의 지능도 모욕할 만한 수준이었다. 그 하찮은 잡지들을 살 돈이면 와인 세 병이나 프리미엄 브랜드 보드카 1리터짜리 한 병을 살 수 있었을 것이다. 그럼에도 불구하고, 오랜 고심 끝에 그 잡지들이 내게 필요한 정보를 줄 수 있는 가장 믿을 만한 자료이자 쉽게 손에 넣을 수 있는 자료라는 결론에 이르렀다.

그 잡지들은 내게 어떤 옷을 입고 어떤 구두를 신을지, 어울리는 스타일로 머리를 손질하려면 어떻게 해야 하는지 알려주었다. 또한 어떤 화장품을 사서 어떻게 바르면 되는지도 알려주었다. 그렇게 하면 나라는 사람은 사라지고 일반적인 여자로서 받아들여질 만한 존재가 되는 것이다. 나를 빤히 쳐다보는 사람은 없을 것이다. 궁극적인 목표는 일반적인 인간 여자로 위장하는 데 성공하는 것이다.

엄마는 걸핏하면 나더러 못생기고 비정상적인 꼴불견이라고 말했다. 심지어 흉터가 생기기 전인 아주 어렸을 때부터 그랬다. 그래서 나는 이런 변화를 만들어내는 것이 매우 행복했다. 흥분이 됐다. 나는 빈 캔버스였다.

그날 저녁 집에서, 손상된 내 손을 씻으면서 세면대 위 거울을 보았다. 거기 내가 있었다. 엘리너 올리펀트. 연갈색 긴 생머리가 허리까지 내려오고 피부색은 파리하고 얼굴에는 불로 쓴 문서 같은 흉터가 있었다. 코는 너무 작고 눈은 너무 컸다. 귀는 그냥 평범했다. 대략 평균 키에 대충 평균 몸무게였다. 나는 평균을 열망한다…… 살면서 나는 줄곧 너무 많은 관심을 받아왔다. 나를 지나쳐 가세요, 제발 가던 길을 가세요, 여긴 볼 게 없어요.

나는 거울을 자주 보는 편이 아니다. 그 사실과 내 흉터는 아무 상관이 없다. 이유는 나를 맞받아 쳐다보는 불안한 유전자 믹스 때문이다. 거기서 나는 엄마의 얼굴을 너무 많이 본다. 아버지를 나타내는 부분은 알아볼 수가 없다. 아버지를 만난 적이 한 번도 없고, 내가 아는 한 사진으로 남겨진 기록도 존재하지 않기 때문이다. 엄마는 아버지 이야기를 꺼낸 적이 거의 없었고, 드물게 이야기가 나오면 '생식세포 기증자'라고 불렀다. 한번은 엄마의 『새 옥스퍼드 영어사전 간결판』에서 그 단어(그리스어로 γαμέτης, 즉 '남편'에서 파생되었다. 어렸을 때 어원을 찾아 나섰던 이런 모험이

고전에 대한 내 사랑에 불꽃을 일으켰을까?)를 찾아보았는데, 그 뒤로 여러 해 동안 이 기이한 상황들의 조합에 궁금증을 품고 지냈다. 그토록 어린 나이에도, 나는 인위적인 임신은 부주의하고 즉흥적이고 무계획적으로 부모가 되는 것과는 정반대임을, 어머니가 되고자 굳게 결심한 진지한 여자들이 감행하는 지극히 의도적인 결정임을 이해하고 있었다. 주어진 증거와 내가 경험한 바를 토대로, 나는 엄마가 그런 여자일 거라고는, 그렇게 간절히 아이를 바란 여자였을 거라고는 믿을 수가 없었다. 결국 내가 맞았다는 게 밝혀졌다.

마침내 나는 나 혼자 상상한 상황들에 대해 직접 물어봐야겠다고, 정자를 기증한 신비의 인물인 아버지에 대해 알아낼 수 있는 정보를 찾아야겠다고 용기를 냈다. 그런 상황에 있는 아이라면 누구라도 그렇게 했을 것이고, 나처럼 특별한 상황에서라면 아마 더욱 그랬을 것이다. 나는 부재한 한쪽 부모의 성격과 외모에 대해 작지만 강렬한 환상을 품고 있었다. 엄마는 웃고 또 웃었다.

"기증자? 내가 정말로 그렇게 말했어? 그건 그저 메타포였어, 아가." 엄마가 말했다.

내가 찾아봐야 할 단어가 또하나 생겼다.

"사실 네 감정을 보호해주려고 그랬던 거야. 어느 정도…… 강제적인 기증이었다고 말할 수 있겠구나. 그 문제에서 다른 선택은 없었어. 내가 무슨 말 하는지 알겠니?"

나는 알겠다고 대답했지만 거짓말이었다.

"그분은 어디 사세요, 엄마?" 내가 물었고, 용감해진 기분이 들었다. "어떻게 생겼어요? 직업은 뭐예요?"

"어떻게 생겼는지는 기억 안 나." 엄마가 지겹다는 듯 내 말을 일축해버리는 어조로 말했다. "이 말이 도움이 된다면, 그 남자는 부패한 육류와 액상 로크포르 냄새가 났어." 내가 어리둥절한 표정을 지었나보다. 엄마는 몸을 앞으로 숙이고 내게 이를 드러내 보였다. "썩은 고기와 곰팡이 핀 고약한 치즈 냄새라고 해야 알아듣겠구나, 아가." 엄마는 잠시 말을 멈췄고, 다시 평정을 되찾았다.

"그 사람이 살았는지 죽었는지 나는 몰라, 엘리너." 엄마가 말했다. "살아 있다면 아마 수상하고 비윤리적인 수단으로 엄청난 부자가 됐겠지. 죽었다면, 진심으로 죽었길 바라는데, 지옥의 제7원*에서 고통받고 있을걸. 켄타우로스에게 조롱당하면서 펄펄 끓는 피와 불의 강물에 푹 잠겨 있을 거야."

그 순간 나는 깨달았다. 엄마에게 혹시 사진을 갖고 있는지 물어봤자 소용없다는 사실을.

---

* 단테의 『신곡』에서 지옥은 총 9원으로 되어 있는데, 제7원은 폭력을 행사한 자가 가는 곳이다.

4

수요일 저녁이었다. 엄마와 보내는 시간. 그 일이 일어나지 않기를 아무리 바라도 엄마는 기어코 어떻게든 연락을 해온다. 나는 한숨을 쉬고, 이제 에디 그런디의 사과주스가 발효에 성공했는지 알아내려면 일요일 옴니버스 편까지 기다려야 한다고 생각하면서 라디오를 껐다. 순간적으로 나는 낙관적인 기대를 간절히 품었다. 엄마와 이야기를 나누지 않아도 된다면 어떨까? 다른 사람과, 다른 누군가와 이야기를 나눌 수 있다면 어떨까?

"여보세요?" 내가 말했다.

"오, 안뇨옹. 아가씨. 나야. 날씨 참 어지간하지, 웅?"

엄마가 공공시설에 수용된 것은 그다지 놀라운 일이 아니지만—저지른 범죄의 성격을 고려하면 당연한 일일 것이다—가끔 자신이 구금되어 있는 곳의 억양과 은어를 배워서 필요 이상으로 훨씬 도가 지나친 모습을 보였다. 나는 그것이 엄마가 같이 지내는 사람들, 혹은 그곳 관리자들의 환심을 사는 데 도움이 될 거라고 짐작했다. 그저 재밌어서 그러는 걸 수도 있었다. 엄마는 억양을 따라 하는 데 아주 능할 뿐 아니라 그것 말고도 다양한 재주가 있는 사람이다. 엄마와 함께 있을 때는 누구라도 그래야 하겠지만, 나는 이 대화를 위해 앙가르드* 자세를 취하고 있었다. 엄마는 막강한 적수다. 어쩌면 무모한 시도가 되겠지만 나는 선제공격을 했다.

"일주일밖에 안 된 거 알지만 지난번 통화 이후 시간이 많이 지난 것 같아요, 엄마. 저는 일 때문에 정말 바빴어요. 그리고……"

이런 경우 엄마는 파이를 자르듯 멋지게 내 말을 자르고 나한테 맞게 억양을 바꾼다. 그 목소리. 나는 어린 시절 들었던 그 목소리를 기억하고 있고, 악몽을 꾸면 여전히 그 목소리를 듣는다.

"무슨 말인지 알겠어, 아가." 엄마가 말했다. 그리고 금세 이어 말했다. "있잖아, 오래 통화할 수는 없어. 네 한 주가 어땠는지 말해주렴. 어떻게 지냈니?"

나는 콘서트에 갔던 것과 직장 송별회에 대해 말했다. 다른 것에 대해서는 한마디도 하지 않았다. 엄마의 목소리를 듣자마자 익숙한 공포가 스멀스멀 이는 것을 느꼈다. 나는 내 소식을 엄마와 나누는 순간을, 사냥터에서 총탄 세례를 맞은 새를 물고 돌아오는 개처럼 엄마 발치에 그 소식을 내려놓는 순간을 몹시 고대하고 있었다. 그리고 이제 엄마가 그것을 잔혹하고 냉정하게 집어올려 그저 갈기갈기 찢어버릴 거라는 생각을 떨쳐버릴 수가 없었다.

---

* en garde. '경계 태세를 한'이라는 뜻의 프랑스어로, 펜싱에서는 준비 자세를 말하기도 한다.

"오, 콘서트라고, 아주 좋았겠구나. 나는 늘 음악을 좋아했지. 여기서 이따금 공연을 봐. 이곳에서 지내는 사람들 몇 명이 기분 내키면 레크리에이션실에서 즉석 합창회를 열거든. 그거 정말로…… 아주 굉장해."

엄마가 말을 멈췄고, 곧 누군가에게 으르렁대는 소리가 들렸다.

"젠장, 조디. 지금 내 딸하고 통화하고 있다니까. 너 같은 년 때문에 대화 시간을 줄일 생각은 없어." 정적이 흘렀다. "안 해. 이제 꺼져." 엄마가 목을 큼큼 풀었다.

"미안해, 아가. '쓰레기'로 통하는 여자야. 자기랑 비슷하게 중독된 친구들이랑 부츠에서 향수를 훔치다 걸렸어. '미드나이트 히트 바이 비욘세'를 훔쳤는데, 어쩜 그런 짓을 하는지." 엄마가 다시 목소리를 낮췄다. "우린 지금 범죄 배후 조종자들 이야기를 하는 게 아니야, 아가. 당분간 모리아티 교수는 편히 쉬어도 될 거다."

엄마가 웃었는데 칵테일파티에서나 들을 법한 하하호호 웃음이었다. 노엘 카워드* 영화의 등장인물이 등나무로 뒤덮인 테라스에서 기지 넘치는 말**을 즐겁게 주고받으며 내는 가볍고 밝은 웃음소리. 나는 대화를 더 진전시키려 해보았다.

"음…… 엄마는 어떻게 지내세요?"

"아주 잘 지낸단다. 아주 잘 지내. '수공예'를 하고 있어. 착하고 맘씨 좋은 여자들이 쿠션에 자수 놓는 법을 가르쳐줘. 자진해서 시

---

* 영국의 극작가이자 배우.

** bon mots. 이 소설에서 주인공은 중간중간 프랑스어를 사용하는데, 앞으로 주인공이 쓰는 프랑스어는 한국어로 옮겨 고딕체로 표기하고 프랑스어를 병기하기로 한다.

간을 내주다니 참 좋은 사람들이지, 안 그래?" 엄마가 길고 뾰족한 바늘을 가지고 있다고 생각하니 얼음 같은 물살이 내 등줄기를 타고 올라갔다 내려오는 것 같았다.

"내 이야긴 됐고," 엄마가 말했다. 날 선 목소리가 단단해졌다. "네 이야기를 듣고 싶은데. 주말 계획은 뭐니? 춤추러 갈 거니, 혹시? 너를 흠모하는 사람이 데이트 신청이라도 했어?"

그런 독설을. 나는 그 말을 애써 무시했다.

"지금 조사를 좀 하고 있어요, 엄마. 프로젝트 때문에요." 엄마의 숨소리가 빨라졌다.

"그래? 어떤 조사? 사물에 대한 조사, 아니면 사람에 대한 조사?"

어쩔 수가 없었다. 말해버렸다.

"사람이요, 엄마." 내가 말했다.

엄마가 너무 부드럽게 말해서 나는 거의 알아들을 수가 없었다.

"아, 그럼 게임이 진행중인 거로구나, 그렇지? 말해봐……" 엄마가 말했다. "완전 집중해서 듣고 있어, 아가."

"아직은 정말로 말할 게 없어요, 엄마." 내가 손목시계를 보며 말했다. "그냥 우연히 어떤…… 괜찮은…… 사람을 만났고…… 그 사람에 대해…… 좀더 알아보고 싶은 거예요." 내 반짝거리는 새 보석을 엄마와 나누고 엄마의 승인을 얻기 위해 엄마 앞에 그것을 내려놓을 용기를 내려면, 먼저 그 상황을 좀 다듬고 완벽하게 만들 필요가 있었다. 그때가 올 때까지 이런 순간에서 벗어나게 해줘요, 그만하게 해줘요, 부탁이에요.

"정말 멋져! 네 프로젝트의 업데이트 소식을 꾸준히 듣기를 고대하고 있을게, 엘리너." 엄마가 유쾌하게 말했다. "네가 특별한 사람을 찾길 내가 얼마나 바라는지 너도 알지. 적절한 사람. 그 세월 내내 우린 그 이야기를 하고 또 했잖니. 네가 네 인생에서 중요한 사람을 만나지 못해서, 엄마는 늘 너한테 뭔가 빠져 있다는 인상을 받았어. 네가…… 네 나머지 반쪽을 찾기 시작했다는 건 좋은 일이야. 말하자면 범죄 파트너." 엄마가 조용히 웃었다.

"저는 외롭지 않아요, 엄마." 나는 항의했다. "저는 혼자서도 잘 지내요. 늘 혼자 잘 지냈어요."

"글쎄, 네가 늘 혼자 지내진 않았을 텐데, 안 그러니?" 엄마가 말했고, 목소리는 교활하고 조용했다. 나는 목덜미에 땀이 차고 머리카락이 젖는 것이 느껴졌다. "그럼에도 네가 이 밤을 보내기 위해 필요한 게 있으면 뭐든 너 자신에게 말하렴, 아가." 엄마가 깔깔거리며 말했다. 엄마는 같이 있는 사람 누구도 별로 웃음이 나지 않을 일에 혼자 즐거워하는 재주가 있었다. "있잖아, 언제든 엄마한테 말해도 돼. 어떤 문제건. 누구에 대해서건." 엄마가 한숨을 쉬었다. "네 이야기를 정말 듣고 싶어, 아가…… 너는 물론 이해하지 못하겠지만, 엄마와 자식 간의 유대는…… 어떤 말로 하면 가장 좋은 설명이 될까…… 깰 수 없는 거야. 우리 둘은 영원히 연결돼 있어, 너도 알지. 내 혈관에 흐르는 피가 네 혈관에도 흘러. 너는 내 안에서 자랐어. 네 치아, 네 혀, 네 자궁경관, 그 전부가 내 세포, 내 유전자에서 만들어진 거야. 내가 네 안에 어떤 작고 놀라운 걸 자라게 남겨뒀는지, 어떤 코드를 작동하게 해뒀는지 누가 알겠어? 유방암? 알츠하이머? 두고 보자고. 너는 그 기간 내내 내 안에서 발효되었지. 기분좋고 편안하게, 엘리너. 네가 그 사실에서 아무리 달아나려 해도, 아가, 너는 절대로 그럴 수 없단다. 그렇게 강한 유대를 파괴하는 건 불가능하거든."

"그건 사실일 수도 있지만 사실이 아닐 수도 있어요, 엄마." 나는 조용히 말했다. 무모한 시도였다. 어디서 그럴 용기를 냈는지 모르겠다. 피가 내 몸속을 세차게 돌았고, 손이 바들바들 떨리기 시작했다.

엄마는 내가 아무 말도 하지 않은 것처럼 반응했다.

"그래, 또 연락하자, 응? 너는 네 작은 프로젝트를 계속 추진하고, 나하고는 다음주 같은 시간에 이야기하는 거야. 그럼 그렇게 하기로 한 거다. 이만 끊자, 안녕!"

주변이 적막해졌고, 나는 그제야 내가 울고 있었다는 것을 알아차렸다.

5

마침내 금요일. 회사에 출근하자 동료 직원들은 이미 전기주전자 주변에 모여 드라마 이야기에 빠져 있었다. 그들은 나를 못 본 척했다. 나는 그들과 대화를 시도하는 걸 그만둔 지 오래였다. 감청색 조끼를 의자 등받이에 걸치고 컴퓨터 전원을 켰다. 엄마와 대화한 것 때문에 좀 불안해져서 어젯밤에 또 잠을 설쳤다. 상쾌한 기분으로 업무를 시작하려고 먼저 차를 한 잔 마시기로 했다. 나는 위생을 이유로 개인 머그컵과 스푼을 책상 서랍 안에 넣어두고 쓴다. 직장 동료들은 이것을 이상하게 여긴다. 적어도 그들의 반응을 보면 그런 것 같다. 누군지도 모르는 사람의 손이 대충 씻은 더러운 컵으로 마셔도 그들은 아무렇지 않은가보다. 나는 모르는 사람이 핥고 빨던 티스푼을 한 시간도 채 지나기 전에 뜨거운 음료에 집어넣는 것에는 동의할 수 없다. 더럽다.

찻물이 끓기를 기다리는 동안 나는 그들의 대화를 듣지 않으려고 애쓰면서 개수대 앞에 서 있었다. 혹시 몰라 내 작은 찻주전자를 뜨거운 물로 한번 더 헹군 뒤 기분좋은 생각들로 빠져들어갔다. 그 사람에 대한 생각들로. 바로 지금 이 순간 그는 무엇을 하고 있을지 궁금했다. 작곡을 하고 있겠지, 아마? 아니면 아직 자고 있을까? 쉬고 있을 때는 그의 잘생긴 얼굴이 어떻게 보일지 궁금했다.

전기주전자가 탈칵 소리를 내며 꺼졌고, 나는 찻주전자를 데운 뒤 다즐링 퍼스트 플러시*를 넣었다. 그러면서도 내 마음은 여전히, 아름다운 모습으로 잠들어 있을 것으로 추정되는 음유시인에게 오롯이 흘러가 있었다. 직장 동료들의 어린아이 같은 웃음소리가 내 생각 속으로 비집고 들어오기 시작했고, 나는 그것이 내가 선택한 음료와 상관이 있을 거라고 생각했다. 그들은 아는 것도 없으면서 품질 나쁜 혼합 차의 티백을 머그컵에 넣고 펄펄 끓는 물로 우려낸 뒤 남은 향미마저 냉장고에 넣어둔 찬 우유로 희석시키면서 만족해한다. 이유는 모르지만 이번에도 이상하게 여겨지는 사람은 나다. 하지만 이왕 차를 마시는데 왜 그 즐거움을 극대화하기 위해 세심한 주의를 기울이지 않는가?

킥킥 웃는 소리가 계속되었고, 제이니가 흥얼거리기 시작했다. 숨기려는 시도조차 없었다. 이제 그들은 큰 소리를 내며 요란하게 웃고 있었다. 제이니는 흥얼거리는 소리를 멈추고 노래를 부르기 시작했다. 나는 멜로디도, 노랫말도 모르는 노래였다. 너무 심하게 웃느라 노래를 더 부를 수가 없는지 제이니는 노래를 멈췄는데, 그래도 요상하게 뒤로 걷는 동작은 계속했다.

---

* 3~4월에 수확하는 첫물차.

"굿모닝, 왜코재코.*" 빌리가 내게 소리쳤다. "하얀 장갑은 무슨 일로 꼈어요?"

그러니까 그들이 즐겁게 웃던 이유가 그것이었던 거다. 믿을 수 없었다.

"습진 때문에요." 내가 아이에게 설명하듯 천천히 인내심 있게 말했다. "수요일 저녁에 증상이 심해져서, 오른손 피부 염증이 악화됐어요. 감염을 막으려고 면장갑을 끼고 있는 거예요." 웃음소리가 잦아들고 긴 정적이 남았다. 그들은 침묵 속에 서로를 쳐다보았는데, 얼마간 들판의 반추동물처럼 보였다.

동료들과 지금처럼 비공식적이고 수다스러운 대화를 나누는 일은 많지 않아서, 이 기회를 십분 활용하는 것이 어떨까 하는 생각이 들었다. 내 애정의 대상이 버나뎃의 오빠와 관련이 있으니 그녀에게서 그에 대한 유용한 정보를 더 얻어내는 건 분명 시간문제겠지? 이 대화를 더 끌고 가고 싶은 마음은 들지 않았지만—버나뎃의 목소리는 아주 시끄럽고 걸걸했고, 웃음소리는 짖는원숭이 같았다—분명 내 시간을 조금 쓸 만큼의 가치는 있었다. 나는 운을 떼려고 할말을 준비하면서 시계 방향으로 차를 저었다.

"요전날 밤 콘서트 나머지 시간은 좋았어요, 빌리?" 내가 물었다. 그는 내 질문에 놀란 것 같았고, 그가 대답하기 전 잠시 침묵이 흘렀다.

"네, 괜찮았어요." 빌리가 말했다. 언제나처럼 똑 떨어지는 말투로. 이건 쉽지 않은 일이 될 것이다.

---

* 마이클 잭슨의 별명.

"다른 가수들 중에……" 나는 잠시 말을 멈추고 머리를 쥐어짜는 척했다. "조니 로몬드와 견줄 만한 수준의 사람이 있던가요?"

"다 괜찮았던 것 같아요." 그가 어깨를 으쓱하며 말했다. 통찰력하고는, 뻔하고 서술적인 산문체하고는. 내 예상대로, 어떻게 해서든 자기 쪽으로 관심을 돌릴 기회를 뿌리칠 리 없는 버나뎃이 지껄이기 시작했다.

"나 그 사람 알아요, 조니 로몬드." 그녀가 나를 보며 자랑스럽게 말했다. "그 사람 우리 오빠 친구였어요. 학교 친구."

"그래요?" 내가 이번만은 관심을 가장할 필요 없이 말했다. "어느 학교에 다녔어요?"

그녀는 학교 이름을 말했고, 말하는 방식이 내가 당연히 그 학교를 알고 있어야 한다는 투였다. 나는 애써 깊은 인상을 받은 표정을 지었다.

"두 사람이 지금도 친구예요?" 내가 다시 차를 저으며 물었다.

"그렇진 않아요." 그녀가 말했다. "조니가 폴의 결혼식에 왔었는데, 그뒤로 사이가 멀어진 것 같아요. 어떤 건지 알잖아요. 결혼하고 아이가 생기면 결혼 안 한 친구들과는 연락이 끊기는 거. 더이상 공통점이 별로 없으니까……"

버나뎃이 설명한 상황에 대해 아는 것도 없고 경험한 것도 없었지만, 나는 동의한다는 듯 고개를 끄덕였다. 그러는 내내 내 머릿속에서는 하나의 동일한 문장이 연속적으로 지나가고 있었다. 그는 결혼하지 않았어, 결혼하지 않았어, 결혼하지 않았어.

나는 차를 들고 내 책상으로 돌아갔다. 그들의 웃음소리는 이제 나지막한 소곤거림으로 변한 것 같았다. 나는 그것이 늘 못내 감탄스러웠다. 그들이 흥미롭고 재미있고 특별하다고 생각하는 그런 것들 말이다. 나로서는 그들이 그저 큰 보호를 받으면서 살아왔다고 추정할 수 있을 뿐이었다.

비서인 제이니가 가장 최근에 만난 네안데르탈인 같은 사람과 약혼을 했고, 그날 오후 그녀를 위한 선물 증정식이 있었다. 나는 그 모금에 78펜스를 보탰다. 내 지갑에는 동전 아니면 5파운드짜리 지폐뿐이었고, 잘 알지도 못하는 사람에게 줄 선물로 불필요한 물건을 사겠다고 공동으로 돈을 모으는 봉투에 엄청난 액수를 넣을 생각은 전혀 없었다. 여태 송별 선물, 출산 선물, 특별한 생일에 내가 투자한 돈이 수백 파운드는 될 텐데, 그 대가로 내가 받은 건 뭐지? 정작 내 생일은 아무도 모른 채로 지나갔다.

누가 골랐는지 몰라도 약혼 선물은 와인잔, 그리고 짝이 맞는 카라페였다. 보드카를 마시면 그런 장비는 필요 없다. 그냥 좋아하는 머그컵을 쓰면 된다. 나는 몇 년 전 중고품 가게에서 내 머그컵을 구입했는데, 한쪽 면에 얼굴이 둥그런 남자 사진이 있었다. 갈색 가죽 블루종 재킷을 입은 남자였다. 위쪽에 노랗게 이상한 글씨체로 Top Gear*라고 쓰여 있었다. 내가 이 머그컵에 대해 이해한다고 말할 수는 없다. 하지만 이 컵에 담기는 보드카 양이 완벽했고, 따라서 자주 채울 필요가 없었다.

제이니는 바보 같은 웃음을 흘리며 약혼 기간은 짧게 가질 계획

* 영국 BBC의 자동차 버라이어티 쇼.

이라고 말했다. 당연하게도 조만간 결혼 선물을 위한 모금이 불가피하게 뒤따를 터였다. 강제로 돈을 내야 하는 그 모든 일 중에서 가장 짜증나는 게 그거였다. 두 사람이 존 루이스 백화점을 돌아다니면서 자기들이 사용할 예쁜 물건들을 고른 뒤 나머지 사람들에게서 선물값을 걷는 것이다. 뻔뻔하기 짝이 없고 철면피한 행동이다. 골라오는 선물은 접시, 그릇, 포크와 스푼 같은 것들인데, 그러니까 그들은 이 순간 뭘 하고 있다는 말인가? 포장 용기에 있는 음식을 맨손으로 집어 입안에 넣는다는 말인가? 한 인간관계를 합법적으로 공식화하는 그 행위를 하게 되면, 친구나 가족, 직장 동료가 필수적으로 그들의 부엌살림 수준을 고급으로 만들어줘야 하는 건지 나는 그저 이해가 되지 않을 따름이다.

나는 실제로 결혼식에 가본 적이 없다. 두어 해 전 어느 저녁에 다른 직장 동료들과 함께 로레타의 피로연에 초대되어 간 적은 있다. 피로연은 공항 근처 끔찍한 호텔에서 열렸는데, 우리는 거기 가려고 미니버스를 빌렸다. 나는 시내로 갔다가 돌아오는 데 필요한 버스 요금에 더해 그 비용에도 돈을 보태야 했다. 손님들은 저녁 내내 자기가 마실 음료를 사서 마셔야 했고, 나는 그것에 충격을 받았다. 손님 대접은 내 전문 영역이 아니고 나도 그 사실은 인정하지만, 주최자라면 마땅히 손님들에게 술을 제공하는 책임을 져야 하지 않는가? 모든 사회와 문화에서 그것이 접대의 기본 원칙이며, 역사에 기록된 시간 이후 쭉 그래왔다. 결국 나는 수돗물을 마셨다. 나는 공개적인 자리에서는 술을 잘 마시지 않는다. 혼자 집에 있을 때만 진짜로 술을 즐긴다. 저녁 늦게, 적어도 차와 커피는 공짜로 제공됐다. 품질이 좋지 않은 짭조름한 페이스트리와 특이하게도 크리스마스 케이크 자른 것이 곁들여 나왔다. 몇 시간이고 계속 디스코 타임이 이어져서, 형편없는 사람들이 형편없는 음악에 맞춰 형편없는 춤을 추었다. 나는 혼자 앉아 있었고 아무도 내게 춤을 청하지 않았지만, 그건 전적으로 괜찮았다.

다른 손님들은 그 시간을 즐기는 것 같았다. 적어도 그랬을 거라고 나는 추정한다. 그들은 술에 취해 얼굴이 벌게져서 댄스플로어를 누비고 다녔다. 구두는 불편해 보였고, 서로의 얼굴에 대고 노랫말을 외쳐댔다. 그런 자리에는 절대 다시 가지 않을 것이다. 그저 차 한 잔과 케이크 한 조각을 먹자고 그런 곳에 갈 만한 가치는 없다. 하지만 그날 저녁이 완전히 허탕은 아닌 게, 나중에 먹으려고 소시지롤 거의 열두 개를 냅킨에 싸서 내 쇼퍼에 슬쩍 넣어올 수 있었기 때문이었다. 불행히도 맛은 별로였다. 늘 믿고 먹는 그레그스의 소시지롤 근처에도 가지 못했다.

약혼 선물을 주는 암울한 일이 끝나자, 나는 조끼의 지퍼를 잠근 뒤, 가능한 한 빨리 집으로 돌아가 노트북을 켜야겠다는 생각에 흥분해서 컴퓨터를 껐다. 아까 버나뎃에게서 금덩이 같은 새 정보를 얻어냈으니, 인터넷에 그의 학창시절에 관한 유용한 정보가 좀 있을 것이다. 학교 단체사진이 있다면 얼마나 굉장할까! 나는 그의 학창시절 모습이 궁금했다. 그가 줄곧 아름다웠는지, 아니면 상대적으로 늦은 시기에 찬란한 나비로 피어났는지. 내기를 한다면 나는 그가 태어날 때부터 눈부시게 아름다웠다는 데 돈을 걸 것이다. 그는 상도 줄줄이 받았을 것이다! 음악에서는 당연하고, 아마 영어에서도 받았을 것이다. 어쨌거나 그런 멋진 가사를 썼으니 말이다. 어느 쪽에서건 나는 그가 상을 받았을 거라는 느낌을 강하게 받았다.

나는 사무실에서 나갈 때 누군가와 대화하는 걸 피하려면 어떻게 나가야 할지 고민했다. 늘 질문들을 숱하게 해댔다. 오늘밤 뭐해요? 주말 계획 있어요? 휴가 예약은 했나요? 다른 사람들이 내 스케줄에 왜 그렇게 관심이 많은지 도무지 이해를 못하겠다. 나는 모든 순간에 대해 완벽하게 계획을 짰고, 드디어 내 쇼퍼가 사무실 문지방을 넘어가려는 찰나, 누군가가 문을 열고 내가 나갈 때까지 잡아주고 있다는 것을 알아차렸다.

"안녕하세요, 엘리너?" 그 남자는 내가 소매에서 벙어리장갑 끈을 푸는 동안 미소를 띤 채 인내심 있게 기다리고 있다가 말했다. 지금 같은 기온에는 벙어리장갑이 필요하지 않지만 계절은 바뀌고 결국 필요한 시기가 오니 나는 늘 장갑을 낄 준비를 하고 휴대한다.

"네." 내가 말했고, 이어 예의를 차려야 한다는 게 기억나 이렇게 중얼거렸다. "고마워요, 레이먼드."

"뭘요." 그가 말했다.

짜증나게도, 우리는 동시에 길을 걸어가기 시작했다.

"어디로 가요?" 그가 물었다. 나는 언덕을 향해 희미하게 고갯짓을 했다.

"나도 그쪽이에요." 그가 말했다.

나는 허리를 숙여 신발의 벨크로를 다시 고쳐 붙이는 척했다. 그가 그 의미를 알아차리기 바라며, 나는 되도록 시간을 오래 끌었다. 마침내 내가 다시 일어섰을 때 그는 여전히 팔을 옆으로 내린 채 거기 서 있었다. 그가 입은 더플코트가 눈에 띄었다. 더플코트라니! 분명 그건 어린애들이나 작은 곰인형들의 전유물일 텐데? 우리는 함께 언덕을 내려가기 시작했고, 그가 담뱃갑을 꺼내더니 내게 한 개비를 내밀었다. 나는 담뱃갑을 피해 몸을 뒤로 뺐다.

"혐오스러워요." 내가 말했다. 그는 꿋꿋하게 불을 붙였다.

"미안해요." 그가 중얼거렸다. "몹쓸 습관인 거 알아요."

"맞아요." 내가 말했다. "그 습관이 없는 경우보다 한참 일찍 죽을 거예요. 아마 암이나 심장병으로요. 심장이나 폐에 미치는 영향을 한동안은 모르고 있겠지만, 입안에서는 알아차릴걸요. 잇몸 질환이 생기거나 이가 빠질 거예요. 게다가 피부는 이미 흡연자 특유의 칙칙한 색깔이고 벌써 주름살도 생겼군요. 알겠지만, 담배의 화학적인 구성 물질에는 시안화물과 암모니아가 포함돼 있어요. 정말로 그런 독성 물질을 자발적으로 몸에 넣고 싶은 거예요?"

"비흡연자치고 담배에 대해 엄청 많이 아네요." 그가 얇은 입술 사이로 유독한 발암물질의 구름을 뿜어내며 말했다.

"담배를 피워볼까 잠깐 생각했던 적이 있어요." 나는 인정했다. "하지만 시작하기 전에 모든 작용에 대해 철저히 연구했는데, 결국 담배는 나한테 실용적이거나 합리적인 취미는 아니더군요. 금전적으로도 매력이 없고요."

"그렇죠." 그가 고개를 끄덕였다. "돈이 엄청 들어요, 그렇고말고요." 잠시 침묵이 흘렀다. "어느 쪽으로 가요, 엘리너?" 그가 물었다.

나는 이 질문에 대한 최선의 대답을 고민했다. 나는 흥분되는 만남을 위해 집으로 가고 있었다. 그건 아주 드문 일—우리집에 누가 찾아오기로 한 약속—이어서, 이런 따분하고 계획에 없던 대화는 되도록 빨리 끝내야 했다. 따라서 나는 레이먼드가 가지 않을 것 같은 다른 길을 선택해야 했다. 하지만 어느 길일까? 발 치료 클리닉 앞을 막 지나가는데 번쩍 좋은 생각이 떠올랐다.

"저기 예약을 해뒀어요." 나는 발 치료 클리닉 맞은편을 가리키며 말했다. 그가 나를 보았다. "건막류 때문에요." 내가 즉흥적으로 꾸며 말했다. 그가 내 신발을 쳐다보았다.

"저런, 어쨰요, 엘리너." 그가 말했다. "우리 엄마도 그래요. 발 문제로 많이 힘들어하세요."

우리는 횡단보도에서 기다렸고, 그는 마침내 입을 다물었다. 나는 한 노인이 길 건너에서 비틀거리며 걸어가는 것을 지켜보았다. 작고 떡 벌어진 체격이었는데, 그의 빨간 토마토 색깔 스웨터에 내 시선이 쏠렸다. 연금 수급자들이 입고 다닐 만한 회색과 튀지 않는 색깔의 평범한 옷 아래 스웨터가 터져나올 듯 보였다. 노인의 걸음이 거의 슬로모션으로 휘청휘청 규칙성 없이 좌우로 크게 흔들리기 시작했고, 터져나올 듯 불룩한 쇼핑백을 든 그의 모습이 인간 추의 형태를 만들어냈다.

"벌건 대낮에 술에 취해서는." 나는 조용히, 레이먼드에게라기보단 혼잣말을 했다. 레이먼드가 대답하려고 입을 여는데 노인이 결국 쓰러졌다. 뒤로 꽈당 나자빠져서 꼼짝하지 않았다. 쇼핑백에 들어 있던 내용물이 튀어나와 그의 주변에 흩어졌고, 그가 터녹스 캐러멜 로그스와 소시지 점보팩을 샀다는 걸 알 수 있었다.

"이런." 레이먼드가 횡단보도 신호등 버튼을 잽싸게 누르며 말했다.

"그냥 둬요." 내가 말했다. "취한 거예요. 괜찮을 거예요."

레이먼드가 나를 빤히 쳐다보았다.

"노인이에요, 엘리너. 보도에 머리를 심하게 부딪혔어요." 그가 말했다.

그러자 나는 안됐다는 생각이 들었다. 알코올중독자라 해도 도움 받을 자격이 있다고 생각한다. 다른 사람을 곤란하게 만들지 않으려면 나처럼 집에서 마셔야 하겠지만. 그렇긴 해도 모두가 나처럼 합리적이고 사려 깊지는 않다.

마침내 녹색 남자에 불이 켜졌고, 레이먼드가 담배를 도랑에 휙 던져넣더니 뛰어서 길을 건넜다. 쓰레기를 함부로 버릴 것까진 없다고 생각하면서 나는 그의 뒤에서 좀더 침착하게 걸어갔다. 내가 길을 다 건넜을 때 레이먼드는 이미 노인 옆에 무릎을 꿇은 채 목의 맥박을 짚어보고 있었다. 그는 큰 목소리로 천천히 안녕하세요, 할아버지, 안녕하세요? 제 말 들리세요, 어르신? 같은 쓸데없는 말을 지껄이고 있었다. 노인은 아무 반응이 없었다. 내가 몸을 기울여 킁킁 그의 냄새를 깊게 맡았다.

"취한 게 아닌데요." 내가 말했다. "길에 쓰러져 기절할 만큼 취했으면 냄새만 맡아도 알 수 있거든요." 레이먼드가 노인의 옷을 풀기 시작했다.

"구급차를 불러요, 엘리너." 그가 조용히 말했다.

"난 휴대폰이 없어요." 내가 설명했다. "하지만 그 유용성에 대해 설득하려고 한다면 난 언제든 열려 있어요." 레이먼드가 더플코트 주머니를 뒤져 나한테 자신의 휴대폰을 툭 던졌다.

"급해요." 그가 말했다. "노인이 의식을 잃었어요."

999를 누르기 시작하는데 그 순간 어떤 기억이 내 얼굴에 크게 주먹을 날리듯 떠올랐다. 다시 이 일을 할 수는 없다는 사실을 깨달았다. 전화 거신 분, 무슨 서비스를 원하세요? 하고 말하는 목소리를, 곧이어 가까워지는 사이렌소리를 또다시 들을 수는 없었다. 나는 홍터를 만지다 휴대폰을 레이먼드에게 다시 던져주었다.

"당신이 해요." 내가 말했다. "내가 이분 옆에 앉아 있을게요." 레이먼드가 작게 욕설을 내뱉더니 일어섰다.

"계속 말을 걸어요. 다른 데로 옮기지 말고요." 그가 말했다. 나는 조끼를 벗어 노인의 상체를 덮어주었다.

"안녕하세요." 내가 말했다. "저는 엘리너 올리펀트라고 해요." 계속 말을 걸어요, 레이먼드가 그렇게 말했기 때문에 나는 그렇게 했다.

"스웨터가 정말 예쁘네요!" 내가 말했다. "모직 옷엔 그런 색깔이 흔치 않은데. 주홍색인가요? 아니면 암적색? 그 색깔 맘에 드는 것 같아요. 나라면 당연히 그런 색은 시도하지 않겠지만요. 하지만 전혀 안 어울릴 것 같은데도 어르신은 멋지게 소화해내셨네요. 흰 머리에 빨간 옷. 산타클로스 할아버지네요. 그 스웨터는 선물로 받은 건가요? 선물일 것 같아요. 아주 보들보들하고 비싸 보여요. 직접 사 입으셨다기엔 너무 좋아 보이네요. 하지만 어쩌면 좋은 물건을 직접 사는 분일 수도 있겠죠. 어떤 사람들은 그렇게들 하니까요. 자기한테 최고로 좋은 걸 해주면서 예사로 생각하는 사람들이 있잖아요. 그런데 말이죠, 다른 옷이랑 쇼핑백 안에 든 내용물을 보면 어르신이 그런 사람일 가능성은 아주 낮아 보이거든요."

나는 마음을 단단히 먹고 숨을 세 번 깊이 들이쉰 뒤 천천히 손을 내밀어 노인의 손에 올려놓았다. 그리고 그 손을 내가 견딜 수 있을 만큼 오래 부드럽게 잡아주었다.

"기번스 씨가 구급차를 부르고 있어요." 내가 말했다. "그러니 걱정하지 마세요. 여기 길 한복판에 오래 누워 있게 되진 않을 거예요. 걱정할 필요도 없고요. 이 나라의 의료적 처치는 완전히 공짜잖아요. 수준도 대체로 세계 최고 축에 든다고 여겨지고요. 어르신은 운이 좋은 거예요. 무슨 말이냐 하면, 남수단의 새 주에서 쓰러져 머리를 부딪치고 싶지는 않을 거잖아요, 그곳의 현재 정치 경제적 상황을 생각하면요. 하지만 여기 글래스고에서는…… 음, 이런 말장난을 양해해주신다면, 죽이게 운이 좋은 거예요."

레이먼드가 전화를 끊고 허둥지둥 달려왔다.

"상태는 어때요, 엘리너?" 그가 말했다. "의식이 돌아왔어요?"

"아니요." 내가 말했다. "하지만 부탁한 대로 계속 말을 걸었어요."

레이먼드가 노인의 반대쪽 손을 잡았다.

"불쌍한 노인." 그가 말했다.

나는 고개를 끄덕였다. 놀랍게도 어떤 감정을 느꼈는데, 이 낯선 노인에 관한 염려와 걱정이었다. 나는 뒤로 물러나 앉다가 뭔가 크고 둥그스름한 것에 엉덩이를 부딪혔다. 뭔지 확인하려고 돌아보니 큰 플라스틱 아이언브루* 음료병이었다. 나는 일어서서 허리를 펴고 흩어진 물건들을 주워 쇼핑백 안에 담기 시작했다. 봉지 하나가 찢어져, 나는 쇼퍼에서 내가 좋아하는 장바구니를 꺼냈다. 사자가 그려진, 테스코에서 준 것이었다. 나는 먹을 수 있는 것을 전부 담은 뒤 쇼핑백과 장바구니를 노인의 발 옆에 놓았다. 레이먼드가

* 스코틀랜드의 국민 음료로 불리는 탄산음료.

나를 보고 미소 지었다.

사이렌소리가 들렸고, 레이먼드가 내게 내 조끼를 건넸다. 구급차가 우리 옆에 섰고 남자 둘이 내렸다. 두 사람은 대화에 열중해 있었는데, 그들이 너무 노동계급처럼 말해서 나는 깜짝 놀랐다. 나는 그들이 좀더 의사처럼 보일 거라고 생각했었다.

"자," 나이든 쪽이 말했다. "어떤 상황인가요? 영감님이 넘어졌단 거죠?"

레이먼드가 그에게 자세한 상황을 설명했고, 나는 다른 한 사람을 쳐다보고 있었다. 그는 노인을 굽어보면서 맥박을 쟀고, 반응을 끌어내려고 작은 손전등으로 눈을 비추며 몸을 톡톡 부드럽게 치고 있었다. 그가 동료를 돌아보았다.

"옮겨야겠어." 그가 말했다.

그들이 들것을 가져와 노인을 들어서 옮기고 끈으로 고정했는데, 동작이 민첩하고 놀랄 만큼 부드러웠다. 젊은 쪽이 노인의 몸을 빨간 플리스 담요로 감싸주었다.

"스웨터와 같은 색깔이네요." 내가 말했지만, 두 사람 다 내 말을 무시했다.

"같이 가실 건가요?" 나이든 쪽이 물었다. "뒤에 한 사람 자리만 있다는 거 알아두시고요."

레이먼드와 나는 서로 쳐다보았다. 내가 손목시계를 흘끗 보았다. 올리펀트 집에chez Oliphant 오기로 한 사람은 삼십 분 뒤에 도착할 예정이었다.

"내가 갈게요, 엘리너." 레이먼드가 말했다. "발 치료를 빼먹고 싶진 않잖아요."

나는 고개를 끄덕였고, 레이먼드는 노인에게 수액을 꽂고 모니터를 연결하느라 분주한 구급대원 옆에 올라탔다. 나는 쇼핑백을 집어 레이먼드에게 건네줄 만큼 높이 들어올렸다.

"저기요," 구급대원이 약간 짜증을 내며 말했다. "우린 아스다* 밴이 아니에요. 배달은 안 합니다."

레이먼드는 통화를 하고 있었고, 그의 말을 들으니 어머니와 통화하는 게 틀림없었다. 그는 늦을 거라고 말한 뒤 서둘러 전화를 끊었다.

"엘리너," 그가 말했다. "그건 이따 나한테 전화해서 가져오면 어때요?" 나는 생각해본 뒤 고개를 끄덕였고, 그러자 그가 코트 주머니에 손을 집어넣어 뭔가를 찾더니 볼펜을 꺼냈다. 그가 내 손을 잡았다. 나는 깜짝 놀라 숨을 헉하고 내쉬며 옆으로 비켜서고는, 단호하게 손을 등뒤로 보냈다.

"내 전화번호를 알려줘야 하잖아요." 그가 인내심을 보이며 말했다.

나는 쇼퍼에서 작은 공책을 꺼냈고, 그는 한 페이지에 푸른색 볼펜으로 휘갈겨 쓴 뒤 다시 돌려주었다. 이름은 읽기 힘들었고, 그 밑에 어린아이가 쓴 것 같은 어설픈 글씨체로 숫자들이 휘갈겨져 있었다.

"한 시간쯤 뒤에 전화해줘요." 그가 말했다. "그때쯤이면 건막류 치료가 끝났겠죠?"

* 영국의 슈퍼마켓 체인.

6

집으로 돌아와 겉옷을 벗기도 전에 초인종이 울렸다. 예상보다 십 분 이른 시간이었다. 아마도 나를 난처한 상황으로 몰아붙이려고 그랬을 것이다. 체인을 걸어둔 채 천천히 문을 열었는데, 내가 예상했던 사람이 아니었다. 누군지 모르지만, 여자는 웃고 있지 않았다.

"엘리너 올리펀트? 사회복지사 준 멀린이라고 해요." 그녀가 다가오며 말했지만 문에 막혀 더는 들어오지 못하고 멈췄다.

"헤더가 오는 줄 알았는데요." 내가 빼끔 내다보며 말했다.

"헤더는 병가중이에요. 언제 복귀할지 전혀 모르고요. 제가 헤더의 담당 건들을 맡았어요."

나는 그녀에게 공식 신분증 같은 걸 보여달라고 요청했다. 조심은 아무리 해도 나쁠 게 없다. 그녀가 작게 한숨을 쉬더니 가방 안을 살피기 시작했다. 그녀는 키가 컸고 검은색 바지 정장에 흰색

셔츠를 신경써서 차려입었다. 머리를 숙이는데, 윤기 흐르는 짙은 색 단발머리의 가르마 부분에 허연 두피가 길게 드러나 보였다. 마침내 그녀가 고개를 들고 지역의회 로고가 크게 찍히고 작은 사진이 박혀 있는 보안 패스를 내밀었다. 나는 꼼꼼히 살펴보고, 사진과 얼굴을 서로 비교하며 몇 번이고 다시 쳐다보았다. 잘 나온 사진은 아니었지만, 그렇다고 내가 그녀를 나쁘게 본 건 아니었다. 나도 딱히 사진이 잘 나오는 편은 아니다. 그녀의 실제 모습은, 내 또래에 피부는 매끈하고 주름이 없었으며 입술에는 빨간색 립스틱이 찍 그어져 있었다.

"사회복지사처럼 안 보이는데요." 내가 말했다. 그녀는 나를 쳐다보았지만 말은 하지 않았다. 또야! 살면서 어느 곳에 가든, 사회적 기술이 덜 발달된 사람들을 놀랄 만큼 자주 만난다. 사람을 싫어하는 사람들이 도대체 왜 고객을 대면하는 직업에 그렇게 끌리는 걸까? 수수께끼다. 그 문제는 나중에 생각해보기로 하고, 나는 체인을 벗긴 뒤 그녀에게 들어오라고 했다. 그리고 거실로 안내했다. 그녀의 하이힐이 바닥을 스칠 때 끽끽 소리가 났다. 그녀가 내게 한번 둘러봐도 되겠느냐고 물었다. 물론 예상하고 있던 말이었다. 헤더도 그렇게 했었다. 그것이 이 일의 일부인가보다. 내가 입구가 작은 유리병에 내 오줌을 보관하는 사람이 아니라는 것을, 까치를 납치해서 베개 안에 넣고 꿰매버리는 사람이 아니라는 것을 확인하는 것 말이다. 우리는 부엌으로 들어갔고, 그녀가 인테리어에 대해 시큰둥하게 칭찬했다.

나는 방문객의 눈으로 내 집을 보려고 해보았다. 내가 여기 사는 것이 큰 행운임을 잘 알고 있다. 요즘 이 지역에 공공지원 주택은 사실상 존재하지 않는다고 봐야 한다. 지원을 받지 않았다면 이 지역에 사는 것은 내가 감당할 수 없는 일이고, 밥이 주는 쥐꼬리만한 봉급으로도 그럴 수 없다는 건 분명하다. 내가 마지막 위탁가정을 떠나야 했던 시점이자 대학에 입학하기 직전인 그해 여름에 사회복지과에서 나를 이 집에 살게 해주었다. 내가 막 열일곱 살이 된 때였다. 그 당시에는 보호 대상으로 자란 취약 계층 젊은이들은 큰 문제가 없다면 본인이 공부하는 지역과 가까운 시 아파트에 배정을 받을 수 있었다. 정말이다.

집안을 꾸미기까지 시간이 제법 걸렸던 걸로 기억한다. 페인트칠은 졸업하고 그해 여름에야 했다. 나는 대학교 학사과에서 학위증서와 함께 우편으로 보내준 수표를 현찰로 바꾼 뒤 에멀션 페인트와 페인트 붓을 샀다. 졸업 과제로 베르길리우스의 『게오르기카』에 관한 논문을 썼는데, 그게 최우수작으로 뽑혀 오래전에 고인이 된 어느 고전학자의 이름으로 마련된 작은 상을 받았던 것이다. 나는 졸업식에 당연히 불참in absentia했다. 와서 박수를 쳐줄 사람도 없는데 단상 위로 올라가는 것이 의미 없게 느껴졌기 때문이었다. 아파트는 그때 이후로 손보지 않았다.

객관적인 눈으로 보려고 해보니, 집이 좀 지쳐 보였다. 엄마는 늘 집 인테리어에 대한 강박적인 생각은 따분한 부르주아의 것이며, 더욱 나쁘게는, 'DIY'란 그게 어떤 종류이건 간에 일반 대중의 전유물이나 다름없다고 말했다. 내가 엄마로부터 흡수했을지 모르는 생각들을 생각하면 아주 끔찍하다.

취약 계층 젊은이들과 전과 있는 사람들이 새집으로 이주하면 자선단체에서 가구를 제공했다. 서로 짝이 맞지 않는 가구들을 기증받으면서 그 당시 나는 아주 큰 고마움을 느꼈는데, 그건 지금도 마찬가지다. 죄다 전적으로 실용적인 것들이어서, 그중 어느 것도 다른 것으로 바꿀 필요를 느끼지 못했다. 청소를 자주 하지는 않았는데, 지금 상태가 전반적으로 방치된 듯 보이는 것은 아마도 그 때문인 것 같았다. 청소할 이유가 없었다. 여기서 먹고 여기서 씻고 여기서 자고 일어나는 사람은 나뿐이다.

이 준 멀린이라는 사람은 작년 11월 이후 우리집에 처음 온 사람이었다. 그들은 육 개월에 한 번꼴로 방문한다. 사회복지사들 말이다. 이번 연도에는 그녀가 우리집의 첫 방문객이었다. 검침원은 아직 오지 않았는데, 그들이 쪽지를 남기면 내가 전화를 걸어 수치를 읽어주는 것이 내가 더 선호하는 방식이라는 말은 해야겠다. 나는 콜센터를 정말로 좋아한다. 온갖 억양을 듣고 지금 이야기를 나누고 있는 사람에 대해 조금 더 알아내려고 하는 것은 늘 매우 흥미로운 일이다. 최고의 부분은 마지막에 그들이 오늘 도와드릴 일이 더 있나요, 엘리너? 하고 물어올 때다. 그러면 나는 이렇게 대답한다. 아니요, 감사해요, 제 문제를 종합적으로 완전히 해결해주셨어요. 사람의 목소리로 내 이름이 크게 불리는 것을 듣는 것 또한 늘 기분좋은 일이다.

사회복지사들이나 검침원들과는 별개로 이따금 이 교회 저 교회의 누군가가 우리집에 대표로 찾아와서 내 삶에 예수를 받아들였는지 묻기도 한다. 그들은 개종이라는 개념에 대해 토론하는 것을 즐기지 않는 것 같은데, 나는 그것이 실망스러웠다. 작년에 한 남자가 베터웨어* 카탈로그를 주러 왔었는데, 그것이 결국 가장 재미있는 읽을거리가 되었다. 거미채를 구입하지 않은 게 지금도 후회

된다. 정말로 독창적인 도구였다.

거실로 돌아가면서 나는 차를 한잔 대접하겠다고 제안했고 준 멀린은 거절했다. 그녀는 소파에 앉은 뒤 서류가방에서 내 파일을 꺼냈다. 두께가 몇 인치는 되는 것 같았고, 고무줄을 끼워 고정했는데 아슬아슬해 보였다. 누군지 모르지만 우측 상단에 마커펜으로 **올리펀트, 엘리너**라고 쓰고 내가 태어난 해인 1987년 7월 날짜를 적어두었다. 담황색 서류철은 나달나달해지고 얼룩이 져서 역사적 유물처럼 보였다.

"헤더의 필체는 워낙 악명이 높아서," 준 멀린이 서류 뭉치의 맨 위 페이지를 매니큐어 바른 손으로 쓸어내리면서 중얼거렸다. 그러고는 조용히, 내게라기보다는 자기 자신에게 말했다. "일 년에 두 번 방문…… 지역사회 융화의 연속성…… 추가 지원이 필요하면 조기에 발견……"

그녀는 계속 읽어나갔고, 곧 나는 그녀의 얼굴이 변하는 것을 보았다. 그녀가 나를 흘끗 보았는데 그 표정에는 공포와 놀람과 연민이 뒤범벅되어 있었다. 틀림없이 엄마와 관련된 부분에 이르렀을 것이다. 나는 그녀를 계속 바라보았다. 그녀가 숨을 깊이 들이쉬면서 서류들을 내려다보았고, 다시 고개를 들어 나를 보고는 천천히 숨을 내쉬었다.

"전혀 몰랐어요." 그녀가 말했다. 목소리에 표정이 깃들어 있었다. "혹시…… 엄마가 아주 많이 그리운가요?"

"엄마요?" 내가 말했다. "그다지."

---

* 영국의 가정용품 방문판매 회사.

"아니요, 제 말뜻은……" 그녀가 말꼬리를 흐렸는데, 곤란하고 슬프고 당황한 듯 보였다. 아, 그거 내가 잘 알지. 올리펀트를 바라보는 표정의 거룩한 삼위일체. 나는 어깨를 으쓱했고, 그녀가 무슨 말을 하는지 전혀 알 수 없었다.

우리 사이에 침묵이 내려앉더니 고통스러운 듯 전율을 일으켰다. 여러 날인 듯 느껴지는 시간이 흐른 뒤 준 멀린이 무릎에 내려놓았던 파일을 덮고 내게 지나치게 밝은 미소를 지어 보였다.

"그러면, 엘리너. 지난번에 헤더가 방문한 뒤 대체로 어떻게 지내고 있나요?"

"음, 다른 추가 지원이 필요한지는 모르겠고, 저는 이 사회에 완전히 융화되어 있어요, 준." 내가 말했다.

그녀가 희미하게 웃었다. "일하는 건 괜찮아요? 여기 보니까……" 그녀가 파일을 다시 들춰 보았다. "……회사에서 일하는군요?"

"일하는 건 괜찮아요." 내가 말했다. "모든 게 괜찮아요."

"집은 어때요?" 그녀가 거실을 둘러보며 말했는데, 시선이 커다란 녹색 발 쿠션에 머물렀다. 거대한 개구리처럼 생겼는데, 자선단체가 기부한 물품 중 하나였다. 처음 이곳으로 이사했을 때 받은 것이었다. 나는 시간이 지나면서 개구리의 퉁방울눈과 커다란 분홍색 혀를 아주 좋아하게 되었다. 어느 밤, 보드카를 마시던 밤에, 나는 슬쩍해온 샤피 펜으로 개구리 혀에 커다란 집파리, 즉 무스카 도메스티카를 그려주었다. 나는 예술적 재능이라고는 없는 사람이지만, 내 겸허한 의견으로도 소재가 꽤 잘 묘사된 것 같았다. 나는 이 행위가 기부받은 물품을 내 소유로 만드는 데 도움이 된다고 느꼈고, 중고품에서 뭔가 새로운 것을 창조해낸 기분이었다. 게다가 개구리는 배가 고파 보였다. 준 멀린은 거기서 눈을 뗄 수 없는 것 같았다.

"여긴 모든 게 다 괜찮아요, 준." 내가 다시 말했다. "고지서 요금도 꼬박꼬박 내고, 이웃과도 화기애애하게 지내요. 나는 완벽하게 편안해요."

그녀가 다시 파일을 넘겨 보더니 숨을 들이쉬었다. 그녀의 말투가 바뀌는 것—두려움과 망설임이 스며들었다—을 오롯이 인식하고 있었으므로 나는 그녀가 무슨 말을 하려는지 이미 알았다. 말투는 늘 주제를 앞섰다.

"아직 그때의 사고나 엄마에 대한 다른 사실은 알고 싶지 않다는 입장인데, 맞나요?" 이번에는 미소가 없었다.

"맞아요." 내가 말했다. "그럴 필요가 없어요. 일주일에 한 번씩 엄마와 통화하는걸요. 수요일 저녁마다 시계처럼 규칙적으로요."

"그래요? 그 모든 시간이 지난 뒤에도 여전히 그렇군요. 흥미롭네요…… 연락을…… 유지하고 싶은 마음이 강한가봐요?"

"그러지 않을 이유가 뭐 있나요?" 그렇게 말하면서 나는 의심이 생겼다. 도대체 사회복지과는 어디서 이런 사람들을 찾아낸 걸까?

그녀는 의도적으로 침묵을 지속했고, 나는 그 기법이 뭔지 알면서도 끝내 참지 못하고 그 침묵을 채웠다.

"엄마는 내가…… 그 사고에 대해 더 많은 걸 알아내길 바라시겠지만…… 나는 그럴 마음이 전혀 없어요."

"그럼요." 그녀가 고개를 끄덕이며 말했다. "뭐, 어떤 일이 일어났는지에 대해 얼마나 더 알고 싶은가는 전적으로 당신에게 달려 있어요, 안 그래요? 그 당시 법정은 이 문제에 대해 입장이 아주 명확

했죠, 그 문제는 전적으로 당신 재량에 달려 있다고 했었죠?"

"맞아요." 내가 말했다. "법정에서 말한 그대로예요."

앞서의 다른 많은 사람들이 그랬듯 그녀도 나를 유심히 뜯어보면서 내 얼굴에 엄마의 흔적이 조금이라도 있는지 찾았고, 그토록 오랜 세월이 지났음에도 여전히 이따금 신문에서 예쁜 얼굴의 악마라고 언급되는 여자의 피붙이와 이토록 가까이 있다는 사실에 묘한 전율을 느끼는 것 같았다. 나는 그녀의 눈이 내 흉터를 훑어보는 것을 지켜보았다. 그녀의 입이 약간 벌어졌고, 그 정장 차림과 단발머리는 입을 벌리고 있는 이 촌뜨기에게 영 어울리지 않는 위장이었다는 게 분명해졌다.

"원하시면 사진이라도 찾아드려야겠네요." 내가 말했다.

그녀가 눈을 두 번 깜박이고 얼굴을 붉히더니, 터져나올 듯 불룩한 파일을 붙들고 씨름하면서 삐져나오고 흐트러진 서류들을 반듯하게 정리했다. 나는 종이 한 장이 휙 떨어져 커피 테이블 아래로 들어가는 것을 보았다. 그녀는 종이가 빠져나간 것을 보지 못했고, 나는 그 사실을 말해줄지 말지 고민했다. 어쨌든 나와 관련된 서류이니 엄밀히 따지면 내 것 아닌가? 다음번에 올 때 당연히 돌려줄 것이다. 나는 도둑이 아니다. 나는 내 생각이 아주 옳다고, 사회복지사들은 오지랖 넓은 사람들, 좋은 일 한답시고 설치는 사람들, 참견하기 좋아하는 사람들이라고 소곤거리는 엄마의 목소리를 상상했다. 준 멀린이 파일에 고무줄을 탁 끼워 고정시켰고, 그 서류에 대해 말해줄 순간은 지나갔다.

"제가…… 오늘 저와 이야기해보고 싶은 다른 문제가 있나요?" 그녀가 물었다.

"아니요, 없어요." 내가 가능한 한 크게 미소를 지으며 말했다. 그녀는 좀 경황없어 보였고, 약간 겁을 먹은 것 같기까지 했다. 나는 실망했다. 즐겁고 친근한 시간을 보내려고 마음먹고 있었는데.

"음, 그렇다면 당분간은 계속 그럴 것 같군요, 엘리너. 그냥 편안히 지내시도록 둘게요." 그녀가 말했다. 그러고는 서류가방에 파일을 챙겨넣으면서 경쾌하고 일상적인 어조로 이야기를 이어갔다. "주말에 무슨 계획 있어요?"

"누구 병문안 가요." 내가 말했다.

"오, 그거 좋은데요. 병문안은 늘 환자의 기분을 좋게 만들어주잖아요?"

"그런가요?" 내가 말했다. "잘 모르겠어요. 전에 병문안을 가본 적이 없어서."

"하지만 병원에서 많은 시간을 보내셨잖아요." 그녀가 말했다.

내가 그녀를 빤히 쳐다보았다. 우리가 서로에 대해 아는 정도가 너무 표나게 공평하지 않고 불균형했다. 사회복지사들도 그들이 새로 맡게 된 사람들에게 자신들에 대해 알려주는 자료를 제공해 이런 점을 바로잡아야 한다고 나는 생각한다. 어쨌거나 준 멀린은 그 큰 갈색 파일인 엘리너 범퍼북*, 즉 내 삶의 은밀하고 세밀한 부분과 관련된 이십 년 동안의 정보에 제약 없이 접근했다. 하지만 내가 그녀에 대해 아는 것이라고는 이름과 소속 기관뿐이다.

"그 사건에 대해 안다면, 당시 경찰과 내 법적 대변인들만 병실 방문을 허락받았다는 걸 알 텐데요." 내가 말했다.

* 특정 주제에 관한 내용을 모은 부피가 큰 책.

그녀가 얼빠진 표정으로 나를 보았다. 놀이공원의 어릿광대 얼굴이 떠올랐다. 금붕어를 타가려면 그 벌어진 입 안으로 탁구공을 던져넣어야 한다. 나는 그녀가 나갈 수 있게 문을 열어주었고, 그녀의 시선이 내 마음에 들게 손을 댄 그 커다란 개구리에게 자꾸 쏠리는 것을 지켜보았다.

"그럼 육 개월 뒤에 만나요, 엘리너." 그녀가 마지못해 말했다. "최고의 행운을 빌어요."

나는 그녀가 나간 뒤 지나치게 조심스럽게 문을 닫았다.

준 멀린은 폴리에 대해 언급하지 않았고, 나는 그것이 이상하다고 생각했다. 터무니없는 소리로 들리겠지만, 나는 폴리를 대신해서 거의 무시당한 기분이 들었다. 이 만남의 시간 내내 구석에 앉아 있던 폴리는 분명 이 방에서 가장 눈길을 사로잡는 존재였다. 나의 아름다운 폴리, 평범하게는 앵무새 식물로 통하고, 가끔은 콩고 코카투* 식물로 일컬어지지만, 나는 늘 영예로운 라틴어 학명 전체인 임파티엔스 니암니아멘시스Impatiens niamniamensis로 부른다. 종종 그 단어를 큰 소리로 내뱉는다. 니암니아멘시스. 'm'을 발음하려면 입술을 붙여야 하고, 다음 자음들로 넘어가면 혀를 내밀어 'n' 소리를 내고 이어 's' 소리를 내는데 그것이 꼭 키스하는 느낌이다. 폴리의 조상은 원래 아프리카 출신이다. 음, 우리 모두 그렇다. 폴리만이 내 어린 시절부터 이어져온 유일하고 변함없는 것,

* 머리에 닭벼슬 모양의 깃털이 있는 오스트레일리아산 앵무새.

살아남은 유일한 것이다. 폴리는 내 생일 선물이었고, 누가 줬는지는 모르지만, 그건 이상한 일이었다. 어쨌거나 나는 선물 세례를 받을 만한 아이는 아니었던 것이다.

폴리는 내가 어릴 때 쓰던 침실에서 데리고 나온 것인데, 위탁가정과 아동시설을 여기저기 옮겨다니던 와중에 살아남아, 나처럼 여전히 이곳에 있다. 나는 폴리를 돌보고 보살폈고, 떨어지거나 던져졌을 때 다시 집어올려 새 화분에 심어주었다. 폴리는 빛을 좋아하고 늘 갈증을 느낀다. 그 점을 제외하면 돌보거나 관심을 쏟을 필요가 극히 적고, 대체로 스스로 자기를 돌본다. 나는 가끔 폴리에게 말을 거는데, 그 사실을 인정하는 게 부끄럽지 않다. 침묵과 외로움이 나를 내리누르고 휘감고 짓뭉개고 얼음을 깎듯 파고들 때, 나는 살아 있다는 증거를 찾으려는 것처럼, 이따금 크게 소리를 지를 필요성을 느낀다.

철학적인 질문. 숲에서 나무가 쓰러졌는데 주변에 아무도 없어 누구도 그 소리를 듣지 못했다면 소리가 났다고 할 수 있는가? 그리고 전적으로 혼자인 여자가 때때로 화분에 든 식물에게 이야기를 한다면 그 여자의 정신이 이상하다고 할 수 있는가? 때때로 혼잣말을 하는 건 전적으로 정상이라고 확신한다. 대답을 기대하고 그러는 게 아니다. 나는 폴리가 집에서 키우는 식물이라는 걸 아주 잘 알고 있다.

나는 폴리에게 물을 주고 나서 소소한 집안일을 시작했고, 머릿속으로 노트북을 열고 잘생긴 가수가 새 소식을 올렸는지 확인하는 순간을 미리 그려보았다. 페이스북, 트위터, 인스타그램. 경이로운 세상을 보여주는 창문들. 세탁기에 빨랫감을 집어넣는데 전화벨이 울렸다. 누가 찾아온 날 전화까지 오다니! 참으로 기념할 만한 날이다. 레이먼드였다.

"밥의 휴대폰으로 전화해서 상황을 설명했더니, 밥이 인사기록 카드에서 당신 전화번호를 찾아줬어요." 그가 말했다.

정말로 진지하게 하는 말인데, 내 전부가 담황색 파일 안에 보관되어 누구든 원하면 펴서 보고 싶은 만큼 볼 수 있게 공개되어 있다고?

"정보보호법 위반은 말할 것도 없고, 내 프라이버시를 엄청나게 침해했네요." 내가 말했다. "다음주에 밥에게 말해야겠어요."

전화선 저쪽에서 침묵이 흘렀다.

"네?" 내가 말했다.

"아, 그래요. 네. 미안해요. 그게, 당신이 나한테 전화를 하겠다고 하고서 하지 않았잖아요. 음, 난 지금 병원에 있어요. 그러니까, 저기…… 당신이 그 노인의 물건을 가지고 올 건지 궁금해서요. 웨스턴병원이에요. 오, 그분 이름은 새미-톰이고요."

"뭐라고요?" 내가 말했다. "아니에요, 그럴 리 없어요, 레이먼드. 그분은 글래스고 출신의 작고 뚱뚱한 노인인데요. 새미-톰Sami-Tom이라는 세례명이 붙었을 리 없잖아요." 나는 레이먼드의 지적 능력이 심각하게 염려되기 시작했다.

"아니, 아니에요, 엘리너. 새뮤얼을 줄여서…… 새미고요. 톰은 T-H-O-M이에요."

"아." 내가 말했다. 또 한번 긴 침묵이 흘렀다.

"그래서…… 조금 전에 말한 대로 새미가 웨스턴병원에 입원해 있어요. 병문안 시간은 일곱시부턴데, 올 수 있겠어요?"

"가겠다고 했잖아요. 난 약속을 지키는 사람이에요, 레이먼드. 지금은 좀 늦었고, 괜찮다면 내일 이른 저녁에 가는 게 좋을 것 같은데요?"

"그래도 좋죠." 그가 말했다. 또 한번의 침묵. "상태가 어떤지 알고 싶어요?"

"네, 당연하죠." 내가 말했다. 이 남자는 대화술이 아주 부족해서 이 모든 의사소통을 아주 힘겨운 것으로 만들고 있었다.

"별로 좋지 않아요. 안정되긴 했지만 심각해요. 마음의 준비를 하라고 말해주는 거예요. 아직 의식을 회복하지 못했어요."

"그런 경우라면 내일 아이언브루와 론소시지*는 크게 쓸모가 없을 것 같네요, 그렇죠?" 내가 물었다. 레이먼드가 숨을 들이쉬는 소리가 들렸다.

"저기, 엘리너. 와보든 아니든 전적으로 당신 마음이에요. 새미에게 그런 건 전혀 급하지 않아요. 내 생각에 오래가지 않는 건 그냥 버리는 게 좋겠어요. 당신 말처럼 그 불쌍한 노인이 그런 기름진 걸 당장 만들어 먹을 수 있을 것 같진 않아요."

"음, 당연해요. 사실 그를 지금 이 상황으로 내몬 게 무엇보다 그런 기름진 음식이었다고 생각하거든요." 내가 말했다.

"이제 끊어야겠어요, 엘리너." 레이먼드는 그렇게 말하고 다소 불쑥 전화를 끊었다. 무례하긴!

나는 이럴지 저럴지를 놓고 딜레마에 빠졌다. 혼수상태에 빠진 모르는 사람을 보러 병원에 가서 그의 침대 옆에 탄산음료를 놓고

---

* 네모난 모양의 스코틀랜드 소시지.

오는 건 아무 의미 없는 일 같았지만, 한편으로 병문안을 가는 경험은 흥미로울 것 같았다. 그리고 내가 거기 가 있는 동안 그가 의식을 찾을 가능성이 희박하게나마 있었다. 우리가 구급차를 기다리는 동안 그는 내 독백을 즐기는 것 같았다. 음, 당시 그가 무의식 상태였던 점을 감안해야겠지만, 내가 보는 한은 그랬다.

나는 고민 끝에 내 파일에서 떨어진 그 서류를 집어들고 뒤집었다. 가장자리가 약간 노래져 있었고 공공기관 냄새가 났다. 캐비닛 같은 금속 냄새, 씻지 않은 익명의 여러 손들이 만진 더러운 냄새. 은행 수표에서도 비슷한 냄새가 났었다.

사회복지과

사례회의 기록

1999년 3월 15일 오전 10시

사례회의: **올리펀트, 엘리너**(1987/07/12)

참석자: 로버트 브로클허스트(사회복지과 아동가족팀 차장), 리베카 스캐처드(사회복지과 수석 사회복지사), 리드 부부(위탁가정 보호자)

회의는 리드 부부의 집에서 열렸고, 그 시간에 엘리너 올리펀트를 포함한 그들의 자녀들은 학교에 가 있었다. 회의는 리드 부부의 요청에 의해, 엘리너에 관한 점점 커져가는 우려를 상의하기 위해 정규 날짜 이외의 시간에 열렸다.

리드 부인은 엘리너의 행동 문제가 대략 사 개월 전 사례회의에서 제기된 뒤로 더 악화되었다고 보고했다. 브로클허스트 씨가 예를 들어달라고 요구했고, 리드 부부가 말한 내용은 다음과 같다.

- 엘리너와 그들의 자녀들과의 관계는 거의 완전히 와해되었고, 특히 장남(14세) 존과의 관계가 그렇다.
- 엘리너는 매일 리드 부인에게 무례하고 버릇없이 행동한다. 리드 부인이 훈육하려고 하면, 예컨대 행동을 반성하게 하려고 2층의 안 쓰는 방으로 올려보내면, 엘리너는 히스테리를 부리고, 신체적인 폭력을 쓴 적도 한 번 있다.
- 엘리너는 때때로 훈육을 피할 목적으로, 혹은 훈육에 대한 반

응으로 기절하는 척한다.

- 엘리너가 어둠이 무섭다고 신경질적으로 울어서 가족들이 잠을 잘 수가 없다. 밤에 계속 불을 켜주다가 이제 그러기에는 나이가 많으니 그만하자고 말하면, 그 말을 듣기만 해도 격하게 울면서 몸을 떤다.
- 엘리너는 종종 주어진 음식을 먹지 않겠다고 거부한다. 식사시간이 가족 식탁에서 갈등의 원인이 되었다.
- 엘리너는 불을 피우거나 재를 청소하는 등 간단한 집안일을 도와달라는 말을 딱 잘라 거절한다.

리드 부부는 엘리너의 행동이 그들의 세 자녀(존 14세, 엘리자 9세, 조지 7세)에게 미치는 영향에 대해 매우 걱정하고 있다고 보고했고, 이번 우려와 앞서 정규 사례회의에서 제기된 우려의 관점에서 향후 엘리너를 위한 가장 좋은 방안에 대해 상의하기를 원했다.

리드 부부는 이번에도 엘리너의 과거사에 대해 더 많은 정보를 요청했으나, 브로클허스트 씨는 그것이 불가능하다는 점을 설명하고 이를 허락하지 않았다.

스캐처드 씨는 회의가 열리기 전에 엘리너의 담임 교사에게 학교 성적을 보여줄 것을 요청했고, 엘리너가 공부를 아주 잘하고 전 과목에서 뛰어난 성적을 받은 사실이 주목되었다. 담임은 엘리너가 매우 밝고 자기표현이 분명한 아이이며 인상적인 어휘를 구사한다고 평가했다. 교과 교사들은 엘리너가 수업시간에 조용하고 행동이 바르지만, 열심히 듣기는 해도 토론에 참여하지는 않는다고 보고했다. 몇몇 교사들은 엘리너가 쉬는 시간에 혼자 지내고 고립되어 있는 것과 또래 친구들과 어울리지 않는 것에 주목했다.

장시간의 논의 끝에, 그리고 엘리너의 행동이 리드 부부의 자녀들에게 미치는 영향에 대해 제기되고 리드 부부가 재차 강조한 그 우려의 관점에서, 현재 취할 수 있는 가장 적절한 조치는 엘리너를 그 가정에서 나오게 하는 것이라는 데 의견이 모아졌다.

리드 부부는 이 결론에 만족했고, 브로클허스트 씨는 사회복지과에서 적절한 때가 되면 다음 단계와 관련하여 연락을 취할 거라고 알려주었다.

관련 메모: 1999년 11월 12일에 엘리너 올리펀트와 관련하여 강제적 감독 명령에 대한 아동 문제 자문단의 검토가 진행되었다. 브로클허스트 씨와 스캐처드 씨가 그 자리에 참석했다(세부 내용 별첨).

아동 문제 자문단은 엘리너가 이번과 그 이전의 위탁가정들에서 보인 반항 행동 때문에 현재 시점에 가족 환경에서의 위탁 양육은 적절하지 않다고 결론을 내렸다. 따라서 당분간 엘리너를 거주형 보호시설에 보내기로 했고, 십이 개월 안에 아동 문제 자문단의 결정을 다시 검토하기로 의견을 모았다.

(행동 방침: R 스캐처드가 지역 보호시설 중 가능한 장소를 물색하고 리드 부부에게 퇴거 예상 날짜를 통보하기로 함.)

R 스캐처드, 1999년 11월 12일

거짓말쟁이들. 거짓말쟁이들, 거짓말쟁이들, 거짓말쟁이들.

7

버스 안은 조용했고, 나는 좌석을 차지하고 앉았다. 노인이 구입한 물품들이 장바구니 두 개 안에 담긴 채 내 옆에 놓여 있었다. 소시지와 오렌지치즈는 버렸지만, 어쨌거나 그가 사용할 수 없다면 훔치는 것은 아니라는 논리로 우유는 내가 마시기 위해 보관했다. 언젠가 소멸될 다른 상품들을 없애면서 나는 좀 꺼림칙한 기분이 들었다. 어떤 사람들은 낭비는 잘못된 것이라고 생각하고 나는 그 점을 이해한다. 곰곰이 생각해보면 그 생각이 맞는 것 같다. 하지만 나는 아주 다르게 생각하도록 키워졌다. 엄마는 늘 소작농이나 더럽고 작은 일개미들만이 그런 사소한 것들을 걱정한다고 말했다.

엄마는 우리집에서는 우리가 여제이자 술타나*이자 마하라니**

* 술탄이 다스리는 이슬람교 국가의 왕비.

라고 말했다. 그러니 쾌락을 향유하고 도락에 빠져 사는 것이 우리의 의무라고. 엄마는 모든 식사가 감각을 만족시키는 에피쿠로스주의적 만찬이어야 하며 최상의 음식이 아닌 것으로 미각을 더럽히느니 차라리 굶는 게 낫다고 말했다. 엄마는 내게 카오룽 야시장에서 칠리두부튀김을 먹은 이야기와 최고의 스시는 일본을 제외하면 상파울루에서 맛볼 수 있다는 이야기를 해주었다. 엄마의 인생에서 가장 맛있는 식사는 어느 늦여름 해질녘 낙소스섬 항구에 있는 소박한 타베르나***에서 먹은 숯불로 조리한 문어였다는 말도 했다. 엄마는 그날 아침 어부가 그 문어를 잡아올리는 것을 지켜보았고, 주방 직원들이 허옇고 빨판이 있는 문어의 살을 연하게 만들려고 항구 벽에 그것을 후려치고 또 후려치는 동안, 오후 내내 우조****를 홀짝였다. 엄마에게 지금 지내는 곳의 음식은 어떤지 물어봐야 할 것이다. 내 생각엔 랍상소우총 홍차와 랑그드샤 비스킷이 부족할 것 같다.

학교 끝나고 같은 반 친구 집에 초대되어 간 것이 기억난다. 나만 초대를 받았다. '차'를 마시자는 초대였다. 그 일은 그 자체로 혼란스러웠다. 나는 오후에 마시는 차를 예상했고, 그게 비이성적인 생각은 아니었는데, 그애 어머니는 우리에게 이른 저녁식사를 차려주었다. 여전히 그 식탁 풍경—오렌지색과 베이지색—이 그려진다. 반지르르한 피시핑거 세 개, 구운 콩 한가득, 오븐에 구운 옅은 색 감자튀김이 수북이 차려졌다. 이런 음식을 먹어본 것은 물

** 과거 인도의 왕국 중 한 곳을 다스리던 군주를 일컫는 마하라자의 아내.

*** 그리스의 작은 음식점을 말한다.

**** 아니스 열매로 담근 그리스 술.

론이고 구경한 적도 없어서 나는 그게 뭔지 물어봐야 했다. 다음날 대니엘 먼스가 학급 친구들에게 그 이야기를 퍼뜨리자 아이들 모두 웃음을 터뜨렸고 나를 빈즈 민즈 위어드*라고 불렀다(줄여서 빈지라고 불렀는데 한동안 그 별명이 나를 따라다녔다). 상관없었다. 학교는 내게 짧은 경험이 되었다. 호기심이 지나친 어느 교사가 일으킨 일 때문이었는데, 그 교사가 나에게 양호실로 가보라고 했고, 그 일 이후 엄마는 그 양호교사가 내세울 만한 자격이라고는 응급처치 자격증뿐이고 무식쟁이나 다름없는데다 혼잣말이나 늘어놓는 멍청이라고 결론을 내렸다. 그뒤로 나는 집에서 공부했다.

대니엘의 집에 갔을 때 그애 어머니가 우리에게 푸딩을 하나씩 주면서 푸딩과 같이 먹으라고 먼치번치 요구르트를 주었다. 나는 나중에 살펴보려고 빈 용기를 책가방에 슬쩍 넣었다. 과일을 동물처럼 움직이게 만들어놓은 어린이 텔레비전 프로그램과 관련된 상품임이 분명했다. 그런데도 아이들은 나보고 괴짜라고 했다! 내가 텔레비전 프로그램에 대한 이야기를 할 수 없다는 것은 학교의 다른 아이들에게 혐오감을 일으키는 원인이 되었다. 우리집에는 텔레비전이 없었다. 엄마는 텔레비전을 브라운관 발암물질, 지성의 암이라 일컬었고, 그래서 우리는 책을 읽거나 레코드판을 듣거나, 가끔 엄마가 기분이 좋을 때는 백개먼 놀이와 마작을 했다.

대니엘 먼스의 어머니는 내가 냉동 간편식에 대해 잘 모르는 것을 보고 깜짝 놀라, 대체로 수요일 저녁에 차와 곁들여 무엇을 먹

* 하인즈 회사에서 만든 구운 콩(beans) 통조림은 영국 등지에서 팔렸는데 '빈즈 민즈 하인즈(Beanz Meanz Heinz)'라는 슬로건을 사용했다. 그 슬로건에서 만들어진 별명으로, 위어드(weird)는 괴짜라는 뜻이다.

는지 물었다.

"늘 똑같지는 않아요." 내가 말했다.

"하지만 대체로 어떤 걸 먹니?" 그녀는 정말로 모르겠다는 표정이었다.

나는 그중 일부를 말해주었다. 흰자만 익힌 오리알을 곁들이고 헤이즐넛 오일을 뿌린 아스파라거스 벨루테. 홈메이드 루유를 이용한 부야베스. 셀러리액 퐁당을 곁들인 꿀 바른 영계 요리. 산새버섯과 버터로 볶은 링귀니 위에 제철 송로를 얇게 썰어 올린 것. 그녀가 나를 빤히 쳐다보았다.

"전부 아주…… 고급 같구나." 그녀가 말했다.

"오, 아니에요. 가끔은 그저 정말로 간단한 거예요." 내가 말했다. "만체고치즈를 올리고 마르멜루 페이스트를 바른 사워도 토스트처럼요."

"그렇구나." 그녀가 말했고, 입안 가득 씹던 콩이 다 보이게 입을 쩍 벌린 채 나를 보던 어린 대니엘과 흘끗 시선을 교환했다. 두 사람 다 말이 없었다. 먼스 부인이 걸쭉하고 빨간 액체가 담긴 유리병을 테이블 위에 올려놓았다. 그러자 대니엘이 그것을 힘껏 흔들어 오렌지색과 베이지색의 음식 위에 듬뿍 끼얹었다.

물론 위탁가정에 맡겨진 뒤에는 나도 새 가정의 음식 문화에 빠른 속도로 적응했다. 앤트 베시, 캡틴 버즈아이, 엉클 벤*이 식탁에 일상적으로 올랐고, 이제 나도 소스 소믈리에처럼 냄새만 맡아도 HP 소스와 대디스 소스를 분간할 수 있게 되었다. 그것은 내 예전

---

* 모두 냉동식품, 즉석식품을 파는 회사의 상표명.

삶과 새 삶이 달라졌음을 보여주는 무수히 많은 것들 중 한 가지였다. 화재 이전과 이후. 어느 날은 아침으로 수박, 페타치즈, 석류씨를 먹었는데, 다음날엔 마가린을 발라 구운 마더스프라이드 식빵을 먹고 있었던 것이다. 어쨌거나 엄마가 내게 해준 이야기다.

버스가 병원 바로 밖에서 멈춰 섰다. 1층에 이런저런 물건들을 파는 가게가 있었다. 병원에 입원한 환자를 찾아갈 때 선물을 가져가는 것이 마땅한 예의라는 것쯤은 나도 잘 알고 있었다. 하지만 뭘 사서 가지? 새미에 대해 아는 게 하나도 없었다. 그를 찾아가는 목적이 그의 음식, 그가 아주 최근에 자신을 위해 고른 음식을 가져다주는 것이니 먹을 것은 의미 없어 보였다. 그가 혼수상태에 있으니 읽을 것을 가져가는 것도 적당하지 않은 것 같았다. 하지만 가져갈 만한 다른 것이 많지 않았다. 욕실용품도 몇 가지 구비되어 있었으나 나와는 성별이 다른 모르는 사람인 그에게 신체 기능과 관련된 물품을 선물하는 것은 부적절해 보였다. 어쨌거나 치약이나 일회용 면도기는 그리 매력적인 선물로 느껴지지 않았다.

나는 내가 받아본 가장 멋진 선물을 떠올리려 해보았다. 화분 폴리 말고 다른 것은 떠오르지 않았다. 디클랜 생각이 나서 나는 깜짝 놀랐다. 내 첫 남자친구이자 유일했던 남자친구. 내 기억에서 그를 완전히 지워내는 데 거의 성공했었기 때문에 그가 다시 떠오른 것이 나는 좀 힘들었다. 이런 일이 기억났다. 그는 내가 어느 해 받은 한 장의 생일카드(나를 추적하는 데 용케 성공한 어느 기자가 보낸 것으로, 언제 어디서건 인터뷰에 응해주면 상당한 액수의 돈을 주겠다는 내용을 상기시키는 그녀의 메모가 끼워져 있었다)를 보고서, 내가 일부러 생일을 말해주지 않았다고 몰아붙였다. 그래서 그는 내 스물한 살 생일 선물로, 내 콩팥 부위를 주먹으로 쳤고, 바닥에 나자빠진 나를 발로 차 정신을 잃게 만들었으며, 의식이 돌아오자 내 눈 주위를 시퍼렇게 멍들게 했다. '정보를 숨기고 있었다'는 이유에서였다. 내가 유일하게 기억하는 또다른 생일은 열한 살 생일이었다. 그 당시 지내던 위탁가정에서 은팔찌를 선물로 받았는데, 테디베어 장식이 달린 것이었다. 나는 선물을 받은 것에 대해서는 아주 감사하게 생각했지만 그걸 하고 다니지는 않았다. 나는 정말로 테디베어를 좋아할 만한 사람이 아닌 것이다.

그 잘생긴 가수라면 기념일에, 혹은 예컨대 크리스마스에 어떤 선물을 줄지 궁금했다. 아니, 잠깐. 한 해 중 가장 특별하고 로맨틱한 밸런타인데이에. 그는 내게 노래를 만들어 선물할 것이다. 아름다운 노래를. 그리고 내가 완벽히 차갑게 해둔 샴페인을 홀짝이는 동안 그가 그 곡을 기타로 연주해줄 것이다. 아니, 기타로는 아니다. 너무 뻔하다. 그는…… 바순을 배워서 나를 놀라게 할 것이다. 그래, 그는 나를 위해 바순으로 그 멜로디를 연주해줄 것이다.

좀더 현실적인 문제로 돌아가자. 마땅한 게 없어서 나는 적어도 내가 읽어주면 된다고 생각하면서 새미에게 줄 신문과 잡지를 샀다. 그럭저럭 괜찮은 것들이 구비되어 있었다. 그의 외모와 장바구니 안에 든 내용물로 봤을 때 새미는 〈데일리 텔레그래프〉보다는 〈데일리 스타〉를 읽을 사람 같았다. 나는 타블로이드판 신문을 몇 종 구입하고 잡지도 한 권 사기로 했다. 잡지를 고르기가 더 힘들었다. 종류가 아주 많았다. 〈콘데 나스트 트래블러, 요트〉와 〈요팅, 나우!〉 둘 중 어느 것을 고를지 내가 어떻게 알겠는가? 그가 어떤 것을 더 흥미로워할지 나로서는 전혀 알 수 없었다. 나는 그 답을 추론해내기 위해 신중하고 이성적으로 생각했다. 내가 그에 대해 확실히 아는 것 한 가지는 그가 성인 남자라는 것이었다. 다른 것은 순전히 추측일 뿐이었다. 나는 평균의 법칙을 따르기로 하고, 까치발을 하고 손을 뻗어 〈래즐〉 한 권을 뽑았다. 다 됐다.

병원 내부는 너무 덥고 바닥은 삐걱거렸다. 병실 밖에 손소독제가 있었고, 그 위에 마시지 마시오, 라고 쓰인 크고 노란 안내판이 있었다. 정말로 손소독제를 마시는 사람들이 있나? 나는 틀림없이 있을 거라고, 그러니 안내판이 있는 거라고 추정했다. 나의 일부, 실낱같이 작은 일부가 잠시 머리를 숙이고 한 방울 맛볼까 생각했는데, 순전히 그러지 말라고 되어 있었기 때문이었다. 안 돼, 엘리너, 나는 속으로 혼잣말을 했다. 네 반항적인 기질을 억눌러. 차, 커피, 보드카를 마셔.

나는 습진이 더 심해질까봐 손에 소독제를 바르는 게 걱정스러웠다. 그래도 발랐다. 위생은 정말로 중요하니까. 내가 결국 감염의 희생자가 될까봐 겁난다. 병실은 컸고, 길게 두 줄로 침대가 놓여 있었는데, 한쪽 벽에 한 줄씩이었다. 입원한 환자들은 하나같이 분간이 안 갔다. 죄다 턱을 아래로 떨어뜨리고 졸고 있거나 멍하니 앞을 보고 있는, 머리칼이나 이가 빠진 노인들이었다. 나는 왼쪽 끝에 있는 새미를 바로 알아보았지만, 그건 그저 그가 뚱뚱해서였다. 나머지 사람들은 쪼글쪼글한 회색 피부로 덮인 뼈밖에 없었다. 나는 그의 침대 옆 깨끗이 닦은 비닐 의자에 앉았다. 레이먼드가 와 있다는 표시는 없었다.

새미는 눈을 감고 있었지만 혼수상태는 명백히 아니었다. 혼수상태였다면 이런저런 장비에 연결된 채 특수병동에 있었을 테니까, 그렇지 않겠는가? 왜 레이먼드가 거짓말을 했는지 알 수 없었다. 새미의 가슴팍이 일정하게 오르내리는 것을 보니 그는 잠들어 있는 상태였다. 그를 깨우고 싶지 않아서 뭔가 읽어주는 것은 하지 않기로 결정하고, 읽을거리를 침대 옆 수납장에 올려놓았다. 그리고 수납장 앞쪽 칸이 장바구니들을 보관하기에 가장 좋을 것 같아 그 문을 열었다. 수납장은 지갑과 열쇠만 있을 뿐 텅 비어 있었다. 나는 뭐든 새미에 대한 단서가 있을지 모르니 지갑을 살펴봐야 하는 게 아닐까 고민했다. 지갑을 잡으려고 손을 뻗는 찰나 누군가가 내 뒤에서 큼큼 목을 푸는 소리가 들렸다. 흡연자라는 사실을 알리는 가래 섞인 소리였다.

"엘리너, 왔군요." 레이먼드가 침대 저쪽 편에서 의자를 끌어당기며 말했다. 내가 그를 빤히 쳐다보았다.

"왜 거짓말을 했어요, 레이먼드? 새미는 혼수상태가 아니에요. 그냥 잠들어 있는 거예요. 그거하고 그건 완전히 달라요."

레이먼드가 웃었다.

"아, 그거 멋진 소식이죠, 엘리너. 몇 시간 전에 의식이 돌아왔거든요. 심각한 뇌진탕을 일으켰고 골반이 부러졌어요. 어제 다시 붙였고요. 마취제 때문에 많이 지친 것 같지만, 괜찮아질 거라고 하네요." 나는 고개를 끄덕인 뒤 불쑥 일어섰다. "그럼 편히 쉬게 그냥 둬야겠어요." 내가 말했다.

솔직히 말하면, 나는 얼른 병실에서 나오고 싶었다. 너무 더웠고, 너무 익숙했다. 와플무늬 담요, 화학물질과 사람 냄새, 금속 침대 프레임과 딱딱한 플라스틱 의자의 표면. 손소독제가 피부로 스며들어 손이 약간 따끔거렸다. 우리는 함께 엘리베이터로 걸어갔고, 말없이 아래층으로 내려왔다. 1층 문이 열렸고, 내 다리가 앞문을 향해 제멋대로 종종걸음을 치는 것이 느껴졌다.

아름다운 한여름의 저녁이었다. 여덟시였고, 여전히 열기와 부드러운 햇빛이 가득했다. 열한시가 다 될 때까지는 어두워지지 않을 것이다. 레이먼드가 재킷을 벗자 또다른 우스꽝스러운 티셔츠가 드러났다. 이번에는 노란색 티셔츠였고, 앞쪽에 만화풍으로 수탉 두 마리가 그려져 있었다. Los Pollos Hermanos,* 그렇게 쓰여 있었다. 뚱딴지같은 문구다. 그가 자기 손목시계를 보았다.

"나는 포장 음식을 좀 사서 친구 앤디의 집으로 가려고요. 보통 토요일 밤에는 친구들 몇 명하고 거기 모여서 열나게 플레이스테이션을 하거든요. 담배도 피우고 맥주도 좀 마시고요."

"아주 재미있겠는데요." 내가 말했다.

"당신은 뭘 할 건가요?" 그가 물었다.

나는 물론 집으로 가서 텔레비전을 보거나 책을 읽을 예정이었다. 그것 말고 내가 뭘 하겠는가?

"나는 집으로 갈 거예요." 내가 말했다. "오늘 저녁 늦게 BBC4에서 코모도왕도마뱀에 관한 다큐멘터리를 한다고 했던 것 같아요."

레이먼드가 다시 손목시계를 보더니 고개를 들어 끝없이 펼쳐진 푸른 하늘을 보았다. 잠시 침묵의 순간이 흘렀고, 이어 근처에 찌

---

* '수탉 형제'라는 뜻의 스페인어로, 미국 드라마 시리즈 〈브레이킹 배드〉에 나오는 가상의 패스트푸드점.

르레기가 한 마리 나타났다. 우는 소리가 너무 야단스러워서 자칫 천박하게 들릴 정도였다. 우리 둘 다 그 소리를 들었고, 내가 레이먼드를 보고 웃자 그도 내게 웃어주었다.

"저기, 혼자 집안에 틀어박혀 있기엔 너무 멋진 밤이에요. 어디 괜찮은 데 가서 간단히 맥주라도 한잔할까요? 주류판매점이 문 닫기 전에, 한 시간 정도 뒤에는 일어나야 하지만……"

신중히 생각해볼 필요가 있었다. 나는 술집에 가지 않은 지 여러 해가 지났고, 레이먼드는 함께 어울리기 좋은 사람이라고 볼 수 없었다. 하지만 두 가지 이유에서 그러는 게 도움이 될 거라고 빠르게 결론을 내렸다. 첫째, 일이 잘 풀리면 조니 로몬드가 데이트 때 나를 술집에 데려갈 테고, 따라서 그런 장소의 일반적인 분위기와 거기서 요구되는 행동양식을 미리 익혀두는 게 정말로 필요할 테니, 가면 좋은 연습이 될 거라는 점이었다. 둘째, 레이먼드는—이른바—IT 전문가였고, 나는 약간의 조언이 필요했다. 공식적인 채널을 통해 그런 조언을 얻으려면 비용이 많이 들겠지만, 오늘밤 그에게 공짜로 물어보면 된다. 모든 점을 고려해볼 때 레이먼드의 요구를 받아들이는 것이 효율적일 것 같았다. 그는 허공 어딘가를 빤히 쳐다보고 있었는데, 내가 생각에 잠겨 있는 동안 담배에 불을 붙이고 거의 절반을 피운 상태였다.

"그래요, 레이먼드. 같이 펍에 가서 한잔해요." 내가 고개를 끄덕이며 말했다.

"정말 잘 생각했어요." 그가 말했다.

우리는 병원에서 오 분 거리에 있는 번화가의 어느 바로 갔다. 바깥 테이블 하나가 비어 있었다. 테이블의 금속 표면에 둥근 얼룩이 잔뜩 묻어 있고 다리가 불안정해 보였지만 레이먼드는 즐거운 것 같았다.

"바깥 자리예요!" 그가 행복한 듯 털썩 앉고는 재킷을 의자 등받이에 걸쳤다. "자 그럼, 내가 바에 갔다 올게요." 그가 말했다. "뭐로 하겠어요, 엘리너?"

나는 속이 울렁거리며 더럭 걱정이 되었다. 첫째, 여기 밖에 앉아 있으면 술집 내부가 보이지 않아서 그 안이 어떤 식으로 돌아가는지 관찰할 수 없다. 둘째, 뭘 주문하면 되는지 몰랐다. 사람들은 술집에서 보통 뭘 주문하지? 나는 이 상황에서 내가 주도권을 잡기로 결정했다.

"레이먼드, 바에는 내가 갈게요. 그렇게 할게요. 당신은 뭘로 주문하겠어요?" 그는 반박하려 했지만 나는 고집을 꺾지 않았다. 결국엔 그도 동의했지만 좀 짜증이 난 것 같았다. 나는 레이먼드가 이 문제로 왜 그렇게 난리인지 그 이유를 짐작할 수 없을 따름이었다.

"알았어요, 뭐 그렇다면, 나는 기네스 파인트로 한 잔요. 하지만 내가 사오게 해주면 좋겠어요, 엘리너."

나는 양손으로 테이블을 짚고 몸을 앞으로 기울여 내 얼굴을 그의 얼굴에 바짝 붙였다.

"레이먼드, 내가 술을 사올게요. 이건 나한테 중요한 일이에요. 이유가 있는데 당신한테 구구절절 설명하고 싶지는 않아요."

그가 어깨를 으쓱한 뒤 고개를 끄덕였고, 나는 문을 향해 걸어갔다.

햇살 속에 있다가 안으로 들어오니 매우 어둡게 느껴졌고 시끄럽기까지 했다. 커다란 스피커에서 익숙하지 않은 장르의 음악이 쿵쾅쿵쾅 흘러나오고 있었다. 사람들이 많지 않았고, 바 앞에 선 손님은 나 혼자였다. 젊은 남자와 젊은 여자가 거기 종업원이었다. 다시 말해 둘은 서로 깊은 대화에 빠져, 여자는 걸핏하면 얼간이처럼 킥킥 웃으며 염색한 노란 머리칼을 휙휙 넘기고 남자는 여자의 팔을 장난스럽게 툭툭 치며 지나치게 큰 소리로 가식적인 웃음을 터뜨렸다는 말이다. 인간의 짝짓기 의식을 지켜보는 건 믿을 수 없을 만큼 지루한 일이다. 적어도 동물의 왕국은 때때로 반짝이는 찬란한 깃털이나 굉장한 폭력의 장면을 선사한다. 머리를 휙휙 넘기거나 장난으로 싸우는 것은 기대에 한참 못 미친다.

나는 지겨워졌고, 목재로 된 바를 문 두드리듯 세 번 세게 쳤다. 두 사람 다 고개를 들었다. 내가 기네스를 파인트로 주문하자 남자가 맥주통의 꼭지에서 맥주를 따르기 시작했다. "다른 건요?" 그가 말했다. 나는 여전히 어리둥절한 채였다. 나는 그의 업무에 그런 상황에 처한 고객들을 돕는 것도 포함될 거라고 추론했다.

"뭘 추천하겠어요?" 내가 물었다. 검은 액체가 맥주잔으로 졸졸 떨어지는 것을 지켜보던 그가 고개를 들었다.

"네?"

"나한테 뭘 추천해줄 건지 물었어요. 대체로 술집에서는 술을 안 마셔서요."

그는 거기 누구 다른 사람이 서 있기를 기대하는 것처럼 좌우를 둘러보았다. 긴 침묵이 흘렀다.

"음," 그가 말했다. "어…… 매그너스가 아주 인기 좋아요. 얼음도 같이요. 여름에 먹기 좋은 술이죠."

"알겠어요." 내가 말했다. "고마워요. 그렇다면 추천해준 대로 나는 매그너스로 부탁해요." 그가 갈색 병을 따서 바에 올려놓았다. 그리고 긴 유리잔에 얼음을 넣고는 병 옆에 놓았다.

"그건 뭐예요?" 내가 말했다.

"매그너스요."

"빈 유리잔은 뭐죠?"

"매그너스를 따라 마시는 거죠." 그가 말했다.

"내가 저 병에 든 술을 직접 유리잔에 따라야 하는 건가요?" 내가 어리둥절해서 말했다. "그건 당신이 하는 일 아니에요?" 그는 나를 빤히 쳐다보더니 갈색 액체를 천천히 얼음 위에 따르고 병을 세게 내려놓았다. 정말이지, 카운터에 내려놓을 때 실제로 탕 소리가 났다.

"8파운드 70펜스예요." 그가 너무도 불친절한 태도로 말했다. 나는 5파운드 지폐 한 장과 동전 4파운드를 건네고 거스름돈을 받아 지갑 안에 잘 넣었다.

"혹시 쟁반 있나요?" 내가 물었다. 그가 지저분하고 끈적거리는 쟁반을 휙 밀어주고는 내가 거기에 음료를 놓는 것을 지켜본 뒤 돌아섰다. 이른바 서비스 분야에서 좋은 태도를 찾아보기가 이토록 어렵다니!

레이먼드는 맥주에 대해 고맙다고 말한 뒤 크게 꿀꺽 한 모금 들이켰다. 매그너스 맛이 아주 좋아서 나는 바에 있던 젊은 남자에 대한 내 의견을 수정했다. 그래, 그는 고객 응대 기술은 부족하지만 적어도 음료를 제대로 추천하는 법은 알고 있었다. 묻지도 않았는데 레이먼드가 자신의 어머니에 대해 말하기 시작했다. 내일 찾아뵐 것이며 일요일마다 그렇게 한다고 했다. 남편과 사별했기 때문에 아주 잘 지내지는 않는다고 했다. 어머니가 고양이를 여러 마리 키워서, 그가 고양이 돌보는 걸 도왔다. 그는 이야기를 줄줄 쏟아냈다. 내가 그의 말을 끊었다.

"레이먼드," 내가 말했다. "뭘 좀 물어봐도 돼요?"

그가 맥주를 홀짝였다. "그럼요."

"내가 '스마트폰'을 구입한다면 어떤 종류를 권하겠어요? 안드로이드 기기와 비교해서 아이폰의 상대적인 장점을 알아보긴 했는데, 이를테면 가성비 면에서 업계 종사자의 견해를 듣고 싶어요."

그는 내 질문에 좀 놀란 것 같았다. IT 쪽 일을 하니 틀림없이 이런 기술적인 질문을 자주 받을 텐데 놀란다는 게 좀 이상했다.

"그거요, 음……" 그는 머릿속 생각을 정리하려는 듯 약간 개처럼 고개를 흔들었다. "그건 여러 요소에 따라 다른데요." 그는 이런저런 요소들에 대해 좀 장황하게—어떤 유용한 결론에도 이르지 못하면서—설명했고, 이어 자신의 손목시계를 보았다.

"젠장! 뛰어가야겠어요. 앤디의 집에 가기 전에 맥주를 좀 사야 해요. 열시가 다 됐네요." 그가 잔을 비웠고, 일어서서 재킷을 입었지만 추운 날씨는 전혀 아니었다.

"집에 가는 데는 문제없겠어요, 엘리너?" 그가 말했다.

"오, 그럼요." 내가 말했다. "걸어가면 돼요. 아주 아름다운 저녁이에요. 아직 햇빛도 있고요."

"그렇군요. 그럼 월요일에 봐요." 그가 말했다. "남은 주말 잘 보내고요." 그가 가려고 돌아섰다.

"레이먼드, 잠깐만요!" 내가 말했다. 그가 웃는 얼굴로 나를 돌아보았다.

"왜요, 엘리너?"

"기네스요, 레이먼드. 3파운드 50펜스였어요." 그가 나를 빤히 바라보았다. "괜찮아요." 내가 말했다. "급할 거 없어요. 월요일에 줘도 돼요. 그게 더 편하면요."

그가 4파운드를 동전으로 헤아려 테이블 위에 올려놓았다. "거스름돈은 가져요." 그가 말하고는 그 자리를 떠났다. 낭비벽이 있는데! 나는 돈을 지갑 안에 넣고 매그너스를 마저 비웠다. 사과 맛 술을 마시고 간이 커진 나는 우회로를 이용해 집으로 돌아가기로 했다. 그래, 왜 그러지 않겠는가? 이제 정찰 지점에 가볼 때가 된 것이다.

8

지옥 같은 건 당연히 없다. 하지만 있다면 저주받은 영혼들의 비명소리, 쇠스랑을 끄는 동작, 끔찍한 울부짖음의 사운드트랙으로는 뮤지컬 연보年報에서 가져온 '쇼 음악' 메들리가 반복적으로 흐를 것이다. 로이드 웨버와 라이스가 만든 전곡이 불구덩이 안에 마련된 무대에서 휴식시간 없이 연주될 것이고, 죄인들로 구성된 청중은 영원히 그것을 지켜봐야—그리고 들어야—할 것이다. 그중에서도 가장 죄질이 나쁜 아동 성추행자들과 살인마 독재자들이 그 곡을 연주해야 할 것이다.

미스터 로몬드라는 남자의 더할 나위 없이 아름다운 곡 전체를 제외하면, 나는 아직 내가 즐길 수 있는 음악 장르를 찾지 못했다. 음악은 기본적으로 청각 물리학이자 파장과 에너지 입자이지만, 제정신인 대부분의 사람들처럼 나는 물리학에 전혀 관심이 없다. 그래서 내가 〈올리버!〉에 나오는 노래를 흥얼거릴 수 있다는 사실은 참 이상했다. 나는 그렇게 생각하고 마음속으로 느낌표를 찍었는데, 살면서 처음으로 느낌표를 적절하게 쓴 것 같았다. 누가 이 멋진 저녁시간을 내게 사줄까요?* 정말로 누가?

내 위탁가정의 보호자들 중 하나가 뮤지컬 비디오 소장가여서 주말마다 가족이 다 함께en famille 그 비디오를 봤다. 나는 그래서, 내가 그렇지 않기를 간절히 바라지만, 라이어널 바트, 로저스와 해머스타인 등의 작품에 아주 익숙했다. 내가 지금 여기 그가 사는 거리에 있다는 사실은 묘한 감정을 일으켰다. 환희의 경계에서 가슴이 콩닥콩닥 뛰고 안절부절못하는 느낌이었다. 〈마이 페어 레이디〉에서 프록코트를 입은 어릿광대 같은 남자가 왜 오드리 헵번의 창문 밖에서 그 감정에 대해 크게 외칠 수밖에 없었는지 거의 이해할 수 있을 것 같았다.

그 뮤지션이 사는 곳을 알아내는 건 쉬웠다. 그가 트위터에 아름다운 일몰 사진을 올려놓았던 것이다.

@johnnieLrocks

우리집 창가에서 바라본 풍경. 나는 얼마나 운이 좋은가?

#도시의여름 #축복

사진은 지붕과 나무와 하늘을 보여주었는데, 사진 한 귀퉁이에 보이는 거리 끝에 펍도 있었다. 그 이름이 선명하게 보였다. 나는 그곳을 금세 찾아냈다. 구글 덕분이다.

---

* 원곡의 가사는 '누가 이 멋진 아침시간을 내게 사줄까요?'이다.

그 거리는 이 도시의 이 지역 대부분이 그렇듯 공동주택 건물들로 이루어져 있었다. 건물마다 보안이 되는 정문이 있고, 바깥벽에 각 세대별 거주자 이름이 붙은 버저가 있었다. 이 거리가 맞았다. 어느 쪽부터 시작할까? 짝수 번지 쪽부터 하기로 결정했다. 그는 짝수형 인간이지 홀수형 인간이 아니었다. 내게 풀어야 할 퍼즐이 주어졌다. 그 일을 하면서 나는 노래를 흥얼거렸는데, 내가 마지막으로 이렇게—가볍고 통통 튀고 재빠르게—느낀 게 언제였는지는 기억도 나지 않았다. 이것이 행복의 느낌이 아닐까 생각해보았다.

버저에 보이는 그 모든 이름과 그것이 표현된 방식은 대단히 흥미로웠다. 어떤 사람들은 스티커에 볼펜으로 휘갈겨 쓴 이름을 버튼 위쪽에 대충 붙여놓았다. 또 어떤 사람들은 이름을 진한 대문자로 타자하고 출력해 테이프 세 겹으로 고정해놓았다. 몇몇은 버저를 그냥 비워두었고, 또 몇몇은 비바람에 잉크가 다 날아가 읽을 수 없게 되었는데도 새것으로 바꿔놓지 않았다. 나는 그가 그런 사람들 중 하나가 아니기를 정말로 바라면서도, 혹시 몰라 내 공책에 그런 곳들의 위치를 기록해두었다. 읽을 수 있는 이름을 다 훑었는데도 그의 이름이 없으면 다시 돌아가 이름이 없는 버저들을 살펴나가야 할 것이다.

아, 하지만 내가 어떻게 그 사람에 대해 의심을 품을 수 있었을까? 거리를 절반쯤 가니 짝수 번지 중에서도 가장 짝수다운 위치에 그가 있었다. 미스터 J. 로몬드 Esq.* 나는 그 버저 앞에 서서 글자들을 살폈다. 두꺼운 하얀 종이에 고전적인 검은 잉크로 깔끔하고 예

---

* Esquire를 줄인 말로 Mr가 쓰이기 이전에 남자 이름 뒤에 쓰던 호칭.

술적으로 쓰여 있었다. 정말로 그다웠다.

세상을 발밑에 거느린 인기 있고 잘생긴 남자가 토요일 밤에 집에 있을 리 만무했지만, 나는 그저 느낌이 어떤지 보려고 둘째손가락 끝으로 버저를 부드럽게 눌렀다. 삑 소리가 나더니 곧 남자의 목소리가 들렸다. 완곡히 말해도, 나는 좀 놀랐다.

"누구세요?" 그가 다시 말했다.

또박또박 침착하게 말하는 저음의 목소리였다. 꿀과 뿌연 연기, 벨벳과 은. 나는 버저 목록을 재빨리 훑은 뒤 눈에 띄는 다른 거주자의 이름을 말했다.

"맥패든 씨…… 피자 배달 왔는데요." 내가 말했다. 그의 한숨 소리가 들렸다.

"그 집은 꼭대기 층이에요." 그가 그렇게 말하고 끊었다. 버저 소리가 나더니 문이 탈칵 열렸다. 나는 깊이 생각할 겨를도 없이 안으로 들어갔다.

뮤지션이 사는 곳은 계단을 올라가 2층 오른쪽 아파트였다. 초인종 위로 신중해 보이는 황동 명판이 있었다. 나는 선 채로 귀를 기울였다. 안에서는 아무 소리도 들리지 않았고, 그저 계단 등이 윙윙거리는 소리와 아래 거리에서 희미하게 들리는 소리뿐이었다. 위층에서 텔레비전 소리가 왕왕 울려퍼졌다. 나는 공책을 꺼내 빈 종이 한 장을 찢었다. 황동 명판에 종이를 대고 연필을 꺼내 문지르기 시작했다. 곧 명판이 아주 멋지게 베껴졌고, 나는 그것을 공책 낱장 사이에 끼운 뒤 가방 안에 조심스럽게 집어넣었다. 현관문은 열려 있었고, 마호가니와 불투명한 식각유리로 전형적인 빅토리아 양식 디자인에 따라 만들어진 방문은 감질나게 닫혀 있었다.

나는 용기를 내서 최대한 바짝 다가갔다. 안에서는 아무 소리도 들리지 않았고, 눈에 보이는 움직임도 없었다. 간신히 책장의 형태를 알아볼 수 있었고, 그림이 한 점 걸려 있었다. 교양 있는 남자. 우리는 얼마나 공통점이 많은가!

내 몸이 굳는 것 같았다. 소리가 들렸다. 진동하는 금속에 닿는 부드러운 손가락들, 공중으로 아련하게 퍼져나가는, 늙은 별이 흘려보내는 빛처럼 안개 같고 우유 같은 코드 음들. 목소리. 따뜻하고 나직하고 부드러운 목소리가 주문을 걸고, 뱀에게 마술을 부리고, 꿈이 흘러가는 길을 만들어낸다. 나는 그 소리를 향해 서서 더 가까이 몸을 기울이는 것 말고는 더 할 수 있는 것이 없었다. 유리에 내 몸을 대고 눌렀다. 그는 곡을 쓰고 있었다. 가사, 음악, 감정. 그가 그 모든 작업을 하고 있었다. 창작의 바로 그 순간을 엿들을 수 있다는 것은 얼마나 귀한 특권인가! 그는 자연에 대해 노래했다. 나의 아름다운 오르페우스. 그의 목소리. 그의 목소리!

나는 머리를 뒤로 살짝 젖히고 눈을 감았다. 하늘을 그려보았다. 검푸른 색깔, 모피처럼 부드럽고 짙었다. 광활하게 펼쳐진 밤을 가로질러 벨벳 같은 깊은 어둠 속을 뚫고 들어가며 빛이 흩어졌다. 천 개의 어둠을 밝히기에 충분했다. 무늬가 저절로 나타났다. 눈은 황홀감에 취해 달팽이의 소용돌이무늬와 부서진 진주, 신과 짐승과 행성 들을 찾아냈다. 우리는 가만히 선 채로 빙글빙글 돌았고, 돌면서 태양 주위로 점점 더 큰 원을 그렸다. 오, 그 현기증나는 속도란……

음악이 멈췄고, 갑작스럽고 흐릿한 움직임이 있었다. 나는 뒤로 물러나 재빨리 위층으로 올라가기 시작했다. 심장이 방망이질했다. 아무 일도 없었다. 나는 위쪽 층계참에 서서 잠시 기다렸다. 아무 일도 없었다.

발끝걸음으로 내려가 다시 그의 문 밖에 섰다. 음악이 한번 더 시작되었고, 나는 그를 방해하고 싶지 않았다. 어쨌든 내가 거기 간 것은 그저 그가 어디 사는지 보기 위한 것뿐이었으니…… 본다고 해가 될 건 없다. 미션 완수.

이런 낭비는 순전히 미친 짓이었지만, 나는 거리로 나와서 집에 가려고 지나가는 블랙캡을 손짓으로 불렀다. 저녁시간은 머뭇머뭇 느리게 흘러갔지만 지금은 누가 뭐래도 밤이었다. 집밖에 있고 싶지 않았다. 어둠 속에서는 나쁜 일이 일어난다. 택시를 타면 대충 6파운드가 나올 것 같았지만, 선택의 여지는 없었다. 안전벨트를 한 뒤 운전사와 나를 갈라놓는 유리판을 닫았다. 축구건 시의회건 혹은 어떤 다른 주제건 그의 견해를 들을 마음은 전혀 없었다. 내 마음속엔 한 가지 생각만 존재했다. 혹은 더 정확하게는 한 사람만.

한두 시간이 흘렀고, 나는 모험을 감행한 뒤라 잠을 이룰 수 없을 거라는 사실을 깨달았다. 불을 켜고 내 드레스잠옷을 내려다보았다. 번갈아 빨아 입으려고 두 벌을 가지고 있었다. 두 벌 다 똑같은 옷으로, 발목까지 오는 길이에 하이넥 스타일이고 보드라운 브러시트 코튼으로 만든 것이었다. 레몬 색깔(물에 넣고 끓이면 폭폭 터지고 보글거릴 것 같은 사탕을 떠올리게 했는데, 내 어린 시절의 한 장면은 아니지만 어쨌거나 나를 위로하는 이미지였다)이었다.

내가 어렸을 때 엄마는 특별 간식으로 피멘토*를 끼운 올리브를, 혹은 때때로 관처럼 생긴 노란색과 빨간색의 양철통에서 꺼낸 기름 많은 안초비를 내 입안에 넣어주곤 했다. 엄마는 세련된 미각이 자칫 짭조름한 맛으로 기울기 쉽고, 설탕을 많이 친 싸구려 과자가 가난한 사람들을(그리고 그들의 치아를) 버려놓는다고 내게 늘 강조했다. 엄마의 치아는 늘 아주 날카롭고 아주 하얬다.

단 간식으로 유일하게 용인할 수 있는 건 제대로 만든 벨기에 트뤼플(노이하우스,** 맙소사nom de dieu, 관광객들이나 그 조개껍데기 모양의 형편없는 초콜릿을 사대지)과 튀니지 시장에서 파는 통통한 대추야자라고 엄마는 말했는데, 둘 다 우리 동네 슈퍼마켓인 스파에서는 구하기 어려웠다. 그 사건…… 바로 직전에…… 엄마가 포트넘에서만 쇼핑을 하던 때가 있었는데, 같은 시기에 엄마가 체리 잼confiture de cerises의 가시적인 결함에 대해 포숑***과 정기적으로 서신을 주고받은 것이 기억난다. 파리에서 온 편지들에는 예쁘고 빨간 소인이 찍혀 있었다. 자유, 평등, 우애Liberté, Egalité, Fraternité. 딱히 엄마의 신조라 할 수는 없다.

나는 일어나 앉으면서 베개를 반으로 접어 몸을 받쳤다. 한참 잠이 오지 않을 것 같아 뭔가 마음을 달랠 것이 필요했다. 매트리스와 벽 사이 공간에 손을 넣어, 오랜 세월 만져서 가장자리가 둥글어지고 부드러워진, 내 오래되고 충실한 『제인 에어』를 꺼냈다. 그 소설을 펴서 어느 페이지가 나와도 나는 대번에 이야기 중 어느 부

---

* 작고 빨갛고 맛이 순한 고추.

** 벨기에의 대표적인 초콜릿 제조 회사.

*** 케이크와 쿠키 등을 파는 파리의 제과점 이름.

분인지 알 수 있었고, 다음 문장에 이르기도 전에 그 장면을 거의 그려볼 수 있었다. 오래된 펭귄 클래식 판본으로, 브론테의 초상이 표지를 우아하게 장식하고 있었다. 책 안의 장서표에는 다음과 같이 쓰여 있었다. 세인트유스터스 교구 교회 주일학교, 하루도 빠지지 않고 개근하였기에 엘리너 올리펀트에게 이 상을 수여함, 1998년. 통틀어 말하면 나는 전全기독교적으로 키워졌다. 장로교도, 영국국교회교도, 가톨릭교도, 감리교도, 퀘이커교도, 그리고 신이 전류가 찌릿하게 흐르는 미켈란젤로의 그림 속 손가락으로 자신들을 가리켜도 신을 알아보지 못할 사람도 몇몇 있었다. 나는 내게 영적인 교육을 시키려는 모든 시도에 순순히 복종했으나 그만큼의 불손함을 보였다. 주일학교나 그와 동등한 정도의 교육은 적어도 내가 지내는 집에서 빠져나올 수 있는 구실이 되었고, 이따금 샌드위치가 주어지거나 더 드물게는 참을 만한 친구들이 생기기도 했다.

나는 선물 뽑기를 하듯 내키는 대로 책을 펼쳤다. 펼쳐진 페이지는 중심축이 되는 장면, 제인이 로체스터 씨를 처음 만나는 장면이었다. 그녀가 숲속에서 그의 말을 놀라게 한 바람에 그가 말에서 떨어진다. 멋지게 생기고 영적인 눈을 가진 사냥개 파일럿도 거기 있다. 이 책에 딱 한 가지 흠이 있다면 파일럿에 대한 언급이 충분하지 않다는 점이다. 책에서 개 이야기는 아무리 많이 나와도 부족하다.

제인 에어. 사랑하기 어려운 이상한 아이. 외로운 외동. 그녀는 어린 나이에 그토록 많은 고통—죽음의 여파, 사랑의 부재—을 감당해야 했다. 결국 화상을 입는 사람은 로체스터 씨다. 나는 그게 어떤 기분인지 안다. 그 전부를.

아주 어두운 밤시간에는 모든 것이 더 불길하게 느껴진다. 새들이 여전히 지저귀고 있다는 사실에 나는 깜짝 놀랐는데, 그 소리가 화가 난 듯이 들렸다. 그 가엾은 피조물은 희미한 빛이 계속 살아 있는 여름에는 좀처럼 잠을 이루지 못할 것이다. 어중간한 어둠 속에서, 완전한 어둠 속에서, 기억난다, 기억난다. 그림자 같은 어둠 속에서 잠들지 못하고, 작은 토끼 두 마리의 심장 뛰는 소리, 칼 같은 호흡. 기억난다, 기억난다…… 나는 눈을 감았다. 눈꺼풀은 정말로 살의 커튼에 불과하다. 눈은 늘 '켜져' 있고, 늘 바라본다. 눈을 감으면 당신은 세상을 내다보는 게 아니라 눈꺼풀 안쪽의 혈관이 드러난 얇은 피부를 바라보는 것이다. 위로가 되지 않는 생각이다. 사실 그 생각을 충분히 오래하면 나는 아마 내 눈을 뽑아버리고 싶어질 것이고, 쳐다보는 것을 그만두고 싶어질 것이고, 늘 보고 있는 행위를 그만두고 싶어질 것이다. 이미 본 것은 보지 않은 것으로 되돌릴 수 없다. 이미 한 행동은 하지 않은 것으로 되돌릴 수 없다.

뭔가 좋은 것을 생각해봐. 위탁가정의 부모들 중 한 명이 내가 잠을 이루지 못할 때나 진땀을 흘리고 흐느껴 울고 비명을 지르며 깨어나는 밤에 그렇게 말해주곤 했다. 진부한 충고이지만 때때로 효과가 있다. 그래서 나는 그 개 파일럿을 생각한다.

아마 틀림없이 잠을 잤겠지만—깜박 졸지 않았다는 말은 할 수 없을 것 같다—그렇게 느껴지지 않았다. 일요일은 죽음의 날이다. 나는 시간을 보내기 위해 되도록 오래 잠들어 있으려고 하지만(옛날부터 감옥에서 쓰던 방법이다. 그것을 알려준 엄마에게 감사한

다) 여름 아침에는 그러기가 어렵다. 열시 직후에 전화벨이 울렸을 때는 일어난 지 몇 시간이 지난 뒤였다. 이미 욕실과 부엌 바닥을 청소하고 재활용 쓰레기를 내다버리고 그릇장 안에 넣어둔 통조림 전부를 상표가 앞을 향하게 제타벳* 순으로 정리한 뒤였다. 신발 두 켤레도 모두 닦은 뒤였다. 신문도 다 읽고 크로스워드 퍼즐이나 다른 퍼즐도 다 푼 뒤였다.

나는 전화를 받기 전에 목을 큼큼 풀면서, 택시 운전사에게 날 어디 내려줄지 말한 이후로 거의 열두 시간 동안 한마디도 하지 않은 것을 깨달았다. 그 정도만 해도 나한테는 아주 괜찮다. 대체로 나는 금요일 밤에 버스 운전사에게 목적지를 말하는 그 시점부터 월요일 아침에 그의 동료 운전사에게 인사를 건넬 때까지 계속 말을 하지 않고 지낸다.

"엘리너?" 아니나 다를까, 레이먼드였다.

"네, 전데요." 나는 아주 퉁명스럽게 대답했다. 어쨌거나 그가 어떤 사람을 기대했겠는가? 레이먼드가 심하게 기침을 했다. 지저분한 흡연자.

"음, 그래요. 오늘 새미를 다시 보러 갈 건데 그냥 알려주고 싶었어요. 혹시 같이 가고 싶은지 궁금해서요."

"왜요?" 내가 말했다.

그는 한동안 말이 없었다. 이상했다. 어려운 질문도 아닌데.

"음…… 병원에 전화를 해봤더니 많이 좋아졌다고 해서요. 깨

---

* 저자가 '알파벳'이라는 단어로 말장난을 한 것으로, 알파벳 역순이라는 뜻으로 추정할 수 있다.

어났대요. 일반 병실로 옮겼고요. 생각해봤는데…… 어르신이 자기한테 무슨 일이 일어났는지 묻고 싶은 게 있을지 모르니 우리를 만나보면 좋을 것 같아요."

생각이 바로 떠오르지 않았고, 그렇게 하면 결과가 어떨지 생각해볼 시간도 없었다. 미처 정신을 차릴 새도 없이 그날 오후 병원에서 레이먼드와 만나기로 했다. 나는 전화를 끊고 벽난로 위 거실 벽에 걸린 시계(적십자 가게에서 구입한 것으로, 파란 형광색 원형판에 파워레인저 그림이 있었는데, 나는 늘 그것이 거실에 일종의 유쾌한 생의 환희joie de vivre를 더해준다고 생각했다)를 보았다. 약속시간까지 몇 시간 남아 있었다.

외출 준비를 천천히 하기로 하고, 샤워할 물이 데워지는 동안 거울에 비친 내 모습을 유심히 들여다보았다. 내가 과연 뮤지션의 뮤즈가 될 수 있을까? 궁금했다. 어쨌거나 뮤즈란 게 뭔가? 그 말의 고전적인 암시는 물론 잘 알고 있었지만, 오늘날 뮤즈가 실제로 뜻하는 것은 예술가가 같이 자고 싶어하는 매력적인 여자 같았다.

나는 그 모든 그림 작품들에 대해 생각했다. 관능적이고 육감적인 몸매를 풍만하게 드러내며 누워 있는 여자들. 크고 맑은 눈을 가진 비쩍 마른 발레리나들. 하얀 드레스가 몸에 들러붙은 채로 둥둥 뜬 꽃송이들에 둘러싸인 익사한 미인들. 나는 풍만하지도, 비쩍 마르지도 않았다. 나는 평균적인 크기의 몸에 평균적인 얼굴(어쨌거나 한쪽은)을 하고 있다. 남자들은 거울을 볼까? 나는 궁금했다. 자신들이 부족하다는 것을 심오하고 근본적인 방식으로 느낄까? 신문을 펴거나 영화를 볼 때 예외적으로 잘생기고 젊은 남자들만 나온다면, 자신들이 그만큼 젊거나 잘생기지 않았다는 이유로 위

축되거나 열등감을 느낄까? 그렇다면 그 잘생긴 남자들이 살이 찌거나 뭔가 어울리지 않는 옷을 입었을 때 조롱하는 기사가 바로 신문에 실린다면 그들은 그걸 읽을까?

이것은 당연히 수사학적인 질문이다.

나는 다시 나를 보았다. 나는 건강하고 튼튼했다. 내 뇌는 잘 작동하고, 감미롭진 않지만 목소리도 존재한다. 오래전 연기를 흡입한 이후로 내 성대는 회복될 수 없을 정도로 망가졌다. 나한테는 머리칼, 귀, 눈, 그리고 입도 있다. 나는 인간 여자일 뿐 그 이상도 그 이하도 아니다.

얼굴 한쪽—손상된 절반—이 서커스단 광대처럼 된 게 다른 일이 일어나는 경우보다 더 낫다. 화재로 죽을 수도 있었다는 말이다. 나는 불에 타 재가 되지 않았다. 나는 어린 불사조처럼 불꽃을 뚫고 나왔다. 흉터가 남은 곳을 손가락으로 쓸고 그 울퉁불퉁한 윤곽선을 어루만져보았다. 나는 불타지 않았어요, 엄마, 내가 생각했다. 나는 불을 통과해 나왔고, 나는 살았어요.

내 심장에는 얼굴의 흉터만큼이나 두껍고 보기 흉한 흉터가 있다. 나는 그것이 거기 있다는 것을 안다. 손상되지 않은 조직도 조금은 남아 있기를 나는 희망한다. 사랑이 들어오고 흘러나갈 수 있는 부분이 작게라도 남아 있기를. 나는 희망한다.

9

레이먼드는 병원 정문 밖에서 기다리고 있었다. 그가 허리를 굽혀 휠체어를 탄 여자의 담배에 불을 붙여주는 것이 보였다. 여자는 휠체어에 수액을 매단 채 밖으로 나왔는데, 그렇게 함으로써 납세자들의 돈으로 건강을 회복하려는 동시에 스스로 건강을 망치고 있는 셈이었다. 레이먼드는 본인도 담배를 뻐끔뻐끔 피우면서 담배를 피우고 있는 그 여자에게 무슨 말인가를 하고 있었다. 그가 몸을 숙여 뭔가 말하자 여자가 웃었는데, 캑캑거리며 웃는 마귀할멈 같은 웃음이 길게 이어지더니 결국 한바탕 기침으로 끝났다. 나는 유독한 연기구름이 나를 감싸 해로운 영향을 미칠까 두려워 조심조심 다가갔다. 레이먼드는 내가 오는 것을 보고 담배를 비벼 끈 뒤 내 쪽으로 느긋하게 걸어왔다. 그는 데님 바지를 입고 있었는데, 보기 흉하게 엉덩이에 걸쳐지게 내려 입었다. 그가 내게 등을 돌리고 있을 때 반갑지 않게도 팬티—흉측한 임피리얼 퍼플색이었다—1인치가 보였고, 하얀 피부는 반점으로 뒤덮여 있어 기린 가죽이 생각났다.

"안녕, 엘리너." 그가 손을 닦으려는 것처럼 허벅지 앞쪽에 문지르며 말했다. "오늘 어때요?"

공포스럽게도 그가 나를 끌어안으려는 듯 몸을 앞으로 숙였다. 나는 뒤로 물러섰지만 미처 피할 새도 없이 담배와 또다른 냄새, 뭔가 화학적이고 코를 찌르는 불쾌한 냄새를 맡아버렸다. 값싼 남자 향수 냄새로 짐작됐다.

"좋은 오후예요, 레이먼드." 내가 말했다. "안으로 들어갈까요?"

우리는 엘리베이터를 타고 7호 병실로 올라갔다. 레이먼드는 전날 저녁에 있었던 일을 장황하고 지루하게 늘어놓았다. 그는 친구들하고, 그게 뭔지는 몰라도, '밤샘 때리고' 〈그랜드 세프트 오토〉 게임 미션을 완수한 뒤 포커를 쳤다고 했다. 그 이야기를 왜 나한테 하는지 도통 알 수 없었다. 물어보지도 않았는데. 그가 마침내 이야기를 멈추고 내게 저녁시간을 어떻게 보냈는지 물었다.

"조사를 좀 했어요." 나는 레이먼드에게 그 이야기를 해서 내 경험을 더럽히지 않으려고 그렇게만 말했다.

"저기예요!" 내가 말했다. "7호실이에요!" 어린아이나 작은 반려동물처럼 레이먼드의 마음은 쉽게 딴 데로 옮겨갔다. 우리는 안으로 들어가기 전에 알코올 손소독제를 번갈아 사용했다. 비록 손상된 내 불쌍한 피부가 지난번 발진 이후 거의 나아지지 않았지만, 안전이 우선이다.

새미는 창문과 가장 가까운 마지막 침대에 누워 〈선데이 포스트〉를 읽고 있었다. 우리가 다가가자 그는 안경 위로 눈을 치떠 우리를 골똘히 쳐다보았다. 태도에서 친근함이 느껴지지 않았다. 레이먼드가 목을 큼큼 풀었다.

"안녕하세요, 톰 어르신." 그가 말했다. "저는 레이먼드라고 하고, 이쪽은 엘리너예요." 내가 노인을 향해 고개를 까딱했다. 레이먼드가 말을 이어갔다. "저희가, 음, 어르신이 기절하셨을 때 저희가 발견했고, 제가 구급차에 같이 타고 병원으로 모셔왔어요. 오늘은 그냥 들러서 인사드리고 어떻게 지내시는지 보고 싶었어요."

내가 몸을 숙이고 손을 내밀었다. 새미는 그 손을 물끄러미 바라보았다.

"뭐라고요?" 그가 말했다. "당신이 누구라고요?" 그는 꽤 혼란스러워 보였지만 조금도 공격적이지는 않았다. 레이먼드가 다시 설명하기 시작했지만, 새미는 손바닥이 앞을 향하게 손을 들어 말을 막았다. 그가 줄무늬 파자마를 입고 있고 흰머리가 아기 비둘기의 깃털처럼 보송보송하면서 삐쭉삐쭉 뻗은 것을 감안하면, 그는 놀랍도록 당당해 보였다.

"잠깐, 잠깐만요." 그가 말하고는 침대 옆 수납장으로 몸을 숙이더니 선반에서 뭔가를 집었다. 나도 모르게 한 발짝 뒤로 물러섰다. 그가 거기서 뭘 꺼내려고 하는지 누가 알겠는가? 그는 귀에 뭔가를 꽂아넣더니 잠시 만지작거렸다. 머리의 그 부근에서 고음의 삑 소리가 났다. 소리가 멈추자 그가 싱긋 웃었다.

"자 그럼," 그가 말했다. "훨씬 낫군요. 이제 개가 토끼를 볼 수 있게 됐어요,* 응? 그러니까 당신들 둘이 무슨 용건으로 온 거요,

---

* 사냥개의 특징에서 나온 표현으로, 그레이하운드는 먹잇감인 토끼를 보고야 뒤쫓

교회에 나가라, 그건가? 아니면 나한테 텔레비전을 임대하라는 말을 또 하려고? 여보쇼, 나는 필요 없어요. 당신 동료들한테 이미 이야기했다고. 여기 누워 그 염병할 걸 보느라고 아까운 돈을 쓰지는 않을 거요! 뚱뚱한 사람들이 볼룸 댄스를 추거나 남자들이 케이크 굽는 걸 보느라 말이오, 맙소사!"

레이먼드가 다시 목을 큼큼 풀고 자기소개를 했고, 그사이 나는 몸을 앞으로 숙여 새미의 손을 잡고 악수했다. 새미의 표정이 대번에 바뀌더니 우리 둘에게 환하게 웃어주었다.

"오, 당신들 둘이었군요? 간호사들한테 내 목숨을 구한 사람이 누군지 계속 물어봤는데—'누가 나를 여기 데려왔소?' '내가 어떻게 여기 오게 된 거요?' 하고—말을 못해주더군요. 앉아요, 어서. 내 옆에 앉아서 당신들에 대한 이야기를 전부 해줘요. 당신들이 나한테 해준 일은 아무리 감사를 표해도 모자라지요. 그렇고말고." 그가 고개를 끄덕였고, 곧 표정이 아주 진지해졌다. "요즘은 모든 게 미쳐 돌아간다거나 모두 소아성애자나 사기꾼이라는 말만 들리던데, 그건 사실이 아니에요. 세상에는 당신들처럼 평범하고 품위 있는 사람들이 가득하다는 걸 잊고 하는 소리지요. 도움이 필요한 사람을 보면 멈춰 서서 도와주는 선한 사마리아인처럼 말이오. 가족들이 올 테니 기다렸다가 만나고 가요! 아주 반가워할 거예요, 그렇고말고."

새미는 말하는 것이 힘에 부쳤는지 등을 베개에 기댔다. 레이먼드가 내게 플라스틱 의자를 갖다주고 자기가 앉을 의자도 가져왔다.

는다는 것에서 유래했다. 여기서는 보청기를 껴서 잘 들리게 된 것을 의미한다.

"기분은 좀 어떠세요, 톰 어르신?" 레이먼드가 물었다. "잠은 잘 주무셨어요?"

"편하게 새미라고 불러요. 격식 차릴 것 없어요. 나는 괜찮아요, 고맙소. 곧 누구보다 건강한 몸으로 되돌아갈 거예요. 하지만 당신과 당신 아내가 내 목숨을 구했고, 그것만큼은 틀림없는 사실이지요."

레이먼드가 의자에서 조금 옮겨 앉는 것 같았고, 나는 몸을 앞으로 숙였다.

"톰 어르신," 내가 말했다.

그가 눈썹을 치켜세웠고, 그러지 말라는 뜻으로 나를 보며 눈썹을 움찔거렸다. "새미," 내가 그를 고쳐 부르자 그가 내게 고개를 끄덕여주었다.

"정확하지 않은 사실 몇 가지를 바로잡아야 할 것 같아요." 내가 말했다. "먼저, 우리가 어르신의 생명을 구한 게 아니에요. 그 공은 응급의료센터에 돌려야 해요. 대원들이 좀 무뚝뚝하긴 했지만 어르신을 여기로 모셔오는 동안 상태를 안정적으로 만드는 데 필요한 조치를 취했어요. 마취과 의사와 골반수술을 집도한 정형외과 의사를 포함한 병원 의료진과 수술 이후에 어르신을 돌봐준 많은 의료 전문가들, 어르신을 살려냈다면 그분들이 살려낸 거죠. 레이먼드와 저는 그저 지원을 요청하고 국민보건서비스가 책임을 맡는 순간까지 어르신 곁을 지켰을 뿐이에요."

"그래요, 국민보건서비스에 신의 은총이 내리는 게 당연하다마다요." 레이먼드가 무례하게 끼어들었다. 나는 그에게 내가 지을 수 있는 가장 완고한 표정을 지어 보였다.

"더욱이," 내가 말을 이었다. "저와 레이먼드는 그저 직장 동료

사이라는 걸 되도록 빨리 밝혀드려야겠어요. 우리가 결혼한 사이가 아니라는 건 너무도 확실하죠." 나는 새미가 내 말을 아무 의심 없이 받아들인 것을 확인하려고 그를 강렬하게 쳐다보았다. 새미가 레이먼드를 보았다. 레이먼드도 새미를 보았다. 침묵이 흘렀고, 그것이 내게는 약간 어색하게 느껴졌다. 레이먼드가 몸을 앞으로 조금 숙였다.

"그럼, 음, 사시는 곳은 어디인가요, 새미? 그 일이 있었던 그날은 뭘 하려던 참이셨어요?" 레이먼드가 물었다.

새미가 레이먼드를 보고 웃었다.

"나는 이 지역 사람이에요. 여기서 나고 자랐어요." 새미가 말했다. "금요일에는 늘 가게에서 이런저런 것들을 구입해요. 그날 아침 몸이 좀 이상했어요. 확실히 그랬어요. 하지만 그저 협심증 때문이라고 생각했지요. 이런 곳에 와 있게 되리라고는 생각도 못했어요!"

그가 무릎에 놓인 커다란 가방에서 토피 사탕을 꺼내 우리에게 내밀었다. 레이먼드가 하나를 받았다. 나는 거절했다. 쭉쭉 늘어지는 단 과자가 새미의 사타구니(비록 플란넬 파자마와 담요가 그 사이를 막고 있었지만) 체온으로 미지근해졌다는 생각만으로도 구역질이 났다.

새미와 레이먼드 둘 다 소리를 내며 먹는 사람들이었다. 그들이 쩝쩝거리는 동안 나는 내 손을 보았다. 손이 화상을 입은 것처럼 벌게져 있었지만, 알코올 손소독제가 세균과 박테리아를 없애줬을 거라는 사실은 기분이 좋았다. 병원 곳곳에 우글거렸을, 그리고 아마도 내 몸에도 우글거렸을 세균과 박테리아.

"두 사람은 어때요, 오늘 멀리서 왔어요?" 새미가 물었다. "그러니까 둘이 따로따로." 그가 나를 쳐다보더니 재빨리 덧붙였다.

"저는 사우스사이드에 살아요." 레이먼드가 말했다. "그리고 엘리너는…… 웨스트엔드에 살아요, 맞죠?" 나는 내가 사는 곳의 위치가 더 정확히 폭로되는 일이 없기를 바라면서 고개를 끄덕였다. 새미가 우리에게 하는 일이 뭔지 물었고, 나는 레이먼드가 말하도록 내버려두고 지켜보는 것으로 만족했다. 누구든 공개적인 자리에서 파자마를 입고 있으면 그렇게 보이듯 새미도 좀 쇠약해 보였지만, 짙푸른 색이 돋보이는 그의 눈동자를 보니 내가 처음 생각했던 것보다 나이가 적은 것—일흔을 넘지 않은 것—같았다.

"나는 그래픽디자인에 대해선 하나도 몰라요." 새미가 말했다. "아주 멋진 일 같은데요. 나는 한평생 우편배달부였어요. 하지만 때맞춰 잘 나왔지. 조심해서 쓰면 연금으로 살 수 있어요. 지금은 완전히 달라졌지. 내가 더이상 거기서 일하지 않는 게 다행이에요. 그들이 그렇게 흔들어놓은 뒤에 큰 혼란이 뒤따랐어요. 내가 한창 일하던 때엔 그 일이 품위 있는 공무원 직업이었는데……"

레이먼드가 고개를 끄덕이고 있었다. "맞아요." 그가 말했다. "아침에 집에서 나오기 전에 우편물을 받던 때가 있었잖아요? 점심시간 배달도 있었고요. 지금은 우편물이 와도 오후 중반이나 돼야 오는데……"

우체국 이야기가 다소 지겨웠다는 것을 인정해야겠다.

"여기 얼마나 오래 입원해 있을 것 같으세요, 새미?" 내가 말했다. "제가 여쭤보는 이유는 장기 입원 환자의 수술 후 감염 확률이 유의미하게 높기 때문이에요. 장염, 황색포도상구균, 클로스트리

듑디피실레……"

레이먼드가 또 내 말을 막았다. "아, 그럼요." 그가 말했다. "틀림없이 음식도 별로일 거예요, 안 그래요, 새미?"

새미가 웃었다. "그 말은 틀리지 않네요." 그가 말했다. "오늘 점심때 식사로 뭘 가져왔는지 알고 싶어요? 아일랜드식 스튜라고 만든 것 같은데…… 그보단 페디그리 첨*으로 보였어요. 냄새도 꼭 그랬고."

레이먼드가 웃었다. "뭘 좀 사올까요, 새미? 아래층 가게에 잠시 다녀오면 돼요. 아니면 주중에 뭘 좀 가지고 다시 들러도 좋고요. 필요한 게 있으시면요."

레이먼드가 내 의사를 확인하려고 나를 쳐다보았고, 나는 고개를 끄덕였다. 그 제안을 물리칠 이유가 없었다. 부적절한 영양으로 고통받는 노인에게 도움이 된다고 생각하니 사실 기분이 꽤 좋았다. 나는 뭘 가져올지, 무사히 운반할 수 있는 음식에는 어떤 것이 있는지 생각하기 시작했다. 새미가 찬 페스토 파스타를 좋아할지 궁금했다. 저녁식사로 2인분을 만들었다가 다음날 남은 것을 터퍼웨어 용기에 담아오면 될 것이다. 내게는 터퍼웨어 용기가 하나도 없었는데, 이 시점까지는 전혀 필요가 없었기 때문이다. 백화점에 가서 사면 될 것이다. 나와 사회적 환경이 비슷한 내 나이 또래 여자가 할 만한 행동 같았다. 흥분된다!

"아이고, 이렇게 친절할 데가." 새미가 얼마간 내 의지를 꺾는 투로 말했다. "하지만 정말로 그럴 필요 없어요. 가족들이 매일 찾

* 동물 사료용 통조림.

아와요, 하루에 두 번씩." 이 마지막 말을 할 때 그에게서 누가 봐도 분명한 자부심이 느껴졌다. "가족들이 가져오는 음식도 절반을 다 못 먹는걸요. 먹을 건 아주 많아요! 결국 대부분을 나눠주게 된다니까요." 그가 같은 병실에 있는 다른 남자들을 제왕 같은 손짓으로 가리키며 말했다.

"가족은 어떻게 되세요?" 내가 새로 밝혀진 사실에 약간 놀라서 물었다. "저는 어르신도 저희처럼 혼자 지내시고 자녀가 없으실 거라고 생각했어요."

레이먼드가 불편한 듯 고쳐 앉았다.

"아내하고는 사별했어요, 엘리너." 새미가 말했다. "진은 오 년 전에 죽었어요. 암이었죠. 마지막에 너무 빨리 데려가더군요." 그가 말을 잠시 멈추고 몸을 더 바로 세웠다. "아들 둘하고 딸 하나가 있어요. 키스가 맏이인데 결혼해서 아이가 둘 있고요. 손자놈들이 까불거리는 원숭이 같아요." 새미의 눈가에 잔주름이 졌다. "또 한 아들은 게리인데, 게리와 미셸, 그애들은 결혼하지 않고 같이 살아요. 그게 요즘 방식인 것 같아요. 그리고 막내 로라…… 음, 로라에 대해 누가 알까요. 서른다섯 살인데 이혼을 두 번 했어요. 믿어져요? 자기 사업을 하고 멋진 집과 차가 있고…… 그앤 그냥 좋은 남자를 찾지 못하는 것 같아요. 그런 사람을 찾아도 오래가지 못하는 것 같고."

나는 그것이 흥미로웠다. "따님에게 걱정하지 말라고 조언하고 싶네요." 내가 자신 있게 말했다. "제 최근 경험으로 완벽한 남자는 가장 기대하지 않은 순간에 나타나거든요. 운명이 누군가의 길에 그 사람을 던져주고 신의 섭리가 결국 두 사람이 함께하도록 만들어줘요." 레이먼드가 기침과 재채기 사이의 묘한 소리를 냈다.

새미가 내게 친절한 미소를 지어 보였다. "그런가요? 그럼 우리 딸한테 직접 얘기해주면 어때요, 아가씨?" 그가 말했다. "그애들이 곧 여기 올 거예요."

새미가 이 말을 할 때 간호사가 지나가면서 엿들은 게 분명했다. 그녀는 아주 뚱뚱하고, 꽤 예뻐 보이는 흰색 플라스틱 클로그와 검은색과 노란색 줄무늬로 된 눈에 확 띄는 양말을 신고 있었다. 그녀의 발이 크고 살진 말벌처럼 보였다. 이따 가기 전에 그 양말을 어디서 샀는지 잊지 않고 물어봐야지.

"한 침대당 병문안은 최대 세 명이에요." 간호사가 말했다. "그리고 유감스럽지만 오늘은 그 규칙을 엄격히 시행하고 있고요." 그녀는 유감스럽게 느끼는 것 같지 않았다. 레이먼드가 일어섰다.

"저희는 이만 가볼게요. 가족들을 만나셔야죠, 새미." 레이먼드가 말했고 나도 일어섰다. 그러는 게 맞는 것 같았다.

"서두를 거 없어요. 지금 서두를 거 없어요." 새미가 말했다.

"주중에 또 와도 될까요?" 내가 물었다. "우리가 가져왔으면 하는 잡지나 간행물이 있으세요?"

"엘리너, 아까 말한 대로 두 사람이 내 목숨을 구했어요. 이제 우리는 가족이에요. 오고 싶을 때 언제든 와요. 다시 보고 싶군요, 아가씨." 새미가 말했다. 그의 눈이 바닷속 페리윙클처럼 촉촉해졌다. 내가 다시 손을 내밀었고, 그는 악수 대신 내 두 손을 자신의 두 손으로 꼭 잡아주었다. 보통 때라면 소스라치게 놀랐겠지만 이번엔 다르게 놀랐다. 그의 손은 동물의 발처럼 크고 따뜻했고, 그의 손에 잡힌 내 손은 작고 바스러질 것처럼 느껴졌다. 그의 손톱은 아주 길고 옹이 같은 것이 있었으며, 손등의 곱슬곱슬한 회색 털은 팔을 따라 파자마 소매 안까지 나 있었다.

"엘리너, 잘 들어요." 새미가 내 눈을 바라보며 손을 꽉 잡았다. "다시 한번 고마워요, 아가씨. 나를 보살펴주고 내가 산 물건들을 가져와줘서." 나는 그의 따뜻하고 강한 손에서 내 손을 빼고 싶지 않았다. 레이먼드가 기침을 했다. 그의 폐가 반시간 정도 발암물질이 들어오지 않은 것에 반응하는 게 틀림없었다.

나는 갑자기 말하기가 힘들어서 숨을 힘껏 들이쉬었다. "그럼 주중에 또 올게요. 먹을 걸 챙겨서요." 내가 마침내 말했다. "약속해요." 새미가 고개를 끄덕였다.

"그럼 안녕히 계세요, 어르신." 레이먼드가 두툼한 손을 새미의 어깨에 올리며 말했다. "곧 뵈어요, 네?"

우리가 병실에서 나갈 때 새미가 손을 흔들어주었다. 우리가 모퉁이를 돌아 엘리베이터로 가는 동안에도 새미는 여전히 손을 흔들며 웃고 있었다.

밖으로 나올 때까지 우리 둘 다 아무 말도 하지 않았다.

"참 멋진 분이에요, 그렇죠?" 레이먼드가 말했는데, 그런 당연한 말은 굳이 할 필요도 없는 것 같았다.

나는 새미의 손에 잡힌 내 손의 느낌—아늑하고 편안했다—과 그의 눈에 어린 친절하고 따스한 눈빛을 계속 붙잡고 있으려 애쓰면서 고개를 끄덕였다. 눈물이 그렁그렁 차오르려고 해서 소스라치게 놀랐다. 눈물이 흐르기 전에 돌아서서 닦아냈다. 짜증나게도,

레이먼드가, 남자들 중에서도 대체로 관찰력이 가장 부족하다고 할 그가 그것을 봐버렸다.

"이제 뭘 할 계획이에요, 엘리너?" 레이먼드가 다정하게 물었다. 나는 손목시계를 보았다. 거의 네시가 다 되어 있었다.

"아마 집에 돌아가서 책을 좀 읽을 것 같아요." 내가 말했다. "좀 이따 사람들이 한 주 동안 재미있게 읽은 책에 나오는 구절을 사연으로 보내면 읽어주는 라디오 프로그램을 하거든요. 때때로 꽤 재미있어요."

나는 보드카를 좀더 사서 남은 것에 부어놔야겠다는 생각도 하고 있었다. 그냥 반병짜리로 살 것이다. 나는 술을 마시는 그 잠깐 동안의 톡 쏘는 느낌—슬프고 델 것 같은 감각—과 곧바로 이어지는 아무 감정 없는 축복의 느낌을 갈망했다. 아까 새미의 신문에 인쇄된 날짜를 봤는데, 그때 오늘이 내 생일인 게 기억났다. 짜증나게, 간호사한테 말벌 양말을 어디서 샀는지 물어본다는 걸 깜박했다. 내게 주는 선물을 그것으로 하면 됐을 텐데. 대신 프리지어 꽃을 좀 사기로 했다. 나는 그 섬세한 향기와 부드러운 색깔을 늘 사랑했다. 프리지어는 화려한 해바라기나 진부한 빨간 장미보다 훨씬 아름답고 절제된 광휘를 지니고 있었다.

레이먼드가 나를 보고 있었다. "이제 나는 엄마한테 가봐야 해요." 그가 말했다.

나는 고개를 끄덕이고 코를 풀었고, 집으로 돌아갈 준비를 하려고 조끼의 지퍼를 올렸다.

"저기…… 혹시 나하고 같이 갈래요?" 내가 막 정문 쪽으로 돌아서는데 레이먼드가 물었다.

무슨 일이 있어도 안 가지, 그것이 곧바로 떠오른 생각이었다.

"거의 매주 일요일에 가요." 그가 말을 이었다. "엄마가 외출을 자주 안 하세요. 새로운 얼굴을 보면 분명 좋아하실 거예요."

"나 같은 얼굴도요?" 내가 말했다. 누가 내 얼굴을 보고 딱히 기뻐할 거라고는 상상할 수 없었다. 처음 보건, 천 번하고 한 번을 더 보건. 레이먼드는 내 말을 무시하고 자기 주머니를 뒤지기 시작했다.

그가 또 담배 한 개비에 불을 붙이는 동안 나는 그의 제안을 생각해보았다. 그렇게 해도 어쨌거나 집으로 돌아가는 길에 보드카와 생일 꽃을 살 수 있을 것이고, 다른 사람의 집 내부를 구경하는 것도 흥미로울 것 같았다. 마지막으로 다른 사람의 집을 본 게 언제였는지 기억을 더듬어보았다. 두어 해 전 이웃 대신 받아준 소포를 갖다주려고 아래층 복도에 서 있었던 적이 있다. 그 집에선 양파 냄새가 심하게 났고, 구석에 못생기고 평범한 등이 놓여 있었다. 그보다 더 몇 년 전에는 회사의 접수원 한 명이 자신의 아파트에서 파티를 열고 여자 동료 전부를 초대한 적이 있었다. 스테인드글라스와 마호가니, 정교한 돌림띠 장식이 있는 아름다운 아파트, 전통적인 공동주택이었다. 하지만 '파티'는 그저 핑계, 즉 우리에게 섹스토이를 팔 기회를 노린 신통찮은 계략에 불과했다. 그건 아주 볼썽사나운 구경거리였다. 술 취한 여자 열일곱 명이 엄청나게 큰 온갖 바이브레이터의 성능을 비교하는 광경이란. 나는 미지근한 피노그리지오 한 잔을 쭉 비운 뒤 주최자의 사촌이 내 사생활에 관해 던지는 어처구니없고 무례한 질문을 피하다 십 분 뒤에 자리를 떴다.

바커스 축제나 디오니소스 축제의 개념에 대해 물론 잘 알고 있지만, 여자들이 술을 마시고 그런 물건을 사면서 저녁시간을 함께 보내고 싶어한다는 것, 그리고 그것이 진정 '오락'으로 받아들여진다는 것은 전적으로 이상했다. 연인들끼리의 성적인 결합은 신성하고 은밀한 것이어야 한다. 그것은 먹을 수 있는 속옷을 꺼내놓고 모르는 사람들과 왈가왈부하는 주제가 되어서는 안 된다. 그 뮤지션과 내가 처음으로 함께 밤을 보낼 때 우리 몸의 결합은 우리 마음, 우리 영혼의 결합을 거울처럼 비출 것이다. 그의 또다른 모습. 겨드랑이에 언뜻 보이는 검은 털, 쇄골의 단추 같은 뼈. 팔오금에서 나는 피 냄새. 그가 나를 품에 안을 때의 따뜻하고 보드라운 입술, 그리고……

"음, 엘리너? 듣고 있어요? 내가 뭐라고 했느냐 하면…… 이제 우리 버스를 타야 한다고요, 같이 엄마를 보러 갈 거라면요."

내키지 않지만 나는 다시 마뜩잖은 현재로, 모자가 달린 지저분한 운동복 상의와 더러운 운동화 차림의 땅딸막한 레이먼드에게로 돌아왔다. 레이먼드의 어머니는 지성적이고 매력적인 사람일지도 모른다. 자식을 증거로 본다면 가히 의심스럽지만 사람 일은 모르는 거니까.

"그래요, 레이먼드. 당신 어머니 집에 같이 가요." 내가 말했다.

10

레이먼드는 물론 차가 없었다. 나는 그가 삼십대 중반일 거라고 추정했지만, 그에게는 뭔가 청소년 같은 면이, 약간 미숙한 분위기가 있었다. 그것은 물론 얼마간은 그가 옷을 입는 방식 때문이었다. 나는 아직 그가 평범한 가죽구두를 신은 것을 본 적이 없었다. 그는 늘 운동화를 신고 다녔고, 가지고 있는 운동화의 색깔과 스타일도 아주 다양한 것 같았다. 내가 종종 관찰하기로, 평소 스포츠웨어를 입고 다니는 사람들은 스포츠 활동에 참가할 가능성이 가장 적은 것 같다.

스포츠는 내게 미스터리다. 초등학교에 다닐 때 운동회 날은 공부에 가장 재능 없는 학생들이 승리할 수 있는, 자루에 들어가 가장 빨리 뛰거나 A 지점에서 B 지점까지 학급의 다른 친구들보다 더 빨리 달려서 상을 받는 일 년 중 단 하루였다. 다음날 그애들이 교복 재킷에 그 배지를 다는 것을 얼마나 좋아했는지! 마치 숟가락에 달걀을 놓고 달려서 은메달을 받은 것이 아포스트로피를 어떻게 쓰는지 이해하지 못한 것에 대한 보상이라도 된다는 듯 말이다.

중학교에 다닐 때 체육은 그저 이해할 수 없는 것이었다. 우리는 특수한 옷을 입고 운동장을 빙빙 돌면서 끝없이 달려야 했고, 가끔은 금속 막대를 손에 쥐고 뛰다가 그것을 다른 누군가에게 넘겨주어야 했다. 달리기를 하지 않으면 모래판에서 멀리뛰기를 하거나 장애물 높이뛰기를 했다. 그렇게 하려면 특별한 방법을 따라야 했다. 그냥 뛰고 점프하는 것이 아니고, 먼저 한 발로 뛰거나 콩콩 몇 걸음 뛰는 이상한 동작을 해야 했다. 내가 그 이유를 물었지만 체육 선생(내가 파악하기로, 그들 대부분은 시간을 알려주는 것에도 애를 먹을 사람들이다) 어느 누구도 대답을 해주지 못했다. 그 전부가 그런 것에 전혀 관심이 없는 어린아이들에게 강제로 시키기에는 이상한 활동 같았고, 솔직히 나는 그런 것들이 우리 대다수를 평생 신체활동에서 멀어지게 하는 결과를 낳을 뿐이라고 확신한다. 다행히 나는 타고나기를 팔다리가 유연하고 우아한데다 걷기를 좋아해서 늘 내 몸을 적당히 건강한 상태로 유지해왔다. 엄마는 뚱뚱한 것을 특히 혐오했고(그런 사람이 길에서 우리 옆을 지나가면 엄마는 "욕심 많고 게으른 짐승" 하고 작은 소리로 내뱉었다), 그래서 나도 아마 그런 관점을 어느 정도 내 안에 받아들였을 것이다.

레이먼드는 뚱뚱하지는 않았지만 살이 밀가루 반죽처럼 물렁물렁하고 배가 약간 나왔다. 근육은 아예 없어 보였고, 그저 아래팔 근육만 어느 정도 규칙적으로 사용했을 거라고 추정해볼 뿐이었다. 그가 고르는 옷은 매력적이지 않은 그의 신체를 전혀 보완해주지 않았다. 데님 바지를 후줄근하게 입고 유치한 슬로건이나 그림이 그려진 헐렁한 티셔츠를 입었다. 성인 남자보다는 청소년의 옷차림이었다. 몸단장도 엉성했고, 대체로 면도도 하지 않았다. 턱수염이라고 하기도 뭣한 수염이 군데군데 까칠하게 자랐는데, 그 때문에 더욱 단정하지 않아 보였다. 머리 색깔은 칙칙하고 짙은 금발로, 짧게 깎아 신경을 최소한으로 썼다. 기껏 머리를 감는다 해도 지저분한 수건으로 닦는 게 다일 것이다. 전반적으로 딱히 부랑아 같지는 않았지만, 틀림없이 전날 밤 싸구려 여인숙이나 낯선 사람의 집 마룻바닥에서 험하게 잤을 것 같은 남자의 인상을 풍겼다.

"우리 버스가 와요, 엘리너." 레이먼드가 무례하게 나를 쿡 찌르며 말했다. 나는 교통카드를 준비해놓고 있었지만, 레이먼드는 전형적으로 계획성이 부족해서 교통카드도 갖고 다니지 않으면서 필요한 만큼보다 돈을 더 많이 내는 편을 택했다. 심지어 정확한 액수의 잔돈도 갖고 있지 않아서 내가 1파운드를 빌려줘야 했다. 내일 회사에서 반드시 받아낼 것이다.

그의 어머니 집까지 대략 이십 분이 걸렸고, 그 시간 동안 나는 교통카드를 어디서 살 수 있고 본전을 뽑으려면 혹은 효율적으로 무료 탑승을 하려면 몇 번을 타야 하는지 등 교통카드의 이점을 설명해주었다. 그는 특별히 흥미가 있는 것 같지 않았고, 내 설명이 끝났을 때 심지어 고맙다는 말조차 하지 않았다. 대화에 엄청나게 서툰 사람인 것이다.

우리는 네모난 하얀 집들이 모여 있는 작은 주택가를 통과했다. 네 가지 디자인으로 지어진 집들이 예측 가능한 형태로 배치되어 있었다. 집집마다 진입로에 새것 같은 차가 세워져 있고, 아이들이 있다는 표시로 보조바퀴가 달린 작은 자전거나 차고 벽에 고정한 농구 골대가 보였지만, 눈에 보이거나 귀에 들리는 증거는 없었다. 거리마다 시인 이름—워즈워스 레인, 셸리 클로즈*, 키츠 라이즈**—이 붙어 있었는데, 건축 회사 마케팅팀이 골랐을 게 틀림없었다. 죄다 그런 집을 못내 갖고 싶어할 유의 사람들이 알 만한 시인들, 항아리와 꽃과 떠다니는 구름에 관한 시를 쓴 시인들이었다. 과거의 경험에 비춰보면 나는 결국 단테 레인이나 포 크레센트***에 살게 될 가능성이 더 컸다.

위탁가정에 사는 동안 나는 사실상 똑같이 생긴 거리의 사실상 똑같이 생긴 몇몇 집들에 살았었기 때문에 그런 환경에는 아주 익숙했다. 여기엔 연금을 받는 사람들이나 집을 같이 쓰는 친구들도 없고, 이혼 후 잠시 혼자 지내는 가끔의 경우를 제외하면 혼자 사는 사람들도 없을 것이다. 새것 같은 차들이 진입로마다 서 있었는데, 이상적으로 한 집에 두 대씩이었다. 가족들이 왔다가 떠나는 곳. 그 장소 전체가 어쩐지, 급히 조립될 수 있고 언제라도 위치를 바꿀 수 있는 극장의 무대그림처럼 일시적인 것으로 느껴졌다. 나는 몸서리를 치며 기억을 쫓아냈다.

레이먼드의 어머니는 더 최근에 지어진 집들 뒤쪽으로 있는 깔끔한 테라스****의 어느 주택에 살았다. 한쪽 벽이 옆집과 붙어 있고 작은 자갈이 섞인 시멘트를 발라놓은 집들이 일렬로 늘어서 있었다. 공공지원 주택가였다. 이곳 거리에는 누군지 모를 지역 정치가

* close. 끝이 막혀 있는 거리를 말한다.

** rise. 언덕길을 말한다.

*** crescent. 초승달 모양의 거리를 말한다.

**** terrace. 비슷한 주택들이 연이어 다닥다닥 붙어 있는 거리를 말한다.

들의 이름이 붙어 있었다. 집을 구입한 사람들은 앞문을 UPVC 이중유리로 하거나 작은 포치를 증축해놓았다. 레이먼드의 가족이 사는 집은 그런 식으로 개조되어 있지 않았다.

레이먼드는 앞문을 그냥 지나쳐 집의 측면으로 돌아갔다. 뒤쪽 정원의 헛간은 창문에 그물 커튼이 달려 있고, 사각형의 녹색 잔디밭에는 빨랫줄이 걸린 기둥들이 박혀 있었다. 군대 같은 정확성으로 빨래집게를 고정해 널어놓은 빨래들이 빨랫줄에서 펄럭거렸다. 한 줄에는 무늬 없는 하얀 시트와 수건들이 걸려 있었고, 또 한 줄에는 놀랍게도 신축성 있는 속옷들이 걸려 있었다. 텃밭이 있어, 열대처럼 싱싱한 루바브와 당근, 리크, 양배추가 반듯하게 줄을 지어 자라고 있었다. 나는 그것들이 심긴 대칭성과 정확성에 감탄했다.

레이먼드가 노크도 없이 뒷문을 밀어 열고 작은 부엌으로 들어가면서 저 왔어요, 하고 외쳤다. 맛좋은 수프 냄새가 났다. 짭조름하고 따뜻한 냄새, 아마 레인지 상판에 올려져 있는 큰 냄비에서 흘러나오는 것 같았다. 바닥과 모든 표면이 얼룩 없이 깨끗하고 깔끔해서, 서랍이나 그릇장을 열면 그 안의 모든 것이 더없이 청결하고 단정하게 정돈되어 있을 거라고 나는 확신했다. 실내 장식은 소박하고 실용적이었지만 때때로 키치 감각이 번득였다. 커다란 달력엔 아기고양이 두 마리가 바구니 안에 들어가 있는 야단스러운 사진이 있었고, 비닐봉지를 보관하는 천 소재 튜브는 옛날에 문손잡이에 걸어놓던 인형과 비슷하게 디자인된 것이었다. 컵, 잔, 접시가 하나씩 건조대에 놓여 있었다.

우리는 작은 복도를 통과했고, 곧 나는 레이먼드를 따라 거실로 들어갔다. 여기도 얼룩 하나 없었고 가구 광택제 냄새가 났다. 창턱에는 국화를 꽂은 꽃병이 놓여 있었고, 아무렇게나 놓인 사진 액자와 장식품들이 성스러운 유물처럼, 유행 지난 서랍장의 스모크 글라스*로부터 보호를 받고 있었다. 안락의자에 앉은 노부인이 손을 앞으로 뻗어 리모컨을 잡더니 초대형 텔레비전의 소리를 죽였다. 화면에선 사람들이 오래된 물건을 가지고 나와 그 가치를 평가받는 프로그램이 나오고 있었는데, 가치가 상당하다고 판명되면 사람들은 그 물건을 너무 좋아하기에 팔 수 없다는 태도를 취했다. 고양이 세 마리가 소파에 한가로이 앉아 있었다. 두 마리가 우리를 빤히 쳐다보았고, 또 한 마리는 한쪽 눈만 떴다가 반응을 보일 가치조차 없다는 듯 다시 잠을 잤다.

"레이먼드, 우리 아들! 들어와, 어서 들어와." 노부인이 소파를 가리키며 말하고, 몸을 앞으로 숙여 고양이들을 휘휘 내쫓았다.

"같은 직장에 다니는 친구를 데려왔어요, 엄마. 괜찮으시죠?" 그가 말했고, 앞으로 다가가 어머니 뺨에 키스했다. 나도 앞으로 다가가 한 손을 내밀었다.

"엘리너 올리펀트라고 해요. 만나 뵙게 되어 반갑습니다." 내가 말했다. 기번스 부인이 내 손을 잡더니 새미가 한 것처럼 두 손으로 꼭 쥐었다.

"만나서 반가워요, 아가씨." 그녀가 말했다. "레이먼드의 친구들을 만나는 건 늘 반가운 일이죠. 앉아요, 응? 차 한 잔이 필요할 것

---

* 연기를 쬐어 까만 색깔이 감돌게 만든 유리.

같은데, 차를 어떻게 해서 마시나요?" 그녀가 일어서려고 할 때 나는 의자 옆에 바퀴 달린 보행 보조기가 있는 것을 보았다.

"그냥 계세요, 엄마. 제가 가져올게요." 레이먼드가 말했다. "우리 모두가 마실 맛좋은 차 한 잔씩이면 되겠죠?"

"그래주면 정말 고맙지, 우리 아들." 기번스 부인이 말했다. "비스킷도 좀 있어. 왜건휠즈, 네가 좋아하는 거."

레이먼드가 부엌으로 갔고, 나는 소파 위 그의 어머니 오른쪽에 앉았다.

"착한 아들이에요, 우리 레이먼드는." 기번스 부인이 자랑스럽게 말했다. 나는 어떻게 대답하는 것이 최선인지 알 수 없어서 고개만 까딱했다. "그러니까 둘이 같이 일한다고요." 그녀가 말했다. "아가씨도 컴퓨터를 고치나요? 맙소사, 요즘은 여자도 뭐든 다 하네요?"

기번스 부인은 이 집만큼이나 단정하고 깔끔했고, 블라우스 목 부분은 진주 브로치로 고정해놓았다. 가장자리에 양가죽 장식을 덧댄 와인 색깔 벨벳 슬리퍼를 신고 있었는데, 편안해 보였다. 짐작건대 칠십대 같았고, 악수할 때 보니 손마디가 구스베리 크기로 부어 있었다.

"저는 회계 일을 해요, 기번스 부인." 내가 말했다. 나는 내가 하는 일에 대해 조금 설명했고, 그녀는 고개를 끄덕이고 이따금 "그래요?" "오오, 재미있겠네요"라고 말하면서 매료되어 듣는 것 같았다. 외상매출채권에 대한 이야기를 한다 해도 애초에 대화거리는 많지 않았고, 내가 그 기회를 다 소진하고 독백을 끝내자 그녀가 미소를 지었다.

"이 지역 출신인가요, 엘리너?" 그녀가 다정하게 물었다. 대체로 나는 이런 식으로 질문 받는 것을 매우 싫어하지만, 그녀의 흥미는 진심인데다 악의가 없는 것이 분명해서 나는 내가 어디 사는지 말해주었고, 그러면서도 정확한 위치는 일부러 얼버무렸다. 낯선 사람에게 자신이 사는 곳의 정확한 위치를 밝혀서는 안 된다.

"그런데 여기 억양이 없네요?" 그녀가 말했고, 그것은 또하나의 질문이었다.

"저 아래 남쪽에서 어린 시절을 보냈어요." 내가 말했다. "열 살 때 스코틀랜드에 왔어요."

"아," 그녀가 말했다. "그래서 그랬군요." 그 대답으로 충분한 것 같았다. 대부분의 스코틀랜드 사람들은 '저 아래 남쪽' 이상은 묻지 않았다. 나는 그들이 그 설명을 보트 경주나 중절모처럼 잉글랜드적인 것의 일반적 범주 안에 포함시켜버리는 거라고 추정해볼 뿐이었다. 리버풀과 콘월을 같은 유형의 사람들이 거주하는 같은 유형의 장소로 보는 것처럼 말이다. 그와 반대로, 그들은 자신들의 나라는 모든 곳이 독특하고 특별하다는 생각이 확고했다. 왜 그런지는 잘 모르겠다.

레이먼드는 차를 마시는 데 필요한 이런저런 것들과 왜건휠즈 한 통을 화려한 플라스틱 쟁반에 담아 가져왔다.

"레이먼드!" 그의 어머니가 말했다. "주전자에 우유를 담아 올 수도 있었잖니, 맙소사! 손님이 왔잖아."

"엘리너밖에 없잖아요, 엄마." 그가 말하고는 나를 쳐다보았다. "괜찮죠?"

"괜찮아요." 내가 말했다. "집에서도 늘 우유갑째로 사용해요.

그저 우유를 컵에 옮겨 담는 데 쓰는 용기인걸요. 사실 뚜껑 없는 주전자를 쓰는 것보다 그게 더 위생적일 거 같아요."

나는 손을 뻗어 왜건휠즈 하나를 집었다. 레이먼드는 이미 하나를 먹고 있었다. 두 사람이 별 의미 없는 문제들에 대해 대화를 나누었고, 나는 소파에 편히 앉아 있었다. 두 사람 다 목소리가 귀에 거슬리지 않았고, 나는 벽난로 위에 올려놓은 휴대용 시계가 재깍거리는 소리에 귀를 기울였다. 실내는 따뜻했다. 지나치게 덥지 않을 만큼 따뜻했다. 고양이 한 마리가 벽난로 앞에 모로 누워 있다가, 몸을 쫙 뻗으며 기지개를 켠 뒤 부르르 떨었고, 곧 다시 잠이 들었다. 시계 옆에 사진이 있었는데, 세월의 여파로 색이 바래 있었다. 틀림없이 레이먼드의 아버지로 보이는 남자가 카메라를 향해 환하게 웃으면서 건배를 하기 위해 샴페인잔을 들고 있었다.

"레이먼드의 아버지예요." 그의 어머니가 내가 사진을 보는 걸 알아차리고 말했다. 그리고 미소를 지었다. "레이먼드의 시험 결과가 나온 날 찍은 거예요." 그녀는 누가 봐도 자랑스럽다는 표정으로 레이먼드를 쳐다보았다. "레이먼드는 우리 식구들 중 처음으로 대학에 들어간 사람이에요." 그녀가 말했다. "아이 아버지가 그렇게 기뻐할 수가 없었어요. 아빠가 네 졸업식에 갈 수 있었다면 좋았을 텐데. 그날 참 굉장했어, 그렇지, 레이먼드 우리 아들?" 레이먼드가 미소를 지으며 고개를 끄덕였다.

"내가 대학에 들어가고 얼마 지나지 않아 아빠한테 심장마비가 왔어요." 그가 설명했다.

"은퇴생활을 즐길 만큼도 못 살았죠." 그의 어머니가 말했다. "사는 게 종종 그런 식으로 흘러가더군요." 그들 둘 다 잠시 말이 없었다.

"어떤 일을 하셨어요?" 내가 물었다. 관심이 있어서가 아니라, 그렇게 묻는 게 적절할 것 같아서였다.

"가스 기술자셨어요." 레이먼드가 말했다.

그의 어머니가 고개를 끄덕였다. "평생 열심히 일했지요." 그녀가 말했다. "우리는 뭐 하나 부족했던 적이 없었어요, 그렇지, 레이먼드? 매년 휴가를 갔고, 멋진 차도 있었고요. 적어도 그이가 우리 데니즈 결혼식까지는 보고 갔어요. 그건 큰 의미가 있는 일이었죠."

내 표정이 틀림없이 어리둥절해 보였을 것이다.

"우리 누나예요." 레이먼드가 설명했다.

"어머나, 맙소사, 레이먼드. 축구나 컴퓨터 같은 이야기만 너무 열심히 했나보구나. 어쨌거나 이 아가씨가 그런 이야기는 듣고 싶지 않을 텐데. 이를 어쩌나, 그렇죠, 엘리너?" 그녀가 미소를 띤 채 나를 보며 고개를 저었다.

그것 역시 어리둥절했다. 도대체 자신에게 누나가 있다는 걸 어떻게 잊을 수 있지? 잊은 게 아닐 것이다. 그저 누나의 존재를 당연하게 여겼을 것이다. 인생에서 변하지 않고 특별할 것 없는, 언급할 가치조차 없는 사실. 혼자인 나로서는 그런 시나리오를 상상하는 것이 불가능했다. 올리펀트의 세상에 사는 사람은 엄마와 나뿐이다.

그의 어머니는 여전히 말을 하고 있었다. "데니즈가 열한 살 때 레이먼드가 태어났어요. 놀라움이자 축복이었죠. 이 아이는 그런 아이였어요."

그녀가 레이먼드를 너무나 큰 사랑의 표정으로 쳐다봐서 나는 고개를 돌려야 했다. 적어도 사랑이 어떤 모습을 하고 있는지는 나도 알아, 나는 혼잣말을 했다. 그건 뭔가 굉장한 것이다. 어느 누구도 나를 그런 식으로 봐준 적은 없었지만, 혹시라도 누가 나를 그렇게 봐준다면 나는 알아차릴 수 있을 것이다.

"자, 아들, 그 앨범 가져와봐. 엘리너에게 네가 학교 들어가기 전 여름에 알리칸테*로 처음 휴가 가서 찍은 사진을 보여주고 싶구나. 이 아이가 공항 회전문에 끼어버렸지 뭐예요." 그녀가 비밀이라는 듯 목소리를 낮추고 내 쪽으로 몸을 기울이며 말했다.

나는 레이먼드의 얼굴에 순전한 공포가 떠오르는 것을 보고 큰 소리로 웃었다.

"음, 엘리너는 우리 옛날 사진을 보면서 지겨워 죽고 싶진 않을 거예요." 그가 얼굴을 붉히며 말했는데 어떤 사람들은 그걸 보고 매력적이라고 생각할지도 몰랐다. 그 사진들을 꼭 보고 싶다고 말할까 잠시 생각했지만, 그의 표정이 너무 비참해서 그럴 수가 없었다. 때마침 내 배에서 꼬르륵 소리가 크게 났다. 점심때 스파게티 훕스 온 토스트**를 먹은 뒤로 왜건휠즈밖에 먹은 게 없었다. 기번스 부인이 예의상 기침소리를 냈다.

"차 마시면서 더 있다 갈 거죠, 엘리너? 대단한 건 없지만, 아주 환영해요."

나는 손목시계를 보았다. 이제 겨우 다섯시 삼십분이었다. 뭘 먹기엔 애매한 시간이었지만 나는 배가 고팠고, 그렇게 해도 집으로

---

* 스페인 남동부에 있는 주 이름.

** 토스트 식빵 위에 둥근 모양의 스파게티를 올린 음식.

돌아가는 길에 테스코에 들를 시간은 있었다.

"기꺼이요, 기번스 부인." 내가 말했다.

우리는 부엌의 작은 테이블에 둘러앉았다. 수프는 맛있었다. 그녀는 육수를 만들 때 돼지 발목 부위 살을 썼다고 했다. 그리고 수프에 고기를 갈아넣었고, 텃밭에서 따온 채소도 가득 넣었다. 빵과 버터와 치즈도 있었고, 식사를 마친 뒤에는 차 한 잔과 크림케이크를 먹었다. 그러는 내내 기번스 부인은 이웃들의 갖가지 괴짜 행동과 질병에 대한 이야기를 융숭하게 대접했고, 친척들이 어떻게 지내는지에 대한 새 소식을 들려주었다. 하지만 레이먼드의 표정으로 보아 그도 그런 이야기에는 나만큼이나 관심이 없는 것 같았다. 그는 걸핏하면 어머니를 놀렸지만 애정이 느껴졌고, 그녀는 짐짓 화난 척 그의 팔을 살짝 때리거나 버릇없다고 그를 나무랐다. 나는 따뜻하고 마음이 가득 차오르고 편안했는데, 전에는 느껴본 기억이 없는 기분이었다.

레이먼드의 어머니가 힘들게 몸을 일으키면서 손을 뻗어 보행 보조기를 잡았다. 그녀가 불안한 걸음으로 2층 욕실로 올라가는 동안, 어머니가 무릎과 골반에 관절염이 있어 잘 걷지 못한다고 레이먼드가 말해주었다. 그 집은 거동이 불편한 사람에게 정말로 적당하지 않은데도 어머니가 이사하는 것을 한사코 거부한다고 했다. 그녀가 어른이 되고 평생을 그곳에서 살았고 자식들을 키운 곳도 그곳이기 때문이라고 했다.

"이제 그럼," 기번스 부인이 계단을 다시 내려오며 말했다. "내가 설거지를 할 테니, 다 끝내고 앉아서 같이 텔레비전을 좀 보기로 해요." 레이먼드가 벌떡 일어섰다.

"앉으세요, 엄마. 제가 할게요. 일 분도 안 걸릴 거예요. 엘리너가 도와줄 거고요, 그렇죠, 엘리너?"

나도 일어서서 접시들을 한데 모으기 시작했다. 기번스 부인이 절대 안 된다고 말리다가 결국엔 느리고 뻣뻣한 동작으로 의자에 앉았다. 통증 때문에 작은 한숨소리가 새어나왔다.

레이먼드가 접시를 씻으면 내가 마른행주로 닦았다. 그가 그렇게 하자고 제안했다. 아무래도 붉어진 내 손을 본 모양인데, 그렇다고 그걸로 야단법석을 떨지는 않았다. 그저 나를 쿡 찔러 개수대에서 밀어내고 내 손상된 손에 마른행주—타탄무늬 보타이를 자랑스럽게 한 스코틀랜드 개가 그려진 경쾌한 느낌의 행주였다—를 쥐여주었을 뿐이다.

마른행주는 여러 번 빨아 쓴 것처럼 부드럽고 촉감이 좋았고, 잘 다림질해 반듯하게 사각형으로 개어져 있었다. 나는 레이먼드가 치우도록 테이블에 접시들을 올려놓기 전에 흘끗 한번 훑어보았다. 접시는 오래된 것이지만 고급으로, 활짝 핀 장미꽃이 그려져 있고 가장자리의 금박은 색이 바래 있었다. 기번스 부인이 내가 접시를 보는 것을 알아차렸다. 그녀의 관찰력은 분명 흠잡을 데가 없었다.

"결혼식 때 썼던 자기 접시예요, 엘리너." 그녀가 말했다. "생각해봐요, 오십 년이나 지났는데 여전히 튼튼해요."

"엄마가요? 아니면 자기 접시가요?" 레이먼드가 말했고, 그녀가 쯧 소리를 내더니 미소를 지으며 고개를 가로저었다. 우리가 각자 맡은 일을 하는 동안 편안한 침묵이 흘렀다.

"말해봐요, 지금 사귀는 사람 있어요, 엘리너?" 그녀가 물었다.

고리타분하기는.

"당장은 없어요." 내가 말했다. "하지만 마음에 둔 사람은 있어요. 시간문제예요." 개수대에서 요란한 소리가 났다. 레이먼드가 국자를 건조대에 떨어뜨린 것이다.

"레이먼드!" 그의 어머니가 말했다. "뭐든 네 손에 들어가기만 하면 떨어지는구나!"

물론 나는 그 뮤지션을 온라인으로 계속 추적하고 있었지만, 사실 그는 좀 조용히 지내고 있었다. 인스타그램에 자기가 먹은 음식 사진 두어 장, 트위터에 글 몇 개, 페이스북에 다른 사람들의 음악에 대해 업데이트한 재미없는 글들. 그런 건 괜찮았다. 그저 때가 되기를 기다리면 된다. 내가 로맨스에 대해 아는 게 하나 있다면, 우리가 만나 사랑에 빠지는 완벽한 순간은 가장 기대하지 않은 때, 주변 상황이 가장 멋질 때 온다는 것이다. 그렇긴 해도, 그 일이 곧 일어나지 않는다면 내 손으로 직접 그렇게 되도록 해야 할 것이다.

"그러면 가족은 어떻게 돼요?" 그녀가 말했다. "가까이 살아요? 형제들은 있고요?"

"안타깝게도, 없어요." 내가 말했다. "같이 자란 형제들이 있었다면 좋았을 거예요." 그리고 나는 그것에 대해 생각해보았다. "사실 그게 제 인생 슬픔의 가장 큰 원인 중 하나예요." 나는 나도 모르게 그렇게 말하고 있었다. 전에는 그 말을 입 밖에 낸 적이 없었고, 정말로, 바로 그 순간까지는 그 생각이 완전한 형태를 갖추고 있지도 않았다. 나 자신조차 놀랐다. 그렇다면 그건 누구의 잘못이지? 내 귓가에 속삭이는 목소리, 차갑고 날카롭다. 화가 났다. 엄마. 나는 눈을 감고 엄마의 모습을 쫓아내려고 했다.

기번스 부인이 내 불편한 기색을 알아차린 것 같았다. "오, 하지만 그렇다면 엄마 아빠하고는 친밀하고 아름다운 관계를 맺었을 것 같은데요? 외동으로 자랐으니 그분들에게는 아가씨가 세상의 전부였겠어요."

나는 내 구두를 보았다. 내가 왜 이걸 골랐지? 이유는 기억나지 않았다. 신고 벗기 좋게 벨크로가 부착되어 있었고, 어떤 옷과도 잘 어울리는 검은색이었다. 굽이 낮아 편안했고, 발목을 감싸 지지할 수 있게 만들어졌다. 나는 그 신발의 모양새가 흉측하다는 것을 깨달았다.

"그렇게 캐물으면 어떡해요, 엄마." 레이먼드가 마른행주에 손을 닦으며 말했다. "게슈타포 같아요!"

나는 기번스 부인이 화를 낼 거라고 생각했지만 그보다 더 나빴다. 사과를 한 것이다.

"오, 엘리너. 미안해요. 이를 어쩌나. 당황하게 만들 생각은 아니었는데. 그러니 부디, 아가씨, 울지 마요. 정말 미안해요."

나는 울고 있었다. 흐느껴 울었다! 오랫동안 이렇게 펑펑 운 적이 없었다. 나는 언제 마지막으로 이렇게 울었는지 떠올려보았다. 디클랜과 헤어진 뒤였다. 그때도 감정이 북받쳐서 운 건 아니었다. 내가 마침내 그에게 집에서 나가달라고 요구했을 때 그가 내 팔 한쪽과 갈빗대 두 개를 부러뜨려 아파서 운 것이었다. 직장 동료 어머니의 집 부엌에서 우는 것, 이건 안 된다. 엄마가 뭐라고 하겠는가? 나는 다시 마음을 가라앉혔다.

"사과는 하지 마세요, 기번스 부인." 나는 마른행주로 눈물을 훔치며, 호흡을 고르려고 애쓰면서 말했다. 꺽꺽거리는 내 목소리가 십대 소년의 목소리처럼 갈라졌다. 기번스 부인은 말 그대로 손을 쥐어짜고 있었고 눈물을 터뜨리기 직전처럼 보였다. 레이먼드가 한 팔로 어머니의 어깨를 감쌌다.

"속상해하지 마세요, 엄마. 일부러 그런 거 아니었잖아요. 엘리너도 알아요. 안 그래요, 엘리너?"

"그럼요, 알죠!" 내가 그렇게 말하고는 충동적으로 몸을 앞으로 숙여 그녀의 손을 잡고 흔들었다. "합리적이고 적절한 질문이었어요. 제 반응은 그렇지 못했고요. 무슨 말을 해야 할지 몰라서 설명하지 못했던 거예요. 마음을 불편하게 했다면 제 사과를 받아주세요."

그녀는 안심한 듯 보였다. "그렇게 말해주니 고마워요, 아가씨." 그녀가 말했다. "오늘 우리집 부엌에서 눈물을 볼 거라고는 생각 못했거든요!"

"그럼요, 대체로 저를 울게 만드는 건 엄마의 요리인데 말이죠." 레이먼드가 말했고, 그녀는 조용히 웃었다. 나는 목을 큼큼 풀었다.

"그 질문 덕분에 저 자신도 몰랐던 저에 대해 알게 됐어요, 기번스 부인." 내가 말했다. "저는 아버지를 만난 적이 없고 어떤 분인지도 몰라요. 이름도 모르고요. 엄마는 지금…… 오르 드 콩바 hors de combat* 상태라고 할까요." 두 사람 모두의 표정이 멍해졌다. 내가 프랑스어를 할 줄 아는 사람들과 함께 있지 않은 게 분명했다. "엄마와는 만나지도 못하는걸요. 엄마와 만나는 건…… 불가능해요." 내가 설명했다. "일주일에 한 번씩 대화를 나누지만……"

"당연히 그렇겠어요. 그런 경우라면 누구든 슬플 거예요, 저런,

* '전투력을 상실한'이라는 뜻의 프랑스어.

당연해요." 기번스 부인이 연민의 표정으로 고개를 끄덕이며 말했다. "누구나 때때로 엄마가 필요하죠, 나이가 몇 살이건 상관없이."

"그 반대예요." 내가 말했다. "오히려 일주일마다 연락하는 게 저한테는 너무 힘들어요. 엄마와 저는…… 우리는…… 음, 좀 복잡해요……"

기번스 부인이 연민의 표정을 지은 채 더 말해보라는 듯 고개를 끄덕였다. 반면 나는 이제 멈출 때라는 것을 알았다. 거리에 아이스크림 밴이 지나갔고, 원래 음정보다 몇 헤르츠 아래의 거슬리는 차임소리가 〈양키 두들〉을 노래했다. 모자 속의 깃털과 마카로니,* 완전히 쓸모없는 기억의 저장고에 깊이 파묻혀 있던 그 가사가 떠올랐다.

레이먼드가 짐짓 유쾌한 듯 손뼉을 쳤다.

"자, 시간이 순식간에 지나가네요. 엄마, 가서 좀 앉으세요. 엄마가 보는 프로그램이 곧 시작할 거예요. 엘리너, 좀 도와주면 좋겠는데, 빨래 좀 걷어줄래요?"

나는 돕는 게 기뻤다. 엄마와 관련된 대화에서 벗어나는 것이 기뻤다. 기번스 부인에게 도움이 될 만한 일은 여러 가지였다. 레이먼드가 고양이 화장실을 바꿔주고 쓰레기통을 비우는 일을 골라서, 자연히 내가 빨래 걷는 일을 하게 되었다.

바깥은 이른 저녁의 햇살이 약해지고 옅어져 있었다. 좌우 양방향으로 텃밭이 쭉 펼쳐졌다. 나는 빨래 바구니를 바닥에 놓고 빨래

* 민요 〈양키 두들〉의 가사에 나오는 말로 '모자 속의 깃털'은 자랑스러워할 만한 성과라는 뜻이다.

집게 주머니를 집어(누군가 알기 쉽게 '빨래집게'라고 구불구불한 필기체로 수를 놓아두었다) 빨랫줄에 걸었다. 빨래는 말라 있었고 여름냄새가 났다. 당김음을 연주하듯 벽에 축구공을 툭툭 차는 소리가 들렸고, 줄넘기 줄이 바닥을 스치는 소리와 함께 여자아이들의 노랫소리가 들렸다. 아이스크림 밴의 차임소리는 멀어져 이제 거의 들리지 않았다. 어느 집의 뒤쪽 문이 쾅 닫혔고, 어떤 남자가 화난 목소리로—바라건대—개를 꾸짖고 있었다. 새의 노랫소리는 열린 창문으로 흘러나오는 텔레비전 소리와 어우러진 데스캔트* 처럼 들렸다. 모든 것이 안전하게 느껴졌고, 모든 것이 평범하게 느껴졌다. 레이먼드의 삶은 내 삶과 얼마나 달랐는가. 어머니와 아버지와 누나와 한 가족을 이루고 다른 적절한 가족들이 사는 집들 사이에 둥지를 틀고 살았던 것이다. 지금도 얼마나 다른가. 일요일마다, 이곳에는, 이런 삶이 있다.

다시 안으로 들어간 나는 레이먼드를 도와 기번스 부인의 침대에 깔려 있던 시트를 빨랫줄에서 걷어온 깨끗한 것으로 바꾸었다. 침실은 선명한 분홍색이고 탤컴파우더 냄새가 났다. 깨끗하고 별다른 특징이 없었다. 호텔방 같지는 않고 오히려 민박집 같다고 나는 상상했다. 침대 옆 협탁에 올려둔 두꺼운 문고판 책과 맛이 아주 강한 민트 사탕 통을 제외하면 그 방에 개인적인 물건은 아무것도 없었고, 주인의 개성을 추측할 만한 단서도 없었다. 그녀에게는 특별한 개성이 없고 아주 좋은 쪽으로 그렇다는 생각이 떠올랐다.

---

* 초기 다성악곡의 한 종류로, 영국에서는 특히 정선율 위에 다소 장식적인 음형의 최상성부를 붙여서 부르는 성가 창법을 가리킨다.

그녀는 어머니, 친절하고 사랑이 많은 여자이고, 어느 누구도 그녀에 대해 "미쳤어, 베티는!"이라거나, "베티가 지금 뭘 하는지는 아무도 모를걸!"이라거나, "심리보고서를 검토한바 베티는 일반 대중에게 극도로 위험한 존재이므로 이에 근거하여 보석 신청을 기각합니다"라고 말하지 않을 것이다. 아주 간단히 말해서, 레이먼드의 어머니는 가족들을 돌보며 살았고, 이제 고양이들을 키우고 텃밭을 가꾸면서 조용히 사는 좋은 여자인 것이다. 이것은 아무것도 아닐 수 있지만, 모든 것일 수도 있었다.

"누나도 어머니를 도와드리나요, 레이먼드?" 내가 물었다. 그가 깃털 이불을 붙잡고 씨름하는 걸 보고 내가 뺏었다. 그런 일에는 요령이 필요했다. 레이먼드는 요령이 없는 남자다. 그는 그 대신 베개에 베갯잇(꽃무늬에 러플 주름이 달린 것)을 씌웠다.

"아니요." 그가 그 일에 집중한 채 말했다. "누나한테 아이가 둘 있는데, 그 아이들만으로도 벅찬걸요. 마크가 배를 타서, 한 번 나가면 몇 주 동안 혼자 아이들을 돌봐요. 그게 쉽진 않죠. 아이들이 학교에 다니면 좀 나아질 거라곤 하는데."

"아," 내가 말했다. "저기…… 그러면 삼촌이 된 건 좋아요?" 레이먼드 삼촌. 롤 모델로는 좀 아닌 것 같았다. 그가 어깨를 으쓱했다.

"네, 아주 재미있어요. 솔직히 대단한 건 없어요. 그냥 크리스마스나 생일 때 용돈을 좀 주고 한 달에 몇 번씩 공원에 데려가고, 그러면 끝이에요."

물론 나는 이모가 되는 일은 없을 것이다. 아마도 그편이 다행일 테지만.

"이번엔 엄마 이야기와 앨범 덕분에 운좋게 피한 거예요, 엘리너.” 레이먼드가 말했다. “다음엔 손주들 이야기로 엄청 지루하게 만드실걸요. 두고 봐요.”

그가 지금 말하면서 아주 많은 추정을 하는 것 같았지만, 나는 그냥 넘겼다. 손목시계를 보니 여덟시가 지난 시간이라, 나는 깜짝 놀랐다.

“이제 가봐야겠어요, 레이먼드.” 내가 말했다.

“한두 시간 뒤면 내 일도 끝날 텐데, 더 있고 싶으면 그때 같이 버스를 타는 건 어때요?” 그가 말했다. 나는 물론 거절했다.

나는 아래층으로 내려가 기번스 부인에게 ‘차’에 대해 고맙다고 말했다. 그러자 그녀는 집에 와준 것과 집안일을 도와준 것에 대해 넘치도록 고맙다고 말했다.

“엘리너, 정말 좋은 시간이었어요. 정말로요.” 그녀가 말했다. “몇 달 동안 정원 이상은 나가본 적이 없어요, 무릎이 말썽이라. 그런데 새로운 얼굴을 보니 얼마나 기쁜지요. 게다가 이렇게 친절한 아가씨라니. 우리집 일도 아주 많이 도와줬고요. 고마워요, 아가씨. 정말 고마워요.”

나는 그녀에게 미소를 지어 보였다. 하루에 두 번이나 고맙다는 말을 듣고 따뜻한 관심을 받는 사람이 되다니! 그런 작은 행동이 이런 너그럽고 진심어린 반응을 끌어낼 거라고는 생각해본 적이 없었다. 가슴속에서 약간의 따스함이 일렁이는 것을 느꼈다. 활활 타오르는 불길이 아닌, 작고 서서히 타는 작은 촛불 같은.

“언제든 다시 와요, 엘리너. 나는 늘 집에 있어요. 얘하고”—그녀가 레이먼드를 손가락으로 찔렀다—“같이 올 필요 없어요. 그냥 오고 싶을 때 혼자 와요. 이제 내가 어디 사는지 알잖아요. 모르는 사람처럼 굴지 말고요."

충동적으로 나는 몸을 앞으로 기울여 내 뺨(흉터가 남은 쪽이 아니라 평범한 쪽)을 그녀의 뺨 가까이 스쳤다. 키스나 포옹은 아니었지만, 내가 다가갈 수 있는 가장 가까운 거리였다.

"잘 가요!" 그녀가 말했다. "집에 조심히 가고요."

레이먼드가 길 끝까지 나를 바래다주며 버스 정류장의 위치를 알려주었다. 일요일이니 아마 좀 기다려야 할 거라고, 그가 말했다. 내가 어깨를 으쓱했다. 나는 기다리는 데 익숙했다. 삶은 내가 아주 인내심 있는 인간이 되도록 가르쳤다.

"그럼 내일 봐요, 엘리너." 그가 말했다.

내가 교통카드를 꺼내 그에게 보여주었다. "무제한 탑승!" 내가 말했다. 그가 고개를 끄덕이고 작게 웃어 보였다. 기적처럼, 버스가 바로 왔다. 나는 손을 들었고 버스에 올라탔다. 손을 흔드는 어색한 행위를 피하기 위해 버스가 출발할 때 똑바로 앞만 보았다.

참으로 많은 일이 일어난 하루였다. 힘이 쭉 빠지는 것 같았지만, 내 마음속에 결정체 같은 뭔가가 만들어졌다. 이 새로운 사람들, 새로운 모험들…… 이 접촉. 그것에 압도되는 기분이었는데, 그렇지만 놀랍게도 그 느낌이 전혀 불쾌하지 않았다. 내가 놀라울 만큼 잘해냈다는 생각이 들었다. 나는 새로운 사람들을 만났다. 그들에게 나 자신을 소개했다. 우리는 아무 문제 없는 사교적인 시간을 함께 보냈다. 오늘의 경험을 통해 한 가지 사실을 끌어낼 수 있다면 이것이다. 그 뮤지션에게 내 의지를 선언할 준비를 거의 다 마쳤다는 것. 우리의 중요한 첫 만남이 점점 가까워지고 있었다.

11

나는 월요일에도 화요일에도 레이먼드를 보지 못했다. 레이먼드에 대한 생각은 하지 않았지만 이따금 마음이 새미나 기번스 부인에게로 향했다. 물론 레이먼드 없이 그들 중 하나를, 혹은 둘 모두를 찾아가볼 수도 있었다. 정말로 두 사람은 내게 그 점을 강조했었다. 하지만 그가 같이 가면 더 나은가? 그럴 수 있겠다고 생각했는데, 그는 필요할 때면 언제나 진부하고 무의미한 말로 침묵을 메울 수 있는 사람이기 때문이었다. 이런저런 생각을 하는 사이 나는 회사에서 가장 가깝고 간판이 가장 덜 야단스러운 휴대폰 매장에 도착했고, 따분한 듯 보이는 직원의 매우 의심스러운 권유로 마침내 적당한 가격의 휴대폰과 '패키지'를 구입했다. 그 패키지로 전화도 하고 인터넷도 하고 다른 여러 가지를 할 수 있었지만, 그 대부분에 나는 아무런 관심이 없었다. 직원은 앱과 게임에 대해 언급했다. 나는 크로스워드 퍼즐에 대해 물었고, 직원의 대답에 매우 실망했다. 레너드 씨의 송장 부가가치세의 세부 사항을 작성하는 일을 미뤄둔 채 새 기기의 매뉴얼을 익히고 있을 때, 내 뜻과는 전혀 무관하게, 사람들이 주변에서 나누는 대화 소리에 귀가 쏠렸다. 그들의 목소리가 너무 컸기 때문이었다. 그 많은 주제들 중 연례행사인 크리스마스 런치에 대한 이야기였다.

"네, 하지만 거긴 즐길 거리가 있잖아요! 다른 사람들도 무리 지어 많이들 가니까 우리도 새로운 사람들을 만나 웃고 놀 수 있을 거예요." 버나뎃이 말하고 있었다.

즐길 거리! 나는 궁금해졌다. 거기에 밴드도 포함될까, 그렇다면 그의 밴드가 될 수도 있을까. 아주 이른 크리스마스의 기적인가? 운명이 또 한번 중재를 하려는 걸까? 내가 자세한 내용을 묻기도 전에 빌리가 끼어들었다.

"앨리드카펫*에서 일하는 술 취한 남자와 겨우살이 장식 아래서 놀아나려는 거로군요." 빌리가 말했다. "난 절대로 퍽퍽한 칠면조 구이를 먹고 오후에 저질스러운 디스코나 추려고 1인당 60파운드나 되는 돈을 낼 수는 없어요. 거기서 탤런트를 물색할 것도 아니잖아요!"

버나뎃이 킥킥 웃으며 그의 팔을 찰싹 때렸다.

"아니요," 그녀가 말했다. "그게 아니에요. 사람들이 더 많이 모인 곳이면 훨씬 더 재미있을 거라는 거죠, 내 말은……"

제이니가, 내가 자기를 못 봤다고 생각하고는 다른 사람들을 훔쳐보았다. 그녀의 시선은 내 흉터로도 슬쩍 왔다 갔는데, 그들은

---

* 주로 카펫과 바닥에 까는 상품들을 파는 영국의 체인점.

종종 그렇게 했다.

“저기 있는 해리 포터에게 물어보죠.” 제이니가 목소리를 낮추지도 않고 말하고는 내 쪽을 돌아보았다.

“엘리너! 여기요, 엘리너! 당신은 클럽이나 이런 데 좀 다니죠? 어떻게 생각해요? 올해 회사 크리스마스 런치는 어디서 하면 좋을까요?”

벽에 걸린 사무실 달력을 획 쳐다보니, 이번달 사진은 녹색 트레일러트럭이었다.

“지금은 한여름인데요.” 내가 말했다. “제대로 생각해본 적이 없다고 말해야겠네요.”

“그런가요.” 제이니가 말했다. “하지만 지금 예약을 해야 하거든요. 아니면 좋은 장소는 다 뺏기고 웨더스푼이나 형편없는 이탈리안 레스토랑 같은 곳만 남을 거예요.”

“나한테는 전혀 관심 없는 일이에요.” 내가 말했다. “어쨌든 나는 안 갈 거니까요.” 내가 손가락 사이 터진 피부를 문질렀다. 낫는 중이었지만 그 과정은 고통스럽게 느렸다.

“오, 맞아요.” 제이니가 말했다. “한 번도 간 적 없죠? 그걸 잊고 있었네요. 비밀 산타*도 안 하고요. 엘리너 더 그린치,** 당신을 그렇게 불러야겠는데요.” 모두가 웃음을 터뜨렸다.

“그런 문화적 지칭은 이해하지 못하겠네요.” 내가 말했다. “하지만 분명히 밝혀두자면 나는 무신론자예요. 소비 지향적인 사람도

---

* 지정된 사람에게 몰래 선물을 주는 선물 교환 프로그램.

** 어린이책 작가 닥터 수스가 창조해낸 녹색 캐릭터로 『그린치는 크리스마스를 어떻게 훔쳤는가!』에 등장한다.

아니고, 따라서 크리스마스로 알려져 있는 한겨울 쇼핑 축제에는 별로 흥미가 없어요."

나는 그들도 나를 본보기 삼아 똑같이 해주기를 바라면서 하던 일로 되돌아갔다. 그들은 어린아이들 같아서 정신을 쉽게 다른 데 팔고, 사소한 문제로 몇 시간이고 토론하거나 알지도 못하는 사람에 대해 잡담을 나누면서 만족해했다.

"누군가 그 시절에 산타의 작은 동굴에서 나쁜 경험을 했나보네요." 빌리가 말했고, 고맙게도 이어서 전화벨이 울렸다. 나는 슬프게 미소를 지었다. 그는 그 시절에 내가 경험한 나쁜 일을 상상도 하지 못할 것이다.

내선 전화였다. 레이먼드가 오늘밤 같이 새미를 보러 갈 생각이 있는지 물어왔다. 수요일이다. 그러면 엄마와 매주 하는 대화를 놓치게 된다. 지난 세월 동안 한 번도 빼먹은 적이 없었다. 하지만 어쨌거나 그렇게 한다고 해서 엄마가 실제로 뭘 어쩌겠는가? 빼먹는다 해도 크게 해될 것은 없었다. 이번 한 번만이다. 그리고 새미는 영양가 있는 음식이 필요했다. 나는 그러겠다고 했다.

우리의 약속시간은 다섯시 삼십분이었다. 나는 동료들이 우리가 함께 퇴근하는 것을 목격하면 어떤 반응을 보일지 염려되어 우체국 밖에서 만나자고 했다. 저녁 날씨가 온화하고 상쾌해서 병원까지 걸어가기로 했고, 그래봤자 이십 분밖에 걸리지 않았다. 레이먼드는 확실히 운동이 필요했다.

"오늘 어땠어요, 엘리너?" 우리가 걸어갈 때 그가 담배를 피우면서 말했다. 나는 유해 독소가 날아오지 않는 곳에 서려고 반대쪽으로 위치를 바꾸었다.

"좋았어요. 점심으로 치즈와 피클을 넣은 샌드위치, 그리고 소금이 뿌려진 칩과 망고 스무디를 먹었어요." 그가 입가로 연기를 내뿜으며 웃었다.

"다른 일은 없었어요? 그냥 샌드위치뿐이에요?"

나는 생각해보았다. "크리스마스 런치 장소에 대한 긴 논의가 있었어요." 내가 말했다. "TGI 프라이데이로 좁혀진 것 같아요. '재미있는 곳'이니까요." 이 지점에서 나는 인용의 표시로 손가락을 조금 꼼지락거리는 동작을 시도했는데, 예전에 제이니가 그러는 걸 보고 나중에 써먹으려고 기억해둔 것이었다. 침착하게 잘해낸 것 같았다. "아니면 봄베이 비스트로 크리스마스 뷔페로 가거나요."

"양고기 비리야니*만큼 크리스마스를 잘 나타내는 건 없죠, 안 그래요?" 레이먼드가 말했다.

그가 담배를 비벼 끈 뒤 보도에 버렸다. 우리는 병원에 도착했고, 전형적으로 준비성 없는 레이먼드가 1층 가게에 들어간 동안 나는 기다렸다. 준비되어 있지 않은 것에 대해서는 정말이지 어떤 핑계도 댈 수 없다. 나는 그를 만나기 전에 이미 마크스앤드스펜서에서 호박씨 한 통을 포함해 몇 가지를 사온 뒤였다. 새미에게는 아연이 많이 필요할 것 같았다. 레이먼드가 쇼핑백을 달랑달랑 흔들며 나왔다. 엘리베이터에서 그가 쇼핑백을 열고 자신이 산 것들을 보여주었다.

---

* 인도의 쌀 요리로 향신료에 잰 고기, 생선, 계란, 채소 등을 넣어 만든다.

"하리보 젤리, 〈이브닝 타임스〉, 사워크림과 차이브 맛 프링글스 큰 통을 샀어요. 남자가 뭘 더 바랄 수 있겠어요, 안 그래요?" 그는 그렇게 말하는 자신이 아주 자랑스러운 것 같았다. 나는 반응을 보이는 것으로 그의 체면을 세워주는 일은 하지 않았다.

우리는 병실 입구에 잠시 서 있었다. 새미의 침대 주변에 사람들이 둘러서 있었다. 그가 우리를 보더니 들어오라고 손짓했다. 주위를 둘러보았지만 줄무늬 양말을 신은 엄격한 간호사는 어디에도 보이지 않았다. 쌓아올린 베개에 제왕처럼 몸을 기댄 새미가 사람들에게 뭐라고 말하고 있었다.

"엘리너, 레이먼드, 다시 봐서 아주 기뻐요! 이리 와서 가족들하고 인사해요! 여긴 키스, 손주들은 엄마하고 같이 집에 있어요. 여긴 게리와 미셸, 그리고 여기는"—새미가 인상적으로 보일 만큼 휴대폰에 몰두한 채 문자를 보내고 있는 금발의 여자를 가리켰다—"내 딸 로라예요."

나는 모두가 미소를 짓고 고개를 끄덕이는 것을 보았고, 곧 그들은 우리와 악수를 하고 레이먼드의 등을 가볍게 쳤다. 나로서는 감당하기 다소 벅찬 분위기였다. 나는 손소독제를 쓰는 대신 흰 면장갑을 끼고 있었다. 집에 돌아가는 대로 장갑에 끓는 물을 부어 소독하면 될 것이다. 장갑 때문에 사람들이 악수하려다 멈칫했는데, 그건 이상했다. 우리 각각의 피부 표면 사이에 면으로 된 장벽이 있다는 게 좋은 일이 아니고 뭐란 말인가?

"아버지를 돌봐주셔서 정말 감사해요, 두 분." 두 아들 중 형인 키스가 바지 앞에 손을 닦으며 말했다. "그런 일이 일어났을 때 아버지 혼자가 아니고 살펴주는 사람들이 있었다는 건 정말 감동적인 일이에요."

"저기 말이다," 새미가 팔꿈치로 키스를 쿡 찌르며 말했다. "알겠지만, 나는 비틀거리는 늙은 병자가 아니야. 나 스스로 나를 돌볼 수 있어." 그들이 서로 바라보며 싱긋 웃었다.

"당연히 그렇죠, 아버지. 저는 그저 가끔 주변에 다정한 얼굴이 와 있으면 좋겠다는 말을 하려는 거였어요, 안 그래요?"

새미가 어깨를 으쓱하며, 수긍하지는 않지만 너그럽게 봐 넘기겠다는 뜻을 나타냈다.

"두 사람에게 좋은 소식이 있어요." 새미가 다시 베개에 편안하게 기대며 말했고, 레이먼드와 나는 그의 침대 발치에 우리가 가져온 쇼핑백들을 유향과 몰약처럼 내려놓았다. "토요일에 퇴원한다오!"

레이먼드가 새미의 얼굴 앞에 통통한 손을 내밀었는데, 새미는 그게 뭘 하자는 건지 몰라 허둥대다 곧 하이파이브를 했다.

"두어 주 동안 제 집에 와서 지내실 거예요. 보행 보조기를 사용하는 데 자신감이 생기실 때까지요." 그의 딸 로라가 마침내 휴대폰에서 고개를 들며 말했다. "축하하는 파티를 열 거예요! 두 분도 물론 초대할게요." 그녀가 덧붙였지만 완전히 진심 같지는 않았다.

로라는 나를 쳐다보고 있었다. 나는 개의치 않았다. 사실 슬쩍슬쩍 훔쳐보는 것보다 그게 더 좋았다. 그녀에게서 나는 완전히 매료된 듯한 온전하고 솔직한 감상의 시선을 받았을 뿐이고 거기서 두려움이나 역겨움은 찾아볼 수 없었다. 나는 얼굴에 내려온 머리칼을 쓸어넘겨 그녀가 더 잘 볼 수 있게 해주었다.

"이번 토요일요?" 내가 말했다.

"자, 엘리너, 바쁘다고 말할 생각은 아예 하지 마요." 새미가 말했다. "핑계는 안 돼요. 두 사람 다 오는 겁니다. 이걸로 끝."

"우리가 누구 말을 반박할 수 있겠어요?" 레이먼드가 웃으면서 말했다. 나는 그것에 대해 생각해보았다. 파티. 내가 마지막으로 갔던 파티—그 끔찍한 결혼 피로연을 빼면—는 주디 잭슨의 열세 살 생일 파티였다. 그 파티엔 아이스스케이트를 타고 밀크셰이크를 먹는 것도 포함되어 있었는데, 끝이 좋지 않았다. 노인 환자의 퇴원 축하 파티에서라면 먹은 걸 토하거나 손가락을 잃을 사람은 당연히 없을 것이다.

"참석할게요." 내가 말하면서 고개를 가볍게 끄덕였다.

"여기 제 명함이에요." 로라가 레이먼드와 내게 따로따로 한 장씩 내밀며 말했다. 검은색 유광 바탕에 황금 잎사귀가 양각 처리된 것으로, 로라 마스턴-스미스, 에스테틱 테크니션, 헤어 스타일리스트, 이미지 컨설턴트라고 쓰여 있었고, 그 아래 연락처가 있었다.

"토요일 일곱시, 아셨죠? 아무것도 가져오지 말고 몸만 오세요."

나는 지갑 안에 명함을 조심스럽게 넣었다. 레이먼드는 뒷주머니에 명함을 쑤셔넣었다. 나는 그가 로라에게서 눈을 떼지 못하는 것을 눈치챘다. 누가 봐도 뱀 앞의 몽구스처럼 최면에 걸린 듯 넋이 나간 모습이었다. 로라도 알아차린 것이 분명했다. 그녀의 모습을 보면 이런 상황에 익숙할 것 같았다. 금발에 풍만한 가슴은 너무 진부하고 너무 뻔했다. 레이먼드 같은 남자들, 길에 돌아다니는 그런 얼간이들은 로라처럼 생긴 여자를 보면 언제나 넋이 나간다. 유방과 과산화수소* 이상의 것을 볼 수 있는 기지도, 지성도 갖추지 못했으니 말이다.

레이먼드가 로라의 옷 깊이 파인 목선에서 억지로 눈을 떼고 벽시계를, 이어 나를 쳐다보았다.

"우리는 가봐야 할 것 같아요." 내가 말했다. "토요일에 다시 만나요." 또 한번 공격을 퍼붓듯 인사를 하고 악수를 하는 시간이 이어졌다. 그러는 동안 새미는 우리가 가져온 쇼핑백을 뒤적였다. 그가 잎이 돌돌 말린 유기농 케일 한 묶음을 들어올렸다.

"이건 대체 뭔가요?" 그가 영문을 모르겠다는 얼굴로 물었다. 아연, 내가 혼잣말처럼 중얼거렸다. 오징어 샐러드는 즉시 먹어야 한다는 말을 할 기회도 없이, 레이먼드가 다소 거칠게, 나를 병실 밖으로 떠미는 것이 느껴졌다. 병원은 전반적으로 매우 더웠다.

* 과산화수소를 이용해 금발을 만들 수 있다.

12

다음날, 주전자 물이 끓기를 기다리면서 내 시선은 휴가지 홍보 책자와 손때가 묻은 가십 잡지들이 수북이 쌓인 곳 옆으로, 사무실 재활용 쓰레기 봉지 위에 버려진 전단지 한 장에 가닿았다. 시내 백화점—내가 자주 가는 곳은 아니었다—전단지였는데, 신상품 특별가 행사로 '디럭스 팸퍼* 매니큐어'를 정말이지 놀라운 3분의 1 가격으로 할인해준다는 내용이었다. 나는 디럭스 팸퍼 매니큐어에 어떤 것이 포함되는지 상상하려다 실패했다. 손톱 모양을 가꾸고 색칠해주는 과정 안에 사치와 응석을 어떻게 끼워넣지? 말 그대로 내가 상상할 수 있는 수준이 아니었다. 나는 짜릿한 흥분을 느꼈다. 알아낼 길은 하나뿐이었다. 동물의 치장법을 염두에 두면서, 나는 이제 내 손톱에 관심을 돌리기로 했다.

* 디럭스(deluxe)는 '고급의', 팸퍼(pamper)는 '응석을 받아준다'는 뜻.

새미의 불운한 사고와 그 결과로 일어난 일들에 마음을 빼앗겨, 나 자신을 개조하는 계획에 얼마간 소홀했었다. 하지만 다시 내 목표로 초점을 돌릴 때였다. 그 뮤지션. 나는 잠시 자만의 죄에 빠져 허우적거렸다. 내 손톱은 엄청나게 빨리 자라고 튼튼하고 반짝거린다. 우리 몸에 필요한 비타민과 미네랄과 지방산이 아주 풍부한 음식을 섭취했기 때문인데, 잘 짜인 내 점심 식단 덕분이었다. 내 손톱은 영국 시내 중심가 요리의 탁월함에 바치는 찬사다. 나는 허영이 많은 사람이 아니어서, 손톱이 너무 길어 컴퓨터에 데이터를 입력하기 힘들어지면 그저 손톱깎이로 깎고, 손톱에 옷감의 올이 걸려 빠지거나 목욕할 때 살갗을 긁어 불쾌한 느낌이 들지 않게 날카로워진 손톱 끝을 줄칼로 갈았다. 지금까지는 완벽하고 적절했다. 내 손톱은 늘 깨끗하다. 깨끗한 구두처럼, 깨끗한 손톱은 자존감의 기초다. 나는 세련되지도 않고 패션 감각도 없지만 늘 깨끗하다. 적어도 그렇게 해야, 떠받들어지지는 않더라도, 이 세상에서 내 자리를 차지할 때 고개를 들고 있을 수 있다.

나는 점심시간에 시내로 향하면서, 시간을 절약하려고 가는 길에 샌드위치를 먹었다. 속 재료가 좀 덜 빠져나오는 샌드위치를 골랐더라면 더 좋았을 걸 그랬다. 사람 많고 더운 열차 칸에서 달걀과 크레스는 그다지 현명한 선택은 아니었던 듯하다. 같은 칸에 탄 사람들이 샌드위치에도, 내게도 못마땅한 시선을 보냈다. 나는 그러는 게 아무런 문제가 되지 않는 때에라도 공공장소에서 뭔가를 먹는 걸 몹시 싫어하니, 지하철 칸에 탄 그 팔 분의 시간은 같이 탄 누군가에게도 유쾌한 경험이 아니었을 것이다.

네일숍은 거울과 냄새와 소음이 가득하고 대형 샹들리에가 불빛을 환히 밝히는 넓은 공간인 뷰티홀 뒤쪽에 있었다. 나 자신이 덫에 걸린 짐승—수송아지나 광견병에 걸린 개—처럼 느껴져, 신나게 달리다가 내 의지에 반하여 그 안에 갇히게 됐을 때 자초할 혼란을 상상해보았다. 나는 전단지를 꽉 쥐고 구겨서 내 조끼 주머니에 찔러넣었다.

'네일 엣세트라*'—그 라틴어가 가리키는 기타其他는 뭘까? 나는 궁금했다—는 하얀 튜닉 같은 옷을 입은 따분한 표정의 어린애 둘, 스툴 네 개가 있는 브렉퍼스트 바, 투명한 것에서 타르색까지 모든 색조의 매니큐어가 진열된 선반으로 이루어진 곳 같았다. 나는 조심스럽게 다가갔다.

"네일엣세트라에오신걸환영합니다무엇을도와드릴까요?" 키가 더 작은 어린애가 말했다. 그 말을 알아듣는 데 조금 시간이 걸렸다.

"안녕하세요." 내가 효율적으로 의사 전달을 하려면 어떻게 말해야 하는지 힌트를 주려고 목소리를 과장되게 조절해 천천히 말했다. 그녀와 그녀의 동료 둘 다 나를 빤히 쳐다보았는데, 그들의 표정은 놀라움과…… 뭔가의 조합, 음, 주로 놀라움이었다. 나는 그들을 안심시켜주려는 마음으로 방긋 웃었다. 어쨌거나 그들은 아주 어렸다. 아마도 이건 실무 연습일 것이고, 스승이 돌아오기를 기다리고 있는 것일 테다.

"디럭스 팸퍼 매니큐어로 하고 싶은데요." 내가 가능한 한 분명

---

* '등등'이라는 뜻의 라틴어.

하게 말했다. 아무 일도 일어나지 않는 길고 잠잠한 정적이 흘렀다. 키 작은 쪽이 넋이 나가 있다가 먼저 정신을 차렸다.

"앉으세요!" 그녀가 말하고는 가장 가까운 스툴을 가리켰다. 그녀의 동료는 여전히 얼어 있었다. 키 작은 쪽(명찰에 케이시라고 되어 있었다)이 정신없이 왔다갔다하더니, 먼저 뜨거운 비눗물이 찰랑거리는 콩팥 모양의 그릇을 내려놓은 뒤 맞은편에 자리를 잡고 앉았다. 그녀가 매니큐어 선반을 회전시켜 내 쪽을 향하게 했다.

"어떤 색깔로 하시겠어요?" 케이시가 물었다. 내 시선이 밝은 녹색에 쏠렸다. 독을 품은 아마존 개구리, 작고 경쾌해 보이지만 죽음을 부르는 그것과 같은 색조였다. 나는 그 색을 그녀에게 건넸다. 그녀가 고개를 끄덕였다. 그녀는 실제로 껌을 씹고 있지는 않았지만, 태도가 껌 씹는 사람과 아주 비슷했다.

케이시가 내 손을 잡아 손가락 열 개의 끝부분을 따뜻한 물에 담갔다. 나는 습진이 악화될까봐 세제의 알 수 없는 물질들이 살의 다른 곳에 닿지 않도록 주의깊게 보고 있었다. 그녀가 가까이 있는 서랍을 뒤진 뒤 다양한 스테인리스스틸 용구를 들고 돌아와 조심스레 쟁반에 늘어놓는 동안, 나는 바보가 된 기분으로 그렇게 몇 분 동안 앉아 있었다. 긴장증에 걸린 것 같았던 그녀의 동료가 마침내 활기를 되찾고 다른 구역에서 근무하는 동료 직원과 열심히 이야기를 나누기 시작했다. 대화의 주제는 알아낼 수 없었지만, 그 이야기가 눈알을 굴리거나 어깨를 으쓱하는 동작을 끌어내는 것 같았다.

케이시는 본인이 생각하기에 적절한 시점에 내 손을 물에서 뺀 뒤 잘 접어둔 플란넬 천에 내려놓았다. 그리고 손톱 하나하나를 조심스럽게 두드려 닦았다. 목소리를 사용해 내게 손을 빼라고 간단히 말한 뒤 수건을 건네면 될 텐데, 왜 그러지 않는지 알 수 없었다. 그러면 내 손을 이용해 직접 닦을 수 있었을 텐데. 이 글을 쓰는 지금도 나는 내가 사지와 손발의 운동기능을 완전히 사용할 수 있다는 사실을 즐기고 있기 때문이다. 하지만 아마 그게 팸퍼가 의미하는 바일 것이다. 말 그대로 손가락을 들어올릴 필요조차 없다는 것.

케이시가 용구들을 가지고 다시 일을 시작했다. 필요한 곳마다 내 큐티클을 밀어 없애거나 다듬었다. 나는 약간의 잡담을 시도했는데, 이런 상황에서는 다들 그렇게 한다고 알고 있었다.

"여기서 일한 지 오래됐어요?" 내가 물었다.

"이 년이요." 그녀의 대답에 나는 깜짝 놀랐다. 열네 살 정도로밖에 보이지 않았고, 내가 알기로 이 나라에서 아동 노동은 여전히 불법이었다.

"하고 싶은 일이 줄곧……" 나는 적당한 단어를 고르느라 고심했다. "매니큐어리스트였어요?"

"네일 테크니션이요." 그녀가 고쳐주었다. 그녀는 지금 하고 있는 일에 집중하느라 그 말을 하면서도 나를 쳐다보지 않았고, 그건 아주 바람직한 태도였다. 날카로운 용구를 휘두르고 있을 때 다른 사람과 눈을 마주칠 필요는 단연코 없다.

"동물을 다루는 일을 하거나 네일 테크니션이 되고 싶었어요." 케이시가 말을 계속했다. 그녀는 이제 손 마사지를 해주고 있었다. 아마 그것도 디럭스 팸퍼의 일부분이겠지만, 내게는 다소 쓸모없고 비효율적으로 보였고 알레르기 반응도 걱정되었다. 그녀의 손은 작았다. 거의 내 손(안타깝게도, 공룡의 손처럼 비정상적으로 작았다)만큼 작았다. 남자의 손이 내 손을 마사지해주었다면 더 좋았을 것이다. 더 크고 더 힘세고 더 단단한 손. 더 털이 많은 손.

"그랬었죠," 그녀가 말했다. "동물과 손톱 중에서 고를 수가 없어서 엄마한테 물어봤어요. 엄마가 네일 테크니션 쪽이 좋겠다고 말했고요." 그녀가 줄칼을 들고 내 손톱 형태를 다듬기 시작했다. 그 과정은 어색했다. 내가 직접 하면 단연코 더 쉬웠을 텐데.

"어머니가 경제학자나 자격증을 가진 진로상담사인가요?" 내가 말했다. 케이시가 나를 빤히 쳐다보았다. "왜냐하면, 그게 아니라면, 어머니의 조언이 소득 예측이나 노동시장 수요에 관한 최신 데이터에 기반한 건 아닐 것 같아서요." 나는 어머니의 미래 전망이 아주 염려되어 그렇게 말했다.

"어머니는 여행사 직원이에요." 케이시가 그 문제는 그 말로 끝내겠다는 듯 단호하게 말했다. 나도 그 이야기는 접었다. 어쨌거나 내가 걱정할 문제는 아니었고, 그녀는 이 일을 하면서 충분히 행복해하는 것 같았다. 그녀가 여러 종류의 광택제를 여러 번 덧칠하는 것을 보며, 개 미용사가 되면 두 가지 직업을 합칠 수 있겠다는 생각이 떠올랐다. 하지만 그 문제에 대해 충고는 하지 않기로 했다. 이따금 도움을 주려고 건넨 이런저런 제안이 오해로 이어지기도 하고, 그 모든 일이 완전히 유쾌하진 않다.

케이시는 내 손을 작은 기계에 넣었는데, 아무래도 손톱을 말리는 헤어드라이어 같았다. 몇 분 뒤 디럭스 팸퍼가 끝났다. 종합해 볼 때 감동적이라고 할 수는 없는 경험이었다.

케이시가 내게 가격을 알려주었다. 솔직히 터무니없이 비쌌다.

"전단지 가져왔어요!" 내가 말했다. 그녀는 확인할 테니 보여달라는 말도 하지 않고 고개를 끄덕였고, 말한 금액에서 3분의 1을 제한 뒤 수정된 액수를 말했다. 그 액수도 나로서는 숨이 넘어갈 지경이었다. 내가 손을 뻗어 쇼퍼를 잡았다. 그녀가 소스라치게 놀라면서 "안 돼요!" 하고 말했다. 나는 동작을 멈췄다.

"칠한 게 벗겨져요." 그녀가 말했다. 그리고 앞으로 몸을 숙였다. "괜찮으시면 제가 대신 지갑을 꺼내드려도 될까요?"

나는 그것이 내가 열심히 번 돈을 더 빼가려는 정교한 술책이 아닌지 염려되어, 내 가방 안에 손을 넣는 그녀를 속담 속의 매처럼 지켜보았다. 가방 안에 먹다 만 달걀 샌드위치가 있다는 사실이 너무 뒤늦게 떠올랐다. 케이시는 내 지갑을 꺼내면서 좀 과장되게 입을 막았다. 오버액션 같았다. 그렇다, 새어나온 냄새가 약간 유황 냄새 같긴 했지만, 그렇다고 그런 무언극까지 연출할 필요는 없다. 나는 케이시가 필요한 만큼의 지폐를 꺼낸 뒤 지갑을 쇼퍼 안에 조심스럽게 돌려놓을 때까지 그녀의 손가락(매니큐어가 칠해져 있지 않았다)에 시선을 고정하고 있었다.

나는 떠날 준비를 하고 일어섰다. 아까의 그 동료 직원이 돌아오더니 내 손을 흘끗 쳐다보았다. 손끝이 반짝반짝 녹색으로 빛나고 있었다. "멋지네요." 그녀는 그렇게 말했지만, 어조와 동작은 그 주제에 별로 관심이 없음을 강하게 드러내고 있었다. 케이시가 약간 더 활기 있는 모습이 되었다. "회원카드 만드시겠어요?" 그녀가 말했다. "다섯 번 매니큐어를 하시면 여섯번째는 공짜예요."

"아니, 괜찮아요." 내가 말했다. "매니큐어를 다시 하진 않을 거예요. 집에서도 똑같이, 더 잘할 수 있어요. 그것도 돈 안 들이고."

그들의 입이 약간 벌어졌지만, 나는 그 말을 남기고 그곳을 나와, 향수 매장 앞을 지나가는 길에 찍찍 향수를 뿌려대는 분사기와 거기서 내미는 샘플 종이를 피해 다시 세상 속으로 나왔다. 다시 자연의 햇살과 상쾌한 공기 속으로 나가고 싶은 마음이 간절했다. 반짝거리는 금빛으로 경계가 그어진 뷰티홀은 내가 선호하는 영역이 아니었다. 내 샌드위치를 위해 달걀을 낳아준 암탉처럼, 나는 개방된 땅에서 살아야 하는 피조물이었다.

일을 끝내고 집으로 돌아와 옷장을 열었다. 파티에 뭘 입고 가지? 출근할 때 입는 검은색 바지 두 벌과 흰색—음, 원래 흰색이었다—블라우스 다섯 벌이 있었다. 그리고 편안한 바지 두 벌, 티셔츠 두 벌, 스웨터 두 벌은 주말에 입는 것이었다. 그걸 빼고 나면 특별한 일이 있을 때 입는 옷이 남는다. 몇 년 전 로레타의 결혼 피로연에 가려고 산 것인데, 그뒤로는 그 옷을 입은 일이, 스코틀랜드 국립박물관에 특별히 찾아간 때를 포함해 손가락으로 꼽을 정도였다. 새로 발굴한 로마 유적 전시회였는데 정말 굉장했다. 하지만 박물관에 가기 위해 에든버러까지 가는 여정은 전혀 굉장하지 않았다.

기차 내부는 오리엔트 특급보다는 오히려 버스에 가까웠고, 전체적으로 얼룩이 잘 드러나지 않는 색깔의 잘 닳지 않는 천과 회색 플라스틱 부품들로 되어 있었다. 같이 타고 가는 사람들—맙소사, 요즘은 어중이떠중이가 다 돌아다니고 공공장소에서 거의 제재 없이 먹고 마신다—도 그랬지만, 가장 나빴던 것은 스피커에서 끊임

없이 흘러나오는 소음이었다. 큰 짐은 머리 위 선반에 올려놓으세요, 승객 여러분은 주인 없는 물건이 보이면 가급적 빨리 승무원에게 알려주세요, 등 신화 속 인물 같은 차장이 오 분마다 안내방송을 하면서 보석 같은 지혜를 나눠주는 것 같았다. 나는 이 지혜의 진주들이 누구를 겨냥한 것인지 궁금했다. 지나가는 외계인이나, 걸어서 스텝*을 건너고 북해를 항해한 뒤 글래스고와 에든버러를 연결하는 철도에 올라타게 된, 말 그대로 사전에 기계화된 운송 수단을 이용해본 경험이 전혀 없는 울란바토르의 야크를 치는 사람을 겨냥한 것인가?

나는 특별한 경우에 입는 그 옷이 지금은 유행에 뒤떨어졌다는 사실을 깨달았다. 레몬 색깔이 특별히 나한테 잘 어울리지는 않았다. 침실에 혼자 있을 때 잠옷으로 입는 건 괜찮았지만 세련된 사교 모임에는 그다지 적당하지 않았다. 내일 가게에 가서 새 옷을 사야 할 것이다. 정말로 사랑하는 사람과 레스토랑이나 극장에 갈 때도 입으면 될 테니 돈 낭비는 아니다. 나는 이 결정에 기분이 좋아져서 평소 먹는 페스토 파스타를 만들어 먹고 〈디 아처스〉를 들었다. 스토리라인은 난해했고, 글래스고 출신의 우유배달부라는 인물은 설득력이 부족했다. 딱히 재미있는 에피소드는 아니었다. 그러고 나서 나는 설거지를 하고 파인애플에 관한 책을 들고 앉았다. 굉장히 흥미로웠다. 여러 가지 이유에서 나는 되도록 폭넓은 독서를 하려 하는데, 크로스워드 퍼즐을 풀 때 내 어휘력을 키우는 데 특히 도움이 된다. 그 순간 정적이 아주 무례히 침범당했다.

---

* 중앙아시아 등지에 나타나는 초원 지대.

"여보세요?" 내가 얼마간 주저하며 말했다.

"오, '여보세요'라는 거지, 그래? '여보세요,' 나한테 할말이 그게 다야? 도대체 어젯밤엔 어디 있었던 거니, 아가씨? 응?" 엄마가 또다시 연극 같은 과장된 투로 말하고 있었다.

"엄마," 내가 말했다. "어떻게 지내세요?" 나는 마음을 진정시키려고 무진 애를 썼다.

"내가 어떻게 지내는지는 걱정하지 말고. 어디 있었어?"

"죄송해요, 엄마." 나는 목소리가 떨리지 않게 애쓰면서 말했다. "저기…… 사실은 친구하고 병원에 있는 다른 친구 병문안을 갔었어요."

"오, 엘리너," 엄마가 말했고, 목소리가 지나치게 달짝지근했다. "너한테 친구가 어디 있다고, 아가. 자, 네가 정말로 어디 있었는지 말해봐. 이번에는 진실을 듣고 싶구나. 뭔가 못된 짓을 했니? 엄마한테 말해보렴, 넌 착한 딸이야."

"정말이에요, 엄마, 레이먼드하고"—콧방귀 뀌는 소리가 들렸다—"병원에 입원한 선량한 노인 병문안을 갔어요. 거리에서 쓰러진 걸 우리가 도와줬거든요……"

"**거짓말하는 그 작은 조동아리 닥치지 못해!**" 나는 움찔해서 책을 떨어뜨렸다가 다시 주웠다.

"거짓말쟁이한테 어떤 일이 생기는지 잘 알 텐데, 안 그러니, 엘리너? 기억하지?" 엄마의 목소리가 다시 병적으로 달콤해졌다. "진실이 아무리 나쁜 것이라 해도 그건 개의치 않지만 거짓말은 못 참아, 엘리너. 다른 사람은 몰라도 너는 알고 있어야 할 거다. 이 모든 시간이 흐른 뒤라 하더라도 말이야."

"엄마, 안 믿으시니 유감이지만 그게 진실이에요. 레이먼드와 제가 사고를 당한 노인을 도와줬고, 그분을 뵈러 병원에 같이 갔던 거예요. 진짜라고요, 맹세해요!"

"정말이니?" 엄마가 말끝을 길게 빼며 말했다. "음, 그거 기쁜 일이로구나. 너를 낳아준 엄마하고 수고스럽게 대화의 시간을 가질 것 없이, 걸핏하면 사고를 당하는 쇠약한 노인을 찾아가 수요일 저녁시간을 보냈다는 거지? 참 잘했구나."

"제발, 엄마, 우리 싸우지 말아요. 엄마는 어때요? 오늘 좋은 하루 보내셨어요?"

"내 이야기는 하고 싶지 않구나, 엘리너. 그건 이미 내가 다 알고 있어. 네 이야기를 하고 싶어. 네 프로젝트는 어떻게 돼가고 있니? 엄마한테 알려줄 새 소식은 없어?"

엄마가 다 기억하고 있다는 사실을 알았어야 했는데. 어디까지 이야기를 해야 하지? 전부, 나는 생각했다.

"그 남자 집에 갔었어요, 엄마." 내가 말했다. 라이터를 딸깍하는 소리가 들렸고, 이어서 길게 연기를 내뿜는 소리가 들렸다. 엄마가 피우는 소브라니 담배 냄새를 거의 맡을 수 있을 것만 같았다.

"오오," 엄마가 말했다. "흥미롭구나." 그러고는 또 한번 폐에 가득차게 연기를 들이마시고 한숨과 함께 내뱉었다. "'그 남자'는 어떤 사람이니?"

"그 사람은 뮤지션이에요, 엄마." 아직 엄마에게 그의 이름을 알려주고 싶지는 않았다. 이름을 부르는 행위는 힘의 작용과 관련이 있고, 나는 그 소중한 음절들이 엄마의 입안에서 굴려지는 것을 들을 준비가, 엄마가 다시 내뱉도록 그 이름을 넘겨줄 준비가 아직 되어 있지 않았다. "잘생기고 똑똑하고, 음, 저한테 완벽한 남자 같아요. 정말로요. 그를 보자마자 곧바로 알았어요."

"그 모든 이야기가 좀 놀랍구나, 아가. 그리고 네가 그 사람 집에 갔단 거고, 그렇지? 말해봐, 거긴 어떻든?"

나는 킁 콧소리를 냈다. "실은, 엄마…… 제가 실제로…… 집안에 들어간 건 아니에요." 이건 쉽지 않을 것이다. 엄마는 나쁜 짓을 좋아했고, 나는 그렇지 않았다. 그만큼 간단했다. 나는 불가피한 비난을 막으려고 잽싸게 말했다. "그가 적…… 적절한 곳에 사는지 확인할 겸 그냥 휙 둘러보고 싶었어요." 내가 말했고, 급하게 말을 하려다 좀 더듬었다.

엄마가 한숨을 쉬었다. "안으로 들어가보지도 않고 거기가 좋은 덴지 어떻게 안다는 거니? 너는 늘 지나치게 신중하고 간은 콩알만 하지, 아가." 엄마가 지긋지긋하다는 듯 말했다.

나는 내 손을 보았다. 햇살 아래 드러난 벗겨진 녹색 손톱이 너무 야단스럽게 보였다.

"네가 해야 할 일은, 엘리너," 엄마가 말했다. "그물을 붙잡는 거야. 내 말 무슨 뜻인지 알지?"

"알 것 같아요." 내가 조그맣게 말했다.

"나는 그저, 네가 그렇게 주위만 빙빙 돌아서는 안 된다고 말해주는 거야, 엘리너." 엄마가 한숨을 쉬었다. "삶이란 결국 결정적인 행동을 취하는 것의 문제야, 아가. 하고 싶은 게 있다면 그냥 해. 가지고 싶은 게 있으면 그냥 붙잡아. 끝내고 싶은 게 있으면 그냥 **끝내**. 그리고 그 결과와 함께 살아가면 돼."

엄마가 조용히 말하기 시작했는데, 말소리가 너무 작아서 잘 들리지가 않았다. 경험상 이건 좋은 징조가 아니었다.

"그 남자 말인데……" 엄마가 중얼거렸다. "그 남자는 잠재력을 지닌 것 같지만 대부분의 사람들처럼 나약할 거야. 그건 네가 강해져야 한다는 뜻이야, 엘리너. 강자는 약자를 정복해. 그건 간단한 삶의 진실이야, 안 그러니?"

"그런 것 같아요." 내가 얼굴을 찡그리며 뿌루퉁하게 말했다. 유치한 행동인 건 나도 안다. 하지만 엄마는 내 안에 있는 아주 나쁜 것을 잘 끄집어내는 것 같다. 그 뮤지션은 아주 잘생기고 아주 재능이 많았다. 나는 그를 쳐다보자마자 우리가 함께할 운명이라는 것을 대번에 알았다. 운명이 알아서 해줄 것이다. 내가 더이상…… 결정적인 행동을 취할 필요는 없다. 꼭 우리의 길이 다시 교차할 수 있게 만들어야겠지만, 일단 우리가 제대로 만나기만 하면 나머지는 별자리에 이미 확실히 쓰여 있을 것이다. 엄마는 이런 접근 방법을 달가워할 것 같지 않았지만, 나는 엄마가 그러는 것에는 이미 익숙해질 대로 익숙해져 있었다. 엄마가 숨을 들이쉬었다가 내쉬는 소리가 들렸고, 대기를 통해 부드러운 악의가 느껴졌다.

"이제 곁길로 새는 건 하지 마, 엘리너. 엄마 말 무시하지 마라, 알겠니? 오, 너는 이제 네가 아주 영리하다고 생각하겠지? 직장에 대해서도 그렇고, 새 친구들에 대해서도 그렇고. 하지만 너는 영리하지 않아, 엘리너. 너는 사람들을 실망시키는 사람이야. 신뢰를 주지 않는 사람. 실패한 사람. 오, 그래, 나는 네가 어떤 사람인지 정확히 알지. 그리고 네가 어떻게 끝날지도 알고 있어. 잘 들어, 과거는 끝나지 않았어. 과거는 살아 있는 거야. 네 아름다운 흉터, 그건 과거에 만들어진 거지, 안 그러니? 그리고 그건 네 평범하기 짝이 없는 얼굴에 여전히 살아 있어. 여전히 흉터가 아프니?"

나는 고개를 가로저었지만 말은 하지 않았다.

"오, 아프겠지. 아프다는 거 알아. 그 흉터가 어쩌다 생긴 건지 잊지 마, 엘리너. 그게 그럴 만한 가치가 있었니? 그애를 위해? 오, 네 반대쪽 뺨에 좀더 아플 자리가 남아 있구나, 안 그래? 엄마를 위해 반대쪽을 돌려봐, 엘리너. 착하지."

그러고는 그저 정적뿐이었다.

13

금요일, 버스를 타고 출근하는데 묘하게 마음이 침착했다. 전날 엄마와 이야기를 나눈 뒤 보드카를 마시지 않았는데, 그건 그저 보드카가 다 떨어졌고, 그걸 사겠다고 밤에 혼자 나가고 싶지는 않았기 때문이었다. 늘 혼자고, 늘 어둡다. 그래서 그 대신 차를 한 잔 만들어 마시면서 책을 읽었고, 책장을 넘길 때 번쩍거리는 녹색 손톱에 이따금 신경이 쓰였다. 열대 과일에 대해서는 질릴 만큼 읽었기 때문에 마음의 문제들에 도움이 되는 다른 뭔가가 필요했다. 『이성과 감성』. 내가 좋아하는 또다른 책이다. 단언컨대 5위 안에 든다. 나는 엘리너Elinor와 메리앤의 이야기를, 그 이야기가 아주 조심스럽게 펼쳐지는 방식을 좋아한다. 그 모든 이야기는 행복한 결말을 맺고, 그 점은 지극히 비현실적이지만, 내러티브는 만족스럽다는 사실을 인정해야겠다. 그리고 나는 미즈 오스틴이 관습에 붙들려 있는 이유를 이해한다. 흥미롭게도, 내 폭넓은 문학적 취향에도 불구하고, 엘리너Eleanor라는 이름의 주인공은 많이 만나보지 못했다. 철자가 다른 엘리너라도 말이다. 내게 그 이름을 골라준 이유가 아마 그것일 것이다.

익숙한 몇 장章을 읽은 뒤 침대로 가서 누웠지만 전혀 잠이 오지 않았다. 하지만 놀랍게도 밤잠을 자지 못한 것이 나쁜 영향을 미친 것 같지는 않은 게, 버스가 출근길 차량들을 뚫고 달릴 때 기분이 좋고 정신은 말똥말똥했다. 어쩌면 나는 그저 잠이 필요하지 않았던 고故 대처 남작 같은 사람인지도 모른다. 늘 버스 좌석에 버려져 있곤 하는 공짜 신문 한 부를 집어들고 휙휙 넘기기 시작했다. 이름을 들어본 적 없는 어느 오렌지당* 당원인 여자가 여덟번째로 결혼했다. 포획된 판다가 자신의 태아를 '재흡수'해 임신 상태를 끝냈고—잠시 창밖을 내다보며 판다의 재생산 시스템을 이해하려고 해보았지만 실패했다—10면에는 일련의 위탁가정에서 미성년자 소년 소녀들이 체계적이고 광범위한 학대를 당한다는 증거가 폭로되어 있었다. 기사들은 그 순서로 실려 있었다.

고개를 가로저으며 신문을 버리려는데 그 순간 작은 광고가 내 시선을 사로잡았다. '더 커팅스', 총알 같은 기차가 철로를 쌩 달려가는 로고와 함께 그렇게 쓰여 있었다. 그것이 눈에 띈 것은 어제 크로스워드 퍼즐 12번 가로의 답이 신칸센**이었기 때문이다. 그런 작은 우연들이 삶에 후추 같은 흥미를 뿌려줄 수 있다. 읽어보니 그 장소에서 있을 다음 공연을 알리는 내용 같았다. 처음 들어보는 두

* 북아일랜드가 영국에 계속 통합되어 있어야 한다고 주장하는 신교도 정당.

** 일본의 고속철도. 총알처럼 생긴 모양새와 그 속도 때문에 총알기차라는 별명을 갖고 있다.

아티스트 사이에 금요일 공연 안내가 끼어 있었다. 오늘밤이었다.

밴드 이름—단연코 나는 들어본 적이 없었다—이 있고, 더 작은 글씨로 그 뮤지션의 이름이 있었다! 나는 신문을 내려놓았다가 다시 집어들었다. 아무도 알아차리지 못했다. 그 광고를 찢고 조심스럽게 접어 내 쇼퍼 안쪽 주머니에 넣었다. 이것이다. 내가 기다리던 기회가 왔다. 별자리에 쓰여 있었고, 운명에 의해 내게 인도되었다. 이 버스, 이 아침…… 그리고 오늘밤.

회사에 도착한 뒤 그 장소를 찾아보았다. 그의 공연은 저녁 여덟시로 예정되어 있는 것 같았다. 파티에—그리고 이제는 공연을 보러—가려면 퇴근 후 옷을 사야 했고, 그럼 시간이 얼마 남지 않았다. 웹사이트로 판단하건대 더 커팅스는 패셔너블하게 옷을 입을 때 가장 편안하게 느껴지는 장소 같았다. 그렇다면 어떻게 해야 여덟시에 거기 도착할 수 있지? 옷을 갖춰 입고 준비를 하고서? 그를 만날 준비? 너무 이른가? 다른 때를 기다리며 제대로 준비해야 할까? 어디선가 첫인상을 남기는 기회는 단 한 번뿐이라는 것을 읽었다. 당시에는 뻔한 소리라고 넘겨버렸지만 어쩌면 그 안에 진실이 있을지 모른다. 그 뮤지션과 내가 커플이 되려면 우리의 첫 만남은 기억에 남을 만한 것이어야 했다.

나는 마음의 결정을 내리고 혼자 고개를 끄덕였다. 퇴근 후 곧장 가게로 가서 새 옷을 사 입고 콘서트를 보러 갈 것이다. 오, 엘리너, 그게 그렇게 쉽진 않을 텐데, 안 그래? 인생은 결코 그렇게 간단하지 않다는 것을 경험으로 알고 있는 나는 잠재적인 문제들과 어떻게 하면 그것들을 가장 잘 처리할 수 있을지 예상해보았다. 지금 입고 있는 옷은 어쩌지? 그 대답은 쉽게 떠올랐다. 내 쇼퍼는 그

옷들을 넣을 수 있을 만큼 컸다. 저녁식사는 어쩌지? 내 몸은 빈속으로는 잘 기능하지 않는데, 그의 발치에서 감정 과잉 때문이 아니라 다른 이유로 졸도한다면 몹시 창피할 것 같았다. 음, 퇴근 후 카페에서 음식을 좀 사 먹는다고 해도 더 커팅스에 일곱시 사십오분까지는 도착할 수 있지 않을까? 그래, 그럴 수 있을 것이다. 그렇게 하더라도 가장 잘 보이는 앞쪽 자리에 앉을 시간이 충분히 될 것이다. 내가 그를 볼 수 있고, 물론 그도 나를 볼 수 있는 자리. 모든 문제가 해결되었다.

나는 그가 오늘밤에 대해 나만큼 흥분했는지 온라인으로 얼른 확인하고 싶은 충동을 뿌리칠 수 없었다. 아, 고마워라, 트위터.

@johnnieLrocks

사운드체크: 완료. 헤어컷: 완료. 오늘밤 뚱뚱한 궁둥이를 옮겨 더 커팅스로 올 것. mofos.*

#다음멋진공연 #잘생긴녀석

이 과묵한 남자. 나는 'mofo'를 구글로 찾아봐야 했고 그 결과에 조금 놀랐다는 사실은 고백해야겠다. 하지만 내가 록스타의 와일드한 면에 대해 뭘 알겠는가? 그들은 익숙하지 않은 은어를 썼고, 그는 적절한 때에 그것을 내게 가르쳐줄 것이다. 틀림없다. 그 수업이 오늘밤 시작될까? 몇 시간 뒤면 그가 있는 자리에 내가 있게 될 거라는 게 믿기지 않았다. 아, 이 짜릿한 기대감이란!

---

* motherfuckers를 줄여 쓰는 말.

내 쇼퍼 안에 그에게 쓴, 아직 보내지 않은 긴 편지가 있었다. 운명이 오늘 내게 미소를 짓고 있다는 또하나의 표시다. 그 주 일찍이 나는 그에게 주려고, 내가 변함없이 좋아하는 시를 빅 볼펜으로 베껴 썼다. 이 도구는 비용 대비 효율이 참으로 높은 공학 기술의 기적이다! 나는 카드도 신중하게 골랐다. 속지에는 아무것도 쓰여 있지 않고, 앞면에는 에칭으로 표현한 아주 사랑스러운 산토끼—긴 귀에 튼튼한 다리, 놀랄 만큼 확신에 찬 얼굴—그림이 있었다. 산토끼는 고개를 들어 달과 별을 바라보고 있었는데, 그 표정을 헤아리기는 불가능했다.

카드는 그림이 인쇄된 작은 마분지로 만들어진 것을 감안하면 터무니없이 비쌌다. 봉투가 딸려오는 거라 그런 걸 수도 있지만 그래도 비쌌다. 예쁜 카드와 보통우편용 우표를 살 돈을 벌려면 최저임금을 주는 직장에서 거의 반시간을 일해야 했다. 이것은 계시였다. 사실 전에는 다른 사람에게 카드를 보낸 적이 한 번도 없었다. 하지만 오늘밤 그를 만날 테니 우표를 붙일 필요가 없어졌다. 내 소박한 선물을 직접 전해주면 된다.

에밀리 디킨슨의 아름다운 시 제목은 '휘몰아치는 밤—휘몰아치는 밤!'이었다. 그 시는 내가 엄청나게 좋아하는 두 가지 요소를 결합한 것인데, 구두점을 찍는 것과 오랜 기다림 끝에 마침내 소울메이트를 찾는다는 주제가 그것이다.

나는 그 시를 읽고 또 읽었고, 봉투에 조심스럽게 침을 묻혀—맛있었지만 썼다—봉인했다. 그리고 앞면에 내가 쓸 수 있는 가장 예쁜 글씨체로 그의 이름을 적었다. 카드를 다시 쇼퍼 안에 넣는데 왠지 모르게 좀 망설여졌다. 오늘밤이 정말로 시를 선물하기에 가장 적절한 밤일까? 이렇게 꺼려지다니 이상했다. 어쨌거나 카드도 샀고 돈도 지불하지 않았는가. 하지만 편지를 건네는 단계로 밀어붙이기 전에 공연에서 어떤 일이 일어나는지 기다려보는 게 더 낫지 않을지 고민이 되었다. 경솔할 필요가 없었다.

다섯시가 되기까지 참 오랜 시간이 걸렸다. 나는 서두르려고 시내까지 지하철을 타고 갔고, 역에서 가장 가까운 백화점에 들어갔다. 노트북을 산 곳이었다. 지금이 다섯시 이십분이니 문을 닫기까지 한 시간도 채 남지 않았다. 여성복(숙녀복이 언제 여성복이 됐는지 궁금했다) 매장은 2층이었고, 계단을 찾을 수 없어 에스컬레이터를 탔다. 전체 공간이 아주 넓어서 나는 도움을 요청하기로 했다. 내가 처음으로 본 여자는 아줌마 같아서 패션에 관한 조언을 해주는 역할로는 잘못 배치된 것 같았다. 두번째 여자는 십대 후반이나 이십대 초반으로 보여서, 나한테 조언을 해주기에는 너무 풋내기 같았다. 세번째 여자는 골디락*의 방식으로 내게 꼭 맞았다. 내 또래인 듯했고 잘 차려입었으며 지각 있어 보였다. 나는 신중하게 접근했다.

"저기, 저를 좀 도와주실 수 있으신가요?" 내가 말했다.

여자는 스웨터 개던 것을 멈추고 작위적인 미소를 지으며 나를 돌아보았다.

---

* 동화에 나오는 주인공으로, '이건 너무 뜨겁고 저건 너무 차갑고 이게 나한테 딱 맞아' 하는 방식으로 수프나 다른 것들을 고른다.

"패셔너블한 장소에서 열리는 콘서트에 가는데요. 어떻게 차려입고 가야 할지 옷 고르는 걸 좀 도와주실 수 있으신가요?"

그녀의 미소가 커졌고 좀더 진짜 같아 보였다.

"음, 저희가 쇼핑객을 위한 맞춤 서비스를 제공하고 있어요." 그녀가 말했다. "원하시면 예약을 해드릴까요?"

"오, 아니에요." 내가 말했다. "오늘 저녁에 입을 거예요. 어쩌죠, 정말로 당장 입을 게 필요해서요." 그녀가 나를 위아래로 훑어보았다.

"가시는 곳이 어딘가요?"

"더 커팅스요." 내가 자랑스럽게 말했다. 그녀가 아랫입술을 삐죽 내밀더니 고개를 한 번 천천히 끄덕였다.

"사이즈가 어떻게 돼요, 12?" 나는 고개를 끄덕였고, 쳐다보는 것만으로 내 사이즈를 정확히 알아본다는 사실에 감명받았다. 그녀가 손목시계를 확인했다.

"따라오세요." 그녀가 말했다. 백화점 안에는 다양한 매장들이 있는 것 같았고, 그녀는 나를 가장 신통찮아 보이는 아웃렛 매장으로 데려갔다. "자, 당장 떠오르기로는……" 그녀가 말했다. "이거하고……" 우스꽝스럽고 몸에 딱 붙는 검은색 데님 바지. "……이거……" 티셔츠와 비슷하게 생겼으나 가짜 실크로 만든 검은색 상의로 등 쪽이 열쇠 구멍 모양으로 뚫려 있었다.

"정말 이걸요?" 내가 말했다. "멋진 원피스나 스커트와 블라우스를 생각하고 있었어요." 그녀가 다시 한번 위아래로 나를 훑어보았다.

"저를 믿으세요." 그녀가 말했다.

탈의실은 작았고 씻지 않은 발 냄새와 공기청정기 냄새가 났다. 청바지는 너무 작아 보였지만 기적처럼 내 몸에 맞게 늘어나 지퍼가 잠겼다. 상의는 헐렁했고 목선이 높았다. 뒤쪽의 구멍 부분은 볼 수 없었지만 적어도 몸이 적절히 가려진 느낌이었다. 나는 정확히 다른 모두와 같아 보였다. 그것이 중요한 점이라고 생각했다. 나는 옷을 입은 채로 가격표를 떼서 바닥에 내려놓고, 출근할 때 입는 옷을 개서 쇼퍼 안에 넣었다. 그리고 여자가 계산대로 가져가 처리할 수 있게 가격표를 집어들었다.

내가 나오자 그녀가 밖에서 기다리고 있었다. "어떠세요?" 그녀가 말했다. "멋져 보여요, 그렇지 않아요?"

"이걸로 할게요." 내가 말하고 그녀에게 바코드를 내밀었다.

하지만 나는 옷에 붙어 있는 보안장치는 미처 생각하지 못했고, 우리는 그것을 떼어내려고 꽤 애를 먹었다. 결국 나는 데스크 뒤로 가서 그녀가 계산대에 부착된 마그네틱 제거기로 장치를 떼어낼 수 있게 그녀 옆에 무릎을 꿇고 앉아 몸을 뒤로 젖혀야 했다. 그 일은 결국 우리 둘 모두의 웃음을 끌어냈다. 그전에 백화점에서 내가 그렇게 웃었던 적은 없는 것 같았다. 값을 지불한 뒤 내가 얼마나 돈을 썼는지에 대한 생각을 애써 누르고 있는데 그녀가 데스크 뒤에서 다시 나왔다.

"제가 조언을 더 해드려도 될까요? 그 신발……"

나는 아래를 내려다보았다. 출근할 때 신는 신발을 신고 있었다. 벨크로로 고정하는 편안한 검은색 플랫슈즈.

"성함이?" 그녀가 말했다. 나는 어안이 벙벙했다. 신발을 사는 것과 내 이름이 무슨 상관이람? 그녀는 대답을 기대하며 기다리고 있었다.

“엘리너예요.” 나는 가짜 이름이나 필명 같은 걸 알려줘야 하는지 고민하다가 정말 마지못해 이름을 말해주었다. 성은 단연코 말해줄 생각이 없었다.

“왜냐하면 엘리너, 정말로 스키니진에는 앵클부츠를 신어야 하거든요.” 그녀가 의학적 충고를 하는 병원 상담사라도 되는 듯이 진지하게 말했다. “같이 신발 매장에 가서 보지 않겠어요?” 나는 망설여졌다. “제가 이걸로 수수료를 받거나 그러진 않아요.” 그녀가 조용히 말했다. “그저…… 그저 구두만 제대로 신으면 정말로 차림새가 완성될 것 같아서요.”

“액세서리가 여자를 완성한다, 그거죠?” 내가 말했다. 그녀는 웃지 않았다.

그녀가 내게 부츠를 보여주었고, 나는 크게 웃음을 터뜨렸다. 굽 높이와 구두의 폭이 좁은 정도가 아주 어처구니없었다. 마침내 우리는 우리 둘의 요구 사항을 모두 만족시킬 수 있을 만큼 충분히 세련되면서도 걸어다닐 때 척추를 다칠 염려가 없는 부츠를 골랐다. 65파운드! 맙소사, 나는 신용카드를 건네면서 또다시 그렇게 생각했다. 어떤 사람들은 그걸로 일주일을 먹고살아야 한다.

나는 내 검은 신발을 쇼퍼 안에 찔러넣었다. 그녀 역시 그 모습을 보더니 이어 핸드백 매장을 쳐다보았다. “오, 그건 안 되겠어요.” 내가 말했다. “당분간 쓸 돈을 다 써버렸거든요.”

“아, 그렇군요.” 그녀가 말했다. “그걸 그냥 물품 보관소에 넣어두면 괜찮을 거예요.” 나는 그녀가 무슨 말을 하는지 알 수 없었지만, 시간이 날개 달린 전차처럼 빠르게 다가오고 있었다.

"도와줘서 정말 고마워요, 클레어." 내가 몸을 앞으로 기울여 그녀의 명찰을 보며 말했다. "뭐라 말할 수 없이 고마워요."

"천만에요, 엘리너." 그녀가 말했다. "마지막으로 한 가지만 더요. 십 분 있으면 백화점이 문을 닫을 텐데, 서두르면 나가기 전에 잠깐 화장을 고칠 시간은 될 거예요. 화장품 매장은 1층 출구 옆이에요. 바비 브라운에 가서 클레어가 보냈다고 하세요."

그 말과 함께 그녀는 떠났고, 금전등록기는 나 자신이 적지 않게 기여한 액수 덕에, 더욱 기세 좋게 그날의 매출을 계산하고 있었다.

내가 바비와 이야기하고 싶다고 하자 화장품 매장에 있던 여자가 킥킥 웃었다.

"바로 여기 있어요." 그녀는 특별히 누구를 가리키지 않고 말했다.

거울이 아주 많았다. 사람들에게 혼잣말을 독려하려고 그렇게 해놓은 것인지 궁금했다.

"거기 올라앉으세요, 고객님." 그녀는 터무니없이 높은 스툴을 가리키며 말했다. 내가 어찌어찌 올라갔지만, 올라앉는 모양새가 영 품위 없었다. 새 부츠 때문에 몸을 움직이기가 쉽지 않았다. 나는 손을 감추려고 깔고 앉았다. 빨갛게 터진 피부가 가혹한 천장등 아래에서 타는 듯이 느껴졌다. 불빛은 모든 결점, 모든 손상된 부분을 고스란히 드러냈다.

직원이 내 머리칼을 얼굴 뒤로 넘겨주었다. "자 그럼 시작할까요." 그녀가 나를 지나치게 자세히 쳐다보며 말했다. "이런 건 전혀 문제가 안 된다는 거 아세요? 바비는 어떤 피부 톤에도 어울리는 굉장한 컨실러를 갖추고 있어요. 없애드릴 수는 없어도 확실히 줄여드릴 수는 있어요."

나는 그녀가 늘 스스로를 삼인칭으로 칭하는지 궁금했다.

"제 얼굴 말인가요?" 내가 물었다.

"아니요, 어쩜 농담도 잘하셔. 흉터요. 얼굴은 아름다워요. 피부도 아주 투명하고요. 자, 그냥 지켜만 보세요." 그녀는 목수나 배관공처럼 허리에 용구 벨트를 매고 있었고, 화장을 해주는 동안 입가로 혀를 삐죽 내밀었다.

"백화점이 문을 닫을 때까지 십 분밖에 안 남았어요." 그녀가 말했다. "이걸 감추는 것하고 눈화장에 집중할게요. 스모키아이 좋아하세요?"

"담배와 관련된 건 어떤 것도 좋아하지 않아요." 내가 말했고, 그녀가 또다시 괴상하게 웃었다. 이상한 여자다.

"해보시면 아실 거예요……" 그녀가 내 머리를 뒤로 젖히며 말했다. 그리고 위를 봐라, 아래를 봐라, 고개를 옆으로 돌려라…… 이런저런 요구를 했고, 아주 많은 터치를 하고 아주 많은 용구를 사용했다. 그녀가 너무 바짝 붙어 있어서 나는 그녀의 민트향 껌 냄새까지 맡을 수 있었지만, 그것이 그녀가 그전에 마신 커피 냄새를 감추지는 못했다. 벨이 울렸고, 그녀가 욕설을 뱉었다. 스피커에서 이제 백화점 문을 닫는다는 안내방송이 흘러나왔다.

"안타깝지만 시간이 다 됐어요." 그녀가 말하고 뒤로 물러서서 자신의 결과물을 보며 감탄했다. 그리고 내게 손거울을 건넸다. 내가 나를 못 알아볼 정도였다. 흉터는 거의 눈에 띄지 않았고, 눈 가장자리에는 차콜이 진하게 그려져 있었다. 최근에 본 여우원숭이에 관한 프로그램이 생각났다. 입술은 얼헤이그 양귀비꽃* 색깔로 칠해져 있었다.

“자,” 그녀가 말했다. “어때 보여요?”

“마다가스카르의 작은 영장류나 북아메리카 라쿤처럼 보이는데요.” 내가 말했다. “근사하네요!”

그녀는 너무 크게 웃어서 다리까지 꼬아야 할 정도였고, 곧 나를 의자에서 쫓듯이 내려오게 하고는 문 쪽으로 떠밀었다.

“제가 하는 일은 손님들에게 화장품이나 브러시를 파는 거예요.” 그녀가 말했다. “뭐든 필요한 게 있으시면 내일 다시 와서 아이린을 찾아주세요!”

나는 고개를 끄덕이고 작별인사로 손을 흔들었다. 아이린이 누구건 간에, 내가 그녀에게서 무기 등급의 플루토늄이라도 구입할 가능성은 그야말로 충분했다.

* ‘얼헤이그 펀드’는 1921년에 설립된 자선단체로, 영국 군대가 참전한 전쟁에 나갔다가 퇴역한 군인들을 지원한다. 추모일 전 몇 주 동안 회원들이 추모의 양귀비꽃을 판매한다.

14

이 순간 그 뮤지션은 감정의 대혼란을 경험하고 있었을 것이다. 수줍고 겸손하고 자기를 내세우지 않는 남자, 재능 때문에 연주할 수밖에 없고, 원해서가 아니라 그냥 그래야 하기 때문에 그 재능을 세상과 나눌 수밖에 없는 남자. 그는 새가 노래하듯 노래한다. 그의 음악은 비처럼, 햇살처럼 달콤하고 자연스러운 것, 그냥 완벽히 존재하는 무언가다. 나는 즉석에서 조리된 저녁을 먹으면서 그것에 대해 생각했다. 어른이 되고 나서 내가 패스트푸드 레스토랑에 온 건 이번이 처음이다. 이곳은 콘서트장 모퉁이를 돌면 바로 있는 엄청나게 크고 야단스러운 장소다. 사람들로 북적거렸는데, 나는 그게 어리둥절하고 이해되지 않았다. 사람들이 이미 조리된 음식을 먹겠다고 계산대 앞에 기꺼이 줄을 서고, 그것을 심지어 세팅도 되어 있지 않은 테이블로 가져가고 종이에 싸인 그대로 먹는 이유가 뭘까? 알 수 없었다. 다 먹고 나서는, 음식값을 지불했음에도 불구하고 쓰레기를 치울 책임은 손님에게 있었다. 정말 이상했다.

잠시 고민한 뒤 나는 뭔지 모를 네모난 형태의 흰 생선을 먹기로 했는데, 빵가루를 묻혀 기름에 튀긴 생선은 지나치게 단 빵 사이에 끼워져 있었다. 가공한 슬라이스 치즈 한 장, 흐물흐물한 양상추 잎이 함께 끼워져 있었고, 자칫 음란한 물질로 보일 짭조름하고 톡 쏘는 맛의 하얀 물질이 발라져 있었다. 엄마가 최선의 노력을 기울였는데도 나는 전혀 미식가가 아니다. 하지만 생선과 치즈가 서로 어울리지 않는다는 것은 보편적으로 받아들여지는 요리의 진리 아니던가? 정말이지 누군가가 미스터 맥도날드에게 말해야 한다. 디저트로 구미가 당기는 것이 아무것도 없어서 대신 커피를 마시기로 했다. 씁쓸하고 미지근했다. 당연히 나는 커피를 내 몸에 쏟아버릴 뻔했지만 때마침 종이컵에 인쇄된 경고문을 읽었다. 뜨거운 액체가 화상을 입힐지 모른다고 쓰여 있었다. 운좋게 피했네, 엘리너! 나는 속으로 혼잣말을 하고 조용히 웃었다. 미스터 맥도날드가 사실은 아주 바보가 아닌지 의심스러워지기 시작했지만, 줄어들지 않는 줄로 보건대 돈은 많은 사람이었다.

나는 손목시계를 확인한 뒤 쇼퍼를 들고 조끼를 입었다. 남은 음식은 그 자리에 그냥 두었다. 어쨌거나 자기가 직접 치워야 한다면 굳이 외식할 이유가 뭐란 말인가? 차라리 집에 있는 게 낫지.

이제 시간이 되었다.

내 계획의 결점, 하마르티아*는 이것이었다. 남은 표가 없었다. 매표소에서 일하는 남자가 정말로 나를 비웃었다.

"이틀 전에 매진됐어요." 그가 말했다. 나는 인내심 있게 천천히, 내가 보고 싶은 건 그저 앞부분, 찬조 공연뿐이라고 설명했고, 틀림없이 한 사람은 더 들여보내줄 수 있을 테니 그렇게 해달라고 말해보았다. 하지만 불가능한 것 같았다. 소방법 규정 때문이라고 했다. 며칠 만에 두번째로, 나는 또다시 눈물이 차오르는 것을 느꼈다. 남자가 다시 웃었다.

"울지 마요, 아가씨." 그가 말했다. "솔직히 그 사람들 그렇게 잘하지도 않아요." 그는 몸을 앞으로 기울이며 확신에 찬 표정으로 말했다. "오늘 오후에 그 가수가 차에서 자기 장비를 내려 안으로 가지고 들어가는 걸 도왔는데요. 솔직히 좀 싸가지가 없던데요. 좀 성공했다고 자만하면 안 된다, 그게 내가 하고 싶은 말이에요. 친절한 게 좋은 거죠, 안 그래요?"

나는 고개를 끄덕였지만 그가 말하는 가수가 누군지 궁금했다. 그리고 생각을 정리하기 위해 바가 있는 쪽으로 갔다. 표를 구하지 못하면 입장할 수 없다. 그것만큼은 분명했다. 그리고 구할 수 있는 표는 없었다. 나는 지난번 직접 따라 마시는 것이 요구된 그때를 회상하며 매그너스를 주문했다. 바텐더는 키가 180센티미터가 넘는 남자로, 귓불에 이상하고 커다란 구멍을 뚫고 작고 검은 플라스틱 원형 고리를 끼워 살을 뒤로 밀쳐놓았다. 어쩐지 내 샤워커튼이 떠올랐다.

이렇게 집 생각에 편안해진 나는 용기를 내서 그의 문신을 살펴보았다. 목을 가로질러 양쪽 팔로 뱀처럼 구불구불 내려오는 형태

---

* hamartia. 고대 그리스비극에서 주인공의 성격 결함에서 오는 판단의 실수.

였다. 색깔은 아주 아름다웠고, 형상은 세밀하고 복잡했다. 누군가의 피부를 읽을 수 있다는 것, 그 사람의 가슴팍과 팔과 부드러운 목덜미를 바라보며 그의 인생 이야기를 탐사할 수 있다는 것은 얼마나 경이로운 일인가. 바텐더는 장미와 높은음자리표와 십자가, 여자의 얼굴도 새겨놓았는데…… 디테일이 아주 섬세했고, 장식이 새겨져 있지 않은 살은 거의 없었다. 내가 쳐다보는 것을 알아차리고는 그가 내게 웃어주었다.

"문신 있어요?"

나는 고개를 젓고 그에게 웃어준 뒤 내 음료를 들고 급히 테이블로 갔다. 그의 말이 내 머릿속에서 맴돌았다. 나는 왜 문신을 안 했을까? 한 번도 그 생각을 해본 적이 없었고, 할지 말지에 대해 의식적인 결정을 내린 적도 없었다. 문신에 대해 생각할수록 더 많이 끌렸다. 얼굴에 문신을 하면, 흉터를 포함해서 복잡하고 섬세한 뭔가를 새기면 내 얼굴의 특징이 될 수 있지 않을까? 아니면 어디 은밀한 곳에 하나 하는 게 더 좋을 수도 있다. 나는 그 생각이 마음에 들었다. 허벅지 안쪽, 오금, 어쩌면 발바닥에.

내가 매그너스를 다 비우자 바텐더가 잔을 치우러 왔다.

"같은 걸로 한 잔 더요?" 그가 물었다.

"아니, 됐어요." 내가 말했다. "뭣 좀 물어봐도 될까요?" 나는 손톱에 붙은 매니큐어 찌꺼기를 뜯어내던 걸 멈췄다. "사실 두 가진데요. 하나는, 그거 할 때 아파요? 그리고 또하나는, 문신하는 데 돈이 얼마나 들어요?" 그가 내 질문을 예상하고 있었다는 듯 고개를 끄덕였다.

"지랄같이 아프죠. 거짓말 아니에요." 그가 말했다. "비용은 뭘 하는지에 따라 달라요. 이두근에 Mum이라고 새기는 것과 등짝에 커다란 호랑이 문신을 하는 것 사이엔 큰 차이가 있다고요, 알겠죠?"

나는 고개를 끄덕였다. 그 말은 완벽하게 이해가 되었다.

"하지만 악덕업자들이 많아요." 그가 그 주제에 열을 올리며 말했다. "문신을 하고 싶으면 손턴 스트리트의 배리를 찾아가요. 배리는 양심적이에요."

"정말 감사해요." 내가 말했다. 오늘 저녁이 이런 결과를 낳을지 예측하지 못했지만, 인생은 때때로 이런 방식으로 놀라움을 준다.

바깥에 나온 나는 주변에서 기다려봐야 소용없다는 것을 깨달았다. 그 뮤지션이 화려한 뒤풀이 파티에 갈 것은 의심의 여지가 없었다. 어딘가 휘황찬란하고 번쩍거리는 곳으로 가서 축하를 할 것이다. 오늘밤 현재로서는, 나는 오로지 두 장소만 알고 있었다. 맥도날드, 그리고 레이먼드와 함께 간 그 불쾌한 바. 파티가 그 두 곳 중 한 곳에서 열릴 가능성은 거의 없었다.

힘내, 엘리너, 나는 혼자 생각했다. 오늘밤은 그저 운명의 날이 아니었던 거야. 카드는 당분간 전달되지 않은 채 내 쇼퍼 안에 그대로 있을 것이다. 나는 마침내 그 일이 일어나면 완벽한 만남이 될 거라는 생각으로 실망감을 달랬다. 이렇게 촉박하게 알게 되어 뮤직클럽에서 즉석으로 만나는 건 아닐 것이다. 또한 그때쯤엔 내 발이 새 부츠에 적응해 정상적으로 걸을 수 있을 것이다. 나는 어정쩡하게 절뚝거리는 내 걸음을 쳐다보는 사람들의 시선에 이미 지쳐 있었다.

@johnnieLrocks

오늘 내 노래가 어떤 사람들에게는 너무 도전적이지 않을지 궁금. 그래요? 새 사운드를 감당할 수 없다면 공연은 보러 오지 말길.

#오해 #진실

@johnnieLrocks

위대한 인물은 누구든 처음 시작할 때 이런 일을 겪지.

#딜런 #스프링스틴 #공연중

15

나는 결국 택시를 타고 집에 돌아왔다. 집안으로 발을 들여놓고 나서야 보드카가 없다는 게 기억났다. 나는 그냥 자버렸다. 다음날 일찍 일어난 나는 동네 가게로 걸어가 생필품을 사기로 했다. 어제 그 가수를 만나려는 시도가 실패로 돌아가면서 평소 습관이 깨졌기 때문이었다. 나는 우유와 롤빵 한 봉지와 스파게티 훕스 한 통을 샀다. 알파베티* 스파게티를 구입할 생각이었지만 그 대신 충동적으로 훕스를 골랐다. 열린 마음을 유지하는 것은 좋은 일이다. 고리 모양이나 알파벳 글자나 다 같은 맛인 것은 잘 알고 있긴 하지만. 나는 멍청이가 아니다.

가게 주인은 흥미로운 모반母斑이 있는 매력적인 방글라데시 남자였다. 세월이 이만큼 흘렀으니 당연히 우리는 정다운 사이가 되

* 하인즈에서 출시하는 알파벳 모양의 스파게티.

었고, 그것은 즐거운 일이었다. 나는 계산대에 물건들을 올려놓았고, 그가 금전등록기를 띵띵 울리며 계산하는 동안 그의 뒤쪽 선반을 훑었다. 그가 미소를 띠며 총액을 말했다.

"고마워요." 내가 말하고는 뒤쪽 선반을 가리켰다. "글렌스 보드카 1리터짜리 두 병도 주실래요?"

그가 순간적으로 눈썹을 머리 꼭대기까지 올렸다가 곧 덤덤한 표정을 지었다.

"죄송하지만 술은 못 팔아요, 미스 올리펀트." 그가 조금도 당황하지 않은 표정으로 말했다. 나는 미소를 지었다.

"디완 씨, 굉장히 기분이 좋긴 한데 당신 시력이 약간 염려되네요." 내가 말했다. "사실 난 이제 서른한 살로 접어들었어요." 내 안에서 기쁨이 작은 거품처럼 부글거렸다. 바비 브라운이 나보고 피부가 좋다고(어쨌거나 살아 있는 쪽의 피부) 말했고, 지금은 디완 씨가 나를 십대로 오해한 것이다!

"오전 아홉시 십분이에요." 그가 매우 퉁명스럽게 말했다. 내 뒤로 몇 사람이 줄을 서 있었다.

"몇신지는 나도 잘 알아요." 내가 말했다. "손님이 아침식사로 뭘 고르는지는 당신이 알 바 아니라고 말하면 너무 실례가 되는 걸까요?"

그가 아주 조용히 말해서 나는 그의 말을 들으려고 몸을 앞으로 숙여야 했다.

"오전 열시 이전에 술을 파는 건 불법이에요, 미스 올리펀트. 내가 주류 판매권을 잃을 수도 있어요."

"정말요?" 나는 큰 흥미를 느끼며 말했다. "전혀 몰랐어요! 주류

판매법에 대해서는 아주 일부밖에 모르거든요." 그가 나를 빤히 쳐다보았다.

"전부 5파운드 49펜스예요." 그는 그 말을 반복하고 내 10파운드짜리 지폐를 가져간 뒤 잔돈을 거슬러주었다. 그러는 내내 그의 눈은 자기 구두에 단단히 고정되어 있었다. 나는 지금까지 친근했던 우리의 관계가 변화된 것을 느꼈지만 그 이유를 알 수 없어 어리둥절했다. 그는 심지어 안녕히 가라는 말도 하지 않았다.

짜증나게도, 그것은 내가 보드카를 사러 나중에 다시 나와야 한다는 것을 의미했다. 왜 술은 가령 우유를 사는 것과 같은 방식으로 살 수 없는가? 더 정확히 말해서, 왜 열려 있는 가게에서 아무때나 살 수 없는가? 말도 안 된다. 내 생각엔 그 이유가 적어도 하루에 몇 시간은 알코올중독자들을 그들 자신으로부터 보호하기 위해서인 것 같다. 비록 이성적으로 생각하면 말도 안 되는 소리지만. 내가 화학적으로, 그리고 심리적으로 알코올에 중독된 상태라면 나는 늘 손닿는 거리에 술을 준비해놓을 것이기 때문이다. 대량 구매해서 잔뜩 쟁여놓을 것이다. 비논리적인 법이었다. 정말이지, 보드카를 오전 아홉시 십분에 사는 것과 열시 십분에 사는 것의 차이가 무엇이란 말인가?

내게 보드카는 식빵이나 차처럼 그저 집에 구비해놓는 필수품이다. 보드카의 가장 좋은 점은 내가 잠이 드는 데 도움이 된다는 것이다. 밤이 오고 어둠 속에 누워 있으면 때때로 어떤 감정들이 떠오르는데, 그걸 막을 수가 없다. 공포, 압박감, 하지만 대부분이 공포다. 그런 밤에는 엄마의 목소리가 내 머릿속에서 소곤거리고, 또 다른 목소리, 더 작고 희미한 목소리가 내 귓가에 자리를 잡는다. 그 소리가 너무 가까워서 나는 소리를 전하는 솜털을 거쳐 전달되는 그애의 뜨겁고 겁에 질린 호흡을 느낄 수 있다. 그 목소리는 너무 가까워서 속삭일 필요조차 없다. 그 작은 목소리, 그것이 부서지면서 애원한다. 엘리너, 도와줘, 엘리너…… 말하고 말하고 또 말한다. 그런 밤에 나는 보드카가 필요하다. 그렇게라도 하지 않으면 나 역시 부서져버릴 것이다.

나는 이십 분 정도 떨어진 거리에 있는 큰 슈퍼마켓까지 걸어가기로 했다. 한 번에 모든 걸 구입할 수 있으니, 집에 갔다가 다시 나오는 것보다 시간을 좀더 효율적으로 활용하는 셈이 된다. 쇼퍼가 좀 무겁게 느껴져서 바닥에 내려놓고 가방 한쪽 칸에 들어 있는 접이식 프레임을 꺼냈다. 잘 펴고 세워서 가방을 부착하자, 자, 봐라et voilà! 바퀴 달린 쇼퍼가 되었다. 불협화음 같은 덜컹거리는 소리가 좀 났지만 무거운 짐을 나를 수 있으니 효용성으로 볼 때는 그것을 보상하고도 남았다.

지금 가는 슈퍼마켓에는 품질 좋은 상품이 아주 많았다. 음식이나 음료수뿐 아니라 토스터, 스웨터, 프리스비, 그리고 소설책도 있었다. 테스코 메트로가 아니고, 테스코 엑스트라다. 간단히 말해 그곳은 세상에서 내가 가장 좋아하는 장소 중 하나다.

16

테스코! 밝은 조명, 투명한 제품 정보, **두 개 값에 세 개**, **하나 사면 하나 공짜**, **뭐든 5파운드에 세 개**. 나는 카트 미는 걸 좋아해서 카트를 가져왔다. 아이를 태우는 곳에 내 쇼퍼를 놓았더니 그 옆으로 둘러서 봐야 하는 게 까다로웠지만 오히려 그 때문에 쇼핑이 더욱 즐거워졌다. 나는 곧장 보드카를 사러 가지 않았다. 그 대신 통로를 차례차례 둘러보았다. 2층 전자제품 매장에서 시작한 뒤 아래층으로 내려와 탐폰과 토마토즙, 에인슬리 해리어츠 스파이스 센세이션 쿠스쿠스를 파는 곳을 돌았다.

나는 자연스럽게 베이커리 매장으로 이끌렸고, 잘 구워진 모닝롤 앞에 이르렀을 때 걸음을 뚝 멈췄다. 내 눈을 거의 믿을 수가 없었다. 그 뮤지션! 서로의 삶이 이렇게 쉽게 교차할 수 있는 조밀한 도시에 산다는 것은 얼마나 큰 축복인가! 아, 누가 그것을 우연이라고 말하겠는가, 나는 생각했다. 앞서 이야기한 것처럼 운명의 교

묘한 작용은 종종 인간의 이해력을 넘어서고, 어쩌면 이곳에 큰 힘이 작용하여 가장 있을 법하지 않은 환경에서 우리를 서로의 길에 던져준 건지도 몰랐다. 운명의 파도에 흔들리면서, 오늘 아침 나는 토머스 하디 소설의 여주인공이 된 것 같았다(하지만 나는 조용히 간절하게, 우리가 장차 만나게 될 곳이 배가 터질 것처럼 부푼 양들*이 있는 곳 근처는 아니게 해달라고 운명에게 간청했다).

뮤지션에게서 시선을 떼지 않은 채 나는 아이가 앉는 자리에 튀어나오게 놓아둔 내 쇼퍼 뒤에 숨어 천천히 카트를 밀면서 그에게 다가갔다. 용기를 낼 수 있는 만큼 가까이 다가갔다. 그는 고단하고 창백해 보였고 전혀 세련되지 않은 일상적인 모습을 하고 있는데도 여전히 멋져 보였다. 그는 식빵을 쇼핑 바구니 안에 넣고 정육 매장으로 미끄러지듯 걸어갔다. 나는 다시 한번 나 자신이 불리한 위치에 있다는 사실을 깨달았다. 주말 이 시간대의 내 모습은 우아하다고soignée 보기 어려운데다 새 옷을 입고 새 부츠를 신은 것도 아니어서, 나를 소개할 만큼 외적으로 준비가 되어 있지 않았다. 그리고 그에게 건넬 카드도 내 가방 안에 들어 있지 않았다. 교훈은, 어느 순간에라도 준비가 되어 있어야 한다는 것.

나는 그가 다음에 뭘 살 것인지 굉장히 궁금했지만, 카트 이상의 역할을 하는 이 카트도 어느 정도 눈에 띌지 모른다는 두려움에, 이쯤에서 그를 따라가지 않는 게 현명한 일이라고 결론을 내렸다. 그래서 그 대신 곧장 와인과 증류주 매장으로 가서 프리미엄 브랜드 보드카를 큰 병으로 세 병 샀다. 원래는 글렌스 두 병만 살 생각

---

* 토머스 하디의 『성난 군중으로부터 멀리』에 나오는 한 부분.

이었지만, 스미노프 홍보 행사 조건이 아주 괜찮았다. 오, 미스터 테스코, 나는 당신의 그 놀라운 특가에 저항할 수 없어요.

행운이 따라주었는지 내가 계산대에 이르자 그 뮤지션이 줄을 서서 기다리고 있었다. 그의 뒤에 한 사람이 더 있어서, 우리 사이에 편리한 완충장치를 둔 채 같은 줄에 서서 몸을 숨길 수 있었다. 상품을 참 잘 고른 것 같았다! 달걀, 베이컨, 오렌지주스('알갱이가 들어 있어요'—무슨 알갱이지? 나는 궁금했다), 그리고 알약으로 된 뉴로펜. 나는 몸을 앞으로 숙여 그건 돈 낭비라는 말을 해주고 싶은 걸 간신히 참았다. 스테로이드 성분이 들어 있지 않은 항염증제인 이 브랜드 제품은 사실상 이부프로펜 200mg으로, 아마 그런 유의 제품은 반의반 값으로 구입할 수 있을 것이다. 하지만 우리 대화의 첫 시작이 이런 것일 수는 없었다. 우리의 첫 대화에는 좀 더 매혹적이고 기억에 남을 만한 뭔가가 있어야 했다.

그는 예쁘게 낡은 가죽 지갑을 꺼내 신용카드로 계산을 했는데, 내가 보니 총액은 8파운드도 되지 않았다. 나는 그가 왕족의 일원처럼 현금을 갖고 다니기엔 너무 중요한 사람일 거라는 기대를 품어보았다. 그가 계산대 직원—이상하게도 자기 앞에 선 잘생긴 남자의 돋보이는 매력에 아무 관심이 없어 보이는 중년 여성—과 계산을 마무리하는 동안 나는 또 한번의 기회를 놓친 것에 마음이 쓰였다. 이번에는 저항할 수 없었다. 나는 새 휴대폰을 꺼내 티 없이 순수한 내 트위터 계정에 접속한 뒤 그가 계산을 끝내고 건물 밖으로 나갈 때까지 기다렸다. 그리고 재빨리 내용을 써넣은 뒤 전송 버튼을 눌렀다.

@eloliph

테스코 클럽 카드는 영원한 아름다움이자 즐거움. 꼭 신청하세요. 당신을 염려하는 친구 xx*

@johnnieLrocks

테스코: 내게 빅브라더 같은 스파이/로열티 카드를 강요하는 건 그만두시지. 경찰국가에 사는 것 같군. 어이 #숙취 #날내버려둬 #권력과싸워라

* 키스를 뜻함. 영국 사람들이 편지 말미에 친근함의 표시로 붙이는 알파벳.

17

우리가 사는 곳이 서로 멀지 않은 것은 물론 알고 있었지만, 우리 삶이 전혀 계획되지 않은 방식으로 교차할 수 있을 거라고는 미처 생각하지 못했었다. 가끔 이곳은 정말이지 도시라기보다는 마을처럼 느껴진다. 그러니까, 우리는 테스코에 대한 사랑을 공유한 것이다. 놀랄 일은 아니다. 나는 우리가 또 어느 공간에서 같이 존재했었는지 궁금했다. 예컨대 우리는 자주 같은 우체국에 갔을 수도 있다. 혹은 같은 약제사가 처방약을 조제했을 가능성도 있지 않을까? 나는 우리가 마주치는 순간에 언제라도 준비가 되어 있는 것, 최선의 모습과 적절한 말을 준비하고 있는 것의 중요성에 대해 다시금 뼈저리게 느꼈다. 옷은 한 벌 이상이 필요할 것이다.

오늘밤 새미의 퇴원 파티는 일곱시였고, 레이먼드가 그전에 로라의 집 근처에서 만나자고 했다. 처음에 나는 놀라서 그답지 않게 생각이 깊다고 생각했지만, 곧 그가 그저 혼자 도착하고 싶어하지 않는다는 것을 깨달았다. 어떤 사람들, 나약한 사람들은 고립되는 것을 두려워한다. 그들이 이해하지 못하는 것은 고립에는 아주 큰 자유가 있다는 것이다. 그것을 깨달으면 다른 사람의 존재는 필요하지 않다. 혼자 자신을 돌볼 수 있다. 중요한 것은 이것이다. 자신을 스스로 돌보는 것이 가장 좋다. 아무리 노력해도 다른 사람을 보호하는 것은 불가능하다. 노력한다 해도 실패한다. 자기 주변의 세상이 붕괴되고 불에 타서 재가 된다.

그렇긴 해도 이따금 나는 필요할 때 찾는 누군가—예컨대 사촌이나 형제—가 있다는 것은 어떤 기분일지 궁금했다. 혹은 그저 계획 없는 시간을 같이 보내줄 누군가가. 당신을 알고 당신을 걱정하는 누군가가, 당신에게 가장 좋은 것을 해주고 싶어하는 누군가가. 집에서 키우는 식물이 아무리 매력적이고 건강해도, 안타깝지만 그 바람은 만족시켜주지 못한다. 하지만 그런 생각을 해보는 것조차 의미 없다. 내게는 아무도 없으니, 누가 있으면 좋겠다고 바라는 것은 쓸모없는 일이다. 어쨌거나 나는 그런 걸 바랄 자격도 없다. 그리고 정말로, 나는 괜찮다, 괜찮다, 괜찮다. 결국 나는 세상으로 나와 파티에도 가지 않는가? 가장 좋은 옷을 입고 아는 사람을 기다리고 있지 않은가? 조심해라, 토요일 밤, 여기 엘리너 올리펀트가 간다! 나는 슬며시 미소를 지었다.

결국 나는 레이먼드를 이십오 분이나 기다렸고, 그러는 동안 좀 언짢아졌다. 나는 늦는 것을 굉장한 실례로 여긴다. 그것은 상대를 존중하지 않는 것이고, 자신과 자신의 시간을 다른 사람의 시간보다 훨씬 더 귀중하게 여긴다는 것을 드러내는 확실한 암시다. 레이먼드는 마침내 일곱시 십오분, 내가 막 떠나려던 찰나에 콜택시에서 내렸다.

"안녕, 엘리너!" 그가 말했고, 기분이 아주 좋아 보였다. 손에 달그락거리는 쇼핑백과 값싼 카네이션 한 다발을 쥐고 있었다. 로라가 우리에게 아무것도 가져오지 말라고 특별히 당부하지 않았던가. 어쩌자고 그녀의 정중한 요구를 무시한 거지?

"레이먼드, 초대받은 시간은 일곱시였어요." 내가 말했다. "우리는 여기서 여섯시 오십분에 만나기로 했고, 당신이 늦게 온 바람에 지금 용서가 안 될 만큼 늦었어요. 그건 우리를 초대한 사람에게 매우 무례한 일이에요!" 나는 그를 쳐다보기도 싫었다. 그가 웃었는데 나는 영문을 알 수 없었다.

"진정해요, 엘리너." 레이먼드가 말했다.

나는 정말 진심이었는데, 진정하라니!

"파티에 시간 맞춰 가는 사람은 아무도 없어요. 십오 분 늦는 것보다 그게 더 무례해요. 내 말 믿어요." 그가 나를 위아래로 훑어보았다. "멋져 보이는데요." 그가 말했다. "달라 보여요……"

나는 화제를 바꾸려는 이 어설픈 시도가 마음에 들지 않았다. "갈까요?" 내가 아주 퉁명스럽게 말했다. 그는 내 옆에서 평소처럼 담배를 피우며 느긋하게 걸었다.

"엘리너," 레이먼드가 말했다. "정말로 그것 때문에 스트레스 받지 마요. 가령 사람들이 일곱시라고 말할 때, 그건, 그러니까, 일찍 와도 일곱시 반이라는 뜻이에요. 우리가 아마 가장 먼저 도착하는 사람들이 될걸요!"

나는 어이가 없었다.

"하지만 왜 그런 거죠?" 내가 말했다. "도대체 특정 시간을 말하면서 완전히 다른 시간을 뜻하는 건 왜 그러는 거죠? 그걸 어떻게 알라고요?"

레이먼드가 담배를 끄더니 하수구에 버렸다. 그러고는 머리를 한쪽으로 기울이더니 생각에 잠겼다.

"지금 생각해보니 그걸 어떻게 아는지 나도 모르겠네요." 그가 말했다. "그냥 아는 거예요." 그가 좀더 생각했다. "이를테면 초대를 하면서 사람들에게 여덟시에 오라고 했는데 누가…… 누가 실제로 여덟시에 온다면 그건 악몽이라고 할 수 있겠죠. 왜냐하면 준비가 안 된 상태일 테니까. 아직 방도 다 못 치웠고 쓰레기를 내다 버릴 시간도 없었고 또 뭐 그런 거 있잖아요? 누군가가 시간에 맞춰 오거나—오 맙소사—그보다 일찍 오면, 그건 상당히…… 거의 수동공격 행위로 느껴지는데요?"

"무슨 말을 하는 건지 전혀 모르겠어요." 내가 말했다. "내가 사람들한테 여덟시에 오라고 하면 나는 여덟시에는 그들을 맞을 준비가 돼 있을 거예요. 그렇지 않다면 시간 관리를 잘 못하는 거겠죠."

레이먼드가 어깨를 으쓱했다. 그는 파티에 세련된 옷을 입고 가려는 어떤 노력도 기울이지 않았다. 평소 유니폼처럼 하고 다니는 운동화(녹색)에 티셔츠 차림이었다. 이번 티셔츠에는 'Carcetti for Mayor'*라고 쓰여 있었다. 뭐라는 거지. 그는 데님 바지에 그것보다 더 옅은 색깔의 데님 재킷을 입고 있었다. 데님 정장이라는 게

* '카세티를 시장으로'라는 뜻. 미국 HBO 드라마 〈더 와이어〉에서 토미 카세티라는 인물이 시장으로 선출된다.

가능하리라고는 생각도 못했는데, 그게 눈앞에 있었다.

로라의 집은 작은 현대식 집들이 늘어선 깔끔한 주택가의 막다른 골목 끝에 있었다. 진입로에 차들이 몇 대 세워져 있었다. 우리는 앞문으로 갔고, 나는 그녀가 창가 화단에 심어놓은 빨간색 제라늄을 보았다. 제라늄을 보니 약간 불안해졌다. 손으로 만질 때의 그 진하고 끈적거리는 냄새, 꽃향기와는 반대인 염분 섞인 채소 냄새 때문이었다.

레이먼드가 초인종을 눌렀다. 차임이 베토벤 교향곡 3번을 시작하는 화음을 연주했다. 몸집이 아주 작은 소년이 얼굴에 초콜릿을—초콜릿이길—묻힌 채 문을 열어주더니 우리를 빤히 쳐다보았다. 나도 소년을 빤히 쳐다보았다. 레이먼드가 한 걸음 다가섰다.

"저기, 얘야?" 그가 말했다. "우린 네 할아버지를 뵈러 왔어."

소년은 우리를 계속 빤히 쳐다보았지만 약간 시큰둥해 보였다. "나 새 신발 신었어요." 소년이 생뚱맞게 말했다. 그 순간 로라가 아이 뒤로 현관에 나타났다.

"로라 고모," 아이가 돌아보지 않고 말했는데, 누가 들어도 시큰둥한 목소리였다. "파티에 사람들이 더 왔어요."

"그러네, 타일러." 그녀가 말했다. "가서 형을 찾아서 우리를 위해 풍선을 좀더 불어줄 수 있는지 물어보고, 너도 같이 해줄래?" 소년이 고개를 끄덕인 뒤 달려갔고, 작은 발이 콩콩 계단을 뛰어올라가는 소리가 들렸다.

"들어와요." 로라가 레이먼드를 보고 웃으며 말했다. "아빠가 두 분을 보면 기뻐하실 거예요." 내게는 웃어주지 않았는데, 내가 다른 사람들과 만나게 되는 대부분의 경우에 일반적으로 나타나는 현상이었다.

우리는 안으로 들어갔고, 레이먼드는 현관 매트에 정성스레 발을 털었다. 나도 그를 따라 했다. 내가 사회생활의 안내가 필요해서 레이먼드를 쳐다보다니, 정말로 예측하지 못한 하루였다.

레이먼드는 꽃과 달그락거리는 쇼핑백을 건넸고, 로라는 기쁜 것 같았다. 그녀가 병원에서 그렇게 부탁했음에도 불구하고 나 역시 뭔가 건넬 것을 가져왔어야 한다는 사실을 깨달았다. 그녀가 그러지 말라고 해서 그저 그 바람을 존중하는 마음에 빈손으로 왔다고 해명하려는데, 그러기 전에 레이먼드가 불쑥 말했다. "엘리너와 제가 같이 준비한 거예요."

로라가 쇼핑백 안을 흘끔 보고는—이번에는 하리보와 프링글스가 아니기를 나는 간절히 바랐다—우리 둘에게 감사하다고 말했다. 나는 알았다는 의미로 고개를 까딱했다.

로라가 우리를 새미와 가족들이 앉아 있는 거실로 안내했다. 진부한 팝음악이 잔잔하게 흘러나오고 있었고, 낮은 테이블에는 베이지색 스낵을 담은 작은 그릇들이 가득 놓여 있었다. 로라는 드레스를 입고 있었는데, 그 모양이 검은색 붕대를 둘둘 감아놓은 것 같았고, 5센티미터 굽의 하이힐을 신은 채 불안정하게 돌아다녔다. 그녀의 금발은 비유하자면—나는 꼭 맞는 단어를 찾아내려고 애썼다—키가 크고 뚱뚱하다고 표현할 수 있었다. 윤기 흐르는 웨이브가 어깨 한참 밑까지 굽슬굽슬 내려왔다. 바비 브라운마저 그녀가 한 화장에 대해 지나치다de trop고 생각할 것 같았다. 하지만 레이먼드의 입은 우편물을 집어넣어도 될 만큼 얼마간 벌어져 있었는데, 좀 넋이 나간 것 같았다. 로라는 그의 반응에는 완전히 무관심한 듯했다.

"레이먼드! 엘리너!" 새미가 거대한 벨벳 안락의자에 몸을 깊숙이 파묻고 앉은 채 손을 흔들며 소리쳤다. "로라, 두 분한테 마실 것 좀 갖다드려, 응? 우리는 프로세코*를 마시는 중이에요." 그가 비밀을 털어놓듯 말했다.

"아빠는 더이상 안 돼요." 그의 장남이 말했다. "진통제하고 같이는요."

"아이쿠, 왜 그러니, 아들아. 인생은 한 번뿐이야!" 새미가 유쾌하게 말했다. "어쨌거나 더 나쁘게 세상을 뜨는 방법도 있어, 안 그래요, 엘리너?"

내가 고개를 끄덕였다. 그의 말이 당연히 절대적으로 맞았다. 내가 모를 리 없다.

로라가 오줌 색깔의 거품이 부글거리는 액체가 담긴 긴 플루트잔 두 개를 들고 나타났다. 나는 그걸 세 모금에 다 비운 뒤 나 자신도 깜짝 놀랐다. 드라이한 맛에 비스킷 같은 느낌이었는데 굉장히 맛있었다. 나는 그것이 비싼 것인지, 언젠가 내가 보드카를 대체해 마실 음료가 될 수 있을지 궁금했다. 로라가 내 잔을 보더니 더 채워주었다.

"당신도 나 같은 사람이네요. 나도 거품 있는 음료만 마시거든요." 그녀가 그 기분 안다는 듯 말했다.

내가 주변을 둘러보았다.

"집이 참 아름답네요." 내가 말했다.

---

* 이탈리아 화이트와인의 한 종류.

로라가 고개를 끄덕였다.

"모든 걸 내가 좋아하는 스타일로 꾸미기까지 이 년이 걸렸어요. 지금은 아주 마음에 들어요." 그녀가 말했다.

나는 모든 것이 얼마나 조화를 잘 이루고 있고 얼마나 깨끗하고 반짝거리는지에 깜짝 놀랐다. 어디나 직물—깃털이나 보풀보풀한 것, 벨벳, 실크—이 보였고 보석 색깔로 꾸며져 있었다.

"아름다운 새가 터를 잡은 높은 절벽의 둥지 같아요." 내가 말했다. "케찰*이나 흰죽지수리요."

로라가 적절한 대답을 생각해내려고 애쓰는 것 같았는데, 나는 그게 좀 이상해 보였다. 간단하게 '고마워요'라는 대답이면 충분하지 않나?

침묵이 흐른 뒤, 거품 있는 음료 때문인지 그렇게 불편하지는 않은 얼굴로, 로라가 내가 하는 일에 대해 물었다. 나는 내가 어떤 일을 하는지, 레이먼드를 어떻게 알게 됐는지 말해주었다. 우리는 그를 쳐다보았다. 그는 새미의 의자 팔걸이에 앉아 로라의 오빠들 중 하나가 한 말에 웃고 있었다.

"뭐, 저 정도면 나쁘지 않아요." 로라가 의뭉스러운 미소를 지으며 말했다. "그러니까, 스타일을 좀 깔끔하게 손보면요, 머리도 점잖게 자르고……"

그녀가 말한 뜻을 내가 알아듣기까지 잠시 시간이 걸렸다.

"오, 아니에요." 내가 말했다. "완전히 오해한 거예요. 저는 이미 다른 사람이 있어요. 그 남자는 잘생기고 지적이고 재능 있고……

---

* 중앙아메리카에 사는 꼬리가 긴 고운 새.

세련되고 교양 있는 남자예요." 로라가 미소를 지었다.

"당신 정말 행운아로군요! 그럼 그 사람과는 어떻게 만났어요?"

"음, 아직은 안 만났어요." 내가 설명했다. "하지만 시간문제예요."

그녀가 머리를 뒤로 젖히고 웃었다. 그런 가냘프고 여성스러운 여자가 웃는 소리로는 영 아닌, 목구멍에서 울려나오는 깊은 소리였다.

"당신 정말 재미있어요, 엘리너." 로라가 말했다. "가끔 술 마시러 와요. 그리고 혹시 커트를 할 마음이 생기면 나를 기억해요, 알겠죠? 친구 특별가로 해줄게요."

나는 그에 대해 생각해보았다. 솔직히 살롱에서 그 당황스러운 왁싱을 하고 손톱에 사소한 변화를 시도한 이후 변신을 위한 목록을 추진하는 데 좀 느슨해진 상태였다. 다시 박차를 가할 때가 되었다. 보통 나는 내 머리 모양에 아무 관심이 없고, 열세 살 이후로는 머리를 자르지도 않았다. 옅은 갈색의 곧은 머리가 허리까지 내려왔다. 더도 덜도 아닌 그냥 머리카락이었다. 사실 거의 의식하지도 못했다. 하지만 그 가수가 나를 사랑하게 만들려면 내가 훨씬 더 노력해야 한다는 건 알았다.

"사실 지금이 딱 좋은 타이밍이에요, 로라." 내가 그 맛있는 거품 음료를 좀더 마시며 말했다. 내 잔은 기적이 일어나듯 저절로 채워지는 것 같았다. "새롭게 변신하려고 계획하고 있었거든요. 다음주에 헤어스타일에 변화를 주러 가도 괜찮을까요?"

로라가 콘솔 테이블에 놓여 있던 휴대폰을 집어들더니 화면을 톡톡 두들겼다.

"화요일 세시는 어때요?" 그녀가 말했다.

우리 회사에서는 휴가를 연간 이십오 일 쓸 수 있는데, 나는 지금까지 사흘을 썼다. 통증이 심했던 근관 치료 이후 회복을 위해 하루, 일 년에 두 번씩 하는 낮시간의 사회복지사 방문일에 하루, 그리고 고대 로마 역사에 관한 유난히 길고 흥미진진한 책을 중단하지 않고 다 읽으려고 뱅크홀리데이*에 하루를 더 붙여 썼다.

"화요일이면 아주 좋아요." 내가 말했다.

로라가 은은한 빛을 흘리며 부엌으로 걸어가더니, 냄새가 좋지 않은 미지근한 스낵이 담긴 쟁반을 들고 다시 나타나 주변에 돌렸다. 그 공간이 사람들로 채워졌고, 전반적으로 소리의 크기가 매우 컸다. 나는 몇 분 동안 그녀가 방 전체에 예술적으로 배치한 작은 골동품과 오브제들을 살펴보았다. 그러고는 필요해서라기보다는 지루해서 화장실에 갔다. 작은 화장실은 계단 아래 위치했는데, 그곳 역시 환하고 따뜻했으며 반짝거리는 흰색으로 되어 있었다. 불가능할 것 같은 무화과향이 풍겼다. 나는 결국 그 냄새가 거울 아래 선반에 놓은 유리단지 안에 켜둔 초에서 나는 것임을 알아차렸다. 화장실에 초라니! 로라가 사치를 일삼는 사람일지도 모르겠다는 생각이 들었다.

나는 복도 끝에 있는 방으로 걸어갔고, 내 짐작대로 그곳은 부엌이었다. 그곳에도 사람들이 바글거리고 시끌벅적했지만, 검은색 대리석 상판과 광택이 나는 크림색 수납장이 눈에 띄었다. 크롬 도금 제품이 많았다. 로라의 집은 너무…… 반짝거렸다. 그녀 또한

---

* 영국을 비롯한 영연방 나라에서 시행하는 공휴일로, 몇 달에 한 번씩 주로 월요일과 금요일에 휴가를 즐길 수 있도록 한다.

반짝거렸다. 그녀의 피부, 머리카락, 구두, 치아. 미처 깨닫지 못했던 것은, 내가 칙칙하고 우중충하고 흠이 나 있다는 사실이었다.

소음과 열기를 잠시 피해야겠다고 느끼며, 나는 뒷문을 열고 파티오로 나갔다. 정원은 작았고 식물과 관련된 것은 거의 찾아볼 수 없었다. 대체로 콘크리트 평판이나 미끄러운 바닥재가 깔려 있었다. 황혼이 내리고 있었지만 이곳 하늘은 작게 느껴졌다. 삼면에 둘러쳐진 높은 담장에 갇혀 있는 기분이었다. 나는 서늘한 밤공기를 바라며 숨을 깊이 들이쉬었다. 하지만 내 비강을 공격해오는 것은 타르와 니코틴과 다른 유독성 물질이었다.

"멋진 밤이에요, 안 그래요?" 어두운 곳에서 눈에 띄지 않게 얼쩡거리고 있던 레이먼드가 그저 기분 전환으로 담배를 뻐끔뻐끔 피우면서 말했다. 내가 고개를 끄덕였다.

"상쾌한 공기를 좀 마시러 나왔어요." 그가 말했고, 반어적인 어조는 아니었다. "거품 술을 마시지 말았어야 했어요. 나한텐 쥐약이에요." 나는 내가 어느 정도 술에 취한 상태라는 것을 깨달았다.

"이제 나는 집에 가야 할 것 같아요." 나는 말했고, 서 있는 게 좀 불안한 느낌이었다. 하지만 기분이 좋았다.

"가서 잠시 앉아 있죠." 레이먼드가 말하고는 나를 나무로 된 안락의자 두 개가 놓인 곳으로 데려갔다. 새 부츠를 신은 나는 가장 멀쩡한 것 같은 순간에도 삐끗 균형을 잃고 아슬아슬하게 걸었기 때문에 기꺼이 그렇게 했다. 레이먼드가 새 담배에 불을 붙였다. 그는 줄담배를 피우는 사람이 되어가는 것 같았다.

"멋진 가족이에요, 안 그래요?" 그가 말했다.

"로라가 내 머리를 커트해주기로 했어요." 내가 불쑥 말했다. 왜 그랬는지 모르겠다.

"지금요?" 그가 싱긋 웃었다.

"로라를 좋아하죠?" 내가 다 안다는 듯 고개를 끄덕이며 말했다. 나는 어쨌거나 세상사를 잘 아는 여자다.

레이먼드가 웃음을 터뜨렸다.

"로라는 멋져요, 엘리너. 하지만 정말로 내 타입은 아니에요." 그의 담배 끝부분이 거기 완전히 어둡지는 않은 장소에서 빨갛게 이글거렸다.

"당신 타입은 뭐예요?" 그렇게 물으면서, 내가 정말로 흥미를 느낀다는 사실에 나는 깜짝 놀랐다.

"모르겠어요. 신경을 좀 덜 써도…… 되는 사람인 것 같은데. 어떤 사람이냐 하면…… 잠깐만요."

나는 그가 사라진 사이 가만히 앉아 있으면서 더없이 만족스러웠다. 잠시 후 그는 와인 한 병과 스케이트보드를 타는 설치류들이 만화로 그려져 있는 야단스럽게 장식된 종이컵 두 개를 들고 돌아왔다.

"래스터마우스.*" 내가 천천히 소리 내어 읽었다. "이게 도대체 뭐예요?"

"이리 줘요." 레이먼드가…… 컵에 우리 둘이 마실 술을 따랐다. 우리는 함께 컵을 부딪쳤다. 쨍 소리는 나지 않았다.

"나한테 완벽하게 맞는 사람을 찾았다고 생각했었어요." 레이먼드가 정원 뒤쪽을 응시하면서 말했다. "하지만 잘 안 됐어요."

---

* 영국에서 텔레비전 시리즈로 방송하는 아동용 스톱모션 애니메이션.

"왜요?" 그렇게 물으면서도, 사실 나는 누군가가 왜 레이먼드와 계속 만나고 싶어하지 않는지 그 이유를 무수히 생각해낼 수 있을 것 같았다.

"사실 그 이유를 다 알지는 못해요. 나도 알면 좋겠어요, 그러면 더 쉬워질 테니까……"

나는 고개를 끄덕였다. 그게 적절한 반응일 것 같았다.

"헬렌은 내 문제가 아니라 자기 문제라고 말했어요." 그가 웃었다. 하지만 유쾌한 웃음은 아니었다. "어떻게 그렇게 뻔한 스토리로 나오느냔 말이죠. 삼 년이나 만난 뒤였으니…… 이미 그전에 이대로는 안 된다는 걸 헬렌이 알았을 거라고 당신은 생각하겠죠. 나는 뭐가 변한 건지 모르겠어요. 나는 변하지 않았는데…… 내가 변했다고 생각되지는 않는데……"

"사람들 속은…… 알 수 없어요." 나는 단어를 고르면서 약간 멈칫했다. "나도 사람들이 어떤 말과 행동을 할 때 그 이유가 이해되지 않을 때가 종종 있어요."

그가 고개를 끄덕였다.

"우리는 좋은 아파트에서 살았고 멋진 휴가를 보냈어요. 나는…… 사실 헬렌에게 청혼하려고 생각하고 있었어요. 제길……" 그가 포석을 내려다보았고, 나는 레이먼드가 킬트는 말할 것도 없고, 예복을 입고 실크해트를 쓰고 크라바트를 한 모습*을 그려보려 했지만 실패했다.

"괜찮아요." 그가 잠시 뒤에 말했다. "남자들하고 나누면서 한

---

* 스코틀랜드 결혼식에서 남자가 입는 예복을 묘사한 것.

바탕 웃을 이야기죠. 여기 새 직장도 구했고요. 다 괜찮아요. 그저…… 모르겠어요. 그녀는 내가 너무 좋은 사람이라고 했어요. 그걸 정확히 어떻게 해석해야 하는 거죠? 그러니까…… 짐승 같은 사람이 되라는 건가요? 그녀를 때리거나 몰래 바람이라도 피웠어야 하는 건가요?"

나는 레이먼드가 정말로 내게 이야기를 하고 있는 게 아니라는 사실을 깨달았다. 그건 마치 연극에서 한 등장인물이 뚜렷한 이유 없이 소리 내어 말을 하고 있는 것과 같았다. 하지만 나는 그의 질문에 대한 답을 알고 있었다.

"아니요, 레이먼드." 내가 말했다. "그런 건 절대 해서는 안 되죠." 내가 컵에 담긴 와인을 다 비운 뒤 좀더 따랐다. "나는 디클랜이라는 남자하고 이 년을 살았어요. 그는 내 콩팥 부위를 주먹으로 때리거나 손바닥으로 내 몸을 후려치곤 했어요. 다 합해서 뼈 열두 개를 부러뜨렸죠. 외박을 하고 돌아온 밤에는 자기가 같이 있던 여자에 대해 이야기했어요. 내가 잘못한 거였어요. 전부 내가 잘못한 거였어요. 하지만 나는 그가 그런 짓을 해서는 안 되었다는 건 알아요. 어쨌거나 이제는 알아요."

레이먼드가 나를 빤히 쳐다보았다. "맙소사, 엘리너. 그게 언제였어요?"

"몇 년 전요." 내가 말했다. "내가 아직 대학생일 때요. 그가 어느 날 식물원에서 나를 보고 쫓아와 말을 걸었어요. 돌이켜보면 그게 말도 안 된다는 거 알아요. 그 주 주말에 그가 우리집으로 옮겨왔어요."

"그 사람도 학생이었어요?" 레이먼드가 말했다.

"아니요, 독서를 시간 낭비이자 따분한 일로 여기는 사람이었어요. 일을 하지도 않았어요. 자기한테 맞는 일을 찾을 수 없다고 했어요. 자신에게 맞는 일을 찾기란 쉽지 않은 것 같은데, 그런 거죠?"

레이먼드가 묘한 표정을 지은 채 나를 보고 있었다.

"디클랜은 내게 어떻게 더 나은 사람이 될 수 있는지 가르쳐주겠다고 했어요." 내가 말했다. 레이먼드가 담배를 또 한 개비 꺼내 불을 붙였다.

"그 일이 어떻게 끝났나요?" 그가 나를 쳐다보지 않고 담배 연기를 공중으로 길게 내뿜으며 말했다. 연기는 전혀 무섭지 않은 용 같았다.

"음," 내가 말했다. "디클랜이 내 팔을 또 부러뜨려서 병원에 갔는데, 그때 병원 사람들이 그 일이 내가 말한 대로 일어난 게 아니라는 사실을 눈치챘어요. 그는 병원에 가면 넘어졌다고 말하라고 했지만 병원에선 내 말을 믿지 않았어요." 내가 또 한 모금 크게 꿀꺽했다. "아무튼 친절한 간호사가 내게 와서, 진심으로 사랑하는 사람은 당신을 다치게 하지 않는다고, 그런 사람과 같이 지내는 건 옳지 않다고 말해줬어요. 그 간호사가 한 말이 다 맞는 것 같았어요. 나 스스로 그렇게 할 수 있어야 했어요, 정말로. 나는 집에 돌아가서 그에게 나가달라고 했고, 그는 나가지 않겠다고 했어요. 나는 간호사가 얘기해준 대로 경찰을 불렀고요. 그렇게 끝났어요. 오, 그리고 내가 자물쇠를 바꿔버렸죠."

레이먼드는 아무 말도 하지 않고 자신의 신발만 뚫어져라 쳐다보았다. 그러고는 나를 보지 않고 손을 내밀어 내 팔을 잡더니 말이나 개에게 그러듯(말이나 개를 무서워하는 사람인 경우) 아주 조심조심 쓰다듬었다. 그가 한참 동안 부드럽게 고개를 가로저었는데 적절한 반응을 할 수 없는 것 같았다. 상관없다. 그런 걸 바랐던 건 아니니까. 그 전부가 이제는 지난 이야기가 되었다. 나는 혼자 지내는 것이 행복했다. 엘리너 올리펀트, 유일한 생존자. 그게 나다.

"이제 집에 가야겠어요, 레이먼드." 내가 재빨리 일어서며 말했다. "택시를 타야겠어요."

"잘 생각했어요." 그가 자신의 술을 비우며 말했다. 그리고 휴대폰을 꺼냈다. "하지만 이런 밤시간에 혼자 거리를 서성이며 택시를 잡아 타지는 마요. 내가 택시 불러줄게요. 봐요, 앱을 사용하면 돼요!" 그가 환히 웃으며 자신의 휴대폰을 보여주었다.

"뭘 보면 돼요?" 내가 화면을 유심히 들여다보며 말했다. 그는 내 말을 무시하고 메시지를 확인했다. "오 분 뒤에 올 거예요." 그가 말했다.

그는 택시가 도착할 때까지 현관에서 나와 함께 기다려주었고, 택시까지 따라와 문을 열고 잡아주었다. 내가 뒷좌석에 올라탈 때 그가 택시 안으로 운전사를 쳐다보았다. 고단하고 권태로워 보이는 중년 여성이었다.

"당신도 가려고요?" 나는 그가 왜 도로 경계석에서 머뭇거리는지 궁금해서 말했다. 그가 손목시계를 보고 머리카락을 헝클더니, 집을 보고 택시를 보고, 다시 집을 보고 택시를 보았다.

"아니요." 그가 말했다. "나는 여기 좀더 있을까봐요. 어떻게 되는지 보죠."

택시가 움직이기 시작했고, 나는 몸을 돌려 그를 지켜보았다. 그는 걸어가면서 약간 비틀거렸다. 로라가 잔 두 개를 들고 문간에 나와 있는 것이 보였다. 잔 하나가 그에게 내밀어졌다.

18

다음주가 되었고, 레이먼드가 직장에서 내게 이메일을 보냈다. 받은 메일함에서 그의 이름을 보니 기분이 아주 이상했다. 내가 예상했던 대로 그는 글쓰기가 서툰 사람이었다.

안녕 E. 좋은 나날 보내고 있기를. 부탁할 게 있어요. 새미의 아들 키스가 이번주 토요일 마흔번째 생일에 나를 초대했어요(그건 그렇고 결국 그 파티에 늦게까지 남아 있었어요. 아주 즐거운 자리였어요). 나랑 같이 갈래요? 골프클럽에서 한다는데, 뷔페겠죠? 못 간다고 해도 괜찮아요. 알려주길. R

뷔페. 골프클럽에서. 야훼께서 주셨던 것, 야훼께서 도로 가져가시니.* 한 달에 두 번 파티에 가다니! 내가 이십 년 동안 가본 파티보다 더 많았다. 나는 답장 버튼을 눌렀다.

레이먼드에게,

생일 축하 파티에 기꺼이 같이 갈게요.

그럼 이만.

엘리너 올리펀트 (미즈)

잠시 후, 이렇게 답장이 왔다. ☺

21세기의 의사소통 방식. 나는 이 나라의 글쓰기 수준이 심각하게 염려되었다.

그날 미용실 예약 때문에 오후에 휴가를 쓰겠다고 말해두었지만 평소대로 먼저 직원 휴게실에서 〈텔레그래프〉 크로스워드 퍼즐을 풀며 점심을 먹었다. 참치와 스위트콘 샌드위치, 소금과 식초 맛 감자칩, 그리고 알갱이가 있는 오렌지주스였다. 나를 알갱이의 즐거움으로 안내해준 뮤지션에게 마땅히 감사해야 한다. 이 맛있는 식사 이후, 동료들이 남은 오후를 책상 앞에서 보내야 할 거라는 생각에 기분이 매우 좋아진 나는 작게 미소를 지으며 시내로 가는 버스에 올라탔다.

헬리오트로프는 시내 중심지의 세련된 거리에 있었다. 빅토리아 양식으로 지어진 사암 건물의 1층이었다. 내가 평소 자주 가는 그런 유의 장소는 확실히 아니었다. 음악소리는 시끄럽고 직원들의 옷차림은 과도하게 패셔너블하고 거울은 너무 많았다. 그 뮤지션이 머리를 커트하는 곳도 이런 데가 아닐까 생각하자 기분이 조금

* 구약성서 욥기 1장 21절의 한 부분.

더 좋아졌다. 어쩌면 우리는 언젠가 그 검은 가죽 의자에 나란히 앉게 될 것이다. 헤어드라이어 아래로 손을 잡은 채.

나는 접수원이 통화를 끝낼 때까지 기다렸고, 하얀색과 분홍색 백합이 꽂힌 큰 꽃병이 있는 카운터에서 떨어져 섰다. 그 냄새가 동물의 털이나 깃털처럼 내 목구멍 안쪽에 걸린 것 같았다. 나는 숨이 막혔다. 그건 인간이 맡을 냄새가 아니었다.

미용실이 얼마나 시끄러운 곳인지 잊고 있었다. 드라이어에서 끊임없이 들리는 소음, 무의미한 잡담. 나는 검은색 나일론 가운을 입고 창가 자리에 앉았는데, 이전 손님이 커트할 때 떨어진 짧은 머리카락이 가운 여기저기 묻어 있는 것을 보고 깜짝 놀랐다. 나는 얼른 손으로 그것을 털어냈다.

로라가 전처럼 화려한 모습으로 나타나, 거울이 공포스럽게 일렬로 놓인 곳 앞의 어느 좌석으로 나를 데려갔다.

"토요일엔 즐거운 시간 보냈어요?" 로라가 내 뒤에서 스툴에 앉아 높이가 나와 같아질 때까지 조절하며 말했다. 그녀는 나를 직접 보지 않고 거울로 봤고, 거울에 비친 나에게 말을 걸었다. 나도 어느새 같은 식으로 하고 있었다. 그렇게 하니 묘하게 긴장이 풀렸다.

"그랬어요." 내가 말했다. "멋진 저녁이었어요."

"아빠는 손님방에서 지내시면서 벌써 내 성질을 돋우고 계세요." 로라가 미소를 지으며 말했다. "두 주 더 그렇게 지내야 해요. 어떻게 잘해나갈 수 있을지 모르겠네요." 내가 고개를 끄덕였다.

"내 경험으로 볼 때 부모란 확실히 감당하기 힘든 존재일 수 있어요." 내가 말했다. 우리는 공감하는 눈길을 교환했다.

"자, 그럼 오늘 어떻게 할까요?" 그녀가 내 땋은 머리 아래쪽의 고무줄을 풀고 머리칼을 넓게 펼치며 말했다. 나는 거울에 비친 내 모습을 물끄러미 바라보았다. 머리칼은 쥐색 같은 갈색이었고 한복판에 가르마가 있었다. 곧고 숱은 특별히 많지 않았다. 인간의 머리칼이니, 인간의 머리칼이 하겠다는 대로 내버려둔 것이다. 내 머리에서 자라는 대로.

"좀 다르게요." 내가 말했다. "어떤 스타일을 추천하겠어요?"

"얼마나 용감할 준비가 되어 있나요, 엘리너?" 로라가 물었다. 적절한 질문이었다. 나는 용감하다. 나는 용감하고, 용기가 있다. 엘리너 올리펀트는.

"하고 싶은 대로 하세요." 내가 말했다. 로라는 기분이 좋아 보였다.

"색깔도요?"

내가 생각해보았다.

"인간의 평범한 머리색이라면요. 핑크나 블루나 그런 건 안 하고 싶어요."

"어깨 길이에, 층을 약간 고르지 않게 낸 단발로 할게요. 캐러멜과 벌꿀 색깔을 중간중간 섞고 앞머리는 길게 옆으로 내려오게 하고요." 그녀가 말했다. "어떨 것 같아요?"

"뭐라고 하는지 하나도 알아들을 수가 없네요." 내가 말했다. 로라가 거울에 비친 나를 보며 웃다가 곧 멈췄는데, 아마 내가 웃지 않아서였을 것이다.

"나를 믿어요, 엘리너." 그녀가 진지하게 말했다. "예쁠 거예요."

"예쁘다는 건 보통 제 외모에서 연상되는 말은 아니에요." 내가 아주 회의적으로 말했다. 그녀가 내 팔을 가볍게 톡톡 쳤다.

"두고 봐요." 그녀가 부드럽게 말했다. **"밀리!"** 그녀가 소리를 빽 질렀고, 나는 거의 의자에서 미끄러져 떨어질 뻔했다. "와서 내가 염색약 섞는 걸 도와줘요!"

키가 작고 통통하고 피부가 안 좋고 눈이 예쁜 여자가 종종걸음으로 걸어왔다. 로라가 재료들의 코드와 비율을 포함한 조제법을 알려주었는데, 그걸로 화약을 만든다고 해도 될 것 같았다.

"차? 커피? 잡지는요?" 로라가 말했다. 오 분이 지나자 나는 카푸치노를 홀짝이며 〈OK!〉 잡지의 최신판을 정독하고 있었는데, 내가 그러고 있다는 게 거의 믿어지지 않았다. 나 좀 봐, 내가 생각했다.

"준비됐어요?" 로라가 말했다. 그녀가 내 머리칼을 모아 들고 뒤에서 비틀어 밧줄처럼 꼴 때 그녀의 따뜻하고 부드러운 손이 내 목덜미를 스쳤다. 머리칼을 자르는 느린 가위 소리가 장작불 속에서 잉걸불이 움직이는 소리처럼 들렸다. 잘캉거리는 위험한 소리. 순식간에 끝났다. 로라가 승리감에 젖은 델릴라처럼, 잘려나온 머리카락을 높이 들어올렸다.

"염색이 끝나면 커트를 다시 손볼 거예요." 그녀가 말했다. "지금 단계에선 길이만 고르게 자르고요." 나는 앉은 채 움직이지 않고 있었기 때문에 달라진 느낌은 전혀 없었다. 그녀가 잘라낸 머리칼을 바닥에 떨어뜨렸고, 이제 그것은 죽은 동물처럼 그 자리에 드러누워 있었다. 뭐든 다른 일을 하는 게 낫겠다 싶은 비쩍 마른 청년이 바닥을 아주아주 천천히 쓸어, 내 머리칼이라는 생명체를 긴 자루가 달린 빗자루로 쓰레받기에 담았다. 나는 거울로 그가 미용실 안을 돌아다니는 것을 지켜보았다. 나중에 저 머리카락은 다 어떻게 될까? 하루나 한 주 동안 모은 것을 쓰레기봉투 안에 쑤셔넣는 장면, 그 냄새와 봉투 안에 베갯속처럼 넣어진 부드럽고 마시멜로 같은 촉감, 그 생각을 하자 속이 약간 메슥거렸다.

로라가 이동식 선반을 밀며 다가와 여러 염색약 통을 번갈아 사용하면서 내 머리칼을 조금씩 잡고 걸쭉한 페이스트를 발랐다. 각각의 부분에 찐득찐득한 약을 바른 뒤 염색약이 칠해진 머리카락을 사각형 알루미늄포일에 쌌다. 매혹적인 절차였다. 삼십 분 후 로라는 알루미늄포일로 머리 전체를 감싼 채 쑥스러워하는 얼굴로 앉아 있는 나를 두고 떠났다가 열처리기를 밀며 돌아와 그것을 내 뒤에 놓았다.

"이십 분이면 끝나요." 그녀가 말했다.

로라가 내게 잡지를 좀더 가져다줬지만 그걸 보는 즐거움은 이미 시들해진 뒤였다. 나는 유명한 사람들에 대한 가십에 금세 싫증이 났고, 미용실에 〈위치?〉나 〈BBC 히스토리〉 같은 건 비치해두지 않는 것 같아 크게 실망했다. 생각 하나가 나를 계속 쿡쿡 찔렀지만 무시했다. 내가, 다른 누군가의 머리칼을 빗겨주고 있는 모습. 그랬다. 나보다 몸집이 더 작은 누군가가 의자에 앉아 있고, 나는 그 뒤에 서서 엉킨 머리칼을 빗으로 풀어주면서 아프지 않게 하려고 최선을 다하고 있었다. 그애는 머리칼이 잡아당겨지는 것을 싫어했다. 이런 생각들—아련하고 불가사의하고 흔들리는—이 떠오르면 보드카를 마셔서 잊어야 했다. 하지만 안타깝게도 내가 받은 제안은 차나 커피 중 무엇으로 하겠느냐는 것이었다. 미용실에서 왜 그보다 더 강한 음료를 제공하지 않는지 궁금했다. 스타일을 바꾸는 것은 어쨌거나 스트레스를 받는 일이다. 이렇게 시끄럽고 밝은 환경에서는 편하게 휴식을 취하기가 힘들다. 그렇게 하면 아마 손님들이 팁도 더 많이 줄 것이다. 알딸딸하면 팁을 더 주게 돼 있다고, 그렇게 생각하면서 나는 조용히 웃었다.

열처리기의 버저가 울리자 염색약을 섞던 여자가 다가와 나를 '샴푸대'로 데려갔다. 다른 말로는 '세발대洗髮臺'였다. 그녀가 내 머리에서 알루미늄포일을 벗겨냈다. 그러고는 따뜻한 물을 틀어 내 머리를 깨끗이 감겨주었다. 그녀의 손가락은 단단하고 능숙했고, 나는 다른 사람들을 위해 그런 친밀한 서비스를 수행하는 사람들의 너그러움에 감탄했다. 내가 기억하는 한 누가 내 머리를 감겨준 기억은 없었다. 아마도 내가 아기였을 때 엄마가 감겨줬겠지만, 이런 식으로 부드럽고 보살피는 손길로 그랬을 거라고는 상상하기 힘들었다.

여자는 샴푸를 헹군 뒤 '두피 지압 마시지'를 해주었다. 그런 행복한 기분은 느껴본 적이 없었다. 그녀는 단단하고 부드럽고 정확한 힘으로 내 두피를 주물렀고, 나는 내 아래팔의 털이 곤두서고 전류가 번쩍하며 등골을 타고 흐르는 것을 느꼈다. 아홉 시간은 더 그렇게 있고 싶었지만 곧 끝났다.

"두피가 많이 긴장되어 있어요." 그녀가 컨디셔너를 헹구는 동안 지혜로운 충고를 해주듯 말했다. 나는 어떻게 반응해야 할지 몰라 그냥 미소만 짓기로 했는데, 그건 거의 모든 경우에 통했다(죽음이나 질병에 대한 문제가 아니라면 말이다. 이제 그건 안다).

처음 앉았던 의자로 돌아가자 로라가 더 짧아지고 염색된 머리를 빗긴 뒤 날카로운 가위를 들고 돌아왔다.

"젖은 상태로는 색깔을 제대로 볼 수 없어요." 로라가 말했다.

"기다려보자고요!"

결국 머리칼을 자르는 데는 십 분 정도밖에 걸리지 않았다. 나는 그 일을 하는 로라의 손재주와 자신감에 감탄했다. 머리를 말리는 데 시간이 훨씬 많이 걸렸는데, 신경써서 꼼꼼하게 빗을 써가며 하느라 그랬다. 나는 잡지를 골라 읽으면서 그녀가 시킨 대로 머리 손질이 다 끝날 때까지 고개를 들지 않았다. 헤어드라이어의 스위치가 꺼진 뒤 스프레이로 화학물질이 뿌려졌고, 로라가 길이와 각도를 점검하고 가위로 몇 군데 더 손을 봤다. 로라의 즐거운 웃음소리가 터져나왔다.

"봐요, 엘리너!" 그녀가 말했다.

나는 〈마리끌레르〉에 실린 여성 할례에 대한 심층 보고를 읽다가 고개를 들었다. 거울 속에 비친 내 모습은 윤기 흐르는 머리칼이 어깨까지 오고, 흩터 있는 뺨이 덮이게 앞머리가 사선으로 내려진, 훨씬 젊고 자신감 넘치는 여자였다. 이게 나야? 나는 오른쪽, 이어 왼쪽으로 고개를 돌려보았다. 그리고 내 머리 뒤쪽을 보여주려고 로라가 내 뒤에서 들고 있는 손거울을 쳐다보았다. 매끈하고 부드러운 머릿결. 나는 침을 꼴깍 삼켰다.

"당신이 나를 반짝반짝 빛나게 만들어줬어요, 로라." 내가 말했다. 멈추려고 했지만, 작은 눈물방울이 코 옆으로 흘러내렸다. 눈물이 새로 한 내 머리를 적시기 전에 손등으로 훔쳐냈다. "나를 빛나게 만들어줘서 고마워요."

19

밥이 할 이야기가 있다고 나를 불렀다. 그의 사무실로 들어가자 그가 나를 빤히 쳐다보았다. 나는 이유가 궁금했다.

"머리 모양이!" 그는 질문에 대한 대답을 추측하려는 것처럼, 마침내 그렇게 말했다. 오늘 아침에 머리 모양을 내기가 쉽지 않았지만, 나는 꽤 잘해낸 것 같았다. 내가 머리에 손을 올렸다.

"뭐가 잘못됐나요?" 내가 말했다.

"그런 건 전혀 없어요. 보기…… 좋아요." 밥이 미소를 띤 채 고개를 끄덕이며 말했다. 잠시 어색한 순간이 흘렀다. 밥이 내 외모에 대해 말하는 것이 서로 익숙하지 않았다.

"커트를 했어요." 내가 말했다. "보시면 아시겠지만."

그가 고개를 끄덕였다.

"앉아요, 엘리너." 내가 주위를 둘러보았다. 밥의 사무실이 깔끔하지 않다고 말한다면, 그건 그의 사무실에 들어갈 때마다 느껴지는 어수선함의 정도를 줄여서 말하는 것이다. 나는 책상 앞에 놓인 의자에 쌓여 있는 소책자들을 집어들어 바닥에 내려놓았다. 그가 몸을 앞으로 숙였다. 밥은 내가 그를 알아온 시간 동안 폭삭 늙어 있었다. 머리카락은 거의 다 빠졌고 체중은 아주 많이 늘었다. 그는 절제력 없는 아기처럼 보였다.

"여기서 오래 일했죠, 엘리너?" 그가 말했다. 내가 고개를 끄덕였다. 사실상 맞는 말이었다. "로레타가 알 만한 사정으로 휴가를 낸 거 알죠?" 나는 고개를 저었다. 나는 일상적인 회사생활에 수반되는 사소한 잡담에는 관심이 없었다. 물론 그 가십이 한 가수에 관한 것이 아닌 한 그랬다.

"놀랐다고 말할 수는 없겠네요." 내가 말했다. "로레타가 부가가치세의 기본 원리를 얼마나 알고 있는지 늘 의심스러웠거든요." 내가 어깨를 으쓱했다. "어쩌면 그게 최선이겠어요."

"남편이 고환암이에요, 엘리너." 그가 말했다. "남편을 돌봐주고 싶어해요."

나는 잠시 생각해보았다.

"두 사람에게 아주 힘든 일이겠네요." 내가 말했다. "하지만 고환암은 일찍 발견하면 생존율과 회복률이 좋은 편이에요. 남자가 운이 나빠서 꼭 암에 걸려야 한다면 그 암이 아마 최선일 거예요."

밥이 검은색 고급 펜 하나를 만지작거렸다. "그래서 말인데요," 그가 말했다. "새 오피스 매니저가 필요하게 됐어요. 적어도 앞으로 몇 달 동안은." 내가 고개를 끄덕였다. "혹시 관심 있어요, 엘리너? 그렇게 하면 돈을 좀더 받지만 책임도 좀더 많아져요. 하지만 당신은 그럴 준비가 된 것 같은데요."

나는 곰곰이 생각해보았다.

"돈을 얼마나 더 받나요?" 내가 물었다. 밥이 포스트잇에 액수를 쓰고, 그것을 패드에서 떼어내 내게 건넸다. 내가 숨을 헉 내쉬었다. "지금 받는 봉급에 더해서요?"

나는 출근할 때 버스 대신 택시를 타고, 모든 것을 테스코 파이니스트 제품으로 업그레이드하고, 커다랗고 불투명한 병에 든 보드카를 마시는 장면을 상상해보았다.

"아니요, 엘리너." 그가 말했다. "그건 새로 받을 봉급 액수예요."

"아." 내가 말했다.

그렇다면 위험과 보상의 비율을 신중히 따져봐야 할 것이다. 봉급이 오르는 것이 내가 떠맡아야 할 추가적인 단조로운 행정 업무의 양과 사무실이 성공적으로 기능하기 위해 내가 맡아야 할 책임이 늘어나는 것에 대한 적절한 보상이 될 것인가? 더욱이 그것이 내가 다른 직원들과 해야 할 의사소통의 정도가 상당히 증가하는 것을 뜻한다면?

"며칠 더 생각해봐도 될까요, 밥?" 내가 말했다.

그가 고개를 끄덕였다. "물론이죠, 엘리너. 그렇게 말할 줄 알았어요."

내가 내 손을 보았다.

"당신은 일을 잘해요, 엘리너." 그가 말했다. "지금 몇 년 됐죠? 팔 년?"

"구 년요." 내가 말했다.

"구 년. 그런데 하루도 병가를 안 냈고, 연차를 다 쓴 적도 한 번도 없었어요. 그건 헌신이에요, 알겠지만. 요즘 발견하기 쉽지 않은 자질이죠."

"헌신이 아니에요." 내가 말했다. "그냥 몸이 아주 건강하고 같이 휴가를 보낼 사람이 없어서 그런 거예요."

밥이 다른 곳을 보았고, 나는 나가려고 일어섰다.

그가 목을 큼큼 풀었다. "참, 한 가지 더, 엘리너. 로레타가 인수인계 자료를 준비하느라 너무 바빠서…… 다른 일을 도와주는 것도 좀 부탁해도 되겠어요?"

"말씀해보세요, 밥." 내가 말했다.

"우리 회사 크리스마스 런치 말예요, 올해 그걸 준비해줄 수 있겠어요?" 그가 말했다. "그것까지 다 끝내기엔 로레타가 시간이 부족할 것 같아요. 직원들이 벌써 불평하기 시작했어요. 지금 어디 예약하지 않으면……"

"……결국 웨더스푼으로 가겠죠." 내가 고개를 끄덕이며 말했다. "네, 그 문제는 잘 알고 있어요, 밥. 원하시면 제가 기꺼이 런치를 준비해볼게요. 장소, 메뉴, 테마에 대해 백지 위임장carte blanche을 받아도 될까요?"

밥은 이미 자기 컴퓨터로 돌아가 바쁘게 일하면서 고개를 끄덕였다.

"물론이죠." 그가 말했다. "회사에서 1인당 10파운드씩 지원할 거예요. 사람들이 얼마를 더 낼 수 있는지에 따라 갈 수 있는 곳이 달라질 거고요."

"감사해요, 밥." 내가 말했다. "실망하시지 않게 할게요."

화면에서 뭘 보는지 몰라도, 그는 그것에 몰두한 채 내 말은 듣고 있지 않았다. 머릿속이 윙윙거렸다. 중요한 결정 두 개를 내려야 한다. 가야 할 파티가 하나 더 늘었다. 그리고 특별한 가수chanteur extraordinaire이자 머지않아 내 잠재적인 인생 파트너가 될, 잘생기고 재능 많은 조니 로몬드가 있다. 삶은 아주 강렬했다.

나는 컴퓨터 앞에 앉아 한동안 화면을 바라보았지만 사실 글자를 읽고 있지는 않았다. 내가 직면한 모든 딜레마를 생각하자 속이 약간 울렁거렸는데, 그 바람에 점심시간이 거의 다 되었는데도 밀딜을 사서 먹고 싶지가 않았다. 그 모든 일에 대해 누군가에게 이야기하는 게 도움이 될 수 있다는 것을 나는 깨닫고 있었다. 과거의 경험에 비추어 그랬다. 말을 하면 분명 도움이 되었다. 불안을 멀리 떨어져서 보면 도움이 되었다. 사람들은 늘 그렇게 말했다. 누군가에게 말해요, 그 문제에 대해 이야기하고 싶어요? 지금 기분이 어떤지 말해봐요, 이 모임 안에서 나누고 싶은 이야기가 있다면 뭐든 말해볼래요, 엘리너? 아무 말 하지 않아도 되지만, 나중에 법정에서 유리한 증거가 될 만한 것에 대해 질문을 받았을 때 말하지 않으면 당신을 변호하는 데 좋지 않은 영향을 미칠지 몰라요. 미스 올리펀트, 그날 저녁에 일어난 일을 기억해내서 당신의 말로 우리에게 이야기해주지 않겠어요?

작은 땀방울이 등줄기를 타고 내려오는 것이 느껴졌다. 내 가슴은 붙잡힌 새처럼 팔딱거렸다. 컴퓨터가 전자 메시지의 도착을 알리는 짜증나는 핑 소리를 냈다. 나는 생각 없이 그것을 클릭했다. 내 안에서 일어나는 파블로프의 개 같은 반응을 나는 정말로 경멸한다!

안녕 E, 토요일 키스의 파티에 가는 거 맞죠? 역에서 8시쯤 만날까요? R

이미지 파일이 첨부되어 있었다. 유명한 정치가의 얼굴 사진이 있고, 그 옆에 그 사람과 꼭 닮은 개의 머리 사진이 나란히 있었다. 나는 코웃음을 쳤다. 묘하게 닮은 모습이었다. 그 밑에 수요일 아침 LOLs*라고 썼는데, 뭐라는 거야.

나는 그 즉시 충동적으로 답장을 보냈다.

굿모닝, 레이먼드. 개와 장관 비교 사진 정말 재미있었어요. 혹시 12시 30분에 점심 같이 먹을 수 있나요? 그럼 이만, 엘리너

거의 십오 분 동안 답장이 없어서 내 충동적인 결심이 후회되기 시작했다. 지금까지는 누구에게 같이 점심을 먹자는 말을 해본 적이 없었다. 나는 평소 그러듯 그 뮤지션이 새로 업데이트한 내용은 없는지 확인했다. 아쉽게도 페이스북, 트위터, 인스타그램에 새로운 것은 전혀 없었다. 그가 조용해지자 나는 불안해졌다. 그것이 그가 아주 슬프다는 뜻인지, 아니면 아주 행복하다는 뜻인지 궁금했는데, 후자일까봐 더 걱정스러웠다. 새 여자친구가 생긴 걸까?

속이 거북해서 어쩌면 오늘은 한 끼 식사인 밀딜을 먹지 못할 것 같다고 생각했다. 그냥 항산화 스무디와 와사비 피너츠 작은 봉지로 때워야겠다고 생각하고 있는데 또 한 통의 메시지가 도착했다.

미안, 업무지원센터 전화를 처리하느라고요. 전원을 껐다가 다시 켜

---

* Laugh out loud. 웃음을 표현하는 약어.

라고 말해줬죠 LOL. 그래요, 점심 좋죠. 오 분 뒤에 건물 앞에서 볼까요? R.

나는 답장 버튼을 눌렀다.

그렇게 하는 게 좋겠어요. 고마워요.

나는 과감하게 내 이름을 생략했는데, 내가 보냈다는 걸 그가 알 것이기 때문이었다.

레이먼드는 늦게, 약속한 오 분 뒤가 아니라 팔 분 뒤에 나타났다. 하지만 나는 이번 한 번은 그걸 가지고 뭐라고 하지 않기로 했다. 그는 자기가 좋아하는 모퉁이 카페에 가자고 했다.

그곳은 보헤미안 분위기에 허름해 보이는데다 디자인이 제각각인 가구와 쿠션이나 소파 덮개 같은 것이 많아서 평소 내가 자주 갈 만한 곳은 아니었다. 그런 것들이 정기적으로 세탁될 가능성이 얼마나 될지 궁금했다. 어쩔 수 없을 때나 하겠지. 그 모든 미생물을 생각하자 몸서리가 쳐졌다. 카페의 따뜻한 온도와 쿠션의 촘촘한 섬유는 집먼지진드기나 어쩌면 이가 번식하기에 완벽한 토양이 될 것이다. 나는 평범한 나무의자들이 있고 방석 같은 것은 아예 없는 테이블에 자리를 잡았다.

레이먼드는 종업원을 아는 것 같았는데, 종업원이 메뉴를 가져왔을 때 그의 이름을 부르면서 인사를 건넸기 때문이다. 종업원들은 모두 레이먼드와 같은 부류로 보였다. 꾀죄죄하고 옷을 못 입었다. 남자나 여자나 다 그랬다.

"팔라펠*은 대체로 괜찮아요." 그가 말했다 "수프도 그렇고……" 그가 특별 메뉴 게시판을 가리켰다.

"콜리플라워와 커민 크림수프." 내가 소리 내서 읽었다. "오, 아니, 아니요. 그건 아니고요."

밥과 이야기한 뒤로 나는 여전히 속이 부글거리고 거북했고, 그래서 그냥 우유 거품이 올라간 커피와 치즈 스콘을 주문했다. 레이먼드가 뭘 먹는지 몰라도 살짝 데운 토사물 같은 역겨운 냄새가 났다. 그는 입을 조금 벌린 채 쩝쩝거리며 먹었고, 나는 보지 않으려고 고개를 돌렸다. 그렇게 하니 밥의 제안과 그가 내게 맡긴 업무에 대한 이야기를 꺼내기가 더 쉬웠다.

"뭐 좀 물어봐도 돼요, 레이먼드?" 내가 말했다. 그는 후루룩 콜라를 마시며 고개를 끄덕였다. 나는 다시 고개를 돌렸다. 우리에게 음식을 가져왔던 남자가 카운터에서 음악에 맞춰 고개를 까딱거리며 빈둥대고 있었다. 기타 소리가 너무 많고 멜로디는 충분히 들리지 않는 불협화음 같은 소음이었다. 광기의 소리 같았다. 미치광이가 여우의 머리를 잘라서 이웃집 뒤쪽 정원에 던져버리기 전에 듣는 그런 음악.

"승진 제안을 받았어요. 오피스 매니저 자리예요." 내가 말했다. "승낙해야 할까요?"

그가 쩝쩝거리던 것을 멈추고 콜라를 또 한 모금 후루룩 마셨다.

---

* 병아리콩을 으깨 만든 작은 경단을 납작한 빵과 함께 먹는 중동 음식.

"정말 좋은 일이네요, 엘리너." 그가 웃으며 말했다. "뭐 때문에 망설여요?"

나는 스콘을 조금 베어먹었다. 예상외로 맛있었다. 테스코에서 사먹는 것보다 훨씬 맛있었다. 나는 어떤 것에 대해서건 내가 그런 생각을 하리라고는 생각도 못했다.

"음," 내가 말했다. "좋은 쪽으로 생각하면 봉급을 더 받아요. 아주 많이 더 받는 건 아니지만…… 뭔가를 구입할 때 더 고급으로 구입할 만큼은 돼요. 하지만 또 한편으로는 일이 많아지고 책임이 늘어나요. 그리고 사무실 직원들은 대체로 게으름뱅이와 바보들이고요, 레이먼드. 그들과 그들의 업무량을 관리하려면 아주 힘들 거예요, 그건 장담해요."

레이먼드가 킁 콧소리를 내며 웃음을 터뜨렸고, 이어 기침을 했다. 콜라가 기도로 잘못 넘어간 듯했다.

"무슨 말인지 알겠어요." 그가 말했다. "핵심으로 들어가면, 돈을 그만큼 더 받겠다고 일을 그만큼 더 할 만한가, 그거죠?"

"그래요." 내가 말했다. "내 딜레마를 아주 깔끔하게 정리했는데요."

그가 잠시 말을 멈추고 좀더 쩝쩝거리며 먹었다.

"장래 계획은 뭐예요, 엘리너?" 그가 물었다.

나는 그가 무슨 뜻으로 그렇게 말한 건지 전혀 알 수가 없었는데, 내 표정에 그게 고스란히 드러난 것 같았다.

"무슨 뜻인가 하면, 회사 행정직에 오래 있을 계획인가요? 그럴 거라면 받아들이는 게 좋을 수 있어요. 새 직함이 생기고 봉급도 늘어나고. 다음 단계로 넘어갈 때 훨씬 좋은 자리로 갈 테니까요."

"'다음 단계'라는 게 무슨 뜻이에요?" 내가 물었다. 이 남자는 쉬운 영어는 할 줄 모르는 사람이다.

"다른 일, 다른 회사에 지원하는 거요." 그가 포크를 휘두르면서 설명했다. 나는 작은 침방울이 나한테 튈까봐 두려워서 움찔하며 몸을 뒤로 뺐다.

"바이디자인에서 평생 일하고 싶은 건 아니죠?" 그가 말했다. "당신은, 음, 스물여섯, 스물일곱?"

"최근에 서른이 됐어요, 레이먼드." 나는 대답했는데, 뜻밖에도 내심 기뻤다.

"정말이에요?" 그가 말했다. "음, 남은 인생을 밥의 회계장부를 봐주면서 보낼 계획은 아니죠?"

나는 어깨를 으쓱했다. 진심으로, 나는 그 문제에 대해 잠시도 생각해본 적이 없었다.

"그렇게 될 것 같은데요." 내가 말했다. "내가 달리 뭘 하겠어요?"

"엘리너!" 그가 말했는데, 어째서인지 충격을 받은 것 같았다. "당신은 똑똑해요. 성실하고요. 당신은…… 아주 체계적이에요." 그가 말했다. "할 수 있는 일은 아주 많아요."

"정말요?" 내가 의심하며 말했다.

"그럼요!" 그가 말하면서 격하게 고개를 끄덕였다. "그러니까, 당신은 숫자에 밝아요, 맞죠? 말도 잘하고요. 다른 언어도 할 줄 아는 게 있어요?"

나는 고개를 끄덕였다. "사실 라틴어를 아주 잘해요."

그가 수염이 난 작은 입을 앙다물었다. "음," 그가 말하면서 손짓을 하자 종업원이 와서 우리 테이블을 치웠다. 종업원은 커피 두 잔과 주문하지 않은 초콜릿 트뤼플이 담긴 접시를 가져왔다.

"맛있게 드세요, 손님!" 그가 장식적인 동작으로 접시를 내려놓으며 말했다.

나는 누가 실제로 그런 말을 한다는 것이 믿어지지 않아 고개를 가로저었다.

레이먼드가 자신의 주제로 돌아왔다.

"경력 있는 오피스 매니저를 고용하려는 곳은 많아요, 엘리너." 그가 말했다. "그래픽디자인 회사 말고, 일반 병원도 될 수 있고, IT 회사도 될 수 있고, 아니면 음…… 그런 직장은 넘쳐요!" 그가 트뤼플을 자기 입안에 집어넣었다. "글래스고에 계속 살고 싶어요? 에든버러나 런던으로 갈 수도 있잖아요…… 음, 사실 세상이 전부 당신 거예요, 안 그래요?"

"그래요?" 내가 말했다. 생각해보니, 도시를 옮겨 다른 곳에 산다는 생각은 한 번도 해보지 않았었다. 엄청난 로마 유적이 남아 있는 배스나 요크, 런던…… 전부 너무 좀 부담스러웠다.

"인생에는 내가 하려고 생각조차 해보지 않은 것들이 너무 많다는 생각이 드네요, 레이먼드. 내게 그런 것들에 대한 통제권이 있다고는 미처 깨닫지 못했던 것 같아요. 이 말이 바보 같다는 거 알아요." 내가 말했다.

그는 매우 심각한 표정으로 몸을 앞으로 숙였다.

"엘리너, 당신에게는 쉽지 않을 수 있겠네요. 형제도 자매도 없고, 아빠는 계신 적이 없고, 엄마와의 관계는 아주…… 힘들다고 했잖아요?"

내가 고개를 끄덕였다.

"지금 누구 만나는 사람 있어요?" 그가 물었다.

"네." 내가 말했다.

그가 더 기대하는 표정을 지었다. 영문은 모르겠지만, 그는 더 자세한 대답을 요구하는 것 같았다. 나는 한숨을 쉬고 고개를 저었다. 그리고 가능한 한 천천히, 분명하게 말했다.

"지금 당장은 당신을 만나고 있죠, 레이먼드. 바로 내 앞에 앉아 있잖아요."

그가 콧소리와 함께 웃음을 터뜨렸다.

"내가 무슨 뜻으로 한 말인지 잘 알잖아요, 엘리너." 내가 몰랐다는 게 분명해졌다.

"남자친구 있어요?" 그가 인내심을 보이며 말했다.

나는 망설였다. "아니요. 음…… 누가 있긴 해요. 하지만 아니요. 이 시점에 사실대로 정확한 대답을 한다면, 없어요. 적어도 당분간은."

"그러면 혼자 처리해야 하는 일이 많겠네요?" 그가 물었다. 하지만 질문이 아니라 사실의 진술 같았다. "십 년 커리어 플랜을 짜 놓지 않은 것에 대해 자책할 일이 아니네요."

"당신은 십 년 커리어 플랜이 있어요?" 내가 물었다. 그럴 것 같지 않았다.

"아니요." 그가 웃으며 말했다. "그런 걸 짜는 사람이 어디 있겠어요? 그러니까 평범한 사람 중에서요."

내가 어깨를 으쓱하며 말했다. "내가 아는 사람 중에 평범한 사람이 있는지 정말로 모르겠네요."

"기분 안 나쁜데요, 엘리너." 그가 웃음을 터뜨리며 말했다.

나는 그 말을 잘 생각해본 뒤 그가 무슨 뜻으로 한 말인지 깨달았다.

"기분 나쁘라고 한 말은 아니었어요, 레이먼드." 내가 말했다. "미안해요."

"바보 같긴." 그가 말하고는 계산서를 갖다달라고 손짓했다. "그러면 그 일에 대해 언제까지 결정을 내려야 해요? 나는 그 제안을 받아들여야 한다고 생각해요." 그가 말했다. "산에 가야 호랑이를 잡죠, 안 그래요? 게다가 나는 당신이 훌륭한 오피스 매니저가 될 거라고 확신해요."

나는 레이먼드를 유심히 바라보면서 그의 입에서 다른 말이나 비꼬는 말이 뒤따라나오길 기다렸지만 참으로 놀랍게도 그런 말은 나오지 않았다. 그가 지갑을 꺼내 계산을 했다. 나는 강력하게 말렸지만 그는 내가 내 몫을 내는 걸 단호하게 거절했다.

"커피와 스콘만 먹었잖아요." 그가 말했다. "오피스 매니저가 되고 첫 봉급을 받으면 나한테 점심 사면 되죠!" 그가 싱긋 웃었다.

나는 그에게 고맙다고 말했다. 전에는 어느 누구도 나한테 점심을 사준 적이 없었다. 누군가가 아무 대가를 바라지 않고 나를 위해 자진해서 비용을 내준다는 것은 아주 기쁜 일이었다.

우리가 회사 건물로 막 돌아왔을 때 점심시간이 끝났다. 그래서 우리는 간단한 인사를 나눈 뒤 각자의 자리로 돌아갔다. 누군가와 같이 점심을 먹은 것, 그리고 크로스워드 퍼즐을 하지 않은 것은 오늘이 구 년 만에 처음이었다. 묘하게도 크로스워드 퍼즐 같은 것은 전혀 신경쓰이지 않았다. 오늘 저녁에 하면 될 것이다. 아예 하지 않고 재활용 쓰레기로 신문을 내놓을 수도 있다. 레이먼드가 짚어서 말해주었듯 세상은 무한한 가능성으로 가득했다. 나는 이메일을 열고 그에게 보낼 내용을 썼다.

R에게, 점심 아주 고마웠어요. 그럼 이만, E

이름을 줄여 쓰는 것이 한편으로 괜찮은 것 같았다. 어쨌거나 누가 누구에게 보내는지 뻔했다. 그가 재빨리 답장을 보내왔다.

걱정하지 마요. 당신 결정에 행운이 있기를. 토요일에 봐요! R

그 순간 인생이 정말로 빠르게 흘러간다고 느껴졌다. 가능성들의 회오리바람처럼. 그날 오후 나는 그 뮤지션은 생각도 하지 않았다. 컴퓨터에 로그인을 하고 크리스마스 런치 장소를 물색하기 시작했다. 꽤 멋진 행사로 만들어보겠다고 결심했다. 다른 어떤 크리스마스 런치와도 다를 것이다. 뻔한 장소나 예전에 갔던 장소를 피하는 게 중요하다. 나는 뭔가 다른 것을, 동료들에게 놀라움과 즐거움을 주고 그들의 예상을 뒤엎을 뭔가를 할 것이다. 쉽지 않을 것이다. 내가 확실히 아는 한 가지는 이것이었다. 밥이 말한 10파운드를 이 행사 예산의 기본으로 한다는 것, 어느 누구도 돈을 더 낼 필요가 없게 한다는 것. 나는 지난 세월 동안 12월 25일이 되기 전 마지막 금요일에 끔찍한 사람들과 끔찍한 장소에서 끔찍한 시간을 보내기 위해 내야 했던 그 모든 돈에 대해 여전히 화가 났다.

어쨌거나 그 일이 어려워봐야 얼마나 어렵겠는가? 레이먼드는 점심을 먹으면서 나를 아주 열심히 격려해주었다. 내가 「아이네이스」를 운율에 맞게 읽을 수 있다면, 엑셀 스프레드시트에 매크로를 만들 수 있다면, 지난 아홉 번의 생일과 크리스마스와 새해 전야를 혼자 보낼 수 있었다면, 1인당 10파운드의 예산으로 서른 명의 사람들을 위한 즐거운 크리스마스 런치를 준비하는 것도 반드시 해낼 수 있을 것이다.

20

집안일을 해치우는 사이 토요일 오전이 다 지나갔다. 나는 손을 보호하기 위해 고무장갑을 끼기 시작했는데, 보기에는 흉하지만 도움은 되었다. 흉한 것은 상관없었다. 어쨌거나 나를 쳐다보는 사람도 없는데 뭘.

전날 저녁에 먹고 남은 것을 치우다가 평소 마시는 양만큼 보드카를 비우지 않았다는 것을 알아차렸다. 스미노프 반병짜리가 절반 이상 남아 있었다. 로라의 파티에서 결례를 한 것을 염두에 두고, 오늘밤엔 키스에게 선물을 하려고 테스코 쇼핑백에 보드카를 넣었다. 키스에게 또 뭘 가져다줄지 생각했다. 꽃은 아닌 것 같았다. 그것은 어쨌거나 사랑의 표시다. 나는 냉장고 안을 들여다보고 슬라이스 치즈를 쇼핑백 안에 넣었다. 남자들은 전부 치즈를 좋아한다.

나는 파티가 열리는 장소에서 가장 가까운 기차역에 오 분 일찍 도착했다. 이렇게 말하면 이상하게 들리겠지만mirabile dictu, 레이먼드가 벌써 와 있었다! 그가 내게 손을 흔들었고, 나도 그에게 손을 흔들어주었다. 우리는 골프클럽을 향해 출발했다. 레이먼드가 빠르게 걸었고, 나는 새 부츠 때문에 그와 보조를 맞추지 못할까봐 걱정이 되기 시작했다. 그가 나를 흘끗 쳐다보더니 걷는 속도를 늦춰 보폭을 맞추었고 나는 그것을 알아차렸다. 그런 작은 제스처—그의 어머니가 식사 후 차를 내올 때 내게 물어보지 않고도 내가 설탕을 넣지 않는다는 사실을 기억한 것, 로라가 미용실에서 내게 커피를 가져다줄 때 접시에 작은 비스킷 두 개를 올린 것—가 아주 큰 의미가 될 수 있다는 것을 나는 깨달았다. 다른 사람들을 위해 그런 단순한 일을 해주면 어떤 기분일지 궁금했다. 내가 과거에 그런 일을 한 적이 있었는지, 다른 사람을 친절히 대하려 하고 보살피려고 했었는지 기억나지 않았다. 그랬던 적이 있긴 했지만, 그것은 그전의 일이었다. 나는 노력했으나 실패했고, 그뒤에는 내 모든 것이 상실되었다. 나 말고 비난할 대상이 없었다.

교외로 나오니 조용하고 전망이 탁 트여 있었다. 멀리 보이는 언덕을 가리는 공동주택 단지도, 높이 솟은 건물 숲도 없었다. 햇살은 부드럽고 온화했다. 여름은 계속 흘러가고 있었고, 저녁 공기는 예민하고 부서질 것 같았다. 우리는 말없이 걸었고, 그 침묵은 굳이 채울 필요가 없는 유의 것이었다.

땅딸막하고 하얀 클럽하우스에 도착했을 때 내 기분은 거의 슬픔에 가까웠다. 그때쯤 날이 이미 꽤 어두워져서, 슈거아몬드 핑크색에 금색이 섞여 있는 하늘에 달과 해가 동시에 걸려 있었다. 새들은 다가오는 밤을 배경으로 용맹스럽게 노래를 불렀고, 술에 취한 걸음 같은 동선을 길게 그리며 녹색 나무들 위로 휙휙 내려왔다. 공기 중에서 꽃과 흙 냄새가 밴 풀냄새가 났고, 하루의 따뜻하고 달콤한 날숨이 빠져나와 우리의 머리카락 속으로, 우리의 피부 위로 깃들었다. 나는 레이먼드에게 우리가 계속 걸어야 하는지, 완만한 언덕길을 계속 올라가야 하는지, 새들이 나무 그늘 속에 숨어 침묵에 빠지고 우리가 의지할 것은 별빛밖에 없을 때까지 계속 걸어야 하는지 묻고 싶었다. 그는 거의 그러자고 할 것 같았다.

클럽하우스 정문이 벌컥 열리더니 세 아이가 밖으로 뛰어나왔다. 아이들은 목청껏 웃고 있었고, 한 아이는 플라스틱 검을 휘두르고 있었다.

"자, 다 왔어요." 레이먼드가 부드럽게 말했다.

사교 모임을 하기에는 이상한 장소였다. 복도에 게시판들이 쭉 붙어 있었는데, 래더스*와 티타임스**에 관한 이해할 수 없는 메시지들이 핀으로 꽂혀 있었다. 입구에서 맨 끝에 있는 나무판에는 남자들의 명단이 금색 글씨로 쭉 적혀 있었다. 1924년에 시작된 명단은 올해 연도까지 이어졌고 좀 별난 이름인 닥터 테리 베리로 끝났다. 실내 장식은 보호시설(내게 아주 익숙한 외관)의 그것과 유행에 뒤떨어진 일반 가정의 그것이 뒤섞인 당혹스러운 모양새—형편없는 무늬의 커튼과 내구성이 좋은 바닥과 먼지가 앉은 말린 꽃다발—

---

* 사다리를 멀리 떨어뜨려 놓고 실에 매단 골프공을 던져 사다리 봉에 거는 게임.

** Tee Times. 골프를 칠 때 누군가가 티샷을 치면서 라운드가 시작되는 데서 나온 말로, 정해진 시간에 라운드를 시작하도록 예약하는 것을 말한다.

였다.

우리는 행사실로 들어갔는데, 왕왕 울리는 소리가 아주 시끄러웠다. 이동식 디스코텍이 설치되어 있었고, 플로어는 벌써 춤추는 사람들로 가득했다. 다섯 살부터 여든 살까지의 모든 사람들이 전혀 인상적이지 않은 색색깔의 조명을 무작위로 받고 있었다. 춤추는 사람들은 음악에 맞춰 말을 타는 흉내를 냈다. 나는 어떻게 해야 할지 몰라 고개를 들고 레이먼드를 쳐다보았다.

"맙소사," 그가 말했다. "뭘 좀 마셔야겠어요."

나는 다행이라고 생각하며 그를 따라 바가 있는 쪽으로 이동했다. 만족스럽게도 가격은 낮았고, 몇 잔 더 사 마실 만큼 돈이 충분하다는 사실에 마음이 편해져서 매그너스를 꽤 빠르게 비웠다. 하지만 첫 잔은 내가 괜찮다고 했는데도 레이먼드가 사주었다. 우리는 시끄러운 곳에서 비교적 멀찍이 떨어져 있는 테이블을 발견했다.

"가족 행사잖아요." 레이먼드가 고개를 가로저으며 말했다. "본인 가족 행사는 참 싫은데 다른 사람 가족이면……"

나는 주변을 둘러보았다. 이런 행사에는 와본 적이 없었다. 나를 가장 놀라게 한 것은 다 제각각이라는 사실이었다. 나이대도 그렇고 사회적 계급도 그렇고 골라 입은 옷도 손님마다 다 달랐다.

"친구는 고를 수 있지만……" 레이먼드가 자신의 파인트 잔을 들고 내게 건배하면서 말했다.

"가족은 고를 수 없죠!" 내가 잘 알려진 문구를 완성하는 역할을 맡은 것에 기쁨을 느끼며 대답했다. 그것은 그저 크로스워드 퍼즐을 빠르게 풀도록 해주는 힌트 같은 것이지 어려운 수수께끼는 아니었다. 그럼에도 그랬다.

"이 자리는 정확히 우리 아빠의 쉰 살 생신, 엄마의 예순 살 생신, 누나의 결혼식과 똑같아요." 레이먼드가 말했다. "형편없는 디제이, 당분을 섭취하고 지나치게 흥분해서 방방 뛰는 아이들, 서로 몇 년 동안 못 보다가 안부를 전하면서 반가운 척하는 사람들. 어디를 가든 볼로방*이 포함된 뷔페가 있고 끝날 때쯤엔 주차장에서 싸움이 벌어진다는 데 모든 걸 걸겠어요."

흥미가 일었다.

"하지만 분명 재미있을 것 같은데요?" 내가 말했다. "친척들과 만나 소식을 전하면요. 그 사람들 전부가 당신을 만나서 반가워할 거고 당신 삶에 관심을 보일 거잖아요." 레이먼드가 나를 유심히 쳐다보았다.

"저기요, 엘리너. 맞아요. 내가 못난 고집불통처럼 굴고 있네요. 미안해요." 그가 자신의 술잔을 비웠다. "같은 걸로 한 잔 더?" 그가 말했다. 내가 고개를 끄덕였고, 그 순간 생각이 났다.

"아니, 아니, 내 차례예요." 내가 말했다. "같은 걸로요?"

그가 싱긋 웃었다.

"그러면 좋죠. 고마워요, 엘리너."

나는 내 쇼퍼를 들고 바 쪽으로 걸어갔다. 가는 길에 새미와 눈이 마주쳤다. 그는 안락의자에 앉아 평소처럼 친구들과 가족들에게 둘러싸여 있었다. 나는 그쪽으로 걸어갔다.

"엘리너!" 그가 말했다. "오늘 어때요? 멋진 파티죠, 응?"

---

* 크림소스에 고기, 생선 등을 넣어 만든 작은 파이.

내가 고개를 끄덕였다.

"내 아들이 마흔 살이 됐다는 게 믿기지 않아요. 입학해서 처음 학교 가던 날이 어제 같은데 말이죠. 엘리너도 그 사진을 봐야 하는데. 앞니도 없고 완전 개구쟁이였어요! 그런데 지금 저애를 봐요."

새미가 저만치 키스가 아내와 서로 허리를 감고 서 있는 곳을 가리켰다. 키스는 더 나이든 어떤 남자의 이야기를 들으며 웃고 있었다.

"우리가 자식들한테 원할 수 있는 건 저게 다예요. 자식들이 행복해하는 거. 우리 진도 여기서 저 모습을 봤으면……"

나는 곰곰이 생각해보았다. 사람들이 자식들에게 바라는 게 그건가? 자식들이 행복해하는 것? 확실히 그럴듯하게 들렸다. 잘 모르는 내 눈에도 새미는 이미 술에 상당히 취한 걸로 보였지만, 나는 새미에게 내가 술을 한 잔 사도 되겠느냐고 물었다.

"그러지 않아도 돼요, 아가씨." 새미가 말했다. "벌써 내가 마실 술이 이렇게 줄을 서 있어요!"

테이블에 호박색 액체가 담긴 작은 잔들이 가득 놓여 있었다. 나는 나중에 다시 오겠다고 말한 뒤 바에 갔다.

줄이 꽤 길었지만 나는 그 분위기를 즐기고 있었다. 행복하고 편안한 느낌. 디제이는 휴식을 취하는 중이었다. 그가 저만치 구석에서 캔째 벌컥벌컥 술을 마시며 휴대폰으로 시무룩하게 통화하고 있는 모습이 보였다. 남자들과 여자들의 목소리, 많은 웃음소리가 배경음처럼 웅성웅성 시끄럽게 들렸다. 아이들은 배로 늘어난 것 같았고, 같이 모여 즐겁게 장난을 치려고 서로에게 중력처럼 끌려가고 있었다. 어른들 모두 파티를 즐기고 있어서, 감독하는 사람

없이 방치된 채 뛰고 고함치고 서로를 쫓아다니는 것 같았다. 나는 그 아이들을 보며 미소를 지었고, 약간 부러움을 느꼈다.

그 공간에 있는 모든 사람들은, 사교 행사에 초대되고, 이야기 나눌 친구와 가족이 있고, 사랑하고 또 사랑받고, 혹은 자신들의 가정을 꾸릴 수 있는 것을 아주 당연하게 여기는 것 같았다. 내 마흔번째 생일을 어떻게 축하할 수 있을지, 나는 궁금했다. 그때가 되었을 때 나와 함께 내 생일을 기념해줄 사람들이 있기를 바랐다. 혹시 그 뮤지션이 내 새 삶의 빛이 될까? 하지만 한 가지는 확실했다. 어떤 경우에도 나는 골프클럽에서 내 생일을 축하하지는 않을 것이다.

우리 자리로 돌아왔을 때 테이블은 비어 있었다. 나는 레이먼드의 파인트 잔을 내려놓고 매그너스를 홀짝였다. 그가 더 재미있는 대화 상대를 찾은 걸 거라고 생각했다. 나는 자리에 앉아 사람들이 춤추는 모습을 지켜보았다. 디제이가 다시 데크 뒤로 돌아가 있었고, 레코드판이 꽂혀 있는 은색 박스에서 고른 시끄러운 불협화음의 음악을 틀어놓았다. 자정 이후 어느 남자에 관한 곡이었다. 나는 내 마음이 흘러가는 대로 내버려두었다. 나는 시간을 보내는 아주 효율적인 방법을 알게 되었는데, 뭐냐 하면 하나의 상황이나 사람을 선택해서 일어날 수 있는 좋은 일을 상상하는 것이다. 몽상 속에서는 어떤 일을, 어떤 일이라도 일어나게 할 수 있었다.

내 어깨에 누가 손을 올리는 느낌이 들어 소스라치게 놀랐다.

"미안해요," 레이먼드가 말했다. "잠깐 화장실에 다녀오다가 누굴 만나서 이야기를 좀 하느라고요."

레이먼드의 손이 닿았던 자리에서 따스한 온기가 느껴졌다. 그저 순간이었지만 거의 눈에 보일 것 같은 따스한 손자국이 남았다. 인간의 손은 다른 사람을 만지기에 정확히 알맞은 무게, 정확히 알맞은 온도를 지니고 있다는 걸 깨달았다. 나는 지난 세월 동안 꽤 여러 번—최근에는 좀더 많이—악수를 했지만, 평생 누군가의 손이 내게 이렇게 닿았던 적은 없었다.

물론 디클랜과 나는 그가 원할 때마다 꾸준히 성관계를 했다. 하지만 그는 결코 정말로 나를 만진 적이 없었다. 그는 나보고 자기를 만지라고, 언제 어디를 어떻게 만지라고 했고, 그래서 나는 그대로 했다. 그 문제에서 나는 선택의 여지가 없었지만, 그런 순간들에 내가 다른 사람처럼 느껴졌던 것을, 그것이 내 손이 아니고 내 몸이 아닌 것처럼 느껴졌던 것을 기억한다. 그 행위는 그저 끝나기를 기다려야 하는 뭔가일 뿐 아무것도 아니었다. 나는 지금 서른 살인데, 누구와도 손을 잡고 걸어본 적이 없다. 누구도 내 고단한 어깨를 만져주거나 내 얼굴을 쓰다듬어준 적이 없다. 내가 슬프거나 고단하거나 당황했을 때 한 남자가 나를 두 팔로 감싸안거나 꼭 끌어안아주는 것을 상상했다. 그 따뜻함, 그 무게를.

"엘리너?" 레이먼드가 말했다.

"미안해요. 딴생각을 하고 있었네요." 내가 매그너스를 홀짝이며 말했다.

"순조롭게 흘러가는 것 같은데요." 그가 방안을 손짓으로 가리키며 말했다. 내가 고개를 끄덕였다.

"새미의 다른 아들 게리와 그의 여자친구하고 이야기를 나눴어요." 그가 말했다. "참 유쾌한 사람들이에요."

나는 다시 주변을 둘러보았다. 언젠가 그 뮤지션의 팔에 안겨 이런 행사에 간다면 기분이 어떨까? 그는 내가 편안하게 있도록 신경을 써줄 것이고, 내가 원하면 (그럴 것 같지는 않지만) 나와 춤을 출 것이고, 다른 손님들과 친구가 될 것이다. 그러고 나서 저녁시간이 끝날 때쯤 우리는 함께 몰래 빠져나와 집으로 가서 멧비둘기처럼 둥지를 틀 것이다.

"우리가 커플이 아닌 유일한 사람들 같네요." 내가 다른 손님들을 관찰한 뒤 레이먼드에게 말했다.

그가 얼굴을 찡그렸다. "그러네요. 저기, 나하고 같이 와줘서 고마워요. 혼자 이런 데 오면 기분 참 뭣 같을 거예요, 그렇죠?"

"그런가요?" 내가 흥미를 보이며 말했다. "이 상황과 비교할 수 있는 통제 상황에 있어본 적이 없어서요."

레이먼드가 나를 쳐다보았다. "그럼 늘 혼자 다녔어요?" 그가 말했다. "지난주에 말한 그 남자, 그 사람……" 그가 적당한 표현을 찾으려고 애쓰는 게 보였다. "당신이 대학생일 때 같이 지냈다는 그 남자 말이에요."

"알겠지만, 저는 이 년 동안 디클랜과 같이 지냈어요." 내가 말했다. "그게 어떻게 끝났는지도 알잖아요." 매그너스를 좀더 마셨다. "혼자 지내는 것에 익숙해져요." 내가 말했다. "사실 그게 주먹으로 얼굴을 맞거나 강간을 당하는 것보다 훨씬 나아요."

레이먼드가 술을 마시다가 목에 캑 걸려 다시 진정되는 데 잠시 시간이 걸렸다. 그가 아주 부드럽게 말했다.

"그런 것들이 당신이 선택할 수 있는 유일한 상황이 아니란 걸 알고 있잖아요, 엘리너? 모든 남자가 디클랜 같지는 않아요, 알겠지만."

"알고 있어요!" 내가 밝게 말했다. "한 사람을 만났어요!"

나는 마음의 눈으로 그 뮤지션이 내게 프리지어를 안겨주는 것을, 내 목덜미에 키스하는 것을 그려보았다. 왠지 몰라도 레이먼드는 불편해 보였다.

"바에 잠깐 갔다 올게요." 그가 말했다. "계속 매그너스로?" 나는 기분이 이상해지면서 마음이 동요되는 것을 느꼈다. "콜라를 넣은 보드카로 할게요." 내가 말했다. 나를 괴롭히는 것이 무엇이든 보드카가 도움이 된다는 것을 경험으로 알았다. 나는 레이먼드가 발을 끌며 멀어지는 것을 지켜보았다. 그가 바른 자세로 다니고 면도만 한다면! 그는 좋은 셔츠와 적절한 신발을 사고, 컴퓨터게임을 하는 대신 책을 읽을 필요가 있었다. 그렇지 않고서야 어떻게 괜찮은 여자를 바랄 수 있겠는가?

키스가 우리 테이블로 와서, 내게 와줘서 고맙다고 말했다. 나는 그에게 생일 선물을 건넸고, 그는 그것을 보고 진짜로 놀라는 것 같았다. 그가 선물들을 하나씩 보았고, 그의 표정을 읽기는 어려웠지만 나는 거기 '권태'나 '무관심'은 없다고 재빨리 지워냈다. 나는 행복을 느꼈다. 누군가에게 선물을 주는 것은, 그 사람이 어느 누구에게서도 받지 못했을 특별하고 사려 깊은 선물을 주는 것은 좋은 느낌이었다. 그가 근처 테이블에 내가 준 쇼핑백을 내려놓았다.

"저기, 어, 같이 춤추겠어요, 엘리너?"

내 심장이 빠르게 쿵쾅거리기 시작했다. 춤! 내가?

"춤출 줄 모르는데요." 내가 말했다.

키스가 웃더니 나를 일으켜세웠다.

"가요," 그가 말했다. "잘할 수 있을 거예요."

우리가 목재가 깔린 춤추는 구역에 이르렀을 때 막 음악이 바뀌었고, 그가 낮게 신음소리를 냈다.

"미안해요," 그가 말했다. "방법이 없네요. 이 곡은 그냥 앉아서 들어야 할 것 같아요. 생일인 사람의 특권으로!"

나는 일부 사람들이 댄스 플로어에서 나오고 다른 사람들이 그 자리를 차지하는 것을 지켜보았다. 음악은 금관악기 소리가 많았고 박자가 빨랐다. 게리의 여자친구인 미셸이 손짓으로 나를 부르더니 여자들 몇 명이 모여 있는 곳으로 끌어당겼다. 다들 또래 같았고, 나를 보고 웃어주었다. 아주 행복해 보였다. 나는 그 자리에서 몸을 흔들고 있는 사람들에게 합류했다. 어떤 사람들은 조깅을 할 때처럼 팔을 움직였고, 또 어떤 사람들은 손가락으로 허공을 찔러댔다. 음악은 8비트로 계속 이어졌는데, 드럼소리가 마디를 끊어주었고, 음악과 박자에 맞고 어울리기만 한다면 어떤 식으로든 몸을 흔들면 되는 것 같았다. 이어 갑자기 박자가 바뀌었고, 모든 사람들이 같은 동작을 하기 시작했다. 머리 위로 팔을 들어올려 이상한 형태를 만들었다. 그 형태를 익히는 데 잠깐 시간이 걸렸지만, 곧 나도 따라 할 수 있게 되었다. 마음대로 흔들기, 단체로 허공에 만드는 형태, 마음대로 흔들기, 단체로 허공에 만드는 형태. 춤은 쉬운 것이었다!

나는 내가 아무 생각도 하지 않고 있다는 것을 깨달았는데, 보드카를 마신 뒤의 기분과 비슷했지만, 달랐다. 나도 다른 사람들과 함께 있었고 나도 YMCA! YMCA!를 노래하고 있었으니까. 공중에 팔을 들어올리고 그 글자들을 동작으로 모방한다. 정말 굉장한 아이디어였다! 춤추는 게 그렇게 논리적일 수 있는지 누가 알았겠는가?

다음으로 자유롭게 흔드는 시간에 나는 그 밴드가 아마도 청년 남성 크리스천 연합Young Men's Christian Association을 의미할 그 단체에 관한 노래를 부르는 이유가 슬슬 궁금해지기 시작했다. 하지만 그 순간, 내가 팝음악을 아주 제한적으로 접해왔다는 사실에 비추어, 사람들은 우산에 대해서도 노래하고 불을 지르는 것에 대해서도 노래하고 에밀리 브론테의 소설에 대해서도 노래하는 것 같으니, 성별이나 신앙을 기반으로 한 청년 단체에 대한 노래가 안 될 이유는 뭐람? 하는 생각이 들었다.

그 노래가 끝나자 다른 노래가 시작되었다. 이번 노래는 그렇게 재미있지 않았고, 중간에 단체로 하는 팔 동작 같은 것도 없이 완전히 자유롭게 흔드는 춤이었지만, 그럼에도 나는 웃는 얼굴의 그 여자들 무리와 함께 댄스 플로어에 남았다. 이제 나도 분위기를 타고 있는 것 같았다. 사람들이 왜 춤을 재미있어하는지 이해가 되기 시작했지만, 내가 저녁 내내 춤을 출 수 있을지는 알 수 없었다. 누가 내 어깨를 톡톡 빠르게 쳐서 레이먼드일 거라 예상하며 돌아보았다. 그가 팔 동작을 하는 그 춤에 대한 이야기를 듣고 싶어할 거라는 생각에 내 얼굴에는 이미 미소가 떠올라 있었지만, 레이먼드가 아니었다.

삼십대 중후반으로 보이는 한 남자였는데, 전에 만나본 적 없는 사람이었다. 그가 빙긋 웃더니 뭔가 물어보려는 것처럼 눈썹을 치켜세웠다. 그러더니 그냥 내 앞에서 마음대로 몸을 흔들기 시작했다. 나는 미소를 짓고 있는 여자들 무리를 돌아보았지만, 그들의 원은 이미 나를 빼고 다시 만들어져 있었다. 그 쑥스러운 얼굴의

키 작은 남자는 사과라고는 먹지 않았을 것 같은 창백한 얼굴을 하고 있었는데, 리듬을 잘 타지는 못해도 열정적으로 몸을 흔들어댔다. 나는 어떤 반응을 보여야 할지 몰라 다시 춤추기 시작했다. 그가 몸을 앞으로 숙여 뭐라고 말했는데, 시끄러운 음악소리 때문에 당연히 들리지 않았다.

"뭐라고 하셨죠?" 내가 소리쳤다.

"키스와 어떻게 아는 사이냐고 물었어요." 그가 훨씬 더 커진 목소리로 외쳤다.

낯선 사람에게 묻기엔 참 이상한 질문이었다.

"그의 아버지에게 사고가 났을 때 제가 도와드렸어요." 내가 말했다. 내가 그 말을 두 번 반복하고서야 그는 내 말을 이해했다. 아마도 청각 장애가 있는 모양이었다. 마침내 그 말이 그에게 제대로 전달되었을 때 그는 호기심이 인 것 같았다. 그는 내가 음흉하다고밖에 표현할 수 없는 표정을 짓고 나를 향해 쑥 다가왔다.

"간호사예요?" 그가 말했다.

"아니요." 내가 말했다. "나는 재무 관리를 하는 회사원이에요." 그러자 그는 할말을 찾느라 조금 허둥대는 것 같았고, 나는 대화를 더 이어가지 않으려고 우리가 몸을 흔들 때 천장을 보았다. 춤을 추면서 동시에 말을 하는 것은 아주 힘든 일이었다.

노래가 끝났을 때 나는 일단은 충분히 즐긴 상태였고, 급히 화장실에 가야 할 것 같았다.

"마실 것 좀 사올까요?" 그 남자가 다음 노랫소리에 묻히지 않을 만큼 크게 외쳤다. 나는 디제이가 레코드판을 바꾸는 사이 오 분 동안 휴식시간을 주어 사람들이 평화롭게 바나 화장실을 이용하게 해줄 생각을 해보았는지 궁금했다. 어쩌면 나중에 디제이에게 제안해봐야 할 것이다.

"아니, 괜찮아요." 내가 말했다. "당신이 사주는 술을 마시고 싶지는 않아요. 그러면 보답으로 나도 술을 사야 한다고 느낄 테니까요. 유감스럽지만 나는 당신과 두 잔을 같이 마실 만큼 시간을 보내는 데 관심이 없어요."

"네?" 그가 말하고는 한 손으로 자신의 한쪽 귀를 막았다. 그에게 이명이나 다른 청각 장애가 있는 게 분명했다. 나는 고개를 젓고 둘째손가락을 흔들면서 입 모양으로 **아니요**라고 말했다. 그러고는 그가 대화를 더 시도하기 전에 돌아서서 화장실을 찾아 나섰다.

화장실은 복도로 쭉 가면 있었는데, 파우더룸이라는 안내판뿐이어서 찾기가 힘들었다. 알고 보니 결국 거기가 화장실이었다. 왜 사람들은 사물을 단순히 있는 그대로 말하지 않는가? 혼란스럽다. 사람들이 줄을 서 있었고, 나는 나이에 맞지 않은 옷을 입은 거나하게 취한 여자 뒤로 가서 줄을 섰다. 굳이 입어야 한다면 튜브톱은 스물다섯 살 이하에게 가장 알맞은 것 같다.

그 여자는 속이 비치는 반짝거리는 재킷을 입었는데, 엄청나게 크고 팬케이크처럼 생긴 가슴을 그걸로 가리는 건 무리였다. 로열앨버트홀의 무대 공연을 목적으로 했다면 절묘했을 화장은 이미 지워지고 있었다. 왠지 모르지만, 이 밤이 끝날 때쯤 계단에서 울고 있을 여자의 모습이 그려졌다. 나는 그런 장면을 상상하고 깜짝 놀랐지만, 그녀의 태도에는 그런 결론에 이르도록 만드는 다소 불안한 분위기가 있었다.

"살면서 화장실을 쓰려고 줄을 서서 낭비한 시간이 얼마나 되는 것 같아요?" 여자가 대화를 하려는 것처럼 물었다. "어딜 가나 화장실이 충분했던 적이 없어요, 안 그래요?"

나는 줄을 섰던 대략적인 시간을 계산하느라 대답하지 않고 있었는데, 그녀는 내가 반응하지 않아도 개의치 않는 것 같았다.

"남자들은 괜찮아요, 그렇잖아요?" 여자가 화난 어조로 말을 이어갔다. "남자 화장실에서는 줄 설 일이 없잖아요. 가끔은 거기 소변기 위에 쭈그리고 앉아서 싸고 싶다니까요. 하!" 그녀가 말했다. "남자들 얼굴을 상상해보세요!" 그녀가 웃었고, 흡연자 특유의 긴 웃음은 콜록거리는 긴 기침으로 이어졌다.

"오, 하지만 남자 화장실은 아주 비위생적일 것 같은데요." 내가 말했다. "그들은 청결이나 뭐 그런 것에 대해서는 생각하지 않는 것 같거든요."

"맞아요," 그녀가 말했고, 목소리에 씁쓸함이 가득했다. "남자들은 그냥 들어와서 아무데나 오줌을 갈기고 떠나면 끝이에요. 치우는 건 다른 사람한테 넘기고요." 그녀가 불안하게 먼 곳을 바라보았는데, 특정한 누구를 염두에 두고 있는 것이 분명했다.

"사실 남자들이 좀 안된 같아요." 내가 말했다. 그녀가 나를 빤히 보았고, 나는 얼른 내 말뜻을 분명하게 밝혔다. "제 말은, 그들이 다른 남자들, 모르는 사람이거나 아는 사람이거나, 심지어 친구들과 나란히 한 줄로 소변보는 걸 상상해보면 그렇다고요. 끔찍할 거예요. 우리가 마침내 이 줄의 맨 앞에 이르렀을 때 서로에게 각자의 성기를 내보여야 한다면 얼마나 이상하겠어요!"

여자가 아주 부드럽게 트림을 했고, 억누르지 않은 솔직한 시선으로 내 흉터를 바라보았다. 나는 고개를 돌렸다.

"당신 좀 어떻게 된 거 아니에요?" 그녀의 말은 전혀 공격적이지 않았지만 혀가 약간 꼬부라져 있었다. 처음 듣는 말은 아니었다.

"네," 내가 말했다. "네, 그런 것 같아요." 그녀는 자신이 오래 품어온 의심을 내가 확인시켜준 것처럼 고개를 끄덕였다. 그뒤로 우리는 이야기를 나누지 않았다.

행사실로 돌아가자 분위기가 달라져 있었다. 이제 느린 음악이 흘렀다. 나는 바에 가서 매그너스와 콜라를 넣은 보드카를 샀고, 잠시 생각한 뒤 레이먼드에게 줄 맥주도 파인트 잔으로 샀다. 그 전부를 우리의 작은 테이블로 가져가기가 까다로웠지만, 나는 한 방울도 흘리지 않았다. 그렇게 흔들고 줄을 선 뒤 마침내 자리에 앉은 것이 기뻤고, 보드카를 두 모금 만에 비웠다. 춤은 갈증을 일으켰다. 레이먼드의 데님 재킷이 여전히 의자 등받이에 걸쳐져 있었지만 그는 어디에도 보이지 않았다. 아마도 담배를 피우러 밖에 나간 거라고 생각했다. 그에게 이야기할 것이 아주 많았다. 춤에 대한 것, 같이 줄 서 있던 여자에 대한 것. 그 이야기를 하는 순간이 기다려졌다.

음악이 다시 바뀌었고, 이제는 더욱 느려졌다. 많은 사람들이 플로어를 떠났고, 남은 사람들은 함께 표류했다. 자연계에서 일어나는 일처럼, 그것은 묘한 장면이었다. 아마도 원숭이나 새처럼 말이다. 여자들은 모두 남자들의 목에 팔을 둘렀고, 남자들은 여자들의 허리에 팔을 감았다. 그들은 서툴게 발을 옮기면서 좌우로 몸을 움직였고, 서로 얼굴을 바라보거나 서로의 어깨에 머리를 얹었다.

그것은 명백히 짝짓기의 모습이었다. 그럼에도 멋진 누군가에게 몸을 밀착한 채 느린 음악에 맞추어 천천히 좌우로 움직이는 것은 아주 즐거운 일 아닐까? 나는 그들 모두를 다시 보았다. 다양한 크기, 다양한 형태, 다양한 순열. 그리고 거기, 한복판에 레이먼드가 있었다. 로라와 춤을 추면서. 그는 얼굴을 그녀의 귓가에, 그녀의 향수 냄새가 맡아질 만큼 바짝 댄 채 뭐라고 말하고 있었다. 로라는 웃고 있었다.

내가 레이먼드를 위해 사온 술은 돈 낭비가 되고 말았다. 나는 잔을 들고 쭉 비웠다. 파인트 한 잔 전부를. 톡 쏘는 씁쓸한 맛이 났다. 나는 일어서서 조끼를 입었다. 화장실에 한번 더 다녀온 뒤 기차를 타고 시내로 돌아갈 것이다. 파티는 끝난 것 같았다.

21

월요일, 월요일. 뭔가 잘못된 느낌이었다. 어제 편안히 쉬지 못했고, 뭘 해도 마음이 잡히지 않았다. 왠지 모르게 신경이 곤두선 상태였다. 내 기분을 크로스워드 퍼즐의 힌트로 준다면, 답은 '혼란스러운'이 될 터였다. 이유를 생각해봤지만 그럴듯한 결론을 내릴 수가 없었다. 결국 나는 어제 오후에 버스를 타고(공짜로. 고마워, 교통카드야) 시내로 가서 다시 바비 브라운을 찾았다. 이번에도 브라운 씨는 출근하지 않았고—나는 그녀의 직업윤리가 좀 느슨한 게 아닌가 걱정되었다—다른 여자가 내게 화장을 해주었는데, 결과는 지난번과 거의 같았다. 이번에는 집에서도 같은 얼굴을 만들어내기 위해 여러 가지 제품과 도구를 구입했다.

다 합한 액수가 근소한 차이로 내 한 달 치 지방세를 앞섰지만, 기분이 아주 야릇한 상태여서 그 때문에 내 마음이 바뀌지는 않았다. 나는 그렇게 화장한 얼굴로 하루종일 지내다가, 오늘 아침에 거의 똑같이 복사한 것처럼 화장품을 덧발랐다. 그 여자가 내 흉터를 감춰줄 컨실러를 섞는 법을 포함해 어떻게 하면 되는지 알려주었다. 스모키 화장을 한 눈이 오늘은 약간 짝짝이였지만, 그 여자는 그게 스모키 아이의 아름다움이라고 했다. 정확할 필요가 없었다.

내가 화장을 한 사실조차 잊고 있었는데, 사무실에 도착했더니 빌리가 휘파람을 불었다. 사실상 늑대 휘파람*이어서, 다른 사람들이 고개를 돌리고 나를 쳐다보았다.

"머리 새로 했네요. 립스틱도 바르고." 빌리가 나를 팔꿈치로 쿡 찌르며 말했다. 나는 움찔 몸을 뒤로 뺐다. "내가 오해한 게 아니라면 여기 누가 변화를 주고 싶어하는 것 같은데요?"

여자들이 내 주변으로 몰려들었다. 내가 입은 옷 또한 새것이었다. "예뻐요, 엘리너!" "검은색이 아주 잘 어울리는데요." "그 부츠 맘에 들어요, 어디서 샀어요?" 나는 의뭉스러운 눈빛은 없는지 그들의 얼굴을 살피며 펀치라인이 날아오길 기다렸다. 그런 말은 전혀 나오지 않았다.

"그 머리 어디서 했어요?" 제이니가 말했다. "커트를 하니 얼굴이 아주 돋보이는데요."

"시내에 있는 헬리오트로프에서요." 내가 말했다. "로라가 해줬어요. 내 친구예요." 내가 자랑스럽게 말했다. 제이니는 감명을 받은 것 같았다. "나도 거기 가봐야겠어요." 그녀가 말했다. "내 머리를 해주던 미용사가 북쪽 지방으로 옮겨간대요. 그래서 새 미용사를 찾는 중이었거든요. 친구가 결혼식 머리도 하는지, 혹시 알아

* 남자가 길에 지나가는 여자를 보고 내는 휘파람소리를 말한다.

요?"

내가 쇼퍼 안을 뒤졌다. "여기 명함이 있어요." 내가 말했다. "전화 한번 해봐요."

제이니가 나를 보며 환히 웃었다. 이렇게 하면 맞는 건가? 나는 재빨리 마주 미소를 지어준 뒤—의심스러우면 일단 웃어라—내 책상으로 갔다.

이런 식으로 하면 되는 건가? 성공적으로 사회에 융화되려면? 그렇게 간단한 거였나? 립스틱을 좀 바르고 미용실에 가고 옷을 좀 바꿔 입는 것? 누군가가 책을 쓰거나 적어도 설명하는 자료를 만들어서 이 정보를 퍼뜨려야 한다. 나는 지난 몇 년 동안 받은 관심보다 오늘 더 많은 관심(말하자면 악의적이지 않고 긍정적인 관심)을 받았다. 내가 퍼즐의 일부를 풀었다는 사실에 기뻐서 나 자신에게 미소를 지어주었다. 전자 메시지가 도착했다.

토요일에 인사도 없이 가버렸더군요. 다 괜찮은 거예요? R.

나는 답장을 썼다.

괜찮아요, 고마워요. 춤도 충분히 추고 다른 사람들도 충분히 만났어요. E.

그가 즉시 답장을 보내왔다.

점심 어때요? 평소 가는 곳에서, 12:30? R.

나는 사실상 내가 레이먼드와 점심을 먹는다는 생각 자체를 좋아하고, 또 그가 그렇게 물어봐준 것을 진심으로 기뻐한다는 사실을 깨닫고 깜짝 놀랐다. 우리에게 평소 가는 곳이 생긴 것이다! 나는 할 수 있는 한 강하게 마음을 먹고 이를 앙다문 뒤 한 손가락만으로 글자를 쳤다.

거기서 C U,* E.

나는 뒤로 기대앉았고, 속이 약간 거북했다. 정식으로 쓰지 않고 의사소통을 하면 더 빠른 게 사실이었지만, 많이 그렇지는 않았다. 네 개의 글자를 치는 수고를 덜었을 뿐이었다. 그럼에도 새로운 것을 시도하는 것은 내 신조의 일부였다. 나는 시도했지만, 단언컨대 좋아서 한 것은 아니었다. LOL은 저리 꺼져라. 나라는 사람은 교양을 타고났다. 그런 방식은 그저 자연스럽게 느껴지지 않았다. 새로운 것을 시도하고 마음을 여는 것은 바람직하지만, 당신이 정말 누구인지에 대해 한결같이 진실한 것 역시 굉장히 중요하다. 미용실에서 본 어느 잡지에서 그런 글을 읽었다.

내가 갔을 때 레이먼드는 이미 도착해서 지난번에 우리에게 음식을 내온 사람과 다르지만 거의 같은, 턱수염이 난 젊은 남자와 대화를 나누고 있었다. 나는 거품이 올라간 커피를 주문하고 이번

* '거기서 만나요'라는 뜻의 'See You there'에서 'See You'를 발음 나는 대로 'C U'로 줄인 것.

에도 치즈 스콘을 주문했다. 그러자 레이먼드가 웃었다.

"당신은 습관의 동물이로군요, 엘리너, 안 그래요?"

내가 어깨를 으쓱했다.

"그런데 오늘 멋져 보이는데요." 그가 말했다. "맘에 들어요……" 그가 모호하게 내 얼굴을 가리키는 제스처를 했다. 내가 고개를 끄덕였다.

"왠지 모르겠는데, 화장하니까 사람들이 나를 더 좋아하는 것 같아요." 내가 말했다. 그가 눈썹을 치켜세우며 어깨를 으쓱했는데, 나만큼 당황한 것이 분명했다.

턱수염을 기른 남자가 음식을 가져왔고, 레이먼드가 그것을 자기 얼굴 쪽으로 퍼나르기 시작했다.

"토요일에는 즐거운 시간 보냈어요?" 그가 물었다. 나는 그가 음식물을 다 씹은 뒤에 말하기를 바랐지만, 끔찍하게도 씹는 중에 말했다.

"네, 고마워요." 내가 말했다. "춤을 춘 건 처음인데, 정말 재밌었어요." 그는 음식물을 계속 포크로 찔러 입으로 가져갔다. 그 과정, 그 소리의 무자비한 정도가 거의 공업용 기계 같았다.

"당신은 즐거웠나요?" 내가 물었다.

"음," 그가 말했다. "재미있었어요. 안 그랬어요?" 레이먼드는 나이프를 쓰지 않았고, 어린아이나 미국인처럼 오른손에 포크를 쥐고 있었다. 그가 미소를 지었다.

나는 그가 로라와 그날 저녁 다시 춤을 췄는지, 그녀를 집까지 데려다줬는지 물어볼까 하다가 그러지 않기로 결정했다. 어쨌거나 그것은 내가 신경쓸 일이 아니었고, 참견을 위한 질문은 아주 무례한 것이었다.

"어, 그럼…… 승진에 대해선 결정했어요? 수락할 생각이에요?"

물론 나는 이 문제를 지난 며칠 동안 틈틈이 생각해보았다. 징조나 실마리도 찾아보았다. 하지만 지난 금요일 크로스워드 퍼즐의 가로 12번 힌트가 위쪽으로의 이동을 지지하여(9글자), 였다는 것 말고는 없었다. 나는 그것을 수락하라는 징조로 받아들였다.

"하겠다고 말하려고요." 내가 말했다.

레이먼드가 미소를 짓고 포크를 내려놓은 뒤 손을 들어올렸다. 나는 그의 손에 내 손을 갖다대야 한다는 것을 눈치챘는데, 지금은 나도 그것이 '하이파이브'라는 것을 안다.

"잘 결정했어요." 그가 점심식사를 재개하며 말했다. "축하해요."

나는 성냥에 불이 붙은 것처럼 순간적으로 행복감을 느꼈다. 내가 어떤 일로든 축하를 받은 적이 있었는지 기억나지 않았다. 그것은 참으로 기분좋은 일이었다.

"어머니는 어떻게 지내세요, 레이먼드?" 내가 그 순간과 마지막 스콘 한입을 즐기며 그에게 물었다. 그가 어머니에 대한 이야기를 한동안 한 뒤에 어머니가 내 안부를 묻더라고 전해주었다. 나는 그 말에 약간 걱정이 되었는데, 어머니라는 존재가 호기심을 드러내는 행위에 관련되어 애초에 형성된 불안이었다. 하지만 그가 내 마음을 편안하게 해주었다.

"엄마는 당신을 정말로 좋아해요. 아무때나 들러도 괜찮다고 전해달라고 하셨어요." 그가 말했다. "엄마가 외로워하세요."

내가 고개를 끄덕였다. 나도 그 사실을 알고 있었다. 그가 잠시 실례하겠다며 터덜터덜 화장실로 걸어갔고, 나는 그가 돌아오기를 기다리며 카페 안을 둘러보았다. 내 또래의 여자 두 명이 옆 테이블에 앉아 있었는데, 각각 화사한 옷을 입힌 아기를 데리고 있었다. 두 아기 다 카시트에 앉아 있었는데, 한 아기는 잠들어 있고 또 한 아기는 햇살이 벽 위에서 춤추는 것을 꿈꾸듯 바라보고 있었다. 우리 뒤로 커피 기계가 생명을 얻어 들들거리기 시작했고, 나는 아기의 얼굴에 깜짝 놀란 표정이 물결처럼 일렁이는 것을 지켜보았다. 아기의 사랑스러운 분홍색 입이 느린 동작으로 오므라져 뽀뽀하는 형태가 되더니 곧 크게 벌어져 아주 우렁찬 울음을 터뜨렸다. 아기의 어머니는 흘끗 내려다보고는, 울음소리에도 불구하고 아기가 괜찮은 것을 확인한 뒤 대화를 계속했다. 울음소리는 점점 커졌다. 아기가 내는 고통의 울음소리가 어른인 인간이 돌아보지 않을 수 없게 꼭 알맞은 음정과 크기로 만들어진 것에는 진화론적인 의미가 있을 거라고 나는 추정해보았다.

아기는 이제 주먹을 불끈 쥔 채 몸을 뒤틀었고 얼굴은 시시각각 빨개졌다. 나는 눈을 감고 그 소리를 무시하려고 애썼지만, 그럴 수 없었다. 제발 울음을 멈춰, 제발 울음을 멈춰. 네가 왜 우는지 모르겠어. 네 울음을 멈추게 하려면 내가 어떻게 하면 되지? 어떻게 해야 할지 모르겠어. 다쳤어? 아파? 배가 고프구나. 난 어떻게 해야 할지 몰라. 울지 마. 먹을 게 없어. 엄마가 곧 돌아올 거야. 엄마는 어디 있어? 커피잔을 집어드는 내 손이 떨렸다. 나는 가능한 한 천천히 호흡하면서 테이블 상판을 응시했다.

울음이 멈췄다. 나는 고개를 들고 아기를 보았다. 아기는 얼굴에 엄마의 키스 세례를 받으며 조용히 엄마 품에 안겨 있었다. 나는 숨을 내쉬었다. 아기를 보며 내 마음은 날아오를 것 같았다.

레이먼드가 돌아왔고, 지난번에 점심값을 그가 냈기 때문에 이번에는 내가 냈다. 나는 돈을 내는 순서에 대한 개념을 잡아가기 시작했다. 하지만 그는 팁을 남겨놓아야 한다고 했다. 5파운드나! 그 남자가 한 일이라곤 주방에서 테이블로 음식을 날라준 것뿐이고, 그것에 대한 보상은 이미 카페 주인에게서 받고 있지 않은가. 레이먼드는 신중하지 못하고 낭비벽이 있다. 그가 제대로 된 구두와 다리미를 살 돈이 없는 게 전혀 이상하지 않다.

우리는 다시 천천히 사무실로 걸어갔고, 레이먼드가 그날 오후 자신이 처리해야 하는 컴퓨터 서비스 문제에 대해 상세히 말해주었지만 나는 알아들을 수 없었다(특별히 알고 싶지도 않았다). 로비에서 그는 자기 사무실로 가기 위해 계단으로 향했다.

"곧 봐요, 네?" 그가 말했다. "몸조심하고요."

그 두 가지 말 모두 진심 같았다. 정말로 나를 곧 보리라는 것, 그리고 내가 몸조심하기를 바라는 것. 가슴속이 따뜻해졌다. 추운 날 아침에 뜨거운 차를 마시는 것 같은 아늑하고 따스한 느낌이었다.

"몸조심해요, 레이먼드." 내가 말했고, 진심이었다.

그날 저녁 나는 평소처럼 조니 로몬드가 무슨 계획을 세우고 있는지 확인한 뒤 보브릴 한 컵을 마시면서 휴식을 취하고 남아메리카 정치에 대한 아주 흥미로운 라디오 프로그램을 들을 생각이었다. 조니 로몬드의 트위터에는 어느 텔레비전 프로그램에 나오는 한 인물에 관한 산만한 글이, 페이스북에는 그가 원하는 새 부츠 사진이 게시되어 있었다. 그렇다면 그다지 특별할 것 없는 하루를 보낸 것이다. 월요일에 엄마로부터 예상치 못하게 연락이 온 건 반갑지 않은 서프라이즈였다.

"엘리너, 아가. 평소 우리가 대화하는 시간이 아닌 거 알아. 하지만 네 생각을 하고 있었어. 안부를 묻고 네가 어떻게 지내는지 뭐 그런 걸 알고 싶었단다."

나는 내 저녁시간이 예정에 없이 침범된 사실에 충격을 받아 입을 다물고 있었다.

"응?" 엄마가 말했다. "기다리고 있어, 아가……"

나는 목을 큼큼 풀었다.

"저는, 어…… 저는 잘 지내요, 엄마. 엄마가…… 제 생각을 하고 있었다고요?" 이건 처음 있는 일이었다.

"음. 사실은 두 가지 용건이 있어. 먼저, 내가 네 프로젝트를 좀 도와주면 어떻겠니? 내가 지내는 이곳에서 큰 도움을 줄 수 없는 건 누가 봐도 뻔해. 하지만 그래도 영향력을 행사할 수는 있을 것 같은데? 어쩌면 내가 수를 좀 써서 잠시 나갈 기회를 만들어 너를 찾아가 도와줄 수도 있을 테고. 그러니까, 불가능한 소리로 들린다는 거 알지만 사람 일은 절대 몰라…… 산도 옮기려면 언제든 옮길 수 있고 또……"

"아니요, 엄마. 오, 아니, 아니, 아니요……" 내가 잽싸게 말했다. 나는 엄마가 담배 연기를 들이마시는 소리를 들으면서 할말을 고심해 정리했다. "제 말은요, 엄마." 엄마가 폐에 갇힌 공기를 뿜어내는 소리가 들렸다. "그렇게 제안해주신 건 무척 고맙지만 거절해야 할 것 같아요."

"이유를 물어봐도 될까?" 엄마가 말했고, 심기가 불편해진 것 같았다.

"그냥…… 정말로 여기서 저 혼자 다 잘 알아서 하고 있는 것 같아요." 내가 말했다. "엄마는, 말하자면, 거기 그대로…… 머물러 계시는 편이 좋을 것 같아요. 엄마가 이 시점에 더 할 수 있는 게 있는지 잘 모르겠어요."

"음, 아가…… 네 생각이 확실하다면야. 하지만 내가 아주 유능한 사람인 거, 너도 알지? 그리고 솔직히 넌 때때로 갈팡질팡하고 좀 바보 같잖아."

나는 가능한 한 조용히 한숨을 쉬었다.

"게다가," 엄마가 말을 계속했다. "그냥 기다리기만 하려니 이제 좀 짜증이 나는구나. 이 남자와의 관계를 더 진척시킬 필요가 있어, 알지? 좀더 액션을 취해야 해, 엘리너. 그게 필요해, 아가." 엄마의 목소리가 이제 차분해지기 시작했다.

"네, 엄마. 네, 당연히 엄마가 절대적으로 옳아요." 처음 그 뮤지션을 본 뒤로 지난 몇 주 동안 당면한 문제들 때문에 그에 대한 관심이 밀려나고 진척이 느려진 것은 사실이었다. 관심을 쏟아야 할 다른 문제들이 너무 많았다. 레이먼드, 새 일, 새미와 그의 가족…… 하지만 엄마 말이 맞았다.

"좀더 빨리 진척시켜볼게요." 내가 말했다. 그 말이 엄마의 마음을 누그러뜨렸는지—그랬기를—엄마가 전화를 끊을 준비를 하기 시작했다.

"참, 잠깐만요, 엄마. 끊지 마세요. 아까 두 가지가 있다고 하셨잖아요. 엄마가 생각한 두번째는 뭐였어요?"

"참, 그렇지." 엄마가 말했고, 멸시하듯 담배 연기를 옆으로 후 내뿜는 소리가 들렸다. "너는 인간 세포의 쓸데없는 낭비라는 말을 하고 싶었어. 그게 다야. 그럼 안녕, 아가!" 엄마가 칼날처럼 빛나는 목소리로 말했다.

침묵.

@johnnieLrocks

속보! 필그림 파이어니어스를 떠나기로 결정. 나쁜 감정은 없음. 그녀석들을 **완전** 존중 #솔로아티스트 #스타탄생 (1/2)

@johnnieLrocks

솔로로 활동하면서 지금과 다른 더 강한 음악으로 방향을 잡을 예정. 곧 조만간. 잘 가, 안녕 #인습타파주의자 (2/2)

22

엄마가 평소처럼 수요일에 다시 연락을 해왔는데, 저번과의 간격이 너무 짧았다.

"안녕!" 엄마가 말했다. "다시 나야! 엄마하고 나누고 싶은 새 소식은 없니?"

월요일 이후로 다른 특별한 소식이 없어서 나는 키스의 생일 파티에 대해 이야기해주었다.

"요즘 이런저런 자리에 다니느라 아주 바쁜가보구나, 엘리너?" 엄마가 말했고, 목소리는 기분 나쁘게 달콤했다.

나는 아무 말도 하지 않았다. 대체로 그것이 취할 수 있는 가장 안전한 태도였다.

"뭘 입고 갔어? 틀림없이 우스꽝스럽게 보였겠지. 맙소사, 부디 춤을 추려고 하진 않았다고 해주렴, 우리 딸." 엄마는 내 긴장된 침묵을 통해 용케 직감적으로 그 답을 알아낸 것 같았다.

"오, 맙소사," 엄마가 말했다. "춤은 아름다운 사람들이 추는 거야, 엘리너. 네가 바다코끼리처럼 굼뜬 동작으로 움직였을 걸 생각하면……" 엄마는 한바탕 긴 웃음을 터뜨렸다. "오, 고마워. 정말 고마워, 아가. 그 이야기 덕에 오늘밤이 아주 즐겁구나. 정말로 그래." 엄마가 다시 웃었다. "엘리너, 춤이라니!"

"엄마는 어떻게 지내세요?" 내가 조용히 물었다.

"잘 지내지, 아가, 잘 지내. 오늘은 저녁으로 칠리가 나오는 날이야. 늘 특별한 일이 있지. 좀 이따 영화를 볼 거야. 수요일마다 하는 멋진 행사지!" 엄마의 목소리 톤은 산들바람처럼 경쾌했다. 내가 듣기엔 경계성 조증의 특징 같았다.

"저 승진했어요, 엄마." 목소리에서 작게 번득이는 자부심을 감추지 못한 채 내가 말했다. 엄마가 콧방귀를 뀌었다.

"승진을 했다니! 믿을 수 없을 만큼 감동적인 이야기로구나, 아가. 그게 무슨 뜻이니, 한 달에 5파운드를 더 받는다는 뜻이야?"

나는 아무 말도 하지 않았다.

"아무튼," 엄마가 짐짓 칭찬해주는 듯한 목소리로 말했다. "잘됐어, 아가. 정말 진심이야. 훌륭해." 나는 바닥을 내려다보았고, 눈물이 흘러나오는 것을 느꼈다.

엄마가 다른 누군가에게 약간 으르렁거리며 말하는 소리가 들렸다. "아니야, 빌어먹을, 안 했다니까! 나는 〈섹스 앤 더 시티 2〉라고 했어! 그래, 그랬다고! 투표로 결정하는 거라고 생각했는데. 어? 또? 이런, 빌어먹을……" 엄마는 다시 내게 말했다.

"같이 지내는 사람들이 또 〈쇼생크 탈출〉을 보기로 했다는구나. 믿어져야 말이지, 이번까지 치면 수요일마다 연속 스무번째야……

잘 들어, 새 일이건 생일 파티건 그런 말도 안 되는 것들 때문에 곁길로 빠져 네 프로젝트에서 벗어나지 마. 지금 당면한 문제가 있으니 계속 거기에 집중해야 해. 나약한 가슴으론 결코 멋진 남자를 얻을 수 없지. 네가 내게 잘생기고 적절한 사위를 안겨준다고 상상해봐, 엘리너. 그러면 평범해질 거야, 아가, 안 그래? 그렇게 되면 우리도 평범한 가족이 될 거야."

엄마가 웃었고, 나도 웃었다. 그건 그냥 고려해볼 것조차 없이 너무나도 이상한 생각이었다.

"나는 딸을 낳는 저주를 받았어." 엄마가 슬프게 말했다. "하지만 늘 아들을 원했지. 아쉽긴 해도 사위로 어떻게 될 거야. 물론 적합한 상대여야겠지. 알다시피, 예의바르고 사려 깊고 배려할 줄 알고 행동거지가 바른 사람이라면. 그 남잔 그 모든 걸 갖춘 사람이겠지? 네 이번 프로젝트 말이야, 엘리너. 옷을 잘 입는 남자라며? 말씨도 세련되고? 예의바르게 말하고 역할에 맞는 모습을 하는 게 얼마나 적절한 일인지에 대해 내가 입이 닳도록 말한 거 너도 알지."

"아주 괜찮은 사람 같아요, 엄마." 내가 말했다. "아주 적합한 사람이에요. 잘생기고 재능 있고 성공했고요. 굉장해요!" 내가 그 주제에 더욱 열을 내며 말했다. 그에 대해 아는 사실이 없어도 너무 없어서, 나는 조사를 통해 긁어모은 조니 로몬드에 대한 빈약한 정보를 꾸며서 말하고 있었다. 그건 꽤 재미있었다.

엄마가 저류에 악의를 감춘 채 멸시하는 어조로 말했다. 엄마의 기본 어조로.

"오, 맙소사. 이제 지겹구나. 이 대화가 지겨워. 네가 그 프로젝트를 완성하길 기다리는 것도 지겹고. 이제 끊어도 좋아, 엘리너.

맙소사, 제발 스스로 주도적이 된다거나 밀어붙이려는 수고는 하지 마. 오, 그러지마. 네가 그럴까봐 무섭구나. 제발, 지금처럼 아무것도 하지 마. 그냥 네 텅 빈 작은 아파트에 앉아서 하던 대로 혼자 텔레비전이나 보렴. 매일, 밤마다, 하루도 빼놓지 않고 하던 것처럼."

나는 엄마가 소리지르는 것을 들었다. "간다고! 나 빼고 시작하지 마!" 탈칵 라이터 켜는 소리, 연기 들이마시는 소리.

"서둘러야지, 엘리너. 안뇽!"

통신 두절.

나는 혼자, 매일, 밤마다, 하루도 빼놓지 않고 하던 것처럼 앉아서 텔레비전을 보았다.

우리가 이 녹색과 푸른색의 눈물 계곡에서 우리에게 주어진 한정된 시간만큼 계속 존재할 수 있는 이유 중 하나는 아무리 요원해 보일지라도 언제나 변화의 가능성이 있다는 것이라고 나는 생각한다. 가장 있을 법하지 않은 상상을 펼친다고 해도, 나는 내가 여덟 시간 동안 단조로운 업무를 하는 것 말고 다른 일을 찾을 수 있을 거라고는 한 번도 생각해본 적이 없었다. 요즘은 주중에 손목시계를 보고 내가 알아차리지 못한 사이에 시간이 훌쩍 흘렀다는 걸 깨닫는 날들이 많았고, 그 사실은 내게 큰 놀라움으로 다가왔다. 오피스 매니저 역할에는 내가 배우고 완벽히 익혀야 할 여러 가지 새로운 업무가 포함되어 있었다. 그중 어느 것도 인간의 지혜를 넘어서지는 않는다는 사실은 명백했지만, 어떤 일은 복잡할 수밖에 없었다. 그리고 나는 내 뇌가 눈앞에 놓인 새 도전 과제에 얼마나 열정적으로 반응하는지에 깜짝 놀랐다. 동료들은 내가 그들을 관리할 거라는 소식에 다소 실망한 눈치였지만, 적어도 아직은 폭동이나 불복종의 기미를 보이지 않았다. 나는 늘 그래왔듯 그들과 어울리지 않고 혼자 지내면서 그들이 각자의 업무(혹은 그들의 업무로 여겨지는 것. 그들은 업무를 썩 잘 수행하지 못했고 실제로 시도한 몇 가지 업무는 오히려 엉망진창이 되어버리곤 했다)를 계속해나가도록 했다. 적어도 당분간은 현상태가 지속될 테고, 지금까지는 내가 그 직책을 맡기 전과 비교해서 그들이 일을 더 못하지는 않았다.

새 역할은 밥과 더 빈번히 소통한다는 걸 의미했고, 나는 밥이 사실상 아주 재미있는 대화 상대라는 것을 알게 되었다. 그는 이 사업이 하루하루 어떻게 진행되는지에 대해 나와 많은 것을 공유했고, 고객들에 대해 말할 때도 유쾌하고 거리낌없는 태도를 보였다. 곧 나는 고객들이 이것저것 따지는 게 아주 많은 사람들이라는 것을 알게 되었다. 내가 고객들과 직접 연락을 취하는 경우는 여전히 제한적이었고, 나는 그 사실에 아무런 불만이 없었다.

내가 파악하기로, 고객들은 자신들의 요구 사항을 완전히 전달하지 못하는 게 일상인 사람들이었다. 그러다 어느 시점이 되면 다급해진 디자이너들이, 고객이 간신히 떠올린 몇 안 되는 모호한 단서를 기초로 몇 가지 시안을 만들어낸다. 팀원 전부가 관여하고 숱한 시간이 걸린 결과물이 승인을 위해 고객에게 제출된다. 그 시점에 고객이 말한다. "이건 아니에요. 그건 정확히 내가 원하지 않는 거예요."

고객이 마침내 최종 결과물에 만족한다고 선언하기까지 이런 힘들고 복잡한 과정이 몇 차례 반복된다. 예상할 수 있듯이, 그 과정을 거쳐 승인을 받아낸 최종 디자인 결과물은 처음에 제출한 그것, 고객이 적합하지 않다고 대번에 퇴짜를 놓은 그것과 사실상 같은 것이라고 밥은 말했다. 밥이 직원 휴게실에 맥주와 와인과 초콜릿을 비축해놓은 것, 미술팀이 그곳을 그렇게 자주 이용하는 것이 놀랍지 않다고 나는 생각했다.

나는 크리스마스 런치 계획도 세우기 시작했다. 지금은 아이디어의 윤곽이 아주 모호했지만, 우리 고객들처럼 나 또한 내가 원하지 않는 것에 대해서는 매우 분명했다. 레스토랑 체인점이나 호텔은 안 되고, 칠면조 요리도, 산타도 안 된다. 웹사이트에 '기업 엔터테인먼트'나 '오피스 파티'라고 소개된 곳도 절대 안 된다. 완벽한 장소를 찾아내고 완벽한 행사를 계획하는 데는 시간이 걸리겠지만 아직 몇 달이 남아 있었다.

레이먼드와 나는 대략 일주일에 한 번 정도 점심시간 만남을 이어갔다. 늘 다른 요일이어서 좀 짜증이 났지만, 그는 뭔가를 정해놓고 할 수 있는 사람이 아니었다(그게 놀랄 일은 당연히 아니었다). 어느 날은 만난 지 스물네 시간도 되지 않아, 바로 그다음날 오후에 다시 만나 점심을 먹자고 이메일을 보냈다. 나는 누군가가 짧은 점심시간 동안 나와 같이 있는 걸 좋아할 수 있다는 것, 적어도 견딜 수 있다는 것을 거의 믿을 수 있게 되었고, 그런 일이 한 주에 두 번 일어날 수 있다고 생각하니 그 믿음이 더욱 커졌다.

R에게, 다시 만나 점심을 먹는 건 기쁘지만, 저번에 만난 지 얼마 안 돼서 좀 당혹스러워요. 다 괜찮은 건가요? 그럼 이만, E

그가 답장을 보내왔다.

할말이 있어요. 1230에 봐요 R

우리가 점심에 만날 때마다 늘 가는 곳이 있어서, 그가 장소를 구체적으로 알려줄 필요도 없었다.

내가 도착했을 때 레이먼드는 아직 그곳에 없었다. 그래서 내 옆 의자에 놓여 있는 신문을 정독했다. 신기하게도 나는 이 허름한 장소를 좋아하게 되었다. 종업원들의 외모는 영 마음에 들지 않았지만 다들 하나같이 유쾌하고 친절한 사람들이었고, 이제 "평소대로 드실 거죠?" 하고 말하고 내가 주문할 필요도 없이 커피와 치즈 스콘을 가져오는 사람이 한 명 이상은 되었다. 내가 허영심 많고 피상적인 사람으로 보이겠지만, 나도 미국 시트콤에 등장하는 누군가처럼 '단골'이 있고 '평소'가 있는 사람으로 느껴졌다. 다음 단계가 되면 노력하지 않고도 위트 있고 친근한 농담을 나누게 되겠지만, 안타깝게도 아직 그런 사이는 되지 않았다. 종업원 하나—마이키—가 물잔을 들고 왔다.

"지금 드릴까요, 아니면 레이먼드가 올 때까지 기다릴까요?" 그가 말했다.

나는 레이먼드가 곧 올 거라고 말했고, 마이키는 내 옆의 테이블을 닦기 시작했다.

"요즘 어떻게 지내세요?" 그가 물었다.

"잘 지내요." 내가 대답했다. "여름의 마지막 나날이 가까워지는 것 같아요." 카페로 걸어오면서, 얼굴에 부드러운 햇살을 느끼고 녹색 풍경 사이로 붉은색과 황금색 잎들을 보면서 생각하던 말이었다. 마이키가 고개를 끄덕였다.

"저 이달 말에 여기 그만둬요." 그가 말했다.

"어머나!" 내가 말했다. "섭섭해서 어쩌죠." 마이키는 친절하고 다정했고, 주문을 받은 게 아닌데도 금액을 추가하지 않고 커피와 트뤼플을 내왔다.

"어디 다른 곳에 새 일자리를 찾았어요?" 내가 말했다.

"아니요." 그가 내 옆 의자에 앉으며 말했다. "헤이즐이 다시 많이 아파요." 내가 알고 있기로 헤이즐은 그의 여자친구였고, 두 사람은 비숑프리제를 키우면서 그들의 아기 로이스와 함께 근처에 살고 있었다.

"정말 안타까워요, 마이키." 내가 말했다. 그가 고개를 끄덕였다.

"지난번에 병원에서 다 제거된 것 같다고 했는데 재발해서 림프절과 간으로 퍼졌어요. 저는 그저, 그러니까……"

"모르는 여자한테 치즈 스콘을 내가는 것보단 헤이즐의 남은 시간을 그녀와 로이스와 함께 보내고 싶은 거로군요." 내가 말했고, 그가 씩 웃었다.

"어떤 게 더 중요한가의 문제죠." 그가 말했다. 나는 마음을 단단히 먹고 그의 팔에 내 손을 올렸다. 뭔가 말하고 싶었지만 어떤 말을 해야 맞는 건지 알 수 없어서 그냥 가만히 있었고, 그를 쳐다보며 그가 내 마음—내가 굉장히 안타까워한다는 것, 그가 헤이즐과 로이스를 아주 많이 사랑하고 보살피는 것에 대해 내가 존경스럽게 생각한다는 것, 아마 어느 누구보다 내가 상실에 대해, 그런 상황이 얼마나 힘든지에 대해, 앞으로도 그 마음이 이어질 거라는 사실에 대해 잘 알고 있다는 것—을 직감적으로 알아주기를 바랐다. 누군가를 아무리 많이 사랑해도 늘 충분하지 않았다. 사랑만으로 그 사람을 지켜줄 수는 없었다……

"고마워요, 엘리너." 마이키가 다정하게 말했다. 내게 고맙다고 하다니!

레이먼드가 오더니 의자에 털썩 주저앉았다.

"괜찮아요, 친구?" 레이먼드가 마이키에게 말했다. "헤이즐은 어때요?"

"나쁘지 않아요, 레이먼드, 나쁘지 않아요. 메뉴 가져올게요." 마이키가 떠난 뒤 나는 몸을 앞으로 숙였다. "헤이즐 이야기 이미 알고 있었어요?" 내가 묻자 레이먼드가 고개를 끄덕였다.

"정말 속상해요, 안 그래요? 아직 서른도 안 됐는데, 로이스는 두 살도 안 됐고."

레이먼드가 고개를 끄덕였다. 우리 둘 다 말이 없었다. 정말로 다른 할말이 없었다. 우리가 주문을 마치자 레이먼드가 목을 큼큼 풀었다.

"할말이 있어요, 엘리너. 안 좋은 소식이에요. 안타깝게도."

나는 뒤로 기대앉았고, 마음의 준비를 하면서 천장을 올려다보았다.

"말해봐요." 내가 말했다. 인생에서 내가 상상할 수 없거나 마음을 단단히 먹을 수 없는 일은 거의 없다. 내가 이미 경험한 것보다 더 안 좋은 일은 있을 수 없다. 과장해서 말하는 것처럼 들리겠지만 사실 그대로를 말한 것이다. 나는 사실 그것이 묘한 방식으로 힘의 원천이 될 거라고 생각한다.

"새미와 관련된 거예요." 그가 말했다.

그 말은 내 예상 밖이었다.

"주말에 돌아가셨어요, 엘리너. 심근경색이었대요. 다른 건 몰라도 고통 없이 빨리 돌아가신 것 같아요." 나는 고개를 끄덕였다. 놀라운 일이었지만 놀랍지 않았다.

"어떻게 된 거예요?" 내가 물었다. 레이먼드는 먹기 시작했고, 음식을 입으로 가져가면서—그리고 씹는 도중에—자세한 이야기를 해주었다. 이 남자를 음식과 떼어놓으려면 어떤 방법을 써야 할지 나로서는 잘 알 수 없었다. 에볼라 바이러스면 될까.

"로라의 집에서 지내실 때였대요." 그가 말했다. "텔레비전을 보다가요. 아무런 낌새도 없었대요. 아무것도."

"로라가 그때 같이 있었나요?" 내가 물었다. 부디 그녀가 그 일은 겪지 않았기를. 그 이후로 계속 살아가려고 애쓰는 것, 그 모든 일의 죄의식과 고통과 공포를 감당하려고 애쓰는 것…… 그것만큼은 다른 사람에게 일어나지 않기를 바랐다. 할 수만 있다면 나는 그녀의 짐이라도 기꺼이 짊어질 것이다. 단언컨대 그 짐이 나 자신의 짐에 보태진다 해도 나는 잘 알아차리지도 못할 것이다.

"로라는 외출 준비를 하느라 2층에 있었대요." 그가 말했다. "아래층으로 내려왔다가 소파에 그런 상태로 있는 어르신을 발견하고 큰 충격을 받았고요."

그러니 로라의 잘못이 아니었다. 노력했더라도 그녀는 새미를 구할 수 없었을 것이다. 그런 거라면 괜찮았다. 음, 그보다 더 좋은 죽음은 있을 수 없었다. 나는 그 상황을 좀더 생각해보았다.

"그러면 사망 당시 어르신 혼자였네요." 내가 홍미가 일어 말했다. "경찰이 불미스러운 일을 의심하나요?"

레이먼드가 먹던 할루미치즈 버거가 목에 걸려 내가 물잔을 건네야 했다.

"맙소사, 뭐예요, 엘리너!" 그가 말했다.

"미안해요." 내가 말했다. "그냥 갑자기 그 생각이 떠올라서."

"아, 뭐, 맨 처음 떠오르는 생각은 입 밖에 내지 않는 게 최선일 때가 있어요, 그렇죠?" 그가 조용히, 나를 쳐다보지 않고 말했다.

나는 마음이 몹시 아팠다. 새미와 그의 가족 때문에 마음이 아팠고, 그럴 의도가 없었는데 레이먼드를 당황하게 만든 것 때문에 마음이 아팠고, 종업원과 그의 여자친구와 그들의 불쌍한 아기 때문에 마음이 아팠다. 좋은 사람들, 그런 일을 당할 만한 잘못은 아무것도 하지 않은 착한 사람들에게 일어나는 이 모든 죽음, 이 모든 고통, 하지만 어느 누구도 막을 수 없다…… 눈물이 났고, 참으려고 애쓸수록 더 많이 쏟아졌다. 목구멍에 덩어리 같은 게 걸려 활활 불처럼 타오르는 것 같았다. 안 돼요, 제발, 안 돼요, 불은……

레이먼드가 슬며시 내 옆자리로 옮겨 앉아 내 어깨를 한쪽 팔로 감쌌다. 그가 조용하고 나지막한 목소리로 말했다.

"아 제발, 엘리너, 울지 마요. 정말 미안해요…… 그렇게 쏘아붙일 생각은 아니었는데, 정말로 그럴 생각이 아니었는데…… 제발, 엘리너……"

이상한 것—내가 결코 예측하지 못했던 무언가—은 누군가가 팔로 내 어깨를 감싸고 꼭 안아줄 때 실제로 기분이 더 좋아진다는 점이었다. 왜? 인간과의 접촉을 필요로 한다는 이 사실이 뭔가 포

유류다운 것이어서? 레이먼드는 따뜻하고 단단했다. 나는 그에게서 데오도런트 냄새와 그가 세탁할 때 사용하는 세제 냄새를 맡았다. 두 냄새 모두에 찌든 담배 냄새가 희미하게 배어 있었다. 레이먼드 냄새. 나는 그에게 몸을 더 기댔다.

마침내 나는 감정에 대한 통제력을 되찾았고, 창피한 눈물도 가셨다. 나는 코를 훌쩍였고, 그는 원래 앉았던 자리로 되돌아갔다. 그가 재킷 주머니를 뒤져 휴대용 화장지를 내게 건넸다. 나는 그를 보며 미소를 짓고 한 장을 꺼내 코를 풀었다. 내가 가장 숙녀답지 않은 소리로 코를 팽팽 푸는 것을 인식했지만, 달리 어쩔 수 있었겠는가?

"미안해요." 내가 말했다.

레이먼드가 내게 희미한 미소를 지어 보였다.

"알아요." 그가 말했다. "정말로 힘든 일이죠, 안 그래요?"

나는 잠시 시간을 두고 그가 내게 말해준 모든 것을 생각해보았다.

"로라는 어때요? 키스와 게리는요?"

"예상대로 다들 말이 아니죠."

"장례식에 가야겠어요." 내가 결심하고서 말했다.

"나도요." 그가 말하고는 콜라를 후루룩 마셨다. "참 재미있는 어르신이었는데, 그렇지 않아요?"

내가 미소를 짓고 목구멍에 걸려 있던 덩어리를 삼켰다. "좋은 분이셨어요." 내가 말했다. "보도에 쓰러져 의식불명일 때조차 그건 대번에 알 수 있었어요."

레이먼드가 고개를 끄덕였다. 그가 테이블 너머로 손을 뻗어 내 손을 꼭 잡았다. "적어도 어르신은 그 사고 이후 몇 주를 가족과 함께 보냈어요, 그렇죠? 행복한 몇 주였을 거예요. 멋진 퇴원 파티도 하고, 키스의 마흔번째 생일 파티도 하고요. 사랑하는 사람들 모두와 시간을 보낼 기회를 가졌잖아요."

내가 고개를 끄덕였다. "뭐 좀 물어봐도 돼요, 레이먼드?" 내가 말했다.

그가 나를 보았다.

"장례식 예절은 어떤 건가요? 요즘도 조문객들이 검은색 옷을 입어야 하나요? 모자도 필요de rigueur해요?"

그가 어깨를 으쓱했다. "모르겠는데요…… 그냥 입고 싶은 대로 입으면 될 것 같아요. 새미는 그런 것에 신경쓸 사람이 아닌 것 같은데, 안 그래요?"

나는 그 문제를 곰곰이 생각해보았다. "검은색 옷을 입을래요." 내가 말했다. "그러는 게 안전할 것 같아요. 하지만 모자는 안 쓸래요."

"그래요. 나도 모자는 안 쓸 거예요." 레이먼드가 말했고, 우리는 정말로 웃었다. 그의 소소한 위트가 끌어냈을 만큼의 웃음보다 훨씬 더 오래 웃었는데, 그저 그러는 게 기분좋아서였다.

회사로 걸어서 돌아가는 길에 우리는 서로 대화를 나누지 않았다. 약한 햇살이 우리 얼굴에 머물렀고, 나는 잠시 고개를 들고 고양이처럼 그 햇살을 받았다. 레이먼드는 발뒤꿈치를 끌며 가벼운 낙엽 카펫 위를 걸어갔고, 그의 빨간 운동화는 황동색 낙엽들 속을 섬광처럼 지나갔다. 회색 다람쥐 한 마리가 우리가 가는 길을 가로질러 물 흐르듯 반원을 그리면서 쪼르르 뛰어갔고, 공기에는 거의 가을냄새가 묻어났다. 사과와 양모 냄새. 우리는 회사 건물 안으로 들어간 뒤에도 서로 말하지 않았다. 레이먼드가 내 양손을 잡고 잠시 꼭 쥐더니 내 옆구리 쪽에 내려주었다. 그는 2층으로 올라갔고, 나는 모퉁이를 돌아 내 사무실로 갔다.

나 자신이 갓 낳은 알이 된 것 같았다. 안이 무르고 여물지 않은, 조금만 압력을 주어도 부서질 것처럼 아주 약한. 내가 책상 앞에 앉았을 무렵 이미 이메일이 나를 기다리고 있었다.

금요일에 C U. Rx*

답장을 해야 하나? 아무래도 해야 할 것 같아서 그저 이렇게만 보냈다.

X

* 편지 말미에 쓰는 안부의 말인 'regards'의 약자.

23

나는 이 쇼핑 비즈니스가 어떻게 돌아가는지 깨달아가고 있었다. 지난번 그 백화점을 다시 찾아가서 다른 매장의 점원에게 조언을 구해 검은 원피스와 검은 스타킹과 검은 구두를 구입했다. 어린 시절 이후 처음 사 입는 원피스여서 다리를 공개적으로 드러내는 것이 어색했다. 이번에도 점원이 내게 현기증이 날 만큼 높은 하이힐을 신어보게 했다. 이 사람들은 여성 고객들을 절름발이로 만드는 데 왜 이렇게 믿을 수 없을 만큼 열성적인 거지? 나는 구두 장인과 척추 지압사들이 못된 마음을 먹고 모종의 카르텔을 형성한 게 아닌지 궁금해지기 시작했다. 하지만 생각해보면 직원의 말이 맞았는데, 몸에 꼭 맞는 그 검은 원피스는 내 새 부츠(확실히 격식 있는 자리에는 어울리지 않았다)와도, 출근할 때 신는 벨크로 신발과도 어울리지 않았다(나는 그 신발들이 어느 경우에나 무난하게 신을 수 있다는 바로 그 정의에 해당된다고 생각했었기 때문에 그렇지 않다는 사실에 깜짝 놀랐다).

우리는 '키튼힐'이라는 있을 법하지 않은 이름이 붙은 구두로 타협을 보았다. 혹 고양이와 관련이 있다고 생각할지 모르지만, 그와는 아주 달랐다. 신고 걷기 편한 구두였고, 그럼에도 '아주 여성적'이었다. 그건 어떤 기준에서 결정되고 누구에 의해 결정된 거지? 그게 중요한가? 나는 언제 성性 정치와 성 정체성에 대해 조사해봐야겠다고 생각했다. 그것에 관한 책이 있을 것이다. 모든 것에 대한 책들이 있었다.

이번에 백화점에 갔을 때는 내 쇼퍼가 장례식에 어울리지 않을 거라는 판단에 핸드백도 구입했다. 쇼퍼 천의 무늬가 아주 발랄해서 무덤가에서 너무 튈 것 같았다. 바퀴가 좀 삐걱거릴지도 몰랐다.

마침내 안착한 가방은 너무 작아서, 예를 들어 하드커버 책이나 글렌스 병 같은 걸 넣고 다니기에는 실용성이 없는 것이었다. 나는 집에 돌아와 가방을 살펴보면서 반짝거리는 가죽과 실크 같은 안감을 만져보았다. 긴 금색 체인을 어깨에 멜 수 있어서 손을 자유롭게 쓸 수 있었다.

나는 더 사악한 가격의 검은색 양모 코트도 구입했다. 무릎 길이의 몸에 붙는 싱글브레스트 코트였다. 따뜻하고 무늬가 없는 것인데, 나는 그 점이 멋지다고 생각했다. 사온 것을 전부 침대 위에 늘어놓고 유심히 살펴보면서 그 전부를 같이 혹은 따로 입고 또 입으면 된다고 나 자신을 안심시키며 비용 걱정을 덜어냈다. 나는 이제 이른바 '캡슐 옷장'이라고 생각되는 것을 갖게 되었고, 그 옷들은 뮤지션과 내가 함께 참석할 대부분의 사교 행사에 적합했다. 그 옷을 입고 그의 팔에 안긴 내 모습은 어떤 상황에라도 잘 맞을 것이다. 아마 발레를 보러 간 어느 저녁에도? 새 연극의 오프닝 밤 행사에도? 나는 그가 내게 미지의 세상을 열어 보이리라는 것을 알고 있었다. 적어도 나는 지금 그 세상에 어울리는 구두를 확보했다.

지난 몇 주 동안 내가 보통 일 년 동안 쓰는 돈보다 더 많은 돈을 썼다. 사회적 교류에는 돈이 엄청나게 많이 드는 것 같았다. 여행, 옷, 술, 점심, 선물. 가끔은 그것이 결국 양쪽 다 손해를 보지 않는 상태—술에 대한 것처럼—로 끝나는 것 같았지만, 순수하게 금전적 손실로 이어지는 경우도 종종 있는 것 같았다. 저축해둔 돈이 조금 있었지만, 그건 그저 한 달 치 월급에 지나지 않았고, 밥이 주는 봉급은 풍족한 것과는 거리가 멀었다. 전에는 내게 이런 사회생활에 돈을 쓸 일이 자주 요구되지 않았기 때문에 그 돈으로 사는 게 가능했다는 걸 나는 이제 깨달았다.

엄마는 사치스러운 생활을 좋아했지만 그 이후…… 모든 것이 변했고…… 나는 돈이란 걱정해야 하는 무엇, 쪼개 써야 하는 무엇이라는 것을 알게 되었다. 돈은 요구될 때에만 계산되어 발갛고 살갗이 벗겨진 내 손에 들어왔다. 나는 다른 누군가가 내 옷과 내가 먹는 음식과 심지어 내가 자는 방의 난방에 대한 돈을 내주고 있다는 사실을 결코 잊지 않았다. 잊어서는 안 되었다. 위탁가정의 보호자들은 나를 돌보는 대가로 일정한 액수의 돈을 받았고, 나는 그 액수를 초과하는 일이 없도록 늘 주의를 기울여야 했으며, 그러려면 뭔가를 필요로 하지 않아야 했다. 특히 뭔가를 원하지 않아야 했다.

'일정한' 액수라는 것은 관대하거나 풍족한 단어가 아니다. 물론 이제 나 스스로 돈을 벌지만 그래도 신중해야 한다. 예산을 짜는 것은 하나의 기술, 신중하게 돈을 쓰는 데 아주 유용한 기술이다. 결국 내가 돈이 다 떨어져 빚을 지게 됐을 때 나를 곤경에서 구해달라고 연락해볼 사람이 내게는 한 명도, 단 한 명도 없었다. 나는 빈털터리가 될 것이다. 집세를 내줄 익명의 은인도, 내가 월급날 돈을 갚을 때까지 고장난 진공청소기를 바꾸거나 가스 요금을 낼 돈을 빌려줄 가족이나 친구도 내게는 없다. 나 스스로 그 사실을 잊지 않는 것이 중요했다.

그럼에도 불구하고, 새미의 장례식에 부적절한 옷을 입고 갈 수는 없었다. 점원은 검은 원피스가 세련되지만 '간편하게 입어도' 괜찮은 옷이라고 안심시켜주었다. 코트는 겨우내 입을 수 있었다. 내 조끼는 지난 세월 동안 옷값을 충분히 뺄 만큼 입었지만, 앞으로 다시 필요해질지 모르니 물론 가지고 있을 것이다. 나는 모든 것을 조심스럽게 옷장에 걸었다. 이제 준비가 되었다. 시체를 밖으로 내시오.*

금요일이 되었고, 날은 환했지만 계속 그럴지는 알 수 없었다. 나는 샤워를 하고 새 옷을 입었다. 나는 양말을 신고 바지를 입는 것을 선호해서 스타킹을 신은 지 아주 오래됐지만, 어떻게 올려 신는지는 여전히 기억이 났다. 스타킹은 얇고 섬세해서 손톱을 조금만 부주의하게 움직여도 대번에 찢어질 수 있었기 때문에 나는 극

* 유럽에서 흑사병이 돌던 당시 시체들을 싣고 지나가던 수레가 집에 있는 사람들에게 시체가 있으면 수레에 내다 실으라고 알릴 때 외친 말.

도로 조심했다. 다른 사람의 피부를 입은 것처럼, 어느 정도 그 안에 갇힌 기분이 들었다.

나는 다리는 검게 만들고 머리칼은 금발로 만들었다. 속눈썹은 길고 검게 만들고, 뺨은 분홍빛으로 칠하고, 입술은 자연에서는 거의 발견되지 않는 진홍색으로 칠했다. 당연히 내 모습은 그 어느 때보다 인간 여성 같지 않았지만, 그럼에도 이것이 내가 세상 앞에 만들어서 내보일 수 있는 가장 잘 받아들여지는 모습이자 가장 적절한 모습인 듯했다. 왜 그런지는 몰랐다. 더 해볼 수도 있을 것 같았다. 태닝 제품으로 피부를 그을린 것처럼 만들고, 식물과 동물의 신체 일부에서 증류하고 실험실에서 제조한 화학물질을 내 몸에 뿌릴 수도 있었다. 그런 건 하고 싶지 않았다. 나는 새 가방을 집어 들고 밖으로 나간 뒤 문을 잠갔다.

안전과 보안 때문에 나는 집주소를 알려주지 않고 아파트 근처 큰길 어디쯤에서 나를 태워가도록 했다. 그저 그런 외관의 차 한 대가 정확한 시간에 그 건물 앞에 도착했다. 내가 운전사 뒷자리로 올라타 레이먼드의 옆에 앉을 때 운전사가 백미러를 흘끗 보았다. 얼마의 시간이 지난 뒤에야 그게 드레스 때문인 것을 알아차렸고, 어쩔 수 없는 만큼보다 다리를 더 드러내지 않도록 신경을 썼다.

모든 것에 시간이 많이 걸렸다. 예전에는 그냥 샤워를 하고 머리를 빗고 바지를 입으면 그만이었다. 여성스러워진다는 것은 분명 뭘 하든 시간이 한참 걸리고 사전에 상당히 공을 들여 계획을 세우는 걸 의미했다. 나는 키튼힐 구두와 10데니어 올 굵기의 스타킹을 신고 어떻게 나일강의 기원까지 하이킹을 할 수 있을지, 입자 가속기가 제대로 작동하지 않아서 조사해야 할 때 어떻게 사다리를 타고 올라갈 수 있을지 상상이 되지 않았다.

차 안에서는 레이먼드의 옷차림이 전체적으로 어떤 효과를 내는지 가늠하기 힘들었지만, 앉은 자리에서만 봐도 그가 다림질한 흰 셔츠에 검은색 타이, 검은색 바지 차림인 것을 알 수 있었다. 발은 보이지 않았지만 나는 속으로 그가 운동화를 신고 오지 않았기를, 검은색이라고 해도 신지 않았기를 조용히 빌었다.

"멋진데요." 그가 말했다.

나는 새 원피스를 입은 내 모습을 약간 의식하며 고개를 끄덕였고, 다시 그를 쳐다보았다. 제멋대로 난 빈약한 턱수염은 면도는 하지 않고 살짝 다듬은 정도였고, 머리는 단정하게 빗은 채였다. 택시가 움직였고, 우리는 느리게 이동하는 출근길 차량에 합류했다. 라디오에서는 의미 없는 말을 지껄여댔고, 우리는 서로 쳐다보지도, 이야기를 나누지도 않았다. 할 이야기가 정말로 없었다.

화장터는 근교에 있었는데, 흰색 콘크리트로 짓고 무섭게 생긴 천사들이 있는 흉물스러운 1970년대 건물이었다. 깔끔한 정원은 개성 없는 시청 느낌이었는데, 놀랍게도, 아름다운 장미꽃이 만발해 있었다. 화장터를 빙 둘러 높이 자란 나무들이 많았고, 그것을 보고 나는 기분이 좋아졌다. 나는 나무들의 뿌리를 생각하는 게, 나무뿌리가 생명을 머금고 이 땅 아래에서 뱀처럼 구불구불 뻗어 있는 것을 생각하는 게 좋았다. 우리는 엄청나게 큰 주차장으로 들어갔다. 아직 열시 반이었지만, 벌써 차들이 꽉 차 있었다. 그곳은 벽지여서 대중교통으로 가는 것이 불가능했는데, 전적으로 말이 안 되는 이야기였다. 기차나 셔틀버스가 있어야 한다고, 나는 생각했다. 그곳은 우리 모두 언젠가는 방문하게 될 수밖에 없는 장소인 것이다.

레이먼드가 운전사에게 택시 요금을 지불했고, 우리는 잠시 서서 마음을 가다듬었다.

"갈까요?" 그가 말했다.

나는 고개를 끄덕였다. 다른 조문객도 많았는데, 느리고 검은 딱정벌레들처럼 부지를 통과하고 있었다. 우리는 나무와 장미와 햇살이 이렇게 좋은데 서둘러 안으로 들어갈 필요는 없다는 데 무언의 합의를 하고, 건물까지 난 길을 걸어갔다. 긴 영구차가 정문 앞에 세워져 있었고, 화환으로 뒤덮인 관이 있었다. 새미의 시신이 안치되어 있을 그 관은 목재로 만든 것이었다. 새미가 그 안에서 어떤 옷을 입고 있을지 궁금했다. 멋진 빨간색 스웨터이기를 바랐다. 포근하고 그의 냄새가 나는.

우리는 장례식장 안으로 들어가 왼쪽 편에, 앞에서 너무 멀지 않은 줄에 앉았다. 이미 절반이 차 있었고, 중얼거리는 대화 소리가 나지막이 들렸다. 다른 장소나 다른 환경에서는 들어본 적 없는, 조용하고 벌레처럼 윙윙거리는 소리였다.

나는 신자석에 쭉 놓여 있는 종이 한 장을 집어들었다. 새뮤얼 맥머리 톰, 1940~2017, 그렇게 쓰여 있었다. 거기에 진행 순서와 성경 말씀과 찬송가가 실려 있었는데, 그것이 끝나기를 바라는, 그 자리에 있고 싶지 않고 그 모든 것을 경험하고 싶지 않은 간절한 마음이 갑자기 나를 엄습했다.

레이먼드와 나는 침묵을 지켰다. 장례식장 안은 나무 기둥과 높고 둥근 천장이 있어서 외부에서 받았던 인상보다 내부가 훨씬 멋있었다. 우리가 앉은 자리의 왼쪽 벽면 전체가 유리여서, 완만한 경사를 이룬 풀밭과 크고 원시적인 나무들이 배경으로 보였다. 나는 기뻤다. 자연이 이 공간에서 어떤 식으로든 자신의 존재를 느끼게 하는 거라고 생각했다. 꺾인 꽃이 아니라 살아 있는 자연을 느끼도록 하는 거라고. 이제 햇살은 아주 밝았고, 나무는 짧은 그림자를 던졌다. 나뭇잎을 살랑살랑 흔드는 바람에서 슬며시 다가온 가을이 느껴졌다. 돌아보니 아마 백 명, 어쩌면 더 많은 사람들이 장례식장 안을 가득 채우고 있었다. 웅성거리는 소리가 너무 커서 녹음된 단조로운 오르간소리가 들리지 않을 정도였다.

공기 속에서 뭔가가 움직였고, 침묵이 깔렸다. 새미의 두 아들과, 내가 파티에서 얼굴을 익힌 남자 넷이 통로를 통과하며 새미의 관을 운반해 이동식 벨트가 깔린 높은 단 위에 조심스럽게 내려놓았다. 벨트 끝에는 빨간색 벨벳 커튼이 드리워져 있었다. 그 단을 보자 뭔가가 연상되었는데, 마침내 생각난 것은 테스코에 있는 슈퍼마켓 계산대 벨트였다. 물건을 거기 올리면 벨트가 그 물건을 계산대 직원이 있는 곳까지 이동시켰다. 그 말을 하려고 레이먼드에게 몸을 기울였지만, 그는 내가 말을 하기도 전에 슈트 주머니에서 박하사탕 봉지를 꺼내 한 알을 내게 내밀었다. 나는 사탕을 입안에 톡 집어넣고 빨아먹었다.

다른 사람들이 우리 줄로 와서 앉았고, 우리는 그들에게 자리를 내주기 위해 게처럼 옆으로 옮겨 앉아야 했다. 그래서 나는 레이먼드 기번스와 아주 가까이 앉게 되었다. 오늘 그에게서는 굉장히 기분좋은 냄새가 났다. 물론 박하사탕도 한몫했겠지만, 깨끗한 비누 냄새와 삼나무 비슷한 나무 냄새도 풍겼다. 오늘은 아직 그가 담배 피우는 것을 보지 못했다. 레이먼드조차 화장터 밖에서 담배를 피우는 건 부적절한 행동이라고 생각하는 것 같았다.

나머지 가족들이 들어와 앞줄에 앉은 새미의 아들들 옆에 앉았다. 로라는 혼자였는데, 그렇게 화려할 수 있을까 싶을 정도로 화려했다. 선글라스라니! 실내에서! 놀랄 일이었다. 그들 뒤로 유쾌한 인상의 목사가 들어왔다. 키보드 치는 남자가 구석에 틀어박힌 채 손가락을 풀더니 연주를 시작했고, 우리는 부스럭거리며 일어섰다. 찬송가 가사가 안내지에 실려 있었지만, 내 기억 속에 어린 시절 알던 그 가사가 남아 있었다. 다 같이 부르는 노래는 정말 엉망이어서 무조無調의 중얼거림처럼 들렸다. 게다가 목사의 거슬리는 목소리는 지나치게 컸는데, 아마도 라펠에 마이크를 착용했기 때문인 것 같았다. 찬송가를 부를 때는 정말이지 마이크를 꺼야 할 것 같다. 빽빽거리며 질러대는 소리를 키워서 들을 필요는 없었다. 레이먼드가 가느다란 미성의 테너 목소리를 가지고 있어서 나는 깜짝 놀랐다. 그는 대부분의 사람들과 다르게 노래를 제대로 불렀다. 사람들이 언제부터 공개적인 자리에서 노래하는 것에 창피함을 느끼게 됐을까? 교회 가는 사람들 비율이 줄어서 그런가? 하지만 텔레비전에는 노래 경연 프로그램이 수두룩했고, 거기에 참가하는 사람들은 아무리 재능이 없어도 창피한 줄을 몰랐다. 어쩌면 사람들은 독창에만 관심이 있나보다.

분명 이것은 존경을 보이지 않는 태도의 궁극적인 형태였다. 한 남자의 장례식에 와서 찬송가를 부르는 시간에 흥얼거리는 것 말이다. 아무리 단조로운 노래라 해도 그의 인생을 기리기 위해 특별히 고른 곡이 아닌가? 나는 더 큰 소리로 노래를 부르기 시작했다. 레이먼드와 나는 다음 네 줄에 앉은 사람들 모두를 합친 것보다 더 크게 노래를 불렀고, 나는 그것이 기뻤다. 가사는 믿을 수 없을 만큼 슬펐다. 나 같은 무신론자에게 희망이나 위로를 주는 노래는 전혀 아니었지만, 그럼에도 새미에게 경의를 보인다는 표시로 능력껏 자랑스럽게 노래를 부르는 게 우리의 의무였다. 노래가 끝난 뒤 자리에 앉으면서 나는 레이먼드와 내가 새미에게 마땅한 존경을 보인 것이 기뻤다. 상당수의 사람들이 우리를 돌아보았는데, 우리가 목소리로 보인 경의의 표시를 즐겨서였을 것이다.

목사가 새미가 살아온 이야기를 해주었는데, 새미가 노스이스트 지방 어느 작은 마을 근처의 양떼 목장에서 자랐다는 사실은 흥미로웠다. 새미는 학교를 그만두고 상선을 탔지만 곧 바다생활에 싫증이 났다. 그는 10파운드와 새 슈트 한 벌을 가지고 무작정 글래스고로 왔다. 목장으로 돌아갈 마음은 전혀 없었다. 그는 울워스 슈퍼마켓에서 바늘과 실을 찾다가 진을 만났다. 목사는 그들은 그뒤로 한 땀 한 땀 행복한 삶을 기워나갔다고 말하며, 본인이 그런 표현을 한 것에 뿌듯함을 느끼는 것 같았다. 잠깐 동안 전례의식—평소에 하는 양식대로—이 있었고, 이어 목사가 테스코 점원처럼 관이 놓여 있는 컨베이어벨트를 움직이게 했다. 새미가 체크아웃되어 나갔다.

이것이 이 끔찍한 행사 전체의 정점이라는 듯, 목사가 미소를 머금은 환한 얼굴로 다 같이 마지막 찬송가를 부를 시간이라고 선포했다. 레이먼드와 나는 씩씩하게 노래하려 노력했지만 울면서 노래하는 것은 불가능했다. 목구멍에 자두 씨 같은 덩어리가 걸려 있어서 음악이 그걸 뚫고 빠져나오지 못했다. 레이먼드가 코를 푼 뒤 내게 휴대용 화장지를 건넸고, 나는 감사히 받았다.

목사가 이후 호손하우스호텔에 간단한 식사가 준비될 예정이니 참석하면 가족이 매우 기뻐할 거라는 말을 전했다. 사람들이 줄을 서서 나가면서 악수를 하거나 뻔하고 의미 없는 말을 중얼거렸다. 나도 똑같이 했다. '꽃다발을 대신하여' 영국심장재단에 기부할 헌금 바구니가 돌았고, 레이먼드가 20파운드짜리 지폐를 넣는 것이 보였다. 나는 동전으로 3파운드를 넣었다. 누가 뭐라고 하건 이 정도도 지나치게 후하게 넣은 거라고 나는 생각했다. 심장병을 위한 신약과 효과적인 치료법을 연구하는 데는 엄청난 돈이 들어갈 것이다. 3파운드나 300파운드나, 결국 그 돈은 치료법을 찾는 것과 찾지 못하는 것 사이에 별다른 영향을 미치지 못할 것이다.

나는 화장터 뒤쪽 낮은 벽에 올라앉아 햇볕을 향해 얼굴을 돌렸다. 완전히 탈진한 상태였다. 잠시 후 레이먼드가 내 옆에 앉았고, 이어 라이터가 탈칵하는 소리가 들렸다. 나는 옮겨 앉을 힘조차 없었다. 그가 길게 담배 연기를 내뿜었다.

"괜찮아요?" 그가 말했다.

내가 고개를 끄덕였다. "당신은요?"

레이먼드가 어깨를 으쓱했다.

"솔직히 나도 장례식을 아주 좋아하는 사람은 아니에요." 그가 말했다. 그리고 시선을 돌렸다. "우리 아버지 생각이 나요. 오래전 일이지만 여전히 힘드네요, 알죠?"

나는 고개를 끄덕였다. 그 마음을 이해할 수 있었다. 시간은 상실의 고통을 무디게 만들 뿐이다. 완전히 지우지 않는다.

"간단한 식사를 하러 호손하우스호텔로 가는 건 정말로, 정말로, 정말로 하고 싶지 않아요, 레이먼드." 내가 말했다. "죽음에 대한 생각은 그만하고 싶어요. 그냥 집에 가서 평소 입는 옷으로 갈아입고 텔레비전을 보고 싶어요."

레이먼드가 담배를 비벼 끈 뒤 우리 뒤쪽 화단에 묻었다.

"아무도 그런 데는 가고 싶어하지 않아요, 엘리너." 그가 부드럽게 말했다. "하지만 가야 해요. 남은 가족을 위해." 내가 슬프게 보였던 것 같다.

"오래 있을 필요는 없어요." 레이먼드가 부드럽고 인내심이 느껴지는 목소리로 말했다. "그냥 얼굴만 비춰요. 차 한 잔 마시고 소시지롤 하나 먹고. 어떻게 하면 되는지 알잖아요."

"음, 적어도 고기 질이 좋고 페이스트리가 눅진하지 않고 파삭파삭하면 좋겠네요." 나는 기대하는 마음보다는 그저 그러면 좋겠다는 생각을 하며 어깨에 핸드백을 멨다.

호손하우스호텔은 화장터에서 걸어갈 수 있는 거리였다. 안내데스크 여자가 미소를 지었는데, 앞니가 하나뿐인 것을 보지 않을 수 없었다. 남은 어금니들은 정확히 콜먼스 잉글리시 머스터드 제품과 같은 색조였다. 내가 다른 사람들 개개인의 외모를 판단할 입장은 아니지만, 정말이지, 하고많은 직원 중에 이 여자를 안내데스크에 앉힌 게 최선의 선택이었단 말인가? 그녀가 우리에게 브램블 스위트룸을 가리킨 뒤 이가 빠진 연민의 미소를 보냈다.

우리는 마지막에 도착한 사람들 축에 속했다. 대부분의 사람들이 화장터에서 호텔까지의 짧은 거리를 차로 이동했다. 화장터는 사람들이 많이 오는 곳이라 주차 공간이 필요해서 그런 거라고 나는 생각했다. 나도 불에 태워지고 싶은지에 대해서는 확신이 없었다. 동물원에 있는 동물에게 먹히는 편이 더 나을지도 몰랐다. 친환경적이기도 하고 덩치가 큰 육식동물에게 아름다운 선물이 될 것이다. 그렇게 해달라고 하는 게 가능한지 궁금했다. 그 여부를 알아내기 위해 세계자연기금에 잊지 않고 편지를 보내야겠다고 생각했다.

키스에게로 가서 참 안타까운 일이라고 말한 뒤 게리를 찾아가 같은 말을 해주었다. 두 사람 다 슬픔에 휩싸여 있었고, 충분히 그럴 만했다. 상실을 떠안고 살아가는 법을 익히는 데는 오랜 시간이 걸린다. 버텨낼 수 있다고 해도 말이다. 그토록 오랜 세월이 흘렀는데도, 나는 여전히 그와 관련해 해결해야 하는 문제가 있다. 손주들이 구석에 조용히 앉아 있었는데, 아마도 암울한 분위기에 겁을 먹은 것 같았다. 내가 위로의 말을 전해야 할 또 한 사람은 로라였지만 그녀는 보이지 않았다. 그녀는 대체로 쉽게 눈에 띄었다. 오늘도 커다란 선글라스와 아찔할 정도로 높은 하이힐에, 목선이 깊이 파이고 길이가 짧은 검은색 원피스를 입고 있었다. 머리는 정교하게 만든 새장처럼 정수리 높이 틀어올려서 원래 키보다 몇 인치 더 크게 만들었다.

로라의 모습도 보이지 않고 약속된 간단한 먹을거리도 보이지 않아, 나는 화장실을 찾아 나섰다. 화장실 세면대 옆에 살구향 포푸리를 담은 먼지 앉은 그릇이 놓여 있을 거라는 데 돈이라도 걸겠다고 생각했는데, 내 짐작이 맞았다. 돌아오는 길에 장식 커튼 뒤에 통굽 신발이 튀어나와 있는 것을 보았다. 창가에 넓은 창턱 자리가 있었고, 거기 로라가 어떤 남자의 무릎 위에 앉아 있었다. 그 사람이 레이먼드라는 게 곧 분명해졌지만, 둘이 너무 꽉 끌어안고 있어서 내가 그의 얼굴을 보고 확신하기까지 잠깐 시간이 걸렸다. 지금 보니 레이먼드는 검은 가죽구두를 신고 있었다. 그러니 그는 적어도 구두를 한 켤레는 가지고 있는 것이었다.

나는 두 사람을 방해하지 않고 다시 브램블 스위트룸으로 돌아갔다. 그들은 다른 일에 너무 몰두해 있어서 나를 보지 못했다. 이것은 내게 너무도 익숙한 사회적 시나리오였다. 혼자 서서 허공의 어느 지점을 바라보는 것. 그건 절대적으로 괜찮았다. 절대적으로 일상적이었다. 화재 이후, 학교를 옮길 때마다 나는 무진 애를 썼지만 나에 관한 뭔가가 그곳들과 맞지 않았다. 내가 끼어들, 엘리너 모양을 한 사회적 구멍은 없는 것 같았다.

나는 무언가인 척하는 것은 잘하지 못했고, 그게 문제였다. 활활 타오르던 그 집에서 일어난 그 일 이후, 거기서 어떤 일이 일어났는지를 생각하면, 나는 세상에 진실하게 맞서는 것 말고는 어떤 것에서도 의미를 찾지 못했다. 내겐 말 그대로 잃을 것이 아무것도 없었다. 옆에서 주의깊게 관찰하면서, 나는 사회적 성공은 종종 얼마간 뭔가인 척하는 것에 의거한다는 사실을 알아냈다. 인기 있는 사람들은 때때로 별로 재미있게 느끼지 않는 것에도 웃었고, 특별히 하고 싶지 않은 것을, 같이 있는 게 특별히 좋지 않은 사람들과 같이 했다. 나는 아니다. 오래전에 나는 그러는 것과 단독 비행을 하는 것 중 하나를 고르라면 단독 비행을 하겠다고 결심했다. 그렇게 하는 편이 더 안전했다. 사람들은 슬픔이 우리가 사랑에 지불하는 대가라고 말한다. 그 대가는 너무 크다.

뷔페가 차려져 있었다. 그랬다, 소시지롤도 있었고, 샌드위치도 있었다. 종업원들이 쓴 냄새가 나는 주전자에 담긴 뭔지 모를 차와 커피를 하얀색 산업용 그릇에 따라 나눠주고 있었다. 이걸로는 어림없었다. 나는 뜨거운 갈색 액체를 마실 기분이 전혀 아니었다. 단연코 아니었다. 시원하고 투명한 보드카를 마실 기분이었다.

모든 호텔에는 바가 있다, 그렇지 않은가? 호텔에 자주 가는 사람은 아니지만, 침실과 바가 호텔의 존재 이유raison d'être라는 건 안다. 나는 안내데스크를 지키는, 치아가 눈에 거슬리는 여자에게 다시 물었고, 그녀는 다른 방향으로 난 긴 복도를 가리켰다. 그 끝에 호손 라운지라고 이름을 지어 붙인 바가 있었다. 나는 입구에 서서 그 안을 둘러보았다. 손님은 아무도 없고, 과일 그림이 있는 슬롯머신만 저 혼자 즐거운지 번쩍거리고 있었다. 나는 안으로 걸어들어갔다. 그저 나만. 엘리너 혼자만.

바텐더가 텔레비전을 보면서 멍하니 유리잔을 닦고 있었다.

"〈홈스 언더 더 해머〉예요." 그가 나를 돌아보며 말했다. 내가 놀랐던 것, 그가 그럭저럭 매력적이라고 생각한 것, 이어서 그 생각에 대해 나 자신을 질책한 것이 기억난다. 나는 아름답고 멋진 사람들은 금요일 점심시간에 호손하우스호텔에서 일하지 않을 거라는 편견을 갖고 있었다. 그 안내데스크 여자가 내 처음의 생각을 확인해준 사실은 인정하지만, 그런 선입견을 갖는다는 건 정말 창피한 일이다. 도대체 그 생각은 어디서 왔을까? (작은 목소리가 내 머릿속에 대답을 속삭였다. 엄마.)

바텐더가 미소를 짓자 가지런한 치아와 투명한 푸른색 눈이 드러났다.

"구닥다리만 잔뜩 나와요." 그가 사포로 벽을 죽 긁어내린 뒤 벽에서 페인트도 벗겨낼 것 같은 목소리로 말했다. 봐, 말했잖니! 엄마가 속삭였다.

"그래요?" 내가 말했다. "아쉽게도 보통 낮에는 집에 없어서 못 보네요."

"여기서 봐요, 보고 싶으면." 남자가 어깨를 으쓱하며 말했다.

"그래도 돼요?"

"안 될 게 뭐 있어요." 그가 말했다. "여기 특별히 다른 일이 많지도 않은걸요." 그가 손짓으로 텅 빈 바를 빙 둘러 가리켰다.

나는 바 스툴에 앉아—늘 해보고 싶던 것이었다—콜라를 넣은 보드카를 주문했다. 그가 천천히 술을 만들고는 묻지도 않고 얼음과 레몬을 넣은 뒤 내게 밀어주었다.

"장례식에 온 거죠?" 그가 말했다.

그가 어떻게 알았는지 궁금했지만, 곧 내 옷차림이 완전히 검은색이고 눈에 한 스모키 화장이 좀 얼룩진 것을 깨달았다. 하루 중 이 시간에 이 특정한 장소에 올 다른 이유는 없었다. 나는 고개를 끄덕였다. 더이상 이야기를 주고받을 일은 없었고, 우리 둘 다 다시 자세를 잡고서, 9만 5천 파운드에 경매로 구입한, 테라스의 어느 1970년대 주택을 이언과 도로시가 욕실을 개조하고 부엌을 새로 만들고 '벽을 허물어' 거실과 식사실을 연결할 의도를 지닌 채 어떻게 고쳐나가는지 보았다.

사회자가 "마지막 손질은 앞문을 이 매력적인 녹색 페인트로 칠하는 것"이라고 말했다.

그 말이 떨어지기 무섭게 바텐더가 "녹색 문." 하고 말했고, 아니나 다를까, 바로 그 노래*가 흘러나오기 시작했다. 우리 둘 다 웃었고, 그가 묻지도 않고 보드카를 한 잔 더 밀어주었다.

우리는 이어서 〈루스 위민〉을 보았는데, 이번에도 내가 잘 모르는 프로그램이었다. 나는 이제 보드카를 네 잔째 마시고 있었고, 장례식이 여전히 마음에 남아 있었지만 가슴이 아프지는 않았다. 신발 안에 돌멩이가 든 걸 발견했는데 걷는 중이 아니라 앉아 있는 중에 발견한 것과 비슷했다.

어느 시점에 소시지롤을 먹어봐야 할 거라고, 적어도 나중에 먹을 수 있게 가방 안에 몇 개 넣어가야겠다고 생각했지만, 곧 내가 가져온 가방이 새로 산 작은 가방이라 기껏해야 짭짤한 페이스트리 두 개밖에 들어가지 않는다는 사실이 떠올랐다. 나는 혀를 차고 고개를 저었다.

"무슨 일 있어요?" 바텐더가 말했다. 우리는 아직 서로의 이름도 물어보지 않고 있었다. 하지만 어쨌거나 이름을 알아야 할 것 같지는 않았다. 나는 스툴에 앉은 채 몸을 앞으로 기울였고, 상투적인 방식으로 내 잔을 들여다보았다.

"오, 아무것도 아니에요." 내가 경쾌하게 말했다. "이제 정말로 뭔가 좀 먹으러 가야 할 것 같아요."

시간이 갈수록 점점 더 못생겨지는 바텐더가 내 잔을 가져가 보

* 짐 로가 1956년에 발표한 〈Green Door〉를 말함.

드카와 약간의 콜라를 채운 뒤 다시 돌려주었다.
"서두를 것 없잖아요, 응?" 그가 말했다. "여기 좀더 있으면서 내 말벗이 되어주면 안 될까요?"
나는 주위를 둘러보았다. 바에는 여전히 손님이 없었다.
"이번 잔을 비운 뒤에는 잠시 누워 있어야 할 것 같은데요, 응?" 그가 내 잔을 톡톡 두드리며 내게 바짝 몸을 기울였다. 그의 코에 있는 모공이 크게 보였는데, 일부에는 안에 미세한 검은 점이 알알이 박혀 있었다.
"어쩌면요," 내가 말했다. "가끔 콜라를 넣은 보드카를 마신 뒤에는 좀 누워야 하긴 해요."
그가 늑대 같은 미소를 지었다.
"그러고 싶은 기분인가봐요, 응?"
나는 양쪽 눈썹을 물음표 모양이 되게 치켜세우려 했지만, 이상하게 한쪽만 올라갔다. 너무 고통스러웠기에 너무 많이 마셨고, 고통은 아래로 내려가 보드카에 익사하는 것 말고는 갈 곳이 없었다. 정말로 간단하다.
"무슨 뜻이에요?" 내가 말했고, 내 발음이 분명치 않은 것을 나도 알 것 같았다.
"장례식요," 그가 내게 몸을 더 바짝 붙이며 말했고, 그의 얼굴이 내 얼굴에 거의 밀착되다시피 했다. 그에게서 양파 냄새가 났다. "마음 아파할 거 전혀 없어요." 그가 말했다. "그 모든 죽음이…… 나중에는 정말로 그걸 하고 싶게 만드는……"
"엘리너!" 나는 누군가가 내 어깨에 손을 올리는 것을 느끼고, 스툴에 앉은 채로 아주 천천히 돌아보았다.

"오, 안녕, 레이먼드!" 내가 말했다. "이 사람은…… 사실, 모르겠네요. 실례지만, 이름이 뭐죠, 미스터……?"

바텐더가 번개 같은 속도로 카운터 반대쪽 끝으로 이동했고, 거기서 다시 잔을 닦으며 텔레비전을 보기 시작했다. 레이먼드가 아무리 좋게 말해도 비우호적인 눈빛을 그에게 보낸 뒤 20파운드짜리 지폐를 카운터 위에 올려놓았다.

"잠깐, 레이먼드," 내가 허둥지둥 새 핸드백을 잡으며 말했다. "여기 돈 있어요……"

"갑시다," 그가 나를 스툴에서 좀 품위 없이 끌어내리며 말했다. "그건 나중에 따져요."

나는 키튼힐 구두를 신고 종종거리며 그를 쫓아갔다.

"레이먼드," 내가 그의 소매를 잡아당기며 말했다. 그가 나를 내려다보았다. "문신은 안 하기로 했어요." 내가 말했다. "그렇게 결심했어요."

레이먼드가 어리둥절한 표정을 지었고, 그 순간 나는 더 커팅스에서 바텐더와 이야기를 나눈 뒤 그 문제로 고민한 사실을 그에게 말하려다가 잊어버렸다는 것을 깨달았다. 그는 복도 옆 창가 자리에 나를 앉힌 뒤—아까 그가 앉았던 곳은 아니었다—어디론가 갔다. 나는 주위를 둘러보았고, 지금이 몇시인지, 지금쯤 새미의 시신을 다 태웠는지, 아니면 하루가 끝날 때까지 모든 시신을 모아두었다가 그야말로 거센 불길을 활활 일으킬 것인지 궁금했다. 레이먼드가 한 손에 찻잔을, 다른 손에 맛있는 페이스트리 접시를 들고 돌아왔다.

"이걸 좀 먹어요." 그가 말했다. "그리고 내가 돌아올 때까지 어디 가지 마요."

나는 어느새 허겁지겁 먹고 있었다. 조문객들이 계속 내 곁을 지나갔지만 아무도 은신처에 숨어 있는 나를 보지 못했다. 그편이 오히려 좋았다. 자리는 편안했고 복도는 따뜻했고, 나는 아늑한 둥지에 사는 작은 겨울잠쥐가 된 기분이었다. 다음으로 내가 알아차린 것은, 레이먼드가 다시 나타나 나를 부드럽고 끈질기게 흔들고 있다는 사실이었다.

"일어나요, 엘리너." 그가 말했다. "네시 반이에요. 가야 할 시간이에요."

우리는 택시를 타고 레이먼드의 아파트로 갔다. 그곳은 도시 남쪽에 있었는데, 내가 잘 모르는 곳이고 대체로 갈 이유도 없는 곳이었다. 아파트에 같이 사는 친구는 나가고 없었는데, 나는 그 사실에 마음이 놓였다. 우리 둘 다 현관으로 들어가면서 약간 휘청거렸고 애써 웃음을 참았다. 그는 나를 아주 신사답지 않은 방식으로 거실로 데려갔다. 커다란 텔레비전이 그곳을 차지하고 있었다. 그 앞에는 게임기로 짐작되는 것들이 잔뜩 놓여 있었다. 컴퓨터와 관련된 나부랭이들을 제외하면 놀랄 만큼 잘 정돈되어 있었다.

"남자들이 사는 집 같지 않은데요." 내가 놀라서 말했다.

레이먼드가 웃었다. "우리가 짐승은 아니에요, 엘리너. 나는 진공청소기 달인이고, 데시는 말하자면 결벽증이 좀 있어요."

나는 앉으면서 고개를 끄덕였다. 새 원피스와 스타킹에 거부감이 드는 이물질이 들러붙지는 않을 거라는 사실에 마음이 놓였다.

"차 마실래요?" 그가 말했다.

"혹시 보드카나 매그너스는 없겠죠?" 내가 말했다. 그가 눈썹을 치켜세웠다.

“소시지롤을 먹고 토막잠을 잤더니 지금은 완전히 괜찮아요.” 내가 말했고, 정말로 그랬다. 나는 술에 취한 상태가 아니라 둥둥 떠오를 것처럼 가볍고 깨끗한 기분, 날카로운 감정들에 대해 아주 기분좋게 둔감해진 느낌이었다.

그가 웃었다. “음, 레드 한 잔이면 딱 적당할 것 같아요.” 그가 말했다.

“레드 뭐요?” 내가 말했다.

“와인요, 엘리너. 메를로인 것 같은데. 테스코에서 이번주 특가로 판매했던 거예요.”

“아, 테스코,” 내가 말했다. “그런 거라면…… 같이 마실게요. 하지만 그것만요.” 내가 말했다. 레이먼드가 나를 알코올중독자로 생각하는 건 원치 않았다.

그는 잔 두 개와 돌려서 따는 뚜껑이 있는 병 하나를 가져왔다.

“와인 뚜껑은 다 코르크마개인 줄 알았는데요?” 내가 말했다.

그는 내 말을 그냥 넘겼다. “새미를 위해,” 그가 말했고, 우리는 사람들이 텔레비전에서 하는 것처럼 잔을 쨍하고 부딪쳤다. 따뜻하고 벨벳 같고 약간 태운 잼 같은 맛이 났다.

“이제 편히 있어요!” 그가 손가락을 까딱까딱 움직였는데, 내가 알아차리기로는 재미있으라고 그렇게 한 것 같았다. “당신이 소파에서 떨어지는 건 바라지 않아요!”

내가 미소를 지었다. “오후엔 어땠어요?” 내가 또 한 모금 맛있게 홀짝인 뒤 물었다. 그는 꿀꺽 아주 크게 한 모금 들이켰다.

“당신을 성도착자의 손아귀에서 구해낸 것 말고요?” 그가 말했다.

나는 그가 무슨 말을 하는 건지 전혀 알 수 없었다.

"아, 오후엔 괜찮았어요." 내가 어떻게 대답해야 할지 모르고 있다는 게 분명해지자 그가 말했다. "이런 일이 으레 그렇듯 다 잘 흘러갔어요. 가족들이 이 일을 정말로 실감하는 건 내일이 될 거예요. 장례식 자체가 정신을 쏙 빼놓잖아요. 스콘이나 비스킷이나 찬송가나 그런 바보 같은 문제에 대한 결정을 내려야 하고, 이런저런 준비로 정신이 없으니까요."

"찬송가는 별로였어요!" 내가 말했다.

"그리고 당일에는 빼먹지 않고 사람들에게 인사말을 해야 하고, 장례 행렬이나 그 모든 게…… 참, 가족들이 와줘서 고맙다고 전해달래요." 그가 말꼬리를 흐리며 말을 마쳤다. 가만 보니 레이먼드 혼자 와인을 다 마시고 있었다. 내가 고작 두 모금을 홀짝거렸을 때 그는 이미 자기 잔을 다시 채운 뒤였다.

"하지만 그뒤로 며칠, 몇 주…… 정말 힘들어지기 시작하는 건 그때예요." 그가 말했다.

"당신은 그랬어요?" 내가 말했다.

레이먼드가 고개를 끄덕였다. 그가 진짜 벽난로처럼 보이는 가스난로의 스위치를 켰고, 우리 둘은 그것을 물끄러미 바라보았다. 우리 뇌 속에 조상들로부터 이어져온 뭔가가 장착되어 있는 게 틀림없었다. 뭔가 불을 들여다보지 않을 수 없게 만드는 것, 불이 움직이고 춤추는 것을 바라보는 것, 그렇게 하면서 악령과 위험한 동물을 쫓아내고…… 그게 불이 하는 일 아닌가? 하지만 불은 다른 것 또한 할 수 있었다.

"영화 보고 싶어요, 엘리너? 기분 전환이라도 좀 할까요?"

나는 생각해보았다.

"영화 아주 좋네요." 내가 말했다.

그가 거실에서 나가더니 와인 한 병 더, 그리고 대용량 감자칩을 들고 돌아왔다. '나눠 먹어요'라고 쓰여 있었다. 바로 그 이유 때문에 나는 그걸 먹어본 적이 없었다. 그가 봉지 가운데를 찢어 우리가 앉은 소파 앞 테이블에 펼쳐놓고, 이어서 잔을 채웠다. 그러고는 다시 나갔다가, 내가 생각하기로 그의 침대에서 가져왔을 깃털 이불과 새미의 스웨터처럼 빨간, 포근해 보이는 양털 담요를 들고 돌아와 내게 담요를 건넸다. 나는 발을 차서 키튼힐 구두를 벗고, 그가 열 개쯤 되는 리모컨 기기를 조작하는 동안, 담요를 덮고 아늑하게 자리를 잡았다. 거대한 텔레비전 화면이 살아났고, 그는 여러 채널을 돌려보았다.

"이건 어때요?" 그가 자기 몸을 깃털 이불로 감싸며 화면을 향해 고갯짓을 했다. 〈사막의 아들〉이라는 게 선택되어 있었다. 어떤 내용인지 전혀 몰랐지만, 여기 이 따뜻한 공간에 레이먼드와 함께 앉아 뭔가를 본다면 골프 프로그램밖에 고를 게 없다고 해도 행복할 거라는 사실을 깨달았다.

"좋아요," 내가 말했다. 그가 재생 버튼을 누르려는 순간 내가 그를 멈추게 했다. "레이먼드," 내가 말했다. "당신은 로라하고 같이 있어야 하는 거 아닌가요?" 그는 완전히 멍한 표정이 되었다.

"아까 봤어요," 내가 말했다. "키스의 골프클럽 생일 파티 때도요."

그의 얼굴 표정은 변화가 없었다.

"로라는 지금 가족하고 같이 있어요. 그렇게 해야 하는 거고요." 레이먼드가 어깨를 으쓱하며 말했다. 나는 그가 그에 대해 더 말하고 싫어하지 않는다는 것을 알아차리고 그저 고개만 끄덕였다.

"준비됐어요?" 그가 말했다.

영화는 흑백영화였고, 내용은 외인부대에 들어간 뚱뚱하고 영리한 남자와 마르고 바보 같은 남자에 관한 것이었다. 누가 봐도 그런 곳에 전혀 맞지 않는 사람들이었다. 한번은 레이먼드가 너무 많이 웃다가 와인을 이불 위로 뿜었다. 그러고 얼마 되지 않아 나눠 먹으라는 감자칩이 내 목에 걸리는 바람에 그가 영화를 멈추고 내 등을 두드려 그것을 빼내야 했다. 영화가 끝나고, 감자칩을 다 먹은 것을 알고, 레이먼드가 나보다 훨씬 많이 마시긴 했지만—나는 와인을 보드카나 매그너스처럼 빨리 마실 수 없는 것 같았다—와인병도 거의 다 비워진 것을 보고, 나는 어쩐지 아쉬웠다.

그가 부엌으로 불안정하게 걸어가더니 커다란 땅콩 봉지를 들고 돌아왔다.

"제길," 그가 말했다. "그릇을 안 가져왔네." 그러고는 그릇을 들고 돌아와 그 안에 땅콩을 부으려고 했지만, 조준을 잘못하는 바람에 전부 커피 테이블에 쏟기 시작했다. 나는 웃음을 터뜨렸고—꼭 스탠과 올리* 같았다—곧 우리는 같이 웃기 시작했다. 그가 텔레비전을 끄고 또하나의 뭔지 모를 원격조종장치로 음악을 틀었다. 모르는 음악이었지만 듣기 좋았다. 부드럽고 거북하지 않았다. 그가 땅콩 한 움큼을 우적우적 씹어 먹었다.

"엘리너," 레이먼드가 말했고, 땅콩 부스러기가 입에서 떨어졌다. "뭘 좀 물어봐도 돼요?"

---

* 미국에서 1920년대에서 50년대까지 활약하던 2인조 코미디언.

"물론 물어봐도 되죠." 내가 말했다. 나는 그가 말하기 전에 음식을 다 삼키면 좋겠다고 생각했다.

그가 나를 유심히 바라보았다. "얼굴은 왜 그렇게 된 거예요? 혹시……" 그가 잽싸게 몸을 앞으로 기울여 담요 위로 내 팔을 잡았다. "말하고 싶지 않으면 당연히 말하지 않아도 돼요. 내가 완전 캐묻기 좋아하는 놈처럼 굴고 있네요!"

나는 그를 향해 싱긋 웃어주고는 와인을 한 모금 꿀꺽 마셨다.

"말해도 괜찮아요, 레이먼드." 내가 말했고, 그게 진심이어서 놀랐다. 사실 그가 물어봐주어서 정말 그 이야기가 하고 싶어졌다. 그는 병적인 욕정 때문에 질문하거나 정말 궁금하지도 않으면서 심심해서 질문하는 게 아니었다. 진심으로 알고 싶어서라는 걸 나는 알 수 있었다. 그런 건 대체로 눈치챌 수 있다.

"화재 때문이었어요." 내가 말했다. "내가 열 살 때요. 집에 불이 났어요."

"맙소사!" 레이먼드가 말했다. "정말 끔찍한 일이었겠군요." 긴 침묵이 흘렀고, 글자들이 그의 머리에서 빠져나와 허공에서 단어를 만드는 것처럼 질문들이 형태를 갖추는 것이 내 눈에 거의 보이는 것 같았다.

"누전이었나요? 아니면 싸구려 프라이팬 때문에?"

"고의로 낸 거였어요." 나는 그렇게만 말하고 더이상의 설명은 거부했다.

"맙소사, 어쩌다, 엘리너!" 그가 말했다. "방화였나요?"

나는 벨벳 같은 와인을 좀더 홀짝였을 뿐 아무 말도 하지 않았다.

"그래서 그뒤에는 어떻게 됐어요?" 그가 말했다.

"음," 내가 그에게 말했다. "아버지가 누군지 전혀 모른다는 말은 전에 했었죠. 화재 이후엔 보호를 받으며 지냈어요. 위탁가정, 아동보호시설, 다시 위탁가정…… 거의 십팔 개월 정도마다 옮겨 다녔던 것 같아요. 그리고 대학에 들어갔고—열일곱 살 때요—지방의회에서 아파트를 마련해줬어요. 지금 살고 있는 아파트요."

그가 아주 슬퍼 보여서 나까지 슬퍼졌다.

"레이먼드," 내가 말했다. "그게 정말로 그렇게 특별한 이야기는 아니에요. 훨씬 힘든 상황에서 자라는 사람도 많아요. 그저 삶에 관한 한 가지 사실일 뿐이에요."

"그렇다고 그게 당연한 건 아니죠." 그가 말했다.

"나는 늘 잠을 잘 침대가 있었고, 먹을 음식, 입을 옷, 신을 신발이 있었어요. 늘 어른의 보호를 받았고요. 안타깝게도 세상에는 내 경우와 같았다고 말할 수 없는 아이들이 수없이 많아요. 생각해보면 나는 아주 운이 좋은 사람이에요."

레이먼드는 곧 울 것처럼 보였다. 아마도 그렇게 마셔댄 와인 때문이었을 것이다. 와인은 사람을 지나치게 감정적으로 만든다고들 한다. 하지 않은 질문이 우리 사이에 유령처럼 맴돌고 있는 것이 느껴졌다. 묻지 마요, 묻지 마요, 나는 있는 힘을 다해 간절히 바라면서 담요 밑에서 손가락을 꼬았다.*

"엄마는요, 엘리너? 어떻게 됐어요?" 나는 남은 와인을 가능한 한 빠르게 삼켰다.

---

* 검지와 중지를 꼬아 십자 모양을 만드는 것으로 뭔가를 바라거나 행운을 빌 때 혹은 거짓말을 할 때 이런 제스처를 한다.

"괜찮다면 엄마 이야기는 하고 싶지 않아요, 레이먼드."

그는 놀란 표정이었고—이건 익숙한 반응이었다—약간 실망한 듯했다. 하지만 더는 그 이야기를 하지 않았는데, 그런 걸 보면 그는 참 괜찮은 사람이었다.

"하고 싶은 대로 해요, 엘리너. 언제든 이야기하고 싶으면 내게 해요. 그래도 되는 거 알죠?"

나는 고개를 끄덕였다. 내가 정말로 그걸 안다는 사실에 놀랐다.

"진심이에요, 엘리너." 그가 말했다. 와인이 그를 평소보다 더 진지한 사람으로 만들어주었다. "우리는 이제 친구예요, 맞죠?"

"맞아요." 내가 환하게 웃으며 말했다. 내 첫번째 친구! 인정한다. 결국 나는 레이먼드가 컴퓨터 수리기사로는 별로인 것으로 결론을 내렸고 그의 사회적 습관에도 거슬리는 게 많았지만, 그럼에도, 우리는 친구였다! 친구 하나를 얻는 데 정말로 아주아주 오랜 시간이 걸렸다. 내 또래의 사람들에게 대체로 친구가 적어도 한두 명은 있다는 것을 나도 잘 알고 있었다. 친구 만드는 걸 일부러 피하려고 한 건 아니지만 만들려고 노력하지도 않았다. 그저 마음이 맞는 사람을 찾기가 늘 아주 어려웠다. 화재 이후 나는 내 안에 만들어진 공간에 들어맞는 사람을 결코 찾지 못했다. 불평하는 게 아니다. 결국 그건 전적으로 내 잘못이었다. 그리고 어쨌거나 어린 시절에 너무 많이 돌아다녀서 사람들과 계속 연락하고 싶어도 그러기가 힘들었다. 아주 많은 위탁가정을 전전하고 그 모든 학교들을 옮겨다녔다. 대학에 들어가서는 고전학과 사랑에 빠졌고, 학업에 전념하면서 행복했다. 최고의 점수와 지도 교수의 후한 칭찬을 받기 위해 더 유니언에서 놀 수 있는 몇 밤을 놓친 것은 정당한 거래라고 느꼈다. 그리고 물론 몇 년 동안 디클랜이 있었다. 그는 내가 자기를 빼놓고 사람들과 어울리는 것을 좋아하지 않았다. 혹은, 사실대로라면, 자기를 끼워서 그러는 것을.

졸업하고는 곧바로 밥의 회사에 취직했고, 그곳에 마음 맞는 사람이 없다는 것은 하늘이 알고 있었다. 혼자 지내는 것에 익숙해지면 그것이 일상적인 일이 된다. 내 경우에는 확실히 그랬다.

왜 지금 레이먼드는 나와 친구가 되고 싶어하는가? 어쩌면 그 역시 외로웠을 것이다. 어쩌면 내가 안쓰럽게 느껴졌을 것이다. 어쩌면—그럴 것 같진 않지만, 혹시 그게 가능하다면—그가 실제로 내게 호감을 느꼈을지도 몰랐다. 누가 알겠는가? 나는 이유가 뭔지 묻고 싶었고 마침내 친구가 생겨 정말로 기쁘다고 말하고 싶기도 해서 그를 돌아보았지만, 그의 고개는 가슴팍을 향해 꺾여 있었고 입도 약간 벌어져 있었다. 하지만 그는 금세 정신을 차렸다.

"잔 거 아니에요." 그가 말했다. "그저…… 잠시 눈을 쉬게 해준 거예요. 엄청 정신없는 하루였잖아요."

"정말로요." 내가 말했고, 진심이었다. 나는 다시 키튼힐 구두를 신었고 그에게 택시를 불러줄 수 있는지 물었다. 거의 아홉시가 다 된 시간이라 소스라치게 놀랐다. 커튼 사이로 바깥을 불안하게 내다보았다. 밖은 캄캄했다. 하지만 택시를 타면 안전할 것이다. 택시 운전사들은 다 경찰에 의해 신원이 확인된 사람들이다, 안 그런가?

레이먼드가 나를 건물 앞까지 바래다주고 택시 문을 열어주었다.

"조심히 가요, 엘리너," 그가 말했다. "주말 잘 보내고요. 월요일에 봐요, 네?"

"월요일에 봐요, 레이먼드." 내가 말했고, 택시가 모퉁이를 돌고 그의 모습이 더이상 보이지 않게 될 때까지 손을 흔들어주었다.

24

@johnnieLrocks

필그림 파이어니스 고별 공연 알림! 징징거리지 말고 신나게 끝내자. 자세한 내용은 아래에.

#놓치지마요 #세기의공연 #죽은나뭇가지는발로차버려

이번에는 완벽할 것이다. 그의 트위터 글을 보고 몇 시간도 지나지 않아 내 눈은 회사 근처 독립 레코드숍 창문에 붙은 작은 포스터에 가서 머물렀다. 그의 잘생긴 얼굴이 내 걸음을 우뚝 멈추게 했다. 두 주 뒤였다. 화요일 밤. 완벽했다. 운명의 손이 다시 한번 우리를 체스판의 말처럼 움직이고 있었다. 내 앞에 킹이 보였다.

더 커팅스에서의 실수를 떠올리며 나는 공연장의 이름을 암기했고, 집에 돌아오자마자 웹사이트를 통해 표 두 장을 예매했다. 한 장은 내가 표를 잃어버렸을 때를 대비한 것이었다. 레이먼드가 같이 가면 그 표를 쓸 수 있을 것이다. 하지만 생각해보니 그런 일은 없을 것 같았다. 레이먼드가 내 스타일을 구기는 것은 원치 않는다. 두 장을 산 것은 결국 쓸데없는 일이 되고 말았는데, 결제가 끝난 뒤에야 표는 그날 밤 각자 찾아가는 거라는 사실을 알게 되었기 때문이었다. 상관없다.

저녁을 먹고 〈디 아처스〉를 들은 뒤 연필과 공책을 들고 앉아, 사전 준비를 위해 내가 알아야 하는 모든 것의 목록을 만들었다. 표를 구했으니 이제 무엇보다 중요한 것은 미리 가서 그 장소를 정찰하는 것이었다. 그날 밤 모든 일이 순조롭게 흘러가게 하고 어떤 불쾌하고 놀라운 일도 피하는 것이 목적이었다. 적어도 그런 부분에서는 레이먼드가 도움을 좀 줄 수 있을 것 같았다. 내일이나 모레 우리가 다른 공연에 같이 가볼 수 있다면, 곧 다가올 운명과의 만남이 이루어질 무대를 살펴볼 기회를 얻을 수 있을 것이다.

내일 저녁으로 예정된 공연 표가 아직 남아 있는 것을 확인한 뒤 레이먼드에게 전자 메시지를 보냈다.

레이먼드에게, 내일 밤 랭크댄스Rank Dan's에 같이 갈래요? E

그가 곧바로 답장을 보내왔다.

누구 공연인가요?

대체 그게 뭐가 중요한가? 레이먼드라면 당연히 구글로 알아볼 수 있지 않은가? 그게 그렇게 중요하다면 말이다. 내가 답장을 보냈다.

에이전츠 오브 인새너티.

몇 분이 흘렀다.

WTF,* 엘리너. 당신이 그런 걸 좋아하는지 몰랐는데요? TBH** 정말 내 취향은 아니지만 같이 가줄게요. 공연 보러 간 지 정말 오래됐어요. 표는 있어요?

왜, 도대체 왜, 그는 제대로 된 완전한 영어 문장으로 써 보내지 못하는가?

네. 거기서 7시에 만나요. E

오 분이 지난 뒤 나는 다음 메시지를 받았다.

그럼 그때 c u

이번에 문자를 주고받은 뒤에는 나도 정식으로 쓰지 않는 레이먼드의 의사소통 방식에 거의 익숙해졌다. 꼭 그래야 한다면, 인간

---

* 'What the fuck?'을 줄인 말로 여기서는 '뭐예요?' 정도의 뜻.

** 'To be honest'를 줄인 말로 '솔직히'라는 뜻.

이 거의 무엇에 대해서건 인내하는 법을 배우는 것은 좋은 일이기도 하고 나쁜 일이기도 했다.

다음날 밤 레이먼드는 평소처럼 늦게 도착했다. 그는 우스꽝스러워 보였다. 모자가 달린 검은 운동복 셔츠를 입고 그 위에 데님 재킷을 걸쳐 입었다. 운동복 셔츠 앞에는 해골 모양이 그려져 있었다.

"여기 분위기에 맞추려고 애쓴 거예요." 그가 입구에 서 있는 내 옆으로 오며 환하게 웃는 얼굴로 말했다.

그가 무슨 말을 하는지 도무지 알 수가 없었다. 우리는 안으로 들어갔고, 나는 온라인으로 구매한 표를 찾았다. 바의 조명은 아주 어두웠고 내부는 그 이름*이 암시하듯 지저분하기 짝이 없었다. 단정치 못한 옷차림에 싸가지 없어 보이는 남녀들이 스틱스강 같은 시커먼 어둠 속에 앉아 있었고, 스테레오 시스템에서 흘러나오는 음악은 불가능할 정도로 시끄럽고 형언할 수 없을 정도로 끔찍했다.

우리는 공연장이 있는 아래층으로 내려갔다. 이미 거의 다 채워져 있었다. 아까 입구에서 레이먼드를 기다리는 동안 우스꽝스러워 보이는 젊은이들이 줄지어 건물 부지로 들어가는 것을 보았다. 그러니 그들이 가려고 한 곳이 여기였던 것이다. 우리는 검은색—검은 옷, 스파이크 모양으로 깎거나 싹 밀거나 조각처럼 모양을 낸 검은 머리—에 둘러싸여 있었다. 남녀 모두 바비 브라운이라면 권하지 않았을 방법으로 검은 화장을 했다. 스파이크는 어디에나 보였다. 머리칼, 장신구, 심지어 백팩에도. 어느 누구도 평범한 굽의 구두를 신고 있지 않았다. 모두 두꺼운 통굽 구두를 신고 아슬아슬

* 장소의 이름인 랭크댄스(Rank Dan's)에서 Rank는 '악취가 나는'이라는 뜻이다.

하게 걷고 있었다. 핼러윈 같아, 나는 생각했다. 레이먼드가 바에서 자기가 마실 맥주가 든 플라스틱 파인트 잔과, 내가 마실 좀더 투명한 색깔의 뭔가를 들고 돌아왔다. 내게 묻지도 않고.

"사과주예요?" 내가 소음을 뚫고 외쳤다. "하지만 레이먼드. 나는 사과주 안 마셔요!"

"매그너스가 뭐라고 생각해요, 순진한 아가씨?" 그가 팔꿈치로 나를 부드럽게 쿡 찌르며 말했다.

나는 마지못해 한 모금 마셨다. 매그너스만큼 맛있지는 않았지만 괜찮은 것 같았다. 대화를 나누기에는 너무 시끄러워서 내부를 휙 둘러보았다. 무대는 작았고 바닥보다 겨우 1미터 정도 더 높았다. 다시 이곳에 왔을 때 조니 로몬드가 무대 전면 중앙에 서 있다고 가정하면, 내가 사람들 틈에서 어쩔 수 없이 반쯤 밀려나 있더라도 그의 눈에 쉽게 띌 수 있을 것이다. 짐작건대 가끔 큐피드가 살짝 쿡 찔러줄 필요는 있다.

사람들이 다 같이 동물소리를 내더니 파도처럼 무대 앞으로 몰려가기 시작했다. 우리는 있던 자리에 그대로 있었다. 뮤지션들이 이제 무대에 나와 있었고, 연주는 이미 시작되었다. 나는 내가 듣고 있는 것을 믿을 수 없어 양손으로 귀를 막았다. 과장하지 않고, 그것은 불협화음 같은 지옥의 소음으로 묘사될 수 있을 뿐이었다. 도대체 이 사람들은 뭐가 잘못됐지? 그 '가수'는 비명을 지르는 것과 으르렁거리는 것을 번갈아 하고 있었다.

나는 한순간도 더 참을 수 없어서 위층으로 뛰어올라갔고, 서둘러 거리로 나갔다. 숨을 헐떡거리고, 내 귀에서 그 소리를 없애려고 개처럼 머리를 흔들었다. 레이먼드가 바로 뒤따라나왔다.

"뭐가 잘못됐어요, 엘리너?" 그가 염려하는 표정으로 말했다. "괜찮아요?"

나는 얼굴에 흐른 눈물을 닦아냈다.

"음악이 아니었어요, 저건…… 오, 모르겠어요. 공포, 레이먼드! 공포예요!"

레이먼드가 웃기 시작했는데, 뱃속에서 터져나오는(그의 몸은 그러기에는 딱이었다) 껄껄 웃음이었고, 정말로 허리가 굽어지고 숨쉬기가 힘들어질 때까지 웃었다.

"오, 엘리너," 그가 쌕쌕거리며 말했다. "당신이 그라인드코어 음악을 좋아하지 않는다는 건 알고 있었어요! 도대체 무슨 생각을 했던 거예요?" 그가 다시 낄낄거리기 시작했다.

"나는 그냥 이 공연장에 와서 아무 밴드나 공연하는 걸 보고 싶었어요." 내가 말했다. "그런 소리가 존재할 수 있다는 것, 그건 인간의 상상 이상이에요."

레이먼드는 이제 웃음을 수습한 뒤였다.

"네, 음, 사람들이 그러잖아요? 모든 걸 한 번은 시도해봐라. 근친상간과 모리스 춤*만 빼고. 어쩌면 그 목록에 데스메탈도 보태야 할 것 같아요, 그렇죠?"

나는 고개를 가로저었다.

"무슨 말인지 전혀 못 알아듣겠어요. 그게 말이 되는지도 모르겠고요." 내가 말했다. 나는 숨을 몇 번 깊이 들이쉬었고, 마침내 마음이 진정되었다.

---

* 영국 전통춤의 하나.

“술집이나 뭐 그런 데로 가요, 레이먼드. 조용한 장소요. 저녁시간을 낭비한 것에 대한 보상으로 내가 맥주 살게요.”

“오, 낭비 아니었어요, 엘리너.” 그가 고개를 저으며 말했다. “당신 얼굴이요! 내가 이렇게 멋진 밤을 보낸 게 얼마 만인지 모르겠어요.”

그가 다시 웃기 시작했고, 어느새 나도 같이 웃고 있어서 나는 깜짝 놀랐다. 내가 어떤 장르의 음악이 연주될지에 대해 완전히 오해하고 있었다는 사실이 정말 재미있었다. 나는 음악에 대해 배워야 할 것이 많다는 것을 깨달았고, 그 뮤지션과 적절히 대화를 주고받으려면 그게 중요할 것 같았다.

“조니 로몬드와 필그림 파이어니어스 들어봤어요?” 내가 레이먼드에게 물었다. 그가 고개를 저었다. “왜요?” 그가 말했다. 나는 휴대폰을 꺼내 그 가수의 웹페이지를 찾아 보여주었다. 레이먼드가 잠깐 동안 화면을 내려가며 내용을 읽더니, 귀에 이어폰을 꽂고 잠시 그들의 음악을 들었다.

“엿 같아요.” 그가 별로라는 듯 말하고는 내게 휴대폰을 돌려주었다. 해골 그림이 그려진 운동복 셔츠를 입은 남자에게서 이런 말을 듣다니!

“정말로요?” 내가 말했다.

“이 남자는 턱수염도 평범하고 비싼 기타를 치면서 어떻게 연주해야 하는지도 모르는 것 같은데요. 가짜 미국 억양은 또 뭐고요. 자기가 남부 사람인 것처럼 구는데…… 아, 거기, 사우스래나크셔 출신인 것처럼요.” 레이먼드가 히죽 웃고는 입가로 담배 연기를 뿜으며 말했다. 나는 그 말에 동의해야 할지 말아야 할지 충분한 정보가 없어서 입을 다물고 있었다. 어느 쪽이든 나는 적어도 팝음악의 특징적인 사실 몇 가지는 알 필요가 있었고, 좀전에 들은 이례적 의견은 제쳐놓더라도, 레이먼드가 가장 좋은 정보원인지 의심이 들었다.

"그럼 음악에 대해 많이 알아요?" 레이먼드가 조용한 곳이라고 나를 안심시킨 펍—"점잖은 옛날 사람이 하는 펍"이라고, 그게 뭔지 모르지만, 그는 그렇게 말했다—으로 같이 걸어갈 때 내가 물었다.

"어, 네, 그럴걸요." 그가 말했다.

"정말 잘됐어요," 내가 말했다. "자 그럼, 나한테 전부 말해줘요."

25

콘서트 날이었다. 모든 준비가 되어 있었다. 나도 그런 자리에 어울리는 것처럼 보였다. 나도 그런 사람이 된 것 같았다. 할 수만 있다면 오늘밤이 더 빨리 오도록 시간의 속도를 더 빠르게 했을 것이다. 마침내 나를 앞으로 나아가게 해줄 방법을 찾았다. 상실의 자리에 다른 것을 채워넣는 방법을.

그 뮤지션. 그가 정확히 알맞은 순간에 나타난 것은 행운이었다. 오늘밤 이후 엘리너를 이루는 조각들이 마침내 맞춰지기 시작할 것이고, 그것이 운명이었다.

그 기대는 얼마나 아름다운가. 고통, 내 안에서 소용돌이치는 고통. 나는 그것을 달래는 방법을 몰랐다. 보드카로는 안 된다는 걸 본능적으로 알아차렸다. 우리가 만날 때까지 그저 품고 있어야 한다. 그것이 이 특별한 축복의 무게의 특성이었다. 이제 조금만 더 기다리면 된다. 시간문제다. 오늘밤 나는 그 남자를 만날 것이고,

그의 사랑이 내 삶을 바꿔놓을 것이다.

나는 재에서 솟아올라 다시 태어날 준비가 되었다.

Bad 나쁜 날들 days

26

나는 알몸으로 바닥에 누워 테이블 상판 밑을 쳐다보고 있다. 옅은 색 나무는 니스칠이 되어 있지 않고, '메이드 인 타이완'이라고 찍힌 도장의 글자들은 색이 바래 있다. 테이블 위에는 중요한 물건들이 가지런히 놓여 있다. 볼 수는 없지만 내 위에 있는 그 물건들을 느낄 수는 있다. 푸른색 멜라민 상판에 삐걱거리는 다리, 이 흉측한 테이블은 수십 년 동안 부주의하게 사용된 탓에 군데군데 니스칠이 벗겨졌다. 내게 오기 전 얼마나 많은 부엌에 놓여 있었을까?

행복의 위계를 상상해본다. 맨 처음은 1970년대. 한 부부가 이 테이블을 구입한 뒤 여기 앉아 완전히 새것인 요리책을 보고 만든 음식으로 식사를 하는데, 적절한 수준의 사람들이 그러듯 혼수로 장만한 자기 그릇으로 먹고 마신다. 두어 해 뒤 그들은 교외로 이사를 하고, 테이블은 불어나는 가족을 수용하기에는 너무 작아서, 막 졸업하고 첫 아파트를 저예산으로 꾸미는 사촌에게 넘긴다. 사촌은 몇 년 뒤 파트너의 집으로 옮겨 살게 되면서 그 아파트를 세준다. 십 년 동안 세입자들이 그 테이블에서 먹는다. 세 들어 사는 사람들은 주로 젊은이들이다. 그들은 슬프거나 행복하고, 누구는 혼자 지내고 또 누구는 친구나 연인과 함께 지낸다. 그들은 서먹한 분위기를 풀려고 여기에 패스트푸드를 놓거나 누군가를 유혹하기 위해 다섯 가지 음식이 나오는 멋진 코스 요리를 대접할 것이다. 달리기를 하러 나가기 전에는 탄수화물을, 실연한 가슴을 달래기 위해서는 초콜릿푸딩을 올릴 것이다. 마침내 사촌이 집을 팔고, 청소업자들이 테이블을 치운다. 테이블은 창고 안에 방치된 채 낡아가고, 구식으로 둥글려진 모서리 안쪽에 거미가 거미줄을 치고 쪼개진 거친 나무 안에는 청파리가 알을 낳는다. 그것이 어느 자선단체에 보내진다. 그들이 그것을, 사랑받지 못하고 아무도 원하지 않고 회복될 수 없을 만큼 망가진 내게 준다. 테이블 또한 같은 처지다.

모든 것이 쫙 펼쳐져 있다. 진통제(알약 스물네 개가 들어 있는 통이 열두 통 있었는데, 처방을 받아 조심스럽게 비축해둔 것이었다), 빵칼(거의 사용하지 않았고, 칼날은 금방이라도 콱 물어버릴 것 같은 상어 이빨 모양이었다), 하수구 세제('막힌 것은 뭐든 뚫고 머리카락과 기름때도 없애주는' 것. 살과 내장 기관에 대해서도 그렇게 해줄 것이다). 이 테이블, 내가 어느 누구와도 함께 앉아 와인 한 병 나눠 마셔본 적 없는 이 테이블. 이 부엌, 내가 나 말고 어느 누구를 위해서도 요리해본 적 없는 이곳. 여기 바닥에 시체처럼 누운 나는 뾰족한 부스러기가 내 팔의 드러난 뒤쪽, 내 엉덩이, 내 허벅지, 내 발꿈치를 찌르는 것을 느낀다. 춥다. 내가 시체라면 좋겠다. 멀지 않았다. 이제 멀지 않았다.

빈 보드카 병들이 내 시야에 널브러져 있는데, 완전히 비운 뒤 바닥에 내려놓은 것이다. 누군가가 내 집을 이런 상태로 발견한다는 건 창피한 일일 테지만, 나는 아무 느낌이 없다. 결국 내 시체는 치워질 것이고, 청소업자들이 이곳으로 파견될 것이다. 아파트는 다시 누군가에게 세를 줄 것이다. 새 세입자는 이곳에서 행복하게 지내기를, 다음 거주자를 위해 벽과 바닥과 창문 주변의 공간에 사랑의 흔적을 남겨놓기를 바란다. 나는 아무것도 남기지 않았다. 나는 이곳에 있은 적이 없다.

얼마나 오래 이렇게 누워 있었는지 모르겠다. 어쩌다 부엌바닥에 누워 있게 됐고, 왜 벌거벗은 채인지 기억나지 않는다. 나는 남은 양이 얼마나 될지 불안한 심정으로 옆에 있는 보드카 병을 잡으려고 손을 뻗고, 묵직한 무게가 느껴지자 대번에 마음이 놓인다. 하지만 이게 마지막 병이다. 이 병을 다 비우면 선택은 두 가지뿐이다. 바닥에서 몸을 일으켜 옷을 입고 보드카를 더 사러 가거나, 혹은 자살하는 것이다. 사실 어느 쪽을 택하건 자살을 할 것이다. 그저 그러기 전에 보드카를 얼마나 많이 마실지의 문제다. 나는 또한 모금 크게 들이켜고 아픔이 누그러지기를 기다린다.

나는 다시 깨어나고, 여전히 같은 장소에 있다. 십 분이 지났는지, 열 시간이 지났는지 전혀 모르겠다. 몸을 움직여 태아의 자세를 취한다. 시체가 될 수 없다면, 아기가 되면 좋겠다. 다른 여자의 자궁 안에 웅크린 순수하고 간절한 바람의 대상인 아기. 나는 몸을 약간 움직여 얼굴을 바닥으로 향하게 하고 토한다. 토사물을 보니,

투명한 가운데 노란 색깔이 도는 녹색이 줄무늬처럼 포함돼 있다. 알코올과 담즙이다. 나는 한동안 음식을 먹지 않았다.

내 안에는 아주 많은 액체와 물질이 있고, 나는 여기 누운 채로 모든 것을 나열해보기로 한다. 귀지. 반점 밑에서 곪아가는 노란 고름. 피, 콧물, 소변, 대변, 유미즙,* 담즙, 침, 눈물. 나는 정육점 진열창으로 들여다보이는 크거나 작은 분홍색, 회색, 빨간색 기관들로 이루어져 있다. 그 모든 것이 뼈 안에 뒤죽박죽 들어가 있고, 피부 안에 감싸여 있고, 가는 털로 뒤덮여 있다. 피부라는 자루는 결함이 많아, 점과 주근깨, 터진 실핏줄이 흩어져 있다. 물론 흉터도 있다. 나는 병리학자가 이 사체를 부검하면서 모든 부분을 자세히 살펴보고 각 기관의 무게를 다는 장면을 상상한다. 육류 검사. 불합격.

이제 나는 다른 누군가가 피와 뼈로 구성된, 이 걸어다니는 자루를 사랑할 수 있을 거라고 생각했다는 게 이해되지 않는다. 도무지 이해되지 않는다. 그날 밤에 대해 생각하면서—언제였지? 사흘 전? 나흘 전?—나는 손을 뻗어 보드카 병을 잡는다. 그때 일을 떠올리자 다시 구역질이 난다.

그날은 시작부터 조짐이 좋지 않았다. 아침에 일어나니 식물 폴리가 죽어 있었다. 그 말이 얼마나 바보같이 들리는지 나도 충분히 알고 있다. 하지만 그 식물은 내 어린 시절과 연결된 유일하게 살

* 위의 소화 작용으로 먹은 음식이 변화한 부드러운 물질.

아 있는 존재였고, 화재 이전의 삶과 이후의 삶 사이의 유일하게 변함없는 것, 나를 제외하고 유일하게 살아남은 것이었다. 그 식물은 파괴될 수 없다고 생각했고, 잎이 떨어지면 새잎이 돋아나고 그런 식으로 계속 살아나갈 거라고 단정했었다. 지난 몇 주 동안 병문안을 가느라, 장례식장에 가느라, 페이스북을 확인하느라, 나는 폴리에게 꼬박꼬박 물을 줘야 하는 의무를 소홀히 했다. 내가 지켜주지 못한 또하나의 생명체. 나는 어느 누구도, 어느 것도 돌보는 데 적합하지 않다. 너무 망연해 울음도 나오지 않는 상태로 나는 화분을 쓰레기통에 버렸다. 화분과 흙과 그 모든 것을. 그리고 그 세월 내내 그것이 찢어질 듯 가느다란 뿌리로 생명을 붙잡고 있었다는 사실을 깨달았다.

생명은 너무도 아슬아슬한 것이었다. 그 사실은 물론 이미 알고 있었다. 어느 누구도 나보다 그것을 더 잘 알지는 못한다. 나는 안다. 그 말이 얼마나 우습고 감상적으로 들리는지 알지만, 어떤 날들, 아주 어둡고 어두운 날들에는 물을 주지 않으면 식물이 죽는다는 사실이 침대에서 나를 끌어낸 유일한 이유였다.

그럼에도 그날 나는 퇴근하고 돌아와 쓰레기를 내다버린 뒤 옷을 차려입고 공연을 보러 갈 준비를 했다. 혼자 갔다. 그 뮤지션을 만나면, 그저 나와 그 사람만 있으면 된다. 다른 데 관심 쏟을 것도 없고, 상황을 복잡하게 만들 것도 없다. 나는 어떤 일이, 어떤 일이라도 일어나게 해야 했다. 이렇게는 위로든 아래로든 옆으로든 계속 삶을 뚫고 나아갈 수 없었다. 이렇게 유령처럼 계속 세상을 돌아다닐 수는 없었다. 그리고 그날 밤 많은 일이 일어났다. 첫번째는 내가 거기 와 있다는 것을 그 뮤지션이 모른다는 사실을 깨달은 것이었다. 도대체 어떻게 그가 알 거라고 생각할 수 있었을까? 어리석음, 망상, 현실에 대한 섬약한 연결감? 뭐든 골라보라.

창피하다. 그때 나는 새 옷을 우스꽝스럽게 차려입고, 광대 같은 화장을 하고, 하이힐을 신고 비틀거리면서 바로 무대 앞쪽에 서 있었다. 그가 무대로 나왔을 때 나는 그의 구두끈이 이중매듭으로 묶인 것이 보일 만큼, 그의 눈 위로 머리카락 한 가닥이 내려와 있는 것이 보일 만큼 가까이 서 있었다. 그의 손이 기타를 잡았고, 정성스레 매니큐어를 바른 손톱이 보였다. 조명이 그를 환하게 비추었고, 나는 어둠 속에 서 있었다. 하지만 그럼에도 그는 나를 볼 것이다. 그것이 예정된 운명이라면, 그리고 분명 예정된 운명이기에, 내가 그만큼의 시간 전에 그를 알아본 것처럼 그도 나를 알아볼 것이었다. 나는 가만히 서서 그를 올려다보았다. 밴드가 연주를 시작했고, 그가 노래를 하려고 입을 벌렸다. 그의 치아와 부드러운 분홍색 입천장이 보였다. 그 노래가 끝났고, 또다른 노래가 시작되었다. 그가 관객에게 말했지만, 내게 말을 한 건 아니었다. 그가 다른 노래를 부르는 내내 나는 서서 기다리고 또 기다렸다. 그리고 그는 또다른 노래를 불렀다. 그래도 나를 보지 않았다. 내가 조명이 비치지 않는 거기 그 자리에 서 있을 때 음악은 내 안으로 스며들지 않고 몸에 부딪혀 튕겨나갔다. 예전에도 그리고 지금도 변함없이 나를 가두고 있는 외로움의 층을 거기 모인 관객들은 뚫지 못했고, 그러는 사이 나는 서서히 진실을 깨닫기 시작했다. 나는 눈앞의 시야를 맑게 하려는 것처럼 눈을 깜박이고 또 깜박였다. 그러자 시야가 수정처럼 맑아졌다.

나는 잘 알지도 못하고 앞으로도 알 리 없는 한 남자에게 청소년처럼 반한 서른 살의 여자였다. 이 남자가 바로 그 한 사람일 거라고, 나를 평범하게 만들어주고 내 인생의 잘못된 부분을 바로잡아줄 사람이라고 스스로를 설득했던 것이다. 엄마 문제를 해결할 수 있게 도와주고, 내가 나쁘다고, 내가 잘못했다고, 내가 충분히 착하지 않다고 내 귓가에 속삭이는 엄마의 목소리를 막아줄 사람이라고. 왜 그런 생각을 했을까?

그는 나 같은 여자에게는 끌리지 않을 것이다. 그는 객관적으로 아주 매력적인 남자였고, 따라서 잠재적 파트너로 고를 수 있는 사람들의 범위가 아주 넓었다. 그는 자기만큼 매력적이고 자기보다 몇 살 더 어린 여자를 선택할 것이다. 당연히 그럴 것이다. 나는 화요일 밤에 낯선 사람들에게 둘러싸인 채 좋아하지도 않는 음악을 들으면서 지하에 혼자 서 있었다. 그건 내가 존재한다는 사실을 지금도 모르고 앞으로도 결코 모를 한 남자에게 반했기 때문이었다. 나는 내가 이미 음악을 듣고 있지 않다는 것을 깨달았다.

그가 저기 무대에 있었다. 기타를 조율하면서 페달을 누르고 투어에 관해 뭔가 진부한 말을 하고 있었다. 이 낯선 남자는 누구지? 이 도시에서, 이 나라에서, 이 세상에서 하고많은 남자들 중 나는 왜 그를 내 구원자로 선택했을까? 전날 읽은 신문기사를 떠올려보았다. 어느 가수가 이발을 했다는 이유로 일부 어린 팬들이 그 가수의 집 앞에서 눈물을 흘리며 밤을 새웠다는 내용이었다. 그때 나는 비웃었지만, 내가 바로 그들처럼 행동하지 않았던가? 자주색 잉크로 팬레터를 쓰고 책가방에 그 가수의 이름을 새기는, 사랑에 빠진 십대처럼 행동하지 않았는가?

나는 무대 위 내 앞에 선 그 남자를 몰랐다. 그 남자에 대해 아무것도 몰랐다. 모든 게 그저 판타지에 불과했다. 이보다 더 딱한 것이 있을까, 다 큰 여자인 나보다? 나는 내가 그 모든 것을 바로잡을 수 있을 거라고, 과거를 지울 수 있을 거라고, 그와 나는 그뒤로 행복하게 살 것이고 엄마는 더이상 화를 내지 않을 거라고 생각하면서 나 자신에게 작고 슬픈 동화를 들려주고 있었던 것이다. 나는 한심한 직업을 가졌고 1인분의 보드카와 저녁을 준비하는 슬프고 작은 엘리너 올리펀트였고, 언제나 그럴 것이다. 어느 것도, 어느 누구도—그리고 다른 밴드 멤버가 기타 솔로를 하는 동안 휴대폰으로 자기 머리 모양을 점검하는 이 가수는 단연코—그 사실을 바꾸지 못한다. 희망은 없었다. 상황은 바로잡힐 수 없었다. 나는 바로잡힐 수 없었다. 과거는 쫓아낼 수도 없고 지울 수도 없는 것이다. 망상에 빠져 지낸 그 모든 시간들 이후 나는 숨이 막힐 듯한 상태로 순전하고 잔인한 그 진실을 인식했다. 내 안에서 절망과 메스꺼움이 뒤섞이는 것이, 이어 검디검은 그 익숙한 기분이 빠르게 나를 덮치는 것이 느껴졌다.

다시 잠을 잤다. 눈을 뜨자 마침내 머릿속 모든 생각이 비워져 있었고 남은 생각은 신체에 관련된 것뿐이었다. 춥다, 몸이 떨린다. 결정을 내릴 시간이었다. 나는 보드카를 좀더 마시기로 결정했다.

나는 진화進化가 일어나는 과정처럼 천천히 발을 딛고 일어섰고, 바닥이 온통 어질러져 있는 것을 보고 나 자신에게 고개를 끄덕였다. 좋은 징조였다. 어쩌면 굳이 테이블 위에 늘어놓은 방법들 중 하나를 선택할 필요 없이 죽음을 맞게 될지도 모른다. 나는 고리에 걸린 마른행주를 집었다. 하드리아누스 성벽이 드리는 선물, 그렇게 쓰여 있었다. 그리고 백인대장이 그려져 있고, SPQR* 인장이 찍혀 있었다. 내가 좋아하는 거였다. 그 행주로 얼굴을 닦고 부엌바닥에 떨어뜨렸다.

나는 굳이 속옷을 챙겨 입지 않고 침실 바닥에 떨어져 있는 옷가지 중 가장 가까이 있는 것—화요일 밤에 입었던 것이었다—을 집어 입었다. 출근할 때 신는 벨크로 신발에 맨발을 쑤셔넣고, 현관 수납장에 걸려 있는 오래된 조끼를 찾아냈다. 새 코트가 어디로 갔는지 보이지 않는다는 사실을 깨달았다. 하지만 핸드백은 어딘가에 있어야 했다. 그날 밤에 새로 산 검은색 핸드백을 들고 나갔던 것이 기억났다. 그 안에는 지갑과 열쇠를 넣을 자리밖에 없었다. 열쇠는 늘 두는 현관 선반 위에 있었다. 마침내 현관 구석에, 소파 옆에 떨어져 있는 핸드백을 발견했다. 지갑에 현금은 들어 있지 않았다. 내가 어떻게 집까지 왔는지, 지금 마시고 있는 보드카는 언제 산 것인지 기억나지 않았지만 중심가에서 여기로 오는 도중에 샀을 거라고 추정했다. 다행히 지갑 안에 은행카드 두 장이 다 있었다. 콘서트 표도 들어 있었다. 그것을 바닥에 떨어뜨렸다.

나는 모퉁이 가게로 걸어갔다. 낮이었지만 추웠고 하늘은 잿빛이었다. 내가 들어가자 전자음이 삑 울렸고, 계산대 뒤에 있던 디완 씨가 고개를 들었다. 그의 눈이 커지고 입이 약간 벌어졌다.

"올리펀트 씨?" 그가 말했다. 목소리가 조심스럽고 조용했다.

"글렌스 세 병 주세요." 내가 말했다. 목소리가 이상하게 들렸

* Senātus Populusque Rōmānus. '로마 원로원과 시민'을 뜻함.

다. 꺽꺽거리고 뚝뚝 끊어지는 목소리. 짐작건대 한동안 목소리를 쓰지 않았기 때문에, 또한 그렇게 토해댔기 때문에 그럴 것이다. 그가 한 병을 내 앞에 내려놓고는 망설이는 것 같았다.

"세 병요, 올리펀트 씨?" 그가 말했다. 내가 고개를 끄덕였다. 그가 천천히 계산대에 두 병을 더 올려놓았고, 그 전부가 내가 쓰러뜨려야 하는 스키틀*처럼, 빠르게 마셔버려야 하는 무엇처럼 나란히 놓여 있었다.

"다른 건요?" 그가 말했다. 빵과 스파게티 캔을 살까 잠시 고민했지만 전혀 배가 고프지 않았다. 나는 고개를 젓고 직불카드를 건넸다. 손이 떨리는 걸 멈추려 했지만 잘되지 않았다. 나는 핀넘버를 눌렀다. 영수증이 인쇄되어 나오기를 기다리는 시간은 끝나지 않을 것처럼 길었다.

석간신문 뭉치가 금전등록기 옆 계산대에 놓여 있었는데, 보니까 금요일 자 신문이었다. 디완 씨가 가게 구석구석이 다 잘 보이도록 벽에 거울을 붙여놓아서, 거기 비친 내 모습을 볼 수 있었다. 나는 애벌레 색깔인 회색과 흰색으로 보였고, 머리카락은 쭈뼛 서 있었다. 검게 쑥 들어간 눈은 퀭하니 텅 비고 죽어 있었다. 나는 그 모든 것을 완전히 무심하게 바라보았다. 내 외모보다 덜 중요한 것은 없었다. 단연코 없었다. 디완 씨가 그 병들을 파란 비닐봉지에 넣어 내게 건넸다. 그 냄새, 중합물의 화학적 냄새를 맡자 내 위장이 더욱 심하게 요동쳤다.

"조심히 가세요, 올리펀트 씨." 그가 웃지 않는 얼굴로, 고개를

---

* 볼링과 비슷한 게임인 '스키틀'에 쓰이는 병 모양의 물체.

한쪽으로 살짝 기울인 채 말했다.

"안녕히 계세요, 디완 씨." 내가 말했다.

집까지 십 분 거리였지만 삼십 분이 걸렸다. 봉지 안에 든 병들과 내 다리의 무게 때문이었다. 거리에 살아 있는 또다른 생명은 보이지 않았다. 심지어 고양이도, 까치도 보이지 않았다. 희뿌연 햇살이 세상을 회색과 검은색으로 만들어놓았고, 색조 없는 음울한 분위기가 나를 무겁게 내리눌렀다. 집으로 돌아온 나는 앞문을 발로 차서 닫고, 발을 빼서 옷을 벗고 바닥에 떨어진 그대로 통로에 두었다. 통로를 지나가면서 나는 내 체취가 아주 고약하다는 사실을 알아차렸다. 땀, 토사물, 알코올의 대사 작용 때문일 달큼시큼한 냄새. 나는 파란색 비닐봉지를 침실에 가져다놓은 뒤 레몬색 잠옷을 입었다. 그러고는 이불 속으로 기어들어가 쳐다보지도 않고 손을 뻗어 병 하나를 잡았다.

나는 오로지 한 가지 목표에만 몰입해 추진하는 살인자의 마음으로 술을 마셨지만, 내 생각들은 익사되지 않았고 익사될 것 같지도 않았다. 생각들은 흉측하고 퉁퉁 불어터진 시체처럼, 파리하고 가스가 가득 들어찬 흉측한 형태로 자꾸 수면 위로 떠올랐다. 그중에는 물론 나 자신의 망상에 대한 공포가 포함되어 있었다. 그 남자, 나…… 내가 무슨 생각을 하고 있었던 거지? 더 나쁜 것, 그보다 훨씬 더 나쁜 것은 수치심이었다. 나는 공처럼 몸을 웅크려 침대에서 가능한 한 공간을 작게 차지하려고 했다. 경멸스러웠다. 내가 바보짓을 했다. 엄마가 늘 말한 대로 나는 창피한 존재였다. 어떤 소리가 빠져나와 베개 속으로 들어갔다. 동물이 낑낑거리는 소리. 눈을 뜰 수가 없었다. 나 자신의 피부는 1센티미터도 보고 싶지 않았다.

그토록 오랜 세월 전에 일어난 일이 실제로 바로잡힐 수 있을 것처럼, 나는 내 문제를 그렇게 쉽게 풀 수 있다고 생각했던 것이다. 사람들은 내가 존재하는 방식으로 살아가지 않는다는 것을 나도 알고 있었다. 변함없이 고정된 주기로 일을 하고 보드카를 마시고 잠을 자는 행위가 반복된다. 나는 그 안에서 빙글빙글 돌다가 내 안으로 침잠하고, 그렇게 조용히 혼자가 된다. 어디에도 가지 않는다. 어느 시점에 이르렀을 때 나는 이것이 잘못되었다는 것을 깨달았다. 나는 그것을 볼 수 있을 만큼 고개를 들었고, 그것을 변화시키고 싶어 애가 탄 나머지 아무 지푸라기나 붙잡고서 나 자신을 떠밀려가게 했다. 뭔가 다른…… 미래를 상상하면서.

나는 움찔했다. 그렇다, 잘못된 것이다. 움찔한다는 건 창피함, 순간적인 수치심을 나타낸다. 여기 내 영혼이 둥그렇게 감겨들어가며 백지상태가, 한 사람의 한때 형태였던 존재론적인 빈 상태가 되고 있었다. 왜 나는 나 자신에게 다른 사람들이 사는 것처럼 평범하고 행복하게 살 수 있을 거라는 생각을 허락하기 시작한 걸까? 왜 그 가수가 그 일부가 될 수 있을 거라고, 그 일을 가능하게 해줄 거라고 생각한 걸까? 그 대답이 나를 아프게 찔렀다. 엄마. 나는 엄마가 나를 사랑해주길 바랐다. 나는 오랫동안 외로웠다. 내가 엄마를 어떻게 해볼 수 있게 누군가가 내 옆에서 도와주기를 바랐다. 나한테는 왜 엄마를 어떻게 해볼 수 있게 도와줄 누군가가, 아무라도 없었는가?

나는 머릿속에서 그 장면을 돌이키고 또 돌이키면서 그날 밤 두 번째로 깨달았던 사실을 기억해냈다. 시간이 좀 지난 뒤의 일이었고, 내가 뒤로 떠밀려 사람들 바로 한복판에 서 있게 되었을 때였다. 술을 한 잔 더 사러 바에 갔다 왔는데, 그동안 무대 앞으로 가는 길이 막혀버렸다. 나는 보드카를 쭉 비웠다. 여섯 잔째? 일곱 잔째? 기억나지 않는다. 내가 서 있는 곳에서는 그가 내 얼굴을 볼 수 없었다. 나는 그 사실을 잘 알고 있었다. 밴드가 연주를 멈췄다. 누군가의 기타줄이 끊어져서 교체하는 중이었다.

그가 마이크 쪽으로 몸을 기울이더니 한쪽 눈썹을 치켜세웠다. 나는 그의 느긋하고 잘생긴 미소를 보았다. 그는 어둠 속을 쳐다보았지만 아무것도 보고 있지 않았다.

"자 그럼, 우리는 이제 뭘 하면 되죠? 데이비가 기타줄 가는 데 시간이 빌어먹게 많이 걸리네요." 그러고는 그가 뚱한 표정의 남자를 돌아보았는데, 그 남자는 기타만 내려다볼 뿐 고개도 들지 않고 그를 향해 가운뎃손가락을 들어올렸다. "그렇다면 말이죠. 여기 여러분을 즐겁게 해드릴 수 있는 걸 보여드리죠, 숙녀분들!" 그가 말했고, 곧 등이 보이게 돌아서더니 벨트를 풀고 청바지를 내린 뒤 우리를 향해 허연 궁둥이를 흔들었다.

관객 일부가 웃었다. 일부는 모욕적인 말을 외쳤다. 그가 음란한 제스처로 맞받았다. 나는 무대 위 내 앞에 선 이 남자가 의심의 여지 없이 멍청이라는 사실을 깨달았고, 그 사실은 타협의 여지 없이 분명했다. 밴드가 다음 노래를 부르기 시작했고, 모두 폴짝폴짝 뛰고 있었다. 그때 나는 바에 있었고, 더블로 달라고 요구했다.

시간이 더 지났다. 나는 다시 깨어났다. 계속 눈은 감고 있었다.

뭔가에 대한 호기심이 생겼다. 궁금했다. 나는 어디에 쓸모가 있지? 나는 세상에 기여한 것이 아무것도 없었다. 절대적으로 아무것도 없었다. 그리고 세상으로부터 취한 것도 전혀 없었다. 내가 존재하기를 그만둔다 해도 어느 누구에게 어떤 물질적 차이를 만들지는 않을 것이다.

누군가가 이 세상에 존재하지 않게 되면 대부분의 경우 적어도 소수의 사람들은 개인적 차원에서 그 부재를 느낀다. 하지만 내게는 아무도 없다.

나는 방으로 들어가지만 불을 켜지 않는다. 아무도 나를 보고 싶어하거나 내 목소리를 듣고 싶어하지 않는다. 나는 내가 조금도 불쌍하지 않다. 이것은 그저 사실의 진술이다.

나는 평생 죽음을 기다려왔다. 적극적으로 죽으려고 했다는 말은 아니고, 그저 정말 살아 있고 싶지 않았다는 말이다. 이제 뭔가가 달라졌고, 나는 죽음을 기다릴 필요가 없다는 사실을 깨달았다. 기다리고 싶지 않았다. 나는 병의 마개를 따서 쭉 들이켰다.

아, 하지만 무엇이건 셋으로 온다. 다들 그렇게 말하지 않는가? 가장 좋은 것을 가장 마지막까지 남겨두었는데, 이제 그중 마지막을 향해 간다. 그 단계—보드카—에 이르자 시야의 초점이 약간 흐려져 내 눈을 믿을 수가 없었다. 나는 마개를 돌려서 열고, 내가 보고 있다고 생각하는 그것이 맞는지 확인하려고 정신을 집중했다. 연기. 아른아른한 회색의 치명적인 연기가 무대 옆과 앞에서 뿜어져나온다. 공연장이 연기로 채워지기 시작한다. 내 옆의 남자가 기침을 한다. 드라이아이스, 무대 연기는 실제로 그런 반응을 유발하지 않으니, 그것은 정신신체증적 행동이다. 내 위로 연기가 떠다니는 것이 느껴졌고, 빛과 레이저가 그것을 뚫고 나오는 것이 보였다. 눈을 감았다. 그 순간 나는 그곳에 돌아가 있었다. 그 집, 2층에. 불이야. 비명소리가 들렸는데, 내가 지른 소리인지는 알 수 없었다. 베이스드럼은 내 심장과 함께 빠르게 쿵쾅거렸고, 스네어드럼은 내 맥박처럼 빠르게 질주했다. 실내에는 연기가 가득했고, 앞이 보이지 않았다. 비명, 내가 지르는 소리, 그애가 지르는 소리. 베이스드럼, 스네어드럼. 아드레날린의 분출, 박자가 빨라지고, 그것은 내 작은 몸에서, 어느 누구의 작은 몸에서라도 속이 울렁거릴 만큼 너무 강하다. 비명을 지르는 소리. 나는 밀치며 밖으로, 밖으로 나간다. 휘청거리고 헐떡이고, 모든 장애물을 밀치며 마침내 밖으로 나온다. 어둡고 검은 밤 속으로. 달아날 길은 없다. 바닥에 털썩 주저앉아 팔다리를 뻗고 드러눕는다. 내 귀에 비명소리가 들리고, 내 몸은 여전히 요동친다. 토한다. 나는 살아 있다. 나는 혼자다. 우주에 나보다 더 혼자인 생명체는 없다. 혹은 더 끔찍한 생명체도.

나는 다시 깨어났다. 커튼을 쳐두지 않아 빛이 들어오고 있었다. 달빛. 그 단어에는 낭만적인 느낌이 있다. 나는 한 손을 다른 한 손으로 잡고, 다른 사람의 손이 내 손을 잡는다면 어떤 느낌이 들지 상상해봤다. 외로움 때문에 죽을 것 같다고 느낀 순간들이 있었다. 사람들은 때때로 지루해서 죽을 것 같다고, 차 한 잔을 마시고 싶어 죽겠다고 말하지만, 내게 외로워서 죽는다는 것은 과장이 아니다. 그런 느낌이 들 때 내 머리는 숙여지고 어깨는 축 처지고 나는 아픔을 느낀다. 인간과의 접촉을 바라는 신체적인 아픔. 누군가 나를 잡아주지 않으면, 나를 만져주지 않으면 땅바닥에 쓰러져 죽을지도 모르겠다고, 나는 정말로 그렇게 느낀다. 사랑하는 사람을 말하는 것이 아니다. 최근의 이 광적인 상태는 제쳐두고, 다른 사람이 나를 그런 식으로—그저 한 인간으로—사랑해줄지 모른다는 생각은 포기한 지 오래다. 미용실에서 두피 마사지를 받았을 때나 지난겨울 독감 예방주사를 맞았을 때. 유일한 접촉의 순간들은 내가 돈을 지불한 사람들로부터 경험한 것이었고, 그때 그들은 거의 늘 일회용 장갑을 끼고 있었다. 나는 그저 사실을 진술하는 것이다.

사람들은 이런 사실을 좋아하지 않지만, 나로서는 어쩔 수 없다. 누군가가 안부를 물으면 잘 지내요, 라고 말해야 한다. 연 이틀간 아무하고도 대화를 하지 않아서 간밤에 울다 잠들었다고 말해서는 안 된다. 잘 지내요, 가 대답이다.

내가 밥의 회사에서 처음 일하기 시작했을 때 은퇴를 두어 달 앞둔 나이 많은 다른 여자가 있었다. 그녀는 난소암에 걸린 동생을 돌보느라 종종 결근을 했다. 그 나이 많은 동료는 암에 대한 말은 어떤 것도 꺼내지 않으려 했고, 심지어 그 단어를 쓰는 것도 피했다. 그저 아주 완곡하게 질환이라는 용어를 썼을 뿐이다. 그 당시에는 그런 방식이 아주 일반적인 것으로 여겨졌다고 나는 알고 있다. 요즘은 외로움이 새로운 암이다. 수치스럽고 창피한 것이며 모호한 방식으로 사람을 덮친다. 두렵고 치유될 수 없는 것, 너무 끔찍해서 감히 입에 올릴 수 없는 것. 사람들은 자신도 고통받을까봐, 입 밖에 내면 운명의 작용에 의해 자신에게도 비슷한 공포가 닥칠까봐 두려워서, 누가 그 단어를 말하는 걸 듣는 것조차 원치 않는다.

나는 늙은 개처럼 손과 발을 짚고 몸을 끌며 앞으로 나아가 달이 보이지 않게 커튼을 쳤다. 그러고는 이불 위로 엎어졌고 다시 손을 뻗어 술병을 잡았다.

문을 두드리는 소리—쾅쾅쾅—와 어떤 남자가 내 이름을 외쳐 부르는 소리가 들렸다. 시체 안치소에서 불이 나고 피가 튀고 폭력이 난무하는 꿈을 꾸고 있었는데, 거기서 현재로 넘어오기까지, 그 두드리는 소리가 현실이고 현관문에서 들린다는 것을 깨닫기까지 영원의 시간이 걸리는 듯했다. 나는 머리 위로 이불을 뒤집어썼지만 그 소리는 끈질기게 들려왔다. 소리가 멈추기를 간절히 기다렸지만, 절망적이게도, 문을 열러 가는 것 말고는 방법이 없는 것 같았다. 다리가 후들거려서, 나는 벽을 짚어가며 걸어야 했다. 더듬더듬 잠금 고리를 만지면서 내 발을 내려다보았다. 작고 하얗고 대리석 같았다. 큰 멍이 한쪽 발등에서 시작해 발톱까지 자주색과 녹색의 꽃처럼 피어 있었다. 나는 놀랐다. 느낌이 전혀 없었다. 아프지도 않았고, 어쩌다 멍이 들었는지도 기억나지 않았다. 누가 색칠을 해놓았다고 해도 될 것 같았다.

마침내 문은 열렸지만 고개가 들어지지 않았고, 올려다볼 힘도 없었다. 적어도 쾅쾅 치는 소리는 멈췄다. 그것이 내 유일한 목표였다.

"지저스 크라이스트!" 남자의 목소리가 말했다.

"엘리너 올리펀트인데요." 내가 대답했다.

27

다시 깨어났을 때, 나는 소파에 누워 있었다. 손에 닿는 감촉이 거칠고 이상했는데, 내가 담요가 아니라 수건을 덮고 있다는 것을 깨닫기까지 약간 시간이 걸렸다. 가만히 누워 내 상황을 곰곰이 따져보았다. 몸이 더웠다. 머리가 지끈거렸다. 뱃속에서 맥박처럼 일정하게 쿡쿡 찌르는 통증이 계속 느껴졌다. 입을 벌리자, 오렌지 알맹이가 분리될 때처럼 살과 잇몸이 벗겨지는 소리가 들렸다. 나는 노란색 원피스 잠옷을 입고 있었다.

뭔가가 돌돌돌 돌아가고 퉁퉁 부딪치는 소리가 들렸는데, 내 몸 안이 아니라 밖에서 나는 소리였다. 마침내 세탁기 돌아가는 소리라는 걸 알아냈다. 나는 천천히 눈을 떴는데—껌처럼 들러붙어 있었다—거실은 전혀 달라져 있지 않았다. 개구리 모양 발쿠션이 나를 빤히 쳐다보고 있었다. 내가 살아 있는 건가? 그러기를 바랐지만, 그건 그저, 이곳이 사후세계라면 즉시 항소를 제기해야 할 것이기 때문이었다. 소파 앞 내 옆으로 낮은 테이블 위에는 보드카를 마실 때 쓰는 큰 잔이 놓여 있었다. 손을 뻗었는데, 심하게 떨리고 있었다. 간신히 잔을 잡고 입으로 가져갔고 그렇게 많이 흘리지는 않았다. 꿀꺽꿀꺽 거의 절반을 비우고 나서야 나는 그것이 사실은 물이라는 것을 깨달았다. 물이 꾸륵꾸륵 내 위장을 휘저어놓는 느낌과 함께 구역질이 났다. 또하나의 나쁜 징조. 누군가가 혹은 뭔가가 보드카를 물로 바꿔놓았다. 내가 선호하는 종류의 기적은 아니었다.

다시 누운 채로, 나는 다른 소리들을 들었다. 발걸음소리. 누군가가 흥얼흥얼 노래를 부르고 있었다. 남자가. 내 부엌에 누가 있지? 그 소리가 여기까지 얼마나 쉽게 전달되는지 나는 깜짝 놀랐다. 이곳에서 나는 늘 혼자였다. 다른 사람이 내 집에서 돌아다니는 소리를 듣는 것에는 익숙하지 않았다. 나는 물을 좀더 마시다가 목이 막혀 캑캑거리기 시작했는데, 그것이 결국 기침 발작이 되고 구역질로 이어졌지만 토해낸 것은 없었다. 잠시 뒤 누군가가 주저하며 거실 문을 두드렸고, 얼굴 하나가 삐죽 나타났다. 레이먼드였다.

나는 죽고 싶었다. 이번에는 실제로 죽고 싶다는 의미에 더해 은유적인 의미도 있었다. 오, 이제 어쩌면 좋아. 실제로 죽음이 허락될 때까지 사람은 얼마나 간절히, 얼마나 여러 수준에서 죽기를 바라는가? 그렇게 생각하니 거의 재미있기까지 했다. 레이먼드가 나를 보고 슬픈 미소를 지으며 아주 조용히 말했다.

"기분은 좀 어때요, 엘리너?" 그가 말했다.

"무슨 일이에요?" 내가 물었다. "왜 내 집에 있어요?"

그가 거실로 들어와 내 발치에 섰다.

"걱정하지 마요. 괜찮아질 거예요."

나는 눈을 감았다. 어느 말도 내 질문에 대한 답은 아니었다. 어느 말도 내가 듣고 싶었던 것이 아니었다.

"배고파요?" 레이먼드가 다정하게 물었다. 나는 정말 그런지 생각해보았다. 내 뱃속이 뭔가 잘못된 것 같았다. 아주 잘못된 것 같았다. 그 이유가 배고픔 때문일 수 있나? 알 수가 없어서 나는 그저 어깨만 으쓱했다. 그는 기쁜 것 같았다.

"그럼 수프를 좀 만들어줄게요." 그가 말했다. 나는 눈을 감고 누웠다.

"렌틸콩 수프는 말고요." 내가 말했다.

잠시 뒤 레이먼드가 돌아왔고, 나는 여전히 몸을 수건으로 감싼 채 천천히, 아주 천천히 몸을 일으켜 앉았다. 그가 머그컵에 담긴 토마토 수프 데운 것을 테이블 위 내 앞에 내려놓았다.

"숟가락은요?" 내가 말했다.

그는 대답하지 않고 부엌으로 가서 숟가락을 들고 돌아왔다. 나는 오른손으로 숟가락을 잡았다. 손이 부들부들 떨렸다. 조금 떠서 마셔보려고 했는데, 손을 너무 많이 떨어서 수프를 수건에 흘렸다. 나는 그 액체를 머그컵에서 내 입으로 옮길 방법이 없다는 사실을 깨달았다.

"아, 그냥 들고 마시는 게 가장 좋을 거라고 생각했어요." 그가 부드럽게 말했고, 나는 고개를 끄덕였다.

레이먼드는 안락의자에 앉아 내가 수프를 홀짝이는 것을 지켜보았다. 우리 중 누구도 말을 꺼내지 않았다. 나는 다 마신 뒤 머그컵을 내려놓았다. 내 안에 따뜻한 기운이 퍼졌고, 설탕과 소금이 내 혈관을 도는 것 같았다. 벽난로 위에 걸린 파워레인저 시계가 재깍거리는 소리가 굉장히 크게 들렸다. 내가 물도 다 마시자, 그가 다시 채워주려고 말없이 부엌으로 갔다.

"고마워요." 그가 돌아와서 내게 잔을 건넬 때 내가 말했다.

그가 아무 말도 하지 않고 일어서더니 거실에서 나갔다. 건조기 겸용 세탁기 소리는 멈췄고, 문이 딸깍 열리는 소리, 그리고 다시 발걸음소리가 들렸다. 그가 거실로 돌아와 내 쪽으로 다가오더니 손을 내밀었다.

"어서요." 그가 말했다.

도움 없이 일어서려고 했지만 그럴 수가 없었다. 나는 레이먼드에게 몸을 기댔고, 그가 내 허리에 팔을 감고 나를 부축해 통로를 가로질렀다. 침실 문은 열려 있었고, 침대엔 깨끗하게 세탁된 시트가 깔려 있었다. 그가 나를 침대에 앉힌 뒤 몸을 이불 속으로 넣기 쉽게 내 다리를 들어주었다. 침대에서 아주 상쾌한 향이 났다. 따뜻하고 깨끗하고 아늑했고, 작은 새 둥지 같았다.

"이제 좀 쉬어요." 그가 부드럽게 말한 뒤 커튼을 치고 불을 껐다. 망치로 얻어맞은 것처럼 잠이 찾아왔다.

적어도 반나절은 잤을 것이다. 마침내 깨어났을 때, 나는 손을 뻗어 침대 옆에 놓여 있던 잔을 들고 물을 꿀꺽꿀꺽 들이켰다. 내 몸은 물을 필요로 했지만 빼내는 것 또한 필요해서, 나는 조심스럽게 머뭇머뭇 걸음을 옮겼고, 욕실로 가서 샤워기 아래 섰다. 비누향을 맡으니 정원에 온 것 같았다. 나는 모든 오물을, 몸밖의 모든 얼룩을 씻어낸 뒤 발그레하고 깨끗하고 따뜻한 모습이 되었다. 피부가 헐까봐 부드럽게, 아주 부드럽게 몸을 닦은 뒤 깨끗한 옷을 입었다. 내가 입어본 것 중 가장 부드럽고 깨끗한 옷이었다.

부엌바닥은 반짝반짝 광이 났고, 병들은 다 치워져 있었고, 테이블 상판은 잘 닦여 있었다. 의자 하나에 빨고 개서 차곡차곡 올려놓은 옷들이 보였다. 테이블에는 꽃병 말고 아무것도 없었는데, 내가 가진 유일한 꽃병에 노란 튤립이 한가득 꽂혀 있었다. 거기 쪽지가 기대져 있었다.

냉장고에 먹을 게 좀 있어요. 되도록 물을 많이 마시도록 해요. 일어나면 전화해줘요 Rx

레이먼드가 맨 밑에 전화번호를 휘갈겨놓았다. 나는 앉아서 쪽지를 물끄러미 바라본 뒤 햇살처럼 밝은 꽃들을 보았다. 지금까지 누가 내게 꽃을 선물한 적은 없었다. 나는 튤립은 그다지 좋아하지 않지만 레이먼드가 그 사실을 알 리 없었다. 나는 울기 시작했다. 온몸을 흔들며 짐승처럼 울부짖는 거대한 울음이었다. 결코 그치지 않을 것 같았고, 그칠 수 없을 것 같았다. 마침내 나는 순전히 신체적인 힘이 다 빠져서 울음을 그쳤다. 그리고 테이블 위에 이마를 올렸다.

나는 내 인생이 잘못 흘러왔다는 것을 깨달았다. 아주아주 잘못 흘러왔다. 이렇게 살아서는 안 되었다. 아무도 이렇게 살아서는 안 된다. 문제는 내가 그것을 어떻게 바로잡을지 그 방법을 모른다는 것이다. 엄마의 방법은 잘못되었다. 나도 그것은 안다. 하지만 어느 누구도 내게 인생을 살아가는 올바른 방법을 알려주지 않았고, 지난 세월 동안 최선을 다해 노력했지만 나는 그저 더 좋게 만드는 방법을 몰랐다. 나 자신이라는 퍼즐을 풀 수가 없었다.

차를 끓이고 레이먼드가 준비해서 냉장고에 넣어둔 식사를 데웠다. 정말로 배가 많이 고팠던 모양이었다. 먹고 나서 컵과 포크를 씻은 뒤, 그가 물기를 말리려고 올려놓은 다른 깨끗한 그릇들 옆에 같이 두었다. 그리고 거실로 가서 전화기를 들었다. 신호음이 두번째로 울릴 때 레이먼드가 전화를 받았다.

"엘리너, 다행이에요." 그가 말했다. 잠시 침묵. "기분 어때요?"

"안녕, 레이먼드." 내가 말했다.

"좀 어때요?" 그가 다시 물었고, 긴장된 목소리였다.

"좋아요, 고마워요." 내가 말했다. 이 말이 정답인 것을 나는 알고 있었다.

"맙소사, 엘리너. 좋다니. 맙소사!" 그가 말했다. "내가 한 시간 안에 갈게요, 알았어요?"

"정말로, 레이먼드. 그럴 필요 없어요." 내가 조용히 말했다. "뭘 좀 먹었어요." 나는 지금이 몇시인지 몰랐고, 그것이 점심이었는지 저녁이었는지 추측하는 위험을 무릅쓰고 싶지 않았다. "샤워를 했고, 이제 잠시 책을 읽다가 일찍 잘 거예요."

"한 시간 안에 갈게요." 레이먼드가 다시 말했다. 단호하게. 그리고 전화를 끊었다.

내가 문을 열어주었을 때 레이먼드는 아이언브루 한 병과 젤리 베이비스 한 봉지를 들고 있었다. 나는 간신히 미소를 지었다.

"들어와요." 내가 말했다.

나는 레이먼드가 이전에 이 집에 어떻게 들어왔는지 궁금했다. 문을 열어준 기억이 없었다. 내가 무슨 말을 했지? 어떤 상태였지? 나는 불안하고 초조했고, 심장이 쿵쾅거리기 시작했다. 내가 그에게 욕을 했나? 내가 벌거벗고 있었나? 우리 사이에 아주 끔찍한 일이 일어났나? 아이언브루 병이 내 손아귀에서 미끄러져 바닥 위를 구르는 것이 느껴졌다. 그가 병을 집어들고 반대쪽 손으로 내 팔꿈치를 잡더니 나를 부엌으로 데려갔다. 그리고 테이블 앞에 나를 앉히고는 찻주전자를 올렸다. 내가 사는 공간을 그가 마음대로 사용하는 것에 기분이 상했어야 하겠지만 오히려 안도감이 들었다. 보살핌을 받는다는 사실에서 오는 안도감이 나를 휘감았다.

우리는 테이블에 찻잔을 놓고 한동안 말없이 마주앉아 있었다. 레이먼드가 먼저 말을 꺼냈다. "도대체 무슨 일이에요, 엘리너?" 그가 말했다.

그 안에 눈물이 숨어 있는 것처럼 그의 목소리가 흔들려서 나는 깜짝 놀랐다. 나는 그저 어깨만 으쓱했다. 그의 얼굴에 화난 표정이 떠올랐다.

"엘리너, 당신은 사흘 동안 무단결근을 했어요. 밥이 정말로 걱정을 많이 했어요. 우리 모두 그랬어요. 밥한테 주소를 받아서 당신이 괜찮은지 보러 왔는데, 당신이…… 그러고 있는 걸……"

"……자살하려고 준비해놓은 것 말예요?" 내가 물었다.

레이먼드가 손으로 얼굴을 문질렀고, 나는 그가 울기 직전인 것을 알 수 있었다.

"저기, 당신이 사생활을 아주 중시하는 사람인 거 알아요. 그건 괜찮지만 우리는 친구예요, 그렇죠? 내게 털어놔봐요. 그렇게 꽁꽁 묻어두지 말고요."

"그러면 왜 안 돼요?" 내가 물었다. "내 기분이 얼마나 안 좋은지 다른 사람한테 말한다고 그 상황이 어떻게 나아져요? 그 상황을 해결해줄 수 있는 것도 아니잖아요, 안 그래요?"

"아마 모든 걸 해결해줄 수는 없겠죠, 엘리너, 그건 안 될 거예요." 그가 말했다. "하지만 말을 하면 도움이 돼요. 있잖아요, 다른 사람들도 다 문제를 갖고 있어요. 그들도 불행한 게 어떤 기분인지 이해해요. 문제를 나누면 그 모든……"

"나라는 사람으로 사는 기분이 어떤지 이 세상 어느 누구도 이해할 것 같지 않아요." 내가 말했다. "그건 그저 사실이에요. 누구도 내가 겪어온 것과 정확히 같은 환경을 견디면서 살아낼 수 있었을 거라고는 생각하지 않아요. 어쨌거나 살아남았을 거라고는요." 내가 말했다. 나는 분명하게 말했고, 그것은 중요했다.

"나한테 시도해봐요," 레이먼드가 말했다. 그는 나를 보았고, 나는 그를 보았다. "좋아요. 나한테가 아니면 다른 사람한테 시도해봐요. 심리상담사나 심리치료사한테……"

내가 킁 콧소리를 냈다. 가장 우아하지 않은 소리였다.

"심리상담사라고요!" 내가 말했다. "'앉아서 우리 감정에 대해 이야기해봅시다. 그러면 마법처럼 모든 게 나아질 거예요.' 나는 그렇게 생각하지 않는데요, 레이먼드."

그가 미소를 지었다. "하지만 해보지도 않고 어떻게 알아요? 잃을 게 뭐가 있어요? 알겠지만…… 우울하거나 마음의 병이 있거나 뭐든 그런 것에…… 부끄러워할 것 없어요." 나는 차를 마시다가 거의 목에 걸릴 뻔했다.

"마음의 병이요? 무슨 말 하는 거예요, 레이먼드?" 나는 고개를 가로저었다.

그가 내 화를 누그러뜨리려고 두 손을 드는 동작을 했다.

"저기, 나는 의사가 아니에요. 그저…… 음…… 자살을 계획하면서 자신을 알코올로 독살하려고 하는 사람이라면, 그러니까, 내 생각에, 상태가 아주 좋은 것 같지는 않아요."

그가 내 상황을 아주 우스꽝스럽게 요약해버려서 나는 거의 웃음을 터뜨릴 뻔했다. 레이먼드는 말을 할 때 대체로 과장하는 경향이 없었지만 이번에는 정도를 지나쳤고, 나는 그것이 그가 그날 밤의 일을 사실적으로 정확하게 묘사한 거라고 받아들일 수 없었다.

"레이먼드, 나는 그냥 스트레스가 심한 어느 저녁에 보드카를 너무 많이 마신 것뿐이에요. 그게 다예요. 그걸 병의 증상으로 볼 수는 없어요."

"그날 밤 어디 갔었어요?" 레이먼드가 말했다. "그 이후로 무슨 일이 일어난 거예요?"

나는 어깨를 으쓱했다. "공연을 보러 갔어요," 내가 말했다. "정말 별로였어요."

우리 둘 다 한동안 말이 없었다.

"엘리너," 마침내 그가 말했다. "진지하게 하는 말이에요. 내가 그때 와보지 않았다면 당신은 지금쯤 죽었을 거예요. 술 때문에 죽었거나 토사물에 목이 막혀 죽었거나. 그때 이미 약물이나 뭔가를 과다 복용한 게 아니었다면 말이죠."

나는 머리를 한쪽으로 기울이고 그 말을 곰곰이 생각해보았다.

"좋아요," 내가 말했다. "내 기분이 아주 좋지 않았다는 건 인정해요. 하지만 모두 때때로 슬픔을 느끼지 않나요?"

"네, 물론 그렇죠, 엘리너." 그가 조용히 말했다. "하지만 사람들은 슬픔을 느끼면 약간 울거나, 아이스크림을 아주 많이 먹거나, 오후 내내 침대에 누워서 지내요. 배수관을 뚫는 용해제를 마시거나 빵칼로 혈관을 그을 생각을 하지는 않는다고요."

나도 모르게 날카롭고 뾰족한 칼날이 떠올라 몸서리를 쳤다. 나는 수긍하며 어깨를 으쓱했다.

"내가 졌어요, 레이먼드." 내가 말했다. "당신 논리에 반박할 수 없네요."

그가 손을 뻗어 내 아래팔에 올리더니 꼭 잡아주었다. 그는 힘이 셌다.

"적어도 의사를 찾아가보는 것에 대해 생각은 해볼래요? 그렇다고 해될 건 없잖아요, 안 그래요?"

내가 고개를 끄덕였다. 이번에도 그는 논리적이었고, 논리적인 것에는 반박할 수가 없었다.

"연락하고 싶은 사람 있어요?" 그가 말했다. "친구나 친척? 엄마는 어때요? 엄마라면 당신이 이런 기분인 걸 알고 싶어하지 않을까요?" 그가 말을 멈췄는데, 내가 웃었기 때문이었다.

"엄마는 안 돼요," 내가 고개를 저으며 말했다. "엄마는 아마 절대적으로 즐거워할걸요.”

레이먼드가 경악하는 표정을 지었다.

“왜 그래요, 엘리너, 그런 말은 끔찍해요.” 그가 말했고, 누가 봐도 충격을 받은 것 같았다. “어떤 엄마도 자식이 괴로워하는 걸 알고 좋아하지는 않아요.”

나는 어깨를 으쓱했다. 시선은 계속 바닥에 내리꽂은 채였다. “우리 엄마를 못 만나봤잖아요.” 내가 말했다.

28

다음 며칠은 좀 힘들었다. 몇 번 레이먼드가 예고도 없이 나타났는데, 표면적으로는 먹을 것을 가져오거나 밥의 메시지를 전달하기 위해서였지만, 사실은 내가 자기 학살 행위를 저지르지 않았는지 확인하기 위해서였다. 레이먼드의 태도를 묘사하는 크로스워드 퍼즐의 힌트를 간결하게 만들어본다면, 이해할 수 없는 것의 반대말이 될 것이다. 나는 그가 아주 가벼운 자리가 아니라면 어느 경우든 포커 치는 건 삼가기를 바랐는데, 지갑이 탈탈 털린 채 테이블을 떠나게 될까봐 걱정이 되어서였다.

특히 콘서트 이후 그런 불쾌한 상황에 빠져 있는 나를 발견했는데도 그가 나한테 이런 수고를 한다는 게 나는 놀라웠다. 전에는 내가 슬프거나 화를 내면 그때마다 내 인생과 관련된 사람들이 내 사회복지사에게 전화를 걸었고, 그러면 나는 다른 곳으로 옮겨졌다. 레이먼드는 누구에게도 전화하지 않았고, 외부 기관에 개입을 요청하지도 않았다. 그는 직접 나를 돌보기로 했다. 나는 그것을 곰곰이 생각해본 뒤, 어떤 사람들에게는 누가 곤란한 행동을 했다고 해서 그게 그 사람과의 관계를 끝내는 이유가 되지는 않는 것 같다고 결론을 내렸다. 그들이 당신을 좋아한다면—그리고 나는 레이먼드와 내가 친구가 되기로 한 사실을 기억하고 있었다—당신이 슬프거나 화가 났거나 아주 위험한 방식으로 행동하더라도 관계를 유지할 마음의 준비가 되어 있는 것 같았다. 이로써 중요한 사실 하나가 밝혀졌다.

가족이 있다는 것이 그런 것일지 궁금했다. 어떤 일이 생기더라도 곁에 있어줄 부모, 혹은 여동생이 있다는 것. 그들을 당연하게 여긴다는 것이 아니라—맹세코, 이 삶에서 당연하게 여길 수 있는 것은 아무것도 없다—그저, 거의 인식하지 못한 채로, 아무리 상황이 나빠져도 당신이 그들을 필요로 하면 그들이 거기 있다는 것을 아는 것 말이다. 나는 대체로 뭔가를 부러워하는 사람이 아니지만, 이것에 대해 생각하면서 콕 찌르는 아픔을 느꼈음을 고백하지 않을 수 없다. 하지만 부러움은 그것을 경험할 기회조차 갖지 못한 것에 대해 내가 느낀 슬픔과 비교하면 결코 크지 않은 감정이다…… 그것이란 뭘까? 조건 없는 사랑이라고, 나는 생각했다.

하지만 엎질러진 우유를 쳐다보며 울어봐야 아무 소용 없었다. 레이먼드가 그 느낌이 어떤 것인지 조금 맛보게 해주었고, 그런 기회를 가진 것만으로도 나는 운이 좋다고 할 수 있었다. 오늘 레이먼드는 애프터에이트 민트초콜릿 한 통과, 엉뚱하게도 헬륨 풍선을 가져왔다.

"좀 바보 같죠," 그가 웃으면서 말했다. "광장에서 시장을 지나가는데, 어떤 남자가 이걸 팔고 있더라고요. 버스를 타러 가는 길에요. 이걸 보면 당신 기분이 좋아질 것 같아서요."

레이먼드가 들고 있는 풍선을 보자 웃음이 났다. 예상치 않은 감정의 분출, 익숙하지 않았다. 그가 내게 리본을 건넸고, 풍선이 우리집 낮은 천장을 향해 솟구치더니 천장에 붙은 채로 달아나려는 것처럼 깐닥거렸다.

"이건 무슨 모양이에요?" 내가 말했다 "이거…… 치즈예요?" 헬륨 풍선을 받아본 적이 없었으니, 이렇게 요상하게 생긴 것도 당연히 받아봤을 리 없었다.

"스펀지밥이잖아요, 엘리너." 레이먼드가 말했다. 그는 내가 무슨 백치라도 되는 것처럼 아주 느리고 분명하게 말했다. "스펀지밥 스퀘어 팬츠."

앞니가 튀어나온, 반은 인간으로 보이는 목욕용 스펀지! 그걸 완전히 평범한 물건인 것처럼 파는 것이다. 나는 평생 사람들로부터 이상하다는 말을 들었는데, 정말이지 이것을 보니 사실은 내가 비교적 평범하다는 것을 알 것 같았다.

나는 우리가 마실 차를 우려냈다. 레이먼드가 커피 테이블에 발을 올렸다. 그에게 발을 치워달라고 말하려다가 그가 우리집에 있는 걸 편안하게 느껴서 그러는 거라는 생각이 떠올랐다. 긴장을 풀고 가구를 거리낌없이 사용할 만큼 편안하게 느끼는 것이다. 그 생각을 하자 내 기분이 정말로 좀 좋아졌다. 그는 차를 후룩 마셨고—이런 침해는 좀 많이 탐탁지 않았다—병원에 가기로 했느냐고 물었다. 그 주 초반에 레이먼드가 내 감정 상태에 대한 객관적이고 전문가적인 견해를 구하는 것의 중요성과, 정신건강 문제에 대한 진단이 내려졌을 때 현대의 치료법이 효율적이라는 사실에 대한 설득력 있는 주장을 펼친 뒤로, 나는 마침내 병원 진료 예약을 하는 데 동의했다.

"내일 갈 거예요." 내가 말했다. "열한시 반 예약이에요."

레이먼드가 고개를 끄덕였다. "잘했어요, 엘리너," 그가 말했다. "이제 나한테 약속해줘요. 의사에게 전부 솔직히 말할 거라고요. 당신이 정확히 어떤 감정을 느끼고 있고 어떤 일을 겪어왔는지 털어놓겠다고요."

나는 그것에 대해 생각해보았다. 의사에게 거의 모든 것을 이야기하겠다고 결심했지만, 모아두었던 알약에 대한 말은 꺼내지 않을 작정이었다(어쨌거나 이제는 없었다. 레이먼드가 환경에 대한 깊은 염려 없이 약을 변기에 넣고 내려버렸다. 나는 불편한 심기를 대놓고 표현했지만 속으로는 그것이 없어져서 기뻤다). 또한 엄마와 나눈 대화나 우리의 우스꽝스러운 무산된 프로젝트에 대해서도 말하지 않겠다고 결심했다. 엄마는 참견하기 좋아하는 전문가들에게 넘겨주는 정보는 알 필요를 근거로 해야 한다고 늘 말했고, 이 주제는 해당되지 않았다. 의사가 알 필요가 있는 것은 내가 아주 불행하다는 사실뿐이고, 그 사실을 바꿀 수 있는 가장 좋은 방법을 내게 충고해주기만 하면 되는 것이다. 과거를 파헤쳐가며 바꿀 수 없는 것에 대해 이야기할 필요는 없었다.

"약속할게요." 내가 말했다. 하지만 나는 두 손가락을 꼬았다.

29

의사가 병가를 낼 수 있게 진단서를 끊어주었을 때, 나는 아무것도 하지 않고 빈둥거리는 것이 내게 얼마나 잘 맞을지 궁금했다. 나는 늘 상근직으로 근무했다. 학위를 받은 바로 다음주부터 밥의 회사에서 일하기 시작했고, 병가를 낼 일은 단 한 번도 없었다. 다행히 나는 아주 건강한 몸을 타고나는 축복을 받았다.

그 첫 주에, 그러니까 보드카로 사고를 치고 레이먼드가 집에 찾아온 그 사건 바로 다음주에 나는 잠을 아주 많이 잤다. 다른 일, 우유를 사러 가거나 샤워를 하는 것 같은 평범한 일도 아마 했겠지만 지금은 기억나지 않는다.

의사는 지금 일어나고 있는 몇 안 되는 구체적인 사실만으로도 내가 우울증이라는 사실을 어찌어찌 추론해냈다. 나는 가장 중요한 비밀 전부를 지키는 데 성공했다. 의사는 가장 효율적으로 치료를 받으려면 약물 처방과 심리치료를 병행하는 게 좋겠다고 제안했지만, 나는 적어도 처음에는 약을 먹고 싶지는 않다는 뜻을 강하게 밝혔다. 보드카에 의존한 것과 같은 방식으로 약에 의존하게 될까봐 걱정이 되었기 때문이었다. 하지만 첫 단계로 심리상담사를 만나보는 데는 마지못해 동의했고, 오늘 첫 회기가 예정되어 있었다. 나는 마리아 템플—직함은 듣지 못했다—이라는 사람에게 배정되었다. 그녀가 결혼을 했는지에는 관심이 없었지만 공식적인 의료인 자격증을 소지했는지에 대해 미리 알 수 있었다면 도움이 되었을 것이다.

상담실은 시내 중심지의 현대식 고층 건물 4층에 위치하고 있었다. 엘리베이터는 시대들époques 중 가장 아름답지belle 않은 시간대—1980년대—로 나를 데려갔다. 회색 또 회색 또 회색, 진흙 같은 파스텔 색조, 지저분한 플라스틱, 더럽기 짝이 없는 카펫. 1980년대 이후로 청소한 적이 없는 듯한 냄새가 났다. 상담을 받으러 온 게 애초에 마지못해서였는데, 이런 환경에서라면, 설령 이런 데서 상담을 하는 게 가능하다 해도, 더욱 내키지 않았다. 슬픈 것은, 이 환경이 너무도 익숙해서 그 자체로 위로가 된다는 사실이었다. 살면서 내가 걸어다닌 시설의 통로가 꽃무늬 프리즈*와 아텍스** 천장으로 꾸며진 경우는 무수히 많았다.

내가 문을—얇은 회색 합판이고 명판은 없었다—두드리자, 그러기 무섭게, 바로 그 뒤에 서 있었던 것처럼 마리아 템플이 문을 열고 내게 안으로 들어오라고 했다. 그 방에는 작은 식탁 의자가

* 방이나 건물의 윗부분에 그림이나 조각으로 띠 모양의 장식을 한 것.

** 걸쭉한 페인트의 일종.

하나 있고, 시설 같은 곳에서 쓰는 팔걸이의자 두 개(깨끗이 닦았으나 편안하지 않은 것)가 작고 낮은 테이블을 마주보게 놓여 있었다. 그리고 테이블 위에 상표 없는 '맨-사이즈' 화장지 박스가 놓여 있었다. 나는 순간적으로 어리벙벙했다. 남자들의 코도 몇몇 경우를 제외하면 우리 여자들의 코와 크기가 비슷하지 않은가? 그들이 XY 염색체를 가졌다는 이유로 필요한 화장지 면적이 정말로 아주 많이 더 크다는 건가? 왜? 내가 정말로 그 질문에 대한 대답을 알고 싶지 않은 건지도 모르겠다고 나는 생각했다.

창문은 없었고, 벽에 걸린 액자(우울증에 걸린 누군가가 컴퓨터로 만든, 장미꽃이 꽂힌 꽃병 그림이었다)는 빈 벽보다 눈에 더 거슬렸다.

"엘리너 맞죠?" 그녀가 미소를 지으며 말했다.

"미스 올리펀트라고 해야겠죠." 내가 조끼를 벗은 뒤 도대체 어디에 두라는 건지 고민하며 말했다. 템플 씨가 문 뒤에 일렬로 달린 고리들을 가리켰고, 나는 이미 걸려 있는 아주 실용적인 방수복에서 되도록 멀찌감치 피해 내 옷을 걸었다. 나는 그녀의 맞은편에 앉았다. 지저분한 의자 쿠션에서 시큼한 공기가 빠져나오면서 고단한 피식 소리가 났다. 그녀가 나를 보고 미소를 지었다. 치아가 참! 오, 템플 씨. 그녀가 최선을 다했어도 그 크기를 바꾸지는 못했을 것 같았다. 그 치아는 훨씬 더 큰 입에 어울리는 것이었다. 심지어 인간의 입이 아닐 수도 있었다. 언젠가 〈텔레그래프〉에서 본 사진 한 장이 떠올랐는데, 원숭이가 카메라를 들고 씩 웃으며 자신의 모습을 찍은 사진('셀카')이었다. 불쌍한 여자. 누구든 자신의 치아에 절대 붙이고 싶지 않은 수식어가 있다면 바로 유인원일 것이다.

"마리아 템플이에요, 엘리너…… 음, 미스 올리펀트." 그녀가 말했다. "만나서 반가워요." 그녀가 나를 골똘히 쳐다보길래, 나는 내가 얼마나 불편해하는지 보여주고 싶지 않아서 몸을 좀 앞으로 숙였다.

"전에 상담 받아본 적 있어요, 미스 올리펀트?" 그녀가 핸드백에서 공책을 꺼내며 말했다. 가방을 보니 몇 가지 액세서리가 달려 있었는데, 열쇠고리와 그 비슷한 것이었다. 털이 북슬북슬한 분홍색 원숭이, 커다란 금속으로 만들어진 글자 M, 그리고 무엇보다 흉측한, 작고 스팽글이 달린 빨간 뾰족구두. 이런 유형의 사람은 전에도 만난 적이 있었다. 템플 씨는 '재미있는' 사람이었다.

"그렇기도 하고 아니기도 해요." 내가 말했다. 그녀가 무슨 뜻이냐는 듯 눈썹을 치켜세웠지만 나는 더이상의 설명은 거부했다. 침묵이 흘렀고, 엘리베이터가 덜커덩거리는 소리가 다시 들렸지만, 인간이 타고 있음을 알려주는 소리나 증거는 뒤따르지 않았다. 나는 고립된 기분이었다.

"그럼 좋아요," 템플 씨가 밝게, 너무도 밝게 말했다. "이제 시작해도 될 것 같아요. 자, 무엇보다 먼저 우리가 여기서 나누는 모든 이야기는 절대적으로 비밀이 보장된다는 걸 확실히 밝혀두고 싶어요. 나는 관련된 모든 전문가 단체의 일원이고, 아주 엄격한 윤리 규정을 지킵니다. 이 공간에서는 늘 편안하고 안전하게 느끼셔도 되고, 특히 우리가 뭘 하고 있는지에 대해 알고 싶을 때나 그 이유가 분명하지 않을 때는 아무때고 뭐든 물어보셔도 돼요." 그녀는 뭔가 반응을 기다리는 것 같았지만, 나는 하고 싶은 말이 없었다. 내가 어깨를 으쓱했다.

그녀가 의자에 자리를 잡고 앉아 공책에 적힌 것을 읽기 시작했다. "의사 선생님이 보내서 이곳에 오셨군요. 우울증이고요."

내가 고개를 끄덕였다.

"요즘 기분 상태에 대해 조금 말해줄 수 있나요?" 그녀가 말했다. 미소가 약간 작위적인 느낌이 들었다.

"좀 슬펐던 것 같아요." 내가 말했다. 나는 그녀의 구두를 빤히 바라보았다. 스파이크만 없다 뿐이지 골프화와 비슷했다. 금색이었다. 믿을 수 없었다.

"슬픈 기분이 얼마나 오래 지속되었나요, 엘…… 미스 올리펀트?" 그녀가 거대한 치아를 펜으로 톡톡 쳤다. "그런데 엘리너라고 부르면 안 될까요? 그러니까, 우리가 서로를 이름으로 부르면 대화가 좀더 자유롭게 흘러가는 데 도움이 될 것 같아요. 그래도 괜찮을까요?" 그녀가 미소를 지었다.

"저는 미스 올리펀트 쪽을 선호하지만, 네, 그렇게 해도 괜찮겠네요." 내가 호의를 베풀듯 말했다. 하지만 나는 격식을 갖춰 부르는 것이 더 좋았다. 어쨌거나 나는 그녀에 대해 아무것도 몰랐다. 그녀는 내 친구가 아니라, 돈을 받고 나와 이야기를 주고받는 사람인 것이다. 예컨대 나는 모르는 사람이 나한테 종양이 있는지 보려고 안구 뒤쪽을 검사하거나 갈고리가 달린 기구로 치아의 상아질 이쪽저쪽을 찔러볼 때 약간의 직업적인 거리를 두는 것을 아주 적절한 일로 느낀다. 혹은 정말로 뇌 안을 헤집어볼 때나 창피하고 끔찍한 감정 상태를 끄집어내 그 공간에 머물러 있게 둘 때는 말이다.

"아주 좋아요." 그녀가 밝게 말했는데, 내가 '재미있게' 행동하지 않기로 굳게 결심한 것을 알아차린 것 같았다. 우리는 번지점프를 하러 가지도 않을 거고, 멋진 드레스를 입는 파티에 함께 가지도 않을 것이다. 또 재미있는 일이 뭐가 있지? 함께 노래 부르기. 후원자가 있는 달리기. 마술사. 모르겠다. 개인적으로 나는 동물과 크로스워드 퍼즐과 (아주 최근까지) 보드카를 좋아한다. 그보다 뭐가 더 재미있을 수 있지? 주민센터에서 하는 벨리댄스 수업은 아니다. 주말에 어딘가에 묵으면서 살인 미스터리 게임을 하는 것도 아니다. 결혼을 앞둔 여자들의 파티도 아니다. 그런 건 아니다.

"뭔가 특별한 계기가 있어서 의사의 도움을 청하게 됐던 건가요?" 그녀가 물었다. "어떤 사건이나, 대인관계에서 일어난 일 같은 거요. 누군가에게 자기 감정을 이야기한다는 건 아주 어려운 일일 수 있지만 이렇게 중요한 첫걸음을 내디딘 것은 아주 훌륭한 일이에요."

"친구가 의사를 찾아가보라고 했어요." '친'으로 시작하는 그 단어를 사용하면서 나는 작은 즐거움을 경험했다. "레이먼드가요." 나는 이름을 밝혔다. 그의 이름을 발음할 때 혀가 굴러가는 그 첫소리가 좋았다. 좋은 이름, 멋진 이름이었는데, 적어도 그래야 공평할 것 같았다. 그는 행운을 누릴 자격이 있었다. 어쨌거나 그의 타고난 신체 조건이 변변찮다는 걸 생각하면, 예컨대 유스터스나 타이슨 같은 이름을 쓸 때의 부담이 없다 해도, 그는 이미 싸워야 할 것이 많았다.

"의사를 찾아가겠다는 결심을 하게 만든 사건들에 대해 말해줄 수 있겠어요? 친구분이 그런 제안을 하게 된 계기가 뭐였나요?" 그녀가 물었다. "기분은 어땠어요?"

"좀 슬펐고, 감당할 수 없는 수준이었어요. 그게 다예요. 그래서 친구가 의사를 찾아가보라고 한 거예요. 약을 먹지 않겠다고 했더니 의사 선생님이 여기로 가보라고 했고요."

그녀가 나를 뚫어져라 바라보았다. "왜 슬픈 기분을 느꼈는지 말해줄 수 있어요?" 그녀가 말했다.

나는 한숨을 쉬었는데, 내가 예상했던 것보다 더 길고 의도하지 않았으나 과장된 한숨이었다. 숨을 다 내쉬자 목구멍이 조이는 느낌이 들었고, 눈물이 터져나올 것 같았다. 울지 마, 엘리너. **모르는 사람 앞에서 울지 마.**

"아주 재미없는 이야기예요." 내가 최대한 아무렇지 않은 척하며 말했다. "일종의…… 연애가 잘 안 됐어요. 그게 다예요. 아주 일반적인 상황이었어요." 긴 침묵이 흘렀다. 결국, 오로지 이 상황을 되도록 빨리 끝내고 싶은 마음에 내가 말했다. "오해가 있었어요. 내가…… 어떤 신호를 잘못 해석했던 것 같아요. 이 일과 관련된 누군가에 대해 아주 잘못된 인상을 품은 걸 알게 됐어요."

"전에도 이런 일이 있었어요?" 그녀가 조용히 물었다.

"아니요." 내가 말했다.

또 한번 긴 침묵이 흘렀다.

"그 사람은 누군가요, 엘리너? 당신이…… 어떤 표현을 썼었죠? 신호를 오해하도록 만든 그 일에 대해 좀더 말해줄 수 있겠어요? 그 신호가 어떤 거였나요?"

"음, 내가 좀 좋아하게 된 남자가 있었어요. 반했다고 해야 하나, 그렇게 좀 휩쓸려가다가 내가 사실상 어리석었다는 걸 깨닫게 됐어요. 우리는 함께할 운명이 아니었어요. 그리고 그 남자는…… 음, 어쨌거나 나한테 맞는 상대도 아니었어요. 내가 생각했던 그런 남자가 아니었어요. 나는 그 사실이 슬펐고, 그 전부를 잘못 해석한 것에 대해 굉장히 어리석다고 느꼈어요. 그게 그 일의 전부예요……" 내 말끝이 흐려졌다.

"좋아요, 그럼…… 그 모든 이야기에서 내가 몇 가지 풀어보고 싶은 게 있어요. 그 남자하고는 어떻게 만났나요? 그와의 관계는 어떤 성격의 것이었죠?"

"아, 그 남자와 실제로 만난 적은 없어요." 내가 말했다.

그녀가 공책에 뭔가 쓰다가 멈췄고, 잠시 어색한 침묵이 흘렀다. 연극 용어로는 그것을 비트*라고 할 것이다.

"그렇군요……" 그녀가 말했다. "그렇다면 두 사람의 길이…… 어떻게 교차했나요?"

"그 남자는 뮤지션이었어요. 그가 공연하는 걸 봤어요. 음, 그때 반했다고 말할 수 있겠네요."

마리아 템플이 신중하게 말했다. "그가…… 유명한 사람인가요?"

나는 고개를 저었다. "지역 뮤지션이에요. 여기 살아요. 사실 우리집 근처에 살아요. 흔히 말하는 것처럼 그렇게 유명하진 않아요. 아직은요."

마리아 템플은 아무 말도 하지 않고 내가 말을 계속하기를 기다렸다. 심지어 눈썹도 치켜세우지 않았다. 아무것도 하지 않았다. 그녀에게 내 행동에 대해 약간 오해할 만한 인상을 줬을 수 있겠다

---

* beat. 러시아의 연극 연기 수업에서 유래한 용어로 인물이 어떠한 사건에 대해 보이는 행동 또는 반응을 뜻하는 이야기의 최소 단위.

는 걸 깨달았다.

"분명히 짚고 넘어가자면," 내가 말했다. "내가…… 스토커 같은 사람은 아니에요. 그저 그 사람이 어디 사는지 알아냈고 그에게 줄 시를 베껴두었지만 보내지 않았어요. 그리고 트위터에 글을 한 번 남겼고, 그게 다예요. 그건 범죄가 아니에요. 내가 필요한 모든 정보는 공용 도메인에서 찾은 거예요. 법을 위반하거나 그런 짓은 하지 않았어요."

"그러면 이전에는 이런 상황에 놓인 적이 없었나요, 엘리너? 어느 누구하고도요?" 그러니까 그녀는 내가 아마도 모르는 사람들을 대상으로 강박적이고 지속적인 집착을 할 수 있는 사람이라고 생각하는 것이다. 어쩜 그런 생각을.

"없어요. 한 번도." 내가 단호하고 진실하게 말했다. "그저…… 그가 내 시선을 사로잡았고, 그에 대한 내 관심이 커졌고, 그게 다예요. 그는, 그러니까, 잘생겼고……"

또 한번의 긴 침묵이 흘렀다.

마침내 마리아 템플이 의자에 기대앉아 말하기 시작했다. 나는 마음이 놓였다. 그 모든 질문에 답하는 것은, 나 자신에 대해 이야기하면서 내 말이 내가 예상한 대로 바보 같고 당혹스러울 만큼 순진하게 들리지 않을까 걱정하는 것은 지치는 일이었다.

"이런 시나리오를 생각해보죠. 내가 이야기를 할 테니 엘리너는 본인의 생각을 알아봐요. 논의를 위해 말해보자면, 엘리너, 당신은 이 남자에게 반해서 그 감정을 발전시켰어요. 일반적으로 이런 감정은 진짜 관계를 만들기 위한 감정의 '시운전試運轉'이라고 할 수 있어요. 그 감정이 아주 강렬했어요. 지금까지는 이성적이고 타당하게 들리나요?" 내가 그녀를 빤히 쳐다보았다.

"그래서," 그녀가 말을 계속했다. "당신은 그 감정 상태를 상당히 즐기고 있었어요. 그 감정들을 느끼면서요. 그런데 그 일이 갑자기 끝나게 된 건 어떤 일 때문이었나요? 말하자면 어떤 일 때문에 그 반한 감정이 깨진 건가요?"

나는 의자에 뒤로 털썩 기댔다. 그녀는 어떤 일이 있었는지 놀랄 만큼 정확하게 요약하고 아주 흥미롭고 적절한 질문을 해서 나를 놀라게 했다. 금색 구두나 장난감 같은 열쇠고리에도 불구하고 마리아 템플이 바보가 아니란 걸 이미 알 수 있었다. 이 모든 것을 정리하는 데 시간이 좀 걸리겠지만, 그러는 동안 나는 생각들을 모아 조리 있는 대답을 만들어내려고 애썼다.

"어떤 수준에서는 그 일 전체가 진짜였다고 실제로 느꼈던 것 같아요. 마침내 우리가 만나면 사랑에 빠지고 결혼하고 그런 거요. 모르겠어요, 어쨌거나 나는 내가 그런 관계에 준비가 되어 있다고 느꼈어요. 그와 같은 사람—남자—이 내 길에 그렇게 자주 나타나지는 않으니까요. 그 기회를 그냥 흘려보내지 않는 것만이 맞는 것 같았어요. 그리고 어떤 사람들은…… 내가 그를 찾아낸 것을 알면 기뻐할 거라고…… 확실히 느꼈어요. 그런데 마침내 그와 같은 공간에 있게 됐을 때, 내가 열심히 노력해서 일어나게 하려고 했던 그 일이, 그 일 전체가…… 무너져버렸어요. 이해되나요?"

그녀가 계속 말하라는 뜻으로 고개를 끄덕였다.

"거기 바로 그 공간에서 깨달았던 것 같아요. 내가 어리석었다는 걸, 서른 살 여자가 아니라 십대 어린애처럼 행동했다는 걸요. 그는 심지어 특별하지도 않았어요. 나는 그에게 열중해 있었지만, 사실 정말로 그 누구였대도 상관없었을 거예요. 나는 기쁘게 해주려고 노력했어요, 엄……"

마리아가 고개를 끄덕이며 내 말을 막았고, 감사하게도 나는 더 나오려던 말을 멈출 수 있었다.

"앞으로 만나는 동안 같이 다뤄보고 싶은 문제가 꽤 많이 있네요." 그녀가 말했다. "오늘은 최근의 사건들에 대해서 이야기했지만 어느 시점에는 어린 시절에 대해 들을 수 있으면 좋겠어요."

"그건 절대로 안 해요." 내가 팔짱을 끼고 카펫을 내려다보며 말했다. 그 여자가 이 집에서 무슨 일이 일어나는지 알 필요는 없지.

"그 이야기를 하는 게 아주 힘들 거라는 거 알아요." 그녀가 말했다.

"그것에 대해서는 아무것도 말하고 싶지 않아요, 마리아. 부탁인데, 엄마에 대한 이야기를 하라고 하지는 마세요."

제길, 제길, 제길. 아니나 다를까, 그녀가 그것을 덥석 물었다. 늘 엄마가 가장 인기 있는 인물, 대어다.

"어머니와는 어떤 관계를 유지하고 있나요, 엘리너? 가까운 사이인가요?"

"엄마와는 일정한 간격을 두고 연락을 주고받아요. 너무 일정하죠." 내가 말했다. 이제 비밀이 새어나갔다.

"그러면 서로 잘 지내는 건 아니로군요?" 그녀가 말했다.

"좀…… 복잡해요." 나는 내가 의자에 앉은 채로, 은유적으로도 신체적으로도 꿈틀거리는 것을 알아차렸다.

"이유를 말해줄 수 있나요?" 마리아가 지나치게 뻔뻔하게, 참견하고 간섭하는 태도로 물었다. 염치도 없지.

"아니요." 내가 말했다.

아주 긴 침묵이 흘렀다.

"힘들다는 거 알아요. 고통스러운 일에 대해 말하는 건 정말 힘든 일이에요. 하지만 이미 말했듯이, 앞으로 나아가려면 그게 가장 좋은 방법이에요. 아주 천천히 시작해볼까요. 어머니에 대해 이야기하는 게 편안하지 않은 이유를 말해줄 수 있겠어요?"

"내가…… 엄마는 내가 그 이야기를 하는 걸 원치 않을 거예요." 내가 말했다. 그건 사실이었다. 나는 내가 그 이야기를 한 마지막—그리고 유일한—순간을 기억하고 있었다. 선생님에게였다. 그런 실수를 두 번 할 수는 없었다.

왼쪽 다리가 후들거리기 시작했다. 그저 약간 떨리는 정도였는데 일단 시작되니 멈출 수가 없었다. 나는 마리아가 그것을 보지 못하게 하려고 머리를 뒤로 젖히고 일부러 소리를 냈다. 한숨과 기침이 섞인 소리였다.

"알았어요," 그녀가 인내심 있게 말했다. "괜찮다면, 이 시간을 마무리하면서 조금 다른 것을 시도해보면 어떨까 해요. 빈 의자 기법이라는 건데요." 그녀가 말했다. 나는 팔짱을 끼고 그녀를 빤히 쳐다보았다.

"우선 여기 이 의자를," 그녀가 등받이가 수직으로 된 하나뿐인 식탁 의자를 가리켰다. "엄마라고 생각하면 좋겠어요."

그녀가 내 반응을 기다렸다.

"이제, 어리석게 느껴지고 당황스럽겠지만, 꼭 한번 해봤으면 좋겠어요. 여기서는 아무도 당신을 평가하지 않아요. 여긴 안전한 장소예요." 나는 무릎에 올린 양손을 잡고 불안하게 비틀었는데, 내 감정 상태를 거울처럼 비춘 행동이었다.

"해보겠어요?"

나는 문을 쳐다보았다. 얼른 문을 열고 나가고 싶었고, 시곗바늘을 상담이 끝나는 시간으로 돌려놓고 싶었다.

"엘리너," 마리아가 부드럽게 말했다. "나는 당신을 돕기 위해 여기 있고, 당신은 스스로를 돕기 위해 여기 있어요, 안 그래요? 나는 당신이 행복해지고 싶어한다고 생각해요. 사실 그런 마음인 거 알고 있어요. 안 그런 사람이 누가 있겠어요? 이 방에서 당신이 그걸 이룰 수 있게 우리 함께 노력할 거예요. 쉽지 않을 거고 금방 되지도 않겠지만 나는 정말로 그럴 가치가 있다고 생각해요. 어쨌거나 잃을 게 뭐가 있어요? 어떻게 하든 당신은 여기 한 시간은 있게 될 텐데요. 한번 해보는 게 어때요?"

그녀의 말은 타당한 것 같았다. 나는 고개를 들고 천천히 팔짱을 풀었다.

"잘 생각했어요!" 그녀가 말했다. "고마워요, 엘리너. 그러면…… 여기 이 의자가 당신의 어머니라고 상상해볼까요? 지금 이 순간 어머니에게 무슨 이야기를 하고 싶어요? 바로 이 자리에서, 말을 막는 사람도 없고, 뭐든 말해도 좋다면요? 평가에 대한 두려움도 없다면요? 자, 걱정하지 마요. 뭐든 하고 싶은 말이 있으면……"

나는 빈 의자를 돌아보았다. 내 다리는 여전히 후들거리고 있었다. 나는 목을 큼큼 풀었다. 나는 안전했다. 엄마는 정말로 여기 없었고, 정말로 듣고 있지 않았다. 나는 그 집으로 돌아가서 생각했다. 춥고 눅눅한 냄새가 났고 수레국화가 그려진 벽지와 갈색 카펫이 있었다. 바깥에서 차가 지나가는 소리가 들렸다. 모든 차가 좋은 장소, 안전한 장소로 달려가고 있었지만, 우리는 이곳에 우리끼리만, 혹은—더 나쁜 상황이라면—엄마와 같이 있었다.

"엄마…… 제발," 내가 말했다. 내 머리는 육체와 분리되어 방 안에 떠 있었고, 내 머리 밖에서 내 목소리가 들려왔다. 그 목소리는 높은 곳에 있었고, 아주아주 조용했다. 내가 숨을 들이쉬었다.

"제발 우리를 다치게 하지 마요."

30

나는 대체로 상스러운 말을 쓰지 않지만, 어제 그 심리상담사와의 첫 회기는 엿같이 웃겼다. 나는 템플 박사가 제안한 그 바보 같은 빈 의자 기법 이후 그녀 앞에서 울기 시작했는데, 그녀가 짐짓 다정한 목소리를 내며 시간이 다 됐으니 다음주 같은 시간에 만나자고 말했다. 사실상 나를 거리로 떠민 거나 다름없었고, 정신을 차려보니 나는 보도에 서 있었다. 쇼핑객들이 나를 밀치며 바쁘게 지나갔고, 내 얼굴에는 눈물이 줄줄 흘러내리고 있었다. 어떻게 그럴 수 있지? 어떻게 한 인간이, 고통받고 있는 게 너무도 분명한 다른 인간을 보고, 의도적으로 그 고통을 끌어내고 끈질기게 밀어붙이다가, 그 사람을 거리로 내쫓아 그 문제를 혼자 감당하도록 내버려둘 수가 있지?

오전 열한시였다. 나는 술을 마셔서는 안 되지만 눈물을 닦고 근처 펍으로 들어가 큰 잔으로 보드카를 주문했다. 그리고 존재하지 않는 친구들을 위해 조용히 건배한 뒤 빠르게 쭉 비웠다. 나는 낮술을 마시는 사람들 중 누가 나한테 말을 붙이기 전에 그곳을 나왔다. 그러고는 집으로 돌아와 침대에 누웠다.

휴직한 동안, 레이먼드와는 평소 만나던 카페에서 계속 만나 점심을 먹었다. 그가 내게 문자 메시지를 보내 시간과 날짜를 정하라고 제안한다(지금까지 내 새 휴대폰으로 유일하게 받은 문자 메시지다). 같은 사람을 어느 정도 일정하게 만나면 대화는 금세 즐겁고 편안해지는 것 같았다. 말하자면 매번 새롭게 시작하기보다 이야기를 멈춘 곳에서 다시 시작할 수 있게 된다.

이런 대화들이 계속되던 중에 한번은 레이먼드가 엄마에 대해 또 물었다. 내 상태가 좋지 않다고 왜 엄마에게 말하지 않는지, 엄마는 왜 나를 한 번도 찾아오지 않고, 나는 왜 엄마를 찾아가지 않는지. 마침내 나는 그에게 져서, 내가 살아온 이야기를 간략하게 해주었다. 물론 그는 그 화재와, 그뒤로 내가 위탁가정에서 자란 사실은 이미 알고 있었다. 내가 그에게 말해준 것은, 그 일 이후로 엄마가 지내는 곳에서 엄마와 함께 사는 것은 불가능했다는 사실이었다. 그 정도만 말해주면 그가 잠잠해질 거라고 생각했지만, 아니었다.

"그럼 어머니는 어디서 지내요? 병원, 요양원인가요?" 레이먼드가 추측했다. 나는 고개를 저었다.

"나쁜 사람들이 가는 나쁜 장소예요." 내가 말했다. 그가 잠시 생각했다.

"감옥은 아니죠?" 그는 충격을 받은 것 같았다. 나는 그가 나를 빤히 쳐다보는 것을 보며 아무 말도 하지 않았다. 또 한번 짧은 침묵이 흐른 뒤, 그는 엄마가 무슨 범죄를 저질렀느냐고, 당연히 할 법한 질문을 했다.

"기억 안 나요." 내가 대답했다.

그가 나를 빤히 쳐다보고 킁 콧소리를 냈다.

"말도 안 돼요," 그가 말했다. "어서요, 엘리너. 말해도 돼요. 말한다고 우리 사이가 달라질 건 전혀 없어요. 약속해요. 당신이 그런 게 아니잖아요. 그게 뭐였건 간에요."

뜨거운 기운이 몸 앞쪽을 쭉 훑고 올라왔다가 등을 타고 내려가는 느낌이 들었다. 전신마취를 하기 전에 진정제를 투여하는 감각에 비유할 수 있을까. 맥박이 빠르게 뛰기 시작했다.

"사실이에요," 내가 말했다. "진짜 몰라요. 그 당시에 들었던 것 같은데 기억이 안 나요. 그때 나는 열 살이었어요. 다들 내 주변에서는 그 이야기를 하지 않으려고 아주 조심했고요……"

"오, 저런," 그가 말했다. "어머니가 정말로 끔찍한 일을 저질렀나봐요…… 그럼 학교에선 어땠어요? 아이들은 그런 문제에 대해 좀 못되게 굴잖아요. 사람들이 당신 이름을 들으면 어떻게 대했나요? 하지만 생각해보니 올리펀트라는 이름과 관련된 범죄에 대해서는 읽은 기억이 없는 것 같은데……?"

"네, 반에 올리펀트라는 아이가 있었다면 기억했겠죠." 내가 말했다.

그는 웃지 않았다. 생각해보니 그건 그다지 좋은 농담이 아니었다. 나는 목을 큼큼 풀었다.

“올리펀트는 내 진짜 성姓이 아니에요.” 내가 말했다. 나는 이 이름을 좋아했고, 늘 좋아했다. 누군지 몰라도 내게 그 이름을 골라준 사람에게 굉장히 고마워하고 있었다. 올리펀트라는 이름을 가진 사람은 많이 만나보지 못했을 것이다. 그건 분명했다. 특별한 이름이다.

레이먼드가 마치 영화를 보는 것처럼 나를 빤히 쳐다보았다.

“그 일 이후로 내게 신원을 새로 만들어줬어요. 나를 여기로 옮겨와서 살게 한 것도…… 사람들이 나를 알아보지 못하게 하려고, 나를 보호하려고 그런 거였어요. 아이러니하죠.”

“왜요?” 그가 말했다. 내가 한숨을 쉬었다.

“보호 대상이 되는 게 늘 재미있진 않거든요. 내가 하고 싶은 말은, 그건 전적으로 괜찮았고, 필요한 것도 다 가질 수 있었지만, 그게 소풍이나 베개싸움 같은 건 아니라는 거예요.”

그가 눈썹을 치켜세우며 고개를 끄덕였다. 나는 커피를 저었다.

“요즘은 다른 용어를 쓰는 것 같아요.” 내가 말했다. “보호 대상인 어린이들이 ‘보살핌을 받는다’고 해요. 하지만 모든 아이는 ‘보살핌을 받아야’ 하잖아요…… 정말로 그게 기본이 되어야 하는 거고요.”

내 목소리에서 화와 슬픔이 느껴졌다. 어느 누구도 자기 목소리가 그렇게 들리는 걸 좋아하지 않는다. 누군가가, 당신 자신을 두 단어로 묘사해볼래요? 하고 말했을 때 당신이 ‘음…… 생각해볼게요…… 화가 났고 슬프다?’ 하고 말한다면? 그건 정말로 별로일 것이다.

그 순간 레이먼드가 손을 뻗어 내 어깨를 아주 부드럽게 감싸안았다. 겉으로 보기에는 효과가 없었지만 사실 굉장히 기분이 좋았다.

"어머니가 뭘 했는지 내가 알아내주면 좋겠어요?" 그가 말했다. "단언하는데, 알아낼 수 있을 거예요. 아주 쉽게요. 인터넷의 마법, 알죠?"

"아니요, 괜찮아요." 내가 퉁명스럽게 말했다. "알아내고 싶었다면 나한테도 그럴 능력은 충분히 있어요. 컴퓨터를 사용할 수 있는 사람이 당신만은 아니란 거, 알잖아요." 내가 말했다. 그의 얼굴이 시뻘게졌다. "아무튼," 내가 말을 이었다. "당신이 아주 사려 깊게 지적했듯이 그건 아주 끔찍한 일이었을 거예요. 내가 여전히 엄마와 일주일에 한 번씩 대화를 나누고 있다는 거 잊지 마요. 그 자체로 충분히 힘들어요. 엄마가⋯⋯ 어떤 일이건 엄마가 그런 일을 저지른 걸 내가 알게 되면, 그건 전적으로 불가능해질 거예요."

레이먼드가 고개를 끄덕였다. 그는 아주 조금 실망한 눈치였지만 약간 부끄러워하는 것 같았는데, 그러는 걸 보면 좋은 사람이었다.

레이먼드는 다른 대부분의 사람들과 달리 지나친 호기심을 드러내지 않았다. 그 대화 이후에도 여전히 질문을 했지만 누구라도 친구(친구! 나도 친구가 생겼다!)의 어머니에 대해 물어볼 만한 그런 일반적인 질문들—어떻게 지내시는지, 최근에 서로 이야기를 나누었는지—이었다. 나도 그에게 똑같은 질문을 되돌려주었다. 그러는 건 평범한 것이다. 나는 물론 엄마와의 대화 중 엄마가 말한 내용의 대부분을 그에게 말하지 않았다. 반복해서 말하기에는 너무 고통스럽고 창피하고 수치스러웠다. 나는 레이먼드가 내 신체적, 성격적 결함의 많은 부분을 이미 철저히 파악하고 있다고 확신했기에 굳이 엄마의 기지 넘치는 발언bon mots을 전달해서 그것을 일깨울 필요는 없었다.

가끔 레이먼드가 무슨 말을 하면 나는 잠시 생각에 잠겼다. 우리가 휴가에 대한 이야기를 하고 있을 때였다. 그는 은퇴한 뒤 여행을 갈 계획이고, 제대로 멋지게 떠나려면 돈을 충분히 모아야 할 거라는 이야기를 했다.

"엄마는 세상 구경을 아주 많이 했고, 정말 여러 곳에서 살았어요." 내가 말했다. 그리고 몇 가지 이야기를 풀어냈다. 레이먼드는 놀랍게도, 감명받지 않은 표정이 역력했다.

"어머니 나이가 어떻게 되나요?" 그가 물었다. 나는 어리벙벙했다. 엄마가 몇 살이지? 내가 따져보기 시작했다.

"음…… 내가 서른 살이니까, 엄마가 나를 낳은 건 아주 어린 나이, 아마 열아홉, 스무 살이었겠죠? 그렇다면 내 짐작엔…… 지금 오십대 초반, 그 정도일 것 같은데요?"

레이먼드가 고개를 끄덕였다.

"그렇군요," 그가 말했다. "그렇다면…… 궁금한 게…… 그러니까, 나는 자식이 없어서 뭘 알까 싶지만, 내가 상상하기론 그게 쉽지 않을 것 같아서요. 아장아장 걷는 아기를 데리고 탕헤르의 아편굴에서 지낼 수 있을까요? 아니면…… 또 뭐였죠? 마카오에서 블랙잭 딜러로 일할 수 있을까요?" 그는 나를 당황스럽게 만들까 봐 걱정된다는 듯 아주 조심스럽게 말했다.

"그러니까, 어머니가 했다고 한 그 모든 걸 합치면 삼십 년보다 더 긴 시간이 되지 않겠어요? 당신이 태어나기 전에 어머니가 그 모든 일을 하고도 아직 십대인 경우가 아니라면 말이죠. 그리고 만약 그랬다면…… 음, 궁금한 게…… 그 먼 거리를 여행하는 돈은 다 어디서 났을까요? 혼자 그 모든 장소를 돌아다니기엔 좀 어린 나이가 아니었을까요? 아버지는요? 어디서 만나셨대요?"

나는 시선을 돌렸다. 대답할 수 없었지만 중요한 질문들이었다. 내가 답을 하고 싶은지도 잘 알 수 없는 질문들이었다. 하지만 정말로 나는 왜 그전에는 그 생각을 해보지 않았던 걸까?

다음번 엄마와 통화할 때 레이먼드와의 대화가 다시 떠올랐다.

"안녕, 아가," 엄마가 말했다. 정전기가 지지직거리는 소리, 혹은 긴 형광등이 귀에 거슬리게 윙윙거리는 소리가 들리는 듯했고, 또다른 소리, 빗장을 풀 때 덜컹거리는 소리 같은 것이 들렸다.

"잘 지내셨어요, 엄마?" 내가 조그맣게 말했다. 뭔가 씹는 소리가 났다.

"뭐 드시는 중이세요?" 내가 말했다. 엄마는 숨을 내쉬었고, 곧 헤어볼을 토해내려는 고양이처럼 꺽꺽거리는 끔찍한 소리가 나더니 축축한 것을 퉤 뱉는 소리가 이어졌다.

"담뱃잎을 씹고 있었어." 엄마가 별것 아니라는 듯 말했다. "끔찍이 안 좋은 거야. 넌 하지 말라고 충고해야겠구나, 아가."

"엄마, 제가 담뱃잎을 씹으려고 할 것 같진 않은데요?"

"그러진 않겠지," 엄마가 말했다. "너는 아주 모험적이었던 적이 결코 없었으니까. 하지만 직접 해보기 전엔 함부로 판단하지 마. 예전에 내가 라호르*에 살 땐 종종 판**에 빠져 지냈단다."

* 파키스탄 동북부에 있는 도시.

레이먼드에게 말해준 대로 엄마는 뭄바이, 타슈켄트, 상파울루, 타이베이에 살았다. 사라왁 정글에서 트레킹도 했고, 투브칼산을 오르기도 했다. 엄마는 카트만두에서 달라이라마를 알현했고, 자이푸르에서 어느 마하라자와 오후에 차를 마셨다. 그리고 그건 그저 시작에 불과했다.

목청을 가다듬는 소리가 좀더 들렸다. 담뱃잎을 많이 씹은 탓에 목이 상한 것이 분명했다. 나는 이 빈틈을 이용했다.

"엄마, 여쭤보고 싶은 게 있어요. 저를…… 낳았을 때 엄마 나이가 어떻게 됐나요?"

엄마가 웃었는데, 즐겁지 않은 웃음이었다.

"열세 살…… 아니 잠깐…… 마흔아홉이었어. 그건 그렇고, 그게 왜 궁금해? 그게 너랑 무슨 상관이지, 내 딸?"

"그냥 궁금했어요……" 내가 말했다.

엄마가 한숨을 쉬었다. "예전에 전부 말해줬잖니, 엘리너." 엄마가 경쾌하게 말했다. "네가 좀 잘 들으면 좋겠구나." 잠시 침묵이 흘렀다.

"난 그때 스무 살이었어." 엄마가 조용히 말했다. "진화론적 관점에서 보면 여자가 아기를 낳는 적기가 그때라고 할 수 있지. 모든 게 탄력적으로 자기 자리로 돌아오니까. 음, 지금도 내 가슴은 막 모델 일을 시작한 슈퍼모델의 가슴처럼 앙증맞고 탄탄하지……"

"엄마, 제발요!" 내가 말했다. 엄마가 깔깔거렸다.

** 구장나무의 잎으로 보통 삼각형으로 접어 향신료를 넣어 먹거나 씹다가 뱉는다. 향정신성 효과가 있다.

"뭐가 잘못됐니, 엘리너? 나 때문에 당황했어? 넌 참 이상한 아이야! 늘 그랬지. 사랑하기 힘든 아이, 그게 너야. 사랑하기 정말 힘들어."

엄마의 웃음소리가 고통스럽게 들리는 긴 기침이 되었다.

"맙소사," 엄마가 말했다. "이제 나도 다돼가는가봐."

내 기억에 처음으로 엄마의 목소리에서 슬픈 기색이 느껴졌다.

"엄마, 어디 편찮으세요?" 내가 물었다.

엄마가 한숨을 쉬었다.

"오, 괜찮아, 엘리너," 엄마가 말했다. "너하고 이야기를 나누다 보면 늘 다시 활력이 솟거든."

나는 공격이 가해지는 순간을 기다리며 벽을 쳐다보았다. 엄마가 다시 전력을 가다듬고 가격할 준비를 하는 것이 거의 느껴졌다.

"너는 완전히 혼자야, 안 그래? 말할 사람도 없고, 같이 놀 사람도 없고. 그리고 그건 다 네 잘못이야. 이상하고 슬프고 불쌍한 엘리너. 너 자신의 이익을 위해서만 너무 영리하게 굴지, 안 그러니? 너는 늘 그랬어. 게다가…… 너는 여러 면에서 믿을 수 없을 만큼 놀랍도록 어리석어. 바로 네 코앞에 있는 것도 보지 못하니까. 아니면 누가……"

엄마가 다시 기침을 했다. 다음에 무슨 말이 나올지 기다리는 동안 차마 숨을 쉴 수도 없었다.

"오, 난 이제 말하는 게 너무너무 지겨워. 이제 네 차례야, 엘리너. 네가 사교 기술savoir-faire을 아주 조금만 갖고 있었더라도 대화는 주고받는 것, 언어의 테니스라는 걸 알 텐데. 내가 그걸 가르쳐 준 거 기억 안 나? 그러니 어서 말해봐, 이번주에는 뭘 했니?"

나는 아무 말도 하지 않았다. 말을 할 수 있을지 자신이 없었다.

"이 말은 해야겠구나," 엄마가 말을 이었다. "난 말이지, 네가 직장에서 승진했다고 이야기했을 때 깜짝 놀랐어. 넌 늘 이끄는 사람이기보단 따르는 사람이었잖아, 안 그래, 아가?"

병가를 내고 휴직중이라고 말해야 하나? 최근에는 직장에 관련된 어떤 대화도 피하고 있었는데 지금 엄마가 그 주제를 다시 끄집어낸 것이다. 내가 회사에 출근하지 않는 걸 엄마가 이미 알아내고 지금 덫을 놓은 건가? 혼자 생각해보려고 애썼지만, 나는 그런 것에 영 서툴렀다. 너무 느려, 엘리너, 너무 늦어……

"엄마, 저…… 잘 지내지 않았어요. 지금 직장을 쉬고 있어요. 한동안 병가를 낸 상태예요." 깊은 숨소리가 들렸다. 엄마가 충격을 받았나? 염려하는 건가? 앞서와 같은 숨소리가 물살처럼 흘러나와 전화기를 타고 내 귀로 들어왔다. 무겁고 빠르게.

"더 잘된 거지," 엄마가 행복한 한숨을 쉬며 말했다. "이 사랑스럽고 맛좋은 소브라니를 피우면 되는데 도대체 왜 담뱃잎을 씹는지."

엄마가 담배를 또 한 모금 길게 빨아들인 뒤 다시 말했는데, 오히려 앞서보다 더 따분한 기색이었다.

"자, 나는 시간이 많지 않아." 엄마가 말했다. "그러니 짧게 말할게. 네가 직장에서 땡땡이를 친다고 뭐가 잘못이야? 그게 심각한 문제니? 삶을 위협해? 끝장이 나니?"

"저 우울증이래요, 엄마." 내가 다급하게 말했다.

엄마가 코웃음을 쳤다.

"말도 안 되는 소리!" 엄마가 말했다. "그런 건 없어."

나는 의사와 레이먼드가 한 말과, 밥이 얼마나 친절하고 이해심 있는 태도를 보여주었는지 돌이켜 생각해보았다. 밥의 누이가 오랫동안 우울증을 앓았다고 했다. 나는 전혀 몰랐던 사실이었다.

"엄마," 내가 용기를 내서 도전적으로 말했다. "저 우울증이에요. 심리상담사를 만나고 있고, 어린 시절에 무슨 일이 있었는지 탐색하고 있어요. 그리고……"

"안 돼!" 엄마가 외쳤는데, 너무 크고 너무 갑작스러워서 나는 주춤했다. 그다음 말을 할 때 엄마 목소리는 조용했다. 위험스럽게 들릴 만큼 조용했다.

"자, 내 말 잘 들어, 엘리너. 어떤 일이 있어도 어느 누구하고도 네 어린 시절에 대해 이야기하면 안 돼. 특히 이른바 '심리상담사' 하고는. 내 말 알겠니? 꿈도 꾸지 마. 경고하는 거야, 엘리너. 네가 그 길을 가기 시작하면 무슨 일이 일어날지 아니? 내가 어떻게 할 건지 알아? 나는……"

통신 두절.

늘 그렇듯 엄마는 두려운 존재였다. 하지만 중요한 건, 이번에는—평생 처음으로—실제로 엄마 목소리에서도 두려움이 느껴졌다는 사실이었다.

31

몇 주가 지나갔고, 마리아 템플과의 상담은 내 일상의 자연스러운 일부가 되었다. 바람이 불었지만 바깥에 있는 것이 좋아서, 나는 버스를 타는 대신 걸으면서 남은 햇살을 즐기기로 했다. 같은 생각을 한 다른 사람들이 많았다. 군중의 일부가 된 것이 기분좋았고, 그렇게 사람들과 섞이는 게 은근히 즐거웠다. 나는 아주 매력적으로 생긴 개를 데리고 보도에 앉아 있는 어떤 남자의 종이컵에 20펜스를 넣어주었다. 그레그스에서 퍼지 도넛을 사서 걸으면서 먹었다. 야단스러운 유모차에 앉아 내게 주먹을 흔드는 굉장히 못생긴 아기에게 웃어주었다. 그런 것 하나하나를 보는 것, 그것이 좋았다. 삶의 작은 조각들. 그것들이 모두 합해지면 당신도 그 안의 한 조각이라고, 아무리 작아도 한 공간을 유용하게 채우는 인류의 작은 조각이라고 느낄 수 있다. 신호등이 바뀌기를 기다리며 이런 생각에 빠져 있는데 누가 내 팔을 톡톡 쳤다. 나는 소스라치게 놀랐다.

“엘리너?” 로라였다. 평소와 다름없이 만화 주인공처럼 글래머러스해 보였다. 새미의 장례식 이후 처음 보는 거였다.

“어머, 안녕하세요.” 내가 말했다. “어떻게 지내요? 부친 장례식에서 인사 못 드려 죄송해요.”

로라가 웃었다. “그런 걱정은 하지 마요, 엘리너. 당신이 그날 약간 취했었다고 레이가 말해줬어요.” 그녀가 말했다.

나는 얼굴이 화끈 달아오르는 것을 느끼고 보도를 내려다보았다. 그날 오후 보드카를 좀 많이 마셨던 것 같다. 로라가 내 팔을 부드럽게 툭 쳤다.

“바보 같긴요. 원래 장례식이 그렇죠, 안 그래요? 한잔하면서 오랜만에 안부 묻고 그런 거잖아요?” 로라가 미소를 지으며 말했다.

나는 여전히 시선을 피하며 어깨를 으쓱했다.

“머리 모양이 잘 어울려요.” 그녀가 밝게 말했다.

나는 고개를 끄덕이고, 아이라이너를 짙게 그린 그녀의 눈을 흘끗 올려다보았다.

“몇몇 사람들이 실제로 그렇게 말해줬어요.” 내가 좀더 자신감을 가지며 말했다. “그런 말을 들으면서 당신이 머리를 정말 예쁘게 해준 거라고 생각했죠.”

“와우, 그 말 들으니 기분좋네요.” 로라가 말했다. “아무때건 미용실에 들러요. 언제 오든 시간을 내볼게요, 엘리너. 아버지한테 정말 잘해주셨으니 당연히 그래야죠.”

“부친께서 제게 정말 잘해주셨어요.” 내가 말했다. “아버지가 그처럼 유쾌한 분이셨으니 당신은 정말 운이 좋은 거예요.”

로라의 눈가에 눈물이 맺혔지만, 위쪽 눈꺼풀에 붙인, 의심의 여지 없이 가짜인 거대한 인조 속눈썹의 도움을 받아, 눈을 깜박여 눈물을 없앴다. 건널목의 신호등 불빛이 깜박이기 시작했다.

"레이먼드가 당신하고 자기가 아버지를 얼마나 좋아했는지 말해줬어요." 로라가 조용히 말하고는 손목시계를 확인했다. "오 맙소사, 미안해요. 뛰어가야겠어요, 엘리너. 미터기 있는 곳에 주차를 해뒀어요. 일 분이라도 넘기면 단속반이 어떻게 하는지 당신도 알죠?"

나는 로라가 무슨 이야기를 하는지 전혀 알아들을 수 없었지만 가만히 있었다.

"사실 이번 주말에 레이를 만나요." 그녀가 내 팔을 잡으며 말했다. 그리고 싱긋 웃었다. "그 사람 정말로 아주 괜찮은 사람이에요, 안 그래요? 처음에는 내 레이더망에서 좀 비껴 있었지만, 일단 알게 되면……" 그녀가 다시 싱긋 웃었다. "어쨌거나 토요일에 만나면 당신이 안부 묻더라고 전해줄게요, 엘리너." 그녀가 말했다.

"그럴 필요 없어요." 내가 약간 신경이 곤두서서 말했다. "최근에 레이먼드와 오찬을 함께했어요. 종종 그래요. 타이밍이 잘 안 맞았네요. 당신이 안부 묻더라고 전해줄 수 있었는데."

로라가 나를 빤히 보았다. "나는…… 그러니까, 나는 두 사람이 가까운 사이인 줄 몰랐어요." 그녀가 말했다.

"일주일에 한 번은 같이 점심을 먹어요." 내가 말했다.

"아, 그래요. 점심." 이유는 모르겠지만 그녀의 기분이 좋아진 것 같았다. "저기, 아까 말한 대로 뛰어가야겠어요. 만나서 반가웠어요, 엘리너!"

나는 손을 들어 작별인사를 했다. 로라가 그런 하이힐을 신고 어떻게 그렇게 잽싸게 뛰어갈 수 있는지 놀라웠다. 그녀의 발목이 걱정스러웠다. 다행히 발목은 좀 통통한 편 같았다.

마리아 템플은 오늘 노란색 스타킹에 그와 어울리는 자주색 앵클부츠를 신고 있었다. 내가 보기에 노란색 스타킹은 건강해 보이는 종아리를 살려주지 못했다.

"우리가 다시 어머니를 주제로 이야기해도 괜찮을지 모르겠어요, 엘리너? 그게 혹시 우리가……"

"아니요." 내가 말했다. 침묵이 좀더 흘렀다.

"알겠어요, 알겠어요, 괜찮아요. 그럼 아버지에 대해 좀 이야기해줄 수 있나요? 지금까지 아버지 이야기를 제대로 꺼낸 적이 없었어요."

"난 아버지가 없어요." 내가 말했다. 끔찍한 침묵이 좀더 흘렀다. 그것이 아주 짜증스러웠지만, 그녀가 입을 꾹 다물고 있었던 게 결국 효과가 있었다. 정적이 영겁의 시간만큼 이어졌고, 나는 결국 더는 참을 수 없었던 것이다.

"엄마가 말씀해주시기로 엄마는…… 짐작해보면 엄마는…… 음, 내가 어렸을 때는 솔직하게 말씀해주시지 않았지만, 어른이 되고 이해하기로 엄마는…… 성폭행의…… 피해자였던 것 같아요." 내가 좀 우아하지 않게 말했다. 반응이 없었다. "아버지 이름도 모르고 만난 적도 없어요." 내가 말했다.

마리아가 공책에 기록하다 말고 고개를 들었다. "살면서 아버지나 아버지 같은 존재가 있었으면 좋겠다고 생각한 적 있나요, 엘리너? 그게 당신이 그리워한 무언가였나요?"

나는 내 손을 물끄러미 내려다보았다. 이런 것을 공개적으로 이야기하는 것, 지금 그대로, 숨겨져 있는 채로 완벽하게 좋은 것을 끄집어내서 살펴보는 건 힘든 일이었다.

"한 번도 가져보지 않은 걸 그리워하지는 않죠." 마침내 내가 말했다. 어디선가 읽었는데, 진실일 수밖에 없는 말 같았다. "내가 기억하는 한은 나하고…… 엄마뿐이었으니까요. 같이 놀고 같이 이야기 나눌 다른 사람은 없었고, 다른 누구와 어린 시절을 공유한 기억도 없어요. 하지만 그게 특별히 이상하다고 생각하지는 않아요. 어쨌거나 나한테 해를 입힌 건 없었어요."

나는 이 말의 여파를 내 뱃속에서 느낄 수 있었는데, 시고 쓴 뭔가가 위장 안을 빠르게 도는 느낌이었다.

마리아가 다시 공책에 뭔가를 적었지만, 고개는 들지 않았다.

"어머니가 성폭행에 대해 말한 적이 있었나요? 어머니는 누가 폭행했는지 알고 있었어요?"

"여기 온 첫날 엄마에 대해서는 말하고 싶지 않다고 분명히 밝혔는데요." 내가 말했다.

마리아가 부드럽게 말했다. "물론 그랬어요. 걱정하지 마요. 어머니 이야기는 하지 않을게요, 엘리너. 당신이 원하지 않으면 하지 않아요. 아버지라는 맥락에서 물어본 거였어요. 아버지에 대해 좀 더 알아보려다가, 아버지에 대한 감정이 어떤지 좀더 알아보려다가요. 그게 다예요."

나는 그것에 대해 생각해보았다. "정말로 아무 감정도 없어요,

마리아."

"아버지를 찾아볼 생각은 해보았나요?" 그녀가 물었다.

"강간범을요? 그런 생각은 당연히 안 해봤죠." 내가 말했다.

"딸과 아버지의 관계는 종종 딸이 다른 남자들과 맺는 관계에 영향을 미칠 수 있어요. 그에 대해 생각해본 게 있나요, 엘리너?"

나는 곰곰이 생각해보았다. "음," 내가 말했다. "엄마는 남자를 특별히 좋아하지 않았어요. 그러고 보니 엄마는 누구도 좋아하지 않았네요, 정말로. 엄마는 대부분의 사람들이 성별과 무관하게 우리와 맞지 않는다고 생각했어요."

"무슨 뜻이죠?" 마리아가 말했다.

내가 그 이야기는 금지라고 분명히 말했는데도 지금 우리는 엄마 이야기를 하고 있었다. 하지만 나는 내가 실제로 이렇게 이야기를 풀어놓고 있는 것과 템플 박사의 분산되지 않은 관심을 받는 것을 즐기기 시작했음을 깨닫고 깜짝 놀랐다. 어쩌면 시선을 마주치지 않기 때문일 것이다. 그 덕분에 나는 거의 혼잣말을 하는 것처럼 긴장이 풀어졌다.

"어떤 건가 하면요," 내가 말했다. "엄마는 우리가 오로지 멋진 사람들, 예의바른 사람들과 어울리기를 바랐어요. 자주 그렇게 말씀하셨어요. 엄마는 우리가 늘 공손하게 말하고 품위 있게 행동해야 한다고 강조하셨고…… 하루에 적어도 한 시간씩 제대로 말하는 연습을 시키셨어요. 엄마는…… 이를테면 엄마는 우리가 잘못된 말을 하거나 잘못된 행동을 했을 때 아주 직접적인 방법으로 고쳐주셨어요. 그건 늘 매우 가혹했어요."

마리아가 계속하라는 표시로 고개를 끄덕였다.

"엄마는 우리가 모든 것에서 최고를 누릴 가치가 있고, 궁핍한 환경에서도 늘 품행을 바르게 해야 한다고 말씀하셨어요. 엄마는 거의 우리를 쫓겨난 왕족 같은 걸로 생각하는 것 같았어요. 그러니까…… 황제의 지위를 찬탈당한 차르나 타도된 군주나 뭐 그런 것의 일가로요. 나는 무진 애를 썼지만 결코 엄마가 생각하는 모습으로 보이거나 행동하지 못했어요. 적절하게 행동하지 못했어요. 그 때문에 엄마는 아주 불행하고 아주 화가 나 있었어요. 하지만 나만 그런 건 아니었어요. 어느 누구도 충분히 착하지 않았어요. 엄마는 늘 우리에게 충분히 착한 누군가를 신중히 찾아야 한다고 말했어요." 나는 고개를 가로저었다. "그래서 결국 여기 오게 된 것 같아요." 내가 말했다. "그런 사람을 찾으려다가 혼란스러워져서 모든 것이 완전히 엉망이 됐죠."

나는 어느 추운 아침 물에 젖은 개처럼 온몸이 바들바들 떨리고 있는 것을 알아차렸다. 마리아가 고개를 들었다.

"다른 얘기로 넘어가보죠," 그녀가 부드럽게 말했다. "당신과 어머니가 서로 헤어졌을 때 무슨 일이 있었는지 이야기해줄 수 있을까요? 보호제도를 경험한 것에 대해서도요? 그건 어땠나요?"

나는 어깨를 으쓱했다.

"위탁가정에서 지내는 건…… 괜찮았어요. 누군가의 집에 살면서 보호를 받는 건…… 괜찮았어요. 학대한 사람도 없었고, 먹을 것, 마실 것, 깨끗한 옷, 지붕 있는 집도 주어졌고요. 열일곱 살이 될 때까지 매일 학교에 갔고, 그뒤엔 대학에 갔어요. 정말로 그 어떤 것에 대해서도 불평할 수 없어요."

마리아가 아주 부드럽게 말했다.

"다른 욕구는 어땠나요, 엘리너?"

"무슨 말씀인지 모르겠네요, 마리아." 나는 어리둥절했다.

"인간에게는 충족시켜야 하는 다양한 욕구들이 있어요, 엘리너. 행복하고 건강한 개개인으로 살려면 말이죠. 기본적인 신체적 욕구, 즉 따뜻함, 음식, 지낼 곳이 해결되었다고 방금 말했어요. 하지만 정서적인 욕구는요?"

나는 완전히 아연실색했다.

"하지만 저는 어떤 정서적인 욕구도 갖고 있지 않아요." 내가 말했다.

우리 둘 다 한동안 말이 없었다. 결국 그녀가 목을 큼큼 풀었다.

"모두 갖고 있어요, 엘리너. 우리 모두는, 그리고 특히 어린아이들은 자신이 사랑받고 있고 가치가 있고 인정받고 이해받는 존재라는 걸 알 필요가 있어요……"

나는 아무 말도 하지 않았다. 이건 내게 새로웠다. 마음에 저장해두었다. 그럴듯하게 들렸지만, 집에 가서 혼자 있을 때 좀더 깊이 생각해볼 필요가 있는 개념이었다.

"당신의 삶에서 그 역할을 충분히 해준 사람이 있었나요, 엘리너? 당신을 이해한다고 느껴진 누군가가 있었어요? 당신을 있는 그대로, 조건 없이 사랑한 누군가가 있었나요?"

대번에 아니요, 당연히 없죠, 하고 말할 뻔했다. 엄마는 확실히 그런 범주에 들어가지 않았다. 하지만 뭔가—누군가—가 나를 건드리면서 내 옷소매를 잡아당겼다. 나는 그애를 무시하려고 했지만 그애는 가려고 하지 않았다. 그 작은 목소리, 그 작은 손.

"나는…… 있었어요."

"서두를 것 없어요, 엘리너. 천천히 해요. 뭔가 떠오르는 것이 있나요?"

나는 숨을 들이쉬었다. 그 집으로 다시 돌아갔다, 어느 좋은 날이었다. 카펫 위에 줄무늬를 그리는 햇빛, 바닥에 펼쳐져 있는 보드게임, 주사위 한 쌍, 밝은 색깔의 칩 두 개. 뱀보다 사다리가 더 많던* 날.

"옅은 갈색 눈. 개에 대한 거예요. 하지만 나는 동물을 키운 적이 없는데……"

나 자신이 점점 고통스러워지고 혼란스러워지는 것이 느껴졌다. 위장 안에서 뭔가가 빙빙 빠르게 돌고 있었고, 목에서 묵직한 통증이 느껴졌다. 거기 기억이 있었다. 깊숙한 어딘가, 손을 대기에는 너무 아픈 어딘가에.

"알겠어요." 마리아가 많은 사람들이 필요로 했을 '맨-사이즈' 화장지 박스를 건네며 부드럽게 말했다. "시간이 거의 다 됐어요." 그러고는 다이어리를 꺼냈다. "다음주 같은 시간에 만나서 다시 이 이야기로 돌아가도 괜찮을까요?"

나는 그 말을 믿을 수가 없었다. 그 모든 이야기를 마치고 그것에 가까워졌는데, 이제 아주 가까워졌는데, 또다시 나를 거리로 내쫓으려 하는 건가? 그 모든 이야기를 나눈 뒤, 내가 덮개를 벗긴 모든 것이 계속 밝혀지려고 하는데? 나는 바닥에 화장지를 던졌다.

"지옥에나 가라지." 내가 조용히 말했다.

---

* 가는 길에 어려운 일보다 좋은 일이 더 많았다는 뜻으로 쓰이는 표현.

32

화를 내는 건 좋은 거라고, 내가 코트를 입는 동안 마리아가 말했다. 마침내 나 자신의 분노와 접촉하면 아주 깊이 묻어두었던 것들을 끄집어내서 다루는 중요한 작업을 시작할 수 있을 거라고. 그 전에는 그런 생각을 해본 적이 없었고, 이 순간 이전에는 정말로 화가 난 적도 없었던 것 같았다. 짜증나고 따분하고 슬프고, 그런 적은 있었지만 정말로 화가 나지는 않았었다. 그녀의 말이 일리 있는 것 같았다. 아마 전에도 내가 화를 낼 만한 일들이 있었을 것이다. 분노는 즐거운 감정 상태가 아니었고 마리아 템플 박사에게 분노를 표출하는 건 확실히 공정하지 않았다. 어쨌거나 그녀는 자신의 일을 했을 뿐이었다. 나는 발끈 화를 낸 직후에 지나치게 많이 사과했고, 그녀는 아주 너그러운 이해심을 보였으며, 심지어 기분이 좋아 보이기까지 했다. 그럼에도 나는 사람들에게 지옥에나 가라고 말하는 습관을 들이지는 않을 것이다. 욕설을 하는 것은 안타깝게도 어휘력이 딸린다는 사실을 여실히 드러내는 것이다.

그 모든 일 외에도 나는 새 일상을 만들어보려 하고 있었다. 하지만 쉽지 않았다. 구 년 넘게, 일어나서 출근하고 퇴근하는 생활을 해왔다. 주말에는 보드카를 마셨다. 지금은 그중 어느 것도 효과가 없을 것이다. 나는 대청소를 해야겠다고 결심했다. 집이 얼마나 더러운지, 얼마나 지쳐 있는지 보였다. 집은 내가 느끼는 그대로인 것처럼 보였다. 사랑받지 못하고, 보호받지 못하는 모습으로. 나는 누군가—아마도 레이먼드—에게 점심을 먹으러 오라고 초대하는 것을 상상했다. 그의 눈으로 이곳을 보려고 해보았다. 내 수준에서 더 좋게 만들 수 있는 방법, 돈이 많이 들지 않으면서 큰 변화를 일으키는 방법도 있다는 사실을 나는 깨달았다. 새 식물이나 밝은 색깔 쿠션을 놓으면 될 것이다. 나는 로라의 집을, 그곳이 얼마나 우아해 보였는지를 생각했다. 그녀는 혼자 살았고, 하는 일이 있었고, 심지어 자기 사업을 하고 있었다. 그녀는 그냥 존재하는 것이 아니라, 확실히 멋진 인생을 살고 있는 것 같았다. 행복해 보였다. 그렇다면 그게 가능하다는 말이다.

초인종이 울렸고, 청소에 열중해 있던 나는 깜짝 놀랐다. 우리집에서는 의외의 소리였다. 나는 잠금쇠를 밀어 열면서 평소에 그런 것처럼 약간 불안했고, 심장박동이 조금 빨라지고 손이 미세하게 떨리는 게 느껴졌다. 체인을 걸어놓은 채 문밖을 빼끔 내다보았다. 운동복을 입은 청년이 문 앞 매트에 서서 운동화 신은 발로 바닥을 톡톡 치고 있었다. 그 정도가 아니라, 그의 몸 전체에서 에너지가 진동하고 있었다. 모자는 뒤로 돌려 썼다. 왜 그런 거지? 나는 본능적으로 한 걸음 뒤로 물러섰다.

"올리펀트?" 그가 말했다.

나는 불안한 마음으로 고개를 끄덕였다. 그가 문 한쪽 옆으로 허리를 숙여 시야에서 사라지더니 곧 꽃이 가득 담기고 셀로판지와 리본으로 포장된 커다란 바구니를 들고 다시 나타났다. 그가 그것을 내게 건네려고 해서, 나는 체인을 풀고 뭔가 골탕 먹을 일이 있는 게 아닌지 겁을 내면서 조심스럽게 바구니를 받아들었다. 그는 재킷 주머니를 뒤져 검은색 전자기기를 꺼냈다.

"여기 사인해주세요." 그가 말했고, 끔찍하게도, 그의 귀 뒤에 꽂혀 있던 플라스틱 연필을 내게 건넸다. 나는 거기에 내 특별한 서명을 했지만, 그는 심지어 그것을 쳐다보지도 않았다.

"안녕히 계세요!" 그는 말하기가 무섭게 계단을 껑충껑충 뛰어 내려가고 있었다. 한 사람의 몸에 불안한 에너지가 그렇게 많이 담겨 있는 건 처음 보았다.

햄스터의 생일카드 같은 작은 봉투가 셀로판지에 붙여져 있었다. 그 안에는 명함 크기의 카드—무늬 없는 흰색—에 다음 내용이 적혀 있었다.

얼른 회복해요, 엘리너. 우리 모두 당신을 생각하고 있어요. 밥과 바이디자인 모두의 사랑을 담아 행복을 기원합니다 xxx

나는 바구니를 부엌에 가지고 들어가 테이블 위에 올려놓았다. 나를 생각하고 있다니. 셀로판지를 벗겨내자 여름 정원의 달콤하고 아뜩한 향기가 퍼져나왔다. 그들이 생각하고 있다고. 나를! 나는 앉아서 붉은 거베라 꽃잎을 어루만지며 미소를 지었다.

커피 테이블 위에 꽃바구니를 조심스럽게 올려놓은 뒤, 나는 아파트 안을 느리게 돌아다니면서 하던 일을 계속했고, 청소를 하면서, 가정을 갖는다는 게 어떤 의미일지 생각했다. 경험으로 알 수 있는 것이 많지 않았다. 창문을 죄다 열었고, 라디오를 켜고 거슬리지 않는 음악을 찾아낸 뒤 각 방을 차례로 닦았다. 카펫의 얼룩 일부가 제거되지 않았지만 대부분 없앨 수 있었다. 검은 쓰레기봉투 네 개에 쓰레기—예전에 했던 크로스워드 퍼즐, 말라서 안 나오는 펜, 오랫동안 수집해온 못생긴 장식품 들—를 가득 집어넣었다. 책장을 정리한 뒤 중고품 가게에 가져갈(어떤 경우에는 되돌려줄) 책들을 쌓았다.

최근에 나는 일반 상식이 전혀 없는 사이코패스(아주 위험한 조합이다)에 초점을 맞춘 듯한 두꺼운 처세서를 다 읽었다. 나는 읽는 것을 좋아했지만 적절한 책을 고르는 것은 늘 자신이 없다. 세상에는 아주 많은 책이 있다. 어떻게 그것을 다 판별할 것인가? 어느 책이 자신의 취향과 관심사에 맞는지 어떻게 아는가? 그래서 나는 그냥 맨 처음 눈에 띄는 책을 고른다. 선택하려고 하는 것은 의미가 없다. 표지는 언제나 좋은 것만 말하기 때문에 거의 도움이 되지 않는다. 나는 표지가 정확한 경우는 드물다는 것을 돈을 써가며 깨달았다. "너무너무 재미있다." "눈부시다." "웃음이 터진다." 아니다.

내 유일한 기준은 책이 깨끗해 보여야 한다는 것이고, 따라서 중고품 가게에서 파는 혹시 읽을 수도 있는 많은 책은 그냥 무시해야 한다. 마찬가지의 이유로 나는 도서관을 이용하지 않는다. 원칙과 현실로 따지자면 도서관이 삶의 질을 개선하는 경이로운 장소인 것은 맞다. 흔한 말로, 문제는 당신이나 도서관이 아니고 나다. 책이 씻지 않은 그 많은 손을 거치는 걸 생각하면…… 욕조 속에서 읽고, 개가 그 위에 앉고, 코를 후빈 결과물을 종잇장 위에 닦는다. 치즈 감자칩을 먹던 사람들이 먼저 손을 씻지도 않고 몇 장을 읽는다. 나는 그럴 수 없다. 그건 안 된다. 나는 한 명의 조심스러운 주인이 있는 책을 찾는다. 테스코에 있는 책들은 좋고 깨끗하다. 나는 월급날 종종 테스코에 가서 나 자신에게 책 몇 권을 선물한다.

그 과정을 마치고 나니 아파트가 깨끗해지고, 거의 텅 비워졌다. 나는 차 한 잔을 만들고 거실을 둘러보았다. 벽에 그림이 필요했고, 러그 한두 개가 필요했다. 새 화분도. 미안해, 폴리. 당분간은 꽃이 그 역할을 대신해야 할 것이다. 나는 숨을 깊이 들이쉬고 발 쿠션을 집어들어 쓰레기봉투 안에 쑤셔넣었다. 집어넣느라 꽤 씨름을 해야 했다. 그것을 붙잡고 격투를 벌이면서, 거대한 개구리를 두 팔로 끌어안고 바닥에 닿을 때까지 밀어넣으려고 버둥거리는 내 모습이 어떻게 보일지 상상했다. 킁 코웃음이 나왔고, 곧 가슴이 아플 때까지 웃고 또 웃었다. 내가 일어서서 마침내 쓰레기봉투의 끈을 묶었을 때 신나는 팝음악이 흘러나오고 있었고, 나는 내가…… 행복하다는 것을 깨달았다. 묘하고 이상한 감정이었다. 햇살을 삼킨 것처럼 마음이 가볍고 차분했다. 오늘 아침만 해도 몹시 화가 나 있었는데, 이제는 차분하고 행복했다. 나는 인간이 품을 수 있는 다양한 감정을 느끼는 것에, 감정의 강렬함과, 감정이 변할 수 있는 빠른 속도에 서서히 익숙해지는 중이다. 지금까지는 감정과 느낌이 나를 흔들어 불안하게 만들 것 같은 위협이 감지되면 언제라도 그 감정을 훅 들이켜서 삼켜버렸다. 그 덕분에 내가 존재해온 것이겠지만, 이제는 내가 그 이상의 뭔가를 필요로 하고 또 원한다는 것을 이해하기 시작했다.

나는 쓰레기를 들고 내려가 바깥에 내놓았고, 다시 아파트로 올라왔을 때는 집에서 레몬냄새가 났다. 들어서는데 기분이 상쾌했다. 내가 대체로 주변을 잘 의식하지 않고 지내왔다는 사실을 깨달았다. 오늘 아침 마리아 템플의 사무실로 걸어갈 때도 비슷했다. 잠시만 시간을 내서 주변에 뭐가 있는지 보면 그 모든 작은 것들이 눈에 들어오고, 그러면 기분이…… 더 가벼워진다.

당신에게 친구나 가족이 있다면 혹시 그런 것들을 더 자주 알아차릴 수 있게 도움을 줄지 모른다. 그들이 심지어 당신에게 그것을 가리켜 보일지도 모른다. 나는 라디오를 끄고 소파에 조용히 앉아 차를 한 잔 더 마셨다. 들리는 소리라고는, 열린 창문으로 조용히 휘파람을 불듯 들어오는 바람소리, 저 아래 거리에서 남자 둘이 웃는 소리뿐이었다. 평일 오후. 평소라면 다섯시가 될 때까지 시곗바늘이 재깍재깍 돌아가는 것을 지켜보고 피자와 보드카의 시간을 기다리면서 직장에 있을 시간이었다. 그러고 나면 금요일 밤이 되고, 월요일까지 세 번의 긴 잠을 잔다. 펍에서 마신 한 잔을 제외하면 보드카를 마시지 않은 지 이제 몇 주가 되었다. 나는 늘 술을 마시면 잠이 잘 온다고 생각했지만, 요즘 나는 불안을 일으키는 꿈의 괴롭힘 없이 그 어느 때보다 숙면을 취하고 있었다.

전자음에 깜짝 놀라 차를 거의 쏟을 뻔했다. 누군가가 내게 문자 메시지를 보낸 것이다. 전화기를 가지러 거실로 달려갔다. 작은 편지 봉투 모양이 깜박거렸다.

이른 저녁에 시간 어때요? 내가 갈까요? 4 u 서프라이즈가 있어요! Rx

서프라이즈라니! 나는 즉시 답장을 보냈다.

네. 엘리너 O.

그전에는 우리집에 놀러와도 되겠느냐고 물어보는 사람이 아무도 없었다. 사회복지사는 약속을 하고 왔고, 검침원은 그냥 나타났다. 전에 레이먼드가 왔을 때는 그에게—혹은 내게—그다지 즐거운 경험은 아니었던 것을 잘 알고 있어서, 나는 그것을 보상해주기로 결심했다. 조끼를 걸쳐 입고 모퉁이 가게로 갔다. 디완 씨가 신문을 읽고 있다가 전자 경보음에 고개를 들었다. 그렇게 하루종일 삑삑거리는 소리가 나면 그는 정신이 하나도 없을 것이다. 그가 나를 주의깊게 바라보면서 미소를 지었다. 나는 바구니를 들고 우유와 얼그레이 티백을 담고, 레이먼드가 레몬 조각을 넣는 것을 선호할지 모르니 레몬 하나를 담았다. 꽤 오래 이 통로 저 통로를 돌아다니며 어느 것을 골라야 할지 갈팡질팡했다. 마침내 나는 가리발디 비스킷을 집었고, 분홍색 웨이퍼도 한 팩 넣었다. 손님에게 고를 기회를 주는 건 분명 멋진 일이다. 레이먼드가 짭조름한 것을 더 좋아하지 않을까 해서, 크림크래커와 슬라이스 치즈도 한 팩 넣었다. 기본적인 것은 다 골랐다.

나는 바구니를 들고 줄을 섰고, 차례를 기다리는 동안, 엿들으려고 한 건 아닌데 내 앞에 선 부부의 대화를 엿듣고 말았다. 결국 참지 못하고 그들의 대화에 끼어들어 한마디 거들었다.

"그거 '타진'이에요." 내가 말했다.

대답이 없었다. 나는 한숨을 쉬고, 다시 몸을 앞으로 숙였다.

"타진." 내가 느리고 분명하게, 내 생각엔 그럭저럭 괜찮은 프랑스어 억양으로 그 말을 반복했다.

"죄송한데요?" 그 여자가 말했지만, 전혀 죄송한 목소리가 아니었다. 남자는 그저 빤히, 약간 적대적이라고 표현하면 가장 적합할 태도로 나를 바라보았다.

"두 분 다 그 단어가 기억 안 나시는 것 같아서요. 그걸 이렇게 묘사하셨잖아요. '주디스'가 누군지 모르지만, 그 여자가 혼수품 목록에 올려놓은 '뾰족한 뚜껑이 달린 세라믹 냄비' 때문에 그쪽이," 나는 여기서 고개를 부드럽게 까딱하며 여자 쪽을 가리켰다. "그 여자를 '허영심 많은 암컷'으로 묘사하게 된다고요." 이제 손가락을 꼼지락하는 그 제스처를 확실히 파악한 뒤여서 이따금 나는 그 동작을 즐겨 사용하고 있었다.

둘 다 대답이 없자, 나는 대담해져서 말을 이어갔다.

"타진은 북아프리카에 기원을 두는 전통적인 요리용 용기예요." 그리고 도움이 되라고 더 말해주었다. "일반적으로 불에 구운 진흙으로 만들고 밝은 색깔 유약을 발라 장식해요. 그 용기에 넣고 조리하는 스튜 이름이기도 하고요."

남자의 입이 약간 벌어졌고, 여자의 입은 서서히 아주 얇고 아주 일직선인 형태로 변해갔다. 여자가 남자를 다시 돌아보았고, 둘이 속닥거리기 시작하더니 몇 번이고 고개를 돌려 흘끔흘끔 나를 훔쳐보았다.

그들은 물건값을 계산하고 나가면서 나를 쏘아보았고, 더는 아무 말도 없었다. 감사하다는 말도 없었다. 나는 그들에게 살짝 손을 흔들어주었다.

내가 마침내 계산대 앞에 섰을 때 디완 씨가 따뜻한 미소를 지어 보였다.

"일반 대중에게서 보이는 무례함의 정도와 예절comme il faut에 대한 인식 부족에 번번이 실망하게 되네요, 디완 씨." 내가 고개를 가로저으며 말했다.

"올리펀트 씨," 그가 이해한다는 듯 웃으며 말했다. "다시 보니 정말 반가워요! 아주 좋아 보이네요."

나도 화답하여 환하게 웃었다.

"정말 감사해요, 디완 씨." 내가 말했다. "다시 보니 저도 반가워요. 오늘 날씨 참 좋죠, 안 그래요?"

그가 여전히 미소를 띤 채 고개를 끄덕이며 내 물건들을 스캐너로 찍었다. 그 일이 끝나자 그의 미소가 약간 흔들렸다. "오늘 더 살 게 있나요, 올리펀트 씨?"

그의 뒤로 술병들이 환한 천장 조명 아래 빨간색과 금색으로 투명하게 반짝거렸다.

"있어요!" 내가 말했다. "하마터면 잊어버릴 뻔했네요." 나는 신문 진열대 위로 허리를 숙여 〈텔레그래프〉 한 부를 집어들었다. 크로스워드 퍼즐을 다시 하고 싶어 몸이 근질거렸다.

집으로 돌아온 뒤 나는 가스불을 켜고 찻잔들을 꺼냈다. 찻잔들의 짝이 맞으면 좋겠다고 생각했지만, 레이먼드는 그런 것에 신경쓰지 않을 거라고 확신했다. 레몬을 얇게 썰었고, 꽃무늬가 그려진, 내가 가진 것 중 가장 좋은 접시에 비스킷을 바큇살 모양으로 빙 둘러 담았다. 짭조름한 재료는 일단 보관해두기로 했다. 수선을 피울 필요는 없었다.

한동안 크로스워드 퍼즐을 안 했더니 겨우 반 정도밖에 못 풀었는데 초인종이 울렸다. 내 예상보다 조금 늦은 시간이었다. 나는 공복통이 느껴질 만큼 배가 고파서 비스킷 몇 개를 이미 집어먹은 뒤였고, 그래서 지금은 바큇살이 두어 개 빠져 있었다. 어쩔 수 없지 뭐.

레이먼드는 한 손에 손잡이가 달린 종이상자를 들고 나타났다. 다른 손에는 터질 것처럼 큰 비닐봉지가 들려 있었다. 그는 숨이 몹시 찬 것 같았고, 내가 그러라고 말하기도 전에 그 두 가지를 거실 카펫에 내려놓더니 해변으로 나온 알락돌고래처럼 계속 숨을 헐떡이며 재킷을 벗었다. 담배는 건강을 망친다.

레이먼드가 내게 재킷을 건넸고, 나는 잠시 그것을 쳐다보다가 내가 걸어줘야 한다는 걸 깨달았다. 적당한 장소가 없어서, 최대한 반듯하게 잘 개서 현관 구석 바닥에 내려놓았다. 그의 기분이 썩

밝아 보이진 않았는데, 이유를 전혀 짐작할 수 없었다. 비싸 보이는 재킷은 아니었는데.

나는 그를 거실로 안내한 뒤 차를 내오겠다고 했다. 그는 아주 흥분한 상태 같았다. "나중에요. 먼저 놀라운 소식부터요, 엘리너." 그가 말했다.

내가 앉았다.

"말해봐요," 나는 마음의 준비를 하며 말했다. 놀란 경험을 한 적은 그다지 많지 않았고, 했다고 해도 딱히 긍정적인 것이 아니었다. 레이먼드가 현관에서 종이상자를 가져와 바닥에 내려놓았다.

"자," 그가 말했다. "꼭 받아야 하는 건 아니에요. 아마 우리 엄마가 기꺼이 받아줄 테니까. 생각해봤는데…… 음……"

그가 뚜껑을 아주 조심스럽게 열었고, 나는 본능적으로 한 걸음 뒤로 물러섰다.

"자, 나와라, 아가야," 그가 부드럽고 나긋하게 말했는데, 전에는 들어본 적 없는 목소리였다. "무서워하지 말고……"

레이먼드가 상자 안에 손을 집어넣더니 내가 여태 본 고양이들 중 가장 뚱뚱한 고양이를 꺼냈다. 원래는 완전히 새까만 고양이로, 코와 수염까지 검은색이었다. 하지만 빽빽하게 난 털이 군데군데 빠져서, 그 부분이 상대적으로 더 하얗게 보였다. 그는 고양이를 가슴팍에 꼭 끌어안고, 그 귀에 대고 다정한 말을 계속 속삭였다. 그 생명체는 누가 봐도 별 감흥이 없는 것 같았다.

"어때요?" 그가 말했다.

나는 고양이의 녹색 눈을 들여다보았고, 고양이도 내 눈을 보았다. 내가 한 걸음 앞으로 다가가자 레이먼드가 내게 고양이를 내밀었다. 그가 고양이를 건넬 때, 그 몸뚱이를 자신의 품에서 내 품으로 옮겨주려고 할 때의 몸짓이 약간 어설펐지만, 그 행위는 곧 끝났다. 나는 고양이를 아기처럼 품에 안고 가르랑거리는 깊은 울림의 소리를, 듣는다기보단 느꼈다. 오, 그 따뜻한 무게가 주는 느낌이란! 나는 털이 빠지지 않은 부분에 얼굴을 묻었고, 고양이가 머리를 내 쪽으로 돌려 내 가르마 부위의 냄새를 부드럽게 킁킁 맡는 것을 느꼈다.

마침내 나는 고개를 들었다. 레이먼드가 가져온 봉지를 풀고 있었는데, 일회용 고양이 화장실과 삑삑 소리가 나는 쿠션침대, 그리고 건식 사료가 든 작은 상자가 들어 있었다. 고양이가 내 품에서 꿈틀거리더니 쿵 묵직한 소리를 내며 바닥에 착지했다. 고양이는 화장실로 걸어가 쭈그리고 앉더니 큰 소리를 내며 오줌을 쌌고, 그러는 내내 아주 단호하게 나와 계속 시선을 맞추었다. 다 싼 뒤에는 발로 모래를 차서 느릿느릿 그 흔적을 덮었고, 새로 청소한 바닥 여기저기에 모래를 흩어놓았다.

자신의 마음을 잘 알고 예의바른 사회의 관행을 경멸하는 여인. 우리는 사이좋게 지낼 것이다.

레이먼드는 비스킷과 차를 내오겠다는 제안을 다 거절했다. 맥주나 커피를 달라고 했지만, 집에 두 가지 다 없었다. 손님 접대는 내가 생각했던 것보다 더 힘든 일이었다. 결국 그는 물 한 잔으로 타협했지만, 마시지도 않았다. 그의 아파트에 같이 사는 데시라는 친구가 간밤에 아파트 건물 뒤쪽 골목에서 그 고양이를 구조했다고 했다. 누군가가 금속 쓰레기통에 고양이를 넣고 불을 붙였다는 것이다. 데시는 퇴근하고 돌아오는 길에 고양이 울음소리를 들었다. 나는 일어서서 욕실로 달려가 분홍색 웨이퍼를 게워냈다. 레이먼드가 조용히 문을 두드렸지만, 나는 날 그냥 혼자 두라고 소리쳤다. 내가 다시 나왔을 때, 그와 고양이는 소파 위에서 거리를 두고 앉아 있었다. 나는 반대편 의자에 앉았고, 둘은 나를 주의깊게 지켜보았다.

"도대체 누가 그런 짓을 해요, 레이먼드?" 마침내 말을 할 수 있게 되었을 때 나는 그렇게 말했다. 그와 고양이 둘 다 슬퍼 보였다.

"빌어먹을 놈들," 레이먼드가 고개를 가로저으며 말했다. "데시가 고양이를 데리고 들어왔고, 우리가 괜찮은지 상태를 확인했어요. 하지만 데시한테 알레르기가 있어서 우리가 키우지는 못해요. 고양이보호협회에 데려가거나, 엄마에게 한 마리 더 키우고 싶은지 물어봐야겠다고 생각하다가 불현듯…… 왠지 모르겠는데 이 고양이가 당신과 좋은 친구가 될 수 있을지도 모르겠다는 생각이 들었어요, 엘리너. 싫으면 싫다고 해요. 동물을 키우는 건 아주 큰 일이에요. 책임감이 많이 필요하고……"

까다로운 문제였다. 한편으로 내가 이 고양이에게 끌린다는 사실은 부인할 수 없었다. 이 고양이는 당당하기 그지없고 털이 빠진 것에서 비롯하는 매력이 있었으며, 가장 단단한 심장도 녹일 만한 천하태평의 태도 또한 지니고 있었다. 이 고양이는 허튼짓을 용서하지 않는다는 것을 나는 알 수 있었다. 한편 연약하고 보살핌을 필요로 하는 생명이었다. 어려움은 거기에 있었다. 나는 그 일을 맡을 준비가 되어 있는가?

심리상담을 받던 시간을 돌이켜 생각했다. 우리는 상황을 합리적으로 깊이 생각해보는 것과 도움이 되지 않는 행동 패턴을 알아차리는 것, 용기를 내서 다른 것을 시도하는 것에 대해 이야기했다. 힘을 내, 엘리너, 내가 속으로 혼잣말을 했다. 용감해져야지. 전과는 상황이 달라, 비슷하지도 않아. 이 아이는 고양이고 너는 성인 여자야. 네 능력은 충분하고도 남아.

"내가 책임지고 돌볼 수 있을 거예요, 레이먼드." 내가 단호하게 말했다. "이 생명은 살뜰한 보살핌을 받게 될 거예요."

그가 싱긋 웃었다.

"꼭 그럴 거예요. 고양이가 여기서 벌써 편안해하는 것 같은걸요. 그렇고말고요." 레이먼드가 말했다. 고양이는 이제 소파 쿠션 위에 몸을 쭉 펴고 누워 있었다. 대화를 모니터링하는 것처럼 가끔 한쪽 귀를 씰룩거렸지만 사실상 거의 잠들어 있는 거나 마찬가지였다.

"이름은 뭐라고 할 거예요?" 그가 말했다.

나는 고개를 한쪽으로 갸웃한 채 생각해보았다. 잠시 뒤 레이먼드가 일어섰다.

"내려가서 잠시 담배 한 대 피우고 올게요. 문은 잠그지 않고 닫기만 할게요." 그가 말했다.

"우리집 창문 쪽으로 담배 연기 뿜지 마요!" 내가 그의 등에 대고 외쳤다.

십 분 뒤 레이먼드가 돌아왔고, 나는 이름을 글렌으로 지었다고 말했다. 그가 웃었다.

"글렌? 남자 이름이잖아요, 정말로요?"

나는 그 모든 빨간 상표와 그 모든 빈병을 생각했다. "옛친구와 같은 이름으로 했어요." 내가 말했다.

다음날 눈을 뜨니 글렌이 내 옆에서 머리를 베개에 올리고 몸은 이불 안에 넣은 채 사람처럼 누워 있어서 깜짝 놀랐다. 커다란 녹색 눈이 나를 빤히 보고 있었는데 꼭 나를 깨우려고 그러고 있는 것 같았다. 글렌이 나를 따라 부엌으로 들어왔고, 나는 물을 좀 주었다. 글렌은 물을 무시하고 사료를 먹더니 삼키기 무섭게 부엌바닥에 다시 토해냈다. 내가 개수대로 가서 그 아래 수납함에서 청소 도구를 꺼낸 뒤 돌아보니 글렌이 자기가 토한 것을 다시 먹고 있었다.

"착하지, 글렌." 내가 말했다. 돈은 덜 들겠네.

레이먼드가 글렌에게 주려고 가져온 사료는 어젯밤 먹을 만큼의 소량이어서, 글렌이 깃털이불 위에서 잠들어 있는 동안 나는 아파트를 슬그머니 빠져나와 버스를 타고, 큰 애완용품 가게가 있다고 알고 있는 소매상 거리로 갔다. 나는 거기서 글렌에게 줄 더 크고 더 편안한 침대와 덮개가 있어 프라이버시를 지켜주는 적당한 화장실, 건식 사료와 습식 사료 네 종류, 유기농 화장실 모래 한 봉지를 샀다. 털에 좋다는 오일도 한 병 집었다. 매일 한 티스푼씩 사료와 섞어 먹이면 된다. 나는 털이 다시 자라든 자라지 않든 지금 그대로도 좋았지만, 털이 빠진 부분이 없으면 글렌이 더 편안하게 느낄 것 같았다. 글렌이 장난감 가지고 노는 걸 좋아할 것 같지는 않았지만, 혹시 몰라서 반짝거리는 공과 노인 슬리퍼 한 짝 크기의, 캐트닙을 넣은 북슬북슬한 커다란 쥐 인형도 샀다. 계산대로 카트를 끌고 가면서 이것들을 전부 집으로 가져가려면 택시를 불러야 한다는 걸 깨달았다. 나는 나 자신이 아주 자랑스럽게 느껴졌다.

택시 운전사가 물건들을 2층으로 옮기는 걸 도와주지 않아서 나는 올라갔다 내려오기를 몇 차례 반복했고, 그 전부를 집안에 들여놓았을 때는 땀이 흐르고 있었다. 출발해서 돌아오기까지, 여정은 두 시간 넘게 걸렸다. 글렌은 여전히 깃털이불 위에서 자고 있었다.

나는 그날 하루를 아파트에서 빈둥거리며 보냈다. 글렌은 좋은 친구였다. 조용하고 자기만족적이고 대체로 잠을 잤다. 그날 저녁 차 한 잔을 들고 앉아 라디오에서 방송하는 연극을 듣고 있는데, 글렌이 내 무릎 위로 뛰어오르더니 허벅지를 발로 꾹꾹 누르기 시작했다. 발톱이 조금 나와 있어서 약간 불편한 느낌이 들었지만, 글렌이 좋아서 그런다는 건 알 수 있었다. 일이 분 동안 그러더니 글렌은 내 무릎 위에 조심스럽게 자리를 잡고 잠이 들었다. 그렇게 이십 분이 지나자 나는 화장실에 가고 싶어졌는데, 글렌이 날씬한 것과는 거리가 먼데다 온몸의 무게를 싣고 내 방광 바로 위에 엎드려 있다보니 더 마려워진 것이었다. 글렌을 한쪽으로 조심스럽게 옮겨놓으려 했지만, 글렌이 저항했다. 다시 시도했다. 세번째로 시도하자 글렌이 느리게 일어서더니 등을 활처럼 구부리고 몸을 부르르 떨면서 비난하는 듯한 한숨을 길게 내쉬었다. 그런 뒤 바닥에 풀쩍 뛰어내려 느릿느릿 새 침대로 걸어갔다. 일단 거기 안락하게 자리를 잡고 나자, 글렌은 방에서 나가는 나를 빤히 쳐다보았고, 내가 돌아왔을 때도 그 표정을 유지하고 있었다. 그리고 저녁 내내 계속 나를 빤히 쳐다보았다. 나는 걱정하지 않았다. 나는 심기가 불편한 고양이보다 훨씬 더 나쁜 일도 이겨냈다.

며칠 뒤 레이먼드가 글렌이 잘 정착하고 있는지 보려고 다시 집으로 찾아왔다. 내가 저번에 그에게 어머니와 같이 오라고 초대했다. 그때 레이먼드는 자기 어머니가 몹시 궁금해한다고 했고, 고양이에 흠뻑 빠진 나는 어머니가 글렌을 만나면 좋아할 거라고 생각했다. 지난번 레이먼드가 찾아왔을 때 주려고 준비한 비스킷이 여전히 넉넉히 남아 있어서, 어쨌거나 전혀 수고스러울 것 같지도 않았다.

그들은 블랙캡을 타고 도착했고, 기번스 부인은 그 사실이 아주 기분좋은 것 같았다.

"택시 운전사가 아주 상냥했어요, 엘리너. 안 그러니, 레이먼드?" 그녀가 말했다. 레이먼드가 고개를 끄덕였고, 도시의 남부에서 서부로 오는 그 짧은 거리에 그녀가 그 이야기를 꺼낸 것이 이번이 처음은 아닌 듯, 나는 레이먼드가 지친 상태라는 것을 조금은 눈치챌 수 있었다. "오, 그렇게 친절할 수가 없었어요. 내가 택시에 탈 때—내릴 때!—도와주고, 보행 보조기를 잡고 내려서는 동안 문도 잡아줬어요……"

"그랬죠, 엄마." 그가 보행 보조기를 거실 구석에 놓으며 말했고, 그사이 그녀는 소파에 자리를 잡고 앉았다. 한결같은 인습타파주의자 글렌은 그들이 도착하자마자 대번에 침대—내 침대—로 사라져버렸고, 깃털이불 밑에서 조그맣게 가르랑거리는 몸뚱이의 일부만 내보일 뿐이었다. 기번스 부인은 실망했지만, 나는 차를 우려내는 동안 그녀에게 내 전화기에 있는 사진을 보고 계시라고 했다. 레이먼드가 부엌으로 나를 따라와 조리대에 기대서서 내가 차를 따르는 것을 지켜보았다. 그리고 내 옆에 쇼핑백을 놓았다.

"별거 아니에요." 그가 말했다. 내가 안을 들여다보았다. 하얀색 빵집 종이상자에 리본이 묶여 있었다. 또한 작은 캔에 든 '고급' 고양이 음식도 있었다. "너무 좋아요!" 내가 기뻐하며 말했다.

"뭘 좋아하는지 잘 몰라서, 하지만 빈손으로 오고 싶지는 않았거든요……" 레이먼드가 얼굴을 붉히며 말했다. "당신은…… 음, 멋진 걸 좋아하는 사람 같았어요." 그가 고개를 들어 나를 보며 말했다. "당신은 멋진 걸 받을 자격이 있어요." 그가 단호한 목소리로 말했다.

이건 익숙하지 않았다. 내가 잠시 할말을 찾지 못해 약간 당황했었다는 것을 고백해야겠다. 내가 멋진 걸 가질 자격이 있다고?

"말도 안 돼요, 레이먼드." 내가 말했다. "자랄 때 엄마와 같이 살면서 정말로 갈피를 잡을 수 없었어요. 어떤 때는 엄마가 우리한테 좋은 것을 줬지만, 또 어떤 때는…… 아니었어요. 그러니까 어느 주에는 메추라기 알을 셀러리 소금에 찍어 먹고 굴을 까 먹었지만, 다음주에는 굶어죽을 것처럼 배가 고팠어요. 그러니까, 말하자면, 말 그대로 음식과 물이 없었어요." 내가 말했다. 그의 눈이 커졌다.

"엄마와 함께 있으면 극단, 모든 게 늘 극단이었어요." 내가 나 자신에게 고개를 끄덕이며 말했다. "나는 늘 평범한 것을 갈망했어요. 그러니까 하루에 세 끼 평범한 식사를 하는 거요. 토마토 수프에 매시트포테이토, 콘플레이크……"

나는 리본을 풀고 상자 안을 보았다. 그 안에 있는 스펀지케이크는 예술적으로 정교하게 만든 것이었다. 밝은 색깔 산딸기가 보석처럼 박혀 있고 초콜릿 가니시가 뿌려져 있었다. 레이먼드가 특별히 나를 위해 골라온 평범한 사치였다.

"고마워요." 내가 말했고, 눈에 눈물이 그렁그렁 차오르려고 했다. 내가 해야 할 다른 말은 정말로 없었다.

"우리를 초대해줘서 고마워요, 엘리너." 그가 말했다. "엄마는 외출하는 걸 정말로 좋아하시지만 그럴 기회가 자주 없어요."

"당신은 언제라도 환영이에요. 당신도, 어머니도요." 내가 말했고, 진심이었다.

나는 차를 마실 때 필요한 것들과 함께 쟁반에 케이크를 놓았고, 내가 쟁반을 들어올리기 전에 레이먼드가 주인처럼 덥석 잡았다. 뒤에서 따라가며 나는 그가 이발을 한 것을 알아차렸다.

"기분 어때요, 엘리너?" 우리가 모두 자리를 잡고 앉자 기번스 부인이 물었다. "레이먼드가 그러는데 요즘 기분이 좀 안 좋았다면서요?"

그녀는 온화하고 예의바른 염려의 표정을 지었고 그저 그뿐이었다. 나는 레이먼드가 어머니에게 자세한 내용을 말하지는 않은 것을 깨닫고 고마워서 얼굴이 붉어졌다.

"훨씬 좋아졌어요, 고맙습니다." 내가 말했다. "레이먼드가 계속 저한테 신경을 써주고 있어요. 저는 정말 운이 좋은 것 같아요." 그는 놀란 것 같았다. 그의 어머니는 그런 것 같지 않았다.

"우리 아들이 심성이 참 고와요." 기번스 부인이 고개를 끄덕이며 말했다. 레이먼드의 얼굴은, 글렌이 소파에서 창턱으로 뛰어오르려다 실패하고 내게 들켰을 때의 얼굴처럼 보였다. 내가 웃음을 터뜨렸다.

“우리가 당신을 당황하게 만들었나봐요!” 내가 말했다.

“아니에요, 당신이 엄마를 당황하게 만든 거죠.” 그가 말했다. “죽이 잘 맞는 할머니 한 쌍처럼 별것도 아닌 일에 호들갑들이세요. 차 더 마시고 싶은 분?” 그가 손을 뻗어 찻주전자를 잡았고, 나는 그의 얼굴에 미소가 번져 있는 것을 보았다.

기번스 가족은 같이 있으면 편안하고 즐거운 사람들이었다. 예약해둔 택시가 한 시간 뒤 짜증스럽게 경적을 울렸을 때 우리는 시간이 얼마나 빠르게 지나갔는지 약간 놀랐고, 그들은 어쩔 수 없이 좀 서둘러 떠나야 했다.

“다음은 아가씨가 우리집에 놀러올 차례예요, 엘리너.” 기번스 부인이 레이먼드와 함께 보행 보조기를 가지고 문밖으로 힘들게 빠져나가면서 말했다. 레이먼드는 밖으로 나가면서 동시에 어깨를 조금 움츠려 재킷을 입었다. 나는 고개를 끄덕였다. 그녀가 흉터가 있는 쪽 뺨에 키스한 것은 순식간이었지만, 나는 움찔 놀라지도 않았다.

“언제 일요일에 레이먼드하고 다시 와서 차도 마시고 잠시 놀다 가요.” 그녀가 속삭였다. 내가 다시 고개를 끄덕였다.

레이먼드는 느릿느릿 내 옆을 지나가면서 내가 반응할 새도 없이, 그의 어머니가 했던 것처럼 몸을 기울여 내 뺨에 키스했다. “회사에서 봐요.” 그가 말했고, 어머니와 바퀴 달린 보행 보조기 둘 다를 힘겹게 이동시키면서 아주 위태롭게 계단을 내려갔다. 나는 내 얼굴에 손을 대보았다. 기번스 가족, 그들은 키스를 아주 좋아하는 사람들인가보다. 어떤 가족들은 그랬다.

나는 컵과 접시를 씻었고, 글렌은 그 시점에야 마침내 모습을 드러내기로 마음을 먹은 것 같았다. "그건 사회성이 아주 없는 행동이었어, 글렌." 내가 말했다. 글렌이 나를 올려다보더니 짧은 소리를 냈다. 신기하게도, 야옹, 하는 소리가 아니라, 새가 지저귀는 소리와 비슷했다. 그 함축적인 의미—즉 글렌은 그런 말은 신경도 쓰지 않는다는 것—는 더없이 분명했다. 나는 레이먼드가 가져온 고양이 특별식을 스푼으로 떠서 글렌의 그릇에 담아주었다. 글렌이 상당히 열광적인 반응을 보였지만, 아쉽게도 글렌의 테이블 매너는 글렌의 은인을 떠올리게 했다.

레이먼드가 거실 의자에 타블로이드판 신문을 두고 갔다. 유감스럽게도 그는 종종 신문을 돌돌 말아 바지 뒷주머니에 꽂고 다녔다. 조금이라도 괜찮은 크로스워드 퍼즐이 있는지 보려고 신문을 훑다가 9면에서 시선이 멈췄다. 내 시선이 헤드라인에 꽂혔다.

글래스고 이브닝 타임스

엔터테인먼트 뉴스

필그림 파이어니어스가 아메리카를 발견하다

글래스고 출신 밴드, '비피*보다 더 유명'해질지도 몰라

스코틀랜드 밴드 필그림 파이어니어스가 지난주 빌보드차트 5위에 올라 축제 분위기에 휩싸였다.

---

* 1995년에 스코틀랜드에서 결성된 얼터너티브 록밴드 비피 클라이로를 말한다.

수년간 지역 펍과 클럽에서 공연을 펼쳐오던 글래스고 출신의 4인조 밴드가 수익성 좋은 미국 시장을 강타할 가능성이 엿보인다.

싱글 〈Don't Miss You〉는 밴드의 전 리드보컬과 의견 충돌로 결별한 후 만든 곡으로, 지난달 한 음반업계 종사자가 유튜브를 보고 발굴했다. 그후 그 곡은 어느 텔레콤 회사 고예산 광고의 배경음악으로 쓰이면서 미국 전역에서 밤마다 방송을 탔다.

밴드는 다음달 미국으로 가서 해안을 돌며 투어를 할 예정이다.

이 기사를 읽으면서 곧바로 어떤 장소, 어떤 사람이 떠올랐다. 내가 되고자 노력한 사람, 나 자신에게, 그리고 내 삶에서 이루려고 시도했으나 실패한 변화들. 그 가수는 정말로 중요했던 적도 없었다. 마리아 템플이 그 사실을 깨닫게 도와주었다.

나는 변화를 이루고 싶은 열망 때문에, 누군가와 연결되고 싶은 열망 때문에 잘못된 것, 잘못된 사람에 열중했던 것이다. 파멸을 일으키는 재앙, 실패한 인간이라는 죄를 뒤집어썼던 나는 마리아의 도움으로 내게 죄가 없다는 것을 깨닫기 시작했다.

그 기사에는 조니 로몬드의 근황조차 언급되어 있지 않았다. 그래도 아무렇지 않았다. 나는 신문을 접었다. 나중에 글렌의 화장실에 깔면 될 것이다.

@johnnieLrocks 7시간 전

녀석들에게 엄청난 축하를. 굉장한 뉴스로군. 정말로 정말로 그럴 자격이 있어. 녀석들이 그렇게 됐다니 신나는데 #미국 #대성공

[마음에 들어요 0회]

@johnnieLrocks 44분 전

젠장. 젠장 젠장 씨팔젠장 젠장 젠장.

[나중에 삭제]

33

내가 마리아의 상담실에 도착했을 때 그녀는 기분이 좋은 것 같았고, 나 또한 그랬다. 그녀가 내 과거에 대해 다시 이야기를 꺼냈을 때 내가 뇌를 경고 모드로 바꾸는 데는 노력이 필요했다.

"우리가 화재에 대해서는 많이 이야기하지 않았어요. 혹시…… 그 이야기를 조금 해줘도 괜찮겠어요?"

나는 경계하며 고개를 끄덕였다.

"좋아요. 이제 눈을 감아볼래요, 엘리너? 때때로 그렇게 하면 기억에 접근하기가 더 쉬워요. 숨을 깊이 들이쉬었다가 모두 내보내세요. 아주 좋아요. 그리고 또 한번…… 좋아요. 이제 과거로 돌아가 생각해보면 좋겠어요. 당신은 집에 있고, 지금은 화재가 일어나기 전날이에요. 뭐가 기억나죠? 뭐라도 기억나는 게 있나요? 천천히 생각해보세요……"

조금 전만 해도 기분이 아주 가볍고 자유롭고 나 자신에게 아주 집중되어 있었기 때문에, 나를 제대로 준비시킬 기회가 없었다. 눈을 감고 마리아가 숫자 세는 것에 맞춰 숨을 내쉬면서, 어느새 나도 모르게 내 머리가 이 순간을 떠나, 내가 가고 싶지 않은 장소들의 기억으로 다가간 것을, 막을 새도 없이 그 방들로 달려간 것을 근심스럽게 깨달았다. 마음은 내 손이 닿지 않는 곳에 풍선처럼 둥둥 떠 있었지만, 그와는 반대로 몸은 무겁게 느껴졌다. 마침내 그 일이 일어나고 있었고 나는 평온한 마음으로 받아들였다. 통제력을 내려놓는 것에는 일종의 즐거움이 존재했다.

"엄마. 엄마가 화가 났어요. 엄마가 자고 있었는데, 우리가 엄마를 또 깨웠어요. 엄마는 이제 우리가 지긋지긋해졌어요." 이 말을 할 때 내 뺨 위로 눈물이 흐르는 것을 느꼈는데, 특별히 슬프지는 않았다. 내가 영화에 대해 묘사하고 있는 것처럼 느껴졌다.

"아주 잘했어요, 엘리너. 정말로 잘하고 있어요." 마리아가 말했다. "엄마에 대해 좀더 말해주겠어요?"

내 목소리는 작았다. "그러고 싶지 않아요." 내가 말한다.

"당신은 잘하고 있어요, 엘리너. 계속해봅시다. 그러니까 엄마에 대해……?"

나는 한참 동안 아무 말 없이, 내 마음이 그 집에서 가야 할 곳으로 가도록 가만히 내버려두었다. 갇혀 있던 새를 풀어주듯 그 기억들이 빠져나오게 해주었다. 마침내 내가 조그맣게 말했다. 세 마디로.

"메리앤은 어디 있지?"

34

일요일이었다. 레이먼드를 만나 점심을 먹으려면 열두시에 집을 나서야 했다. 글렌은 새 침대에서 꾸벅꾸벅 졸고 있었고, 나는 글렌의 사진을 좀더 찍으려고 핸드폰 카메라 기능을 사용했다. 마지막 사진에서 글렌은 햇빛을 가리려는 듯 한쪽 발로 두 눈을 가린 모습으로 찍혔다. 나는 글렌 옆 바닥에 무릎을 꿇고 앉아 가장 털이 많이 남아 있는 부위에 얼굴을 묻었다. 글렌이 약간 꿈틀거렸고, 곧 가르랑거리는 소리가 커졌다. 나는 머리 맨 꼭대기 부드러운 부분에 키스했다.

"갔다 올게, 글렌." 내가 말했다. "오래 안 걸릴 거야." 글렌은 내가 곧 나가는데도 아무런 동요 없이 지극히 행복해 보였다.

나갈 준비를 끝낸 뒤 글렌이 여전히 잠들어 있는지 보려고 살그머니 문을 열고 발끝걸음으로 거실로 갔다. 글렌은 캐트닙을 넣은 커다란 쥐 인형 위에 누워 있었다. 글렌도 쥐도 나를 향한 채 단추 같은 반짝거리는 눈으로 정면을 응시하고 있었다. 글렌은 쥐의 어깨에 앞발을 올리고 느릿느릿 주무르면서 뒤쪽에서는 열정적으로 교미 행위를 하고 있었다. 나는 둘이 그러도록 그냥 두었다.

그날 상담 이후 내 생각은 오로지 메리앤에 대한 것뿐이었다. 메리앤 메리앤 메리앤. 나는 그 이름을 마음속에서, 손가락 두 개 사이에 집힌 동전처럼 뒤집고 또 뒤집었다. 템플 박사는 다음 시간에 만나면 메리앤에 대한 이야기를 다시 할 수 있도록 마음의 준비를 하라고 내게 부탁했다. 나는 그것에 대해 어떤 느낌이 들지 잘 알 수가 없었다. 아는 것이 모르는 것보다 늘 더 좋은가? 논의해볼 만한 문제다.

내가 블랙독에 도착했을 때, 철학적 질문 따윈 관심 없는 레이먼드가 먼저 도착해서 〈선데이 메일〉을 읽으며 맥주를 홀짝이고 있었다.

"미안해요, 늦었어요." 내가 말했다.

그의 얼굴은 평소보다 더 창백했고, 그가 일어서서 나를 안으려고 할 때 나는 평소의 고약한 담배 냄새에 더해 새로 마신 맥주 냄새뿐 아니라 먹은 지 좀 된 맥주 냄새까지 맡을 수 있었다.

"지내는 건 어때요?" 그가 물었고, 목소리가 가칫했다.

"당신은요?" 내가 말했다. 그는 좋아 보이지 않았다.

레이먼드가 끙 소리를 냈다. "솔직히 오늘 약속 취소하자는 문자를 보내려다 말았어요." 그가 말했다. "어젯밤에 좀 늦게까지 한잔했거든요."

"로라하고 데이트했어요?" 내가 말했다.

내 말에 그가 주춤했다. "도대체 어떻게 알았어요?" 그가 천진

난만하게 물었다.

빌리가 사무실에서 하던 동작을 본 게 떠올라서, 다 안다는 듯이 둘째손가락으로 코를 톡톡 쳤다.

그가 웃었다. "당신한테 마녀 기질이 좀 있는 것 같은데요, 엘리너." 그가 말했다.

나는 어깨를 으쓱했다. 심지어 이제는 그걸 증명해줄 검은 고양이도 있었다.

"사실 얼마 전에 로라와 우연히 마주쳤어요." 내가 설명했다. "당신과 만나는 사이라고 하던데요."

레이먼드가 술잔을 들고 크게 들이켰다.

"맞아요. 음, 몇 번 만나자고 연락이 왔어요. 간밤에는 영화를 보러 갔고 그뒤에 술을 몇 잔 했어요."

"멋지네요." 내가 말했다. "그럼 이제 여자친구예요?"

그가 종업원에게 한 잔 더 갖다달라는 신호를 보냈다.

"로라는 사랑스러운 여자예요." 그가 말했다. "하지만 다시 만날 것 같지는 않아요."

종업원이 레이먼드에게 맥주와 메뉴판을 가져왔고, 나는 단델리온 앤드 버독을 주문했다. 하지만 시내 중심가의 세련된 바인데도 이상하게 그것이 없다고 해서 닥터페퍼로 대신해야 했다.

"왜요?" 내가 말했다. "로라는 매력이 넘치잖아요."

레이먼드가 한숨을 쉬었다. "그보다는 좀더 복잡한 거잖아요, 엘리너. 안 그래요?" 그가 말했다. "내 생각에 로라는 내게…… 내 말뜻을 안다면, 좀 감당하기 벅찬 상대예요."

"그럴 리가요. 아니에요." 내가 말했다.

"솔직히 내 타입은 아니에요." 그는 시끄럽게 맥주를 한 모금 꿀꺽 마셨다. "그러니까, 외모는 중요해요. 당연히 그렇죠. 하지만 웃음을 나눌 수 있어야 하고, 같이 있는 게 즐거워야 하잖아요? 나하고 로라가 공통점이 그렇게 많은지는 잘 모르겠어요."

나는 어떻게 반응하는 것이 가장 좋은지 몰라서 어깨만 으쓱했다. 그건 내 전문 영역이라고는 할 수 없었다.

우리는 잠시 침묵했다. 레이먼드는 몹시 창백하고 불편해 보였다. 고전적인 숙취 증상. 감사하게도 나는 철의 몸을 타고나서 숙취 때문에 힘들었던 적이 한 번도 없었다.

나는 주방장인 아널드 베넷이 만든 오믈렛*을 주문했고, 레이먼드는 조리된 완전한 아침식사에 튀긴 빵 하나를 더 먹겠다고 했다.

"간밤에 집에 돌아와서 데시하고 잭 대니얼을 너무 많이 마셨어요." 그가 설명했다. "그러다 진탕 취한 거예요."

"술 마시는 습관은 들이지 마요, 레이먼드." 내가 안타까워하며 말했다. "나처럼 되고 싶지는 않잖아요, 그렇죠?"

레이먼드가 내 팔을 잡고 잠시 가만히 있었다.

"지금 잘하고 있어요, 엘리너." 그가 말했다.

음식이 나왔고, 나는 레이먼드의 먹는 모습을 보지 않으려고 애썼다. 결코 아름답지 않았다. 나는 글렌이 어떻게 하고 있을지 궁금했다. 글렌을 이런 곳에 데려와 높은 의자에 앉히고 우리와 같은 테이블에 둬도 괜찮을까? 그러지 못할 이유를 전혀 생각해낼 수 없

* 아널드 베넷 오믈렛은 오믈렛의 한 종류로, 그 사실을 모르는 엘리너가 아널드 베넷이라는 이름의 주방장이 오믈렛을 만들었다고 생각한 것.

었지만, 고양이를 싫어하는 편협한 사람들은 불평할지도 몰랐다.

"이거 봐요, 레이먼드!" 내가 휴대폰을 그의 얼굴 앞에 들이밀며 말했다. 그가 처음의 사진 네 장을 흘끗 보았다.

"아, 멋지네요, 엘리너." 그가 말했다. "당신 집에 아주 잘 정착한 것 같아요."

"계속 내려봐요." 내가 말했다. 레이먼드는 내키는 대로 이것저것 몇 장 더 넘겨보았다. 그가 흥미를 잃어가고 있는 것을 알 수 있었다. 돼지 앞에 진주.

우리는 커피를 기다리면서 중요하지 않은 문제들에 대해 이야기를 나누었다. 커피가 나오자 대화가 잠시 중단되었고, 레이먼드가 설탕 한 봉지를 테이블에 쏟았다. 그가 둘째손가락으로 설탕 알갱이들을 모으기 시작하면서 곡조 없는 노래를 흥얼거렸는데, 불안을 느낄 때 그러는 것 같았다. 큐티클이 깨물려 있었고, 손톱이 그다지 깨끗해 보이지 않았다. 레이먼드라는 남자는 이따금 이런 방식으로 거슬렸다.

"엘리너," 그가 말했다. "저기, 할말이 있어요. 하지만 화내지 않겠다고 약속부터 해줘요."

나는 기대앉아 그가 계속 말하기를 기다렸다.

"당신 엄마에 대해 인터넷에서 좀 찾아봤어요. 그 당시 무슨 일이 일어났는지에 대해서요."

나는 설탕 알갱이들을 물끄러미 바라보았다. 하나하나가 얼마나 작은지. 하지만 완벽하게 각진 형태를 이루고 있지 않은가?

"엘리너?" 그가 말했다. "내가 알아낸 게 맞는지 모르겠는데, 구글에서 방화라는 검색어로 좀 찾아봤어요. 그리고 그 일이 일어난 그해 런던에서, 당신이 보고 싶어할지 모르지만, 관련된 신문기사를 좀 찾았어요. 원하지 않으면 안 봐도 돼요. 그냥 혹시…… 당신이 뭔가를 알아내는 것에 대해 마음이 바뀌었을 수도 있으니 알려주고 싶었어요."

나는 잠시 내 마음속에 있는 행복한 장소로 갔다. 파랑새가 날아다니고 개울물이 졸졸 흐르고 지금은 반쯤 털이 빠진 고양이가 시끄럽게 가르랑거리는 분홍색과 흰색의 포근한 장소로.

"요즘 엄마가 어디서 지내신다고 그랬죠?" 레이먼드가 아주 부드럽게 물었다.

"몰라요," 내가 중얼거렸다. "엄마가 연락을 해와요. 그 반대인 경우는 절대 없어요." 나는 그의 표정을 헤아려보려고 애썼다. 때때로 사람들의 표정을 읽어내는 것은 힘든 일 같다. 수수께끼 같은 크로스워드 퍼즐이 훨씬 더 쉽다. 그의 얼굴에 어떤 표정이 떠올랐는지 추측해본다면, 슬픔, 연민, 두려움이라고 말했을 것이다. 어느 것도 좋지 않았다. 하지만 그 밑에 깔린 감정은 친절함과 다정함이었다. 레이먼드는 나를 안타깝게 여기고 걱정하는 것일 뿐 내 마음을 다치게 할 생각은 없었다. 그럴 마음은 조금도 없었다. 나는 그 사실에서 약간의 위안을 찾았다.

"저기, 우리 이 이야기는 더이상 하지 마요, 알았죠? 나는 그저 말해주고 싶었어요…… 상담할 때나 어느 순간에…… 무슨 기억이라도 떠오르면…… 내가 당신에게 답을 줄 수 있다고요. 알겠죠? 하지만 당신이 원할 때만이에요." 그가 빠르게 덧붙였다.

나는 그것에 대해 생각해보았다. 어딘지 모르게 심기가 슬그머니 불편해지기 시작했다.

"레이먼드," 내가 말했다. "내가 준비되기 전에 당신이 나를 그 방향으로 이끌고 가려고 하는 건 정말로 적절하지 않은 것 같아요. 나는 나 스스로 완벽히 잘해나가고 있어요." 내가 말했다. 조금만 더 기다려, 메리앤. 내가 가고 있어. 레이먼드의 얼굴을 보았는데, 처음 자리에 앉았을 때보다 지금이 훨씬 더 창백해 보였다. 입이 아주 약간 벌어졌고, 눈은 생기가 없고 고단해 보였다. 매력적인 모습이 아니었다.

"당신만 검색엔진을 사용할 줄 아는 게 아니잖아요. 이건 내 삶이고, 내가 괜찮아지고 준비가 되면 나도 충분히 잘할 수 있어요." 나는 그에게 좀더 직접적인 표정을 지어 보였다. "나 자신에게 정확히 무슨 일이 일어났는지는 내가 알아낼 수 있어요."

레이먼드가 고개를 끄덕이고 말하기 시작했다. 나는 손바닥이 앞을 향하게 손을 들어올려 그의 말을 막았다. 그것은 아주 무례한 동작이었는데, 그렇게 하면서 몰상식한 행동을 하는 데서 오는 짜릿한 기쁨을 느꼈다고 고백해야 할 것이다. 그러고 나서 나는 닥터 페퍼를 길게 쭉 들이켰다. 안타깝게도 거의 다 마셔서 빨대에서 듣기 싫은 쪼록 소리가 났지만, 어쨌거나 내가 전달하고 싶은 말을 아주 효과적으로 전달한 것 같았다.

다 마신 뒤 나는 종업원과 시선을 마주쳐 계산서를 갖다달라는 표시를 했다. 레이먼드는 아무 말 하지 않으면서 머리를 두 손에 묻고 있었다. 가슴속으로 아픔이 밀려왔다. 내가 그의 마음을 아프게 한 것이다. 레이먼드. 나는 손으로 입을 막았고 눈물이 차오르는 것을 느꼈다. 그가 나를 올려다보았고, 이어 몸을 숙이고 두 손으로 내 두 손을 꽉 잡아주었다. 빈약한 그의 턱수염에서 시큼한 냄새가 풍겼다.

“정말 미안해요.” 우리 둘은 그 말을 정확히 동시에 했다. 다시 말했는데, 이번에도 동시였다. 갑자기 내가 웃음을 터뜨렸고, 그도 웃었다. 처음에 짧게 터져나왔던 웃음이 곧 긴 웃음이 되었다. 온몸이 흔들리는 웃음, 적절하고 진짜인 웃음이었다. 내 입이 크게 벌어졌고, 숨은 약간 씩씩거렸고, 눈은 단단히 감겨 있었다. 내가 섬약한 존재로 느껴졌지만, 그럼에도 아주 이완되고 편안한 기분이었다. 나는 그의 앞에서 토하는 것이나 화장실을 쓰는 것도 마찬가지로 그렇게 느껴질 거라고 상상했다.

“저기, 전적으로 내 실수예요.” 마침내 우리의 웃음이 잦아들었을 때 레이먼드가 말했다. “당황했다면 정말로 미안해요, 엘리너. 그 이야기를 꺼내지 말았어야 했는데. 특히 이렇게 숙취에 시달리는 오늘은요. 머릿속이 뒤죽박죽이에요.” 그가 말했다. “당신 말이 전적으로 맞아요. 그건 당신이 알아서 할 문제고, 당신이 결정할 일이에요. 백 퍼센트.”

레이먼드는 여전히 내 두 손을 잡고 있었다. 그것은 굉장히 기분 좋은 느낌이었다.

“괜찮아요, 레이먼드.” 내가 말했고, 진심이었다. “내가 과하게 행동했다면 미안해요. 당신이 선한 마음을 가진 친절한 사람인 거 알아요. 그리고 당신은 그저 도움을 주려고 한 거고요.” 나는 그의 얼굴을 쳐다보며 조심스럽게 작은 미소를 지어 보였다. 그의 얼굴에 안도감이 가득 퍼졌다.

레이먼드가 내 손을 아주 조심스럽게 놓아주었다. 나는 그전에는 그의 눈을 제대로 본 적이 없었다. 녹색에 갈색 반점이 어른거렸다. 아주 독특했다.

그가 다시 미소를 지었고, 이어 조용히 신음소리를 내면서 손바닥을 자기 얼굴에 대고 문질렀다.

"맙소사," 그가 말했다. "어쩌죠, 이제 엄마 집에 가서 고양이들을 돌봐야 해요. 그냥 침대로 다시 기어들어가 화요일까지 내리 자고 싶네요."

나는 웃음을 참으며 돈을 냈다. 그가 말렸지만 나는 그의 약해진 상태를 전적으로 이용했다.

"같이 갈래요?" 그가 말했다. "엄마가 당신을 보면 반가워하실 텐데."

그 제안은 생각해볼 것도 없었다. "아니요, 오늘은 안 돼요, 레이먼드." 내가 말했다. "지금쯤 글렌이 대변을 봤을 거예요. 나중에 다시 소변을 보고 싶어할지 모르니 글렌의 대변을 화장실에 한 시간이나 두 시간 이상 방치해두고 싶지 않아요."

레이먼드가 벌떡 일어섰다. "잠시 화장실 좀 갔다 올게요." 그가 말했다.

나는 집으로 돌아오는 길에 글렌에게 줄 고양이 음식을 좀 샀다. 글렌에 대한 중요한 사실은 태도가 좀 무뚝뚝하긴 해도 나를 사랑한다는 것이다. 나는 글렌이 그저 고양이인 것을 알고 있다. 하지만 그럼에도 그것은 사랑이다. 동물, 사람. 그것은 무조건적이고, 세상에서 가장 쉬우면서 가장 어려운 것이다.

이따금 상담을 받은 뒤에 나는 보드카가 몹시 사고 싶어졌다. 한 아름 사서 집에 가져가 다 마셔버리고 싶었지만 결국 한 번도 그런 적은 없었다. 여러 가지 이유로 그럴 수 없었다. 그중 한 가지 이유는 이거다. 내가 그 일에 적격은 아니라 해도, 누가 글렌에게 먹을 것을 챙겨주겠는가? 글렌은 자기 자신을 돌볼 수 없다. 글렌은 내가 필요하다.

글렌의 욕구, 나는 그것이 짜증스럽지 않다, 부담스럽지 않다. 그것은 특권이다. 내가 책임을 지기로 했다. 내가 나 자신을 뭔가 책임지는 상황에 두기로 선택한 것이다. 작고 의존적이고 나약한 생명인 글렌을 돌보고 싶어하는 것은 선천적인 마음이고, 생각해볼 필요조차 없는 것이다. 숨쉬는 것과 같다.

어떤 사람들에게는.

35

우리는 상담 횟수를 일주일에 두 번으로 늘렸다. 처음 마리아가 그렇게 하자고 제안했을 때는 지나치다고 느껴졌지만, 놀랍게도, 이것도 충분하지 않다는 사실을 깨달았다. 하지만 나는 불평이 많은 사람이 되고 싶지는 않았다. 자기 자신과 자신의 문제에 대해 끊임없이 구시렁거리는 그런 사람 말이다. 따분하다.

삼십 년 인생의 대부분을 그 주제에 대한 이야기를 피하려고 안간힘을 쓰면서 보냈기 때문에, 내 어린 시절에 대해 말하는 것에 익숙해지는 데 오래 걸렸다. 그러니까, 나는 메리앤이라는 주제가 나타날 때마다 피해버렸다. 매번 상담하기 전에 이번이 그애에 대해 말하기 가장 좋은 때라고 혼잣말을 했지만, 막상 그때가 되면 그럴 수가 없었다. 오늘 템플 박사는 당연하게도 메리앤에 대해 또 물었고, 내가 고개를 젓자 메리앤에 대한 주제에 접근하는 한 방법으로 내 어린 시절을 두 개의 분리된 시기로 나눠 생각해보는 게 도움이 될 수 있을 거라고 제안했다. 화재 이전과 이후로. 네, 내가 말했다. 그게 도움이 될지도 모르겠네요. 하지만 아주아주 고통스러울 것이다.

"그럼 화재 이전에 가장 행복했던 기억은 어떤 건가요?" 그녀가 물었다. 나는 열심히 생각했다. 몇 분이 흘러갔다.

"이런저런 순간이 조각조각 기억나요. 하지만 사건 전체가 떠오르지는 않아요." 내가 말했다. "아니, 잠깐만요. 학교에서 소풍을 갔어요. 학기말이거나 그런 때였을 거예요. 우리 모두 야외에서, 어쨌거나 햇볕을 받으며 있었어요." 그 이상은 이어갈 말이 별로 없었고, 단연코 자세한 기억이 아니었다.

"그날의 어떤 점 때문에 그토록 행복했을까요?" 그녀가 다정하게 말했다.

"안전하다는…… 느낌이요." 내가 말했다. "그리고 나는 메리앤 역시 안전하다는 것을 알았어요."

그래, 그거였다. 메리앤—너무 열심히 생각하지 마—그래, 그애가 다니던 유치원의 반 아이들도 그날 그곳에 왔다. 우리 모두 점심을 싸갔다. 치즈 샌드위치와 사과 한 알이었다. 햇살, 소풍. 메리앤과 나는 늘 그랬듯 학교 끝나고 함께 집으로 돌아갔다. 가능한 한 천천히 걸으면서 서로의 하루에 대해 이야기했다. 집으로 돌아가는 길은 길지 않았다. 충분히 길었던 적이 없었다. 그애와 있으면 재미있었다. 그애는 흉내를 아주 잘 냈다. 그애 때문에 웃은 적이 얼마나 많았는지 떠올리니 가슴이 아팠다.

학교는 피신처였다. 교사들이 어쩌다가 상처가 생기고 멍이 들었는지 묻고, 양호실로 보내 치료를 받게 했다. 멍청이 간호사가 머리를 부드럽게, 아주 부드럽게 빗어주고 착한 아이니까 고무줄은 가져도 된다고 말했다. 학교에서 급식으로 밥도 먹었다. 나는 메리앤이 유치원에서 안전하고 따뜻하게 지내고 있다는 걸 알았기에, 학교에서는 긴장을 늦출 수 있었다. 어린아이들은 각자 자기 코트를 거는 못이 따로 있었다. 메리앤은 거길 아주 좋아했다.

소풍 갔다 오고 얼마 안 돼 엄마가 로즈 선생님이 내 멍에 대해 계속 캐묻고 있다는 사실을 알아냈다. 그뒤로 우리는 매일 하루종일 집에서 공부했다. 월요일부터 금요일까지, 아홉시부터 네시까지의 탈출은 이제 불가능해졌다. 더욱 거세지고, 더욱 빨라지고, 더욱 뜨거워졌다, 그 불길. 늘 그렇듯 내가 자초한 일이었다. 내 어리석은 잘못, 바보 엘리너, 가장 나쁜 건 내가 메리앤 역시 그 안에 끌어들였다는 사실이었다. 그애는 잘못한 것이 전혀 없었다. 결코 어떤 잘못도 한 적이 없었다.

템플 박사가 내 쪽으로 화장지를 밀어주었고 나는 뺨에 흐른 눈물을 닦았다.

"하루하루의 생활에 대해 이야기할 때," 그녀가 부드럽게 말했다. "메리앤에 대한 언급을 많이 했어요."

나는 이제 그 이야기를 소리 내어 할 준비가 되었다. "여동생이에요." 내가 말했다.

우리는 잠시 앉아 있었고, 나는 말이 결정체로 만들어지기를 기다렸다. 거기 그애가 있었다. 메리앤. 내 여동생. 내 잃어버린 한 조각, 내 부재하는 친구. 이제 눈물이 뺨 위로 줄줄 흘러내렸고, 마리아는 내가 말할 준비가 될 때까지 울게 내버려두었다.

"그애한테 무슨 일이 일어났는지 말하고 싶지 않아요." 내가 말했다. "그럴 준비는 아직 안 됐어요!"

마리아 템플의 태도는 아주 침착했다. "걱정하지 마요, 엘리너. 우리는 이 문제를 한 번에 한 단계씩 다뤄나갈 거예요. 메리앤이 여동생인 것을 인정하는 것만 해도 엄청난 일이에요. 나머지는 차차 해나가도록 해요."

"지금 그 이야기를 할 수 있다면 좋겠어요." 내가 나 자신에게 화가 난 채 말했다. "하지만 그럴 수가 없네요."

"그럼 하지 마요, 엘리너." 그녀가 침착하게 말했다. 그리고 잠시 말을 멈췄다. "그런데 그건 당신이 메리앤에게 일어난 일을 기억할 수 없기 때문인가요? 아니면 기억하고 싶지 않기 때문인가요?" 그녀의 목소리는 아주 부드러웠다.

"기억하고 싶지 않아요." 내가 천천히, 그리고 조용히 말했다. 나는 무릎에 팔꿈치를 올려놓고 두 손에 머리를 묻었다.

"자신을 부드럽게 대해요, 엘리너." 마리아가 말했다. "당신은 믿을 수 없을 만큼 잘하고 있어요."

나는 거의 웃을 뻔했다. 정말로 내가 잘하고 있다고는 느껴지지 않았다.

화재 이전과 이후. 그 불길 속에서 뭔가 아주 근본적인 것이 사라져버린 것이다. 메리앤.

"어떻게 하면 되죠?" 내가 갑자기 앞으로 나아가고 싶은 욕구, 좋아지고 싶은 욕구, 살고 싶은 욕구를 느끼며 절박하게 말했다. "내가 이걸 어떻게 바로잡을 수 있죠? 내가 나를 어떻게 바로잡을 수 있죠?"

닥터 템플이 펜을 내려놓고 단호하면서도 부드럽게 말했다.

"이미 그러고 있어요, 엘리너. 당신은 스스로 평가하는 것보다 더 용감하고 더 강해요. 그렇게 계속해나가면 돼요."

그리고 그녀는 나를 보고 웃어주었고, 그녀의 얼굴에 따뜻한 잔주름이 퍼졌다. 나는 불길처럼 타오르는 감정을 어떻게든 숨기려고 고개를 다시 떨구었다. 목구멍에 뭔가 걸려 있는 것 같았다. 눈물이 더 많이 차올랐다. 따뜻한 느낌이 부풀어올랐다. 나는 이곳에서 안전했고, 아무리 힘들다 해도 곧 동생에 대해 더 많은 이야기를 할 것이다.

"그럼 다음주에 만나는 거죠?" 내가 말했다. 그리고 고개를 들었을 때 그녀는 여전히 웃고 있었다.

그날 늦게 나는 글렌과 함께 텔레비전 게임쇼를 보고 있었다. 통계학(특히 가능성 이론)에 대한 이해에 치명적인 결함이 있는 사람들이 번호가 적힌 상자를 고르는데, 각각의 상자에 수표가 들어 있고, 여섯 자리 숫자의 액수를 찾아내겠다는 사람들의 희망과 함께 그 상자들이 차례차례 열리는 방식이었다. 그들은 자신들의 생일이나 좋아하는 사람들의 생일, 사는 집의 번지수, 최악의 경우에는 특정한 숫자에 대한 '좋은 예감' 등 도움이 되지 않는 마구잡이 요소에 따라 번호를 골랐다.

"인간은 바보야, 글렌." 내가 글렌의 정수리에 키스하며 말하고는 글렌의 털에 얼굴을 파묻었다. 털은 눈부실 정도로 빠르게 자라, 이제 글렌은 결과 따위는 무시하고 내 옷과 가구 여기저기에 털을 묻혀놓을 수 있게 되었다. 글렌이 갸르릉거리며 내 말에 동의했다.

초인종이 울렸다. 글렌이 입을 쩍 벌려 하품을 한 뒤 내 무릎에서 펄쩍 뛰어내렸다. 오기로 한 사람은 없었다. 문을 열어주기 전에 누구인지 알려면 문짝에 작은 구멍을 내야겠다고 생각하면서 문 앞에 가서 섰다. 그것의 진부한 연극성이 따분했다. 문밖에 누가 있는가? 재미없다. 나는 팬터마임이나 추리소설은 별로다. 나는 관련된 정보를 가장 빠른 기회에 내 마음대로 다룰 수 있는 것을 좋아하는데, 그래야 내가 어떤 반응을 보일지 생각해낼 수 있기 때문이다. 문을 여니 새미의 아들 키스가 서 있었고, 불안해 보였다. 나는 조금 놀랐다. 그에게 안으로 들어오라고 했다.

키스가 찻잔을 들고 소파에 앉았을 때쯤 글렌은 어디론가 사라지고 없었다. 글렌은 정말로 혼자 있는 것을 좋아하는 것뿐이다. 나라는 존재는 참아주지만 본질적으로는 J. D. 샐린저나 유나바머*처럼 뼛속 깊이 은둔자였다.

"차 고마워요, 엘리너. 하지만 오래 있지는 못해요." 우리는 의례적인 인사말을 나누었고, 그러고 나자 키스가 말했다. "오늘밤 아

* 미국의 수학자이자 테러리스트인 시어도어 존 카진스키를 말한다. 기술의 진보가 인간을 망치는 주범이라 생각해 그에 맞서 싸우려는 시도로 십칠 년간 사업가, 과학자 등 다양한 사람들에게 우편으로 폭탄을 보내 사상자를 냈고, FBI의 수사와 동생의 신고로 검거되었다.

내가 줌바 때문에 집을 비워서 제가 돌아가서 아이들을 돌봐야 해요." 나는 줌바가 누군지 궁금해하면서 고개를 끄덕였다. 그가 가져온 백팩에 손을 넣고 노트북을 한쪽으로 밀더니 꾸러미 하나를 꺼냈다. 쇼핑백—테스코 것이라 반가웠다—에 넣어 싼 것이었다.

"아버지 유품을 정리하고 있어요." 키스가 나를 똑바로 바라보며 말했고, 목소리는 용감해지라고 스스로를 타이르는 것처럼 평정을 유지하고 있었다. "대단한 건 아니지만 이걸 추억으로 간직하는 게 어떠신가 해서요. 그때 아버지를 도와주고 나서 당신이 이걸 극찬했다고 레이먼드가 말한 게 기억나서요……" 단어들이 그의 목안에 걸린 것 같았고, 말꼬리가 흐려졌다.

나는 조심스럽게 꾸러미를 풀었다. 예쁜 빨간색 스웨터, 레이먼드와 내가 길에서 새미를 발견한 그날 새미가 입고 있던 것이었다. 나는 냄새를 맡아보았다. 입고 있던 사람의 냄새가 희미하게 났다. 사과와 위스키와 사랑의 냄새. 나는 스웨터를 꼭 쥐고 그 부드럽고 따뜻한 감촉을 손바닥으로 느껴보았다. 다정하고 활기 넘치는 새미의 느낌.

키스는 창가로 가서 거리를 내다보고 있었고, 나는 그 행동이 완전히 이해되었다. 자신의 감정을 다스리려고 애쓰면 애쓸수록 다른 사람들의 감정을 지켜봐야 하는 것이, 그들의 감정까지 감당하려고 애쓰는 것이 견디기 힘들어진다. 그는 내 눈물을 감당할 수 없었던 것이다. 나도 기억한다, 나도 기억한다.

"고마워요." 내가 말했다. 그가 고개를 끄덕였지만, 여전히 등을 돌린 채였다. 모든 것이 거기 존재했고, 우리 두 사람 다 분명히 알고 있었지만, 그 전부를 말로 표현하지는 않았다. 가끔은 그것이 최선이었다.

키스가 떠난 뒤 나는 그 스웨터를 입었다. 물론 내 몸에는 너무 컸지만, 그편이 더 좋았다. 내가 그것을 필요로 할 때마다 더 넉넉히 나를 감싸줄 테니까. 새미의 작별 선물.

36

템플 박사의 사무실로 가려면 버스를 타고 시내에서 내린 뒤 짧은 거리를 걸어야 했다. 내 교통카드 유효기간이 만료됐는데, 지난주에 갱신하는 수고조차 하지 않은 것은 내가 전반적으로 느끼고 있는 세계고世界苦, 아노미를 나타내주는 증상이었다. 메리앤. 그 밖의 모든 것은 사소한 문제였다. 나는 요금함에 2파운드를 넣었고, 거스름돈 없음이라고 쓰인 보기 흉한 스티커가 붙어 있는 걸 주의깊게 보지 않는 바람에 내 돈 20펜스를 희생해야 했다. 하지만 그렇다고 해도, 누가 20펜스에 신경이나 쓰겠는가?

좌석마다 이미 한 사람씩 앉아 있었고, 그건 모르는 사람 옆에 앉아야 한다는 의미였다. 다른 때는 이 게임을 좋아했다. 이 게임이란, 십 초 동안 앉아 있는 사람들을 훑어보고 옆에 앉을 사람으로 가장 날씬하고 가장 정신이 멀쩡하고 가장 깨끗해 보이는 사람을 고르는 것이었다. 잘못 선택하면 시내로 가는 십오 분이 아주 유쾌하지 않은 경험이 될 것이다. 옆으로 퍼진 뚱보 옆에 끼어 앉거나, 씻지 않은 몸에서 풍기는 악취의 침범을 최소화하기 위해 입으로만 숨을 쉬어야 한다. 대중교통을 이용할 때 흥미진진한 게 그런 점이었다.

하지만 오늘은 그 게임에 아무런 재미가 느껴지지 않아서, 내 옆자리 사람의 장점이나 단점에는 관심 없이 가능한 한 앞쪽에 자리를 잡았다. 행운이 따라주어 옆자리에는 나이 지긋한 여자가 앉아 있었고, 약간 통통한 편이었지만 불편하지는 않았다. 그녀는 헤어스프레이 냄새가 났고, 혼자 조용히 있었다. 좋다.

여자는 다음 정류장에서 내렸고, 그래서 나는 그 자리를 혼자 차지했다. 더 많은 사람들이 탔고, 나는 잘생기고 젊은 남자—키가 크고 호리호리하고 눈은 전반적으로 비율이 안 맞아 보일 만큼 크고 갈색이었다—가 자리를 고르기 위해 훑어보기 게임을 하는 것을 지켜보았다. 나는 그가 미친 사람도 아니고 냄새가 나쁜 사람도 아닐 거라고 확신하며 내 옆자리로 와서 앉기를 고대했다.

하지만 그는 내 옆을 곧장 지나쳐 반대쪽에, 키가 작고 험상궂게 생기고 스포츠 재킷을 입은 남자 옆에 가서 앉았다. 믿을 수가 없었다! 다음 정류장에서 두 사람이 탔다. 한 사람은 2층으로 올라갔고, 나머지 한 사람인 여자도 내 옆 빈자리를 그냥 지나쳐 뒤쪽으로 걸어가더니 한 남자 옆에 앉았다. 돌아보니 그 남자는 양말도 신고 있지 않았다. 녹색 운동복 하의와 짝을 맞춰 신은 적갈색 가죽 브로그 위로 맨살이 드러난 발목은 애처로울 만큼 하얬다. 미친 남자다.

나는 바닥을 빤히 내려다보았고, 내 생각은 빠르게 달려갔다. 내가…… 내가 버스 좌석 고르기 게임에서 기피할 인물로 보였나? 그 증거가 주어졌으니 그렇다고 결론을 내릴 수밖에 없었다. 하지만 왜?

그 대답에 이르는 길을 추론해내야 할 것이다. 나는 뚱뚱하지 않았다. 내 몸에서는 냄새가 나지 않았다. 나는 매일 샤워를 했고 빨래도 규칙적으로 했다. 그렇다면 미쳤다는 것이 남는다. 내가 미쳤나? 아니, 아니다. 그렇지 않았다. 나는 우울증을 앓고 있지만 그건 그냥 병이다. 미친 것이 아니다. 그렇다면 내가 미친 것처럼 보였나? 미친 것처럼 행동했나? 그런 것 같지는 않았다. 그렇다면 내가 어떻게 알겠는가? 흉터 때문인가? 습진 때문인가? 조끼? 그것이 나를 미친 사람으로 여길 만큼 광기의 표지가 되는가? 나는 무릎에 팔꿈치를 올리고 두 손으로 머리를 받쳤다. 오 맙소사 오 맙소사 오 맙소사.

"괜찮아요, 아가씨?" 누군가의 목소리가 들렸다. 나는 어깨에 닿은 다른 사람의 손을 느끼고 깜짝 놀라 다시 일어나 앉았다. 양말을 신지 않은 남자였다. 그는 버스 앞쪽으로 가던 중이었다.

"네, 고마워요." 내가 시선을 마주치지 않으면서 말했다. 그는 내 옆에 앉았고 버스는 다음 정류장으로 가고 있었다.

"정말로 괜찮아요?" 그가 다정하게 말했다.

"네, 고마워요." 내가 다시 말했다. 그러고는 그의 얼굴을 쳐다보는 위험을 감수했다. 그는 아주 다정한 눈빛과 나무에서 돋는 새싹 같은 섬세한 색조의 녹색 눈을 가지고 있었다.

"잠깐 시간을 갖는 건가요, 아가씨?" 그가 내 팔을 가볍게 쳤다. "모두 때때로 자신을 위한 시간을 가질 필요가 있죠, 안 그래요?"

그가 따스함으로 가득한 미소를 지어 보이고는 일어서서 떠났다. 버스가 속도를 늦추고 있었다.

"고마워요!" 내가 그의 등에 대고 외쳤다. 그는 돌아보지 않았지만 인사의 표시로 손을 들어올렸고, 내릴 때 드러난 발목 위로 바지가 올라갔다.

그는 미친 사람이 아니었다. 그저 양말을 신지 않은 것뿐이었다.

엘리너, 나는 속으로 혼잣말을 했다, 가끔 넌 사람을 너무 성급하게 평가해. 버스에서 옆에 앉고 싶은 사람으로 보이지 않는 데는 수많은 이유가 있고, 십 초 동안 본 걸로 누군가에 대해 결론을 내려선 안 돼. 그건 그저 충분한 시간이 아닌 거지. 예컨대 뚱뚱한 사람 옆에 앉지 않으려고 하는 것만 봐도 그래. 비만에 잘못된 건 전혀 없어, 안 그래? 슬퍼서 계속 먹는 걸 수도 있어. 네가 보드카를 마셨던 것처럼. 그들의 부모가 건강한 요리를 만들어 먹는 습관을 들이지 않았을 수도 있지. 장애가 있거나 운동을 할 수 없거나 아무리 노력해도 체중이 느는 병에 걸렸을 수도 있어. 그건 그냥 모르는 거야, 엘리너, 내가 혼잣말을 했다.

내 머릿속의 목소리—나 자신의 목소리—가 실제로 아주 지각 있고 합리적이라는 것을 나는 깨닫기 시작했다. 모든 판단을 내리고 나 또한 그렇게 하라고 부추긴 것은 엄마의 목소리였다. 나는 나 자신의 목소리, 나 자신의 생각이 점점 아주 마음에 들기 시작했다. 그것이 더 필요했다. 그렇게 하면 기분이 좋아지고 심지어 마음이 진정되었다. 그런 생각들 때문에 나는 나답다고 느낄 수 있었다.

37

지난 일상, 새로운 일상. 혹은 때때로 아예 일상이 없다고 할 수도? 하지만 이 만남이 계속되어야 하는 한은 일주일에 두 번씩 시내로 갔고, 낡은 엘리베이터를 피해 계단을 이용해서 템플 박사의 상담실로 올라갔다. 나는 그곳을 더이상 형편없는 공간으로 여기지 않았다. 중립적이고 아름답지 않은 내부, 화장지, 의자, 그리고 액자에 담긴 볼품없는 사진의 효과를 이해하기 시작했다. 자기 자신 말고는 쳐다볼 곳이 없었고, 후퇴할 곳도 없었다. 템플 박사, 그녀는 첫인상보다 더 똑똑한 사람이었다. 그 사실에도 불구하고 그녀가 오늘 귀에 건 드림캐처 귀걸이는 솔직히 아주 끔찍했다.

나는 무대로 나가 내 대사를 말할 것이다. 하지만 연기를 하는 게 아니다. 나는 타고나기를 위선자나 사기꾼이 아니고, 배우로서는 꽝이다. 엘리너 올리펀트라는 이름은 결코 조명을 받지 않을 거라고 말하는 편이 안전하고, 나 자신도 그것을 원하지 않는다. 나는 배경에 있을 때가, 나 자신의 의지대로 할 수 있을 때가 가장 행복하다. 너무 오랜 시간 엄마의 지시를 받으면서 살아왔다.

메리앤이라는 주제는 나를 아주 많이 힘들게 했다. 용기를 내서 내 기억을 내 기억이 원하지 않는 곳으로 보내려면 맹렬한 노력을 기울여야 했다. 어린 시절에 대해 이야기하게 될 때는 억지로가 아니라, 바라건대, 자연스럽게 그애의 이야기가 나오도록 하자는 데 우리는 합의했다. 나는 그것을 받아들였다. 간밤에 글렌과 함께 라디오를 듣는데, 그 기억이, 그 진실이 난데없이 나를 찾아왔다. 완벽히 평범한 저녁시간이었을 뿐, 팡파르도 없고 드라마도 없었다. 그저 진실뿐이었다. 오늘이 여기 이 방에서, 내가 마리아에게 그것에 대해 큰 소리로 이야기하는 날이 될 것이다. 하지만 뭔가 서두가 있어야 했다. 그냥 불쑥 말할 수는 없었다. 내가 그곳으로 갈 수 있게 마리아가 도와줄 것이다.

또한 오늘 상담실에서는 엄마를 피하는 일도 없을 것이다. 내가 정말로 그러고 있다는 게 잘 믿기지 않았지만, 지금 어떤가. 하늘은 무너지지 않았고, 엄마는 그저 엄마의 이름을 부르는 것만으로 악마처럼 소환되지는 않았다. 템플 박사와 나는 엄마에 대해 이성적이고 차분한 대화를 나누었고, 그건 아주 충격적인 일이었다.

"엄마는 나쁜 사람이에요." 내가 말했다. "정말로 나쁜 사람이에요. 나는 그 사실을 알고 있어요. 늘 알고 있었어요. 그리고 내가 궁금한 건…… 나 역시 나쁜 사람일 수 있을까요? 사람은 부모로부터 온갖 것을 물려받잖아요. 안 그런가요? 정맥류나 심장병 같은 거요. 나쁜 기질을 물려받을 수도 있나요?"

마리아가 뒤로 기대앉아 스카프를 만지작거렸다.

"아주 재미있는 질문이네요, 엘리너. 당신이 든 예는 신체 질환이에요. 하지만 지금 당신이 하고 있는 이야기는 완전히 다른 거예요. 성격이나 일군의 행동 말이죠. 행동 특성이 물려받을 수 있는 거라고 생각해요?"

"모르겠어요." 내가 말했다. 그리고 그것에 대해 생각해보았다. "정말로 정말로 그렇지 않기를 바라요."

나는 잠시 말을 멈췄다. "사람들은 본성과 양육에 대해 이야기해요. 나는 내가 엄마의 본성을 물려받지 않았다는 걸 알고 있어요. 그러니까, 나는…… 때때로 힘든 사람인 것 같지만…… 하지만 나는…… 엄마와 같지 않아요. 내가 나를 엄마와 같은 사람이라고 생각했다면 내가 나인 채로 살 수 있을지 모르겠어요."

마리아 템플이 눈썹을 치켜세웠다.

"아주 강력한 말이네요, 엘리너. 그렇게 말하는 이유는요?"

"내가 정말로 누군가를 고통스럽게 하는 것을 원한다고 생각하면 참을 수 없어요. 더 약하고 더 작은 사람을 이용하는 것, 그들을 방치하고 스스로 방어하도록 하는 것, 그리고…… 그리고……"

나는 말을 멈췄다. 그 말을 하는 게 몹시 힘들었다. 아팠다. 실재하는 신체의 아픔이면서 좀더 근본적이고 존재론적인 아픔이었다. 맙소사, 존재론적 아픔이라니, 엘리너! 나는 속으로 혼잣말을 했다. 정신 바짝 차려.

마리아가 다정하게 말했다.

"하지만 당신은 당신 어머니가 아니잖아요, 엘리너? 당신은 스스로 자신의 선택을 할 수 있는 완전히 별개인 독립적인 사람이에요."

그녀가 격려의 미소를 지어 보였다.

"당신은 아직 젊은 여성이에요. 원한다면 언젠가 자기 가정을 이룰 수 있고, 완전히 다른 엄마가 될 수도 있어요. 그건 어떻게 생각해요?"

그건 답하기 쉬운 문제였다.

"오, 아이는 절대 낳지 않을 거예요." 내가 침착하게 당연한 이야기라는 듯 말했다. 그녀는 나보고 계속 말하라는 표시를 했다. "그건 분명하지 않나요? 그러니까, 내가 엄마의 그런 면을 물려주면 어떡해요? 나한테는 그게 없더라도 격세유전이 일어날 수도 있잖아요? 혹은…… 혹은 아이를 낳는 행위 자체가 한 사람 안에서 그런 걸 끄집어낸다면 어쩌죠? 그 세월 내내 잠복하고 있었을지도 모르잖아요. 그때를 기다리면서……"

마리아의 표정이 아주 심각해졌다.

"엘리너, 나는 지금까지 당신과 비슷한 고민을 가진 내담자들을 만났어요. 그렇게 느끼는 건 정상적인 거예요. 하지만 기억해봐요, 우리는 방금 당신이 당신 어머니와 얼마나 다른지, 당신이 얼마나 다른 선택을 했는지에 대해 이야기를 나눴어요……"

"하지만 엄마는 여전히 내 삶 속에 존재해요. 그토록 많은 시간이 지난 지금도요. 그게 걱정이에요. 엄마는 나쁜 영향을 주는 존재예요. 아주 나쁜 영향을요."

마리아가 공책에 기록하다 말고 고개를 들었다.

"그럼 여전히 어머니와 이야기를 나누고 있군요?" 그녀가 펜을 허공에 든 채 말했다.

"네," 내가 말했다. 나는 손깍지를 끼고 깊이 숨을 들이쉬었다. "하지만 이제 끝내야 한다고 생각해요. 내가 멈출 거예요. 그건 멈춰야 해요."

마리아는 내가 본 여느 때와 마찬가지로 진지한 표정이었다.

"어떻게 하라고 말하는 건 내 역할이 아니에요, 엘리너. 하지만 이 말은 해주고 싶어요. 그건 아주 좋은 생각 같아요. 하지만 궁극적으로 그건 당신의 결정이에요. 결정은 늘 당신이 내렸어요." 마리아가 말했다. 그녀는 지나치게 차분했고, 언제나처럼 아주 약간 거리를 두었다. 그녀가 중립적인 입장을 취하려고 좀 너무 열심히 노력하는 것 같다고 나는 생각했다. 그 이유가 궁금했다.

"문제는 엄마가 한 그 모든 일에도 불구하고, 그 모든 일 뒤에도, 엄마는 여전히 내 엄마라는 사실이에요. 엄마는 내가 가진 유일한 것이에요. 그리고 착한 딸은 엄마를 사랑하잖아요. 화재 이후 나는 늘 아주 외로웠어요. 어떤 엄마라도 엄마가 없는 것보다는 더 나아요……"

나는 눈물을 흘리며 말을 멈췄고, 템플 박사가 완전히 공감하고 있다는 것을 알 수 있었다. 그녀는 내가 말하는 것을 이해했고, 평가 없이 듣고 있었다.

"최근에," 내가 말했고, 나는 그녀의 친절한 눈빛과 지지하는 침묵에 힘입어 스스로가 조금 더 강해지고 조금 더 용감해졌다고 느끼기 시작했다. "하지만 최근에 나는 엄마가…… 그저 나쁜 사람이라는 사실을 깨닫게 됐어요. 엄마는 나빠요. 엄마가 나쁜 사람이에요. 내가 나쁜 게 아니고, 그건 내 잘못이 아니에요. 내가 엄마를 나쁜 사람으로 만든 게 아니에요. 엄마와의 관계를 끊고 싶어한다고 해서 내가 나쁜 게 아니고, 엄마가 한 일에 대해 슬픔과 화—아니, 분노—를 느낀다고 해서 내가 나쁜 게 아니에요."

다음 말은 하기 힘들었고, 나는 내 입에서 나오는 말 때문에 템플 박사의 태도에 변화가 일어날까봐 두려움을 느끼며, 말을 하면서 깍지 낀 내 손을 내려다보았다.

"나는 엄마가 뭔가를 아주아주 잘못하고 있다는 것을 알고 있었어요. 내가 기억하는 한, 언제나 알고 있었어요. 하지만 어느 누구에게도 말하지 않았어요. 그리고 사람들이 죽었어요……"

나는 용기를 내서 고개를 들었고, 마리아의 표정이 변하지 않은 것을 보자 마음이 놓이며 온몸에서 힘이 빠져나가는 것을 느꼈다.

"누가 죽었나요, 엘리너?" 그녀가 조용히 말했다. 나는 깊은숨을 들이쉬었다.

"메리앤," 내가 말했다. "메리앤이 죽었어요." 내가 내 손을 보고 다시 마리아를 보았다. "엄마가 불을 질렀어요. 엄마는 우리 둘 다 죽기를 바랐지만, 어쩌다 보니 메리앤은 죽고 나는 죽지 않았어요."

마리아가 고개를 끄덕였다. 놀란 것 같지는 않았다. 이미 그 사실을 알아낸 걸까? 그녀는 내가 뭔가 다른 말을 하기를 기다리고 있는 것 같았지만 나는 하지 않았다. 우리는 잠시 침묵 속에 앉아 있었다.

"하지만 죄책감을 느껴요." 내가 작은 소리로 말했다. 말하는 것이 몹시 힘들었다. 소리를 밖으로 내보내려고 애쓰는 것이 신체적으로 힘들었다. "나는 그애의 언니였어요. 내가 끝까지 그애를 지켜줬어야 해요. 그애는 너무 작았어요. 나는 노력했고, 정말로 노력했지만, 그걸로…… 그걸로 충분하지 않았어요. 나는 그애를 살리지 못했어요, 마리아. 나는 여전히 여기 있고 그건 아주 잘못된 거예요. 그애가 살아남았어야 해요. 나는 행복할 자격이 없어요. 나는 좋은 삶을 누릴 자격이 없어요. 메리앤이 그렇게 됐는데……"

"엘리너," 내가 진정되자 그녀가 부드럽게 말했다. "메리앤은 살아남지 못했는데 자신은 살아남은 것에 대해 죄책감을 느끼는 것은 완벽히 정상적인 반응이에요. 당신 어머니가 범죄를 저질렀을 때 당신은 그저 어린아이에 불과했다는 걸 잊지 마요. 그건 당신의 잘못이 아니라는 걸, 그 어떤 것도 당신의 잘못이 아니라는 걸 이해하는 건 아주 중요해요."

나는 다시 울고 있었다.

"당신은 아이였고, 어머니는 어른이었어요. 당신과 당신 여동생을 돌보는 것은 어머니의 책임이에요. 그런데 오히려 방치하고 폭력을 행사하고 감정적으로 학대를 했어요. 관련된 사람 모두에게 참으로 끔찍한 결과를 가져왔어요. 하지만 그 어느 것도 당신 잘못이 아니에요, 엘리너. 그 어느 것도 절대로요. 나는 당신이 어머니를 용서할 필요가 있는지 모르겠어요, 엘리너." 그녀가 말했다. "하지만 한 가지는 확실히 알아요. 당신 자신을 용서할 필요가 있다는 거요."

나는 눈물을 흘리면서 고개를 끄덕였다. 일리가 있었다. 내가 그 말을 정말로 믿었는지는 모르겠지만—그럼에도—그 말은 확실히 논리적이었다. 그리고 그 이상을 바랄 수는 없었다.

나는 코를 풀었고, 내가 이 방에서 이미 템플 박사 앞에 내려놓은 공포에 비하면 그런 트럼펫소리는 창피하지 않았다. 그리고 그 순간 나는 결심했다. 이제 엄마에게 마지막 작별을 고해야 할 때였다.

38

그날 레이먼드가 내게 커피를 사주겠다며 상담실 밖에서 기다리겠다고 했었다. 그가 내 쪽으로 걸어오는 것이 보였다. 그 특유의 느긋한 걸음걸이는 이제 거의 사랑스럽기까지 했다. 그가 보통 남자들처럼 걷기 시작한다면 그를 알아보지 못할 것 같았다. 레이먼드는 헐렁하게 내려 입은 데님 바지 주머니에 손을 넣고 있었고, 그전에는 본 적 없는 이상하게 생기고 아주 큰 모직 중절모를 쓰고 있었다. 19세기 동화의 삽화에서 게르만 고블린이 쓸 법한 모자였다. 아마 아이들에게 못되게 굴어서 요정 무리에게 응분의 벌을 받은 제빵사에 관한 동화였을 것이다. 나는 그 동화를 꽤 좋아했다.

"괜찮아요?" 그가 말했다. "오는 길에 불알이 얼어 떨어져나가는 줄 알았네요." 그가 두 손을 오므려 입에 대고 호호 불었다.

"오늘 날씨가 좀 별로예요." 내가 동의했다. "태양을 볼 수 있다는 건 멋진 일이지만요."

그가 내게 미소를 지어 보였다. "정말로요, 엘리너."

나는 그에게 시간을 빼서 나를 만나러 와주어 고맙다고 말했다. 그는 참 마음이 따뜻한 사람이었고, 나는 그에게 그렇게 말해주었다.

"뭘 그런 걸 가지고요, 엘리너." 그가 말하고는 담배를 껐다. "반나절 쉬는 핑계로는 뭐든 좋죠. 어쨌거나 누군가와 소프트웨어 라이선스나 윈도10에 관련되지 않은 이야기를 한다면 그게 좋은 거고요."

"하지만 소프트웨어 이야기하는 걸 좋아하잖아요, 레이먼드." 내가 코를 훌쩍이며 말한 뒤 큰 용기를 내서 아주 부드럽게 그의 갈빗대 쪽을 쿡 찔렀다. 그가 웃더니 되받아서 나를 쿡 찔렀다.

"부인할 수 없는 사실입니다, 미스 오." 그가 말했다.

우리는 어느 체인점 카페로 들어갔다. 시내 주변에 그 커피숍이 많이 보였다. 우리는 줄을 섰고, 나는 크림을 추가하고 헤이즐넛 시럽을 넣은 모카치노를 그란데로 주문했다. 젊은 남자가 내 이름을 물었다.

"내 이름을 왜 알고 싶어요?" 내가 어리둥절해서 말했다.

"컵에 이름을 써드리거든요." 직원이 말했다. "그래야 음료가 뒤섞이지 않아서요."

어처구니없었다.

"나는 지금까지 내 것과 똑같은 음료를 주문하는 사람을 본 적이 없어요." 내가 단호하게 말했다. "음료가 나오면 내가 선택한 음료는 내가 확실하게 식별해낼 수 있어요."

직원이 여전히 손에 펜을 든 채로 나를 빤히 쳐다보았다. "컵에 이름을 써야 해요." 그가 다시 말했고, 유니폼을 입은 사람들이 종종 그렇듯 목소리는 단호했으나 따분한 기색이 느껴졌다.

"게다가 나는 별의별 사람이 다 모인 카페테리아 한복판에서 내 이름을 말하지 않음으로써 보잘것없는 프라이버시라도 지켜야겠어요." 나는 같은 정도의 단호함으로 말했다.

줄 뒤 어디쯤에서 누군가가 쯧쯧거렸고, 다른 누군가가 젠장, 그 비슷한 소리를 중얼거렸다. 이제 우리는 막다른 골목에 내몰린 것 같았다.

"좋아요, 그렇다면 말하죠." 내가 말했다. "내 이름은 미스 엘리너 올리펀트예요."

직원이 움찔하며 나를 쳐다보았다.

"음, 그냥 엘리라고 적을게요." 그가 휘갈겨 쓰며 말했다. 레이먼드는 아무 말이 없었지만, 웃느라 그의 넓은 어깨와 기형적인 몸이 들썩거리는 게 느껴졌다. 다음은 그의 차례였다.

"라울," 그가 이름을 말한 뒤 철자를 불러주었다.

우리는 음료를—아무 문제 없이—받아들었고, 창가 자리에 앉아 사람들이 지나가는 것을 구경했다. 레이먼드가 아메리카노에 설탕 세 봉지를 넣고 저었고, 나는 그에게 더 건강한 방식을 선택해야 한다고 말하고 싶은 충동을 억눌렀다.

"그러니까," 편안하게 느껴진 침묵의 순간이 흐른 뒤 그가 말했다. "오늘은 어땠어요?"

내가 고개를 끄덕였다. "괜찮았어요." 내가 말했다. 그가 나를 유심히 바라보았다.

"운 것 같은데요." 그가 말했다.

"맞아요," 내가 그에게 말했다. "하지만 괜찮아요. 죽은 여동생에 대해 이야기하면서 우는 건 자연스러운 거니까요."

레이먼드의 얼굴이 충격으로 일그러졌다.

"집 화재 때 죽었어요. 엄마가 고의로 불을 지른 거였어요. 살아남으면 안 되는 거였는데 나만 어떻게 살아남았어요. 동생은 그러지 못했고요." 내가 말했다. 그 말을 하는 내 목소리가 묘하게 차분했다. 나는 말을 마치고 시선을 돌렸다. 레이먼드가 이 정보를 처리하는 동안 그의 얼굴에 떠오를 감정을 되살려낼 준비가 아직 되어 있지 않았기 때문이었다. 그가 뭐라고 말하려 했지만 힘들어 보였다.

"알아요." 내가 조용히 말했고, 그에게 마음의 평정을 되찾을 시간을 잠시 주었다. 누구라도 받아들이기에는 너무 벅찬 일이었다. 어쨌거나 내가 받아들이는 데도 오랜 시간이 걸렸다. 나는 메리앤에게 무슨 일이 일어났는지, 엄마가 어떤 일을 했는지 그에게 좀더 이야기해주었다.

"이제 엄마가 내게 어떻게 했고 메리앤에게 어떻게 했는지 마침내 말할 수 있게 됐으니 엄마를 내 삶에 계속 존재하게 둘 수는 없어요. 나는 엄마에게서 자유로워져야 해요."

레이먼드가 고개를 끄덕였다.

"그건 당신이……"

"네." 내가 말했다. "다음주 수요일, 그러니까 다음번에 통화할 때 우리는 이제 끝이라고 말할 거예요. 이제 영원히 연락을 끊을 때예요."

레이먼드가 찬성한다는 듯 고개를 끄덕였다. 나는 내 앞에 놓인 길을 확신하며 마음이 차분해졌다. 그것은 새로운 기분이었다.

"내가 해야 할 일이 또 있어요. 그 당시 내게, 우리에게 일어난 모든 일을 알아내야겠어요. 몇 가지가 구체적으로 기억나긴 해도 이제 그 전부를 알아야겠어요." 내가 목을 큼큼 풀었다. "그러니 나를 도와줄래요, 레이먼드? 무슨 일이 일어났는지, 그 화재에 대해 알아낼 수 있게 도와줄래요?" 내가 그를 보지 않고 말했고, 내 말소리는 거의 들리지 않았다. "해줄 거죠?"

도움을 요청하는 것은 내가 몹시 싫어하는 일이었다. 마리아에게도 그렇게 말했었다. "그것이 지금까지 당신에게 어떤 식으로 작용해왔죠?" 마리아는 그렇게 물었다. 나는 그녀의 다소 날카로운 어투를 좋아하지 않았지만, 그녀가 지극히 옳았다. 하지만 그렇다고 해서 그것이 쉽다는 의미는 아니었다.

"당연하죠, 엘리너," 레이먼드가 말했다. "뭐든요. 당신이 준비되면 언제든지요, 당신이 필요한 건 뭐든." 그가 내 두 손을 부드럽게 꽉 잡아주었다.

"고마워요." 내가 말했고, 마음은 고요하고 안심이 되었다. 정말 고마웠다.

"당신이 지금 하고 있는 것, 놀라운 일이라고 생각해요, 엘리너." 그가 나를 바라보며 말했다.

내가 느낀 건 이것이었다. 내 손을 잡은 그의 손의 따뜻한 무게. 그의 미소에 녹아 있는 진심. 아침에 해를 보자마자 꽃잎을 펼치는 꽃처럼, 뭔가가 활짝 열리는 부드러운 열기. 나는 무슨 일이 일어나고 있는지 알아차렸다. 그것은 내 가슴속에 남은 상처 입지 않은 부분이었다. 그저 약간의 애정을 받아들일 수 있을 정도의 크기. 작은 공간임에도 여전히 남아 있었다.

"레이먼드," 내가 말했다. "친구를 갖는다는 게, 그것이 내게 얼마나 큰 의미인지 당신은 모를 거예요. 진정한 친구, 자신을 아껴주는 친구 말이에요. 당신이 내 삶을 구했어요." 나는 이 카페에서 눈물을 흘리며 울다가 우리 둘 다 민망해질까봐 두려워서 조그맣게 소곤거렸다. 공개적인 자리에서 더 자주 울게 된 지금, 약간의 자극만 있어도 대번에 눈물이 흐를 것 같았다.

레이먼드가 내 손을 더 꼭 잡아주었다. 나는 내 손을 확 빼내 등 뒤로 숨기고 싶은 충동과 싸웠고, 이겼다.

"엘리너, 나한테 고마워할 거 없어요. 당신도 나한테 똑같이 해줬을 거예요. 그럴 거라는 거, 당신도 알잖아요."

나는 고개를 끄덕였다. 놀랍게도 나는 그가 맞는다는 것을 깨달았다.

"당신을 처음 만났을 때가 기억나요," 그가 고개를 가로젓고 미소를 지으며 말했다. "자기만 옳은 줄 아는 괴짜인 줄 알았어요."

"나는 자기만 옳은 줄 아는 괴짜 맞아요." 나는 그가 다르게 생각한다는 사실에 놀라서 말했다. 평생 사람들이 내게 그렇게 말했었다.

"아니에요, 그렇지 않아요," 레이먼드가 미소를 지으며 말했다. "네, 물론 어디로 튈지 모르는 면이 좀 있죠. 하지만 좋은 쪽으로요. 당신은 나를 웃게 만들어요, 엘리너. 당신은 바보 같은 것에는 눈길도 안 줘요. 잘 모르지만, 멋있어 보이는 거나, 사람들이 당연히 신경쓸 거라고 생각하는 사무실 정책이나 그런 것에는요. 당신은 그저 자기 일만 해요, 안 그래요?"

이제 나는 울고 있었다. 피할 방법이 없었다. "레이먼드, 당신 때문에 이게 뭐예요." 내가 말했다. "눈에 스모키 화장한 게 다 지워졌잖아요." 그 말을 할 때는 아주 짜증이 난 상태였지만, 나는 곧 깔깔거리며 웃기 시작했고, 레이먼드 역시 웃었다. 그는 카페에 있는 질 나쁜 냅킨 한 장을 내게 건넸고, 나는 거무스름하게 흘러내린 자국을 닦아냈다.

"지워지니까 더 좋은데요." 그가 말했다.

그러고 나서 우리는 각자의 버스 정류장으로 가기 위해 헤어져야 하는 지점까지 걸어갔다.

"그럼 곧 봐요." 그가 말했다.

"오, 생각보다 더 빨리 보게 될걸요!" 내가 웃으며 말했다.

"무슨 말이에요?" 그가 어리둥절한 표정을 지었고, 기분이 약간 좋은 것 같았다.

"서프라이즈예요!" 내가 손짓을 하고 어깨를 과장되게 으쓱하며 말했다. 마술사가 무대에서 공연하는 것을 본 적은 없었지만, 그것이 내가 보이려고 한 모습이었다. 레이먼드가 웃음을 터뜨렸다.

"기다리고 있을게요." 그가 여전히 웃음을 띤 채 담배를 찾아 주머니 안을 더듬으며 말했다.

나는 생각이 다시 메리앤과 엄마에게로 흘러가 다소 산만한 마음 상태로 그와 작별했다. 이제 할일이 있었다. 과거가 줄곧 나를 피해 숨어 있었다. 혹은 내가 과거를 피해 숨어 살았다. 하지만 과거는 거기, 여전히 어둠 속에 잠복해 있었다. 지금은 그 안에 작은 빛을 비춰줄 때였다.

39

다시 출근! 나는 어린 수탉의 새벽 울음소리에 잠에서 깼다. 이 찬란한 아침의 소리가 들린 것은 우리 날개 달린 친구들의 테스토스테론 수치가 올라가고 햇살이 많아져서가 아니라, 내가 어제저녁에 알람을 맞춰놓았기 때문이었다. 소리는 AA 건전지에서 힘을 얻어 작은 스피커를 통해 전달되었다. 침실은 현재로서는 테스토스테론과 햇살이 없는 지대라고 말하는 편이 옳다. 하지만 겨울은 지나가, 나는 혼잣말을 했다. 그 사실을 기억해, 엘리너. 글렌은 깃털이불 위에서, 알람소리를 무시하려고 최선을 다하면서 내 발 위에 엎드린 채로 계속 내 발을 따뜻하게 해주었다.

내 앞에 다가온 하루를 예상하며 설레는 마음으로, 새로 산 하얀 블라우스와 검은색 스커트를 입고 검은색 스타킹을 신고, 절대 가지 말았어야 할 공연을 보러 가려고 구입한 부츠를 신었다. 나는 세련되고 현실적이고 평범해 보였다. 그랬다. 나는 다시 직장으로 돌아가려고 하고 있었다.

오래전 내가 살았던 위탁가정들 중 한 집에서 나를 그들의 아이들과 함께 '새 학기 쇼핑'에 데려간 적이 있었다. 그들은 우리 셋에게 새 신발, 새 책가방을 골라도 좋다고 했고, 완전히 새것인 교복을 장만해주었다(작년에 입던 내 교복 치마와 재킷이 여전히 완벽하게 잘 맞았음에도). 무엇보다 마지막에 WH스미스에 간 것이 가장 좋았다. 온갖 문구류가 다 구비된 통로에서 우리는 갖고 싶은 것을 마음껏 약탈할 수 있었다. 뭔지 잘 모르는 학용품(삼각자, 나비 모양 핀, 고정끈. 이건 다 어디 쓰는 거지?)도 허용되었다. 나는 그 약탈품을 내 것인 크고 멋진 필통에 넣고 지퍼를 잠갔다. 내 것, 내 필통이었다. 나는 비누 냄새와 자연스러운 내 체취를 더 좋아해서 대체로 향수를 뿌리지 않지만, 새 연필을 깎은 부스러기와 막 문지른 지우개의 석유 냄새를 혼합한 향수가 있다면 매일 몸에 흠뻑 뿌리고 다녀도 행복할 것 같았다.

아침식사(평소대로 포리지와 자두)를 하고, 버스를 타러 여유 있게 길을 나섰다. 글렌은 내가 깃털이불에서 빠져나오자마자 그 속으로 파고들어 따뜻한 곳을 차지하더니 계속 잠을 잤다. 물을 새로 받고 큰 그릇에 사료를 담아두었지만, 오늘밤 다시 열쇠를 꽂을 때까지 글렌이 내가 나가고 없는 것을 알기나 할지 의심스러웠다. 글렌은 그런 식으로 아주 태평했다(비록 다른 많은 면에서는 그렇지 않다는 말을 해야겠지만).

버스 정류장으로 걸어가는 길은 내가 기억하고 있는 것보다 더 흥미로웠다. 어쩌면 오랜 부재 이후 내가 새로운 눈으로 이 길을 보고 있기 때문이었을 것이다. 쓰레기 양은 지나치게 많았고 쓰레기통은 없었는데, 이 두 가지 사실은 틀림없이 상관이 있을 것이다. 도시의 이 구역은 가혹할 만큼 회색이었지만, 녹색 생명이 여전히 존재하려고 발버둥치고 있었다. 벽에는 이끼가 자라고 하수도에선 잡초가 자랐고, 이따금 쓸쓸해 보이는 나무도 보였다. 나는 늘 도시에서 살았지만, 초록에 대한 욕구를 본능적인 갈망처럼 느꼈다.

길을 건너 버스를 타려고 교차로에 다다른 바로 그때 내 걸음이 우뚝 멈췄다. 내 시선이 은밀한 움직임에, 갈색이 도는 붉은색의 신중한 대시 기호에 쏠렸다. 나는 숨을 들이쉬었다. 폐로 들어오는 아침 공기가 차가웠다. 가로등의 오렌지색 불빛 아래 여우 한 마리가 컵에 담긴 커피를 마시고 있었다. 앞발로 컵을 잡은 것이 아니라—지금까지로 봐서 분명히 알겠지만 나는 미치지 않았다—머리를 땅 쪽으로 기울이고 스타벅스 컵에 담긴 것을 홀짝거리며 마시고 있었다. 여우는 내가 지켜보고 있는 것을 느끼고 고개를 들더니 내 눈을 단호하게 쏘아보았다. "그래서 뭐?" 그렇게 말하는 것 같았다. "모닝커피 한 잔, 그게 뭐 대수라고!" 그러고는 다시 자신의 음료를 마시기 시작했다. 어쩌면 여우는 쓰레기통 옆에서 특별히 길은 밤을 보냈을 것이고, 이렇게 춥고 어두운 아침을 시작하려니 힘들다고 생각했을 것이다. 나는 소리 내어 웃은 뒤 계속 걸어갔다.

내가 쉬고 있을 때 밥은 나보고 아무때건 사무실에 들르라고, 그러고 싶을 때 언제라도 전화로 이야기를 나누자고 했었다. 지난주에, 병가 만료일을 며칠 남겨두고 의사를 다시 찾아가 기간을 연장해달라고 할까, 아니면 다음주 월요일에 직장으로 돌아갈까 결정하지 못한 채로 밥에게 전화를 했었다. 적절한 대답을 미리 준비해놓지 않은 상태에서 동료들이 이것저것 캐물을까봐 두려워 회사로 찾아가고 싶지는 않았다.

"엘리너!" 밥이 말했다. "이렇게 전화해주니 정말 반가운데요. 어떻게 지내요?"

"꽃 보내주신 거 고마워요," 내가 말했다. "저는 잘 지내요…… 그러니까, 훨씬 좋아졌어요. 감사해요, 밥. 힘들었지만, 좋아지고 있어요."

"아주 멋지네요." 그가 말했다. "정말 반가운 소식이에요! 그러면 언제, 음, 언제 복귀할 수 있을 것 같아요?" 나는 밥이 자신이 방금 말을 잘못하지 않았는지 걱정하면서 숨을 들이쉬는 소리를 들었다. "서두를 것 없어요. 지금은…… 아무튼 서두를 것 없어요. 재촉하는 거 아니에요. 필요한 만큼 충분히 쉬어요. 완전히 준비가 될 때까지 서두르지 마요."

"제가 돌아가는 걸 원하지 않으세요, 밥?" 내가 용기를 내 유머를 시도했다.

그가 큰 콧소리를 냈다. "엘리너, 당신이 없어서 회사가 엉망진창이었어요! 맙소사, 빌리는 송장을 어떻게 쓰는지 하나도 모르고 제이니는……"

"밥, 밥, 농담이었어요." 내가 말했다. 나는 싱긋 웃었다. 내가 없을 때 직장 동료들이 일을 제대로 못했다는 이야기에 약간 우쭐했다는 사실을 인정해야겠다.

"농담, 엘리너! 음, 그거 아주 좋은 신호예요. 회복되고 있는 게 분명해요." 밥이 말했고, 안도하는 목소리였다. 농담 때문인지, 내가 좋아지고 있기 때문인지 혹은 둘 다 때문인지는 알 수 없었다.

"월요일에 출근할게요, 밥." 내가 말했다. "준비됐어요." 내 목소리는 단단하고 자신감에 넘쳤다.

"아주 좋아요! 지금이 그때라고 확신하는 거죠? 와우, 굉장해요, 엘리너." 그가 말했다. "그러면 월요일에 만나기를 고대하고 있을게요." 전화기로 전달되는 그 따스함 때문에 나는 그가 진심인 것을 알 수 있었다. 웃는 표정일 때는 목소리가 달라진다. 왜 그런지 모르지만 그것이 소리를 바꾼다.

"그 모든 것에 대해…… 넓은 아량을 베풀어주셔서 정말 감사해요, 밥." 내가 말했고, 목안에 덩어리가 걸린 것 같았다. "힘이 되어주셔서 감사해요. 제가 하고 싶은 말은…… 제가 지난 세월 동안…… 늘 아주 열심히 일하는 직원이 아니었다면, 죄송해요."

"어이쿠, 무슨 그런 소리를," 밥이 말했다. 고개를 가로젓는 모습이 거의 그려지는 듯했다. "당신 없는 이곳은 똑같지 않아요, 엘리너. 정말로 그래요. 당신은 아주 중요한 사람이에요."

밥의 휴대폰이 울리는 소리가 들렸다. 그가 혀를 쯧 찼다.

"미안해요. 받아야 하는 전화예요, 엘리너. 새 고객이네요. 자, 이제 몸조심하고, 우리는 월요일에 보는 거예요, 맞죠?"

"맞아요." 내가 말했다.

휴대폰을 내려놓으며, 제이니가 내 귀환을 기념한다고 집에서 케이크를 구워오지 않기를 정말로 정말로 바랐던 것이 기억난다. 그녀는 사람들이 한동안 자리를 비웠다 돌아오면 종종 그러곤 했다. 그녀가 만든 커피 호두 스펀지케이크의 메마른 사막 같은 질감은 건조하다는 표현으로는 턱없이 부족했다.

회사 건물 앞에 도착했을 때 외관은 여느 때와 다름없이 매력적이지 않았다. 나는 바깥에 서서 망설였다. 거의 두 달을 쉬었고, 그 이유에 대해 어떤 근거 없는 소문이 무성하게 나돌았는지는 하늘만 알 것이다. 쉬는 동안 나는 스프레드시트와 외상매출채권, 발주내역, 부가가치세에 대해서는 전혀 생각하지 않았다. 생각할 여력이 없었다. 여전히 내 일을 해낼 수 있을까? 뭐라도 기억해낼 수 있을지 자신이 없었다. 내 컴퓨터 암호가 뭐였지? 물론 그건 안다. 세 단어, Ignis aurum probat. '불은 금을 단련한다.' 그 문구의 나머지 부분은 이렇다. '……역경은 용기 있는 자를 시험한다.' 참으로 지당한 말이다. 강력한 암호. 정확히 컴퓨터 시스템이 요구하는 대로, 아주 강력하다. 고마워요, 세네카.

아, 하지만 가슴속이 파닥거리기 시작했고 패닉 증상이 시작되려고 하는 느낌이 들었다. 나는 할 수 없을 것이다. 할 수 있을까? 아직 직면할 준비가 되어 있지 않았다. 집에 가서 밥에게 전화를 걸어 한 주 더 휴가를 내겠다고 말해야 할 것이다. 그는 이해해줄 것이다.

내 뒤로 누가 발을 끌며 걸어오는 소리가 들려서, 앞에 버티고 선 땅딸막한 건물을 바라보는 동안 눈에 고인 눈물을 재빨리 훔쳐냈다. 나는 예고 없이 끌어당겨져 180도로 돌려세워졌고, 누군가의 품에 으스러질 듯 끌어안겼다. 양모(모자, 스카프, 장갑)의 질감이 많았는데, 뻣뻣하고 까끌까끌한 감촉이었다. 사과와 비누와 말보로 레드 냄새가 났다.

"엘리너!" 레이먼드가 말했다. "곧 볼 거라고 했던 게 이런 의미였군요."

나는 끌어안긴 대로, 사실 더 바짝 끌어당겨지는 대로 가만히 있었다. 그 특정한 시간에 그 특정한 환경에서, 그리고 느껴지는 대로 느끼면서, 그에게 안겨 있는 느낌이 기적이라 해도 부족함이 없다는 것을 인정할 수밖에 없었기 때문이었다. 나는 아무 말도 하지 않고, 내 팔이 그의 허리에 감기게, 내 몸이 그의 품에 더 잘 안기게, 겨울 햇살처럼 머뭇거리며 팔을 천천히 조금씩 위로 올렸다. 얼굴을 그의 가슴팍에 갖다댔다. 레이먼드 또한 아무 말 하지 않았는데, 어쩌면 그는 그 순간 내게 가장 필요한 것이 자신이 이미 주고 있는 바로 그것이며 그 이상도 아닌 딱 그만큼이라는 사실을 직감적으로 느꼈을 것이다.

우리는 잠시 더 그렇게 서 있었다. 그리고 나는 그에게서 떨어져 나와 머리 모양을 가다듬고 눈물을 훔치고는 손목시계를 보았다. "십 분 지각인데요, 레이먼드." 내가 말했다.

그가 웃었다. "당신도요!" 그러고는 다시 한 걸음 다가와 나를 유심히 바라보았다. 나도 그를, 아까 여우가 그랬던 것처럼 바라보았다.

그가 고개를 끄덕였다. "가요," 그가 팔을 내밀며 말했다. "우리 둘 다 이제 지각이에요. 들어갑시다. 당신은 어떨지 모르겠지만, 나는 차 한 잔은 마시고 싶거든요."

나는 레이먼드의 팔에 내 팔을 걸었고, 그는 나와 같이 건물 안으로 들어가 회계팀 사무실 앞까지 나를 바래다주었다. 우리가 그렇게 있는 모습을 누가 볼까봐 겁이 나서 사무실 앞에 이르렀을 때 얼른 팔짱을 풀었다. 그는 허리를 숙이고 자기 얼굴을 내 얼굴 가까이에 바짝 대고는 어느 정도 부모처럼 말했다(적어도 나는 그게 그런 느낌일 거라고 상상했다. 어쨌거나 아버지는 내 전문 영역이 아니다).

"자 이제," 그가 말했다. "들어가면 이런 식일 거예요. 코트를 걸고, 전기주전자의 스위치를 켜고, 일을 시작해요. 어느 누구도 야단법석을 떨지 않을 거고, 드라마 같은 일은 없을 거예요. 당신이 결코 여길 비웠던 적이 없는 것 같을 거예요."

그가 자신의 요점을 강조하려는 듯 고개를 한 번 까딱했다.

"하지만 혹시라도……"

그가 내 말을 막으며 말했다. "정말이에요, 엘리너, 나를 믿어요. 전혀 문제없을 거예요. 당신은 몸이 안 좋았고, 회복하기 위해 얼마간 쉰 거예요. 이제 다시 이곳으로, 이 치열한 경쟁의 장소로 돌아온 거고요. 당신은 일을 아주 잘해요. 당신이 돌아온 것만으로 사람들은 하늘을 둥둥 떠다니는 기분일 거예요. 그뿐이에요." 그가 진지하고 성의 있게 말했다. 친절한 사람.

레이먼드가 그렇게 말해주자 나는 기분이 정말로 더 좋아졌다. 상당히 많이 좋아졌다.

"고마워요, 레이먼드." 내가 조용히 말했다.

그가 내 팔을 툭 치고는—진짜로 세게 친 게 아니라 살짝—웃어주었다.

"우리 완전 지각이에요!" 그가 말했고, 짐짓 두렵다는 듯 눈을 크게 떴다. "점심때 한시에 만날까요?"

내가 고개를 끄덕였다.

"그럼 들어가요. 들어가서 깜짝 놀라게 해줘요!" 그가 웃으며 말했고, 이어 새로운 묘기를 배우는 서커스단의 코끼리처럼 느릿느릿 위층으로 사라졌다. 나는 목을 큼큼 풀고 스커트를 반듯하게 편 뒤 문을 열었다.

먼저 해야 하는 일 먼저. 나는 내 책상으로 가서 모두를 바라보며 앉았다. 두려운 복귀 면담이 기다리고 있었다. 나는 해본 적이 없었지만, 예전에 다른 사람들이 그에 관해 이러쿵저러쿵 말하는 것을 들은 적이 있었다. 듣기로 이틀 이상 휴가를 냈을 때 인사팀에서 직속 상사와 의무적으로 하게 하는 면담인데, 표면적인 목적은 그 사람이 완전히 회복되어 업무할 준비가 되었는지 확인하고, 적응을 잘하게 하려면 어떤 조치가 필요한지 알아보는 것이었다. 하지만 사실 이 절차가 직원에게 겁을 줘서 결근을 줄이고, 혹시—그 단어가 뭐였지?—아, 그렇지, 직원이 땡땡이를 친 건 아닌지 확인하려는 목적에서 만들어졌다고 보는 게 전반적인 견해였다. 하지만 그들의 직속 상사는 밥이 아니었다. 부서 매니저들만 밥에게 보고했다. 나는 이제 그들 중 하나였다. 로마 황제의 근위대, 선택된 자들. 하지만 밥은 흔치 않은 황제였다.

밥이 일어서서 내 뺨에 키스하고 나를 안아주었다. 내 몸이 살짝 나온 그의 배에 눌리자 나는 웃음이 터질 것 같았다. 그가 내 등을 가볍게 몇 번 두드려주었다. 그 전체가 고통스러울 만큼 당혹스러웠지만, 정말로 정말로 좋았다.

밥은 나를 어떻게든 편안하게 해주려고, 내게 줄 차 한 잔과 비스킷을 준비하는 등 수선을 피웠다.

"자 그럼, 이 면담 말이죠. 걱정할 거 없어요, 엘리너. 형식적인 거예요. 내가 이걸 하지 않으면 인사팀이 나를 힘들게 해요. 어떤 건지 알겠죠." 그가 얼굴을 찡그렸다. "우리는 그저 네모 칸에 표시만 하면 돼요." (뭐라고?) "그리고 거기 서명하고, 그런 뒤에 다시 그걸 하나씩 짚어나갈 거예요."

밥이 머그컵에 담긴 커피를 후룩 마시다가 셔츠 앞쪽에 조금 흘렸다. 밥은 얇은 셔츠를 입고 있었는데, 그 안에 입은 속옷이 다 보였고, 그 때문에 너무 커버린 학생 같던 원래의 전반적인 인상이 더욱 강해졌다. 우리는 질문지를 보면서 모욕적으로 느껴질 만큼 진부하게 규정된 질문들을 훑어나갔다. 그 과정이 좀 따분하긴 했지만 힘들지는 않아서, 우리 둘 다 확연히 안심했다.

"자 그럼," 그가 말했다. "휴우, 다행히 이건 이걸로 끝이고요. 더 이야기하고 싶은 게 있나요? 구체적인 업무로 들어가기에는 좀 이르다는 거 알아요." 그가 말했다. "혹시 모든 업무에 대해 제 속도를 낼 수 있다면 내일 다시 만나도 좋고요, 당신이 그러고 싶으면요."

"크리스마스 런치 말인데요," 내가 말했다. "이제 다 정해졌어요?"

밥이 천사 같다는 말과 가장 거리가 먼 방식으로 작고 둥근 얼굴을 찡그리면서 욕설을 내뱉었다.

"까맣게 잊고 있었어요!" 그가 말했다. "정리할 다른 일들이 너무 많았어요. 그게 그냥, 아, 모르겠어요, 내 레이더에서 빠져나가

버렸네요. 젠장……"

"걱정할 것 없어요, 밥." 내가 말했다. "제가 최대한 빨리 처리할게요." 내가 잠시 말을 멈췄다. "그러니까 물론 회계 일을 전부 처리한 뒤에요."

밥이 걱정스러운 표정을 지었다. "진짜 그래줄 수 있어요? 정말로 압박을 더 주고 싶진 않아요, 엘리너. 당신은 방금 복귀했고, 틀림없이 지금 처리해야 하는 일만으로도 차고 넘칠 거예요."

"노 프라블레모, 밥." 내가 자신 있게 말하고 엄지 두 개를 치켜세웠다. 레이먼드가 좋아하는 말과 제스처를 처음으로 써본 것이었다. 밥의 눈썹이 위로 올라갔다. 나는 그것이 적절한 맥락에서 올바르게 쓰였기를 바랐다. 나는 대체로 말을 골라 하는 데 아주 능숙하지만, 이런 것들은 종종 헛발을 짚는다는 사실을 고백해야겠다.

"음, 당신이 백 퍼센트 확신하면……" 그가 말했지만, 목소리에서 딱히 확신하지는 않는다는 것이 드러났다.

"그렇고말고요, 밥." 내가 고개를 끄덕였다. "이번 주말까지는 모든 걸 확정하고 다른 준비도 끝내놓을게요. 믿으셔도 돼요."

"아, 음, 그러면 정말 좋겠네요." 그가 말하고는 질문지에 뭔가를 휘갈겨 내게 건넸다. "맨 아랫부분을 채워줘요. 그렇게 하면 이건은 우리 둘 다 끝나요." 그가 말했다. 나는 멋을 부려 서명했다. 내 서명을 날마다 사용할 기회가 많지 않은 것이 좀 유감스러운데, 미국으로 건너간 우리 혈족이 그러는 것처럼, 내 '존 행콕'*도 아주

* 자필 서명을 뜻하는 말. 미국 독립선언서에 서명을 한 존 행콕의 서명이 대담하고 읽기 쉬웠던 데서 유래했다.

흥미롭기 때문이다. 자랑하려는 게 아니다. 그저 내 서명을 본 사람들은 거의 다 아주 특이하고 특별하다고 말해주었기 때문이다. 개인적으로 나는 사람들이 왜 그렇게 수선을 피우는지 모르겠다. 어쨌거나 누구라도 그러고 싶으면 'O'를 달팽이 껍질처럼 나선형으로 쓸 수 있다. 그리고 대문자와 소문자를 섞는 것은 그저 감각만 좋으면 된다. 그러면 그 서명은 확실히 위조하기 힘들어진다. 개인 보안, 데이터 보안. 아주 중요한 것이다.

마침내 책상 앞에 앉았을 때 처음 눈에 띈 것은 꽃이었다. 아까는 모니터에 가려 보이지 않았는데, 이제 그 꽃병(음, 실제로는 맥주잔이었다. 직원들은 대충 일주일 간격으로 인생의 사건들을 축하했지만, 사무실에 꽃병이나 케이크 칼, 샴페인잔이 충분했던 적은 없었다)이 보였다. 활짝 핀 꽃들이 가득 담겨 있었다. 시홀리, 자주군자란, 붓꽃. 찬란했다.

봉투 하나가 꽃병에 기대져 있었고, 나는 봉인된 봉투를 천천히 열었다. 카드가 한 장 들어 있었는데, 앞면에 개암을 먹고 있는 붉은 날다람쥐의 멋진 사진이 있는 것이었다. 안에 누군가(아이가 쓴 것 같은 글씨체를 보면 버나뎃 같았다)가 **환영해요 엘리너!** 하고 써놓았고, 펼쳐진 양면 곳곳에 여러 사람의 이름과 함께 회복을 기원해요, 사랑해요, 같은 말이 쓰여 있었다. 나는 어안이 벙벙했다. 사랑해요! 회복을 기원해요! 어떻게 생각해야 할지 잘 알 수 없었다.

곰곰이 생각하면서 나는 컴퓨터 전원을 켰다. 답장하지 않은 이메일이 아주 많았다. 곧장 오늘 것으로 이동하면서 나머지는 다 지워버려야겠다고 생각했다. 중요한 용건이라면 보낸 사람이 분명 다시 연락을 취해올 것이다. 가장 최근 것은 레이먼드가 겨우 십 분 전에 보낸 것이었다. **내 거 읽어줘요!!!**

아마 지금쯤 받은 메일함에 읽지 않은 메시지가 백억 개는 와 있을 것 같아서 제목을 이렇게 붙이는 게 좋겠다고 생각했어요 LOL. 지난번 오후에 만났을 때, 콘서트 표 두 장이 있다고 말하려고 했었어요. 클래식 음악이에요. 당신이 그런 음악을 좋아하는지 모르겠지만 어쩌면 좋아할 것 같기도 하고요. 두 주 뒤 토요일이에요, 시간 괜찮다면요. 끝나고 뭔가 먹으러 가도 좋고요.

점심때 봐요.

Rx

답장할 시간도 없이, 내가 알아차리지 못한 사이에 동료들이 내 책상 주변에 빙 둘러 모였다는 것을 깨달았다. 나는 그들을 올려다보았다. 그들의 표정은 따분한 것에서 자애로운 것까지 다양했다. 제이니는 약간 걱정스러운 표정이었다.

"수선 피우는 거 안 좋아하는 거 알아요, 엘리너." 틀림없이 대변인으로 지목된 듯 보이는 제이니가 말했다. "그저 우리는 당신이 좋아진 게 기쁘고, 음, 돌아온 걸 환영한다는 말을 하고 싶었어요!" 누구는 고개를 끄덕였고, 누구는 작은 소리로 동의했다. 제이니의 말은 계속됐는데, 처칠의 연설 같지는 않았지만 그럼에도 또 하나의 친절하고 사려 깊은 제스처였다.

나는 나서서 말하는 걸 좋아하는 사람이 아니지만, 내가 몇 마디

하지 않으면 그들이 만족하지 않을 것 같았다.

"꽃과 카드와 좋은 말들 정말 고마워요." 내가 마침내 시선을 책상에 내리꽂은 채 말했다. 잠시 침묵이 흘렀다. 나는 물론이고 어느 누구도 그 침묵을 어떻게 채워야 할지 모르는 것 같았다. 내가 고개를 들고 그들을 보았다.

"음," 내가 말했다. "기한을 넘긴 송장들이 저 혼자 처리되지는 않을 것 같은데요, 안 그래요?"

"엘리너가 돌아왔네요!" 빌리가 말했고, 웃음이 터졌다. 내 웃음도 포함해서. 그랬다. 엘리너 올리펀트가 돌아왔다.

40

수요일 밤이었다. 때가 되었다.

"여보세요, 엄마." 내가 말했다. 내 귀에 들리는 내 목소리는 밋밋하고 감정이 없었다.

"어떻게 알았니?" 날카로웠다. 짜증난 목소리.

"늘 엄마잖아요." 내가 말했다.

"건방지긴! 무례한 건 곤란해, 엘리너. 그런 건 너한테 어울리지 않지. 엄마는 버릇없고 말대꾸하는 애들은 좋아하지 않아. 너도 그건 알겠지."

맨날 하는 소리. 전에도 숱하게 들은 질책이다.

"엄마가 뭘 좋아하는지 정말로 더는 중요하지 않아요." 내가 말했다.

엄마가 코웃음치는 소리가 들렸다. 짧고 멸시하는 소리.

"오 저런. 누가 화가 났나보네. 뭐야, 생리할 때 됐어? 호르몬 때문이니, 아가? 아니면 다른 뭔가…… 보자. 누가 네 머릿속에 터무니없는 억지소리를 집어넣고 있는 거니? 나에 대해 거짓말을 하고 있어? 내가 몇 번이나 경고했니? 엄마는……"

내가 말을 막았다. "엄마, 오늘밤 엄마한테 작별인사를 하려고 해요."

엄마가 웃었다. "작별인사? 그거 아주…… 마지막처럼 들리는구나, 아가. 그럴 것까진 없잖아. 자, 어서 말해봐. 우리의 소소한 대화 없이 어쩌려고 그래? 네 특별 프로젝트는 어떻게 돼가고 있니? 엄마한테 적어도 진척 상황을 알려줘야 하지 않겠어?"

"그 프로젝트는 답이 아니었어요, 엄마. 그게 답이라고 말한 건 엄마가 잘못한 거예요. 아주 잘못한 거예요." 나는 슬프지도, 행복하지도 않았다. 그저 사실을 말하고 있을 뿐이었다.

엄마가 웃음을 터뜨렸다. "내가 기억하기로 그건 네 아이디어였어, 아가. 난 단지…… 옆에서 널 응원해준 거지. 지지적인 엄마라면 그렇게 하니까, 안 그래?"

나는 그것에 대해 생각해보았다. 지지적인. '지지적'이라는 말은…… 그게 무슨 의미지? 그것은 내 안녕에 대해 걱정한다는 뜻이고, 내게 가장 좋은 것을 해주고 싶어한다는 뜻이다. 내 더러워진 시트를 빨고, 내가 집에 안전하게 돌아온 것을 확인하고, 내가 슬퍼할 때 우스꽝스럽게 생긴 풍선을 사주는 것. 나는 엄마가 해주지 않은 것과 잘못한 것을 나열하거나, 그 당시 우리가 살던 삶에서 느낀 공포를 늘어놓거나, 엄마가 메리앤에게, 그리고 내게 하거나 하지 않은 일에 대해 훑어나가고 싶은 마음은 없었다. 이제 그런 건 아무 소용 없었다.

"메리앤과 제가 자고 있을 때 엄마가 집에 불을 질렀죠. 메리앤은 집에서 죽었어요. 그걸 정확히 지지적이라고 부를 수는 없겠네요." 내가 말했고, 침착한 목소리로 말하려고 최선을 다했지만 완전히 성공하지는 못했다.

"누가 너한테 계속 거짓말을 하고 있구나. 그럴 줄 알았어." 엄마가 말했고, 승리를 거둔 목소리였다. 엄마는 열정에 가득차서 해맑게 말했다. "저기, 내가 한 일 말이야, 아가, 내 상황이었다면 누구라도 그렇게 했을 거야. 내가 너한테 말해준 그대로야. 뭔가가 변해야 한다면 변화를 일으켜! 물론 그렇게 해나가는 과정에 불편한 요소가 있을 거야…… 그럼 그저 그걸 처리하면 돼. 결과에 대한 걱정은 너무 많이 하지 말고."

엄마의 목소리는 행복하게 들렸고, 충고를 하는 것이 기쁜 것 같았다. 나는 엄마가 우리를 죽이려고 한 일에 대해 이야기하고 있다는 것을 알아차렸다. 메리앤과 나, 엄마를 불편하게 만든 존재. 이상하게도 그것이 도움이 되었다.

나는 숨을 들이쉬었지만, 정말로 그게 필요해서는 아니었다.

"안녕히 가세요, 엄마." 내가 말했다. 최후의 한마디. 내 목소리는 단호하고 침착하고 확신에 차 있었다. 나는 슬프지 않았다. 내 마음은 확실했다. 그리고 그 모든 것 아래, 지금 만들어지는 중인 태아—작은, 아주 작은, 채 모습도 갖추지 않은 세포 덩어리, 핀의 머리만큼 작은 심장박동—처럼 내가 있었다. 엘리너 올리펀트가.

그리고, 바로 그렇게, 엄마는 사라졌다.

Better

더
좋은
날들

days

41

나는 완전히 괜찮아졌다고 느꼈지만, 그리고 정말로 그 모든 빡빡한 일상으로 돌아갈 준비가 되어 있었지만, 인사팀은 '느린 복귀'를 주장했다. 그것은 다음 몇 주 동안 오전 근무만 하는 것을 의미했다. 어쩜 그렇게 바보들인지. 시간제 근무를 시키면서 전일제 봉급을 주겠다니. 내 알 바는 아니지만. 복귀 후 첫 주의 금요일, 짧은 근무시간이 끝나고 점심시간에 나는 그 주 들어 두번째로 레이먼드를 만났다.

지난번 만남 이후로 우리는 오로지 전자 수단을 통해서만 이야기를 나누고 있었다. 전날 나는 인터넷 검색을 하면서 저녁시간을 보냈다. 뭔가를 알아내기가 아주 쉬웠다. 어쩌면 너무 쉬웠다. 나는 제목 이상은 읽지 않고 신문기사 두 편을 출력해 봉투에 넣고 봉했다. 레이먼드가 이미 그 기사를 찾아냈을 거라는 사실을 알고 있었지만, 검색을 하는 사람이 나여야 한다는 사실이 중요했다. 그것은 나의 역사이지 다른 누구의 것이 아니었다. 어쨌거나 살아 있는 다른 누구의 것은 아니었다.

내가 부탁한 대로 레이먼드가 나를 만나러 카페로 왔다. 기사를 처음으로 읽을 때 혼자 있고 싶지 않았다. 나는 너무 오랫동안 혼자서 그 문제를 처리하려 애썼고, 결국 그것은 내게 전혀 도움이 되지 않았다. 이따금 우리는 뭔가를 감당하는 동안 그저 같이 앉아 있어줄 누군가가 필요한 것뿐이다.

"내가 스파이나 뭐 그런 사람이 된 것 같네요." 레이먼드가 우리 사이에 놓여 있는 봉해진 봉투를 보며 말했다.

"당신은 스파이 일에는 전적으로 안 맞아요." 내가 그에게 말했다. 그가 눈썹을 치켜세웠다.

"얼굴에 다 드러나거든요." 내가 말하자 그가 웃었다.

"그럼 준비됐어요?" 그가 이제 진지하게 말했다.

내가 고개를 끄덕였다.

봉투는 담황색의 접착식 마닐라 봉투로 A4 규격이었고, 문구류를 보관하는 사무실 수납장에서 내가 슬쩍해온 것이었다. 종이도 거기서 가져왔다. 나는 약간 죄의식을 느꼈다. 특히 밥이 이런 비용을 자신의 유지관리비에 포함시킨다는 것을 알게 된 지금은 그랬다. 레이먼드에게 문구류 예산에 대해 말하려고 입을 열다가, 그가 어서 열어보라고 봉투 쪽으로 고갯짓을 하는 것을 보고, 더는 미룰 수 없다는 사실을 깨달았다. 나는 봉투를 열고 그 안에 A4 규격의 종이 두 장이 있다는 것을 보여주려고 그를 향해 봉투를 잠시 들고 있었다. 레이먼드는 더 가까이 옮겨왔고, 이제 우리는 몸이 닿게 나란히 붙어 앉았다. 따스함과 힘이 느껴졌고, 나는 감사한 마음으로 그것에 의지했다. 그리고 읽어내려가기 시작했다.

더 선, 1997년 8월 5일, 2면

"예쁘지만 치명적인" 아동 살인범이 "우리 모두를 속였다"고 이웃은 말한다

이웃들은 비극으로 끝난 고의적인 방화를 저지른 '살인자 엄마' 샤론 스미스(사진, 29세)가 지난 이 년 동안 조용한 마이다 베일 스트리트에서 살았다고 말했다.

"아주 예쁘고 젊은 여자였어요, 그 여자가 우리 모두를 속인 거예요." 익명을 요구한 어느 이웃이 말했다. "그 집 아이들은 늘 밖에서 예의바른 모습을 보였고 고운 말만 썼어요. 다들 정말 사랑스럽고 예의바른 아이들이라고 입을 모았죠." 그는 기자에게 이렇게 말했다.

"하지만 시간이 지나면서 뭔가 잘못됐다는 걸 알 수 있었어요. 아이들은 늘 엄마를 무서워하는 것 같았어요. 가끔 멍이 들어 있었고, 그 집에서 우는 소리가 많이 들렸어요. 그 여자는 외출을 많이 했어요. 우리는 누가 애들을 봐준다고 생각했지만, 돌이켜 생각하니……

한번은 내가 큰아이—아홉 살이나 열 살쯤 됐을 거예요—에게 이야기를 하고 있었는데, 엄마가 홱 쏘아보니까 아이가 작은 개처럼 부들부들 떨기 시작하는 거예요. 거기 닫힌 문 뒤에서 어떤 일이 벌어지는지 생각하기가 두려웠어요."

어제 경찰은 그 집에서 일어난 치명적인 불길이 고의로 시작된 것임을 확인했다.

법적인 이유로 이름을 공개할 수 없는 아이(10세)는 병원에 입원

중이며 위중한 상태다.

나는 레이먼드를 보았다. 그도 나를 보았다. 우리 둘 다 한동안 아무 말이 없었다.

"당신도 그 일이 어떻게 끝났는지 알죠?" 레이먼드가 부드럽고 조용하게 내 눈을 바라보며 말했다.

나는 두번째 기사를 꺼냈다.

런던 이브닝 스탠더드, 1997년 9월 28일, 9면

마이다 베일 살인범 새 소식: 두 명 사망, 고아가 된 용기 있는 아이는 회복중

지난달 마이다 베일에 소재한 주택 화재에서 발견된 시신은 샤론 스미스(29세)와 둘째 딸 메리앤(4세)임을 오늘 경찰이 확인했다. 장녀 엘리너(10세)는, 의사들이 삼도화상과 연기에 의한 질식을 이겨낸 '기적적인' 회복이라고 말한 과정을 거친 끝에 오늘 병원에서 퇴원했다.

대변인은 29세의 스미스가 고의로 불을 질렀고, 그 집을 빠져나가려다 연기에 의한 질식으로 현장에서 사망했다고 확인했다. 두 아이에 대한 검사 결과 진정제가 투여되었음이 밝혀졌고, 그들이 신체적으로 갇혀 있었다는 증거가 나왔다.

기자는 엘리너 스미스가 애초에 갇혀 있던 곳에서 빠져나와 불길을 피할 수 있었던 거라고 파악하고 있다. 이웃 주민들은 구조대가 도착하기 전에 심한 화상을 입은 열 살짜리 소녀가 그 집으로 다시 들어가려고 하는 모습을 목격했다고 말했다. 소방대원들이 소녀가 2층 침실의 잠긴 옷장을 열려고 하는 것을 발견했다고 확인해주었다. 네 살 된 여동생의 시신이 그 안에서 발견되었다.

경찰은 그 아이의 살아 있는 친척을 찾아내지 못했고, 아이는 현재 사회복지시설에서 돌보고 있다.

"내가 찾아낸 것도 그게 다예요." 내가 출력물을 레이먼드에게 밀어주자 그가 말했다.

나는 창밖을 내다보았다. 사람들은 쇼핑을 하거나 휴대폰으로 통화를 하거나 유모차를 밀고 있었다. 세상은 무슨 일이 일어났는지 아랑곳하지 않고 계속 흘러갔다. 그게 세상이 움직이는 방식이다.

우리 둘은 한동안 말없이 있었다.

"괜찮아요?" 레이먼드가 말했다.

내가 고개를 끄덕였다.

"계속 심리상담을 받아보려고요. 도움이 돼요."

그가 나를 주의깊게 바라보았다. "기분이 어때요?" 그가 말했다.

"당신까지 그러면 안 되죠." 내가 한숨을 쉬고, 농담인 것을 알리려고 빙긋 웃었다. "괜찮아요. 그러니까, 맞아요, 명백히 앞으로 풀어나가야 할 것들이 많아요. 아주 심각한 문제들이죠. 템플 박사님과 그 모든 것에 관한 이야기를 계속해나갈 거예요. 메리앤의 죽음과 엄마는 또 어떻게 죽었는지, 그리고 내가 그 세월 동안 왜 엄마가 여전히 살아 있는 것처럼, 여전히 내게 이야기를 하고 있는 것처럼 행동했는지…… 시간이 걸릴 거예요. 쉽지 않겠죠." 내가 말했다. 나는 마음이 아주 차분했다. "하지만 중요한 건, 문제가 되는 모든 면에서…… 나는 이제 괜찮다는 거예요. 괜찮아요." 마침내, 그것이 사실이었으므로 나는 그 단어를 강조하며 다시 말했다.

한 여자가 치와와 한 마리를 뒤쫓으며 뛰어갔고, 점점 불안해지는 목소리로 개의 이름을 부르고 있었다.

"메리앤도 개를 좋아했어요." 내가 말했다. "개가 보이면 그때마다 우리는 개를 가리키면서 웃었어요. 그리고 개를 안으려고 했고요."

레이먼드가 목을 큼큼 풀었다. 종업원이 커피를 좀더 따라주었고, 우리는 천천히 마셨다.

"괜찮겠어요?" 레이먼드가 말했다. 그는 자기 자신에게 화가 난 듯했다. "미안해요. 어리석은 질문이었어요. 더 빨리 알았으면 좋았을 걸 그랬어요." 그가 말했다. "더 도움을 줄 수 있었다면 좋았을 텐데." 그가 울지 않으려고 애쓰는 것처럼 뚫어져라 벽을 쏘아보았다. "어느 누구도 당신이 겪은 그런 경험을 해서는 안 돼요." 그가 마침내 말했고, 분노가 느껴졌다. "당신은 동생을 잃었고, 동생을 구하려고 최선을 다했지만, 어린아이에 불과했어요. 당신이 그 일을, 그 모든 일을 겪었다는 것, 그리고 혼자 감당하려고 애쓰면서 그 세월을 보냈다는 것, 그건……"

내가 그의 말을 막았다. "'잔악무도한 사람들'에 대해 읽으면," 내가 말했다. "누구나 다 아는 이름들 말예요…… 그들에게 가족이 있다는 걸 잊게 돼요. 하지만 그들이 어디서 그냥 툭 튀어나오는 건 아니에요. 우리는 남겨져서 그 모든 일의 여파를 감당해야 하는 사람들에 대해서는 결코 생각하지 않아요."

그가 천천히 고개를 끄덕였다.

"사회복지시설에 보관된 내 관련 서류에 접근 요청을 해뒀어요.

내겐 정보공개법에 따라 내 의견서를 검토할 명분이 있어요, 레이먼드. 정말이지, 그건 진짜 굉장한 법이에요. 서류가 오면 앉아서 처음부터 끝까지 빼놓지 않고 읽을 거예요. 엘리너 범퍼북 말이에요. 나는 모든 걸 알아야 할 필요가 있어요. 세세한 모든 내용을요. 그게 나한테 도움이 될 거예요. 아니면 나를 우울하게 만들거나요. 아니면 둘 다이거나."

나는 내가 걱정하고 있지 않는다는 걸 보여주려고, 그 역시 걱정하지 않아도 된다는 것을 분명히 알려주려고 미소를 지었다.

"하지만 그건 생각보다 더 힘든 일일 텐데요, 안 그런가요?" 레이먼드가 말했다. "그 오랜 세월을 잃었고, 흘려보냈어요. 끔찍한 일이 당신에게 일어났어요. 그 당시에 당신은 도움이 필요했지만 받지 못했어요. 지금은 그에 대한 권리가 있어요, 엘리너……" 그가 적당한 말을 찾을 수 없는지 고개를 저었다.

"결국 중요한 건 이거예요. 나는 살아남았다는 것." 내가 그에게 아주 작게 미소를 지어 보였다. "나는 살아남았어요, 레이먼드!" 나는 그것이 행운이기도 하지만 불행이기도 하다는 것을 알면서 그렇게 말했고, 그것에 감사했다.

자리에서 일어날 시간이 되었을 때, 나는 레이먼드가 대화의 주제를 뭔가 다른 것으로, 뭔가 평범한 것으로 바꾸려고 애쓰는 것을 알아차리고 고마운 마음이 들었다.

"주말에 무슨 계획 있어요?" 그가 물었다.

나는 손가락을 꼽으며 말했다. "글렌을 동물병원에 데려가 예방

접종을 시켜야 해요." 내가 말했다. "크리스마스 밤을 사파리 공원에서 보내는 것도 준비해야 하고요. 거기 웹사이트에 겨울에는 닫는다고 되어 있지만 틀림없이 설득할 수 있을 거예요."

우리는 밖으로 나가 잠시 문 앞에 서서 햇볕을 즐겼다. 레이먼드는 손으로 얼굴을 비빈 뒤 내 어깨 너머로 나무들을 바라보았다. 그가 다시 목을 큼큼 풀었다. 흡연자가 되는 것의 여러 위험들 중 하나.

"엘리너, 내가 콘서트에 대해 보낸 이메일 받았어요? 갈 수 있는지 알고 싶은데……"

"갈게요." 내가 웃으며 말했다. 그가 고개를 끄덕이고는 나를 유심히 보았고, 이어 천천히 미소로 답했다. 그 순간이 숟가락에 대롱거리는 꿀 한 방울처럼 무겁게, 황금색으로, 시간 속에 걸려 있었다. 우리는 휠체어 탄 여자와 친구가 안으로 들어갈 수 있게 옆으로 비켜섰다. 레이먼드의 점심시간이 거의 다 끝나갔다. 나는 하루의 나머지 시간을 내 마음대로 쓸 수 있었다.

"그럼 안녕, 레이먼드." 내가 말했다. 그가 나를 끌어안고 잠시 그대로 있으면서 내 머리칼 한 올을 귀 뒤로 넘겨주었다. 나는 그의 부피만큼 따뜻함을 느꼈다. 부드러우나 강했다. 헤어질 때 나는 그의 뺨에 키스했다. 까칠하게 자란 그의 수염은 아주 부드러우면서도 간지러웠다.

"곧 봐요, 엘리너 올리펀트." 그가 말했다.

나는 내 쇼퍼를 들고 조끼의 앞섶을 잠근 뒤 집으로 향했다.

감사의 말

내 친구들, 가족들, 그리고 다음의 사람과 기관들에 감사를 전한다.

재니스 갤러웨이는 늘 지혜롭고 자극을 주었다.

훌륭한 에이전트 매들린 밀번과 에이전시 동료들은 열정과 전문성과 충고와 지지를 선사했다.

편집자인 영국의 마사 애슈비와 미국의 패멀라 도먼은 이 책을 꼼꼼히 점검하고 편집 과정에 통찰과 지혜와 유쾌함을 불어넣어주었다. 그들의 동료인 하퍼콜린스와 펭귄랜덤하우스의 유능한 직원들에게도 감사한다. 그들은 이 책을 디자인하고 출판하고 책의 인지도를 높이는 데 기여했다. 그런 훌륭한 사람들과 함께하게 된 것은 큰 행운이다.

스코티시 북 트러스트에서 나를 넥스트 챕터 어워드 수상자로 선정했고, 그 덕분에 나는 모니악 모어 크리에이티브 라이팅 센터에서 글을 쓰고 수정하면서 시간을 보낼 수 있었다. 두 기관 모두에 큰 감사의 마음을 표한다.

내가 속한 작가 그룹은 건설적인 피드백과 도움이 되는 논의를 제공해주고 좋은 친구가 되어주었다.

조지와 애니는 나를 환대하고 아낌없이 격려해주었다.

마지막으로 조지 크레이그, 비키 재럿, 커스티 미첼, 필립 머닌에게 감사를 표한다. 이 책을 집필하는 동안(집필하지 않는 동안에도) 그들이 보내준 지지와 우정, 통찰력 있는 편집, 기분좋은 격려에 매우 감사한다.

이 녹색과 푸른색의 눈물 계곡에서

엉뚱하고 눈치 없고 예측할 수 없고 여기 쾅 저기 쾅 좌충우돌하는 괴짜, 하지만 일 하나만큼은 야무지고 똑 부러지게 하는 엘리너 올리펀트. 나이는 거의 서른 살. 직장에선 거의 왕따. 점심은 혼자 휴게실에서 먹고, 동료들과는 거의 대화하지 않고, 점심 먹고 남은 시간은 그 신문의 퍼즐이 가장 어렵다는 이유로 〈데일리 텔레그래프〉를 들고 크로스워드 퍼즐을 한다. 두 개! 금요일은 마크스앤드스펜서에 가는 날, 그리고 테스코 메트로에 가서 마르게리타 피자와 키안티 와인 한 병, 글렌스 보드카 두 병을 사는 날이다. 금요일에 조금 마시다 남은 보드카는 토요일과 일요일에 걸쳐 마셔서 "취한 것도 아니고 취하지 않은 것도 아닌 상태로"(16쪽) 이틀을 보낸다. "나는 혼자로 충분한 독립체다."(20쪽) 겉으로 보기엔 더없이 질서정연한 생활이다. 이 완벽해 보이는 엘리너 올리펀트의 생활에 누가 비집고 들어갈 틈은 있을까? 그보다 먼저 그녀의 삶에 비집고 들어가겠다고 나설 누군가는 있을까?

『엘리너 올리펀트는 완전 괜찮아』를 쓴 영국 스코틀랜드의 작가 게일 허니먼은 대학교 행정 직원으로 일하던 중 마흔의 생일을 앞두고 결심한다. 정말로 하고 싶은 게 있다면 "아마 이제 시작할 때야". 그렇게 게일 허니먼은 이 소설의 배경이자 자신의 거주지인 글래스고에서 글쓰기 과정에 지원하고, 어린 시절 이후 처음으로 소설을 쓰기 시작한다.

집필과 출퇴근의 생활을 병행하며 이 소설을 쓰는 이 년 동안 작가의 마음은 어땠을까? 힘들었겠지만, 작가는 마냥 웃으면서 그 작업을 해나가지 않았을까? 공연장에서 예상치 못한 과격한 음악을 듣고 놀라 뛰쳐나온 엘리너 올리펀트 이야기를 써놓고 레이먼드처럼 웃음이 터지기도 했을 테고, 자신의 고통을 감당하지도 못하면서 타인의 고통을 대신 짊어져주고 싶다는 부분을 쓰면서는 눈물이 그렁그렁 고였을 것도 같다. 그 시간이 쉽지 않았을지언정, 작가에게는 그 모든 시간이 행복했을 거라고 감히 짐작해본다. 꿈을 향한 '열정과 의지'. 그리고 어떤 이유로건 하지 못하고 있던, 하고 싶은 것을 비로소 시작하고 추진할 때 찾아오는 기쁨. 우리는 주저하고 망설이다가 우리 자신에게서, 내 열정과 의지가 자유로워질 기회를, 그런 기쁨이 나를 찾아올 기회를 너무 오래 박탈해오고 있는 건 아닐까? 꿈을 이뤄서라기보단, 꿈을 찾은 작가의 용기에, 작가가 누렸을 자유와 행복에 박수를 보낸다.

엘리너 올리펀트라는 인물이 만들어졌을 무렵, 작가는 작품의 앞쪽 일부를 완성해 케임브리지의 루시 캐번디시 칼리지에서 개최한 문학대회에 참가한다. 수상은 하지 못했지만 최종후보에 올랐고, 출판사 관계자의 눈에 띄어 계약이 성사되었다. 그렇게 완성된 후 이 소설은 2015년 프랑크푸르트 도서전 최대 화제작이 되어 30여 개국에 판권이 팔리고, 영화로도 제작될 예정이라고 한다. 데뷔 소설로는 어마어마한 성공이다. 그렇다면 그렇게 큰 관심을 끈 엘리너 올리펀트라는 인물은 어떻게 탄생하게 된 걸까? 대체 관계자들은 왜 엘리너 올리펀트에게 그토록 열광했을까?

뭘 하든 희한해 보이기만 하는 엘리너 올리펀트, 웬만한 사회적 상황에서 "얘 뭐야?" "뭐 이런 사람이 다 있어?"라는 말이 튀어나오게 만드는 엘리너의 행동과 말. 하지만 엘리너의 일주일, 일과, 하루하루의 생활을 읽어나가다보면 뭔가 다른 마음이 쑥 올라온다. "저렇게 살면 안 외로워?" "좀 안됐다." 하지만 작가는 엘리너 올리펀트를 희생양으로 그리고 싶지 않았다고 말한다. 그래선지 엘리너 올리펀트가 마주하는 어느 상황에서도 엘리너는 상처 입은 약한 인물이라기보단 다소 독특하고 괴짜 같은 인물로 느껴지지만, 그럼에도 우리는 책장을 넘기고 엘리너를 알면 알수록 안타까운 마음과 더불어 그녀의 가슴속에 들어가보고 싶은 마음이 생긴다. 뭔가가 있었을까? 뭔가 큰일이 있었던 걸까? 어떤 아픔 같은 게 있었던 걸까? 그 아픔은 어디서 비롯한 걸까?

게일 허니먼은 외로움의 문제를 다룬 신문기사에서, 한 젊은 여자가 금요일에 퇴근하면 월요일에 출근할 때까지 아무와도 이야기를 하지 않는다고 말한 내용을 보고 엘리너 올리펀트라는 인물을 착상했다고 말한다. "방송에서 비치는 삼십대 이미지와는 상반된다는 게 아주 특이하게 다가왔어요. 그 시절엔 파티에 가거나 그러면서 놀 텐데요. 하지만 특별히 자기 잘못이 아닌 이유로 이런 상황에 놓이게 된 누군가를 생각해내는 게 상상력이 아주 많이 필요한 일은 아니에요."

그렇다면 말이다, 우리는, 우리는 그렇게 탄생한 인물 엘리너 올리펀트에 대해 나와는 다르다고, 나는 그렇지 않다고 말해버릴 수 있을까? 내 안의 뭔가가 자꾸 "너는 아니라고 말할 수 있어?" 하고 따져 묻는다. 엘리너만 그런 게 아니잖아? 넌 아니야? 넌 아니야? 누군가와 만나서 손도 잡고 싶고 이야기도 하고 싶은데 그럴 사람이 아무도 없고, 전화할 사람도 마땅히 없고, 그래서 그냥 방 한구석에서 뒹굴었던 적 없어? 있었다면, 이제 엘리너의 이야기는 조금은 나의 이야기가 되었다. 정말로 없었다면, 아마 이 책을 집어드는 일은 없지 않았을까? 이 책을 집어들었는데도, 그런데도 그런 적이 정말로 없었다면, 아마 당신은 인간을 이해하고 사랑할 줄 아는 마음을 타고난 사람일 것이다. 레이먼드 기번스처럼.

라디오나 텔레비전이나 콜센터 직원과의 통화나 검침원들의 방문만으로 이루어진 혼자만의 고립된 세상에서 살고 있던, 외롭고 단골 가게를 만들고 싶고 사랑이 하고 싶은 엘리너 올리펀트. 그녀에게 지금까지와는 다른 일들이 일어났다. 토마토색 스웨터를 입은 노인이 길에서 쓰러졌다. 회사 이벤트에 당첨되어 간 공연에서 운명의 상대인 뮤지션을 만났다. 그리고 회사 동료 레이먼드는 제발 좀 떨어져 걸어줬으면 좋겠는데 자꾸만 옆에서 걸으면서 말을 시킨다. 고립된 생활을 하던 엘리너는 이들과의 상호작용 혹은 부재한 상호작용을 통해 처음으로 자신을 성장시키는 경험들을 하게 된다. 여기저기 부딪혀가며 하나씩 배워가는 엘리너의 모습은 참으로 우스꽝스러운데, 그게 가만 보면 완전히 낯설지가 않다. 언제 어디선가 본 누군가의 모습이었던 것도 같고, 어쩌면 내가 그랬던 것도 같고.

병문안 배우기, 네일숍 배우기, 술집 배우기, 장례식장 배우기, 공연장 배우기. 가족 배우기와 친구 배우기, 혹은 그 다른 이름인 사랑 배우기와 우정 배우기. 그 순간들은 모두 어설프고 서툰 사회적 상황들이 하나씩 익숙하고 능숙한 것이 되어가는 과정이다. 성장기에 결핍되어 있던 자연스러운 배움의 순간들. 그런 배움보다는 살아남는 것이 더 긴박한 문제였던 엘리너의 비워진 시간들. 엘리너가 하나씩 채워가는 그 성장의 시간들은 두꺼운 얼음처럼 엘리너를 둘러싸고 있던 외로움이 녹아가는 과정이기도 하다. 그리고 얼음이 녹고 드러난 엘리너의 모습은 따뜻하고 밝고 사랑스러운, 어우러져 핀 장미들 중 반짝반짝 새 빛을 내는 장미 꽃송이 같다. "취한 것도 아니고 취하지 않은 것도 아닌 상태로"(16쪽) 주말을 보내야 했던 엘리너는 이제 약동하는 삶 속으로 뛰어들 수 있게 되었다.

"우리가 이 녹색과 푸른색의 눈물 계곡에서 우리에게 주어진 한정된 시간만큼 계속 존재할 수 있는 이유 중 하나는 아무리 요원해 보일지라도 언제나 변화의 가능성이 있다는 것이라고 나는 생각한다."(271쪽)

엘리너의 변화 과정은 즐겁다. 엘리너의 유일한 대화 상대였던 어머니는 손을 잡을 수도 없는 머나먼 어딘가에서 차갑고 비아냥거리는 말을 쏟아내지만, 이제 엘리너에게 다른 말들을 해주고 다른 접촉을 해주는 사람들이 생겼다. 따뜻한 말. 얼음을 녹이는 말. 더운 손. 겨울에 봄을 데려오는 손. 우리를 변화시키는 좋은 것들. 그리고 그 중심에 레이먼드가 있다. 누군가의 마음 안에 들어앉은 괴물을 편안하게 바라봐줄 수 있는 사람. 가까이 다가가서 그 괴물의 손을 잡고 일어나 다른 세상을 구경시켜줄 수 있는 사람. 그 괴물에게 넌 괴물이 아니라고 따뜻하게 말해줄 수 있는, 그리하여 괴물이 아님을 깨닫게 만들어주는 사람. "세상에는 레이먼드 같은 사람이 많을 거라고 생각해요—평범하고, 친절하고, 괜찮은 남자. 다만 소설에서 잘 다뤄지지 않을 뿐이죠." 안정되고 다정하고 의미 있는 관계를 만들 수 있는 사람—남자, 여자. 레이먼드 같은 사람이 정말 많을까?

나는 이 이야기를 엘리너 올리펀트의 이야기인 만큼 레이먼드 기번스의 이야기로 읽었다. 엘리너 올리펀트의 곁을 한결같이 지키면서, 그녀의 서툴고 우스꽝스러운 행동들을 보고 깔깔거리면서도 그것을 밀어내지 않고 이상하다고 도외시해버리지 않는, 그 사람이 몹시 힘든 시기에 있더라도 그 사람에게 무엇이 필요한지를 알고 그것을 베풀려고 하는 사람. 작가의 말처럼 소설 속에서는 만나보기 드문 사람인 것 같다. 우리 삶에서는 어떨지? 그 답은 독자 각각에게 질문으로 던질 수밖에. 분명한 것은 이거다, 엘리너 올리펀트의 변화가 가슴 뭉클한 것은 엘리너 올리펀트가 레이먼드의 손을 거부하지 않은 것에도 있었지만, 레이먼드의 내민 손에도 있었다는 사실. 이 두 사람의 그런 코믹하고도 따뜻한 관계가 출판 관계자들의 마음을 움직였던 것 아닐까?

우리가 변화를 이끌어낸다는 것은, 내 안에 눌러앉은 그 외롭고 초라한 괴물을 밖으로 끄집어내고 햇볕을 쬐어주어 더이상 외롭지 않고 초라하지 않게 만드는 일일 것이다. 한 가지 더, 엘리너가 자신에 대한 통찰을 할 수 있었던 데는 심리상담의 역할도 있었다. 하지만 엘리너의 심리상담이 단번에 끝나지도 않고, 심리상담을 받자마자 엘리너가 행복해지지도 않는다. 그것은 길고 힘든 과정이다. 아픈 순간들을 다시 꺼내고 다시 들여다보고 다독이는 시간들은 때로 무섭고 겁이 난다. 때로는 시간 낭비 같고 아무 소용없는 것 같다. 하지만 그러는 중에 얼음이 녹는다. 더디지만 언젠가는 변화가 온다. 물론, 곁에 레이먼드 같은 친구가 있다면 그 순간은 훨씬 빨리 온다. 내가 누군가에게 레이먼드 같은 친구가 되어줄 수 있다면, 누군가가 내게 레이먼드 같은 친구가 되어준다면 참 좋지 않을까. 이 소설이 엘리너 올리펀트 같은 많은 사람들을 응원하고, 레이먼드 같은 많은 친구들을 격려해줄 수 있는 책이 되기를 바란다.

정연희

옮긴이 **정연희**
서울대학교 영어교육과를 졸업하고 미국 펜실베이니아대학교에서 석사학위를 받았다. 전문 번역가로 활동하고 있으며, 옮긴 책으로 『사라진 반쪽』 『디어 라이프』 『착한 여자의 사랑』 『소녀와 여자들의 삶』 『운명과 분노』 『플로리다』 『다시, 올리브』 『내 이름은 루시 바턴』 『무엇이든 가능하다』 『에이미와 이저벨』 『그 겨울의 일주일』 『비와 별이 내리는 밤』 『체스트넛 스트리트』 『더치 하우스』 『커먼웰스』 『헬프』 등이 있다.

문학동네 세계문학
엘리너 올리펀트는 완전 괜찮아

1판 1쇄 2019년 8월 26일 | 1판 8쇄 2022년 7월 15일

지은이 게일 허니먼 | 옮긴이 정연희
책임편집 윤정민 | 편집 홍유진 이현자 | 모니터링 이희연
디자인 강혜림 이원경 | 저작권 박지영 형소진 이영은 김하림
마케팅 정민호 이숙재 박치우 한민아 이민경 박지영 안남영 김수현 정경주
브랜딩 함유지 함근아 김희숙 박민재 박진희 정승민
제작 강신은 김동욱 임현식 | 제작처 영신사

펴낸곳 (주)문학동네 | 펴낸이 김소영
출판등록 1993년 10월 22일 제2003-000045호
주소 10881 경기도 파주시 회동길 210
전자우편 editor@munhak.com | 대표전화 031) 955-8888 | 팩스 031) 955-8855
문의전화 031) 955-3578(마케팅) 031) 955-2634(편집)
문학동네카페 http://cafe.naver.com/mhdn
인스타그램 @munhakdongne | 트위터 @munhakdongne
북클럽문학동네 http://bookclubmunhak.com

ISBN 978-89-546-5747-1 03840

잘못된 책은 구입하신 서점에서 교환해드립니다.
기타 교환 문의 031) 955-2661, 3580

www.munhak.com